Sous un ciel d'été

NORA ROBERTS

Sous un ciel d'été

Traduit de l'anglais (États-Unis) par
Première partie : MARIE-CLAUDE CORTIAL
Seconde partie : FLORENCE JAMIN
Troisième partie : FABRICE CANEPA

Harper
Collins
POCHE

Titres originaux :
Première partie : LESS OF A STRANGER
Seconde partie : THE LAW IS A LADY
Troisième partie : OPPOSITES ATTRACT

HARPERCOLLINS FRANCE
83-85, boulevard Vincent-Auriol, 75646 PARIS CEDEX 13
Tél. : 01 42 16 63 63
www.harpercollins.fr
ISBN 979-1-0339-0141-9

L'INCONNU AUX YEUX GRIS

1

Katch la vit arriver sur sa Honda. Elle avait une allure royale, bien qu'elle soit simplement vêtue d'un jean et d'une veste, et que sa tête soit cachée par un casque. Après avoir stabilisé sa moto sur la béquille, Megan mit pied à terre. Elle était grande, et très mince. Katch s'appuya nonchalamment au distributeur de boissons et continua son observation en sirotant un soda. Quand elle ôta son casque, il émit un petit sifflement admiratif. Cette femme était d'une beauté renversante. Son visage était d'une grande finesse, sa bouche sensuelle. Ses cheveux bruns aux reflets mordorés dansaient sur ses épaules, et sa petite frange barrait un front haut.

Katch sourit. Les cosmétiques pouvaient faire des miracles, mais, visiblement, elle n'en avait pas utilisé pour rehausser ses traits. Elle n'en avait pas besoin. A la distance où il se trouvait, il devinait le noir profond de ses grands yeux, qui évoquaient ceux d'une biche. Ses gestes sans affectation avaient une grâce tout aussi évocatrice. Elle devait être âgée d'une vingtaine d'années.

Katch tira encore une longue bouffée. Cette femme était vraiment fantastique.

— Salut, Megan !

En entendant son nom, Megan se retourna. Elle sourit aux sœurs Bailey, dont la jeep venait juste de s'arrêter derrière elle.

— Bonjour, vous deux ! dit-elle, visiblement ravie de les voir.

Elle attacha son casque sur sa moto et les rejoignit.

Le regard des deux sœurs fut aussitôt attiré par l'homme adossé au distributeur de boissons. Tout en le dévorant des yeux, Teri déclara :

— Cela fait une éternité qu'on ne t'a pas vue !

— Il fallait que je termine un certain nombre de choses avant que la saison commence, dit Megan.

Sa voix chaude était teintée d'un léger accent de Caroline du Sud.

— Comment allez-vous, toutes les deux ? s'enquit-elle avec un large sourire.

— En pleine forme ! répondit Jeri, assise au volant de la jeep. Nous sommes libres, cet après-midi. Tu viens faire du shopping avec nous ?

Megan secoua la tête.

— J'aimerais beaucoup, mais je n'ai pas le temps.

Teri eut un petit rire.

— Je suis sûre que pour celui-là tu en trouverais, du temps !

— Pardon ?

— Et je ne parle pas de sa carrure, ajouta Jeri avec une petite moue gourmande.

Sa sœur regarda brièvement Megan.

— Il ne te quitte pas des yeux, fit-elle remarquer.

Elle soupira.

— Quand je pense que j'ai dépensé cent dollars pour ce truc-là, continua-t-elle en tripotant la mince bretelle de son T-shirt rose vif.

Megan ouvrit de grands yeux.

— De quoi diable parlez-vous, les filles ?

— Derrière toi, dit Teri en inclinant légèrement la tête en direction de Katch. Le beau mec près du distributeur. Il est absolument magnifique. Et si ses yeux en avaient le pouvoir, ils t'auraient déjà enlevée.

Comme Megan commençait à tourner la tête, Teri chuchota d'un air désespéré :

— Ne le regarde surtout pas, pour l'amour du ciel !

— Comment pourrais-je le voir si je ne le regarde pas ?

Il avait des cheveux blond vénitien qui encadraient un visage qui aurait sans aucun doute intéressé Michel-Ange. Une barbe naissante ombrait ses joues, et deux petites fossettes creusaient son menton. Il avait des lèvres admirablement ourlées. Grand et mince, cet inconnu avait une élégance naturelle, à laquelle son jean usagé n'enlevait rien.

Il plongea un regard pénétrant dans le sien et continua de siroter son soda.

Megan voulut détourner les yeux, mais elle était comme hypnotisée. Furieuse contre elle-même, elle fit un effort pour se ressaisir, et fronça imperceptiblement les sourcils. Pourquoi cet homme la dévisageait-il avec cette insolence ? Il avait des yeux superbes, mais un regard dur. Elle avait déjà eu l'occasion de voir ce genre d'individus. Ils jouaient les solitaires, mais, en réalité, ils cherchaient des aventures aussi fugaces que débridées. Il la dévisageait ouvertement. Et tandis qu'il portait la canette de soda à ses lèvres, il lui adressa un petit sourire.

Jeri se mit à rire.

— Il est superbe. Tu es sûre que tu ne le connais pas ?

D'un mouvement de tête, Megan rejeta ses cheveux en arrière.

— Oui ! Et ne sois pas idiote ! Ce type est un tombeur !

Les filles échangèrent un regard moqueur. En soupirant, Jeri remit le moteur en marche.

— Tu es trop difficile, décida-t-elle.

Elles lui adressèrent un sourire de regret avant de démarrer.

— Salut, Megan, à bientôt ! crièrent-elles.

Megan plissa le nez, mais elle leur fit signe de la main avant que la jeep disparaisse au coin de la rue.

Ignorant délibérément l'inconnu, qui continuait à l'observer, elle entra dans le supermarché.

La caissière lui dit bonjour avec un large sourire. Megan avait passé toute son enfance à Myrtle Beach. Elle connaissait tout le monde dans un rayon de cinq kilomètres autour du parc d'attractions que son grand-père avait créé, trente ans plus tôt.

Elle poussa son chariot dans la première allée. Elle n'allait pas trop se charger puisqu'elle ne pouvait compter que sur sa moto. C'était assommant que la camionnette l'ait lâchée… Mais à quoi bon y penser ? Pour l'instant, elle n'y pouvait rien.

Elle s'arrêta au rayon des biscuits. Elle n'avait pas déjeuné. Les cookies étaient tentants. Mais il valait mieux prendre des gâteaux moins sucrés. Comme elle tendait la main vers un paquet, une voix la fit sursauter.

— Ceux-ci sont meilleurs !

Surgissant de nulle part, le propriétaire de la voix attrapa une boîte de cookies aux pépites de chocolat. Megan tourna la tête et ses yeux rencontrèrent les yeux gris, arrogants.

— Vous les voulez ? demanda-t-il en souriant.

— Non, merci !

Elle lui jeta un regard éloquent. Haussant les épaules, il ouvrit le paquet, tout en marchant à côté d'elle.

— Qu'avez-vous sur votre liste, Meg ? s'enquit-il comme s'il retrouvait une copine d'enfance.

— Je peux m'en occuper toute seule, merci !

Elle tourna dans une autre allée et prit une boîte de thon. Du coin de l'œil, elle voyait l'inconnu, visiblement décidé à la suivre. Il marchait à longues enjambées décontractées, avec un air un peu fanfaron.

— Vous avez une belle moto, lança-t-il en mordant dans un cookie. Vous vivez près d'ici ?

Sans répondre, Megan choisit une boîte de thé, qu'elle posa dans son Caddie.

Quand il lui offrit un biscuit, elle fit semblant de ne rien voir et passa dans l'allée suivante. Tandis qu'elle tendait le bras vers une baguette de pain, il posa une main sur la sienne.

— Vous feriez mieux de prendre du pain complet. C'est meilleur pour la santé.

Sa paume était dure et ferme. Furieuse, elle le regarda encore dans les yeux en essayant de se libérer.

— Ecoutez, je n'ai…

— Pas de bague, commenta-t-il en entrelaçant ses doigts aux siens.

Il leva sa main pour l'examiner de plus près.

— Pas d'alliance… Que diriez-vous d'un dîner ensemble ?

— C'est hors de question !

Elle voulut retirer sa main, mais il la maintint fermement.

— Ne soyez pas désagréable, Meg. Vous avez des yeux fantastiques.

Il y plongea un regard rieur. Il la regardait comme s'ils étaient seuls sur la terre. Quelqu'un les contourna en rouspétant pour attraper du pain.

— Vous allez me laisser tranquille ? fit-elle à voix basse.

Ce type était sidérant, et agaçant au possible. Il avait un sourire charmant, mais heureusement elle n'était pas folle. A en juger par son attitude, il valait mieux le tenir à distance.

— Je vais crier si vous ne me lâchez pas ! menaça-t-elle.

— Aucune importance ! Quelques cris rendraient ce lieu un peu plus vivant, vous ne trouvez pas ?

Elle posa sur lui un regard incrédule. Il avait un culot monstre !

— Ecoutez, déclara-t-elle, de plus en plus furieuse, je ne vous connais pas, mais…

Posant une main sur son cœur, il s'inclina dans une attitude théâtrale.

— David Katcherton. Katch pour les intimes. Ne me dites pas votre nom, je le connais, grâce à vos amies. A quelle heure dois-je venir vous chercher ?

— Si vous croyez que je vais dîner avec vous, vous vous trompez, affirma-t-elle froidement. Je ne dînerai avec vous ni aujourd'hui ni un autre jour.

Elle jeta un bref coup d'œil autour d'eux. Le supermarché était presque vide. Même si elle l'avait voulu, elle n'aurait pu attirer l'attention sur elle.

— Lâchez ma main ! ordonna-t-elle.

— D'après l'office de tourisme, Myrtle Beach est une ville agréable, Meg, dit-il en la libérant. Vous allez faire mentir les dépliants touristiques.

— Cessez de m'appeler Meg. Je ne vous connais pas !

Hors d'elle, elle lui jeta un regard noir. Ce type était vraiment incroyable ! Pour qui se prenait-il ?

Elle s'éloigna à grandes enjambées rageuses en poussant le chariot.

— Vous n'allez pas tarder à me connaître, assura-t-il calmement.

Il la suivait encore, elle le sentait. Malgré elle, elle tourna la tête et leurs yeux se rencontrèrent. Reportant vite son regard devant elle, elle accéléra le pas en direction des caisses.

— Tu ne croiras jamais ce qui m'est arrivé au supermarché !

Megan posa son panier sur le comptoir de la cuisine.

Assis à la table, son grand-père préparait des appâts avec des fils et de minuscules plumes. Sans lever les yeux, il émit un petit bruit de gorge.

— Cet homme a un culot ! commença Megan d'une voix suraiguë.

Elle sortit le pain de son sachet.

— Il m'a draguée en plein milieu du magasin, tu te rends compte ? Il voulait que j'aille dîner avec lui, ce soir.

— Mmm…

Méticuleusement, son grand-père attacha une plume jaune à un fil.

— Passe une bonne soirée ! lança-t-il d'un air enjoué.

— Pop !

Megan secoua la tête. Quand Pop était plongé dans ses préparatifs de pêche, il ne faisait plus attention à rien. Posant sur lui un regard attendri, elle ne put empêcher un sourire de se dessiner sur ses lèvres.

Timothy Miller avait soixante-cinq ans. Son visage rond, lisse et hâlé était entouré d'une barbe soigneusement entretenue et d'une masse de cheveux blancs. D'ordinaire, ses yeux bleus, très vifs, étaient toujours à l'affût. Rien ne leur échappait.

Mais pour l'instant, il se concentrait sur ses appâts. Megan se pencha sur lui et l'embrassa sur le front. Il avait entendu ce qu'elle lui avait dit, elle en était certaine.

— Tu vas à la pêche, demain ?

— Oui, m'dame, dès l'aube !

L'air satisfait, Pop réunit son assortiment et repassa mentalement sa stratégie. La pêche était une affaire sérieuse.

— La camionnette sera réparée, ce soir. Je serai de retour pour le souper, continua-t-il.

Megan hocha la tête et lui donna un second baiser. Pop avait besoin de ses parties de pêche. Le parc d'attractions ouvrait seulement le week-end au printemps et à l'automne. Mais pendant les trois mois d'été, il tournait sept jours sur sept. L'été, la ville semblait ne plus dormir. Elle attirait des touristes, et les touristes représentaient leur principale source de revenus. Pendant un quart de l'année, la population enflait de quinze mille à trois cent mille habitants. Et la majeure partie de ces trois cent mille habitants venait dans cette petite ville côtière pour s'amuser.

Megan resta un instant rêveuse. Son grand-père avait travaillé dur toute sa vie, mais il ne voulait pas s'arrêter. Il aimait ce parc, dont il s'occupait depuis plus de trente ans. Quant à elle, elle y avait grandi, et elle l'adorait.

Ses parents avaient disparu alors qu'elle avait à peine cinq ans. Au fil du temps, Pop était devenu une mère, un père et un ami. Elle se sentait chez elle dans le parc de Joyland, autant que dans la petite maison qu'ils habitaient tous les deux, sur la plage. Des années plus tôt, le malheur les avait réunis, et maintenant ils étaient comme les doigts de la main. Il n'y avait qu'avec Pop qu'elle laissait libre cours à ses émotions. Avec les autres, elle les cachait soigneusement, tant qu'elle n'était sûre de rien. Car, une fois qu'elle s'engageait, elle s'engageait totalement. Et quand elle aimait, c'était de tout son être.

— Une truite serait la bienvenue pour demain, murmura-t-elle tandis que Pop la serrait contre lui pour lui dire au revoir. Nous avons du thon pour ce soir.

— Je croyais que tu dînais dehors ?

— Pop !

Le front rembruni, elle se pencha vers la gazinière en rejetant ses cheveux en arrière.

— Crois-tu que je vais passer la soirée en compagnie d'un homme qui a essayé de me séduire avec un paquet de cookies au chocolat ?

D'un bref mouvement du poignet, elle alluma le brûleur sous la bouilloire.

Pop posa sur elle un regard pétillant de malice.

— Tout dépend du bonhomme, marmonna-t-il.

Elle le fixa dans les yeux, que la petite lueur n'avait pas quittés. Cette fois, il semblait disposé à lui accorder toute son attention.

— A quoi ressemble-t-il ? interrogea Pop.

— A un séducteur de plage, rétorqua-t-elle.

Elle baissa les yeux. D'accord, elle exagérait peut-être un peu.

— Avec un zeste de cow-boy, si tu vois ce que je veux dire, ajouta-t-elle malgré elle.

Son grand-père eut un sourire ravi. Poussant un soupir, elle lui rendit son sourire.

— En réalité, il est superbe, dit-elle. Fort et mince, et très séduisant. Mais il est probablement dépourvu du moindre scrupule. En fait, il serait très décoratif, sous forme de statue de bronze.

Pop éclata de rire.

— Voilà qui est passionnant ! Où l'as-tu rencontré ?

— Devant les paquets de cookies.

— Et tu voudrais préparer du thon pour ce soir au lieu de dîner à l'extérieur ?

Poussant un long soupir, il secoua la tête d'un air incrédule.

— Je ne sais pas ce qu'elle a, cette fille, déclara-t-il à l'un de ses appâts.

— Ce type est prétentieux et arrogant !

Megan croisa les bras sur sa poitrine.

— Et si tu avais vu comment il me regardait !

Faisant une pause, elle essaya de chasser l'impression de chaleur qui montait en elle à cette seule évocation.

— Comment te regardait-il ? demanda Pop sur un ton moqueur.

Elle fronça les sourcils.

— Avec… comment dirais-je ? Oui, voilà ! Il me regardait avec concupiscence !

Pop l'observa avec tendresse. Megan était une fille adorable. Un peu trop sérieuse en ce qui concernait certains sujets, mais vraiment une bonne fille. Et une beauté ! Il n'y avait rien d'étonnant à ce qu'un étranger ait essayé de prendre rendez-vous avec elle. C'était curieux que ce ne soit pas arrivé plus souvent. Mais Megan pouvait décourager n'importe quel homme sans même ouvrir la bouche ! Elle n'avait qu'une seule chose à faire : lui lancer son fameux regard glacial en arquant un sourcil, et la plupart de ses soupirants battaient en retraite. Les malheureux ! Sauf exception, naturellement, dont cet inconnu semblait faire partie. Il devait être particulièrement pugnace.

Pop hocha pensivement la tête. Oui, ce type avait certainement du caractère. Il devait être intéressant.

Mais apparemment Megan ne souhaitait pas le fréquenter plus que les autres.

Entre le parc d'attractions et son art, elle semblait n'avoir jamais le temps de rencontrer beaucoup de monde. Ou, du moins, elle n'avait pas envie de le prendre. Cependant, il aurait juré qu'il y avait plus que de l'agacement dans son attitude par rapport à l'inconnu du supermarché. Ou il se trompait fort, ou elle avait été flattée, et peut-être même attirée. Mais il la connaissait bien : il valait mieux ne pas remettre ce sujet sur le tapis.

— Le beau temps est censé durer tout le week-end, annonça-t-il en déposant avec précaution ses appâts dans un panier. Il y aura foule dans le parc. Vas-tu travailler sous l'arcade ?

— Naturellement.

Elle disposa deux tasses de thé sur la table avant de s'asseoir.

— Est-ce que les sièges ont été ajustés sur la grande roue ? demanda-t-elle.

— Je l'ai vérifiée moi-même ce matin.

Pop souffla sur son thé brûlant, puis il commença à le boire à petites gorgées.

Megan l'observa. Il paraissait très détendu. Pop était un homme simple. Elle avait toujours admiré sa modestie, son humour tranquille, son manque de prétention. Il aimait voir les gens s'amuser. Plus encore que de les voir payer pour les réjouissances qu'il leur proposait.

Megan soupira. Joyland ne faisait que de modestes profits. Décidément, Pop était plus doué pour être grand-père que pour être homme d'affaires.

Dans une large mesure, c'était elle qui suppléait aux pertes et profits du parc. Bien que cette responsabilité lui prenne du temps, qu'elle ne consacrait pas à son art, elle savait que le parc les faisait vivre. Et, le plus important, c'était que Pop aimait le parc.

Depuis quelques semaines, les livres de comptes avaient une fâcheuse tendance à tomber dans le rouge, ce qui devenait préoccupant. Mais elle n'en faisait jamais cas, pas plus que son grand-père. Ils remarquaient les gains supplémentaires pendant la haute saison, parlaient vaguement de faire des promotions pendant les vacances de Pâques et le dernier week-end de mai.

Poussant un imperceptible soupir, Megan sirota son thé, écoutant vaguement Pop. Il suggérait d'engager des employés en extra pour l'été. Elle s'en occuperait le moment venu.

Pop était un as quand il s'agissait de réparer des machines récalcitrantes ou de s'occuper des touristes, mais il avait tendance à payer un peu trop cher ses employés, et à les faire travailler moins que partout ailleurs. Heureusement, elle avait plus de sens pratique. Il le fallait bien.

Cet été, elle allait être obligée de travailler à plein temps. Elle eut un petit pincement au cœur. Quand arriverait-elle à terminer la sculpture qui l'attendait dans son atelier, au-dessus du garage ? Elle retint un soupir. Elle n'aurait qu'à attendre le mois de décembre. Il n'y avait pas d'autre solution, tant que les comptes ne seraient pas de nouveau équilibrés. Peut-être, l'année prochaine… Cette fois, le soupir lui échappa. C'était toujours « l'année prochaine ». Et chaque nouvelle année, il y avait autre chose à faire. Haussant les épaules, elle se tourna vers son grand-père qui monologuait.

— Nous embaucherons des étudiants et des saisonniers, pour les manèges.

Elle hocha la tête.

— Il n'y aura pas de problèmes, murmura-t-elle.

Les saisonniers… Pourquoi ce mot la faisait-il penser à David Katcherton ?

« Katch », avait-il précisé. Une fois de plus, elle revoyait son visage en détail. En temps normal, elle aurait mis ce genre d'homme dans la catégorie des saisonniers. Cependant, avec lui, quelque chose clochait.

C'était agaçant, mais pour une fois elle était incapable de comprendre à quel genre d'homme elle avait affaire. Pourtant, elle n'avait jamais manqué de psychologie, et elle savait observer les gens. Mais le plus agaçant, c'était de penser encore à cette rencontre idiote avec un étranger mal élevé.

— Tu veux un peu plus de thé ? demanda Pop en allant chercher la théière sur la cuisinière.

Megan se ressaisit.

— Euh… oui, merci.

Elle se reprocha intérieurement de s'être attardée sur

cette idée insignifiante alors qu'elle avait tant de choses à faire.

— Je vais commencer à préparer le dîner. Je suppose que tu voudras te coucher tôt, si tu pars de bonne heure demain matin, dit-elle.

Pop remit la bouilloire à chauffer.

— Bonne idée, ma chérie.

Un mouvement attira son regard de l'autre côté de la fenêtre.

— J'espère qu'il y aura assez à manger pour trois personnes ? lâcha-t-il d'un air faussement indifférent. Parce qu'on dirait que ton cow-boy a trouvé le chemin du ranch !

— Quoi ?

Les sourcils rapprochés, Megan se leva d'un bond.

— Tu m'en as fait une description parfaite, comme toujours !

Il regarda Katch approcher à pas nonchalants. Il avait des traits virils, agréables à voir. Et une allure intéressante.

Avec un sourire jusqu'aux oreilles, Pop tourna la tête. Inutile d'agacer Megan. Elle semblait déjà sur des charbons ardents. Mais il eut du mal à refréner une forte envie de rire en voyant son expression.

Megan rejoignit la fenêtre. Elle n'en croyait pas ses yeux.

— C'est lui ! murmura-t-elle.

— Il me semble, confirma doucement Pop.

— Tu ne trouves pas qu'il a un toupet phénoménal ? C'est ahurissant !

2

Avant même que son grand-père ait eu le temps de faire le moindre commentaire, Megan franchit les quelques pas qui la séparaient de la porte de la cuisine. Elle l'ouvrit en grand, au moment précis où Katch grimpait les marches de la véranda. Une brève lueur de surprise passa dans ses yeux gris.

— Vous ne manquez pas de culot, lança-t-elle froidement.

— C'est ce qu'on me dit souvent. Et vous, vous êtes encore plus belle que tout à l'heure.

Il lui passa un doigt léger sur la joue. Megan fit un bond, comme sous l'effet d'une décharge électrique.

— Il y a un peu de rose sous le doré de la peau, maintenant. Très joli.

Il suivit la courbe de son menton avant de demander :

— Vous vivez ici ?

— Vous le savez pertinemment ! rétorqua-t-elle. Vous m'avez suivie !

Katch sourit.

— Navré de vous décevoir, Meg. C'est un coup de chance de vous avoir trouvée ici. En fait, je cherche Timothy Miller. C'est un ami à vous ?

— C'est mon grand-père.

Imperceptiblement, elle se plaça entre lui et la porte d'entrée.

— Que lui voulez-vous ?

Katch sourit encore. Megan protégeait son grand-père

comme un vrai chien de garde. Il allait ouvrir la bouche pour répondre, mais Pop apparut derrière elle.

— Pourquoi ne le fais-tu pas entrer, Megan ? Il pourra me l'expliquer lui-même.

— Je suis quelqu'un de tout à fait normal, vous savez, Meg, assura tranquillement Katch.

Megan jeta un bref coup d'œil par-dessus son épaule, avant de reporter les yeux sur Katch. Elle lui adressa un regard d'avertissement qui signifiait clairement : « Attention à ne rien dire qui puisse perturber mon grand-père ! »

Mais il y avait quelque chose d'inattendu dans les yeux de Katch, comme une forme de douceur. C'était encore plus déconcertant que son arrogance première.

Retournant dans la cuisine, Megan maintint la porte ouverte pour le laisser entrer.

Katch lui adressa encore un sourire charmeur. En passant devant elle, il écarta d'un geste lent une mèche de cheveux qui lui barrait la joue. Megan resta un instant immobile. Pourquoi le moindre contact avec cet étranger lui coupait-il le souffle ?

— Monsieur Miller ? demanda Katch d'une voix amicale.

Il tendit la main à Pop.

— Je suis David Katcherton.

Pop hocha la tête.

— Enchanté. C'est vous qui m'avez téléphoné il y a deux heures.

Il décocha un coup d'œil à Megan.

— Je vois que vous connaissez déjà ma petite-fille.

— Oui, elle est charmante, confirma Katch d'un ton rieur.

Pop émit un petit gloussement et se dirigea vers la cuisinière.

— J'étais en train de préparer du thé. En voulez-vous une tasse ?

Megan observa Katch d'un regard noir. Il arqua légèrement un sourcil. Ce n'était certainement pas un fanatique de thé.

— Je veux bien, merci, répondit-il.

Sans attendre qu'on l'y invite, il alla s'asseoir à table,

comme s'il les connaissait depuis toujours. Mi-stupéfaite, mi-méfiante, Megan s'assit et posa sur lui un regard brûlant de mille questions silencieuses.

— Vous ai-je déjà dit que vous aviez des yeux fabuleux ? murmura-t-il.

Sans attendre sa réponse, il tourna son attention vers l'attirail de pêche de Pop.

— Vous avez des appâts extraordinaires, remarqua-t-il. Vous les faites vous-même ?

— C'est la moitié du sport, déclara Pop en apportant une tasse propre. Allez-vous souvent à la pêche ?

— De temps en temps. Je parie que vous connaissez les meilleurs coins du Grand Strand.

— Quelques-uns en effet, reconnut modestement Pop.

Megan fit la moue. Quand la pêche arrivait sur le tapis, il y en avait pour des heures.

— Je ferais bien une tentative puisque je suis là, suggéra Katch d'un air désinvolte.

Megan leva les yeux sur lui. Il fixait sur elle un regard malicieux et admiratif. C'était aussi surprenant qu'agaçant.

— Eh bien…

Pop s'échauffa, comme il le faisait toujours quand il était question de son passe-temps favori.

— Si vous voulez, je vous montrerai un ou deux endroits, proposa-t-il d'un ton enjoué. Avez-vous un équipement ?

Katch secoua la tête.

— Malheureusement, je ne l'ai pas apporté.

Pop balaya cette réponse d'un geste de la main, comme si elle n'avait aucune importance.

— D'où venez-vous, monsieur Katcherton ?

— Appelez-moi Katch, avança-t-il en souriant chaleureusement.

Il s'appuya au dossier de la chaise.

— Je suis originaire de Californie, répondit-il.

Megan hocha imperceptiblement la tête. Voilà qui expliquait l'allure de play-boy de M. David Katcherton.

Elle sirota tranquillement son thé sans cesser de l'observer par-dessus sa tasse.

— Vous êtes loin de chez vous, commenta Pop.

Il s'installa confortablement sur sa chaise, puis il sortit du tiroir une pipe qu'il réservait pour les conversations intéressantes.

— Avez-vous l'intention de rester longtemps à Myrtle Beach ?

— Cela dépend. J'aimerais vous parler de votre parc d'attractions.

Approchant une allumette du foyer de sa pipe, Pop tira rapidement quelques bouffées. Le tabac s'enflamma, dégageant une odeur de miel.

— C'est ce que vous m'avez dit au téléphone. Ce qui est drôle, c'est que Megan et moi envisagions justement d'embaucher quelques employés. Il ne reste plus que six semaines environ avant le début de la saison.

Il tira sur sa pipe et regarda la fumée s'élever.

— Et dans trois semaines, c'est Pâques. Avez-vous déjà travaillé sur des manèges, ou à un stand ?

— Non.

Katch goûta son thé.

Pop haussa les épaules.

— C'est facile à apprendre. Vous me paraissez intelligent.

Les yeux maintenant rivés sur leur visiteur, Megan posa sa tasse. Une fois de plus, le sourire de Katch se fit malicieux.

— Nous ne pouvons pas donner plus que le salaire de base à un novice, déclara-t-elle d'une voix un peu voilée.

Elle prit une profonde inspiration. Dieu seul sait pourquoi, cet homme la rendait nerveuse. Il valait mieux qu'elle le décourage de travailler à Joyland. Il irait tenter sa chance ailleurs.

Cependant, Katch ne ressemblait pas aux employés saisonniers qui travaillaient habituellement pour eux. Une certaine autorité émanait de lui, qu'il cachait mal sous ses airs un peu trop décontractés. En même temps, il se dégageait de lui un charme libertin qui ne suscitait pas le respect.

Il plongea un regard scrutateur dans le sien.

— Cela me paraît raisonnable. Travaillez-vous au parc d'attractions, Meg ?

Elle ravala une réplique cinglante. Cette familiarité était insupportable. Pour qui se prenait-il donc ?

— Souvent, répondit-elle sèchement.

— Megan est une femme d'affaires, intervint Pop. C'est elle qui mène la barque.

— C'est drôle, répliqua Katch. Je pensais que vous étiez mannequin. Vous avez un visage très photogénique.

Il n'y avait pas la moindre idée de flirt dans le ton qu'il venait d'adopter.

— Megan est une artiste, affirma Pop en fumant d'un air satisfait.

— Vraiment ?

Les yeux de Katch s'étrécirent tandis qu'ils se posaient de nouveau sur elle. Crispée, elle remua sur sa chaise.

— Nous nous écartons du sujet, lança Megan. Si vous êtes venu pour un emploi…

— Non.

— Mais… n'avez-vous pas dit…

— Je ne crois pas, coupa-t-il encore en souriant.

Il se tourna vers Pop. Les sourcils froncés, Megan continua de l'observer. Un subtil changement venait de s'opérer dans ses manières.

Se penchant en avant, Katch lâcha d'une voix très douce :

— Je ne veux pas un emploi dans votre parc, monsieur Miller. Je veux l'acheter.

Interloquée, Megan poussa un petit cri. Est-ce qu'il plaisantait ? Est-ce qu'il se moquait d'eux ? Mais c'était inutile de le lui demander. A l'évidence, il parlait le plus sérieusement du monde. Elle observa les deux hommes. Ils restèrent un long moment sans rien dire, les yeux dans les yeux. Pop paraissait étonné, indiscutablement, mais il semblait aussi éprouver de la considération pour son interlocuteur.

Megan poussa un soupir imperceptible. Elle avait reconnu l'autorité et le pouvoir sous l'apparente désinvolture de cet homme. Il était venu pour parler affaires.

Avec une sensation de panique au creux de l'estomac, elle tourna les yeux vers son grand-père.

— Pop ? dit-elle d'une voix qu'elle aurait aimé maîtriser un peu mieux.

Au lieu de lui répondre, il s'adressa à Katch.

— Vous êtes surprenant. Pourquoi vouloir acheter mon parc d'attractions ?

— J'ai fait une étude de marché sur ce genre d'activité.

Haussant les épaules, il alla droit au fait.

— Et c'est un milieu que j'aime. Votre parc est particulièrement agréable.

Avec un profond soupir, Pop envoya sa fumée au plafond.

— Je ne peux pas dire que j'aie envie de vendre. Je suis habitué à ce mode de vie, finit-il par commenter.

— Avec l'offre que je suis prêt à vous faire, vous n'aurez pas de difficulté à vous habituer à une autre vie.

Pop eut un rire bref.

— Quel âge avez-vous, Katch ?

— Trente et un ans.

— C'est exactement le nombre d'années que j'ai passées dans ce métier. Avez-vous un minimum de connaissances sur la façon de diriger un parc d'attractions ?

— A peine…

Avec un sourire étincelant, Katch se renversa de nouveau contre son dossier.

— … Mais avec un bon professeur, je peux apprendre vite.

Il y eut quelques secondes de silence. Pop ne quittait pas Katch des yeux. Megan resta sans voix. Elle connaissait bien cette expression. Une sonnette d'alarme résonna dans sa tête. Apparemment, cet inconnu qui venait de débouler dans leur vie l'intéressait beaucoup. Et la dernière chose qu'elle désirait, c'était voir Pop s'engager trop loin avec lui. Katch ne pouvait que leur apporter des ennuis, elle en aurait mis sa main au feu.

— Pourquoi désirez-vous acheter un parc d'attractions ? demanda brusquement Pop.

— C'est un bon boulot, répondit Katch. Et c'est amusant.

Il sourit.

— J'aime les occupations qui mettent un peu de gaieté dans la vie, expliqua-t-il.

Megan fronça les sourcils. M. Katcherton parlait trop bien. Il savait convaincre, à en juger par l'expression de Pop.

— J'aimerais que vous réfléchissiez à ma proposition, monsieur Miller, continua Katch. Nous pourrions en reparler dans quelques jours.

Megan serra les dents. Pop et elle pourraient aussi réfléchir à la façon de faire déguerpir cet envahisseur à la voix chaude et mélodieuse.

— Je ne peux pas refuser de peser le pour et le contre, reconnut Pop.

Il secoua la tête.

— Cependant, Megan et moi dirigeons Joyland depuis un bon nombre d'années. Ce parc, c'est notre vie.

Brusquement, il consulta la petite horloge accrochée au mur et jeta un regard taquin à sa petite-fille.

— Au fait, est-çe que vous ne deviez pas dîner ensemble, ce soir ? interrogea-t-il.

— Non ! s'écria aussitôt Megan.

Elle lui décocha un regard furibond.

— Je commençais justement à me dire que j'avais faim, déclara Katch en riant. Allons, Meg, je vais vous offrir un hamburger.

Se levant, il lui prit les deux mains et la tira doucement. Elle se leva malgré elle, tandis que la colère commençait à bouillonner dans ses veines.

— Je ne vais pas essayer de vous faire croire que je déteste refuser une aussi charmante invitation, grinça-t-elle.

— Non, ne le faites surtout pas !

Katch se tourna vers Pop.

— Voulez-vous vous joindre à nous ?

En riant de bon cœur, Pop balaya sa proposition d'un large geste du bras droit.

— Non, merci. Allez-y tous les deux. Je dois préparer mon matériel de pêche pour demain matin.

— Accepterez-vous que je vous accompagne ?

Pop l'observa par-dessus le foyer de sa pipe.

— Je me mets en route à 5 h 30 du matin.

— Je serai là.

Stupéfaite, Megan se laissa entraîner dehors. C'était incroyable ! Pop n'invitait jamais personne à ses matinées au bord de l'eau. C'était un moment de relaxation pour lui, et il appréciait trop d'être seul pour le partager avec qui que ce soit.

— Il n'emmène jamais personne à la pêche, fit-elle remarquer.

— Je suis flatté.

Il la tenait encore par la main, les doigts entrelacés aux siens.

— Je ne vais pas dîner avec vous, annonça-t-elle d'un ton ferme en s'arrêtant de marcher. Vous êtes peut-être capable de charmer Pop au point qu'il vous invite à ses parties de pêche, mais moi…

— Vous me trouvez donc charmant ?

Il lui adressa un sourire audacieux tout en prenant son autre main.

Rougissant comme une pivoine, Megan rétorqua :

— Pas le moins du monde !

Elle refréna un sourire qui se formait sur ses lèvres malgré elle.

— Pourquoi ne voulez-vous pas dîner avec moi ? interrogea Katch de la même voix de velours.

Elle le regarda droit dans les yeux.

— Parce que je ne vous apprécie pas.

Le sourire de Katch s'élargit.

— Laissez-moi une chance de vous faire changer d'avis.

— Impossible !

Elle essaya de libérer ses mains, mais il resserra son étreinte.

— On parie ?

Une fois de plus, elle ravala une envie de sourire.

— Si j'y parviens, vous viendrez au parc avec moi vendredi soir.

— Et si je ne change pas d'avis ?

— Je ne vous ennuierai plus.

Il lui adressa un sourire encore plus persuasif que le précédent.

Elle releva les sourcils. Après tout, pourquoi ne pas essayer ? Cela en valait peut-être la peine.

— Vous n'avez qu'une chose à faire : venir dîner avec moi ce soir. Passer quelques heures en ma compagnie.

Elle soupira.

— Très bien. Marché conclu.

Elle remua ses doigts, mais il ne lâcha pas prise.

— Nous pourrions nous serrer la main, proposa-t-elle, mais il faudrait que je récupère la mienne.

— Moi aussi, dit-il. Nous pouvons donc le faire à ma façon.

L'attirant d'un mouvement vif, il la serra contre sa poitrine. Elle tressaillit. Katch avait une force que sa minceur ne laissait pas prévoir. Avant qu'elle puisse exprimer sa surprise, il la bâillonna de ses lèvres. Prise de vertige, elle s'agrippa à lui.

David Katcherton était d'une habileté diabolique. Avait-elle entrouvert les lèvres spontanément, ou l'avait-il incitée à le faire en la taquinant du bout de la langue ? Elle n'aurait su le dire. Dès qu'elle avait senti ce contact, sa tête s'était vidée. Son corps prenait les commandes, en s'abandonnant purement et simplement entre les bras de cet individu dangereux. Elle fondait littéralement contre lui, sentant la dureté de ses pectoraux contre ses seins… et sa bouche qui dévorait la sienne. Tout à coup, le monde autour d'elle s'évanouissait. Et elle n'avait plus rien à quoi se raccrocher. Plus d'ancrage pour l'empêcher de chavirer dans ce tourbillon. Emettant un petit gémissement de protestation, elle s'écarta et plongea les yeux dans ceux de Katch.

Curieusement, ils étaient plus sombres qu'elle ne l'avait cru au premier abord. Mais surtout ils paraissaient insondables. Pourquoi avait-elle pensé qu'elle pourrait facilement lire en eux ? Rien ne correspondait plus à ce qu'elle avait dans la tête quelques minutes plus tôt.

Essayant de se ressaisir, elle prit une profonde inspiration.

— Vous êtes très chaleureuse, déclara tranquillement Katch. C'est dommage que vous fassiez tant d'efforts pour paraître froide et distante.

— Je ne suis pas… Je n'ai aucun effort à…

Faisant une pause, elle secoua la tête. Si seulement les battements de son cœur pouvaient s'apaiser !

Il plongea un regard brûlant dans le sien.

— Bien sûr que si, affirma-t-il.

Il lui pressa les mains avant d'en relâcher une, gardant l'autre blottie au creux de la sienne. Il se dirigea vers sa voiture.

Affolée, Megan essaya de refaire surface. Que diable, ce n'était pas la première fois qu'un homme l'embrassait ! Elle réagissait ainsi parce que ce baiser était inattendu, voilà tout.

Elle poussa un soupir imperceptible. Qui essayait-elle de tromper en se racontant ces sornettes ? En réalité, personne ne l'avait jamais embrassée de cette façon. Jamais de sa vie. Et si elle voulait continuer à voir les choses en face, autant reconnaître que la situation lui échappait complètement.

Prenant encore une longue inspiration frémissante, elle lança du ton le plus naturel possible :

— Je crois que je ne vais pas venir, finalement.

Tournant la tête vers elle, Katch sourit et ouvrit la portière du passager.

— Un pari est un pari, Meg. Vous vous êtes engagée, vous ne pouvez plus revenir en arrière.

3

Megan s'installa dans la Porsche en essayant de garder une attitude indifférente. Cependant, c'était très agréable, cette voiture de luxe. A vrai dire, elle ne s'était pas attendue à le voir conduire un véhicule ordinaire. Il ne fallait pas regarder longtemps David Katcherton pour comprendre qu'il pouvait s'offrir les plus belles choses.

Il avait probablement hérité d'une fortune considérable, songea-t-elle tandis qu'il démarrait. Sans doute n'avait-il jamais travaillé de sa vie.

Elle s'enfonça dans le siège. Quand Katch lui avait pris la main, elle avait senti sa paume rêche. Ce n'était certainement pas le résultat de longues heures de travail, mais plutôt d'une variété d'activités sportives. Tennis, squash, voilier… Les occupations typiques du rentier qui n'avait jamais rien fait de ses dix doigts. Qui ne cherchait que les plaisirs. Et qui les trouvait, soupira-t-elle intérieurement.

Rejetant ses cheveux par-dessus son épaule, elle se tourna vers lui. Il avait un profil terriblement séduisant.

— Ce que vous voyez vous plaît ?

Furieuse, Megan rougit comme une adolescente.

— Vous avez besoin d'un bon rasage, dit-elle d'un ton aigre.

Katch tourna le rétroviseur vers lui, comme pour vérifier ce qu'elle venait de dire.

— Ma foi, vous avez raison…

Avec un petit sourire railleur, il se faufila dans la circulation.

— Je n'oublierai pas de me raser de près pour notre prochain rendez-vous.

Megan se raidit.

— Il n'y aura pas de prochain rendez-vous !

— Ne vous a-t-on jamais appris à tourner sept fois votre langue dans votre bouche quand vous aviez envie de dire des choses désagréables ?

Elle le fusilla du regard.

— Depuis combien de temps vivez-vous ici ? demanda Katch.

— Depuis toujours.

Les vitres étaient baissées, laissant pénétrer dans la voiture les bruits de l'extérieur. Elle aimait ce mélange de sons indéfinissables. Se détendant un peu, elle redressa les épaules et tourna de nouveau la tête vers Katch.

— Que faites-vous dans la vie ? s'enquit-elle sur un ton un peu dédaigneux.

Katch arqua un sourcil.

— Je m'occupe d'un certain nombre de choses.

— Vraiment ? Quel genre de choses ?

Il s'arrêta à un feu rouge et tourna les yeux vers elle.

— Tout ce qui me plaît.

Le feu passa au vert et, quelques secondes plus tard, il pénétra sur le parking d'un restaurant chic.

— Nous ne pouvons pas aller ici ! s'écria Megan.

— Pourquoi donc ?

Il coupa le contact.

— Ce restaurant est excellent, ajouta-t-il.

— Je sais, mais nous ne sommes pas habillés pour…

— Faites-vous toujours tout comme il faut, Meg ?

Elle scruta son visage. Se moquait-il d'elle ? Oui, probablement. Il devait adorer cela, se moquer des femmes.

— Laissez-moi vous dire…

Sans l'écouter, il descendit de voiture et s'accouda à la portière.

— Réfléchissez deux ou trois minutes, coupa-t-il. Je reviens tout de suite.

Il s'éloigna à grandes enjambées vers le restaurant. Megan secoua la tête. Il ne serait jamais admis dans un endroit pareil, habillé comme il l'était. Après tout, cela lui apprendrait à être arrogant ! Cet homme avait une assurance insupportable ! Megan secoua la tête. Quoi qu'il en soit, ce n'était pas le genre d'individu qu'elle pouvait apprécier.

En soupirant, elle croisa les bras et attendit qu'il revienne.

Comme il ne réapparaissait pas, elle consulta sa montre. Décidément, il faisait tout pour se rendre odieux. Cela faisait un quart d'heure qu'elle l'attendait ! Comment pouvait-il être aussi mal élevé ? Scandalisée, elle descendit de voiture et claqua la portière.

Elle allait trouver une cabine téléphonique et demander à son grand-père de venir la chercher. Elle fouilla dans ses poches. Pas une seule pièce ! De plus en plus en colère, elle se tourna vers le restaurant. Elle n'avait plus qu'à aller faire de la monnaie, ou demander au patron du restaurant la permission d'emprunter son téléphone. Tout valait mieux que de passer la nuit dans cette voiture.

Alors qu'elle poussait la porte, Katch sortit et passa tranquillement devant elle. Megan posa sur lui un regard effaré. Il portait le plus grand panier de pique-nique qu'elle ait jamais vu.

Il ouvrit le coffre de la Porsche, y déposa le panier et rabattit le capot.

— Venez ! ordonna-t-il. Je meurs de faim.

— Qu'est-ce qu'il y a, là-dedans ?

— Deux repas.

Il lui fit signe de remonter en voiture.

— Comment avez-vous obtenu qu'ils vous préparent deux repas à emporter, dans ce restaurant ultrachic ?

— Je leur ai demandé, tout simplement. Avez-vous faim ?

— Euh, oui… mais comment avez-vous… ?

Il se mit à rire.

— Alors allons-y ! lança-t-il en guise de réponse.

Il se glissa derrière le volant et mit le contact. Dès qu'elle fut assise à côté de lui, il sortit en trombe du parking.

— Vous avez un lieu préféré ? demanda-t-il.

— Un lieu préféré ?

— Ne me dites pas qu'il n'y a pas un endroit que vous aimez particulièrement en ayant toujours vécu ici.

Il tourna en direction de l'océan.

— Alors ?

— Vers le nord de la plage, finit-elle par répondre. Il y a peu de monde, sauf en pleine saison.

— Parfait. J'ai envie d'être seul avec vous.

L'estomac chaviré par cette réplique directe, Megan s'agrippa à la portière. Lentement, elle tourna les yeux vers lui.

— Vous voyez quelque chose à redire ? interrogea-t-il, mi-sérieux, mi-provocant.

Megan soupira. C'était comme si elle se trouvait sur un manège de montagnes russes.

— Probablement, répondit-elle. Mais comme vous ne m'écouterez pas, inutile que je me fatigue !

Seuls les goélands et les mouettes peuplaient la plage, poussant leurs longs cris plaintifs. Megan resta un instant face à l'ouest. Le coucher de soleil était une pure splendeur.

— J'aime ce moment de la journée, dit-elle à voix basse. Tout est si calme. Comme si le temps retenait son souffle.

Sentant les mains de Katch sur ses épaules, elle sursauta et se raidit.

— Détendez-vous, conseilla-t-il doucement en se mettant à la masser.

Megan prit une profonde inspiration. Pourquoi cet homme la mettait-il dans tous ses états ? Il fallait absolument qu'elle reste calme. Avec le plus de détachement possible, elle ajouta :

— J'aime aussi l'instant qui précède l'aube. Quand les oiseaux commencent à chanter et que la lumière est encore voilée.

— Mmm… Vous devriez vous détendre plus souvent.

Lentement, il fit remonter ses doigts le long de son cou, puis il les fit glisser dans l'autre sens. Luttant contre le plaisir qu'elle éprouvait, Megan resta figée. Ce plaisir devenait de seconde en seconde plus violent et plus exigeant.

Comme s'il devinait ses sensations, Katch la fit pivoter pour la regarder en face.

— Non, arrêtez ! cria-t-elle en posant les deux mains sur son torse pour le repousser.

— Comme vous voudrez.

Il desserra son étreinte, mais attendit encore quelques secondes avant de la libérer. Puis il se pencha vers le panier, d'où il sortit une nappe blanche.

— De plus, il est grand temps de passer à table ! déclara-t-il d'un ton enjoué.

Muette de stupeur, Megan le regarda s'affairer. Une nappe en coton damassé ? Pour un pique-nique ? Quel boniment avait-il inventé pour se la faire prêter ?

— Voici la suite. Si vous voulez bien m'aider…

Katch lui tendit deux verres.

En cristal. Abasourdie, elle tendit les mains pour les prendre. Ensuite vinrent les assiettes en porcelaine et les couverts en argent.

— Pourquoi vous ont-ils prêté tout ça ?

Il lui jeta un coup d'œil goguenard.

— Ils devaient manquer d'assiettes en carton, répondit-il.

Fronçant les sourcils, Megan baissa les yeux sur le panier.

— Du champagne ? Mais vous êtes fou !

— Qu'y a-t-il ? Vous n'aimez pas le champagne ? s'enquit-il d'un air faussement inquiet.

— Si, mais je ne connais que le champagne américain.

— Eh bien, vous allez découvrir le champagne français.

Il remplit aussitôt un verre, qu'il lui tendit. Du bout des lèvres, elle en but une gorgée. Puis elle arqua un sourcil appréciateur.

— C'est vraiment délicieux ! Mais vous n'aviez pas à…

Faisant une pause, elle montra d'un geste emphatique tout ce qu'il avait apporté.

— Je n'avais pas envie de manger un hamburger, expliqua-t-il.

A la fois fascinée par ce qu'elle voyait et horripilée par le ton sarcastique de Katch, Megan croisa les bras. Katch enfonça légèrement la bouteille dans le sable pour qu'elle tienne debout, puis il posa un petit bocal de verre sur la nappe.

Megan l'ouvrit.

— Qu'est-ce que c'est ?

Elle fronça les sourcils. Le bocal contenait une masse noire, brillante.

Katch plongea de nouveau les mains dans le panier, d'où il sortit des tranches de pain grillé.

— Est-ce que c'est…

Incrédule, elle fit une pause en lui jetant un coup d'œil.

— … du caviar ? termina-t-elle.

— Oui. Donnez-m'en un peu, voulez-vous ? Je meurs de faim.

Katch lui prit le bocal des mains et en étala une couche généreuse sur un toast.

— Vous n'en voulez pas ? demanda-t-il en mordant sa tartine à belles dents.

— Je ne sais pas…

Elle examina le bocal d'un œil dubitatif.

— Je n'en ai jamais mangé, murmura-t-elle.

— Vraiment ?

Il lui tendit son toast.

— Goûtez.

Comme elle hésitait, il sourit et l'approcha plus près de sa bouche.

— Allez-y, Meg, je ne vais pas vous empoisonner !

Avec un petit sourire, elle obtempéra.

— C'est salé…

S'emparant du toast, elle prit une autre bouchée.

— Et c'est bon, décida-t-elle.

— Vous auriez dû m'en laisser un peu plus, commenta-t-il quand elle eut terminé.

Elle se mit à rire et lui prépara un autre toast, qu'elle lui tendit.

Il le prit sans la quitter des yeux.

— Je me demandais à quoi il ressemblait, dit-il d'une voix un peu rauque.

Levant vers lui un regard étonné, elle lécha quelques grains de caviar tombés sur son pouce.

— De quoi parlez-vous ? interrogea-t-elle.

— De votre rire. Je me demandais s'il était aussi séduisant que votre visage, et que toute votre personne.

Il prit une bouchée en la dévorant des yeux.

— La réponse est oui, continua-t-il.

Megan suspendit son geste. Prenant une profonde inspiration, elle essaya de calmer son pouls qui commençait à se déchaîner.

— Vous n'avez pas besoin de me nourrir de caviar et de champagne pour m'entendre rire, fit-elle remarquer.

Avec un haussement d'épaules faussement indifférent, elle s'écarta de lui.

— Je ris souvent, ajouta-t-elle.

— Pas assez souvent à mon goût !

— Pourquoi dites-vous cela ?

— Votre regard est si grave. Et votre bouche aussi.

Il la dévisagea.

— C'est peut-être la raison pour laquelle je me sens obligé de vous faire rire.

— Vous êtes incroyable.

— Vraiment ?

Elle s'accroupit sur les talons et l'observa.

— Vous me connaissez à peine.

— Est-ce important ? demanda-t-il d'une voix de velours.

Plus pour elle que pour lui, elle murmura :

— J'ai toujours pensé que ça devait l'être.

Katch plongea de nouveau la main dans le panier. Cette fois, il en sortit des queues de homard et des fraises. Riant encore, elle repoussa ses cheveux en arrière et s'approcha de lui.

— Laissez-moi vous aider, dit-elle.

Pendant qu'ils mangeaient, le soleil se coucha, laissant place à une lune scintillante, qui fit briller une ligne blanche sur la mer.

Megan eut un léger frisson. C'était comme dans un rêve. L'argenterie et la porcelaine qui luisaient sous la lumière lunaire, les saveurs exotiques qu'elle découvrait sur sa langue, le chant familier du ressac, et cet étranger à côté d'elle, qui, d'une minute à l'autre, devenait de moins en moins étranger.

Elle n'avait déjà plus besoin de voir son visage pour connaître son expression quand il souriait. Elle savait exactement comment ses boucles retombaient sur son front. Et depuis le début de la soirée, elle avait été plus d'une fois obligée de refréner son désir de lui prendre la main.

Agitant un morceau de gâteau au fromage au bout de sa fourchette, Katch proposa :

— En voulez-vous ?

— Non, merci, je n'en peux plus !

Elle ramena ses genoux vers sa poitrine, y posa son menton et continua à l'observer. Visiblement, il se régalait.

— Je n'ai jamais fait de pique-nique comme celui-ci, déclara-t-elle avec un sourire béat.

Incapable de tenir en place, elle se renversa sur les coudes et étira ses jambes. Puis elle examina le ciel étoilé.

— Je dois dire que je n'ai jamais rien mangé d'aussi délicieux !

— Je transmettrai vos compliments à Ricardo, promit Katch.

Se rapprochant d'elle, il fit glisser son regard le long de son cou.

— Qui est-ce ? s'enquit-elle.

Elle se moquait éperdument de le savoir, mais Katch créait en elle un tel trouble qu'il fallait absolument parler pour le cacher.

Cependant, elle ne protesta pas au moment où Katch lui passa doucement une mèche de cheveux derrière l'oreille.

— C'est le chef cuisinier. Il adore les compliments, répondit-il à voix basse.

Megan poussa un soupir imperceptible. La voix de Katch épousait le bruit de la mer. C'était enivrant.

— Comment le savez-vous ?

— C'est moi qui l'ai fait venir ici. Avant, il travaillait à Chicago.

— Vous l'avez fait venir de Chicago ? Que voulez-vous dire ?

Comprenant avant qu'il ne réponde, elle s'écria :

— Le restaurant vous appartient !

— Bravo ! Vous êtes très perspicace, dit-il d'un ton moqueur.

L'incrédulité qui se lisait dans les yeux de Megan était charmante. Il sourit.

— Je l'ai acheté il n'y a pas très longtemps.

Megan jeta un coup d'œil sur la nappe blanche et la vaisselle. Oui, le restaurant était à vendre, deux ans plus tôt. Le décor avait changé et, depuis sa réouverture, sa réputation s'était largement améliorée.

Elle reporta son attention sur Katch.

— Vous l'avez acheté ?

— Absolument.

Il se tourna face à elle.

— Vous paraissez surprise ?

Elle l'examina attentivement. Les boucles folles, le jean usé aux genoux, les baskets presque éculées. Katch ne représentait pas précisément l'idée qu'elle se faisait d'un homme d'affaires. Où était le costume trois-pièces, la coupe de cheveux parfaite ? Et pourtant… il y avait quelque chose en lui…

Elle secoua lentement la tête.

— Non, je ne suis pas vraiment surprise, finit-elle par répondre.

Comme il changeait de position, elle fronça les sourcils. En une seconde, il se retrouva à côté d'elle, face à la mer.

— Vous l'avez acheté de la même façon que vous envisagez d'acheter Joyland ?

— Je vous l'ai dit, c'est mon travail.

— Apparemment ce qui compte pour vous, c'est bien plus que le fait de posséder quelque chose, n'est-ce pas ? insista-t-elle. Il s'agit chaque fois de redresser une entreprise, de relever un défi ?

— C'est mon idée, en effet. J'éprouve une grande satisfaction quand je réussis.

Se redressant, Megan tourna la tête vers lui. Brusquement, l'enchantement de cette soirée s'était évanoui. Une sourde colère grondait au fond d'elle.

— Détrompez-vous, vous n'achèterez pas Joyland. Ce, parc, c'est toute la vie de Pop. S'il vendait, il en mourrait, j'en suis sûre. Vous ne pouvez pas comprendre…

— Peut-être…, reconnut-il. Vous pourrez me l'expliquer plus tard. Un autre soir.

Il posa une main sur la sienne.

— On ne peut pas parler affaires par une nuit comme celle-ci, continua-t-il.

Furieuse, elle retira sa main.

— Katch, vous devez…

— Regardez le ciel, Meg, suggéra-t-il. Avez-vous jamais essayé de compter les étoiles ?

Malgré elle, Megan leva les yeux, tout en se morigénant. Pourquoi faisait-elle tout ce qu'il lui demandait ? Où était passé son quant-à-soi, son indépendance ? C'était ahurissant, mais cet homme semblait avoir un terrible ascendant sur elle… Dès qu'il était là, elle perdait toute volonté.

— Quand j'étais petite. Mais…

— Ce n'est pas seulement un jeu d'enfant, dit-il d'une voix chaude teintée d'humour. Venez-vous souvent ici, la nuit ?

Les étoiles semblaient à portée de main.

— Parfois, murmura-t-elle. Quand un projet se présente mal et que j'ai besoin de faire le point. Ou quand j'ai envie d'être seule.

— Quel genre d'artiste êtes-vous ? interrogea-t-il.

Lui reprenant la main, il fit glisser les doigts sur son poignet. Megan avait des attaches vraiment très fines, remarqua-t-il.

— Peignez-vous des marines ? des paysages ? questionna-t-il.

— Non, je sculpte.

— Ah !

Il leva sa main pour l'examiner d'un côté, puis de l'autre.

— Oui, je vois bien cela maintenant. Vous avez des mains de créatrice.

Quand il posa les lèvres sur sa paume, elle sentit une décharge électrique lui traverser le corps.

Prudemment, elle retira sa main. Il ne fit rien pour la retenir. Ramenant ses genoux contre sa poitrine, elle les entoura de ses bras. Sans le voir, elle sentait le sourire de Katch.

— Quel matériau travaillez-vous ? La terre, le bois, la pierre ?

— Les trois.

Elle tourna la tête et sourit de nouveau.

— Où avez-vous appris ? demanda-t-il encore.

— A l'université.

Elle haussa les épaules.

— Je n'avais pas beaucoup de temps à y consacrer.

Faisant une pause, elle contempla le ciel.

— J'aime venir ici à la pleine lune. La lumière est argentée.

Brusquement, les lèvres de Katch lui effleurèrent l'oreille. Elle sursauta et voulut s'éloigner, mais Katch glissa un bras autour de ses épaules.

— Détendez-vous, Meg.

Sa voix était un murmure.

— A part nous, il n'y a rien d'autre que la lune et l'océan.

Megan poussa un soupir mi-exaspéré, mi-satisfait. Les lèvres de Katch couraient sur son cou, la privant de volonté. Elle avait les membres alourdis par le vin et par la magie de ce contact. Quand la bouche de Katch arriva sur le creux de sa gorge, elle émit un petit gémissement.

— Katch, je dois rentrer.

Il la mitraillait de petits baisers.

— Je vous en prie, laissez-moi, dit-elle d'une voix presque inaudible.

— Plus tard, chuchota-t-il en lui mordillant l'oreille.

— Non, je…

Elle tourna la tête, et les mots moururent sur ses lèvres.

Sa bouche n'était qu'à un souffle de celle de Katch. Elle le regarda, les yeux agrandis, tandis qu'il penchait la tête plus près d'elle. Ses lèvres s'attardèrent sur sa joue, puis sur ses paupières. Elle gémit encore tandis qu'il lui taquinait la commissure des lèvres. Ses mains ne la touchaient pas. Il avait retiré son bras, de sorte que le seul contact entre eux se faisait par la bouche de Katch sur sa peau, et le mélange de leurs souffles.

Prise de vertige, Megan se sentit faiblir de plus en plus. Le peu de résistance qu'elle avait gardé fondait comme neige au soleil, ne laissant qu'un désir de plus en plus tyrannique. Elle ne se posait plus de questions sur les dangers possibles, ni sur les conséquences. Sa bouche chercha celle de Katch. Sans hésitation ni timidité. Rien qu'un besoin impatient. Elle avait faim de ce que Katch lui avait déjà fait connaître : un trouble délicieux.

Comme il ne la touchait toujours pas, elle l'entoura de ses bras et l'attira contre elle. Elle l'entendit grogner de plaisir tandis que leur baiser devenait plus profond. Katch plongea la main dans sa chevelure. Maintenant, elle n'entendait presque plus le bruit des vagues tant son cœur battait fort.

Prenant une profonde inspiration, elle voulut s'écarter de lui. Mais il la serra plus fort.

— Encore ? susurra-t-il.

La question, posée tranquillement, résonna comme un cri dans la nuit calme.

Le refus au bout de la langue, Megan secoua vaguement

la tête. Le sol menaçait de se dérober sous ses pieds. La main de Katch se posa sur son cou.

— Oui, dit-elle dans un souffle.

Il la prit dans ses bras.

Cette fois, il fut moins passif. Il lui montra une autre façon d'embrasser. Un baiser court et léger, puis long et profond. La langue, les dents et les lèvres, tout pouvait donner du plaisir. Etourdie, Megan se laissa tomber sur le sable avec lui.

Elle eut un frisson délicieux. Les lèvres de Katch sur sa peau étaient magiques. Elle oubliait tout. Quand il revint la bâillonner de sa bouche, plus rudement maintenant, avec plus d'insistance, elle fit courir ses doigts dans ses cheveux blond vénitien. Elle était prête à lui répondre. Elle avait attendu ce moment avec impatience.

Alors qu'il posait la paume de sa main sur son sein nu, elle émit un petit murmure de protestation. Elle ne l'avait pas senti descendre le Zip de sa veste, ni déboutonner son chemisier. Mais sa main était douce, persuasive. Il laissa ses doigts se promener sur elle en un contact léger comme une plume. La résistance de Megan ne dura qu'un bref instant avant de se transformer en désir frénétique. Sa peau était devenue incandescente. Elle remua sous lui, et les mains de Katch s'enhardirent.

Maintenant, il y avait de la fringale dans le baiser de Katch. C'était une saveur plus acide que celles qu'elle avait jamais goûtées. C'était mille fois plus grisant que les mots doux ou le champagne, mais aussi beaucoup plus effrayant.

— Je vous veux, déclara Katch contre sa bouche. Je veux faire l'amour avec vous.

Megan se sentit perdre pied. La situation lui échappait complètement. Oui, elle mourait d'envie de lui, elle aussi. Elle fit un effort pour recouvrer ses esprits, pour se rappeler qui ils étaient. Leurs noms, le lieu où ils se trouvaient, leurs responsabilités. Il y avait autre chose que la lune et la mer. Et Katch était un homme qu'elle connaissait à peine.

Brusquement, la lucidité lui revint.

— Non ! dit-elle dans un souffle.

Elle arriva à se mettre debout.

— Non ! répéta-t-elle d'une voix tremblante.

D'une main affolée, elle essaya de boutonner son chemisier.

Se levant à son tour, Katch posa sur elle un regard où la frustration se mélangeait au désir. Les mâchoires serrées, il questionna entre ses dents :

— Pourquoi ce revirement soudain ?

Megan avala péniblement sa salive. Le ton de Katch avait une nuance impitoyable.

— Je ne veux pas, répondit-elle dans un souffle.

— Menteuse !

— Très bien.

Elle hocha la tête, reconnaissant son tort. Elle allait trouver un autre argument.

— Je ne vous connais pas !

Inclinant la tête pour admettre qu'elle avait raison, il l'attira par la manche de son chemisier.

— Eh bien, c'est l'occasion de me connaître, fit-il remarquer en lui donnant un baiser brûlant dans le cou. Mais nous attendrons que vous changiez d'avis.

Elle lutta pour retrouver une respiration normale. Son cœur battait à grands coups désordonnés.

— Croyez-vous obtenir toujours ce que vous désirez ? interrogea-t-elle d'une voix pleine de défi.

— Bien entendu, répondit-il avec un sourire étincelant.

— Avec moi, vous risquez d'être déçu !

Elle repoussa ses mains et recommença à se boutonner. Ses doigts étaient maintenant plus fermes.

— Vous n'aurez ni Joyland ni moi, assura-t-elle. Aucun des deux n'est à vendre.

Il lui prit le bras d'un geste un peu rude.

— Je n'achète pas les femmes !

Il enrageait. Ses yeux s'étaient assombris, et sa voix charmeuse était devenue coupante comme du silex. Megan ne le quittait pas des yeux. Les différentes expressions de son visage fascinaient l'artiste qui était en elle, mais la femme ne supportait pas ce ton implacable.

— Vous savez aussi bien que moi qu'avec un peu plus de persuasion je vous aurais eue ce soir, affirma-t-il.

D'un mouvement brusque, Megan se dégagea de son étreinte.

— Ce qui est arrivé ce soir ne signifie pas que je vous trouve irrésistible !

Elle referma sa veste.

— Je peux seulement vous assurer une chose, continua-t-elle. Vous n'aurez pas Joyland, et vous ne m'aurez pas. Vous aviez besoin de rencontrer quelqu'un qui vous résiste ! Eh bien voilà, c'est fait !

Katch resta un instant silencieux, les yeux rivés sur elle. Puis, lentement, un sourire arrogant se forma sur ses lèvres.

— Vous vous trompez terriblement, Meg. Je vous aurai tous les deux.

— Je vous interdis de me menacer.

— Je ne vous menace pas. Je vous fais une promesse. Et je tiens toujours mes promesses.

4

Le soleil de l'après-midi se répandait à flots dans l'atelier. Mais Megan n'y faisait pas attention, pas plus qu'au chant des oiseaux qui entrait par les fenêtres grandes ouvertes. Elle se concentrait sur l'argile que ses mains façonnaient, ou, plus précisément, sur la forme que la terre commençait à prendre.

Elle avait mis de côté son projet en cours, ce qu'elle faisait rarement, pour s'attaquer à un autre. Cette nouvelle étude de buste l'avait hantée toute la nuit. Elle allait exorciser la pensée de David Katcherton en sculptant son portrait.

Elle savait exactement ce qu'elle voulait capter : la détermination, l'intransigeance et l'arrogance perceptibles sous son air charmeur.

C'était encore difficile à admettre, mais Katch l'avait effrayée, la veille. Pas physiquement ! Il était bien trop intelligent pour agir comme une brute. Mais par la force de sa personnalité. Megan serra de toutes ses forces son ciseau de sculpteur. La constatation qu'elle venait de faire était plus que déplaisante. A l'évidence, Katch était un homme qui obtenait toujours ce qu'il voulait. Mais cette fois, il avait trouvé plus fort que lui : elle lui tiendrait tête. Il allait vite découvrir qu'elle ne se laissait pas convaincre, pas plus facilement que Pop.

Lentement, méticuleusement, ses doigts modelèrent les traits séduisants de Katch. C'était très satisfaisant de pouvoir dominer cet homme ainsi, même si ce n'était que par le truchement de l'argile.

Presque sans y penser, elle ajouta une mèche vagabonde au-dessus d'un sourcil. Puis elle recula pour voir l'effet produit. Indéniablement, elle avait réussi à capter une des facettes de Katch. Elle soupira. Cet homme était un vrai brigand. Oui, ce mot démodé lui allait à la perfection. Elle n'avait aucun mal à l'imaginer, chaussé de hautes bottes, la taille entourée d'une ceinture lardée de munitions, dans une salle de jeu, au fin fond du Texas. Ou capturant un bateau, sabre au poing. Ses doigts caressèrent les boucles d'argile. En pirate, il s'emparerait des trésors et des femmes, là où il les trouverait.

Les femmes… Elle soupira, tandis que le souvenir de la soirée lui revenait à la mémoire… en même temps que la sensation des lèvres de Katch sur sa peau. Elle sentait encore le sable sous son corps quand ils s'étaient allongés. Le clair de lune illuminait les cheveux de Katch.

Effarée, Megan se ressaisit. A quoi pensait-elle ? Elle avait autre chose à faire qu'à rêvasser au sujet de cet individu. Baissant les yeux sur son travail, elle poussa un petit juron et faillit réduire le portrait d'argile à une masse informe. Elle arriva difficilement à se contrôler. Pour l'instant, elle n'était bonne à rien, il valait mieux qu'elle fasse une pause. Elle se leva en soupirant. Jamais elle n'aurait dû se laisser distraire par de telles inepties ! Car sa soirée avec Katch n'était ni plus ni moins qu'une énorme bêtise.

Elle soupira encore. Pourquoi était-ce si difficile de croire à ce qu'elle se racontait ? Ne devait-elle pas se fier à ses émotions et à son intuition ? Si oui, son intuition ne lui disait-elle pas que Katch était important pour elle, beaucoup plus important qu'un étranger n'aurait dû l'être pour une femme sensée ?

« Et il ne fait aucun doute que je suis raisonnable », marmonna-t-elle. Prenant une profonde inspiration, elle se rinça les mains dans le petit lavabo. Il fallait qu'elle garde la tête froide. Pop avait besoin d'elle, ne serait-ce que pour lui rappeler qu'il y avait des factures à payer.

S'essuyant les mains, elle eut un sourire attendri. Pop l'avait élevée, mais c'était elle, maintenant, qui le protégeait.

Au début, elle était si jeune, si dépendante de lui. Il s'était occupé d'elle comme une mère. Puis, en grandissant, elle avait participé aux tâches qu'il trouvait pénibles : comptes, discussions avec la banque. Elle avait souvent mis de côté ses propres désirs pour faire ce qu'elle estimait être son devoir. Mais elle s'occupait aussi du monde de l'art. Parfois, quand elle était très absorbée par son travail, elle oubliait les règles qu'elle s'était imposées pour vivre au jour le jour. Elle se sentait souvent tiraillée entre deux pôles. Oui, décidément, elle avait assez à penser sans David Katcherton.

Pourquoi un homme qu'elle connaissait à peine viendrait-il menacer l'équilibre de sa vie ? Elle secoua la tête. Au lieu de s'appesantir sur cette idée, elle ferait mieux de terminer ce fichu buste. C'était un excellent moyen pour compenser sa frustration. Une fois qu'il serait terminé, elle comprendrait peut-être plus clairement de quelle façon elle percevait Katch.

Un peu rassérénée, elle se remit au travail. Pendant plus d'une heure, elle sculpta sans s'interrompre en essayant de penser à Katch d'une façon purement professionnelle. Mais ce fut peine perdue. Chaque seconde passée avec lui resurgit dans sa mémoire. Et, Dieu seul sait pourquoi, la vue de Katch se préparant à partir avec Pop, ce matin, à l'aube, l'avait vraiment contrariée. Dieu merci, tout était oublié maintenant… Cependant, l'amitié que Pop lui témoignait était assez incompréhensible. Elle les avait épiés de derrière le rideau de sa chambre. Katch paraissait en pleine forme malgré l'heure très matinale.

Megan soupira. Pop et lui semblaient s'entendre comme larrons en foire. Comment Pop pouvait-il accorder toute sa confiance à cet homme qu'il connaissait depuis moins d'une semaine ? C'était absolument déconcertant. Elle était retournée se coucher, et elle avait gardé les yeux rivés sur le plafond pendant de longues minutes.

Puis elle avait entendu Katch éclater de rire. Ce rire lui avait littéralement fait tourner la tête. C'était un rire terriblement séduisant. Elle soupira encore. Non, elle n'allait pas le laisser s'infiltrer dans son esprit.

Sous ses doigts experts, le visage de Katch prenait forme. Alors qu'elle peaufinait le menton, la voix de Katch retentit dans l'allée. Puis ce fut celle de son grand-père. Ils paraissaient joyeux comme des gamins qui ont fait une bonne blague.

Son studio étant situé au-dessus du garage, elle avait une vue imprenable sur la maison, juste en face, et sur l'allée qui y conduisait. Elle s'approcha de la fenêtre au moment où Katch sortait un sac du coffre de la voiture. Il arborait un large sourire, mais elle ne pouvait pas entendre ce qu'il disait. Pop renversa la tête en arrière, faisant voltiger sa spectaculaire chevelure blanche, et il éclata de rire. Il donna une petite tape amicale sur l'épaule de Katch. Megan fronça les sourcils. Qu'étaient-ils en train de tramer, ces deux-là ?

Elle les observa pendant qu'ils déchargeaient les boîtes d'appâts et le matériel de pêche. Katch était habillé de la même façon que la veille. Son T-shirt bleu pâle portait une inscription sur le devant, mais les lettres fanées étaient illisibles. Il avait vissé sur sa tête la casquette de pêcheur que Pop lui avait prêtée. Megan soupira. Il fallait bien admettre qu'ils allaient très bien ensemble. Ils avaient une grosse différence d'âge, et le contraste était marqué aussi par leur carrure respective, mais ils étaient aussi virils l'un que l'autre. Se prenant au jeu, elle examina leurs différences et leurs ressemblances. Lorsque Katch leva les yeux vers sa fenêtre, elle ne bougea pas, trop absorbée par ce qu'elle observait.

Katch repoussa sa casquette en arrière pour mieux la voir. L'appui de la fenêtre étant bas, Megan semblait se tenir dans le cadre d'un tableau grandeur nature. Comme toujours quand elle travaillait, ses cheveux étaient retenus en arrière par un ruban. Son visage paraissait plus jeune, et plus vulnérable, ses yeux plus grands. La vieille chemise de Pop dont elle se servait comme tablier la faisait paraître plus petite.

Megan resta immobile. Fixant les yeux de Katch, elle vit un éclair les traverser. C'était le même éclair fugitif qu'elle avait perçu, la veille au soir, sous la pleine lune. Un frisson parcourut sa peau. Katch lui adressa un sourire éblouissant. Et, brusquement, son regard eut une expression amusée tandis que son sourire redevenait plein d'arrogance.

— Descendez, Meg ! cria-t-il en faisant un grand geste. Nous vous avons rapporté un cadeau !

Il lui tourna le dos pour emporter le sac dans la maison.

— Je préférerais des émeraudes ! cria-t-elle.

— La prochaine fois ! promit-il hardiment.

Katch était seul, occupé à nettoyer le produit de leur pêche. En la voyant, il sourit et posa son couteau, avant de la prendre dans ses bras et de l'embrasser.

Megan protesta d'une voix tremblante :

— Vous ne pouvez pas…

— C'est déjà fait, fit-il remarquer. Vous avez bien travaillé ? interrogea-t-il comme si ce baiser brûlant n'avait jamais eu lieu.

Faisant une pause, il plongea un regard pénétrant dans le sien.

— Montrez-moi votre atelier, dit-il d'une voix grave.

C'était un ordre, cela ne faisait pas l'ombre d'un doute. Piquée au vif par le ton de Katch, elle ouvrit la bouche pour lancer une réplique cinglante, mais elle la referma aussitôt. A quoi bon s'énerver ? Elle n'avait aucune envie qu'il entre dans son sanctuaire. Mais elle n'allait pas discuter de cela avec lui.

Ignorant sa requête, elle demanda :

— Où est mon grand-père ?

Elle souleva le couvercle du sac isotherme.

— Pop est en train de ranger le matériel, répondit-il.

Bien que tous ceux qui connaissaient Timothy Muller l'appelassent Pop, elle fronça les sourcils.

— Vous êtes bien familier ! souligna-t-elle.

— C'est vrai. J'aime beaucoup votre grand-père, Meg. Vous savez certainement à quel point c'est facile de l'aimer.

Megan posa sur lui un regard scrutateur.

— Je ne sais pas si je peux vous faire confiance.

— Oh, mais vous ne devriez pas ! s'exclama-t-il en souriant.

Tendant la main vers elle, il passa un doigt sur le bout de son nez.

— Pas un seul instant, ajouta-t-il.

Ouvrant le sac isotherme, il lui montra les poissons qui s'y entassaient.

— Avez-vous faim ?

Megan ne put s'empêcher de sourire. Comment ne pas se laisser charmer, malgré les avertissements de son sixième sens ?

— Non, mais ça pourrait venir. Surtout si ce n'est pas moi qui fais la cuisine.

— Pop m'a dit que vous aviez horreur de vider les poissons, parce que vous étiez très délicate.

— Ah oui ?

Elle lui coula un regard menaçant par-dessus son épaule.

— Que vous a-t-il dit encore ?

— Que vous aimiez les jonquilles et que vous aviez un éléphant en peluche nommé Henry.

Megan resta bouche bée.

— Il vous a raconté tout ça ?

Un sourire amusé aux lèvres, Katch hocha la tête.

— Il m'a dit aussi que vous regardiez des films d'horreur et qu'ensuite vous dormiez la tête sous les couvertures.

Son sourire s'élargit. Furieuse, Megan le poussa pour se faufiler vers la porte de la cuisine.

— Excusez-moi, lâcha-t-elle froidement.

Le rire de Katch la suivit.

— Pop ! Tu exagères !

Elle le trouva dans la petite pièce adjacente à la cuisine, où il rangeait ses cannes à pêche. Il lui adressa un sourire affectueux. Mais elle s'accrocha à sa colère. Les mains sur les hanches, elle resta sur le seuil.

— Bonjour, Megan ! lança-t-il d'un ton joyeux. Laisse-moi te dire une chose : ce garçon sait pêcher. Parole de Pop, il s'y connaît !

Megan serra les dents. Puis, posant sur lui un regard noir, elle fulmina :

— C'est la nouvelle la plus extraordinaire que j'aie jamais entendue ! Mais peux-tu me dire pourquoi tu as trouvé indispensable de raconter à cet as de la canne à pêche que j'avais un éléphant en peluche et que je dormais avec les couvertures sur la tête ?

Cachant difficilement un sourire, Pop prit un air innocent. Les sourcils de Megan se rapprochèrent un peu plus.

— Pop ! fit-elle, de plus en plus exaspérée. Tu n'as pas le droit de bavarder à mon sujet comme si tu parlais d'une petite fille !

— Tu seras toujours ma petite-fille !

Il l'embrassa affectueusement sur la joue. Mais c'était plus prudent de changer de sujet. Avec un sourire désarmant, il demanda :

— Est-ce que tu as vu ces truites ? Nous allons nous régaler ce soir.

Elle croisa les bras. Décidément, Pop voulait la rendre folle.

— Je suppose qu'il va dîner avec nous ! déclara-t-elle d'un ton rageur.

— Naturellement !

Pop cligna des paupières.

— Enfin, Meg, il a pêché la moitié du poisson.

Elle secoua la tête.

— Pop, est-ce que tu te rends compte ? Tu as raconté à cet étranger des choses qu'il n'avait pas besoin de savoir !

— Je lui ai aussi parlé de ta tarte aux myrtilles, répliqua-t-il d'un air malicieux.

Megan resta un instant silencieuse. Décidément, son grand-père aurait toujours le dernier mot. Mais il était tellement adorable !

Elle soupira.

— Très bien, tu as gagné !

Quelques minutes plus tard, Pop entendit des bruits de casseroles. Ravi, il se glissa hors de la pièce et sortit furtivement de la maison.

Imitant son grand-père, Meg maugréa :

— « Je lui ai parlé de ta tarte aux myrtilles »… Ah, parlez-moi des hommes !

Elle eut un sourire attendri. Comment résister à Pop ? Il adorait ses tartes aux myrtilles. Si elle avait le cœur de lui refuser cette douceur, elle ne serait pas sa petite-fille.

Elle glissait le moule dans le four quand la porte à moustiquaire claqua derrière elle. Elle sursauta et se retourna vivement, pour se retrouver nez à nez avec Katch.

— J'ai entendu parler de vos tartes, dit-il en déposant les poissons nettoyés sur le comptoir. Pop a quelques bricoles à terminer au garage. Il a demandé que vous l'appeliez quand le dîner serait prêt.

Posant sur lui un regard noir, Megan grommela entre ses dents :

— Ah oui ? J'espère que vous ne pensez pas attendre tranquillement le moment de vous mettre les pieds sous la table, vous risquez d'être déçu, et…

— Vous ne croyez tout de même pas que je vais vous laisser cuisiner le produit de ma pêche ! s'exclama-t-il d'un air faussement scandalisé.

Elle le dévisagea. Katch affichait maintenant une expression imperturbable.

— Je fais toujours cuire moi-même le poisson que j'ai pêché, affirma-t-il. Où se trouve la poêle à frire ?

Silencieusement, mais sans le quitter des yeux, elle lui

indiqua le placard. Il s'accroupit pour chercher la poêle adéquate.

Quelques secondes plus tard, il se releva, l'ustensile à la main.

— Ce n'est pas que je vous soupçonne d'être une mauvaise cuisinière, continua-t-il. Mais je sais que moi, je suis un excellent cuisinier !

— Etes-vous en train de me dire que je ne suis pas capable de faire cuire convenablement ces ridicules petits poissons ?

— Disons que je n'aime pas courir de risque quand il s'agit du produit de ma pêche.

Il se mit à farfouiller dans les placards.

— Vous pourriez préparer une salade ? suggéra-t-il d'une voix douce. Et me laisser m'occuper de cela ?

Il poussa un petit grognement de satisfaction en trouvant le moulin à poivre.

Megan n'en croyait pas ses yeux. Katch se comportait comme s'il habitait là.

— Allez au diable !

Comme en écho, la sonnerie du four retentit.

— Votre tarte est cuite ! s'écria joyeusement Katch.

Il se dirigea vers le réfrigérateur, dans lequel il prit des œufs et du lait.

Faisant un violent effort pour rester calme, Megan sortit le fond de tarte du four. Puis, réfléchissant quelques secondes, elle eut un petit sourire. Elle allait préparer la salade du siècle, histoire de rabattre le caquet à ce M. Katcherton.

Pendant quelques minutes, ils ne parlèrent ni l'un ni l'autre. Seul le chuintement de l'huile bouillante rompit le silence lorsque Katch déposa ses truites dans la poêle.

Essayant d'ignorer l'odeur appétissante qui s'élevait, Megan nettoya une laitue, puis elle râpa quelques légumes.

L'entendant soupirer, Katch releva un sourcil curieux.

— Vous devez réussir la salade, n'oubliez pas !

Elle eut un sourire réticent.

— Et vous, vous devez vous surpasser, dit-elle.

Il haussa les épaules et il lui prit une carotte pelée des mains.

— Vous préféreriez que je rate mes poissons ? s'enquit-il d'un ton nonchalant.

Il mordit dans la carotte avant qu'elle puisse la lui reprendre. Secouant la tête, elle en choisit une autre.

— Je dois dire que j'aurais préféré vous voir moins à l'aise dans ma cuisine. J'ai l'impression que vous êtes en pays conquis…

Elle fit une pause. Katch inclina la tête.

— Et ? interrogea-t-il. Il y a une suite, je ne me trompe pas ?

Elle refréna une envie de rire.

— J'aurais préféré aussi que vos poissons sentent moins bon.

— Est-ce un compliment ?

Les sourcils froncés, Megan coupa la carotte en petits dés.

— Je ne sais pas. Mais il y a une chose que je sais : vous seriez sans doute plus facile à supporter si vous ne paraissiez pas si sûr de vous.

La prenant par surprise, il lui saisit les épaules et la fit pivoter.

— Est-ce que vous avez envie de me supporter ?

Il se mit à rire.

— Ce serait un bon début !

Il lui caressa doucement le cou. Comme il l'attirait contre lui, elle posa les deux mains sur son torse.

— J'ai l'impression que je vous rends nerveuse, déclara-t-il d'un air ravi.

Elle secoua la tête.

— Désolée de vous décevoir, répondit-elle d'une voix mal assurée.

Katch se contenta d'arquer un sourcil en l'attirant encore plus près. Megan sentit son sang accélérer sa course. Un peu tremblante, elle finit par admettre :

— Si, vous me rendez nerveuse ! Et j'ai horreur de ça !

Elle se dégagea et marcha à grands pas vers le réfrigérateur, d'où elle sortit la préparation à base de myrtilles.

— Vous n'êtes pas obligé de paraître si satisfait, remarqua-t-elle.

Si au moins elle pouvait arriver à être aussi agacée qu'elle voulait l'être !

— Il y a plusieurs choses qui me rendent nerveuse.

Elle commença à verser les myrtilles sur le fond de tarte.

— Les serpents, les caries dentaires, les grands chiens agressifs…

L'entendant rire, elle ne put s'empêcher d'en faire autant.

— J'ai du mal à vous trouver antipathique quand vous me faites rire, mais ne croyez pas que vous allez me mettre dans votre poche aussi facilement.

— Vous voulez vraiment me trouver antipathique ?

Katch jeta un autre poisson dans la poêle.

— C'était mon plan, avoua-t-elle. Cela me paraissait une bonne idée.

— Pourquoi ne pas essayer autre chose ? proposa Katch en cherchant un plat.

Il fit une petite pause. Puis il demanda avec un sourire ravageur :

— Qu'est-ce que vous aimez, à part les jonquilles ?

— Les glaces à la crème, répondit-elle spontanément, Oscar Wilde, et marcher pieds nus.

— Et le base-ball ?

Megan suspendit son geste quelques secondes.

— Eh bien ?

— Est-ce que vous aimez le base-ball ?

— Oui, je ne déteste pas.

— Je savais bien que nous avions au moins un intérêt commun !

Il arrêta le feu sous la poêle.

— Vous pouvez appeler Pop. Le poisson est prêt ! annonça-t-il.

*
* *

Posant sa fourchette, Megan poussa un faible soupir. C'était purement et simplement délicieux. Et l'atmosphère était très chaleureuse. Ils étaient assis tous les trois autour de la table de la cuisine, savourant un repas auquel chacun avait contribué. Il était clair qu'une affection croissante se tissait entre Pop et Katch, c'était presque palpable. Et plutôt préoccupant. Katch n'était-il pas en train d'entortiller Pop pour qu'il accepte de lui vendre Joyland ? Si, probablement. Il n'en parlait plus, mais il n'avait certainement pas renoncé à ce projet. Ce n'était pas son genre. Cependant, Pop était heureux en sa compagnie, cela crevait les yeux. Puisqu'elle ne pouvait pas avoir confiance en Katch, elle allait devoir changer ses plans. C'était impossible de trouver Katch détestable, et de l'empêcher de changer leurs vies.

Megan se passa une main dans les cheveux. Il valait mieux aussi ne pas s'attarder sur la façon dont il modifiait la sienne en particulier.

Soupirant d'aise, Pop se renversa contre le dossier de sa chaise.

— Je ne suis pas près d'oublier ce repas ! Bravo à tous les deux.

Il se mit à rire.

— Vous savez quoi ? Puisque vous m'avez régalé, c'est moi qui ferai la vaisselle.

Il détourna les yeux de sa petite-fille et les posa sur Katch.

— Vous n'avez pas envie d'aller vous promener, tous les deux ? Megan adore marcher sur la plage.

— Pop ! Qu'est-ce que tu racontes ?

— Je sais que les jeunes aiment être seuls, continua-t-il en faisant mine d'ignorer le ton furieux de sa petite-fille.

Megan ouvrit la bouche pour protester, mais Katch fut plus rapide qu'elle.

— Je suis toujours partant pour me promener avec une belle femme.

Il se tourna vers elle.

— Mais en réalité, j'aimerais mieux visiter votre atelier.

— Vous voulez l'acheter, lui aussi ? interrogea sèchement Megan.

Katch éclata de rire.

— Allons, Megan, ne fais pas ta mauvaise tête. Montre-lui ton atelier, insista Pop. Je n'ai pas arrêté de lui parler de tes sculptures. Il faut qu'il se fasse une idée par lui-même.

Après une courte hésitation, Megan se leva. Après tout, il lui était égal de montrer son œuvre à Katch. Et il ne faisait aucun doute que c'était moins dangereux de monter à l'atelier avec lui que de se promener en sa compagnie au bord de l'eau.

— Très bien. Suivez-moi.

Quand ils eurent passé la porte d'entrée, Katch glissa un bras autour de ses épaules.

— J'aime beaucoup ce jardin, commenta-t-il.

Il parcourut du regard les buissons d'azalées.

— Il est très harmonieux, et calme.

Megan voulut le repousser, mais elle se ravisa. Pourquoi bouder son plaisir ? Ce contact lui était agréable. Se dirigeant vers le garage, elle ne se dégagea qu'au moment de gravir les marches devant lui. C'était surprenant, mais subitement, sans savoir pourquoi, elle se sentait de bonne humeur. Que lui arrivait-il ? Cet homme lui faisait vraiment perdre la tête.

— C'est un tout petit atelier, pas très impressionnant, vous verrez, déclara-t-elle. C'est juste un coin pour travailler sans déranger Pop. Et sans qu'il me dérange.

Elle ouvrit la porte et alluma la lumière. Le soleil disparaissait lentement à l'horizon.

Il y avait beaucoup plus de désordre ici qu'elle ne s'en permettait dans la maison. Mais cette pièce était différente. Elle lui appartenait en propre, bien plus même que sa chambre. Un grand nombre d'outils — ciseaux, gouges, compas — voisinaient avec un assortiment de couteaux et de limes. Sur le dossier de l'unique chaise, la vieille chemise qu'elle portait pour travailler semblait l'attendre patiemment. Des morceaux de bois, des blocs d'argile étaient entassés dans les coins. Partout, sur les étagères, sur les deux tables et à même le sol se trouvaient des sculptures achevées ou à peine ébauchées.

Katch entra. Sans qu'elle s'y attende, elle se sentit brusquement tendue. Comment allait-elle réagir s'il commençait à critiquer, ou, pire, s'il lui faisait quelque compliment banal ? Stupéfaite, elle haussa un sourcil. Pourquoi se souciait-elle de l'opinion de David Katcherton ? Pourtant, c'était bel et bien le cas : elle s'en souciait. D'un geste rapide, elle referma la porte derrière elle et s'y adossa, attendant le verdict.

Katch se dirigea directement vers une esquisse représentant une petite fille en train de construire un château de sable. Megan retint son souffle. Elle aimait particulièrement cette œuvre. Elle était arrivée à lui insuffler exactement l'atmosphère qu'elle voulait. Le visage de la fillette reflétait plus que la jeunesse et l'innocence. Un sourire mystérieux flottait sur ses lèvres, lui donnant une dimension étrange.

Une fois cette esquisse achevée, elle avait eu l'impression de l'avoir réussie, mais maintenant que Katch l'examinait d'un air grave qu'elle ne lui avait jamais vu, elle commençait à éprouver des doutes.

— C'est vous qui l'avez sculptée ?

Le silence avait duré si longtemps que la question de Katch la fit sursauter.

— Oui, répondit-elle simplement.

Elle cherchait quelque chose à ajouter quand Katch porta son attention sur les autres pièces. Il les prit les unes après les autres sans rien dire. Le silence s'épaississait. Luttant contre l'angoisse qui montait en elle, Megan prit une profonde inspiration. Si seulement Katch pouvait dire quelque chose, n'importe quoi ! S'emparant de la vieille chemise de son grand-père, elle la plia et la déplia avec nervosité. Le silence était oppressant. Seules les baskets de Katch faisaient un petit bruit feutré sur le plancher.

Brusquement, Katch se tourna vers elle :

— Que faites-vous ici ? interrogea-t-il en la transperçant du regard.

Les yeux de Megan s'élargirent. Elle s'attendait à tout, sauf à de la colère. Et c'était indubitablement de la colère que Katch exprimait en ce moment. Elle s'agrippa au tissu usé de la chemise.

— Je ne vois pas ce que vous voulez dire, balbutia-t-elle, le cœur battant.

— Pourquoi vous cachez-vous ? De quoi avez-vous peur ?

Affolée, elle secoua la tête.

— Mais je ne me cache pas. Ce que vous dites est absurde.

— C'est absurde ?

Il fit un pas vers elle, puis il s'arrêta et se mit à faire les cent pas. Incapable de dire un mot de plus, Megan le suivit des yeux.

— Ce n'est pas absurde, peut-être, de créer ce genre de choses et de les enfermer dans une pièce au-dessus d'un garage ?

Il brandit une sculpture en terre représentant le buste d'un homme enlacé à celui d'une femme.

— Quand on a un talent comme le vôtre, on a des obligations. Que comptez-vous faire ? Continuer à les empiler ici jusqu'à ce que vous n'ayez plus de place ?

Désemparée par cet accès de fureur, Megan retrouva péniblement sa voix. Elle parcourut l'atelier du regard.

— Non, je… j'en porte quelques-unes dans une galerie d'art, de temps à autre. Elles se vendent très bien, surtout pendant la saison, et…

Le juron de Katch lui coupa le souffle. Elle reporta son attention sur lui. Cet homme furibond était-il le même que l'homme charmant qui avait préparé le dîner, une heure plus tôt ?

— Je ne comprends pas pourquoi vous êtes en colère, dit-elle, pliant et dépliant le tissu de la chemise.

Agacée, elle finit par la jeter par terre.

— C'est du gâchis, répliqua-t-il d'un ton sec en remettant le double buste sur son étagère. Et le gâchis me rend malade.

S'approchant d'elle, il la prit par les épaules et la fixa droit dans les yeux.

— Pourquoi n'exposez-vous pas ce travail ?

Visiblement, il attendait une vraie réponse.

— Ce n'est pas si simple, lança-t-elle. J'ai des responsabilités.

— Vos responsabilités, c'est vous, votre talent.

— A vous entendre, on dirait que j'ai fait quelque chose de mal.

Troublée, elle scruta son visage.

— J'ai fait ce que je sais faire. Je ne comprends pas votre colère. Il y a des choses que je dois prendre en considération, comme le temps et l'argent, par exemple. Je dois avant tout m'occuper du parc. C'est notre gagne-pain.

Elle secoua la tête.

— Je n'ai pas le temps d'emporter mes sculptures dans une galerie d'art de Charleston ou d'ailleurs.

— Ce serait plus sensé que de les laisser ici.

Il la relâcha brusquement, et se remit à arpenter la pièce. Megan soupira silencieusement. Katch était bien plus coléreux qu'elle ne l'avait imaginé. Elle jeta un coup d'œil au paquet de terre enveloppé dans une serviette humide. Ses doigts brûlaient de se mettre au travail tant que des impressions fraîches bouillonnaient dans son cerveau.

— Quand êtes-vous allée à New York pour la dernière fois ? s'enquit Katch en la regardant en face. Et à Chicago, à Los Angeles ?

— Nous ne pouvons pas être tous des globe-trotters, rétorqua-t-elle. Certaines personnes sont nées pour faire autre chose.

Il reprit la jeune fille au château de sable et se dirigea vers le couple en argile.

— Je veux ces deux-là, déclara-t-il. Voulez-vous me les vendre ?

Elle fronça les sourcils. Ces deux sculptures faisaient partie de celles qu'elle préférait. Après une longue hésitation, elle répondit :

— Je suppose que vous ne me laissez pas le choix.

— Je vous en donne cinq cents dollars.

Les yeux de Megan s'agrandirent.

— Pour chacune, précisa-t-il.

— Vous êtes fou ! Elles ne les valent pas !

— Elles valent certainement beaucoup plus. Avez-vous une boîte pour les emballer ?

— Oui, mais… Katch…

Faisant une pause, elle repoussa les mèches qui lui tombaient sur les yeux.

— Mille dollars pour les deux ? dit-elle d'un ton incrédule.

Posant les deux sculptures, il revint vers elle. La colère le faisait encore vibrer, c'était presque palpable.

— Croyez-vous que ce soit moins dangereux de vous sous-estimer plutôt que de vous rendre compte de votre valeur ?

Megan ouvrit la bouche pour nier farouchement ce qu'il venait de dire. Mais elle la referma sans prononcer un mot et fit un geste d'impuissance. Katch se mit à chercher une boîte. En ayant trouvé une, il enveloppa les sculptures dans de vieux journaux. Il avait toujours les sourcils froncés, et une lueur inquiétante dans le regard.

— Je vous apporterai un chèque, annonça-t-il.

Et il partit sans ajouter un mot.

5

Il y eut un long cri suraigu. Le véhicule prit son virage dans un grondement de tonnerre, faisant verser ses voyageurs sur le côté. Les lumières se mirent à clignoter, le bruit atteignit son paroxysme : hurlements et grincements des machines, bourdonnements et bips provenant des jeux vidéo, coups de feu des stands de tir, harangues des forains.

Un mélange d'odeurs sucrées et salées chatouillait les narines : pop-corn, cacahuètes grillées, hot-dogs, barbe à papa…

Megan chargea une carabine et la tendit à un gamin.

— Cinq points pour gagner un lapin en peluche, dix pour un canard, vingt-cinq pour une biche, cinquante pour un ours.

Il n'y avait pas foule, ce soir, mais ce n'était pas encore la haute saison. Megan soupira. Il fallait dire aussi que la concurrence était sévère. De nombreux parcs d'attractions étaient mieux équipés en manèges, et ils offraient un plus grand choix de jeux vidéo. Avec un sourire un peu crispé, elle tendit à son client le canard qu'il avait gagné.

Cela faisait trois jours qu'elle n'avait pas vu Katch. Au début, elle avait eu une folle envie de le revoir, et cette réaction l'avait intriguée. Elle avait vu une facette d'elle-même qu'elle avait jusque-là préféré ignorer.

Mais son désir de parler à Katch s'était évanoui au fil des jours. Après tout, il n'avait aucun droit de critiquer sa façon de vivre. Ni de lui donner l'impression qu'elle avait commis un crime. En quelques minutes, il avait trouvé le moyen de l'accuser, de la juger et de la condamner. Puis il avait disparu.

Trois jours sans un mot. Et elle l'avait attendu, ce qui n'avait pas manqué de la dégoûter d'elle-même. Au fur et à mesure que le temps passait, elle s'était réfugiée dans la colère. Non seulement Katch l'avait critiquée et grondée, mais il était parti avec deux des sculptures qu'elle préférait. Elle eut un sourire amer. Mille dollars… Mon œil !

Tendant une carabine à un autre client, elle fronça les sourcils. Katch lui avait joué un sacré tour.

— Les hommes, marmonna-t-elle entre ses dents.

— Je vois ce que vous voulez dire ! déclara une femme blonde qui venait tenter sa chance.

Megan repoussa sa frange en arrière.

— Qui a besoin d'eux ? interrogea-t-elle.

La femme épaula la carabine.

— Nous…, ma belle. C'est bien le problème.

Megan se mordilla la lèvre inférieure. Cette femme avait raison. C'était bien là le problème.

La cliente gagna cent points.

— Bravo, dit Megan. Faites votre choix.

— Je vais prendre l'hippopotame. Il me fait penser à mon second mari.

En riant, Megan lui tendit la peluche.

Lui adressant un clin d'œil complice, la femme prit l'animal sous le bras et s'éloigna.

Megan sourit. Ce petit échange lui avait fait du bien. Visiblement, cette femme considérait avec humour les rapports avec l'autre sexe. Megan hocha lentement la tête. Oui, mais elle ne connaissait pas Katch.

« Et moi non plus », soupira-t-elle intérieurement.

Un billet de un dollar apparut sur le comptoir. Elle rendit la monnaie, mais la main qui avait posé l'argent sur le comptoir poussa les pièces vers elle. Elle la reconnut aussitôt.

— Je vais jouer pour un dollar ! annonça Katch.

Stupéfaite, elle leva les yeux. Il sourit et se pencha pour poser un baiser rapide sur ses lèvres.

— Pour me porter chance ! dit-il tandis qu'elle faisait un bond en arrière.

Avant qu'elle ait eu le temps de ranger la monnaie, il avait gagné quatre ours.

Elle soupira.

— J'aime votre parfum, déclara-t-il. Qu'est-ce que c'est ?

— Huile à canon !

Il éclata de rire avant de payer pour une autre série de tirs.

Bientôt, les sœurs Bailey vinrent s'accouder au stand. Regardant Katch avec insistance, Jeri s'écria :

— Mais c'est le…

— Oui, coupa Megan en leur décochant un coup d'œil furibond.

— Délicieux, murmura Teri en adressant un sourire enjôleur à Katch.

Avec le même sourire aux lèvres, Jeri émit un petit bruit de gorge.

Katch les observa longuement d'un air appréciateur.

— Tenez !

Megan lui fourra un fusil chargé entre les mains.

— Vous avez encore cinquante cents à jouer !

— Merci, répondit-il en le prenant. Vous voulez me souhaiter bonne chance ?

Megan soutint son regard.

— Pourquoi pas ?

— Meg, je suis fou de vous, lâcha-t-il avec désinvolture.

Tandis qu'il gagnait son sixième ours, Megan essaya de retrouver son calme. Les paroles de Katch avaient soulevé en elle une vague de fond qui menaçait de la submerger.

Des clients assemblés près du stand applaudirent. Katch posa le fusil et reporta toute son attention sur elle.

— Qu'est-ce que j'ai gagné ? demanda-t-il.

— Ce que vous voulez.

Son sourire ne dura que le temps d'un éclair, mais il continua de la dévorer du regard. Elle rougit, furieuse contre elle-même. Délibérément, elle fit un large geste englobant les prix qu'il pouvait choisir.

— Je vais prendre Henry, dit-il.

Comme elle le regardait d'un air interrogateur, il pointa du doigt un éléphant bleu lavande, de un mètre de hauteur.

Megan le dégagea de sa perche et le posa sur le comptoir. Katch en profita pour lui saisir les mains.

— Et vous, murmura-t-il.

Elle fit un effort pour garder une voix neutre.

— Seuls les articles exposés peuvent être gagnés.

— J'adore quand vous parlez ainsi.

— Arrêtez ! fit-elle à voix basse.

Les sœurs Bailey se mirent à rire.

— Nous avions fait un pari, vendredi soir. Vous vous souvenez ? s'enquit Katch.

Elle voulut libérer ses mains, mais il avait entrelacé ses doigts aux siens.

— Qui a dit que j'avais perdu ce pari ? interrogea Megan.

Intéressée par leur petit pugilat, la foule s'agglutinait près du stand.

— Venez, Meg. J'ai gagné. Vous ne pouvez pas tricher.

Meg était hors d'elle. Voyant les gens tendre le cou derrière Katch, elle chuchota :

— Parlez moins fort… ! Je ne triche jamais. Et même si j'avais perdu, je ne peux pas quitter le stand maintenant. Je suis sûre que vous n'aurez aucun mal à trouver quelqu'un d'autre pour vous tenir compagnie.

— C'est vous que je veux.

Faisant un violent effort, elle le regarda sans sourciller.

— Je ne peux pas partir comme cela. Quelqu'un doit tenir ce stand, affirma-t-elle.

— Megan !

Un des employés à mi-temps se faufila sous le comptoir.

— Pop m'a demandé de vous remplacer.

Il lui adressa un sourire innocent.

— Très au point, marmonna-t-elle. Merci beaucoup !

— Hé ! Pouvez-vous garder cet éléphant pour moi ?

demanda Katch en fourrant la peluche dans les bras de l'employé.

Dès que Megan fut à sa portée, il la prit dans ses bras et l'embrassa fiévreusement. Elle sentit fondre ses bonnes résolutions. Elle était trop bien dans ses bras. Et quand il s'écarta légèrement pour respirer, elle noua les siens autour de son cou.

— Voilà trois jours que je rêve de faire cela, murmura-t-il.

— Pourquoi avez-vous attendu ?

Effarée par l'audace de cette question, Megan rougit comme une écolière.

— Ce n'est pas ce que je voulais dire…

Relevant un sourcil un peu étonné, Katch hocha la tête.

— Mais si, affirma-t-il. C'était adorable.

Il balaya le parc du regard.

— J'aimerais voir les autres attractions.

— Pourquoi ?

— Je veux acheter cet endroit. Vous l'aviez oublié ?

Megan serra les dents. Elle aurait dû se méfier.

— Nous ne vendons pas ! décréta-t-elle.

Toujours aussi sûr de lui, il répliqua :

— C'est ce que nous verrons. Ce parc m'intéresse beaucoup.

Il fit un ample geste du bras.

— Savez-vous pourquoi les gens viennent ici ?

— Pour s'amuser, rétorqua Megan en suivant son geste du regard.

— Pour se montrer, aussi. Regardez cet homme, au stand d'haltères… Est-ce qu'il n'est pas impressionnant ?

— Les muscles ne m'impressionnent pas, riposta Megan avec une petite moue.

— Qu'est-ce qui vous intéresse ?

— La poésie.

— Mmm.

Katch se frotta pensivement le menton.

— La poésie humoristique, aussi ? J'en connais quelques-unes.

Megan secoua la tête.

— Je n'en doute pas… mais non, merci.

— Espèce de lâche ! repartit-il en riant.

— Allons faire un tour de montagnes russes. Nous verrons bien qui est le plus lâche de nous deux !

Il la prit par la main.

— Allons-y !

Pendant qu'il achetait les billets, elle laissa son regard vagabonder sur lui. Pourquoi ne voulait-elle pas voir la réalité en face ? La compagnie de Katch lui était très agréable. C'était ridicule de prétendre le contraire.

— A quoi pensez-vous ? s'enquit-il.

— Au fait que je pourrais apprendre à vous apprécier… en deux ou trois ans. Pendant de courtes périodes, ajouta-t-elle en souriant.

Il prit ses deux mains dans les siennes et les embrassa, la faisant sursauter. Megan essaya de recouvrer son calme. Elle venait de réagir comme sous l'effet d'une décharge électrique. Affolée par cette sensation, elle voulut libérer ses mains. Pour des raisons qui lui étaient encore inconnues, il était impératif que leur relation reste superficielle.

Il fit un signe de tête en direction des montagnes russes et dit d'un ton malicieux :

— Il faut que vous me teniez la main. J'ai le vertige !

Megan éclata de rire. Oubliant la sensation volcanique qu'elle venait d'éprouver, elle lui prit la main.

Katch ne se contenta pas des montagnes russes. Il entraîna Megan d'un manège à l'autre. Ils finirent par se retrouver tout en haut de la grande roue.

Ils contemplèrent les lumières multicolores du parc, et la mer qui s'étendait sur la droite. Megan respira à pleins poumons. C'était bon de se trouver seule avec Katch à cette hauteur. Le vent faisait voltiger ses cheveux. Quand Katch prit son visage entre ses mains et l'embrassa, elle ne broncha pas. Cela paraissait naturel, normal… un instant magique qu'ils partageaient, qui n'appartenait qu'à eux. Tout en bas, la cacophonie semblait appartenir à un autre monde. Leur monde à eux n'était fait que du mouvement lent de la roue, de la danse du vent et… du jeu de leurs lèvres. Il n'y avait aucune exigence dans ce baiser, seulement une offrande de plaisir.

Se laissant aller contre lui, Megan posa la tête dans le creux de son épaule. Katch la serra dans ses bras. Au-dessus de leur tête, les étoiles peu nombreuses ressemblaient à des diamants. Une lune pâle jouait à cache-cache entre les nuages. L'air frais sentait le sel marin. Elle soupira de bien-être.

— Quand avez-vous fait cela pour la dernière fois ?

Elle tourna la tête pour le regarder.

— Fait quoi ? demanda-t-elle.

Leurs visages étaient tout près l'un de l'autre, mais elle ne redoutait aucun danger. Elle n'éprouvait que le vertige d'une intense satisfaction.

— Vous amuser ainsi ? précisa-t-il.

— Je…

La roue redescendit lentement et s'arrêta. L'employé souleva la barre de sécurité. Megan se leva, pensive. Elle avait été jeune et insouciante. Quand cela avait-il cessé ?

— Je ne sais pas, répondit-elle avec une légère tristesse.

Marchant près de Katch, elle regarda autour d'elle. Il y avait quelques personnes qu'elle connaissait. Des gens du coin qui venaient passer la soirée, mélangés à de rares touristes.

— Il faut que cela vous arrive plus souvent, continua Katch en l'entraînant vers un stand.

Elle tourna vers lui un regard interrogateur.

— Rire, expliqua-t-il. Vous détendre, oublier cinq minutes tout ce que vous vous imposez.

Megan se raidit.

— Pour quelqu'un qui me connaît à peine, vous semblez être remarquablement persuadé de ce qui est bon pour moi.

— C'est très facile.

Il s'arrêta devant un marchand de glaces.

— Vous n'avez aucun mystère pour moi, Meg.

— Merci beaucoup !

En riant, il lui tendit un cône.

— Ne vous fâchez pas. C'était un compliment.

— Vous devez connaître un tas de femmes sophistiquées.

Katch sourit. Comme ils se remettaient à marcher, il passa un bras autour de ses épaules.

— J'en connais une qui est particulièrement belle. Elle s'appelle Jessica.

— Ah oui ?

Megan lécha le tourbillon de crème à la vanille.

— C'est une blonde très classique. Vous voyez ce que je veux dire : peau douce, traits ciselés, yeux bleus. Des yeux extraordinaires.

— Très intéressant.

— Oui, c'est la vérité, dit-il. De plus, elle est intelligente, et elle a beaucoup d'humour.

— Vous semblez lui être très attaché.

— Un peu plus que cela, en fait. Jessica et moi avons vécu plusieurs années ensemble.

Il lâcha sa bombe avec toute la nonchalance dont il était capable.

— Maintenant, elle est mariée et elle a deux enfants. Mais nous continuons à nous voir de temps à autre. Peut-être pourrait-elle venir passer quelques jours ici. Vous pourriez la rencontrer.

Megan faillit en lâcher sa glace.

— Vous croyez vraiment que j'ai envie de rencontrer vos… vos…

— Ma sœur.

Ravi de l'effet produit, il s'intéressa à sa propre glace.

— Je suis sûr que vous l'aimerez.

Il tendit le bras vers elle.

— Attention, Meg ! Votre glace coule !

Partagée entre l'envie de rire et la fureur, elle resta silencieuse.

Ils atteignirent l'entrée du parc.

— C'est vraiment un très beau parc, murmura Katch. Petit, mais agréable. Et les employés sont très aimables.

Mettant la main dans sa poche, il en sortit un papier.

— Au fait… J'ai oublié de vous donner votre chèque.

Megan le fourra dans sa poche sans même y jeter un regard. Elle avait les yeux fixés sur Katch.

— Mon grand-père a consacré toute sa vie à ce parc, lui rappela-t-elle.

— Vous aussi.

— Pourquoi voulez-vous l'acheter ? Pour faire de l'argent ?

Katch resta un long moment silencieux. Par un accord tacite, ils traversèrent le boulevard et se dirigèrent vers la plage.

— Est-ce une si mauvaise raison, Megan ? Avez-vous une objection au fait d'avoir envie de gagner de l'argent ?

— Non, bien sûr que non. Ce serait ridicule.

— Je me demandais si ce n'était pas pour cela que vous n'aviez rien fait pour vendre vos sculptures.

— Non, je fais ce dont je suis capable. Et ce que j'ai le temps de faire. J'ai des priorités.

— Peut-être sont-elles mal choisies.

Elle ouvrit la bouche pour protester, mais il parla avant elle.

— Est-ce que cela modifierait considérablement le chiffre d'affaires s'il y avait quelques manèges plus modernes… ? dit-il comme s'il se parlait à lui-même.

— Nous n'avons pas les moyens…

S'arrêtant de marcher, il la prit par les épaules et plongea dans ses yeux un regard grave.

— Ce n'était pas ma question…

— Le chiffre d'affaires s'améliorerait, naturellement, répondit-elle. Plus les moyens de s'amuser seraient importants, plus il y aurait de monde.

Katch hocha la tête.

— C'est ce que je pensais.

— Le problème, c'est que nous n'avons pas assez d'argent pour le moderniser.

— Mmm.

Il la regardait en face, mais son attention était ailleurs.

— A quoi pensez-vous ? interrogea-t-elle.

Les yeux de Katch se posèrent de nouveau sur elle. Il lui caressa l'épaule.

— Je pense que vous êtes très belle.

Megan se dégagea.

— Vous mentez !

— Oui, mais maintenant, c'est ce que je pense !

La lueur malicieuse qui ne quittait presque jamais ses yeux était de retour, tandis qu'il posait les mains sur sa taille.

— C'est ce que j'ai pensé la première fois que je vous ai vue.

— Vous êtes ridicule !

Elle essaya de s'écarter, mais il l'attira à lui.

— Je ne le nie pas. Mais si je suis ridicule, ce n'est pas parce que je vous trouve belle.

Elle posa sur lui un regard interrogateur. Comme le vent lui ramenait les cheveux en arrière, Katch lui embrassa le front.

Sentant ses genoux faiblir, elle posa les mains sur la poitrine de Katch, autant pour se soutenir qu'en signe de protestation.

— Vous êtes une artiste…

L'attirant encore plus près, il baissa la voix.

— Vous reconnaissez la beauté quand vous la voyez.

— Arrêtez !

Elle se débattit mollement pour échapper à son étreinte.

— Que voulez-vous que j'arrête ? De vous embrasser ?

Lentement, voluptueusement, sa bouche se promena sur sa peau.

— Mais je ne peux pas, Meg.

Il l'embrassa doucement et releva la tête. Submergée, Megan prit une profonde inspiration. Son cœur allait sûrement cesser de battre. La saveur des lèvres de Katch était incomparable. Ses lèvres la tentaient, la mettaient au supplice. Avec un gémissement de plaisir, elle se serra contre lui.

Quelque chose parut exploser en elle quand il renouvela ses baisers. Il se mit à la dévorer avec une frénésie qu'elle n'aurait jamais imaginée. C'était étourdissant, mais effrayant aussi. Le désir et une avalanche de sensations insoupçonnées s'emparèrent d'elle, lui faisant tourner la tête. Comme un vent de panique la balayait, elle se débattit dans ses bras. Elle voulait fuir n'importe où, mais Katch la prit fermement par les épaules.

— Qu'avez-vous ? Vous tremblez.

D'un geste doux, il lui releva le menton et plongea un regard pénétrant dans le sien.

— Je ne voulais pas vous affoler. Je suis désolé.

Cette douceur l'acheva. Si elle parlait, elle allait se mettre à pleurer. Elle secoua la tête. L'amour, qu'elle venait de découvrir, faisait tambouriner son cœur à un rythme insoutenable.

— Non, c'est que… je dois y retourner. C'est l'heure de la fermeture.

Derrière lui, les lumières du parc commençaient à s'éteindre.

— Meg…

Le ton sur lequel il parlait maintenant n'était plus exigeant. C'était celui d'une requête.

— … Venez dîner avec moi.

— Non…

— Je ne vous ai pas dit quel soir… Que diriez-vous de lundi ?

Secouant la tête, elle resta sur sa position.

— Non.

— Je vous en prie.

Sa détermination fut de courte durée. Elle soupira.

— Vous ne jouez pas franc-jeu, murmura-t-elle.

— Jamais. Je vous prends à 19 heures ?

— Pas de pique-nique sur la plage.

— Nous dînerons à l'intérieur, promis.

— D'accord, mais le dîner seulement.

Elle s'écarta de lui.

— Maintenant, je dois y aller.

— Je vous raccompagne.

Il lui prit la main et l'embrassa avant qu'elle puisse l'en empêcher.

— Je vais chercher mon éléphant, dit-il avec un sourire ravageur.

6

Megan prit la tête de Katch entre ses mains. Complètement concentrée sur ce qu'elle faisait, elle donna forme à ses pommettes. En se mettant au travail, ce matin, elle s'était sentie soulagée. Le fait de se remettre à ce portrait allait être une excellente thérapie. Dans une certaine mesure, elle ne s'était pas trompée. Les heures s'étaient écoulées paisiblement, sans l'inquiétude des deux dernières nuits. Son esprit absorbé n'était pas disponible pour les pensées dérangeantes qui l'avaient taraudée pendant tout le week-end.

Elle jeta un coup d'œil à sa montre. Elle avait travaillé plus longtemps qu'elle n'en avait eu l'intention. Le soleil de fin d'après-midi s'engouffrait par la fenêtre. Faisant un pas en arrière, elle examina son œuvre.

Le portrait avait exactement les touches de rudesse et d'intelligence qu'elle voulait y mettre. La bouche était forte et sensuelle, le regard perspicace et rieur. Quant à la mobilité des traits, qui était si fascinante, elle était parfaitement suggérée.

Megan soupira. Il y avait une catégorie d'hommes qui exploitaient les femmes, qui les séduisaient et les abandonnaient. Et il y avait des hommes qui se mariaient et fondaient une famille. A quelle catégorie Katch appartenait-il ?

Elle soupira. Katch était terriblement attirant, c'était un fait indéniable. Il était superbe, et intelligent. Comment ne pas être flattée de lui plaire ? Mais il fallait empêcher que la machine ne s'emballe. Elle ne pouvait pas se permettre de tomber de haut. Qui recollerait les morceaux ? Pop ? Elle ne voulait pas le voir souffrir. Et si elle souffrait, il souffrirait forcément.

Inclinant la tête, elle regarda le buste dans les yeux. Non, personne ne tombait amoureux aussi rapidement. Le fameux coup de foudre était un sentiment superficiel, qui ne pouvait pas durer.

Cependant… le portrait de Katch semblait se moquer de ses arguments raisonnables.

— Cela ne peut pas arriver si vite ! s'écria-t-elle, furieuse. Pas ainsi. Pas à moi !

Lui tournant le dos, elle poussa un soupir à fendre l'âme.

— Je ne laisserai pas cela arriver !

Exaspérée, elle se passa une main dans les cheveux. En réalité, la seule chose qui intéressait Katch, c'était le parc. Dès qu'il comprendrait qu'il ne pouvait pas l'avoir, il s'en irait.

Cette idée était insupportable. Pourtant, elle ne désirait rien d'autre. Qu'il s'en aille, le plus vite possible.

Et ce n'était certainement pas le moment de penser aux nouveaux horizons qu'elle avait entrevus quand il la tenait dans ses bras.

D'un bref mouvement de tête, elle se débarrassa de son ruban, laissant ses cheveux danser librement sur ses épaules. Demain, elle s'attaquerait à un morceau de bois.

Elle recouvrit d'un tissu la sculpture d'argile. Ce soir, elle allait tout simplement dîner avec un homme séduisant, avec lequel elle flirtait, rien de plus. C'était aussi simple que cela.

Elle ôta sa chemise de sculpteur et quitta l'atelier.

— Bonsoir, ma chérie !

La voiture fit son apparition dans l'allée juste au moment où elle atteignait le bas de l'escalier.

Pop descendit du taxi. Il paraissait fatigué. Mais il

détestait parler de ses petites misères, aussi était-ce inutile de lui en faire la remarque. Elle marcha à sa rencontre et glissa un bras autour de sa taille.

— Bonsoir, toi ! Tu es parti longtemps !

— Un petit problème à régler au parc, dit-il.

— Grave ? demanda-t-elle.

Ils entrèrent dans la maison. Elle attendit qu'il soit assis à la table de la cuisine pour faire chauffer l'eau du thé.

— Non, pas trop… Il faut prévoir des réparations sur les montagnes russes et sur les plus petits manèges.

Inquiète, Megan se tourna vers lui. A l'évidence, il avait fait un effort pour parler avec sérénité, mais elle le connaissait. Avec elle, cela ne marchait pas.

— La facture sera salée ? s'enquit-elle.

Pop soupira. A quoi bon lui cacher la vérité ? Megan n'était pas idiote. Elle s'en rendrait vite compte.

— Dix mille, peut-être quinze mille dollars.

Megan poussa un cri de surprise.

— Dix mille dollars !

Elle se frotta le front d'une main soucieuse. En comptant le chèque de Katch, ils pouvaient réunir à peine la moitié.

— Il nous faut le montant précis de la facture pour savoir quelle somme nous devrons emprunter, annonça-t-elle.

— Les banques réfléchissent à deux fois avant de prêter de l'argent à des gens de mon âge, murmura Pop.

— Ne dis pas de bêtises ! Cet argent, ils le prêteront pour le parc.

Mieux valait ne pas penser aux taux d'intérêt, qui allaient faire considérablement grimper les mensualités de remboursement.

— J'irai voir deux ou trois personnes demain, promit-il.

Il prit sa pipe, comme pour indiquer que le sujet était clos.

— Tu dînes avec Katch, ce soir ?

— Oui.

Elle sortit les tasses et les soucoupes. Pop tira sur sa pipe, l'air ravi.

— C'est un charmant jeune homme, commenta-t-il. Je l'aime bien. Il a du style.

Un peu agacée, Megan haussa les épaules.

— Bon, il a du style ! Et après ? grommela-t-elle.

La bouilloire se mit à chanter. Elle versa l'eau dans les tasses.

— Il sait pêcher, fit remarquer Pop.

— Ce qui, naturellement, en fait un modèle de vertu.

— En tout cas, cela ne le déprécie pas à mes yeux.

Il lui adressa un sourire désarmant.

— Je vous ai vus tous les deux sur la roue, hier soir. Vous aviez l'air vraiment bien ensemble.

— Pop, arrête !

— Tu ne paraissais pas le détester, hier, insista-t-il.

Il goûta son thé.

— Et je ne t'ai pas vue faire d'objection quand il t'a embrassée.

L'œil malicieux, il se remit à siroter sa boisson.

— En fait, tu avais l'air enchantée !

Megan se tourna vers lui, stupéfaite.

— Pop ! Tu m'espionnes maintenant !

Il éclata de rire.

— Mais non, ma chérie, répliqua-t-il d'un ton amusé.

Il toussa pour refréner une envie de rire.

— Je ne suis certainement pas le seul à vous avoir vus. Comme je disais, vous aviez l'air très bien ensemble. Tu oserais m'affirmer le contraire en me regardant dans les yeux ?

Fronçant les sourcils, Megan revint s'asseoir à table. Que pouvait-elle répondre à cela ?

— Ce n'était qu'un baiser, marmonna-t-elle entre ses dents. Cela ne signifie rien.

Pop hocha plusieurs fois la tête en silence.

— Cela ne signifie rien du tout ! insista-t-elle.

Il lui adressa un sourire angélique.

— Katch ne te déplaît pas, nous sommes bien d'accord ?

Megan baissa les paupières.

— Cela dépend des moments... Parfois, il ne me déplaît pas.

Posant une main sur la sienne, Pop attendit patiemment qu'elle lève les yeux sur lui.

— Il n'y a rien de plus simple au monde, si tu l'acceptes, que d'aimer quelqu'un.

Elle rougit, ce qui la rendit furieuse.

— Qui parle d'amour ? Je le connais à peine !

— Tu n'as pas besoin de connaître quelqu'un pour l'aimer. Il faut écouter son cœur !

Il fit une pause. Comme Megan ne disait rien, il continua :

— En tout cas, moi, je lui fais confiance.

Incrédule, Megan le dévisagea.

— Peux-tu me dire pourquoi ?

Pop haussa les épaules et tira sur sa pipe.

— Je le sens bien. Il y a quelque chose dans son regard... Tu sais, ma chérie, dans mon métier, on apprend à voir du premier coup d'œil à qui on a affaire. Katch est un homme intègre. Il sait ce qu'il veut, et il ne triche pas. C'est une qualité primordiale.

Megan resta un long moment silencieuse, laissant refroidir son thé.

— Il veut acheter le parc, lâcha-t-elle tranquillement.

Pop la regarda à travers un nuage de fumée.

— Je le sais. Il l'a dit tout de suite. Il n'a pas tourné autour du pot.

Faisant une pause, il bourra méticuleusement sa pipe. Puis il posa un regard tendre sur elle.

— Tôt ou tard, les situations changent, dans la vie. C'est ce qui permet de continuer.

— Je ne vois pas ce que tu veux dire. Est-ce que tu... envisages de vendre ?

Percevant de l'angoisse dans sa voix, il lui tapota affectueusement la main.

— Ne nous préoccupons pas de cela maintenant. Il faut d'abord faire réparer les manèges. Ils doivent être prêts pour les vacances de Pâques.

Il lui adressa un petit sourire espiègle.

— Tu ne veux pas porter la robe jaune que j'aime tant, ce soir ? suggéra-t-il. Avec le petit boléro. Elle me fait penser au printemps.

Un peu agacée de le voir changer de sujet, elle fronça légèrement les sourcils. Mais les questions qu'elle avait encore à lui poser devraient attendre. Si Pop avait décidé de ne plus en parler, elle n'arriverait pas à le faire changer d'avis, têtu comme il était.

Sans répondre à sa question, elle se leva.

— Très bien. Je vais prendre un bain.

— Megan…

Elle le regarda par-dessus son épaule.

— Amuse-toi bien. Et pour une fois, arrête de raisonner !

Quand elle fut sortie de la pièce, il se passa une main pensive sur la barbe.

Une heure plus tard, Megan se regarda dans le miroir. La teinte abricot de la robe était très chaude. La coupe simple suivait les lignes du corps. Sans le boléro, elle avait les bras et les épaules nus, de fines bretelles retenant la robe. Elle se brossa longuement les cheveux et passa de petites boucles d'oreilles, ses seuls bijoux.

— Hé, Megan !

Ses yeux s'élargirent de surprise. C'était la voix de Katch. Que faisait-il sous sa fenêtre ?

— Megan, approchez-vous ! J'ai une surprise !

Incrédule, elle se pencha à la fenêtre.

— Attrapez !

Ses réflexes fonctionnèrent avant qu'elle ait eu le temps de réfléchir. Elle saisit au vol le bouquet de jonquilles et y enfouit son visage.

— Elles sont magnifiques !

Ses yeux souriaient.

— Merci !

— Je vous en prie ! Tout le plaisir est pour moi ! Vous descendez ?

Elle rejeta ses cheveux en arrière.

— J'arrive dans une minute !

Comme pour tout ce qu'il faisait, Katch maniait le volant avec une grande assurance. Il conduisait très vite, mais sans prendre de risques.

Ils ne parlaient pas. Blottie sur le siège du passager, Megan contemplait la tombée du jour, appréciant le confort de la Porsche. Au prochain carrefour, Katch allait tourner à droite, en direction du restaurant Row.

Mais, sans prévenir, il tourna vers l'océan et continua vers le nord.

Elle connaissait ce quartier. Les maisons étaient encore plus grandes que celles des environs immédiats de la ville. De hautes haies cachaient le rez-de-chaussée des regards indiscrets. De vastes pelouses admirablement entretenues étaient ombragées par des saules.

Katch pénétra dans une allée qui menait à une maison de bois, relativement petite par rapport à ses voisines. Une terrasse circulaire entourait le troisième et dernier étage. Megan sourit. Cette maison était adorable.

— Où sommes-nous ? s'enquit-elle.

— Chez moi.

Il se pencha vers elle pour lui ouvrir la portière. Elle ne chercha pas à cacher sa surprise.

— Vous vivez ici ?

Il sourit.

— Il faut bien que je vive quelque part, Meg.

— Je ne vous imaginais pas du tout dans une maison de ce style. Elle est très cossue. J'ai l'impression qu'elle est habitée par la même famille depuis plusieurs générations…

Elle fit une pause. Non, cette adresse ne collait pas à l'image de Katch. Il paraissait trop désinvolte, trop détaché. Avait-il seulement une famille ? Il ne lui en avait pas encore parlé.

Comme s'il suivait ses pensées, il déclara doucement :

— C'est ici que j'ai mes racines.

Elle examina la demeure et l'immense jardin.

— C'est un lieu parfait.

Il la prit par la main.

— Venez voir l'intérieur.

— Quand l'avez-vous achetée ?

— Il y a quelques mois. J'ai emménagé la semaine dernière, c'est encore un peu vide.

Il la fit entrer dans une grande pièce très claire. Une immense cheminée prenait tout le mur de gauche, face à un escalier qui menait à l'étage supérieur.

Megan parcourut la pièce du regard. Un grand canapé d'angle en cuir fauve, parsemé de coussins chatoyants, était installé en face de la fenêtre. Une collection de coquillages s'étalait sur des étagères de cuivre et de verre. Un grand tapis moderne recouvrait la moitié du plancher de chêne.

Les sculptures que Katch lui avait achetées n'étaient pas dans cette pièce. Qu'en avait-il fait ?

— C'est très beau ! dit-elle avec une note d'admiration dans la voix.

Elle s'approcha d'une fenêtre. La pelouse s'étirant en pente douce était bordée de hautes futaies, véritable écrin de verdure.

— Est-ce que vous voyez l'océan du dernier étage ?

Comme il ne répondait pas, elle se tourna vers lui. Les mains dans les poches de son jean, Katch avait les yeux rivés sur elle. Sous l'intensité de son regard, elle sentit son cœur battre à grands coups. Son expression n'était plus celle de l'homme qui lui avait jeté un bouquet de fleurs par la fenêtre. Maintenant, il avait presque un air inquiétant.

Renversant légèrement la tête en arrière, elle surmonta sa crainte pour le regarder en face. Lentement, il leva les mains vers son visage. Ses paumes étaient dures sur sa peau. Eloignant une mèche de cheveux de son front, il l'attira à lui. Sa bouche sensuelle lui effleura les lèvres, avant de lui donner un baiser plus pressant.

Incapable de résister, elle ferma les yeux. Elle était vraiment stupide, par moments ! Comment avait-elle pu croire qu'elle n'était pas amoureuse de lui ? Décidément, Pop voyait clair. La raison et le cœur ne s'entendaient pas.

Quand Katch relâcha son étreinte, elle posa la joue contre sa poitrine et lui enlaça la taille. Elle sentit son cœur battre très vite contre son oreille. Les lèvres de Katch se posèrent sur ses cheveux. Elle soupira. C'était si bon !

— Avez-vous dit quelque chose ? murmura-t-il.

— Mmm ? Quand ?

— Avant.

Du bout des doigts, il lui caressa le cou. Un long frisson de plaisir la parcourut. Qu'avait-elle dit avant qu'il la prenne dans ses bras ? Elle n'en avait plus la moindre idée.

— Je crois que… oui ! Je vous ai demandé si vous voyiez l'océan du dernier étage.

— Oui…

Il lui prit de nouveau le visage entre les mains pour l'embrasser longuement.

— Oui, je le vois, répéta-t-il dans un souffle.

— Voulez-vous me le montrer ?

— Après le dîner.

Elle sourit.

— Nous allons dîner ici ?

— J'ai horreur du restaurant, déclara Katch en l'entraînant vers la cuisine.

— C'est plutôt curieux de la part de quelqu'un qui en possède un.

— Disons qu'à certains moments je préfère un environnement plus intime.

— Je vois. Et qui va faire la cuisine, cette fois ? demanda-t-elle avec un sourire taquin.

— Attendez un peu…

Quelques minutes plus tard, un livreur apporta un somptueux repas.

Ils s'installèrent à une table de verre fumé éclairée par une dizaine de bougies piquées dans un chandelier en bronze. Katch ouvrit une bouteille de vin blanc.

Megan mangea lentement, prenant le temps de déguster les mets raffinés commandés par son hôte. A la fin du repas, elle voulut débarrasser la table, mais Katch l'en empêcha.

— Pas maintenant ! C'est la pleine lune, ce soir.

Main dans la main, ils gravirent l'escalier. Katch lui fit traverser une grande chambre, dans laquelle trônait un gigantesque lit aux montants de cuivre. De l'autre côté de la pièce, de vastes portes de verre ouvraient sur un corridor. De là, une autre volée de marches conduisait à la terrasse.

Avant d'arriver au troisième étage, Megan entendit le ressac. Les vagues se fracassaient contre les rochers dans un bruit de tempête. De très hauts rouleaux projetaient en l'air des myriades de gouttes qui miroitaient sous la lune et les étoiles innombrables.

Prenant une profonde inspiration, Megan s'appuya à la balustrade.

— C'est merveilleux ! Je ne me lasse jamais de regarder l'océan.

Elle entendit le petit déclic d'un briquet. Katch alluma une cigarette, et l'odeur du tabac se mêla agréablement aux effluves iodés.

— Aimez-vous voyager ? demanda-t-il.

Elle haussa les épaules.

— Oui, mais pour l'instant, c'est impossible.

Katch prit une bouffée de son mince cigare.

— Où aimeriez-vous aller ?

— Où j'aimerais aller ? répéta-t-elle.

— Oui, si vous pouviez ?

Elle ferma les yeux.

— A La Nouvelle-Orléans, répondit-elle. J'ai toujours eu envie de connaître La Nouvelle-Orléans. A Paris, aussi. Quand j'étais jeune, je rêvais d'aller étudier à Paris, comme les grands artistes.

Elle rouvrit les paupières.

— Je suppose que vous connaissez ces villes ? dit-elle.

— Oui, je les connais.

— Comment sont-elles ?

Katch suivit le contour de son visage du bout de l'index avant de répondre :

— La Nouvelle-Orléans a l'odeur de la rivière, et, l'été, il y fait une chaleur suffocante. Il y a de la musique vingt-quatre heures sur vingt-quatre, aussi bien dans les rues que dans les boîtes de nuit. C'est une ville qui ne s'arrête jamais, comme New York, mais elle vit à un rythme plus humain.

— Et Paris ?

— C'est une vieille ville, élégante comme une femme du monde. La meilleure saison pour visiter Paris est le printemps. J'aimerais vous y emmener.

Brusquement, il prit ses cheveux dans ses mains, et plongea dans ses yeux un regard pénétrant.

— J'aimerais que vous laissiez libre cours à vos émotions. A Paris, vous ne pourriez pas les maîtriser toujours, comme vous le faites ici.

— Je ne les contrôle pas toujours.

Quelque chose de plus fort que le vin se mit à voguer dans sa tête.

Katch la prit par la taille et la serra contre lui.

— Vous ne les contrôlez pas toujours, vraiment ? murmura-t-il.

Il y avait une note d'impatience dans sa voix tandis qu'il commençait à faire glisser le boléro de ses épaules.

— Vous êtes une femme de passions, mais vous leur mettez la bride. Heureusement, elles s'échappent dans votre travail, mais vous trouvez quand même le moyen de laisser vos sculptures sous clé. Quand je vous embrasse, je sens vos sentiments affleurer.

Il lui ôta son boléro, qu'il posa sur la balustrade. Lentement, il passa ses doigts sur sa peau dénudée.

— Un jour, vous les laisserez éclater au grand jour. Je ne voudrais pas manquer cela pour tout l'or du monde !

Faisant glisser les brides de sa robe, il posa les lèvres à leur place. Megan ne protesta pas. Elle avait le souffle court, et son cœur battait à tout rompre. Les baisers de Katch étaient un pur délice. Maintenant, ses lèvres se posaient dans le creux de sa gorge tandis que ses mains s'emparaient doucement de ses seins. Mais quand sa bouche revint sur la sienne, la douceur s'envola, en même temps que sa propre passivité.

Katch lui mordilla la lèvre inférieure. Elle poussa un gémissement de plaisir. D'une langue avide, il explora les profondeurs veloutées de sa bouche, tandis que ses mains se lançaient vers d'autres conquêtes. Il fit glisser le haut de sa robe jusqu'à sa taille et émit un faible râle en trouvant ses seins tendus de désir. Sa volonté envolée, Megan lui laissa toute liberté et se laissa porter au sommet de la vague qu'il faisait surgir en elle. Elle n'avait pas d'expérience pour la guider, mais le désir imposait sa loi, et l'instinct suivait.

Elle fit courir ses mains sur sa nuque. C'était merveilleux de voir la réaction de Katch. Elle se découvrait un pouvoir qu'elle avait toujours ignoré. Glissant les mains sous son T-shirt, elle les laissa voyager lentement sur les muscles puissants de ses épaules.

Le baiser de Katch devint plus pressant. Son impatience s'infiltra en elle, se mélangeant à la sienne jusqu'à ce que leur combinaison devienne insupportable. Le désir lui faisait mal. Il se répandait dans tout son corps à une vitesse incroyable. Vaincue, elle s'arqua contre lui.

— Katch…, chuchota-t-elle d'une voix rauque. Je veux rester avec vous ce soir.

Il l'écrasa littéralement contre son torse, la privant de respiration pendant quelques secondes. Puis, lentement, il desserra son étreinte. Il la prit par les épaules et planta dans ses yeux ses prunelles agrandies par le désir. D'un geste très doux, ses mains lui effleurant à peine la peau, il lui remit sa robe en place.

— Je vous ramène chez vous maintenant.

Ce fut comme s'il l'avait giflée. Il la rejetait ? Elle ouvrit une bouche tremblante pour protester, mais elle la referma aussitôt. Luttant contre les larmes, elle ramassa son boléro et l'enfila maladroitement.

— Meg…

Il tendit les mains vers elle, mais elle recula.

— Non, non, ne me touchez pas.

Sa voix était mouillée de larmes. Elle avala péniblement sa salive.

— Apparemment, je n'ai rien compris !

— Mais si, vous avez compris… Bon sang, ne pleurez pas !

— Je ne pleure pas ! Je veux rentrer chez moi, dit-elle, les yeux scintillants de larmes.

— Nous allons parler.

Il lui prit la main, mais elle la retira.

— Non, certainement pas !

Elle redressa les épaules et le regarda droit dans les yeux.

— Nous avons dîné ensemble, et les événements sont allés un peu plus loin que prévu. C'est aussi simple que cela, et c'est terminé.

— Ce n'est ni simple ni terminé, Meg.

Il riva sur elle un regard noir.

— Mais si vous ne voulez pas que nous en parlions tout de suite, nous remettrons cela à plus tard, conclut-il.

Sans un mot, Megan lui tourna le dos et descendit l'escalier.

7

Megan traversa le parc d'attractions. Pendant la journée, il perdait son aspect magique en laissant voir la saleté et la peinture écaillée. Comme tout ce qui brillait sous les lumières artificielles, il devenait ordinaire sous les rayons du soleil. Seuls les gens très jeunes, ou ceux qui le sont restés dans leur cœur, sont capables d'affronter la réalité.

Megan soupira. Heureusement, Pop avait gardé l'esprit jeune. C'était en grande partie pour cela qu'elle l'aimait tant.

Elle arriva au Château Hanté, où Pop surveillait les travaux de restauration du manège. Elle sourit. Ses fantômes étaient importants pour lui.

Cela faisait dix jours qu'il lui avait parlé des travaux à entreprendre. Et dix jours qu'elle n'avait pas vu Katch. Haussant imperceptiblement les épaules, elle rejeta cette pensée. Elle était assez grande pour faire la différence entre ce qui était réel et ce qui relevait du domaine du rêve. Sa brève histoire avec Katch avait un peu trop agi sur son imagination. Mais maintenant, elle commençait à prendre des distances.

— Pop ! Tout se passe bien ?

Il se retourna et lui adressa un large sourire.

— Pas de problème, ma chérie. Les réparations avancent plus vite que je ne pensais. Tout sera remis en fonction avant les vacances de Pâques.

Passant un bras autour de ses épaules, il la serra affectueusement contre lui.

— Les plus petits manèges sont déjà réparés.

Il l'entraîna un peu à l'écart et l'examina longuement d'un œil préoccupé.

— Et toi ? interrogea-t-il.

Elle cligna des paupières sous le flot soudain de lumière.

— Moi ? Je vais bien.

— Mmm…

Pop secoua la tête.

— Tu as un petit air malheureux, continua-t-il. Depuis plus d'une semaine maintenant.

Il lui tapota l'épaule comme s'il voulait la réchauffer, malgré la chaleur estivale de ce début de printemps.

— Tu sais que tu ne peux rien me cacher, Megan. Je te connais trop bien.

Elle resta un instant silencieuse. Ce n'était pas la peine de jouer à cache-cache avec Pop. Mais elle devait choisir ses mots avec soin.

— Je ne te cache rien, Pop.

Elle tourna les yeux vers le manège des montagnes russes, où les techniciens s'affairaient.

— Cela ne présente aucun intérêt de parler de mes histoires, c'est tout !

— Si elles sont assez importantes pour te gâcher la vie, elles sont dignes d'intérêt, insista Pop. Tu n'es pas devenue assez vieille pour ne plus me parler de tes problèmes.

— Oh non, Pop, je pourrai toujours te parler.

— Très bien. Alors je t'écoute.

Hésitant encore, elle poussa un profond soupir. Il attendit patiemment.

— J'ai tout mon temps, ma chérie.

Elle hocha la tête.

— Bon. Puisque tu veux tout savoir… J'ai commis une grossière erreur.

Considérant que le sujet était clos, elle voulut s'approcher plus près du manège, mais Pop la retint d'une main ferme.

— Megan…

Il posa les mains sur ses épaules et la regarda droit dans les yeux.

— Je vais te poser une question directe. Es-tu amoureuse de lui ?

Sa réponse jaillit spontanément.

— Non !

Pop releva un sourcil.

— Je n'ai même pas eu besoin de mentionner son nom.

Megan fit une petite grimace. Elle avait oublié à quel point Pop était rusé.

Elle lui adressa un sourire vague.

— Je croyais être amoureuse de lui, mais je me suis trompée.

— Alors pourquoi es-tu si malheureuse ?

— Oh, je t'en prie !

Elle voulut s'éloigner, mais une fois encore la poigne de son grand-père la retint.

— Tu m'as toujours répondu franchement, Meg.

Elle soupira. C'était inutile d'éluder la question, avec lui. Il ne la laisserait pas tranquille tant qu'il n'aurait pas obtenu ce qu'il voulait.

— D'accord. C'est vrai, je suis amoureuse de lui, mais c'est sans importance.

Il fit une petite moue désapprobatrice.

— Permets-moi de te dire que ce n'est pas une déclaration très futée, de la part d'une femme intelligente comme toi. Et si tu m'expliquais pourquoi cela n'a pas d'importance ?

— Pour que l'amour vaille la peine d'être vécu, il doit être partagé, murmura-t-elle.

— Je suis tout à fait d'accord avec toi. Mais qui t'a dit qu'il n'était pas partagé ?

Il paraissait indigné.

— Pop… ce n'est pas parce que tu m'aimes beaucoup que tout le monde doit m'aimer !

— Qu'est-ce qui te fait croire qu'il ne t'aime pas ? insista-t-il. Le lui as-tu demandé ?

Cette question était si surprenante qu'elle eut un petit rire nerveux.

— Non ! Et je ne le lui demanderai jamais.

— Pourquoi ? Ce serait plus simple.

Megan prit une profonde inspiration. Avec un peu de patience, elle arriverait à lui faire comprendre qu'il était dans l'erreur.

— David Katcherton n'est pas du genre à tomber sérieusement amoureux d'une femme. Et encore moins de quelqu'un comme moi.

Elle fit un ample geste pour donner de l'emphase à cette explication, qui n'était pas tout à fait satisfaisante.

— Il a vécu à Paris, à La Nouvelle-Orléans. Maintenant, il vit à New York. C'est un homme qui aime la vie de bohème.

Elle fit une pause. Puis brusquement, comme si c'était une explication supplémentaire, elle ajouta :

— Il a une sœur nommée Jessica.

— Voilà qui éclaircit tout ! plaisanta Pop.

Elle poussa un soupir de frustration.

— Moi, je ne suis jamais allée nulle part, poursuivit-elle en lissant ses cheveux. L'été, je vois des milliers de personnes, mais elles ne font que passer. Je ne les connais pas. Les seules que je connaisse vraiment sont celles qui vivent ici. Je ne suis jamais allée plus loin que Charleston.

L'examinant d'un œil perspicace, Pop resta un instant silencieux. Puis il se frotta pensivement le menton et murmura, comme s'il se parlait à lui-même :

— Je t'ai gardée trop longtemps près de moi. Pourtant, je savais qu'un jour tu me le reprocherais.

— Oh non, Pop, ce n'est pas ce que je voulais dire !

Se jetant à son cou, elle enfouit son visage contre son épaule.

— Je ne te fais aucun reproche ! Je t'aime, et j'aime vivre ici. Je n'ai pas envie de changer. Je déteste me plaindre.

Il lui tapota la tête, humant l'odeur subtile de son parfum. Non, Megan n'était plus une petite fille, mais une femme. Le temps avait filé à une vitesse incroyable.

— Tu as le droit de te plaindre, dit-il. Tu avais envie

de voir le monde, et tu as préféré rester ici, pour veiller sur moi.

Megan ouvrit la bouche pour protester, mais il continua :

— C'est la vérité ! Et moi, j'ai été assez égoïste pour te laisser faire.

— Tu n'as jamais été égoïste, rétorqua-t-elle.

S'écartant de lui, elle soupira.

— Je voulais simplement dire que Katch et moi avons très peu de choses en commun. Nous ne voyons pas la vie de la même façon. Il vaut mieux que je ne le revoie plus. Dès qu'il est près de moi, je ne sais plus où j'en suis.

Pop secoua la tête.

— Laisse la situation reposer quelques jours. Et n'oublie pas que tu as un gros défaut : tu es têtue comme une mule.

Elle ne put s'empêcher de sourire.

— Je suis inflexible. Je préfère ce qualificatif, rectifia-t-elle.

— Oui, enfin, c'est une autre manière de dire que tu as un caractère de cochon, déclara Pop en posant sur elle un regard rieur. Mais dis-moi, qu'est-ce que tu fais en plein jour au milieu du parc, au lieu de travailler dans ton atelier ?

— Je n'arrivais pas à travailler.

Elle avait laissé le buste de Katch à moitié fait. Cette sculpture la hantait. Il fallait qu'elle en vienne à bout, mais en même temps, quelque chose semblait lui lier les doigts.

— De plus, j'ai toujours aimé me promener dans ce parc, tu le sais bien.

Bras dessus, bras dessous, ils se remirent à marcher.

— Avec un peu de chance, nous ferons une bonne saison, lança Pop, et nous pourrons rembourser une grosse partie de l'emprunt.

— La banque va peut-être nous envoyer quelques clients pour récupérer son argent plus vite, ajouta Megan en riant.

— Oh, je n'ai pas eu l'argent par la banque, je l'ai eu par…

Faisant une pause, Pop toussota et se baissa pour nouer un lacet qui n'en avait pas besoin.

Megan fronça les sourcils.

— Qui te l'a prêté, si ce n'est pas la banque ?

En guise de réponse, Pop marmonna quelques mots incompréhensibles.

— Tu ne connais personne qui puisse te faire une telle avance. A moins que…

Elle secoua la tête. Non, ce n'était pas possible ! Pop n'avait pas fait ça !

Il se releva, mais évita de la regarder.

— Ne me dis pas que c'est lui ? énonça-t-elle lentement en articulant bien chaque mot.

Pop prit un air penaud.

— Ecoute, ma chérie, tu n'étais pas censée le savoir. Lui, surtout, il ne voulait pas que tu le saches.

— Mais pourquoi ? Pourquoi as-tu accepté ?

— Cette opération s'est passée le plus naturellement du monde.

Il lui caressa la main pour l'apaiser, comme lui seul savait le faire. Mais Megan était hors d'elle. Elle retira sa main.

— Il était là, je lui parlais des réparations, de l'emprunt que je voulais faire, et il m'a proposé de me prêter l'argent. Cela m'a paru être la meilleure solution.

Mal à l'aise sous le regard incrédule de Megan, il toussota encore.

— Tu sais comment sont les banques. Elles prennent leur temps. Et puis, il y a toujours une tonne de paperasses à remplir. Et les intérêts. Tu as pensé aux intérêts ? Katch ne m'en compte pour ainsi dire aucun. Je croyais que tu serais contente…

Il y eut quelques secondes de silence.

— J'espère au moins que tu as signé un papier, lâcha-t-elle d'une voix étrangement calme.

— Naturellement !

Pop prit l'air vaguement vexé.

— Katch a dit que cela n'avait aucune importance, mais je savais que tu le prendrais mal, alors j'ai fait les papiers, de façon tout à fait légale.

— Il a dit que cela n'avait aucune importance, répéta-t-elle doucement. Et qu'as-tu avancé comme garantie ?

— Le parc, naturellement.

Elle serra les dents. Voilà où David Katcherton voulait en venir, depuis le début. Il n'avait tourné autour d'elle que pour mieux s'emparer du parc.

— Naturellement, répéta-t-elle d'une voix vibrante de colère. Je suppose que cet arrangement lui a plu.

Pop ouvrit les bras dans un geste d'incompréhension.

— Ne t'inquiète pas, Megan. Tout se passera très bien. Les réparations avancent, et nous ouvrirons au moment prévu. De plus, ajouta-t-il avec un soupir, tu n'étais même pas censée être au courant. Katch m'a fait promettre de ne pas t'en parler.

— Oh, je n'en doute pas ! C'est tout à fait lui d'agir en douce.

Tournant les talons, elle s'éloigna vivement. La regardant disparaître derrière un manège, Pop se mit à maugréer. Décidément, sa petite-fille adorée avait un sale caractère, quand elle s'y mettait. C'était navrant de la voir dans des états pareils.

Mais, brusquement, il se frotta les mains. Après tout, cette petite histoire n'avait peut-être pas que des mauvais côtés.

Il sourit. L'idée qui venait de lui traverser l'esprit était des plus plaisantes.

Megan serra le frein de sa bicyclette dans l'allée de Katch et mit pied à terre. Otant son casque, elle l'attacha sur la selle d'une main rageuse. David Katcherton n'allait pas s'en tirer à si bon compte.

Coupant par la pelouse, elle se rua vers l'entrée et se mit à marteler la porte de ses deux poings. Personne ne vint ouvrir. Elle jeta un regard noir sur la Porsche, devant laquelle elle venait de poser son vélo, prit une profonde inspiration et actionna le loquet qui tourna sans résistance. Sans hésiter une seconde, Megan ouvrit la porte et entra.

La maison était silencieuse. Apparemment, il n'y avait personne. Megan marcha jusqu'au salon, cherchant des signes qui pourraient trahir la présence de Katch.

Une montre en or était posée sur les étagères de verre. Sur la table basse, un appareil photo Nikon était ouvert, et vide. Dépassant du canapé, une paire de tennis et, à côté, un livre de John Cheever.

Brusquement, Megan se figea. Qu'était-elle en train de faire ? Elle s'était introduite chez Katch sans avoir été invitée. A la fois mal à l'aise et fascinée, elle continua l'examen de la pièce. Un mince cigare était posé sur le cendrier. Après une brève lutte avec sa conscience, elle se dirigea vers la cuisine. Essayant de se donner bonne conscience, elle se passa une main sur le visage. Non, elle ne fouinait pas. Elle s'assurait seulement que Katch n'était pas là. Après tout, sa voiture était garée devant la porte, qui elle-même n'était pas fermée à clé.

Il y avait une tasse dans l'évier et un demi-pot de café froid sur la cuisinière. Quelques gouttes étaient tombées sur le comptoir. Katch n'avait pas pris la peine de les essuyer.

Comme elle faisait demi-tour pour sortir, un petit bourdonnement mécanique se fit entendre. Elle s'approcha de la fenêtre.

De l'autre côté de la pelouse, Katch poussait une tondeuse à gazon. Torse nu, il portait un jean taille basse qui découvrait le haut de ses hanches. Sa peau bronzée, luisante de sueur, avait la couleur du miel. Fascinée, elle contempla le jeu de ses biceps et de ses dorsaux.

Se rappelant brusquement la raison de sa présence chez lui, elle s'éloigna de la fenêtre et sortit en trombe de la cuisine. Elle traversa la pelouse en courant.

Katch distingua vaguement un mouvement sur le côté en même temps qu'un éclair rouge. Il leva la tête. Plissant les paupières pour se protéger du soleil, il se passa le dos de la main sur le front. Puis il arrêta le moteur de la tondeuse.

Megan marchait vers lui, vêtue d'un jean blanc et d'un chemisier rouge.

— Bonjour, Meg ! lança-t-il d'un ton léger que ses yeux démentaient.

— Vous ne manquez pas de toupet, Katcherton ! Cela, je le savais déjà, mais je n'aurais jamais cru que vous profiteriez de la confiance d'un homme âgé !

Arquant un sourcil, il s'appuya à la poignée de la tondeuse. :

— Vous voulez bien parler avec plus de clarté ?

De plus en plus hérissée par son air désinvolte, Megan continua :

— Vous ne pouvez pas vous empêcher de fourrer vos pattes dans les affaires des autres ! Il fallait que vous lui proposiez une partie du contenu de votre coffre-fort !

Refrénant une envie de rire, il dit :

— Ah, j'entrevois un peu de lumière !

Il se redressa.

— Je me disais bien que vous n'apprécieriez pas. J'avais raison.

— Je ne l'aurais jamais accepté !

— Je n'en doute pas.

Il s'accouda de nouveau à la tondeuse, mais son attitude n'avait rien de décontracté.

— Vous ne dirigez pas la vie de Pop, m'a-t-il semblé. Ni la mienne ! fit remarquer Katch.

Elle fit un violent effort pour garder son calme.

— Ce parc fait partie de ma vie, et je suis concernée par tout ce qui s'y passe, répliqua-t-elle sèchement.

— Dans ce cas, vous devriez être contente d'avoir l'argent pour faire réparer le plus vite possible les manèges défectueux. A un taux d'intérêt particulièrement bas.

Il parlait d'un ton froid, professionnel.

— Mais pourquoi ? Pourquoi nous avez-vous prêté cet argent ?

Katch resta un long moment silencieux.

— Je ne vous dois aucune explication, finit-il par déclarer.

— Eh bien, moi, je vais vous en donner une ! fulmina-t-elle. Vous avez vu une opportunité de mettre le grappin sur ce parc, et vous vous êtes jeté dessus. Vous devez espérer que nous ne pourrons pas vous rembourser. Et le parc sera à vous, pour une somme ridicule !

Faisant une pause, elle reprit son souffle. David Katcherton était un être odieux ! Cela lui allait bien de jouer les philanthropes ! Il lui avait fait les yeux doux pour mieux les dévorer, Pop et elle.

L'observant d'un œil admiratif, Katch fit remarquer :

— La colère vous va très bien. Vous êtes encore plus belle.

— Taisez-vous ! Je suppose que les gens de votre monde ont l'habitude de faire des entourloupettes de ce genre. Et de se servir, sans penser le moins du monde aux personnes qui peuvent en souffrir.

— Je me suis peut-être trompé…

Le regard de Katch avait une expression indéchiffrable.

— Mais je croyais avoir donné quelque chose.

— Prêté…, corrigea-t-elle. Avec le parc comme garantie.

— Si c'est votre problème, discutez-en avec votre grand-père.

Il se baissa pour remettre le moteur en marche.

— Vous n'aviez pas le droit de profiter de lui. Il fait confiance au premier venu.

Katch lâcha le cordon.

— Dommage que vous n'ayez pas hérité de cette qualité, rétorqua-t-il durement.

— Je n'ai aucune raison de vous faire confiance.

— Apparemment, vous aviez toutes les raisons de vous méfier de moi dès le premier instant où vous m'avez vu.

Il la regarda dans les yeux.

— Suis-je le seul à susciter en vous cette antipathie ou réagissez-vous ainsi avec tous les hommes ?

Elle soutint son regard. Elle n'allait pas lui faire le plaisir de répondre.

— Vous voulez le parc ! dit-elle.

— Exact. Je ne vous l'ai jamais caché.

Il repoussa la tondeuse sur le côté.

— J'ai toujours l'intention de l'acquérir. Mais je n'ai nullement besoin d'utiliser des ruses de Sioux pour arriver à mes fins. Je n'ai pas non plus renoncé à vous.

Elle recula, mais il fut plus rapide. La main de Katch se referma sur son bras.

— J'ai fait une erreur, l'autre soir, en vous laissant partir.

— Ce n'était qu'un jeu. Vous n'aviez aucun désir pour moi, affirma-t-elle.

— Aucun désir ?

Comme elle faisait une autre tentative pour se libérer, il l'attira un peu brusquement contre lui.

— Oui, vous avez raison, je ne vous désirais pas, murmura-t-il avant de la bâillonner de ses lèvres.

Sous le choc, Megan se sentit défaillir.

— Et maintenant, c'est la même chose, je ne vous désire pas, gronda-t-il, le souffle court.

Avant qu'elle puisse parler, il dévora encore sa bouche, faisant preuve d'une brutalité qu'elle ne lui connaissait pas.

— Et cela ne fait pas des jours entiers que je vous désire.

Il l'attira sur le sol.

— Non ! Laissez-moi !

Mais ses lèvres la réduisirent une fois de plus au silence.

Ce n'était plus le baiser doucement persuasif de l'autre soir. Celui-ci brûlait d'une intensité pleine d'exigences. Il était clair qu'il prendrait ce qu'il voulait, et à sa façon. Ses lèvres s'éloignèrent pour se poser sur sa gorge avant de voyager plus loin. Megan se mit à suffoquer. Une chaleur torride la submergea. Le souffle coupé, elle poussait de légers gémissements. Les doigts de Katch traçaient une ligne de feu sur sa peau frémissante. Il passa le pouce sur le bout de ses seins, insistant longuement. Elle ne pouvait plus réfléchir, et la peur s'était envolée. Quand la bouche de Katch se posa de nouveau sur la sienne, elle ferma les yeux et murmura en s'accrochant désespérément à lui, le corps arqué, frissonnant de désir.

Katch releva la tête.

Elle sentit son souffle chaud sur son visage. Elle ouvrit

les yeux, révélant un regard lourd de passion. Si elle avait pu parler, elle lui aurait dit qu'elle l'aimait. Elle n'éprouvait plus ni fierté ni honte, seulement un besoin grandissant, et un amour dont la force était presque insupportable.

Il roula sur le dos.

— Ce n'est pas l'endroit pour vous, dit-il d'une voix rauque.

Ils restèrent un instant étendus côte à côte sans se toucher.

— Et ce n'est pas non plus la façon dont j'avais espéré…

Il fit une pause. Megan essaya de recouvrer ses esprits. Mais son cerveau était embrumé, et son sang bouillonnait dans ses veines.

— Katch…

Se relevant péniblement, elle s'assit. Les yeux de Katch s'attardèrent sur ses formes, puis ils remontèrent lentement jusqu'à son visage. Elle voulait le toucher, mais, subitement, la peur était revenue.

Ils restèrent quelques secondes les yeux dans les yeux.

— Je ne vous ai pas fait mal ? finit-il par demander.

Elle secoua la tête.

— Alors rentrez chez vous, avant que ça arrive !

Il se leva d'un bond et s'éloigna.

Quelques secondes plus tard, elle entendit claquer la porte de la cuisine.

8

Pendant les vacances de Pâques, Megan dut affronter le flot de touristes venus chercher le soleil et les distractions. C'était un avant-goût de la foule qui allait déferler pendant tout l'été. Myrtle Beach était une petite ville balnéaire bordée d'immenses plages blanches de sable fin.

Pour la première fois de sa vie, Megan en souffrait. Ces touristes représentaient une véritable intrusion. Elle rêvait de panser ses blessures dans la solitude. La sculpture était le seul refuge possible. A quoi bon parler de ses sentiments à son grand-père, alors qu'elle ne savait pas encore où elle en était ? Dieu merci, Pop la connaissait bien. Il savait qu'elle tenait à son intimité et il ne lui posait plus de questions.

Les heures passées au parc d'attractions paraissaient remplies de gestes mécaniques. Elle ne supportait plus de voir tous ces inconnus s'amuser, alors que sa propre vie était complètement chamboulée. Le seul réconfort était son atelier.

Megan consulta sa montre. Il était midi. Alors qu'elle faisait monter des enfants sur un manège, une voix résonna dans son dos :

— Excusez-moi !

Megan jeta un coup d'œil par-dessus son épaule. C'était une superbe blonde aux traits délicatement modelés.

— Etes-vous Megan ? Megan Miller ? demanda-t-elle.

— Oui. Puis-je vous aider ?

— Je suis Jessica Delaney.

Megan hocha la tête. Comment ne l'avait-elle pas compris tout de suite ?

— Vous êtes la sœur de Katch, dit-elle.

— Oui.

Jessica sourit.

— Vous êtes physionomiste. Bien sûr, nous avons une certaine ressemblance, Katch et moi, mais la plupart des gens ne la voient que si nous sommes côte à côte.

Megan l'observa un instant. Jessica avait la même architecture de visage que son frère. Comme ceux de Katch, ses grands yeux bleus étaient ourlés de longs cils épais.

— Heureuse de vous rencontrer, déclara Megan, désespérant de trouver quelque chose à dire. Vous êtes venue voir Katch ?

— Oui, deux ou trois jours. Je vous présente mon mari, Rob.

Un homme de haute taille au visage anguleux mais agréable s'approcha de Megan et lui tendit la main. Il avait une chevelure noir corbeau qui contrastait avec sa peau très claire.

— Enchantée.

— Et voici nos filles, Erin et Laura.

Jessica montra d'un signe de tête deux fillettes de quatre et six ans environ installées sur le manège.

— Elles sont très belles, commenta Megan.

— Katch ne savait pas où nous pourrions vous trouver, mais heureusement il nous a fait une description très précise de vous.

Essayant de dissimuler son trouble, Megan demanda :

— Est-il ici ?

Malgré elle, elle parcourut la foule du regard.

— Non, il avait un travail urgent à finir.

La sonnette se déclencha, signalant la fin du tour de manège.

— Excusez-moi un instant, murmura Megan.

Poussant un petit soupir de soulagement, elle se tourna vers le manège pour surveiller la descente des enfants. Elle allait en profiter pour se ressaisir. Les nièces de Katch descendirent les dernières. Erin, l'aînée, lui sourit. Elle avait la même couleur d'yeux que Katch.

— Nous ne voulons pas vous déranger, affirma Jessica. Vous êtes très occupée.

Megan haussa légèrement les épaules.

— Je dois surtout veiller à la sécurité des enfants.

— Pourrons-nous discuter quand vous aurez fini ? interrogea Jessica.

Megan fronça les sourcils.

— Euh… oui. Je prends une pause dans une heure.

— Formidable.

Le sourire de Jessica était aussi charmant que celui de son frère.

— J'aimerais visiter votre atelier, si cela ne vous ennuie pas. Nous pourrions nous retrouver dans une heure et demie.

— A mon atelier ?

— Si cela ne vous ennuie pas !

Jessica lui donna une petite accolade.

— Katch m'a expliqué comment y aller.

Megan hocha la tête. La sonnerie retentit encore, la rappelant à l'ordre. Après avoir fait redémarrer le manège, elle resta un instant songeuse. Pourquoi Jessica tenait-elle tant à la voir dans son atelier ?

Le front rembruni, Megan s'examina dans le miroir de sa chambre.

— Tu es vraiment stupide, murmura-t-elle. Au fond, tu te fiches pas mal de savoir pourquoi Katch te désirait. Et tu es stupide parce que tu souhaites de tout ton cœur qu'il te désire encore.

Affolée, elle secoua la tête, mettant du désordre dans ses cheveux, qu'elle venait de brosser longuement. Il était grand temps de penser à autre chose. Jessica Delaney allait arriver d'une minute à l'autre.

Mais pourquoi venait-elle ? Megan fronça les sourcils.

Elle n'avait pas vu Katch depuis deux semaines. Pourquoi sa sœur montrait-elle un tel empressement à lui rendre visite ?

Le bruit d'une voiture se garant dans l'allée la tira de ses réflexions. Megan s'approcha de la fenêtre, juste à temps pour voir Jessica descendre de la Porsche de Katch.

Megan se dirigea vers la porte.

— Bonjour !

— Quel endroit délicieux ! s'exclama Jessica en souriant.

Megan sentit son cœur battre plus vite. Jessica ressemblait tant à son frère !

— Vos azalées sont magnifiques !

— C'est Pop, mon grand-père, qui s'en occupe.

— Oui. J'ai entendu des choses merveilleuses à propos de votre grand-père. J'aimerais beaucoup le connaître.

— Il est encore au parc.

Plus à l'aise, Megan esquissa un sourire. Le charme de la famille Katcherton opérait.

— Voulez-vous boire un café ? Ou un thé ?

— Merci, Megan. J'en prendrai un plus tard, peut-être. Pour l'instant, j'aimerais voir votre atelier.

— Permettez-moi de vous demander, mademoiselle Delaney…

— Appelez-moi Jessica, coupa joyeusement la jeune femme.

Elle commença à gravir l'escalier.

— Jessica, comment savez-vous que j'ai un atelier, et qu'il se trouve au-dessus du garage ?

— Oh, il n'y a aucun mystère. Katch m'en a parlé. Il me raconte beaucoup de choses, précisa-t-elle d'un ton léger.

— Mais… vous l'avez à peine vu… vous venez d'arriver.

Jessica se mit à rire. Arrivant devant la porte, elle attendit que Megan l'ouvre.

— J'ai hâte de voir votre travail. Moi-même, je barbouille de temps à autre.

— Vraiment ?

L'intérêt de Jessica se comprenait mieux. Parenté artistique…

— Je peins très mal, j'en ai peur. C'est une constante source de frustration pour moi, continua Jessica avec une petite moue adorable.

— Moi-même, je n'ai jamais eu beaucoup de talent en peinture, avoua Megan en ouvrant la porte.

Subitement, elle avait besoin de parler pour cacher son trouble, qui devait se voir comme le nez au milieu de la figure.

— Chaque fois que je prends un pinceau, le résultat ne ressemble à rien, poursuivit-elle avec un débit de plus en plus rapide. C'est terrible d'être incapable de s'exprimer.

Mais, visiblement, Jessica ne l'écoutait pas. Elle fit le tour de la pièce, de la même façon que son frère, à pas gracieux, silencieux, se penchant sur une sculpture, en soulevant une autre. Puis elle examina une licorne pendant un long moment. De plus en plus nerveuse, Megan se mit à tripoter sa chemise de travail posée sur une chaise.

Cette attente devenait vraiment pénible. Jessica allait-elle passer l'après-midi à examiner ses œuvres ?

La lumière du soleil parsemait le plancher de taches dorées. Un rayon oblique tomba sur le buste de Katch. Megan sursauta. Elle avait oublié de le cacher ! Bien qu'il soit loin d'être terminé, il évoquait irrésistiblement le modèle qui l'avait inspiré. Furieuse contre elle-même, Megan vint se planter devant lui. De cette façon, Jessica ne le verrait pas.

La sœur de Katch se décida enfin à parler.

— Katch avait raison !

Elle caressa la licorne du bout des doigts.

— Comme toujours, murmura-t-elle encore. En général, cela m'agace considérablement, mais pas cette fois.

— A quel sujet avait-il raison ?

— Au sujet de votre extraordinaire talent.

— Pardon ?

Les yeux de Megan s'agrandirent de stupeur.

— Katch m'a dit que votre œuvre était remarquable.

Elle remit la licorne en place.

— J'ai reconnu qu'il ne se trompait pas quand j'ai reçu les deux pièces qu'il m'a envoyées, mais il n'y en avait que deux.

Elle s'empara d'un ciseau, dont elle se tapota la paume de la main tout en regardant autour d'elle.

— C'est vraiment étonnant !

— Il vous a envoyé les sculptures qu'il m'a achetées ?

— Oui, il y a quelques semaines. J'étais très impressionnée.

Jessica reposa le ciseau, qui produisit un petit claquement, et s'approcha d'un buste presque terminé. Il représentait une femme sortant de la mer. Megan retint son souffle. C'était la pièce sur laquelle elle travaillait avant de se mettre au buste de Katch.

— C'est fabuleux ! s'écria Jessica, de plus en plus enthousiaste. Il va me la falloir ainsi que la licorne. Les deux sculptures que Katch m'a envoyées ont été accueillies très favorablement.

— Je ne comprends pas de quoi vous parlez.

Elle avait beau se concentrer, il était difficile de suivre tout le monologue de Jessica.

— Accueillies par qui ? demanda-t-elle.

— Par mes clients, répondit Jessica. Ceux de ma galerie à New York.

Elle lui adressa un sourire resplendissant.

— Vous ne savez pas que j'ai une galerie d'art ?

Megan n'en croyait pas ses oreilles.

— Non, marmonna-t-elle. Non, vous ne me l'avez pas dit.

— J'ai dû penser que Katch l'avait fait. Il vaudrait mieux que je commence par le commencement.

— J'avoue que j'apprécierais beaucoup, répliqua Megan.

Elle indiqua d'un geste de la main une petite chaise de bois.

— Mais asseyez-vous, je vous en prie, Jessica.

— Merci. Katch m'a envoyé ces deux sculptures, il y a quelques semaines. Il voulait l'opinion d'un professionnel. Je ne suis pas douée pour peindre, mais je m'y connais en art.

Elle parlait avec la même assurance que son frère.

— Sachant que je ne deviendrais jamais une artiste, j'ai suivi des études d'histoire de l'art. Ensuite, j'ai ouvert la galerie « Jessica's » à Manhattan. Elle existe depuis six ans. J'ai une très bonne clientèle.

Elle sourit encore.

— Naturellement, quand mon frère a découvert votre travail, il s'est adressé à moi. Il fait toujours vérifier par un expert ce qu'il aime instinctivement. Ensuite, il se lance sans tenir compte de son avis.

Elle poussa un petit soupir indulgent.

— Il fait toujours ce qu'il veut. Tenez, je vais vous donner un exemple : l'année dernière, une personne bien placée lui avait déconseillé de construire un hôpital en Afrique. Croyez-vous qu'il l'a écoutée ? Pas du tout, il l'a fait construire quand même.

— Un hôpital…

— Oui, un hôpital pour enfants. Il a un faible pour eux.

Jessica essayait de prendre un air taquin, mais l'amour qu'elle vouait à son frère transparaissait malgré elle.

— Il a aussi fait construire un très beau parc en Nouvelle-Galles du Sud.

Muette d'étonnement, Megan la dévisagea. Jessica parlait-elle vraiment de David Katcherton ? Etait-ce le même homme que celui qui l'avait abordée sans gêne au supermarché ? Et dire qu'elle l'avait accusé de vouloir profiter de la crédulité de Pop ! Elle l'avait pris pour un opportuniste, un homme pourri par l'argent et par sa belle apparence. Et elle avait presque réussi à se convaincre qu'il était irresponsable et qu'il ne cherchait que son plaisir.

Un peu honteuse, elle murmura en se déplaçant :

— Je ne savais pas.

— Oh, cela n'a rien d'étonnant. C'est tout à fait son style de ne pas vous en avoir parlé… Il préfère rester discret quand il rencontre quelqu'un…

Faisant une pause, elle posa les yeux sur le buste de son frère. Une lueur à la fois amusée et admirative traversa son regard.

— Mais vous semblez le connaître assez bien, fit-elle remarquer.

Megan tourna la tête. Le buste de Katch était en pleine vue. Dans son trouble, elle avait bougé, et il n'était plus dissimulé derrière elle. Lentement, elle leva les yeux sur la jeune femme. Essayant de garder une voix et un visage impassibles, elle déclara :

— Non… en fait, je ne le connais pas du tout. Il a un visage très intéressant. Je n'ai pas pu résister à l'envie de le sculpter.

Jessica hocha la tête.

— Oui, et c'est aussi un homme fascinant, chuchota-t-elle.

Le regard de Megan vacilla.

— Je suis désolée de m'être invitée ainsi, reprit Jessica. C'est une de mes mauvaises habitudes. Mais ne parlons plus de Katch. Parlons de votre exposition.

— Ma… quoi ?

— Votre exposition, répéta Jessica en souriant. Quand pensez-vous avoir assez d'œuvres à m'envoyer ? Katch m'a dit qu'une galerie de la ville en avait quelques-unes. Je pense que nous pouvons envisager de les présenter à l'automne.

— Jessica, je ne comprends pas…

Une note paniquée se glissa dans sa voix. Presque imperceptible, mais pas pour Jessica. Elle lui prit les deux mains dans les siennes. Elle avait une poigne étonnamment ferme.

— Megan, vos sculptures sont magnifiques, elles ont une force stupéfiante. Il est temps de les montrer.

Elle se leva, l'entraînant avec elle.

— Si nous allions prendre une tasse de café, maintenant ? suggéra-t-elle. En même temps, nous nous organiserons pour cette exposition.

Une heure plus tard, Megan se retrouva seule dans la cuisine. L'obscurité commençait à envahir la pièce, mais elle ne se leva pas pour allumer la lumière. Deux tasses étaient posées sur la table. Celle de Jessica était vide, mais la sienne était à moitié pleine de café refroidi.

Poussant un profond soupir, elle essaya de récapituler ce qui s'était passé au cours des soixante dernières minutes.

Elle avait accepté de faire une exposition dans la galerie de Jessica, à New York. Une exposition de ses sculptures.

Se passant une main sur le front, elle soupira encore. Non, ce n'était pas arrivé, elle avait tout simplement rêvé. Elle baissa les yeux sur la tasse vide. L'air fleurait bon l'eau de toilette de Jessica.

Encore sous le choc, Megan prit les deux tasses d'un geste automatique et alla les rincer sous le robinet. Comment Jessica s'y était-elle prise pour qu'elle note les dates et les moindres détails de cet événement avant même d'avoir eu le temps de réfléchir ? Avait-elle vraiment envie d'accepter ? Ou n'était-ce pas plutôt Jessica qui lui avait forcé la main ? C'était ahurissant. Existait-il au monde une seule personne capable de dire « non » à un Katcherton ?

Soupirant, elle regarda sans les voir ses mains humides. Il fallait qu'elle téléphone à Katch. Cette certitude ne faisait qu'accroître sa panique. Mais il le fallait.

Soigneusement, elle plaça les tasses et les soucoupes sur l'égouttoir. Elle devait absolument le remercier, c'était la moindre des choses. D'un geste faussement décontracté, elle s'essuya les mains sur son jean. Les nerfs à vif, elle se dirigea vers le téléphone.

— C'est très simple, murmura-t-elle.

Elle se mordit la lèvre inférieure. Puis elle s'éclaircit la voix avant de marmonner encore :

— Où est le problème ? Je n'ai qu'à le remercier, c'est tout ! J'en ai pour une minute.

Elle tendit la main vers le téléphone, mais elle la retira aussitôt. Les pensées défilaient dans sa tête à la même allure que les battements de son cœur.

Elle se décida enfin à prendre l'appareil. Elle connaissait le numéro de Katch par cœur. N'avait-elle pas commencé à le composer une dizaine de fois au cours de ces deux semaines ? Prenant une profonde inspiration, elle appuya sur le premier chiffre. Elle en aurait pour une minute et, ensuite, elle n'aurait aucune raison de l'appeler de nouveau. Il valait mieux qu'ils effacent ce qui pouvait rester de leur dernière rencontre. Et ce serait plus facile si leur relation prenait fin sur une note plus agréable, plus civilisée.

Appuyant sur le dernier chiffre, elle attendit.

Au bout de quatre sonneries interminables, Katch décrocha le téléphone.

— Katcherton…

Son nom était à peine audible. Incapable de prononcer un mot, elle ferma les yeux.

— C'est vous, Meg ?

Prenant sur elle, elle répondit :

— Oui, je… J'espère que je ne vous dérange pas.

Elle fit une pause. Quelle entrée en matière ! C'était désespérant.

— Vous allez bien ?

La voix de Katch trahissait de l'inquiétude.

— Oui, oui, très bien.

Affolée, elle chercha les mots simples qu'elle voulait lui dire.

— Katch, il faut que je vous parle. Votre sœur est venue…

— Je sais, elle est chez moi depuis cinq minutes, dit-il sur un ton un peu impatient. Vous avez un problème ?

— Non, aucun, répliqua-t-elle d'une voix mal assurée.

Elle soupira. Il devait y avoir un moyen rapide pour mettre fin à cette conversation qui n'en était pas une.

— Etes-vous seule ?

— Oui, je…

— J'arrive dans dix minutes.

— Non ! Attendez !

Elle se passa une main sur le front.

— Dans dix minutes, répéta Katch.

Et il raccrocha.

9

Megan fixa le téléphone pendant plusieurs secondes avant de le poser. Comment avait-elle fait, avec trois mots seulement, pour créer cette situation ? Incrédule, elle secoua la tête. Non, elle ne voulait pas qu'il vienne ! Elle ne voulait plus jamais le revoir !

Croisant les bras autour de sa taille, elle se laissa tomber sur une chaise. Comme elle se mentait mal à elle-même ! Bien sûr qu'elle voulait le revoir ! Elle ne rêvait que de cela depuis deux semaines. C'était effrayant.

Dans la pièce complètement plongée dans la pénombre, elle distinguait vaguement le contour de la table et des chaises. Elle se leva péniblement et se dirigea vers l'interrupteur, évitant instinctivement les obstacles. La lumière l'éblouit. Mais c'était mieux ainsi. La lumière était plus sécurisante.

Katch allait arriver d'une minute à l'autre. Affolée, elle regarda autour d'elle. Elle devait absolument s'occuper les mains. Elle allait préparer du café, oui, voilà…

Elle remplit le percolateur en s'exhortant au calme. Mais ses nerfs menaçaient de lâcher. Plus vite Katch arriverait, plus vite elle se calmerait. Elle allait lui dire ce qu'elle avait à lui dire et, ensuite, il rentrerait chez lui.

La sonnerie du téléphone la fit sursauter. Elle alla s'asseoir et décrocha le combiné.

— Bonjour, Megan !

C'était Pop. Il paraissait ravi.

— Pop… es-tu encore au parc ? Quelle heure est-il ? demanda-t-elle d'un ton distrait.

Elle consulta sa montre.

— C'est la raison de mon appel. Georges est passé. Je voulais te prévenir que je dînerais en ville avec lui.

La voix de Pop la détendit. Elle sourit.

— Vous devez avoir un tas d'histoires de pêcheurs à vous raconter ! dit-elle.

— Les siennes sont encore plus nombreuses depuis qu'il a pris sa retraite ! Est-ce que tu viens avec nous, ma chérie ?

— Non, je te laisse tranquille avec ton vieux copain, Pop. Mais je passerai te dire bonsoir.

— Je te rapporterai un dessert.

C'était une vieille habitude. Aussi loin qu'elle s'en souvenait, Pop lui avait toujours rapporté une gâterie quand il dînait en ville.

— Qu'est-ce qui te ferait envie ? s'enquit-il.

— Un sorbet à la fraise, décida-t-elle instantanément. Passe une bonne soirée, Pop. Je t'embrasse.

— Moi aussi, ma chérie. Ne travaille pas trop tard !

Posant le téléphone, elle leva un sourcil. Pourquoi diable ne lui avait-elle pas parlé de la visite de Katch ? Ni de Jessica et des projets incroyables qui étaient en cours ?

Elle secoua la tête. Parce qu'elle devait d'abord être certaine qu'elle ne changerait pas d'avis. Après tout, elle n'avait pas signé de contrat.

De plus en plus agitée, elle tritura du bout des doigts une mèche de ses cheveux. Ce projet était fou. Comment pourrait-elle aller à New York et…

Les phares d'une voiture balayèrent la fenêtre de la cuisine, interrompant ses pensées. Faisant un violent effort pour recouvrer son aplomb, Megan alla fermer le placard avant de se diriger vers la porte d'entrée.

Quand elle posa la main sur la poignée de la porte, Katch montait le perron. Pendant un instant, ils se regardèrent à travers la moustiquaire, le silence n'étant rompu que par le vol des insectes autour de la lampe extérieure.

Katch finit par entrer. Tendant la main vers elle, il lui caressa la joue.

— Vous aviez l'air bouleversée, dit-il.

Megan s'humecta les lèvres.

— Non, non, je vais très bien. Il était inutile de vous déranger.

Elle recula pour supprimer le contact de sa main. Lentement, en plongeant les yeux dans les siens, Katch baissa le bras.

— Je suis désolée de…

— Megan, arrêtez !

Il parlait d'une voix calme. Un peu surprise, un peu désespérée, elle soutint son regard.

— Cessez de me fuir, et de vous confondre en excuses, continua-t-il.

Elle croisa ses mains tremblantes.

— J'ai préparé du café, annonça-t-elle. Il sera prêt dans une minute.

Elle voulut sortir les tasses du placard, mais il la prit par le bras.

— Je ne suis pas venu pour boire le café.

Il laissa glisser sa main jusqu'à son poignet. Le pouls de Megan palpita sous ses doigts.

Essayant de libérer sa main, Megan le regarda dans les yeux.

— Katch, je vous en prie, ne me rendez pas les choses plus difficiles…

Un éclair traversa brièvement le regard de Katch.

— Permettez-moi de rester quelques minutes. J'ai eu des difficultés ces dernières semaines. A cause de ce qui s'est passé entre nous, la dernière fois que nous nous sommes vus.

Les joues de Megan s'empourprèrent, mais elle soutint son regard. Haussant les épaules, Katch la lâcha et fourra les mains dans ses poches.

— Megan, je voudrais que ce soit vous qui décidiez, affirma-t-il.

Elle secoua la tête. La gentillesse de Katch était déconcertante.

— Ne voulez-vous pas me pardonner ? interrogea-t-il doucement.

— Non… enfin…

Une lueur amusée dans le regard, il lui adressa un sourire ravageur.

— Dois-je comprendre que vous ne voulez pas me pardonner ?

Megan croisa nerveusement les mains. Elle était en train de couler à pic.

— Oui, bien sûr, je vous pardonne, corrigea-t-elle en se tournant vers la cafetière. C'est oublié.

Il posa une main sur son épaule. Elle fit un bond.

— Vraiment ? questionna-t-il.

Il la fit tourner sur elle-même, face à lui. La lueur amusée s'était éteinte.

— On dirait que vous ne supportez pas mon contact. L'idée que je vous fais peur ne me plaît pas.

Elle prit une profonde inspiration.

— Vous ne me faites pas peur, Katch, murmura-t-elle. Dès que vous êtes près de moi, j'ai l'esprit confus.

Il fronça les sourcils.

— Je suis désolé, Megan.

Elle sourit. Apparemment, il était sincère.

Il s'approcha d'elle.

— Pouvons-nous nous embrasser pour fêter votre pardon ?

Elle voulut protester, mais les lèvres de Katch étaient déjà sur les siennes, légères et douces. Son cœur se mit à tambouriner dans sa poitrine. Katch n'essaya pas d'approfondir son baiser. Il posa les mains sur ses épaules. Malgré tous les clignotants qui s'allumaient dans son esprit, elle se laissa aller contre lui, l'invitant à prendre ce qu'il voulait. Mais il n'insista pas.

Il s'écarta d'elle et chercha son regard. Puis il lui caressa les cheveux. Sans parler, il lui tourna le dos et s'approcha de la fenêtre.

Prenant une profonde inspiration, Megan dit d'une voix peu assurée :

— Je voulais vous parler de votre sœur.

Elle arrêta le percolateur.

— Plus précisément, de la raison de sa visite, continua-t-elle.

Katch lui jeta un coup d'œil par-dessus son épaule. Elle remplit deux tasses de café et lui en offrit une.

— Pourquoi ne m'avez-vous pas expliqué que vous alliez envoyer mes sculptures à Jessica ?

— J'ai préféré connaître son opinion avant.

Il s'assit près d'elle et serra sa tasse entre ses mains.

— Je lui fais confiance, et j'ai pensé que vous auriez plus de considération pour son opinion que pour la mienne. Allez-vous faire cette exposition ? Je n'ai pas eu le temps d'en parler à Jessica avant votre appel.

Mal à l'aise, Megan remua sur sa chaise. Elle fixa un instant sans la voir sa tasse de café, puis elle le regarda bien en face.

— Jessica est très convaincante. J'ai accepté sans réfléchir.

— Parfait !

— Je ne suis pas persuadée que ce soit parfait, mais je voulais vous remercier, déclara-t-elle d'une voix plus ferme. Je n'aurais jamais fait cette démarche moi-même, pour des dizaines de raisons, qui me sont venues à l'esprit cinq minutes après le départ de Jessica.

Avec un sourire charmeur, Katch haussa les épaules.

— Très bien. Si vous avez décidé d'être reconnaissante !

— Je le suis. Et j'ai peur. Je suis terrifiée à l'idée de montrer mon travail au public.

Elle poussa un soupir frémissant.

— Je vous conseille d'accepter mes remerciements

aujourd'hui. Quand les critiques auront éreinté mes sculptures, je vous accablerai de reproches.

Katch tendit la main vers elle, lui donnant des palpitations. Il allait sûrement la prendre dans ses bras. Mais il se contenta de lui effleurer la joue du dos de la main.

— Quand vous serez une artiste reconnue, vous pourrez me rendre votre gratitude.

Il sourit, et tout s'évanouit autour d'elle. Brusquement, une joie infinie l'envahit. En l'absence de Katch, sa vie lui paraissait terne, maintenant. Mais dès qu'il était là, tout reprenait des couleurs.

— Je suis si heureuse que vous soyez venu, chuchota-t-elle.

Incapable de résister, elle noua les bras autour de son cou et pressa son visage contre son épaule. Quelques secondes plus tard, il posa les mains sur sa taille.

— Je suis désolée pour ce que je vous ai dit... au sujet du prêt. Je ne le pensais pas vraiment, mais quand je suis en colère, je peux dire des choses terribles.

Elle rejeta la tête en arrière. Il l'embrassa fugitivement et s'écarta aussitôt d'elle. A contrecœur, elle le laissa s'échapper de ses bras. Se levant, il la dévora des yeux.

— Que faites-vous ? demanda-t-elle avec un bref sourire.

— Je mémorise votre visage. Avez-vous mangé ?

Elle secoua la tête. C'était surprenant, mais il trouvait toujours le moyen de la laisser désemparée.

— Non, j'allais réchauffer quelques restes.

— Des restes ? Quelle horreur ! C'est inacceptable ! Que diriez-vous d'une pizza ?

— Mmm, j'en dirais le plus grand bien ! Mais vous avez des invités.

— Jessica et Rob ont emmené leurs filles au golf miniature. Je ne leur manquerai pas.

Il tendit les mains vers elle.

— Venez !

Ses yeux lui souriaient. Comment lui résister ? Lui rendant son sourire, elle se leva.

— Oh, attendez ! dit-elle en lui donnant la main.

Elle gribouilla un message sur le petit tableau noir près de la porte. Ainsi, Pop ne s'inquiéterait pas lorsqu'il rentrerait.

« Je dîne avec Katch. »

Il comprendrait… Inutile d'en écrire plus.

10

Katch conduisait le long d'Ocean Boulevard. La circulation était dense. Des rires et de la musique filtraient des voitures aux vitres baissées. Les lumières rouges et bleues d'une grande roue luisaient au loin. Plusieurs touristes étaient installés sur le balcon de leur hôtel, leur serviette de bain posée sur la balustrade. A gauche, la mer se laissait parfois entrevoir entre deux immeubles.

Repue de pizzas et de chianti, Megan se blottit dans le siège en cuir moelleux.

— Tout va se calmer après ce week-end, commenta-t-elle.

— N'avez-vous jamais l'impression d'être envahie ? interrogea Katch avec un large geste englobant la file de voitures.

— J'aime la foule !

Elle se mit à rire.

— Mais j'aime l'hiver aussi, quand les plages sont désertes. Je suppose que cette frénésie me plaît parce que je sais que j'aurai ensuite quelques mois de tranquillité.

Le regard de Katch se posa sur elle.

— C'est à ce moment-là que vous vous consacrez à la sculpture.

Elle haussa légèrement les épaules.

— Il m'arrive également de m'y mettre en été, dès que j'ai une minute.

Elle fronça les sourcils.

— Je n'ai pas pensé aux délais quand Jessica m'a

proposé cette exposition. Je me demande comment je vais faire pour être prête.

— Vous n'allez pas changer d'avis, j'espère ?

— Non, mais…

Tournant encore les yeux vers elle, Katch se fit insistant. Megan ravala ses prétextes.

— Non, dit-elle plus fermement, je ne changerai pas d'avis.

— Cette exposition est la chance de votre vie. Ne la ratez pas.

Voyant qu'elle n'avait pas l'air convaincue, il demanda :

— Sur quoi travaillez-vous en ce moment ?

— Je… euh…

Mal à l'aise, elle tripota le bouton de la radio. Elle n'allait certainement pas dire à Katch qu'elle était en train de sculpter un buste de lui.

— Eh bien, je…

Haussant encore les épaules, elle serra ses mains l'une contre l'autre.

— Je fais une sculpture sur bois…

— Qui représente quoi ?

Elle bafouilla quelques paroles inintelligibles. Katch se mit à rire.

— Je dois devenir sourd ! Je n'ai pas compris votre réponse.

Fascinée par la lumière d'un réverbère qui découpait son visage entre ombre et lumière, elle le regarda longuement. Puis, prenant une longue inspiration, elle déclara :

— C'est un pirate ! Le chef des pirates !

Il arqua un sourcil. Pourquoi Megan le dévisageait-elle avec tant de concentration ?

— J'aimerais le voir, annonça-t-il.

— Il n'est pas terminé. Et il n'est pas près de l'être si je dois créer plusieurs pièces pour la galerie de votre sœur.

— Meg, cessez de vous inquiéter ! Réjouissez-vous, au contraire !

Incrédule, elle secoua la tête.

— Que je me réjouisse ? Je n'y manquerai pas, quand ce sera fini, lâcha-t-elle en souriant. Pensez-vous vous rendre à New York pour l'exposition ?

Comme la circulation devenait plus fluide, il passa la troisième.

— Je suis en train d'y réfléchir.

— J'aimerais que vous y soyez, si c'est possible. J'aurai besoin d'être entourée d'amis, insista-t-elle.

— Vous n'aurez besoin que de deux choses : votre œuvre, et un peu de confiance en vous, corrigea Katch en lui jetant un coup d'œil persuasif.

Il tourna à droite.

— Vous n'avez pas pensé que j'aimerais être là le soir du vernissage, ne serait-ce que pour me vanter de vous avoir découverte ?

Elle sourit.

— Espérons que nous n'aurons pas à le regretter, marmonna-t-elle.

Il se mit à rire.

— Je suis bien convaincu que nous ne le regretterons pas.

— C'est incroyable ! s'écria-t-elle. Vous n'envisagez même pas la possibilité de vous être trompé.

— Et vous, vous n'envisagez même pas la possibilité d'avoir du succès, rétorqua-t-il.

Megan ouvrit la bouche et la referma aussitôt. Après quelques secondes de silence, elle finit par dire :

— Au bout du compte, nous avons raison tous les deux.

Attendant qu'ils s'arrêtent à un carrefour, elle lui toucha l'épaule.

— Katch ?

— Mmm ?

— Quelles sont les raisons qui vous ont poussé à construire un hôpital en Afrique ?

Il tourna la tête vers elle. Un léger froncement de sourcils lui creusait une petite ride au milieu du front.

— La population en avait besoin, répondit-il simplement.

— C'est l'unique raison ? insista-t-elle.

Visiblement, ses questions l'énervaient.

— Jessica m'a dit qu'on vous l'avait déconseillé, mais que…

— Il se trouve que je suis à la tête d'une fortune confortable, coupa-t-il d'un ton agacé. J'en fais ce que je veux.

Voyant son expression, il secoua la tête.

— Il y a des choses que j'ai envie de faire, voilà tout. Ne me prenez pas pour un saint, Meg.

Avec un petit rire étouffé, Megan passa une main légère sur les boucles qui lui retombaient sur l'oreille.

— Cela ne me viendrait vraiment pas à l'idée ! répliqua-t-elle.

Elle secoua la tête. Katch évoquait davantage un être excentrique qu'un bienfaiteur. Mais c'était tellement plus facile de l'aimer en connaissant ce petit secret.

— Vous êtes beaucoup plus aimable que je ne l'avais cru le jour où je vous ai vu pour la première fois près du supermarché.

— J'ai essayé de vous le faire comprendre. Mais vous préfériez croire que cela ne vous intéressait pas.

— C'était la vérité. Vous ne m'attiriez pas le moins du monde.

Il se tourna vers elle en riant. Elle éclata de rire.

— Disons que je n'étais pas très intéressée, rectifia-t-elle.

Ralentissant, il tourna en direction de la mer.

— Que faites-vous ?

— Je vais me garer près des planches. Je vais peut-être vous acheter un souvenir.

Dès qu'il eut trouvé une place, il se jeta hors de la voiture.

— J'adore les envies spontanées ! lança Megan en le rejoignant.

— J'ai dit « peut-être ».

— Je n'ai pas entendu cette partie de la phrase !

Elle entrelaça ses doigts à ceux de Katch.

— Je veux quelque chose d'extravagant !

— Quoi, par exemple ?

Ils se faufilèrent entre les voitures garées.

— Je vous le dirai quand je l'aurai vu.

La promenade était noire de monde, très bruyante et pleine de lumières. La brise apportait des effluves salés qui se mélangeaient aux odeurs de viande grillée et de barbe à papa.

Au lieu d'entrer dans une des multiples boutiques qui bordaient la promenade, Katch entraîna Megan dans une galerie marchande.

Megan prit un air faussement boudeur.

— Qui a parlé de m'offrir un présent ? Décidément, les beaux discours sont rarement suivis par des actes !

Sans rien dire, Katch échangea de la monnaie contre des jetons.

— C'est encore trop tôt, finit-il par dire.

Il lui donna quelques jetons.

— Pour commencer, nous pourrions essayer de débarrasser la galaxie des envahisseurs ? proposa-t-il brusquement.

Avec un petit sourire, Megan se dirigea vers une boutique de jeux vidéo. Elle glissa deux jetons dans la fente.

— J'attaque la première !

Pressant le bouton de démarrage, elle prit la barre en mains. Les sourcils rapprochés sous l'effet de la concentration, elle fit tanguer son bateau à droite et à gauche pendant que la machine explosait de couleurs et de bruits chaque fois qu'elle atteignait son but.

Les mains enfoncées dans ses poches, Katch l'observa d'un air amusé. Le spectacle offert par l'expression de Megan était beaucoup plus passionnant que le jeu lui-même.

Megan se mit à mordiller sa lèvre inférieure tout en guidant ses manœuvres avec précision, comme si elle avait joué à ce jeu toute sa vie. Quand un rayon laser se dirigeait vers son vaisseau, elle plissait les yeux, laissant apparaître deux fentes brillantes de plaisir. Si son bateau échappait de justesse à l'ennemi, elle serrait les dents, et sa respiration se précipitait. Mais quoi qu'il arrive, son visage gardait une expression presque grave. Une ultime bataille fit rage, et bien que Megan réduise plusieurs bateaux ennemis en poussière, le sien finit par succomber sous un déluge de feu.

Tandis qu'elle essuyait ses mains humides de sueur sur son jean, Katch examina son score.

— Bravo ! Vous êtes excellente à ce jeu !

— Il le faut bien quand on représente la dernière chance de la planète, rétorqua-t-elle en riant.

Elle lui laissa sa place. Il commença à repousser les envahisseurs avec autant de constance qu'elle, mais un peu plus vite. Il faillit être pulvérisé par une avalanche de rayons laser censés faire disparaître trois bateaux presque en même temps. Mais il arriva à contourner le danger au dernier moment. Megan hocha la tête. Il aimait prendre des risques. Comme son score grimpait, elle se rapprocha du jeu pour observer sa technique.

Son bras effleura celui de Katch. Il tressaillit légèrement, et sa respiration se fit plus rapide. Elle sourit. Voilà qui était intéressant. Brusquement, elle éprouva une envie irrésistible de le tenter. Elle s'approcha encore plus près. Elle sentit encore son souffle s'accélérer. Doucement, elle posa un baiser sur son épaule et lui adressa un sourire radieux. Elle entendit, plus qu'elle ne vit, l'explosion qui marqua la fin de son bateau.

Katch ne regardait plus l'écran. Il fixait les yeux sur elle. Un éclair les traversa, une lumière chaude, avant que ses mains ne quittent la machine pour plonger dans ses cheveux.

— Tricheuse, murmura-t-il.

Pendant un bref instant, elle oublia la cacophonie et la foule qui les entouraient. Perdue au plus profond des yeux gris de Katch, elle savoura son pouvoir sur lui.

— Tricheuse ? répéta-t-elle.

Elle garda les lèvres entrouvertes.

— Je ne sais pas ce que vous voulez dire.

La main dans ses cheveux se raidit. A l'évidence, Katch luttait. C'était aussi surprenant qu'excitant.

— Mais si, vous le savez, dit-il tranquillement. Et

maintenant que vous connaissez l'effet que vous pouvez avoir sur moi, je devrai être très prudent.

— Katch…

Elle baissa les yeux sur sa bouche, tandis qu'un désir dévorant s'emparait d'elle.

— Je n'ai peut-être plus envie que vous soyez prudent.

Lentement, il retira la main de ses cheveux. Il lui caressa la joue avant de laisser retomber son bras.

— J'ai d'autant plus de raisons de l'être. Venez !

La prenant par le bras, il l'entraîna loin des jeux vidéo.

— Allons jouer à autre chose.

Megan se laissa porter par son humeur, heureuse d'être en sa compagnie. Ils s'adonnèrent encore à plusieurs jeux, se livrant à une compétition serrée aussi bien entre eux qu'avec l'ordinateur. Megan soupira de bien-être. C'était bon d'être avec Katch. Un peu comme si elle faisait une folle randonnée sur un des manèges les plus excitants du parc, entre les virages sur l'aile, les remontées rapides, les descentes vertigineuses et inattendues. Elle adorait par-dessus tout les sensations provoquées par les montagnes russes.

Les mains sur les hanches, elle le dévorait des yeux. Katch gagna plusieurs coupons d'achat au golf.

— Vous ne perdez jamais ? demanda-t-elle en riant.

Il lança une autre balle pour gagner quarante points.

— J'essaie de ne pas en faire une habitude. Vous voulez lancer les deux dernières ?

— Non !

Elle secoua la tête.

— Je ne veux pas gâcher votre plaisir ! Vous aimez tant m'épater !

En riant, Katch envoya directement les deux dernières balles dans le trou. Il prit la liasse de coupons qu'il avait gagnés.

— Attention à ce que vous dites ! Je pourrais bien ne pas me servir d'eux pour votre souvenir !

— Vous voulez m'offrir un souvenir avec ça ?

Elle les contempla d'un air faussement méprisant.

— Je vous signale que vous étiez censé m'en acheter un !

— C'est ce que j'ai fait.

Roulant les coupons, il sourit.

— Indirectement, ajouta-t-il.

Glissant un bras autour de ses épaules, il l'emmena vers le comptoir central où les prix gagnés étaient exposés.

— Voyons… j'ai deux douzaines de coupons. Que diriez-vous d'un de ces couteaux à multiples fonctions ?

— A qui est destiné ce souvenir ? interrogea Megan en parcourant l'étalage du regard. Merci, je préfère cette rose de soie.

Elle tapota une vitrine du bout des ongles pour lui montrer une petite épingle ornée d'une fleur en tissu.

— J'ai tous les outils qu'il me faut, continua-t-elle avec un sourire espiègle.

— Très bien.

Prenant quatre coupons, il les échangea contre l'épingle fleurie.

— Il m'en reste encore beaucoup…, commenta-t-il.

Il examina rapidement les objets exposés.

— Celui-ci !

Megan posa un regard pensif sur le minuscule personnage en coquillages que la vendeuse sortit de l'étagère. Cela ressemblait à un croisement entre un canard et un pingouin.

— Que comptez-vous en faire ? s'enquit-elle en refrénant une envie de rire.

— Je compte bien vous le donner.

Il tendit ses tickets.

— Je suis un homme très généreux.

— Je suis impressionnée, murmura-t-elle.

Posant l'objet sur la paume de sa main, elle l'examina pendant que Katch agrafait la rose au col de son chemisier.

— Qu'est-ce que c'est au juste ?

— C'est un canard colvert.

Il enveloppa ses épaules d'un bras protecteur et l'entraîna hors de la galerie.

— Je suis étonné par votre réaction. Je pensais qu'en tant qu'artiste vous alliez reconnaître la valeur esthétique de cet objet, dit-il sur un ton faussement sérieux.

— Mmm…

Megan l'observa encore un instant puis elle le glissa dans sa poche.

— A vrai dire, je lui reconnais un certain charme. De plus…

Faisant une pause, elle se hissa sur la pointe des pieds et l'embrassa sur la joue.

— C'est adorable de votre part d'avoir dépensé tous vos gains pour moi.

Souriant, Katch lui taquina le bout du nez.

— Un baiser sur la joue… c'est tout ce que vous pouvez faire ?

— Oui, pour un pingouin en coquillages.

Il fit semblant d'être vexé.

— Vous exagérez. C'est un colvert !

Megan éclata de rire. Elle lui enlaça la taille et ils traversèrent la promenade en direction de la plage.

La lune n'était qu'un mince croissant très blanc, mais les étoiles brillaient de tous leurs feux et se reflétaient dans la mer. Le ressac faisait un bruit très doux sur le sable fin. Plusieurs couples d'amoureux se promenaient en parlant tout bas ou en restant silencieux. Une lampe torche à la main, des enfants couraient sur la plage, à la recherche de coquillages.

Megan se débarrassa de ses chaussures et roula le bas de son pantalon. Sans rien dire, Katch l'imita. L'eau leur caressant les chevilles, ils s'éloignèrent des lumières et du bruit, jusqu'à ce que la promenade ne soit plus qu'un vague écho derrière eux.

Ils restèrent longtemps silencieux, appréciant la beauté de la nuit. Megan revivait en pensée cette journée mémorable. La vie venait de lui faire une fameuse surprise. Elle eut un imperceptible sourire. L'idée de l'exposition à New York ne paraissait plus du tout inquiétante. Tout semblait si facile, subitement. Certes, la magie de la nuit et de la mer opérait. Mais il y avait autre chose. Le véritable responsable, c'était Katch. Pourquoi nierait-elle cette évidence ?

Submergée d'émotion, elle éprouva le besoin de parler.

— Votre sœur est adorable, murmura-t-elle. Vous aviez raison.

— Adorable, et très belle.

Il eut un petit rire.

— Un peu têtue. Elle sait ce qu'elle veut, et quand elle a décidé quelque chose, elle n'en démord pas.

Megan se mit à rire.

— J'ai pu le constater moi-même !

Se baissant, elle prit un peu d'eau dans sa main et se la passa sur le visage.

— J'ai vu vos nièces aussi. Elles faisaient du manège. Elles étaient barbouillées de chocolat.

Elle releva la tête pour sentir la brise marine dans ses cheveux.

— Elles sont terribles, toutes les deux. Je ne peux rien leur refuser, avoua Katch en riant. Avant de partir, tout à l'heure, elles sont allées chercher des asticots. Elles veulent que je les emmène à la pêche, demain matin.

— Vous aimez beaucoup les enfants ?

C'était plus une constatation qu'une question.

— Je les adore. Avec eux, la vie est une perpétuelle aventure.

Elle hocha la tête.

— Chaque été, j'en vois des milliers au parc, et pourtant, ils m'étonnent toujours.

Tournant les yeux vers lui, elle le regarda d'un air mi-sérieux, mi-amusé.

— Et je vois aussi un bon nombre de parents qui n'en peuvent plus !

Katch hocha la tête. Quelques secondes de silence

s'écoulèrent, puis il tourna la tête vers elle et la regarda dans les yeux.

— Quand avez-vous perdu les vôtres ? demanda-t-il à brûle-pourpoint.

Megan eut un sursaut. Cette question était surprenante. Elle baissa les yeux sur le sable.

— Oh ! J'avais cinq ans.

— Vous vous souvenez d'eux ?

— Oui, vaguement. Ils m'ont surtout laissé des impressions. Pop a plusieurs photographies d'eux, naturellement. Quand je les vois, je suis toujours étonnée par leur jeunesse.

— Cela a dû être dur pour vous.

Il parlait avec une telle gentillesse qu'elle se tourna vers lui. Ils étaient très loin maintenant, et seule la lumière des étoiles les éclairait.

— Cela aurait été très dur sans Pop. Mais il ne s'est pas contenté de remplir le vide qu'ils avaient laissé.

Faisant une pause, elle s'avança d'un pas dans la mer.

— L'un de mes meilleurs souvenirs, c'est Pop en train de repasser ma robe en organdi rose pour une fête à laquelle j'étais invitée. Je devais avoir huit ou neuf ans.

Secouant la tête, elle éclata de rire en donnant des petits coups de pied dans l'eau.

— Je le vois encore ! Il était vraiment trop drôle !

Lui enlaçant la taille, Katch l'attira contre lui.

— Je n'ai aucun mal à l'imaginer, fit-il.

— Il se battait avec les rubans et les fronces, en jurant comme un charretier car il n'avait pas vu que j'étais là. Rien que pour cela, je l'adore.

Katch effleura de ses lèvres le haut de sa tête.

— Et je suppose, qu'après, vous lui avez dit que vous n'aimiez pas tellement les robes à rubans ?

Megan posa sur lui un regard étonné.

— Comment le savez-vous ?

— Je commence à vous connaître. Je suis sûr que vous préfériez être en pantalon, pour pouvoir courir librement.

Lentement, il suivit le contour de son visage du bout d'un doigt.

— C'est vrai.

Brusquement, elle fronça les sourcils.

— Suis-je aussi transparente que cela ? dit-elle avec une petite moue de déception.

— Pas du tout. En fait, je vous ai étudiée.

Elle sentit son cœur s'emballer.

— Et pourquoi donc ?

Secouant la tête, Katch se passa une main dans les cheveux.

— Plus de questions, ce soir, répondit-il tranquillement. Je n'ai pas encore les réponses.

— D'accord, plus de questions.

Elle donna des petits coups de pied dans l'eau. Les vagues allaient et venaient autour de leurs chevilles, remontant parfois jusqu'à mi-mollets. C'était une sensation si agréable !

Laissant libre cours à une pulsion irrépressible, Megan se hissa sur la pointe des pieds et embrassa Katch sur la bouche.

Il répondit par un baiser très doux, comme s'il craignait de la briser par la moindre pression. Elle entrouvrit les lèvres et lui taquina la langue. Katch émit un gémissement de plaisir.

Elle glissa les mains dans son dos, laissant ses doigts d'artiste remonter jusqu'à son cou. La nuque de Katch était tendue. Elle murmura contre sa bouche, comme pour l'apaiser. Elle sentit en même temps sa résistance et la pression de ses doigts sur sa peau. Elle s'arc-bouta avec plus d'insistance contre lui.

Katch ne précipitait rien, mais elle sentait son désir à fleur de peau. C'était tentant de lui faire perdre le contrôle de soi, comme il l'avait fait avec elle l'autre soir. Elle voulait qu'il la désire aveuglément, avec la même force que celle qu'elle avait ressentie. Elle ne pouvait pas l'obliger à l'aimer, mais elle pouvait faire naître en lui un désir dévastateur. Si elle n'obtenait rien d'autre de lui que ce désir fou, elle s'en contenterait.

Elle le sentit bientôt perdre tout contrôle. Les bras de Katch l'enveloppèrent jalousement tandis que son baiser devenait plus dur, plus urgent. Levant une main vers ses cheveux, il les agrippa et lui renversa la tête en arrière.

Le feu se mit à courir dans ses veines, et une chaleur torride l'envahit. Elle prit la lèvre inférieure de Katch entre ses dents. Il poussa un faible gémissement.

Brusquement, il la repoussa.

— Meg…

Effarée par ce brusque revirement, elle plongea un regard brûlant dans le sien. Que souhaitait-elle lui entendre dire exactement ? Elle ne savait plus. Elle se sentait incroyablement forte. Agrandis de désir, les yeux de Katch étaient presque noirs. Elle sentit sur ses lèvres son souffle léger comme une plume, chaud et saccadé.

Faisant descendre ses mains sur ses épaules, il répéta :

— Meg… je dois partir.

Plus hardie qu'elle n'aurait osé l'imaginer, elle pressa des lèvres avides contre les siennes.

— C'est ce que vous voulez ? murmura-t-elle. Vous voulez me laisser maintenant ?

Les doigts de Katch se durcirent convulsivement sur ses bras, puis il s'écarta de nouveau.

— Vous connaissez la réponse, dit-il d'une voix rauque. Qu'essayez-vous de faire ? Me rendre fou ?

— Peut-être.

Le désir devenait insupportable. Elle plongea un regard incandescent dans ses yeux.

— Peut-être, répéta-t-elle dans un souffle.

La prenant dans ses bras, il la serra contre lui. Elle sentit la course furieuse de son cœur dans sa poitrine. Il était en train de perdre toute maîtrise de soi. Leurs lèvres n'étaient plus qu'à un murmure.

— Un jour viendra, affirma-t-il doucement, où il n'y

aura que vous et moi, je le jure. La prochaine fois, Meg. Souvenez-vous-en.

Elle n'eut aucun mal à soutenir son regard de braise. La puissance de son désir semblait encore sur le point de la submerger.

— Est-ce un avertissement ? chuchota-t-elle.

— Ni plus ni moins.

11

Deux jours plus tard, Megan termina le buste de Katch. Faisant son possible pour mettre ses sentiments en veilleuse, elle essaya de le regarder avec objectivité.

Elle avait eu raison de choisir le bois, plus chaud que la pierre. Le bout de la langue entre les dents, elle l'examina, cherchant des défauts possibles.

Au bout d'un moment, elle prit une longue inspiration. En toute modestie, elle pouvait affirmer que c'était une de ses œuvres les plus réussies. Peut-être même la meilleure.

Le visage était beau, mais pas seulement. Il émanait de lui une force tranquille, empreinte d'humour.

Elle passa un doigt sur les lèvres sensuelles. C'était une bouche extraordinairement expressive. Se rappelant le goût de celle qu'elle avait embrassée deux jours plus tôt, elle frissonna. Elle connaissait l'expression de ces lèvres quand Katch était en colère, ou qu'il la désirait. Et ses yeux… Ils pouvaient changer de couleur selon son état d'âme.

Megan soupira. Elle connaissait le visage de Katch aussi bien que le sien. Cependant, elle connaissait mal ce qu'il y avait derrière cette apparence. Katch était encore en grande partie un étranger pour elle.

Posant les coudes sur la table, elle appuya le menton sur ses mains.

Lui permettrait-il jamais de le connaître vraiment ? Tendrement, elle caressa une boucle de sa chevelure désordonnée. Jessica le connaissait sans doute mieux que quiconque. S'il aimait quelqu'un…

Que se passerait-il si elle trouvait le courage de lui avouer son amour ? Si elle allait le voir pour lui dire simplement : « Katch, je vous aime. » Sans rien exiger, sans rien espérer. Après tout, il avait peut-être le droit de le savoir ? L'amour n'était-il pas un sentiment trop rare pour le garder pour soi ?

Elle secoua la tête. Non, elle se ridiculiserait. Katch la regarderait avec un air mêlé d'amusement et de pitié.

— Je ne le supporterais pas, murmura-t-elle.

Elle posa le front sur celui du buste de bois. Deux secondes plus tard, un coup frappé à la porte la fit sursauter.

Rapidement, elle se composa une expression.

— Entrez !

Pop fit son apparition, sa casquette de pêcheur perchée de travers sur sa toison de cheveux blancs.

— Que dirais-tu de manger du poisson frais ce soir ?

D'après son sourire radieux, il avait fait bonne pêche. Megan inclina la tête en souriant. C'était bon de voir ses yeux briller et ses joues rougies par le soleil et le vent.

S'approchant de lui, elle déposa un baiser sonore sur sa joue.

— Je ne me ferais pas prier, dit-elle en riant.

Elle passa ses bras autour de son cou, comme quand elle était petite.

— Oh, je t'aime tant, Pop !

Aussi surpris que radieux, il lui tapota affectueusement la main.

— Moi aussi, je t'aime, ma chérie.

Il se mit à glousser de rire.

— Je devrais te rapporter du poisson plus souvent !

— Il ne faut pas grand-chose pour me rendre heureuse.

Le regard de Pop se fit plus grave tandis qu'il lui rejetait une mèche de cheveux derrière l'oreille.

— C'est vrai. Et tu m'as apporté tant de joies pendant

toutes ces années, Megan. Tu vas me manquer quand tu seras à New York.

— Oh, Pop !

Elle enfouit son visage dans le cou de son grand-père et s'accrocha à lui.

— Ce ne sera que pour un mois ou deux. Je serai vite de retour.

Elle huma avec délices l'odeur de son tabac, qu'il gardait dans la poche de sa chemise.

— Tu pourrais même venir avec moi. La saison sera terminée.

— Meg…

La prenant par les épaules, il la regarda dans les yeux.

— C'est une grande première pour toi. Ne t'impose pas de restrictions…

Megan secoua la tête et se mit à arpenter la pièce d'un pas nerveux.

— Je ne vois pas ce que tu veux dire.

— Ce projet est primordial pour ton avenir…

Il lui adressa un sourire mêlé de tendresse et d'admiration.

— N'oublie pas que tu es bourrée de talent, ma chérie.

Il parcourut l'atelier des yeux, et son regard se posa sur le buste de Katch.

— De plus, tu dois vivre ta vie.

— A t'entendre, on dirait que je ne vais pas rentrer à la maison.

Voyant ce qu'il regardait, elle croisa les mains.

— Je viens juste de le finir.

S'humectant les lèvres, elle fit un effort démesuré pour garder une voix légère.

— Il est plutôt bien, tu ne trouves pas ?

— Si, je le trouve magnifique.

Pop leva les yeux sur elle.

— Assieds-toi, Megan. Il faut que je te parle.

Megan se raidit. Pop prenait un ton un peu trop sérieux.

Sans un mot, elle s'assit en face de lui. Pop l'examina attentivement avant de déclarer d'une voix ferme :

— Il y a quelques jours, je t'ai dit que la vie était toujours susceptible de connaître des changements. Tu as passé la majeure partie de la tienne avec moi. Nous avions besoin l'un de l'autre. Nous avions le parc pour nous faire vivre, et pour nous donner un but.

Son ton s'adoucit.

— Tu n'as pas représenté une seule seconde un fardeau pour moi, au cours de ces dix-huit ans. Au contraire, tu m'as permis de rester jeune. Je t'ai vue franchir toutes les étapes de ta croissance, et, à chacune d'elles, j'étais un peu plus fier de toi qu'à la précédente. Maintenant, le temps est venu pour un autre changement.

La gorge sèche comme du parchemin, Megan laissa un court silence s'installer. Puis, d'une petite voix, elle répliqua :

— Je ne comprends pas ce que tu essaies de me dire.

— Il est grand temps que je te laisse voler de tes propres ailes, Megan.

Il sortit quelques papiers de la poche de sa chemise. Après les avoir dépliés, il les lui tendit.

D'une main hésitante, elle les prit sans le quitter des yeux. Puis elle poussa un profond soupir. Elle n'avait pas besoin de les lire pour savoir de quoi il s'agissait.

— Lis-les, lui enjoignit Pop.

Quelques minutes plus tard, elle déclara sans cacher sa déception :

— Tu lui as vendu le parc !

— Ce sera fait quand ces papiers seront signés.

— Eh bien, qu'est-ce que tu attends pour le faire ?

— J'attends ton consentement. Si tu n'es pas d'accord, je les déchire.

Megan riva sur lui un regard désespéré.

— Megan, écoute-moi. J'ai longuement réfléchi.

Il reprit les papiers et les posa sur la table. Puis il lui saisit les deux mains.

— Katch n'est pas le premier qui m'a demandé de lui vendre le parc. Et ce n'est pas la première fois que j'ai envisagé de passer la main. La différence entre Katch et les autres, c'est qu'avec lui tout se passe comme je le souhaite.

Elle se mordit la lèvre pour lutter contre les larmes.

— C'est-à-dire ? interrogea-t-elle.

— Il est l'homme de la situation, Meg. Et il arrive au bon moment.

Avec un petit sourire d'encouragement, il lui caressa les mains. C'était effrayant de la voir si malheureuse, mais elle était jeune, elle tournerait vite la page.

— Je l'ai compris quand j'ai vu qu'il y avait toutes ces réparations. Je suis prêt à passer mon affaire à quelqu'un de jeune et de compétent. J'ai envie de me consacrer plus souvent à mon passe-temps favori.

Il lui adressa un sourire radieux.

— Oui, c'est ce que je veux, maintenant : une barque et une canne à pêche. Et Katch est le seul homme auquel je puisse vendre.

Faisant une pause, il farfouilla dans sa poche d'où il tira un mouchoir. Il se tamponna les yeux.

— Je t'avais dit que je lui faisais confiance, et c'est toujours valable. Avec Katch dirigeant le parc, je pourrai me libérer l'esprit. Quant à toi, tu as besoin de couper le cordon ombilical, si j'ose dire. Avec le poids des responsabilités que je t'avais imposées, tu ne pouvais pas te consacrer à ton art.

Vaincue, Megan murmura :

— Si c'est ce que tu désires…

— Non, il faut que ce soit toi qui le veuilles. C'est pourquoi les papiers ne sont pas encore signés.

Il posa sur elle un regard plus serein.

— Je ne signerai rien, Megan, si tu n'es pas d'accord. Il faut que cet arrangement nous convienne à tous les deux.

Megan dégagea ses mains et se leva. Le cœur lourd, elle se dirigea vers la fenêtre. Elle ne savait plus où elle en était. Elle avait fait un pas de géant en acceptant cette exposition à New York. Et ce pas l'éloignerait de Pop. Et du parc, qui faisait partie intégrante de sa vie. Mais Pop avait raison. Si elle voulait réussir une carrière artistique, elle ne pouvait pas continuer à l'aider pour faire tourner Joyland.

Le parc avait été leur gagne-pain, et une lourde responsabilité pour elle. C'était sa seconde maison, et elle aurait du mal à le quitter, tout comme son grand-père, qui avait été à la fois un père et une mère pour elle.

Elle soupira. Pop paraissait très las, le jour où il lui avait annoncé qu'il fallait trouver de l'argent pour les travaux.

Après tout, il avait le droit de prendre une retraite bien méritée, et de vivre comme il l'entendait. Avec moins de responsabilités et de préoccupations. Il avait le droit d'aller à la pêche, de faire la grasse matinée, et de s'occuper de ses azalées. Elle ne pouvait pas lui dénier cela parce qu'elle avait peur de couper le dernier lien qui la reliait à son enfance. Pop avait raison, le temps du changement était arrivé.

Lentement, elle alla prendre un stylo dans un tiroir. S'approchant de son grand-père, elle le lui tendit.

— Signe. Nous allons fêter ça au champagne, annonça-t-elle.

Sans la quitter des yeux, Pop prit le stylo.

— Tu es sûre, Meg ?

Elle hocha affirmativement la tête. Oui, elle était sûre de bien faire, du moins pour lui, si elle n'était pas encore très convaincue pour elle-même.

— Absolument.

Elle sourit. Les yeux de Pop s'illuminèrent. Il se pencha sur le papier.

Il apposa sa signature et lui passa le stylo pour qu'elle contresigne. Empêchant sa main de trembler, elle écrivit son nom en grosses lettres.

Pop soupira comme s'il venait de se débarrasser d'un fardeau.

— Je pense que je devrais appeler Katch, dit-il. Ou lui porter les papiers.

— Je vais les lui porter.

Megan les replia soigneusement.

— J'aimerais lui parler.

— C'est une bonne idée, ma chérie.

Elle bondit vers la porte.

— Prends le camion, suggéra-t-il. J'ai l'impression qu'il va pleuvoir.

Quand elle atteignit la maison de Katch, Megan se sentit étrangement calme. Les papiers étaient glissés dans la poche arrière de son pantalon. Elle gara le camion derrière la Porsche.

L'atmosphère était lourde. Rien ne bougeait, excepté quelques gouttes de pluie parcimonieuses. Les nuages noirs étaient menaçants.

Elle se dirigea vers la porte d'entrée et frappa, comme l'autre jour. Comme l'autre jour, personne ne répondit. Elle redescendit les quelques marches et contourna la maison.

Il n'y avait aucun signe de Katch dans le jardin, où régnait un grand silence, que le bruit du ressac interrompait par intermittence. Katch avait planté un saule pleureur en haut de la pente qui descendait jusqu'au rivage. Au pied de l'arbre, la terre était encore fraîche. Incapable de résister, elle s'approcha de l'arbre pour toucher ses jeunes feuilles. Il n'était pas plus grand qu'elle, pour l'instant, mais un jour il serait magnifique, un véritable havre d'ombre pendant l'été. Instinctivement, elle poursuivit son chemin vers la plage.

Les mains dans les poches, Katch était debout face à la marée montante. Comme s'il avait senti son arrivée, il se retourna.

— Je pensais à vous, lança-t-il.

Elle sortit les papiers de sa poche et les lui tendit.

— Le parc est à vous, dit-elle calmement. Vous avez gagné.

Il ne jeta même pas un coup d'œil au contrat, mais son regard changea d'expression.

— J’aimerais vous parler, Meg. Rentrons.

— Non.

Elle recula de quelques pas pour appuyer son refus.

— Il n’y a rien à ajouter, continua-t-elle.

— Pour vous, peut-être, mais moi, j’ai un tas de choses à vous dire. Et vous allez m’écouter, affirma-t-il avec une légère impatience.

— Je ne veux pas vous écouter, Katch.

Elle lui fourra les papiers dans les mains. Au même instant, un éclair zébra le ciel et un coup de tonnerre la fit tressaillir. Elle tourna les talons.

— Attendez ! cria-t-il en lui prenant l’avant-bras.

— Je n’attendrai pas ! Et lâchez-moi !

Elle arriva à se libérer.

— Vous avez ce que vous vouliez, vous n’avez plus besoin de moi.

Poussant un juron, Katch enfouit les papiers dans sa poche et lui saisit le poignet. Il lui fit faire volte-face.

— Vous n’êtes pas bête au point de croire ce que vous dites !

— Ne me montrez pas à quel point je suis bête.

Elle se débattit.

— Nous devons parler. J’ai des choses importantes à vous expliquer.

Une rafale de vent la gifla.

— Vous ne comprenez pas la signification du mot « non » ? hurla-t-elle contre le bruit des vagues et celui du vent, de plus en plus violent. Je n’ai pas envie de vous écouter. Je me fiche pas mal de ce que vous avez à me dire.

Subitement, la pluie se mit à tomber dru, les trempant jusqu’aux os en quelques secondes.

Aussi furieux qu’elle, Katch rétorqua :

— Rentrons. Vous allez m’écouter, que cela vous plaise ou non.

Il l’entraîna pour traverser la plage, mais elle résista et libéra son bras.

— Non ! Je ne veux pas rentrer avec vous.

— Mais si !

— Que comptez-vous faire ? Me traîner par les cheveux ?

— Ne me tentez pas.

Cette fois, il la prit par la main, mais elle se dégagea tout de suite.

— Très bien, lâcha-t-il. Ça suffit.

D'un mouvement rapide, il la souleva dans ses bras.

— Posez-moi immédiatement !

Furibonde, elle se mit à gigoter en lui donnant des coups de pied et de poing. Mais il les ignora et la serra un peu plus fort contre lui. Il grimpa la côte sans effort apparent. Les éclairs et le tonnerre se déchaînaient au-dessus de leur tête.

— Je vous déteste, déclara-t-elle tandis qu'il traversait rapidement la pelouse.

— Parfait. C'est un bon début.

Poussant la porte d'un coup de hanche, il passa par la cuisine et entra dans le salon. Sans cérémonie, il la laissa tomber sur le canapé.

— Restez tranquille ! ordonna-t-il.

Il s'approcha de la cheminée. Prenant une allumette longue, il enflamma un morceau de papier, qu'il introduisit sous les bûches. Le bois bien sec prit feu aussitôt.

Recouvrant son souffle, Megan se leva et bondit vers la porte. Katch l'arrêta avant qu'elle ne l'atteigne. Il la saisit par les épaules.

— Je vous préviens, Meg, ma patience a des limites. Ne me poussez pas à bout.

— Vous ne me faites pas peur ! répliqua-t-elle en dégageant les mèches de cheveux collées contre ses tempes.

— Je n'essaie pas de vous faire peur. J'essaie de vous raisonner. Mais vous êtes trop têtue pour accepter de m'écouter.

Elle lui coula un regard assassin.

— Ne me parlez pas sur ce ton ! Je ne l'accepterai pas.

— Mais bien sûr que si.

D'un geste vif, il tendit la main vers elle et sortit les clés du camion de la poche de son pantalon.

— Tant que je les tiens !

Il les mit dans sa poche.

— Je peux marcher, rétorqua-t-elle.

— Sous cet orage ?

Megan s'entoura le corps de ses bras. Elle commençait à frissonner.

— Rendez-moi mes clés.

Au lieu de lui répondre, il la poussa vers la cheminée.

— Vous êtes frigorifiée. Réchauffez-vous. Vous allez changer de vêtements.

— Certainement pas. Si vous croyez que je vais ôter mes vêtements chez vous, vous êtes complètement fou.

— Comme vous voudrez.

Il se débarrassa de son T-shirt, qu'il jeta sur une chaise d'un geste coléreux.

— Vous êtes la femme la plus entêtée, la plus étroite d'esprit et la plus bornée que je connaisse.

— Merci.

Elle ravala de justesse un éternuement.

— C'est tout ce que vous aviez à me dire ?

— Non.

Il se rapprocha du feu.

— Ce n'est qu'un préambule. Asseyez-vous.

— Avant, j'ai mon mot à dire.

Elle s'empêcha de trembler, mais elle avait la chair de poule.

— Je me suis trompée sur toute la ligne par rapport à vous. Vous n'êtes ni paresseux ni malintentionné ni avide de succès. Et vous étiez certainement sincère avec moi.

Elle essuya l'eau de ses yeux, mélange de pluie et de larmes.

— Dès le premier jour, vous m'avez annoncé que vous vouliez acquérir le parc. Et c'est sans doute pour le mieux. Mais ce qui s'est passé entre ce jour-là et aujourd'hui est entièrement ma faute. J'ai été assez ridicule pour vous laisser prendre de l'importance dans ma tête.

La gorge sèche, elle fit une pause.

— Cependant, il est difficile de vous ignorer. Maintenant, vous avez ce que vous vouliez, et c'est terminé.

— Je n'ai qu'une partie de ce que je voulais, rectifia-t-il.

S'approchant d'elle, il prit ses cheveux dans ses mains.

— Une partie seulement, Meg, répéta-t-il à voix basse.

Trop fatiguée pour discuter, elle leva les yeux sur lui.

— Ne pouvez-vous me laisser tranquille ?

— Vous laisser tranquille ? Savez-vous combien de fois j'ai arpenté cette plage à 3 heures du matin ? Je vous désirais tant que je ne pouvais pas fermer l'œil. Imaginez-vous le mal que j'ai eu à vous laisser partir, chaque fois que je vous ai tenue dans mes bras ?

Les doigts toujours dans ses cheveux, il l'attira à lui.

Elle fixa sur lui des yeux devenus immenses. Elle frissonnait. Qu'était-il en train de lui dire ? Elle ne voulait pas courir le risque de le lui demander. Brusquement, il poussa un juron et la prit dans ses bras.

Ses vêtements minces et trempés n'étaient pas un obstacle sous ses mains. Il modela ses seins tandis que sa bouche la bâillonnait. Elle n'opposa aucune résistance quand il l'entraîna par terre et qu'il commença fébrilement à déboutonner son chemisier. Sa peau mouillée s'embrasa sous ses doigts. Katch promenait sur sa gorge une bouche affamée et brûlante.

Bientôt, les craquements du bois dans l'âtre et le déferlement de la pluie contre les fenêtres se mêlèrent à leur respiration haletante.

Katch prit une longue inspiration.

— Je suis désolé. Je voulais vous parler. Il y a des choses que je dois absolument vous dire. Mais j'ai besoin de vous. J'ai ignoré ce besoin trop longtemps.

Besoin. Son esprit s'agrippa à ce mot. Le besoin était très différent du désir. Le besoin était plus personnel — encore séparé de l'amour —, mais elle laissa son cœur s'en imprégner.

— D'accord.

Elle voulut s'asseoir, mais il se pencha sur elle. Des

étincelles jaillirent au plus profond de son être quand elle sentit le torse nu de Katch contre sa peau.

— Katch…

— Je vous en prie, Meg. Ecoutez-moi.

Elle le dévisagea. Katch avait un regard très grave. C'était inhabituel. Quoi qu'il ait à lui dire, ce devait être très important pour lui.

Poussant un soupir, elle céda.

— Très bien, je vous écoute.

— La première fois que je vous ai vue, je vous ai désirée. Vous le savez.

Il parlait à voix basse, mais avec une note de nervosité. Visiblement, quelque chose bouillonnait sous la surface.

— Le premier soir que nous avons passé ensemble, vous m'avez intrigué autant que vous m'avez attiré. J'ai cru que ce serait facile d'avoir une aventure avec vous pendant quelques semaines.

— Je sais, dit-elle d'une voix douce.

Elle ne devait pas se laisser blesser par la vérité.

— Chut…

Il posa un doigt sur ses lèvres.

— Vous ne savez pas. Presque tout de suite, plus rien n'a été simple. Le soir où vous êtes venue dîner chez moi, et que vous m'avez demandé de rester…

Faisant une pause, il tendit la main vers elle et écarta de son front quelques mèches mouillées.

— … je n'ai pas pu accepter, et je ne sais pas vraiment pourquoi. Je vous désirais, plus qu'aucune femme que j'ai jamais touchée ou dont j'ai jamais rêvé. Mais je ne pouvais pas accepter votre proposition.

— Katch…

Elle secoua la tête. Allait-elle être assez forte pour entendre la suite ?

— S'il vous plaît…, dit-elle en fermant les yeux.

Il attendit qu'elle les rouvre avant de continuer.

— J'ai essayé de rester éloigné de vous, Meg. J'ai essayé de me convaincre que mon imagination me jouait des tours. Et puis, je vous ai vue arriver en trombe dans mon jardin. Vous étiez furieuse, et si belle que j'en étais étourdi. Le simple fait de vous regarder me coupait le souffle.

Quand il lui prit la main pour la presser contre ses lèvres, elle se sentit défaillir.

— Arrêtez, murmura-t-elle. Je vous en prie.

Katch plongea un regard pénétrant dans ses yeux pendant un long moment, puis il lâcha sa main.

— Je vous désirais, poursuivit-il d'une voix dont le calme était démenti par son regard de braise. J'avais besoin de vous, et cela me rendait furieux.

Il appuya le front contre le sien et ferma les yeux.

— Je n'ai jamais voulu vous faire du mal, Meg, ni vous effrayer.

Elle resta sans bouger. Apparemment, une véritable tempête se produisait en lui. La lueur du foyer jouait sur ses bras et ses jambes.

— Je croyais pouvoir me passer de vous, le contraire me paraissait impossible. Mais vous étiez toujours présente dans mes pensées, dans mes rêves. L'autre nuit, après vous avoir raccompagnée, j'ai fini par admettre que je ne voulais pas d'échappatoire. Pas cette fois.

Relevant la tête, il la regarda de nouveau.

— J'ai un cadeau pour vous, mais d'abord, il y a une chose que vous devez savoir : j'avais décidé de renoncer à l'achat du parc. C'est votre grand-père qui est venu me voir l'autre soir. Je ne voulais pas de cette histoire entre nous, mais lui, il tenait absolument à me le vendre. Il pensait que c'était mieux pour vous et pour lui. Mais si cela vous paraît trop dur, je suis prêt à y renoncer.

— Non.

Elle poussa un soupir las.

— C'est très bien ainsi. Si j'ai mal réagi, c'est parce que j'ai eu l'impression de perdre un être cher. Je sais bien qu'il vaut mieux que nous vendions, mais cela ne m'empêche pas d'en souffrir.

Son éclat de tout à l'heure semblait avoir drainé toutes ses peurs et sa douleur.

— J'ai eu tort de débarquer comme cela en criant. Pop a le droit de vendre le parc, et vous avez parfaitement le droit de l'acheter.

Elle soupira. Mieux valait en finir avec ces explications.

— J'ai dû me sentir trahie, d'une certaine façon, et j'ai refusé d'approfondir la question.

— Et maintenant ?

— Maintenant, j'ai honte de m'être conduite comme une idiote.

Lui adressant un pâle sourire, elle se leva.

— J'aimerais rentrer chez moi. Pop va s'inquiéter.

— Encore une seconde !

Il porta la main à sa poche arrière, d'où il sortit une petite boîte. Megan se rassit en frissonnant. Après une brève hésitation, Katch lui tendit la boîte. Stupéfaite, autant par son geste que par la tension qui émanait de lui, elle la prit et l'ouvrit. Et ce qu'elle vit la laissa bouche bée.

C'était une bague ornée d'une émeraude taillée en facettes, exquise dans sa simplicité. Abasourdie, Megan la regarda longuement, puis elle leva les yeux sur Katch. Incapable de prononcer un mot, elle secoua la tête.

Prenant une profonde inspiration, elle finit par murmurer :

— Katch…

Elle secoua encore la tête.

— Je ne comprends pas… je ne peux pas l'accepter.

Refermant la main sur les siennes, il plongea un regard pénétrant dans le sien.

— Ne dites pas non, Meg. Je crains toujours mes réactions quand vous refusez.

Ses paroles se voulaient légères, mais il avait la voix tendue.

Essayant de rester calme, elle soutint son regard. Et brusquement, une idée lui traversa l'esprit, faisant bondir son cœur.

— Je ne comprends pas, reprit-elle d'une voix à peine audible.

Les doigts de Katch se resserrèrent sur ses mains.

— Je veux vous épouser. Je vous aime.

Envahie par une foule d'émotions contradictoires, Megan resta silencieuse. Katch devait plaisanter. Pourtant, il n'y avait pas la moindre lueur d'humour dans ses yeux. Son visage aussi était sérieux, et ses paroles étaient très claires. Il n'essayait pas de la charmer. Secouée, elle se leva, tenant la petite boîte au creux de sa main. Elle avait besoin de réfléchir.

Le mariage... A quoi pouvait bien ressembler la vie avec Katch ? A des montagnes russes, se dit-elle aussitôt. Ce serait une chevauchée fantastique, remplie d'obstacles inattendus et d'indescriptibles frissons de joie. Il y aurait aussi sans doute des moments paisibles. Précieux, ils rendraient chaque nouveauté encore plus excitante.

Katch avait fait sa demande avec simplicité. Il n'avait pas mis dans ses paroles les fioritures dont il était d'habitude si friand. Peut-être était-il plus vulnérable qu'il ne voulait le paraître ?

Elle posa le bout des doigts sur ses tempes. David Katcherton, vulnérable ? Et cependant... elle ne pouvait oublier ce qu'elle avait vu dans ses yeux.

« Je vous aime. »

Ces trois mots si simples, que des millions de personnes prononçaient chaque jour, allaient changer sa vie à tout jamais. Elle fit demi-tour et vint s'asseoir à côté de lui. Elle posa sur lui un regard aussi grave que le sien. Tendant la boîte, elle parla très vite pour faire disparaître la lueur de désespoir qui venait d'apparaître dans les yeux de Katch.

— Sa place se trouve au troisième doigt de ma main gauche.

En une fraction de seconde, elle se retrouva dans ses bras.

— Oh, Meg ! murmura-t-il en faisant pleuvoir un déluge de baisers sur son visage. J'ai cru que vous alliez refuser.

— J'aurais voulu, mais c'est impossible.

Nouant les bras autour de son cou, elle essaya de capturer sa bouche, qui rôdait sur sa peau.

— Je vous aime, Katch, chuchota-t-elle dans un souffle. Je vous aime désespérément, sans réserve. Je m'étais préparée à une mort lente quand vous étiez prêt à vous éloigner.

— Ne pensons plus à cela.

Ils s'étendirent sur le sol et il enfouit son visage dans ses cheveux, qui avaient l'odeur de la pluie.

— Nous irons à La Nouvelle-Orléans passer un bref voyage de noces avant que vous vous remettiez à sculpter pour l'exposition. Et au printemps, nous irons à Paris.

Levant le visage vers elle, il la dévora des yeux.

— Je nous ai imaginés, vous et moi, faisant l'amour à Paris. Je veux voir votre visage le matin, quand la lumière est encore très douce.

Elle effleura sa joue du bout des doigts.

— Vite, murmura-t-elle. Epousez-moi vite. Je ne veux plus vous quitter.

Il ramassa la boîte, qui était tombée entre eux. Sortant la bague, il la glissa à son doigt. Puis il lui prit les deux mains dans les siennes.

— Considérez que c'est un lien, Meg. Vous ne pouvez plus vous enfuir, à partir de maintenant.

— Je n'ai pas envie de m'enfuir.

Elle leva la tête pour l'embrasser.

Épilogue

Nerveusement, Megan fit tourner l'émeraude autour de son doigt et sirota du bout des lèvres le champagne que Jessica venait de lui donner. Elle sentit son sourire se figer sur ses lèvres. Il y avait beaucoup trop de monde. Que faisait-elle là, dans une galerie en plein cœur de Manhattan, à se faire passer pour une artiste ? La seule chose qu'elle avait envie de faire, c'était d'aller se cacher dans l'arrière-salle.

— Comment ça va, Meg ?

Pop s'approcha d'elle. Il était très distingué dans son costume noir.

— Tu devrais goûter un de ces petits canapés. Ils sont délicieux, proposa-t-il.

Il lui tendit un plateau chargé d'amuse-gueules aux couleurs appétissantes.

Megan secoua la tête. Elle avait déjà l'estomac à l'envers.

— Non, merci. Oh, Pop, je suis si heureuse que tu aies pu venir pour le week-end.

— Tu crois que j'aurais manqué la plus importante soirée de la vie de ma petite-fille ?

Dévorant le canapé, il sourit.

— Est-ce que tout se passe bien ? s'enquit-il.

— J'ai l'impression de commettre une imposture, répliqua-t-elle à voix basse.

Elle adressa un sourire automatique à un homme qui passa près d'elle pour examiner une de ses pièces en marbre.

— Allons, ne dis pas de bêtises, ma chérie. En tout

cas, je peux t'affirmer une chose : je ne t'ai jamais vue aussi resplendissante.

Il caressa les manches de sa robe, un tourbillon de soie multicolore.

— Sauf peut-être à ton mariage.

Megan rit doucement.

— Ce qui est sûr, c'est que j'avais moins peur.

Parcourant rapidement la salle des yeux, elle demanda :

— Où est Katch ?

— La dernière fois que je l'ai vu, il était en compagnie d'un couple qui m'a paru richissime.

Il l'observa d'un œil rieur.

— Je croyais avoir entendu Jessica dire que tu devais parler aux visiteurs ?

— C'est vrai.

Elle poussa un petit soupir de frustration.

— Je me sens figée sur place. Je ne peux pas faire un mouvement.

— Ecoute, Meg, je ne t'ai jamais vue aussi timide.

Elle ouvrit la bouche pour protester, mais il s'éloigna.

Timide ? répéta-t-elle silencieusement. Elle redressa les épaules et but un peu de champagne. Très bien, Pop avait raison. Elle n'allait pas rester plantée là, immobile comme une de ses sculptures, pendant toute la soirée. Si elle devait être abattue par la critique, elle garderait la tête haute.

Marchant lentement, et avec un peu plus de confiance, elle s'approcha du buffet.

— C'est vous qui exposez ?

Megan tourna la tête. Une femme étonnante, couverte de diamants et de soie noire, la regardait d'un air intéressé.

— Oui, répondit-elle en relevant légèrement le menton.

— Mmm.

La femme la jaugea du regard.

— J'ai cru comprendre que l'étude de la fillette au château de sable n'était pas à vendre ?

— Non, elle appartient à mon mari.

Deux mois après son mariage, ce mot lui réchauffait toujours autant le cœur.

« Katch, mon mari. »

Megan parcourut encore la galerie des yeux pour le trouver.

— Quel dommage ! commenta la dame.

— Pardon ?

— Je disais, quel dommage ! J'aurais voulu l'acheter.

— Vous…

Megan la regarda d'un air effaré.

— Vous la vouliez ? répéta-t-elle.

— J'ai déjà acheté *Les Amants*. C'est une magnifique sculpture. Mais je souhaite aussi vous commander une autre *Jeune fille au château de sable*. Je vous appellerai par l'intermédiaire de Jessica.

— Oui, bien sûr, marmonna Megan.

Une commande ? Elle tendit la main d'un geste automatique.

— Merci, dit-elle encore, flottant dans une sorte de brouillard.

Quand la dame eut tourné les talons, Katch murmura à son oreille :

— Myriam Tailor Marcus.

Megan l'attrapa par la main.

— Katch, cette femme veut…

— C'est Myriam Tailor Marcus, répéta-t-il avant de l'embrasser. J'ai tout entendu. Et j'ai modestement accepté ses compliments sur ma contribution au monde de l'art.

Il trinqua avec elle.

— Bravo, mon amour !

— Ils aiment vraiment mon travail ? chuchota-t-elle.

— Si tu n'avais pas passé ton temps à essayer de te rendre invisible, tu saurais déjà que tu as un succès foudroyant. Viens faire un tour avec moi, et regarde les petits points bleus sous tes sculptures. Ils signifient « Vendu ».

Megan ouvrit des yeux immenses et eut un petit rire incrédule.

— Je rêve ou ils achètent vraiment ?

— Tu ne rêves pas. Jessica se démène comme une diablesse. Trois clients voulaient acquérir la sculpture en albâtre qu'elle avait achetée elle-même. Ils étaient prêts à payer deux fois plus cher que ce qu'elle a payé. Et si tu ne vas pas parler immédiatement à quelques critiques d'art, elle va piquer une crise de nerfs.

— Je n'arrive pas à y croire !

Il porta sa main à ses lèvres.

— Je suis très fier de toi, Meg.

Elle cligna des paupières tandis que ses yeux s'emplissaient de larmes.

— Il faut que je sorte d'ici une ou deux minutes, murmura-t-elle. Je t'en prie !

Sans un mot, Katch la prit par la main et ils se faufilèrent dans la foule jusqu'à l'arrière-salle.

Elle laissa ses larmes couler librement.

— C'est complètement idiot, reconnut-elle avec un hoquet. J'ai tout ce dont j'ai toujours rêvé, et je me mets à pleurer comme une Madeleine. Je réagis mieux face à un échec.

— Megan…

Avec un rire léger, il la prit dans ses bras.

— Je t'aime…

— Tout cela me semble irréel, avoua-t-elle d'une voix tremblante. Pas seulement l'exposition… tout ! Quand je regarde ta bague à mon doigt, je ne peux pas m'empêcher de me demander quand je vais me réveiller. Je n'arrive pas à croire que…

Il la réduisit au silence par un baiser frémissant. Poussant un petit soupir, elle se laissa aller dans ses bras. Après plusieurs semaines de mariage et de nuits intimes, Katch avait toujours le pouvoir de la faire fondre rien que par un baiser. Ses larmes se tarirent et son sang s'échauffa. L'attirant plus près d'elle, elle promena les mains sur son visage et dans ses cheveux.

— C'est bel et bien réel, chuchota-t-il tout contre ses lèvres. Tu peux y croire.

Inclinant la tête, il changea l'angle de son baiser.

— C'est réel chaque nuit, quand tu es dans mes bras, et chaque matin, quand tu te réveilles près de moi.

Il la repoussa doucement et embrassa ses joues humides de larmes.

— Ce soir, je vais faire l'amour à la nouvelle star du monde de l'art.

Elle sourit.

— Dans combien de temps pourrons-nous nous éclipser ? demanda-t-elle.

Il se mit à rire et l'embrassa encore.

— Ne me tente pas. Jessica nous écorcherait vifs si nous ne restions pas jusqu'à la fermeture de la galerie. Maintenant, poudre-toi et prépare-toi à baigner dans l'admiration pendant une heure ou deux. C'est bon pour le moral.

— Katch…

Elle l'arrêta avant qu'il n'ouvre la porte.

— Il y a une sculpture que je n'ai pas exposée ce soir.

Il leva un sourcil curieux.

— Oh ?

— Oui, enfin…

Elle rougit légèrement.

— J'avais peur que les choses ne tournent mal, et je pensais pouvoir affronter les critiques. Mais cette pièce… je n'aurais pas supporté d'entendre quelqu'un dire que c'était une pauvre tentative d'amateur.

Interloqué, il glissa les mains dans ses poches.

— Est-ce que je l'ai vue ?

Elle secoua la tête.

— Non. Je voulais te la donner comme cadeau de mariage, mais tout est arrivé si vite, et elle n'était pas terminée…

Faisant une pause, elle lui adressa un sourire espiègle.

— Après tout, nous n'avons été fiancés que pendant trois jours.

— Deux jours de plus que si tu avais accepté que nous nous envolions pour Las Vegas, fit-il remarquer. Au bout du compte, j'ai été très patient.

— De toute façon, je n'aurais pas eu le temps de la terminer. Et après, j'étais si nerveuse en pensant à cette exposition que je n'ai pas pu te la donner.

Elle prit une profonde inspiration.

— Je veux te la donner maintenant, maintenant que je me sens une véritable artiste.

— Est-ce qu'elle est là ?

Megan se tourna vers une étagère, où le buste était soigneusement enveloppé dans un tissu. Sans un mot, elle le prit et le lui tendit. Katch le dévoila lentement, et il resta bouche bée.

Debout à côté de lui, elle examina son œuvre comme si elle la voyait pour la première fois. Elle avait poli le bois très légèrement pour lui laisser cette aura « pas tout à fait civilisée » qu'elle percevait dans le modèle. Il émanait de lui la même assurance un peu arrogante, et la chaleur qu'elle avait sentie en lui en tant qu'artiste, avant de la découvrir en tant que femme.

Katch observa le buste si longtemps qu'elle recommença à se sentir nerveuse. Il finit par lever sur elle un regard intense.

— Meg…

— Je ne veux pas le présenter dans la galerie, dit-elle précipitamment. C'est trop personnel.

Elle passa un doigt sur une pommette.

— Il y a eu des moments, quand je travaillais sur le modèle en argile, où j'ai eu envie de l'écraser.

Avec un petit rire, elle prit la sculpture dans ses mains.

— Mais je n'ai jamais pu. En commençant ton portrait, je croyais que je pensais toujours à toi parce que tu avais un visage que j'avais envie de sculpter.

Elle leva le regard sur lui. Il la couvait des yeux.

— Je suis tombée amoureuse de toi quand mes mains modelaient ton visage.

Elle leva les bras vers lui et lui caressa lentement la joue.

— Je croyais que je ne pourrais pas t'aimer plus que je t'aimais à ce moment-là. Mais je me trompais.

— Meg…

Il lui prit les mains et y pressa ses lèvres.

— Je ne sais pas quoi dire.

— Contente-toi de m'aimer.

— Toujours.

— Ce sera peut-être assez long, alors.

En soupirant, elle posa la tête contre son épaule.

— Et je crois qu'en sachant que tu m'aimes je pourrai supporter le succès.

Glissant un bras autour de sa taille, Katch ouvrit la porte.

— Allons boire une autre coupe de champagne. Nous avons beaucoup de choses à fêter !

LA ROSE DE NEW CHANCE

1

Assis sur un tabouret en moleskine au Café d'Annie, à sept kilomètres au nord de Friendly, Merle T. Johnson sirotait une bière tiédie en écoutant distraitement la chanson de country que diffusait le transistor. « Les femmes sont faites pour souffrir », se lamentait le dernier crooner de Nashville, ce que Merle n'avait aucun moyen de vérifier, compte tenu de son peu d'expérience en la matière.

Il regagnait Friendly après avoir enregistré une plainte pour vol dans un des ranchs avoisinants. Un vol de moutons, songea-t-il en vidant une autre bière. Ce qui aurait pu être une affaire intéressante s'il avait disposé d'un quelconque élément… Mais, pour commencer, Potts était trop vieux pour savoir combien de moutons il possédait, et, malheureusement, le shérif lui-même savait que cette histoire ne reposait sur aucune preuve. Assis dans ce café crasseux qui sentait le graillon, les hamburgers et l'oignon, Merle ne pouvait que déplorer une telle injustice.

Il n'y avait rien de plus excitant à faire à Friendly, Nouveau-Mexique, que d'arrêter le vieux Silas quand il se soûlait le samedi soir.

Merle T. Johnson était tout simplement né trop tard. S'il avait vu le jour un siècle plus tôt, il aurait eu une chance de croiser des desperados, de faire partie d'un détachement armé, de se retrouver nez à nez avec un guérillero, bref, ce qui rentrait dans le cadre du travail d'un shérif adjoint. Mais voilà où il en était, conclut-il, fataliste : à presque vingt-quatre ans, son plus haut fait d'armes avait été l'arrestation des frères Kramer pour le saccage de la salle de billard locale.

Merle se gratta la lèvre supérieure, où il essayait sans succès de faire pousser une moustache digne de ce nom. La meilleure partie de sa vie était derrière lui : il ne serait jamais rien d'autre, hélas, qu'un shérif adjoint dans une petite ville perdue, occupé à chasser des voleurs de moutons imaginaires.

Si seulement, une fois, quelqu'un braquait une banque ! Il se laissa aller à rêver une minute, s'imaginant en pleine course-poursuite au milieu des coups de feu. Ça, ce serait quelque chose, pour sûr ! Il aurait sa photo dans le journal, et peut-être même une blessure à l'épaule. L'idée lui parut de plus en plus attirante. Il aurait le bras en écharpe pendant quelques jours. Mais, pour ça, encore fallait-il que le shérif l'autorise à porter une arme…

— Merle T., tu payes ta bière ou tu vas rester assis à rêvasser toute la journée ?

Revenant à la réalité, Merle se leva à la hâte. Les mains sur ses hanches imposantes, Annie le regardait. Elle avait de petits yeux noirs, une peau rubiconde et une incroyable tignasse rouge. Décidément, Merle ne s'était jamais senti très à l'aise avec les femmes.

— Il faut que je rentre, marmonna-t-il tout en fourrageant à la recherche de son porte-monnaie. Le shérif attend mon rapport.

Annie acquiesça d'un grognement et lui tendit une paume humide. Elle empoigna le billet froissé et Merle gagna la sortie sans réclamer sa monnaie.

Le soleil brillait, aveuglant. Merle plissa automatiquement les yeux pour s'en protéger. Il se reflétait sur l'asphalte sous forme de vagues luisantes. La journée était brûlante, l'atmosphère poussiéreuse. Des deux côtés du ruban que formait la route, il n'y avait rien d'autre que des pierres, du sable, et quelques rares étendues d'herbe. Pas un nuage pour s'interposer dans le bleu vif et dur du ciel ou pour filtrer la lumière blanche du soleil. Il baissa le bord de son chapeau sur son front tout en se dirigeant vers sa voiture, et regretta de ne pas avoir eu le cran de demander sa monnaie à Annie. Avant même qu'il pose la main sur la poignée, sa chemise déjà trempée collait à sa peau.

Soudain, Merle aperçut l'éclat brillant du soleil sur le pare-brise et sur les chromes d'une voiture qui arrivait. Elle était encore à plus de un kilomètre, estima-t-il en la regardant remonter la route longue et étroite, tout en cherchant ses clés dans sa poche. Comme elle approchait, sa main s'immobilisa dans sa poche. Ses yeux s'écarquillèrent.

Pour une voiture, c'était une voiture ! se dit-il, frappé d'admiration.

Un de ces véhicules étrangers et sophistiqués, d'un rouge éclatant. Elle fila devant lui à toute allure sans s'arrêter, et Merle se décrocha le cou pour la suivre du regard. Waouh ! pensa-t-il avec un sourire. Quel engin ! Il devait battre des records de vitesse, et avait sûrement un incroyable tableau de bord avec…

Des records de vitesse !

Il sauta dans sa voiture, trouva ses clés dans sa poche et démarra. Puis il déclencha sa sirène et déboîta dans une projection de gravier et une odeur de pneus brûlés. Il était au paradis.

Phil avait conduit plus de cent trente kilomètres sans s'arrêter. Pendant la première partie du trajet, il avait eu une discussion délicate avec son producteur à Los Angeles sur le téléphone de la voiture. Aussi était-il préoccupé et fatigué. Le paysage poussiéreux et l'interminable route plate ajoutaient encore à sa lassitude. Jusque-là, ce voyage n'avait servi à rien. Il avait visité cinq villes différentes dans le sud-ouest du Nouveau-Mexique et aucune ne correspondait à ce qu'il cherchait. Si sa chance ne tournait pas, ils seraient finalement obligés de filmer en studio, ce qui n'était pas son style. Quand Phillip Kincaid réalisait un film, l'authenticité était son credo. Il voulait une petite ville poussiéreuse et rude, marquée par les années. Il voulait de la peinture qui s'écaille et de la saleté. Il cherchait le genre d'endroit que tout le monde veut quitter et vers lequel personne ne souhaite vraiment revenir.

Phil avait cherché pendant trois longues journées étouffantes, et rien ne l'avait satisfait. O.K., il avait découvert quelques bourgades couleur sable, un peu décaties, en piteux état, mais n'avait pas été séduit. En tant que réalisateur — un réalisateur à succès de films américains —, Philip Kincaid marchait avant tout au coup de cœur, et rentrait seulement ensuite dans les détails pratiques. Il avait besoin d'une ville qui le prenne aux tripes. Et le temps pressait.

Huffman, le producteur, perdait son calme, et mettait la pression pour qu'ils commencent les scènes en studio. Tout en passant devant le Café d'Annie, Phil se reprocha encore une fois de ne pas produire le film lui-même. Il avait neutralisé Huffman pour une semaine de plus, mais, s'il ne trouvait pas la ville adéquate pour incarner New Chance, il serait obligé de s'en remettre à son assistant chargé des repérages pour régler le problème. Phil fronça les sourcils et observa la route qui s'étendait sans fin devant lui. Il ne faisait confiance qu'à lui-même pour s'occuper des détails. Ceci, ainsi que son indéniable talent, expliquait le succès qu'il rencontrait à seulement trente-quatre ans. Il était dur, critique et inconstant, mais ses films étaient ses bébés et nécessitaient toute sa patience et son attention. En revanche, avec ses acteurs, il n'était pas toujours aussi compréhensif…

Le hurlement d'une sirène le tira de ses pensées. Jetant un œil curieux dans le rétroviseur, il aperçut une vieille voiture de police cabossée qui, en d'autres temps, avait dû être blanche et fondait sur lui. Phil jura, songea un instant à mettre les gaz et à abandonner l'importun à son nuage de poussière, puis se rangea sur le bas-côté avec résignation. La bouffée de chaleur qui l'assaillit quand il baissa la vitre ne fit rien pour améliorer son humeur. Quel horrible endroit ! pensa-t-il en coupant le moteur. Un trou paumé et crasseux. Il aurait tout donné pour être au bord de sa piscine en forme de lagon en train de déguster un cocktail glacé.

Survolté, Merle sortit de sa voiture, son carnet à souches à la main. Pour sûr, c'était vraiment une belle machine, se dit-il de nouveau. Probablement la plus belle qu'il ait jamais vue en vrai, et pas seulement à la télé. Une Mercedes, nota-t-il en se remémorant le vrombissement de son moteur. Française, décida-t-il avec admiration. Nom d'un chien, il avait arrêté une voiture française à même pas trois kilomètres de la ville ! Il en aurait des choses à raconter autour d'une bière à la fin de la journée !

D'abord, il fut un peu déçu par le conducteur. Il n'avait pas l'air plus étranger que riche. Le regard de Merle se posa sans la voir sur la montre suisse en or et nota le T-shirt et le jean de l'inconnu. Ce devait être un excentrique, conclut-il. Ou peut-être avait-il volé la voiture… Le sang de Merle ne fit qu'un tour. Il dévisagea l'homme.

Il avait des traits fins, un brin aristocratiques, avec une mâchoire bien dessinée et un long nez droit. Il ne souriait pas, et semblait contrarié. Il était rasé de près et avait de légères fossettes. Ses cheveux châtains, un peu longs, bouclaient autour des oreilles. Dans son visage hâlé, ses yeux incroyablement bleus avaient la transparence de l'eau. Ils exprimaient l'ennui et la contrariété, et si Merle avait été capable de trouver le mot, une certaine distance. En tout cas, ce n'est pas ainsi que Merle avait imaginé un voleur de voitures de luxe aux abois.

— Oui ?

Le mot, unique et glacial, ramena Merle à la réalité.

— Seriez-vous pressé, par hasard ? demanda-t-il sur un ton qui aurait fait la fierté du shérif.

— Oui.

Surpris par cette réponse, Merle se balança d'un pied sur l'autre.

— Permis et carte grise, assena-t-il sèchement.

Puis il se pencha vers la vitre, tandis que le conducteur cherchait dans la boîte à gants.

— Dites donc, vous en avez un tableau de bord ! Avec des boutons partout ! Y a même un téléphone, un téléphone dans la voiture ! Ces Français, vraiment !

Phil esquissa un sourire.

— Allemands, corrigea-t-il en tendant ses papiers.

— Allemands ? fit Merle, sceptique. Vous êtes sûr ?

— Oui.

Phil sortit son permis de son portefeuille et le tendit par la vitre ouverte. La chaleur avait maintenant complètement envahi l'habitacle.

Merle prit les papiers. Il était pourtant certain que Mercedes était un nom français…

— C'est votre voiture ? demanda-t-il, soupçonneux.

— Oui, comme vous pouvez le constater d'après le nom sur la carte grise, répondit Phil d'un ton détaché, signe qu'il commençait réellement à perdre patience.

Merle se mit à lire la carte grise avec sa lenteur habituelle.

— Vous êtes passé devant chez Annie comme un…

Il s'interrompit à temps. Le shérif n'aimait pas qu'on jure pendant le travail.

— Je vous ai arrêté pour excès de vitesse. Je vous ai contrôlé à cent quinze kilomètres/heure, pour être exact. J'imagine que ce petit bijou va si vite que vous n'avez même pas remarqué que vous étiez en infraction.

— C'est exact, confirma Phil.

Peut-être que s'il n'avait pas été de si mauvaise humeur, peut-être que s'il n'avait pas fait si chaud dans la voiture, il aurait choisi une autre stratégie. Mais quand le policier se mit à rédiger la contravention, Phil décida de contre-attaquer.

— Comment puis-je savoir que vous m'avez réellement contrôlé ? lança-t-il.

— Je sortais de chez Annie quand vous avez foncé devant moi, expliqua Merle d'un ton affable.

Son front se plissa, tandis qu'il formait les lettres.

— Si j'avais attendu ma monnaie, je ne vous aurais pas vu.

Il sourit, heureux du rôle qu'avait joué le hasard.

— Signez ici, indiqua-t-il en détachant la contravention du carnet. Vous pourrez vous arrêter en ville pour payer l'amende.

Phil sortit lentement de sa voiture. Quand les rayons du soleil se posèrent sur ses cheveux, ils y jetèrent des reflets cuivrés, ce qui rappela à Merle le plateau en acajou de sa mère. Pendant un moment, ils se tinrent face à face, aussi grands l'un que l'autre. Mais autant l'un était gauche et un peu lourdaud, autant l'autre était mince, musclé et élancé.

— Non, assena Phil.

— Non ?

Merle cligna des yeux en croisant le regard bleu profond de son interlocuteur.

— Non quoi ?

— Non, je ne signerai pas.

— Vous ne signerez pas ?

Merle regarda la contravention qu'il tenait toujours à la main.

— Mais vous devez signer.

— Non, je ne dois pas.

Phil sentit la sueur couler dans son dos. Contre toute attente, cela le rendit furieux.

— Je ne signerai pas, et je ne paierai pas un centime à un soi-disant juge qui arrondit ses fins de mois avec cette arnaque aux excès de vitesse.

— Arnaque aux excès de vitesse !

Merle était plus interloqué que scandalisé.

— Monsieur, vous rouliez à plus de cent quinze kilomètres/heure, or la vitesse est limitée à quatre-vingt-dix. Tout le monde sait qu'on ne doit pas dépasser les quatre-vingt-dix.

— Qui dit que je les dépassais ?

— Je vous ai contrôlé.

— C'est ma parole contre la vôtre, rétorqua Phil avec calme. Vous avez un témoin ?

Merle en resta bouche bée.

— Eh bien non, mais…

Il repoussa son chapeau en arrière.

— Dites donc, je n'ai pas besoin de témoin, je suis le shérif adjoint. Signez la contravention, c'est tout.

Pourquoi insistait-il ? C'était de la pure perversité. Certes, Phil n'avait pas la moindre idée de la vitesse à laquelle il roulait, mais peu lui importait. La route avait été longue et solitaire ; il n'avait fait que penser à LA durant le voyage. Et il n'avait aucune intention de saisir le stylo usagé que lui tendait le shérif adjoint.

— Non.

— Ecoutez, monsieur, j'ai déjà rédigé la contravention.

Merle lut le refus dans les yeux du conducteur et releva le menton dans un geste de défi. Après tout, c'était lui le représentant de la loi !

— Alors je vais être obligé de vous incarcérer, annonça-t-il, téméraire. Le shérif ne va pas apprécier.

Avec un petit sourire suffisant, Phil lui tendit les mains, poignets serrés. Merle les observa un moment, puis son regard, découragé, alla d'une voiture à l'autre. Au-delà de la colère, Phil éprouva alors un sursaut de sympathie pour le policier.

— Il va falloir que vous me suiviez, fit Merle tout en glissant le permis de Phil dans sa poche.

— Et si je refuse ?

Merle n'était pas complètement idiot.

— Eh bien, dans ce cas, rétorqua-t-il aimablement, il faudra que je vous emmène et que nous laissions cette belle voiture là où elle est. Peut-être sera-t-elle intacte quand le camion de remorquage viendra l'enlever. Peut-être pas…

Phil fit signe qu'il avait compris le message, puis remonta dans sa voiture. Merle prit place dans la sienne. Il allait avoir belle allure, en ramenant derrière lui ce magnifique bolide rouge vif ! songea-t-il.

Ils pénétrèrent dans Friendly à faible allure. De temps à autre, Merle faisait un signe de tête aux habitants qui s'interrompaient dans leur activité pour regarder passer la petite procession. Il sortit enfin la main par la vitre ouverte pour signaler à l'homme qu'ils allaient s'arrêter, puis freina devant le bureau du shérif.

— O.K., on entre, assena-t-il avec agressivité, quand ils furent tous deux descendus de voiture.

Il se redressa, adoptant soudain une attitude très officielle.

— Le shérif va vouloir s'entretenir avec vous.

Devant le regard glacial de son interlocuteur, il s'abstint de le saisir par le bras. Il se contenta d'ouvrir la porte et d'attendre que son prisonnier entre dans la pièce.

Phil aperçut une petite salle avec deux cellules, un panneau d'affichage, deux chaises branlantes et un bureau délabré. Au plafond, un ventilateur brassait l'air moite en couinant. Sur le sol, un amas de fourrure brune s'avéra être un chien. Le bureau était couvert de livres et de papiers, et deux tasses de café à moitié pleines y étaient posées. Une femme brune était penchée sur tout ceci, et écrivait à une cadence impressionnante sur un carnet à souches jaune. Elle leva les yeux à leur arrivée.

Phil oublia aussitôt ses problèmes, le temps de lui attribuer mentalement un rôle dans trois films différents. Son visage avait un ovale classique avec des pommettes discrètement dessinées et une peau légèrement dorée. Son nez était petit et délicat, sa bouche assez large, avec des lèvres pleines et sensuelles. Ses cheveux noirs de jais se répandaient naturellement sur ses épaules, telles des vagues ondulantes. Ses sourcils levés exprimaient l'interrogation ; dans ses yeux vert émeraude, dotés de cils épais, on lisait un certain amusement.

— Merle ?

Sa voix, grave, avait la douceur et la sensualité de la soie. Phil connaissait des actrices qui auraient tout donné pour avoir cette voix-là. Si cette fille ne perdait pas ses moyens devant une caméra, et si le reste de sa personne était à l'avenant… Il baissa les yeux. Sur son sein gauche était accroché un petit insigne en étain. Phil le fixa, fasciné.

— Excès de vitesse sur la nationale 17, shérif.

— Oh ?

Elle attendit avec un petit sourire que Phil la regarde de nouveau. De la même façon qu'elle avait tout de suite noté qu'il la trouvait à son goût quand il était entré, elle le sentait suspicieux à présent.

— Vous n'aviez pas de stylo, Merle ?

— De stylo ?

Déconcerté, Merle vérifia ses poches.

— Je n'ai pas voulu signer la contravention, déclara Phil en avançant vers le bureau pour la dévisager de plus près. Shérif, ajouta-t-il.

De quelque angle qu'on la filme, conclut-il, elle serait toujours splendide. Il avait besoin de l'entendre parler de nouveau.

Elle soutint ce regard qui la jaugeait.

— Je vois. A quelle vitesse allait-il, Merle ?

— Cent quinze kilomètres/heure. Tory, vous n'imaginez pas la voiture ! s'exclama Merle, perdant tout à coup son sang-froid.

— Je pense que j'aurai l'occasion de la voir, murmura-t-elle.

Elle tendit la main, les yeux toujours fixés sur Phil, et Merle lui donna aussitôt les documents.

Phil nota ses longues mains élégantes et fines, ses ongles recouverts d'un vernis rose. Mais qu'est-ce que cette fille faisait ici ? se demanda-t-il. Elle n'aurait pas détonné à Beverly Hills.

— Eh bien, tout semble être en ordre, monsieur… Kincaid.

Elle croisa de nouveau son regard. Elle portait un peu de mascara, remarqua-t-il, et un soupçon d'eye-liner. La couleur de ses cheveux était naturelle. Pas de fond de teint, pas de rouge à lèvres. L'espace d'un instant, il souhaita avoir à sa disposition une caméra et quelques projecteurs.

— L'amende est de quarante dollars, annonça-t-elle d'un ton posé. A payer en liquide.

— Je ne paierai pas.

Les lèvres de la jeune femme se pincèrent, et il se demanda malgré lui quel était leur goût.

— Ou quarante jours, ajouta-t-elle sans ciller. Je pense que vous trouverez moins… compliqué de payer l'amende. Je doute que nos conditions d'accueil vous satisfassent.

Le léger amusement qu'il nota dans sa voix l'exaspéra.

— Je ne paierai aucune amende.

Posant les mains sur le bureau, il se pencha vers elle, captant au passage l'effluve discret de son parfum aussi subtil que sophistiqué.

— Parce que vous imaginez que vous allez réussir à me faire croire que vous êtes le shérif ? Qu'est-ce que c'est que ce bazar que vous gérez avec ce type ?

Merle ouvrit la bouche pour parler, jeta un coup d'œil à Tory, puis la referma. Elle se leva lentement, et Phil réalisa avec surprise qu'elle était grande et aussi fine qu'une gazelle. Elle avait un corps de mannequin, voluptueux et élancé — le genre de corps qu'on rêve de découvrir sous ses vêtements. Même dans son jean et sa chemise de flanelle, elle était une véritable bombe.

— Je ne discute jamais quand c'est inutile, monsieur Kincaid, fit-elle observer. Je vais vous demander de vider vos poches.

— Il n'en est pas question, lança-t-il, furieux.

— Refus d'obtempérer.

Tory leva un sourcil.

— Nous allons être obligés de vous garder soixante jours.

Phil grommela un bref juron.

Au lieu de paraître offensée, Tory esquissa un sourire.

— Mettez-le sous les verrous, Merle.

— Mais écoutez-moi une seconde…

— Je vous déconseille de la mettre en colère, murmura

Merle tout en poussant Phil vers les cellules. Elle peut devenir vraiment mauvaise.

— A moins que vous ne souhaitiez faire remorquer votre voiture, ce que nous vous facturerons bien sûr, vous allez remettre vos clés à Merle.

Elle jeta un coup d'œil à son visage furieux.

— Lisez-lui ses droits, Merle.

— Je connais mes droits, bon sang ! rétorqua Phil en se dégageant de l'étreinte de Merle. Je veux passer un coup de fil, ajouta-t-il, hautain.

— Bien sûr, acquiesça-t-elle en dardant sur lui un autre de ses charmants sourires. Dès que vous aurez donné vos clés à Merle.

— Ecoutez, commença Phil en fixant encore une fois son insigne. Shérif, ajouta-t-il d'un ton sec, vous n'imaginez quand même pas que je vais tomber dans le panneau ! Ce type-là — il désigna Merle de l'index — attend en embuscade qu'un étranger se présente, puis il essaie de lui soutirer quarante dollars. Il y a des lois contre ce genre d'arnaque aux excès de vitesse, vous savez !

Tory l'écoutait avec un intérêt poli.

— Allez-vous signer cette contravention, monsieur Kincaid ?

Phil plissa les yeux.

— Non.

— Alors vous allez être notre hôte pour un bon moment.

— Vous n'avez pas le droit de m'arrêter ! protesta Phil avec vigueur. Un juge…

— Juge de paix, l'interrompit Tory.

Puis elle tapa d'un de ses ongles vernis sur un diplôme accroché au mur dans un petit cadre. Phil distingua le nom Victoria L. Ashton.

Il lui lança un long regard glacial.

— C'est vous ?

— Oui. Voilà qui tombe bien, vous ne trouvez pas ? lança-t-elle avec un petit hochement de tête. Soixante jours, monsieur Kincaid, ou deux cent cinquante dollars.

— Deux cent cinquante !

— Le montant de la caution s'élève à cinq cents dollars, précisa-t-elle. Souhaitez-vous les déposer ?

— Le téléphone, murmura-t-il entre ses dents serrées.

— Les clés, rétorqua-t-elle d'un ton affable.

Phil jura tout bas, sortit les clés de sa poche et les lui lança. Tory s'en empara avec calme.

— Vous êtes autorisé à passer un appel local, monsieur Kincaid.

— Je veux passer un appel longue distance, grommela-t-il. J'utiliserai ma carte de crédit.

Après avoir désigné à Phil le combiné posé sur son bureau, Tory apporta les clés à Merle.

— Deux cent cinquante ! souffla ce dernier, médusé. Vous n'y allez pas un peu fort ?

Tory soupira bruyamment.

— L'ego de M. Hollywood Kincaid a besoin d'être remis à sa place, marmonna-t-elle. Ça lui fera le plus grand bien de mijoter quelque temps dans une cellule. Emmenez la voiture au garage Bestler, Merle.

— Moi ? Je vais conduire cette voiture ? s'exclama-t-il en regardant les clés qu'il tenait dans sa main.

— Verrouillez-la et rapportez les clés, ajouta Tory. Et ne jouez pas avec le tableau de bord.

— Ouah, Tory !

— Ouah, Merle ! rétorqua-t-elle sur le même ton, avant de lui faire signe de partir d'un regard affectueux.

Phil, sur des charbons ardents, écoutait le téléphone sonner dans le vide. Enfin, quelqu'un décrocha.

— Cabinet Sherman, Miller et Stein.

Il jura intérieurement.

— Où est Lou, bon sang ?

— M. Sherman est absent du bureau jusqu'à lundi, répondit la standardiste d'un ton pincé. Souhaitez-vous me laisser votre nom ?

— Je suis Philip Kincaid. Prévenez Lou, dites-lui que je suis à… ?

Il se retourna et lança un regard courroucé à Tory.

— Bienvenue à Friendly, Nouveau Mexique, enchaîna-t-elle obligeamment.

Phil faillit lui répondre par un mot de cinq lettres, mais s'abstint.

— Friendly, Nouveau-Mexique, répéta-t-il dans l'appareil. En prison, putain, pour une accusation complètement bidon ! Dites-lui de rappliquer par le premier avion.

— Oui, monsieur Kincaid, je vais essayer de le joindre.

— Vous *allez* le joindre ! corrigea-t-il d'une voix sifflante avant de raccrocher brusquement.

Au moment où il allait composer un autre numéro, Tory s'avança vers lui et coupa la communication.

— Un seul coup de téléphone, rappela-t-elle.

— Mais je n'ai eu qu'une standardiste !

— Pas de chance…

Elle lui lança le sourire éclatant qu'il trouvait tout aussi craquant qu'exaspérant.

— Votre chambre est prête, monsieur Kincaid, annonça-t-elle.

Phil reposa le combiné et la regarda bien en face.

— Vous ne me mettrez pas dans cette cellule.

— Non ? fit-elle en battant des cils d'un air candide.

— Non.

L'espace d'un instant, elle sembla décontenancée. Le soupir qu'elle poussa en faisant le tour du bureau était délicieusement féminin.

— Vous ne me facilitez pas les choses, monsieur Kincaid. Vous savez parfaitement que je ne peux pas vous enfermer moi-même dans cette cellule. Vous êtes plus fort que moi.

Son brusque changement de ton le força à se montrer plus raisonnable.

— Madame Ashton…, commença-t-il.

— Shérif Ashton, corrigea Tory en sortant un colt 45 de son tiroir.

Elle continua à sourire sous le regard hébété de Phil, qui fixait l'imposant pistolet dans sa main élégante.

— A présent, à moins que vous ne souhaitiez être inculpé également pour refus d'incarcération, vous allez pénétrer tranquillement dans la première cellule. Les draps viennent juste d'être changés.

Phil était partagé entre la stupéfaction et l'amusement.

— Vous ne pensez tout de même pas que je vous crois capable d'utiliser ce truc ?

— Je vous ai déjà dit que je ne discute jamais quand c'est inutile.

Tout en maintenant le canon abaissé, Tory arma le pistolet.

Phil l'observa pendant une longue minute. Son regard était trop direct, et beaucoup trop calme, se dit-il. Soudain, il ne douta plus qu'elle était capable de lui trouer la peau, dans une partie de son anatomie qu'elle jugerait d'importance mineure. Or, il avait le plus grand respect pour l'ensemble de son corps…

— Message reçu 5 sur 5, marmonna-t-il en se dirigeant vers la cellule.

Le rire de la jeune femme était si franc et sexy qu'il se retourna en l'entendant. Bon Dieu, pensa-t-il, qu'est-ce qu'il aurait aimé l'affronter, si elle n'avait pas eu un pistolet entre les mains ! Furieux contre lui-même, Phil pénétra dans la cellule.

— Dans ce genre de situation, il me semble que vous avez le droit de dire quelque chose comme : « Tu me le paieras quand je sortirai de ce trou ! » lui lança Tory en riant toujours.

Elle saisit les clés accrochées au mur, puis verrouilla la serrure avec un claquement métallique. Phil se mit à faire les cent pas dans la cellule.

— Vous voulez un harmonica et une tasse en fer-blanc ? poursuivit-elle.

Il ne put retenir un sourire, mais, heureusement, il lui tournait le dos. Puis il se laissa tomber sur la couchette et lui lança un regard furibond.

— Je prendrai la tasse en fer-blanc s'il y a du café dedans.

— Ça fait partie du service, Kincaid. A Friendly, on offre le vivre et le couvert.

Il la regarda retourner vers le bureau et ranger son pistolet. Quelque chose dans sa démarche nonchalante et sensuelle accéléra les battements de son cœur.

— Vous prenez du lait et du sucre ? demanda-t-elle poliment.

— Noir.

Tory versa le café, parfaitement consciente que les yeux de Phil étaient posés sur elle. Il l'intriguait et l'amusait tout à la fois. Elle savait exactement à qui elle avait à faire. Malgré le mépris qu'elle vouait à ce genre de play-boy qui se prenait pour le nombril du monde, elle éprouvait un certain respect pour cet homme. Il n'avait pas essayé d'user de son nom ou de sa réputation pour l'influencer. Il avait tout misé sur sa force de caractère. Et c'est précisément son caractère qui l'avait entraîné dans la cellule où il se trouvait à présent.

Trop riche, trop habitué au succès, trop séduisant, voilà ce qu'il était. Et peut-être, songea-t-elle en se versant à son tour une tasse, trop talentueux. Ses films étaient indéniablement brillants. Mais quelles étaient ses véritables motivations ? Ses films d'une part et les magazines people d'autre part donnaient de lui des images contradictoires.

Au fond, se dit-elle avec un petit rire, peut-être pourrait-elle profiter du fait qu'il était son « invité » pour connaître le fin mot de l'histoire.

— Noir, annonça-t-elle en traversant la pièce, les deux tasses à la main. Comme vous l'avez commandé.

Il observa sa façon de marcher : avec fluidité, et un très léger déhanchement. La faute à ses interminables jambes, décida-t-il, et à une confiance en elle innée. En d'autres circonstances, il aurait été séduit. Mais, à cet instant, il la trouvait extrêmement pénible. Sans un mot, il se leva de la couchette et prit le café qu'elle lui tendait à travers les barreaux. Leurs doigts se touchèrent brièvement.

— Vous êtes très belle, Victoria L. Ashton, murmura-t-il. Et vraiment insupportable…

— Oui, acquiesça-t-elle en souriant.

Cette réponse tira un éclat de rire à Phil.

— Mais qu'est-ce que vous fichez ici à jouer au shérif ?

— Et vous, à jouer au criminel ?

Merle pénétra brutalement dans la pièce, un large sourire aux lèvres.

— Bon sang de bon sang, monsieur Kincaid, c'est une sacrée voiture que vous avez là !

Il posa les clés dans la main de Tory et s'adossa aux barreaux.

— Sans mentir, j'aurais pu rester assis dedans toute la journée. J'ai cru que Bestler allait avoir une syncope quand il m'a vu arriver.

Avec un léger toussotement, Phil se retourna vers la petite fenêtre à barreaux à l'arrière de la cellule. Il se renfrogna en apercevant la ville. Quel horrible endroit ! pensa-t-il, frustré. Un trou paumé et poussiéreux. Les lieux semblaient avoir perdu toutes couleurs depuis au moins vingt ans. Non pas qu'elles aient été lessivées, mais plutôt brûlées par la chaleur, corrigea-t-il en sentant avec dégoût la sueur lui couler dans le dos. Tout était désespérément brunâtre alentour : au loin, le plateau grillé et clairsemé, le sable desséché. Tous les bâtiments, quels qu'ils soient, offraient différentes teintes de brun terne délavées par le soleil implacable. Cette bourgade insensée avait encore des trottoirs de bois, songea-t-il en sirotant le café corsé. Sur la devanture d'un magasin, il n'y avait pas une seule couche de peinture qui n'était pas ou craquelée ou en train de peler. On avait l'impression que toute la ville, retenant son souffle fatigué, attendait que la fin du monde arrive.

C'était un lieu désespérant, qui suait la tristesse, la poussière et la léthargie. Les gens restent dans ce genre de ville quand ils n'ont pas d'autre endroit où aller, ou rien à faire. Et ils y reviennent quand ils ont abandonné tout espoir d'une vie meilleure. Et c'est là qu'il était, coincé dans cette minuscule cellule à l'atmosphère suffocante…

Tout à coup, son esprit se mit à tourner à cent à l'heure.

Soudain, il vit les façades fatiguées des magasins et le bois affaissé comme à travers l'objectif d'une caméra. Il emprisonna de ses doigts le barreau d'une fenêtre tout en visualisant une scène après l'autre.

S'il n'avait pas été aussi hors de lui, il aurait compris tout de suite.

Il avait enfin trouvé New Chance.

2

Pendant les vingt minutes qui suivirent, Tory prêta peu attention à son prisonnier. Il semblait se satisfaire de regarder par la fenêtre, tandis que son café refroidissait peu à peu dans sa tasse. Après avoir congédié Merle, elle décida de se remettre au travail.

Elle avait la chance d'avoir un esprit aiguisé, pratique et opiniâtre, ce qui lui avait permis d'acquérir une formation solide. Bien qu'ayant excellé dans ses études, elle n'avait pas toujours eu des rapports faciles avec ses professeurs. Pour quelle raison ? s'était-elle souvent demandé. Sans nul doute, son caractère affirmé, qui la faisait passer sans crier gare de la docilité à la rébellion, n'avait rien fait pour arranger les choses. Pour certains de ses collaborateurs, en général ceux qui ne partageaient pas ses opinions, elle était une enquiquineuse. En tout cas, à vingt-sept ans, Victoria L. Ashton était une avocate redoutablement habile et très professionnelle.

A Albuquerque, elle disposait d'un petit bureau sans prétention dans une vaste maison ancienne dont les sanitaires avaient connu de meilleurs jours. Elle partageait les locaux avec un comptable, un agent immobilier et un détective privé. Depuis presque cinq ans, elle habitait au troisième étage, dans un deux-pièces au confort sommaire, juste au-dessus de son bureau. C'était une solution pratique qui lui convenait parfaitement et à laquelle elle n'avait jamais envisagé de renoncer, pas même quand elle en avait eu les moyens.

Professionnellement, elle aimait relever les défis et régler les problèmes dans les moindres détails. Sur le plan privé, elle était plus nonchalante. Personne ne l'aurait taxée de paresse, non, mais elle était plus encline à s'octroyer une petite sieste qu'un jogging. Son énergie, elle la gardait pour le tribunal ou le bureau, et, temporairement, pour l'exercice de ses fonctions de shérif à Friendly, Nouveau-Mexique.

Elle avait été élevée à Friendly, et était habituée à la torpeur qui y régnait. Elle avait hérité de son père un sens aigu de la justice, ce qui l'avait poussée à faire du droit. Mais elle n'avait jamais eu envie d'intégrer une grande firme sur la côte atlantique ou pacifique, ni d'ailleurs nulle part aux Etats-Unis. Farouchement indépendante, elle avait pris le risque d'ouvrir son propre cabinet. Son but n'était pas de faire fortune ; dès son plus jeune âge, elle avait appris de sa mère à se contenter de peu. Ce qui l'intéressait, c'était les gens, et ce que le droit pouvait faire ou ne pas faire pour eux.

Tory se réinstalla à son bureau et continua à rédiger le contrat de partenariat qu'elle mettait au point pour deux auteurs-compositeurs débutants. Gérer des dossiers à distance n'était pas toujours évident, mais elle avait donné sa parole. L'esprit ailleurs, elle but son café. A l'automne, elle serait de retour à Albuquerque, se replongerait dans de nouveaux dossiers et échangerait son insigne contre un attaché-case. Dans l'immédiat, le week-end se profilait à l'horizon, et avec lui la paye de la semaine. Le samedi soir, Friendly se réveillait un peu. Les gens s'octroyaient quelques bières supplémentaires, et jouaient au poker au garage Bestler, ce qu'elle était censée ignorer. Tory avait appris qu'il est parfois préférable de savoir fermer les yeux. Son père aurait dit que les gens ont bien le droit de se relâcher de temps en temps.

Posant une de ses bottes sur le bureau, elle recula son siège pour relire confortablement ce qu'elle venait d'écrire, tout en tortillant d'un geste machinal une boucle brune autour de son index. A cet instant, Phil sortit brusquement de sa rêverie et se colla contre les barreaux de sa cellule.

— Il faut que je passe un appel ! s'écria-t-il d'une voix où perçaient impatience et énervement.

Tout ce qu'il venait de voir depuis la fenêtre de sa cellule l'avait convaincu que c'était le destin qui l'avait fait se retrouver à Friendly.

Tory acheva la lecture de son paragraphe et lui jeta un regard désabusé.

— Vous avez déjà passé votre appel, monsieur Kincaid. Vous devriez vous détendre un peu. Prenez exemple sur Dynamite, ajouta-t-elle en désignant sur le sol la masse informe qui tenait lieu de chien. Faites la sieste.

Phil agrippa les barreaux comme s'il pouvait les tordre.

— Il faut que je téléphone, c'est important ! insista-t-il.

— C'est toujours important..., murmura Tory avant de retourner à sa lecture.

Cette fois, Phil était prêt à se montrer conciliant, si cela pouvait accélérer les choses.

— Ecoutez, je vais signer votre contravention, grommela-t-il. Mais laissez-moi sortir !

— Signez, je vous en prie, répliqua-t-elle d'un ton aimable. Mais vous ne sortirez pas pour autant. N'oubliez pas que vous êtes sous le coup d'un refus d'incarcération.

— Mais c'est n'importe quoi ! hurla-t-il. Je rêve !

— Je peux aussi ajouter nuisance à l'ordre public, déclara-t-elle avec un sourire en levant le nez de ses papiers.

Il était furieux, comme le montraient la raideur de son corps athlétique, sa bouche pincée et ses yeux qui lançaient des éclairs. Le cœur de Tory s'emballa. Elle comprenait tout à coup pourquoi Kincaid était associé à tant de beautés fatales. Il était sans nul doute le plus beau spécimen de la gent masculine qu'il lui ait été donné de voir. Il y avait en lui un mélange détonant de réserve aristocratique et de tempérament explosif ; il lui faisait penser à un félin, à la fois doux et sauvage.

Dans un silence glacial, ils se dévisagèrent longuement, lui avec dureté, elle affichant un calme olympien.

— D'accord, marmonna-t-il. Combien ?

Tory leva un sourcil.

— Vous voulez m'acheter, Kincaid ?

Il savait trop à présent à qui il avait affaire.

— Non, rétorqua-t-il. A combien se monte mon amende…, shérif ?

— Deux cent cinquante dollars, répondit-elle.

Elle rejeta en arrière ses boucles brunes d'un rapide mouvement de tête.

— Ou alors vous payez une caution de cinq cents dollars…, précisa-t-elle.

Avec un regard noir, il sortit son portefeuille. *Une fois que je serai sorti, cette petite peste me le paiera*, songea-t-il, hors de lui.

Un rapide examen de son portefeuille lui apprit qu'il lui manquait plus de cent dollars pour payer sa caution. Il jura, puis se tourna de nouveau vers Tory, qui arborait toujours son sourire suave. Il l'aurait étranglée avec le plus grand plaisir, mais jugea préférable d'utiliser une autre technique avec elle. Il avait toujours su jouer de son charme auprès des femmes, quand il le fallait…

— J'ai perdu mon sang-froid, shérif, commença-t-il en la gratifiant de son célèbre sourire en coin. Je vous prie de m'excuser. Je suis sur la route depuis plusieurs jours et j'avoue que votre collaborateur m'a fait sortir de mes gonds.

Tory continuait à sourire.

— Si j'ai eu des paroles déplacées à votre égard, c'est uniquement parce que vous ne correspondez pas à l'image que je me faisais d'un représentant de la loi dans une petite ville.

Il eut un sourire gêné qui ajouta encore à son charme, lui donnant l'air de Tom Sawyer pris le doigt dans la confiture.

Tory leva son autre jambe, aussi interminable que la première, et la croisa sur l'autre, toujours sur le bureau.

— Vous n'avez pas assez d'argent, Kincaid, c'est ça ? lança-t-elle.

Phil serra les dents, poussé à bout.

— Je n'ai jamais beaucoup d'espèces sur moi quand je voyage.

— Ce qui est très sage de votre part, approuva-t-elle d'un hochement de tête. Mais nous n'acceptons pas les cartes de crédit.

— Bon sang, s'écria-t-il, il faut que je sorte d'ici !

Tory l'observa sans se départir de son calme.

— Vous n'imaginez tout de même pas plaider la claustrophobie ? J'ai lu que vous aviez rampé dans un tuyau de un mètre de diamètre pour vérifier l'angle d'une prise de vues pour votre film *La nuit du désespoir*.

— Non, c'était dans..., commença Phil avant de s'interrompre brusquement, médusé. Vous savez qui je suis ?

— Disons que je vais au cinéma deux ou trois fois par an, répondit-elle d'un ton jovial.

Les yeux bleus de Phil brillèrent d'un éclat dur.

— Si vous essayez de me bluffer pour...

Elle l'interrompit d'un éclat de rire.

— Voilà que vous redevenez arrogant ! s'écria-t-elle en se levant. Kincaid, sachez que je me fiche de la façon dont vous gagnez votre vie. Tout ce que je sais, c'est que vous êtes un homme grossier qui refuse d'obtempérer devant la loi.

Elle avança nonchalamment vers la cellule et, de nouveau, il perçut l'effluve discret de son parfum subtil, qui aurait été plus accordé à une élégante robe de soie qu'à son jean délavé.

— Je vais être obligée de vous libérer.

Sa beauté était si renversante qu'il en oublia sa colère.

— Vous avez un visage magnifique, murmura-t-il. On pourrait faire un film entier autour de ce visage...

Tory dissimula son étonnement. Certes, elle avait parfaitement conscience d'être une jolie fille. Le nier aurait été stupide, car elle avait de nombreuses fois surpris les remarques admiratives des hommes qui la croisaient. Mais, là, il ne s'agissait pas d'un simple hommage.

Quelque chose dans la voix de Kincaid, dans l'éclat de ses yeux, la fit frissonner. Elle ne protesta pas quand, à travers les barreaux, il avança la main pour lui effleurer les cheveux, ni quand il se mit à jouer avec ses boucles tout en rivant son regard au sien.

Une vague de chaleur envahit Tory, la prenant par surprise, l'embrasant tout entière. C'était comme si elle venait de passer d'une pièce glacée à la brûlure du soleil. Ses jambes se dérobèrent, et elle dut inspirer profondément pour retrouver le contrôle d'elle-même.

Il était dangereux, conclut-elle, ébranlée. Très dangereux. Elle nota l'éclat du désir dans son regard, vite remplacé par une lueur amusée. Enfin, un sourire se dessina sur les lèvres de son prisonnier.

— Je pourrais faire de vous une star, ma belle, déclara-t-il.

Tory éclata de rire, tant cette réflexion lui semblait ridicule.

— Oh ! monsieur Kincaid, murmura-t-elle en affectant un ton suppliant, pourriez-vous me faire passer une audition ?

Devant Phil stupéfait, elle s'accrocha aux barreaux de la cellule avec une mimique dramatique.

— Je t'attendrai, Johnny, lança-t-elle d'une voix rauque.

Des larmes roulèrent sur ses joues, ses lèvres se mirent à trembler.

— Toute ma vie, s'il le faut !

A travers les barreaux, elle l'attira à elle.

— Je t'écrirai tous les jours, promit-elle d'une voix brisée, et je rêverai de toi toutes les nuits. Oh ! Johnny, implora-t-elle en battant des cils, embrasse-moi pour me dire adieu !

Fasciné, Phil s'approcha pour lui obéir, mais elle s'écarta au moment où ses lèvres allaient toucher les siennes.

— Alors ? lança-t-elle d'un ton narquois. Je l'ai, ce rôle ?

Dépité, Phil se força à sourire. Quel dommage qu'il n'ait pas pu découvrir le goût de cette bouche pulpeuse !

— Vous avez un peu surjoué, fit-il observer d'une voix légèrement cassante. Mais, pour un amateur, c'est pas mal…

Tory émit un petit rire de gorge et s'appuya avec familiarité contre les barreaux.

— Cette cellule ne vous réussit pas ! lança-t-elle.

— Je voudrais bien vous y voir ! protesta-t-il, exaspéré. Vous avez déjà été enfermée dans une de ces cages ?

— Vous allez être surpris, mais la réponse est oui. Et dans des conditions beaucoup moins favorables que les vôtres. Détendez-vous, Kincaid, ajouta-t-elle, votre ami va venir payer votre caution.

— Le maire ! lança Phil, pris d'une soudaine inspiration. Je veux voir le maire ! J'ai une opportunité professionnelle à lui proposer.

Tory réfléchit quelques instants.

— Je crains que vous ne puissiez le joindre un samedi. C'est le jour où il va pêcher. Peut-être voulez-vous m'éclairer sur le sujet ?

— Non, rétorqua Phil.

— Très bien. Au fait, votre dernier film méritait l'oscar. C'est le plus beau que j'aie jamais vu.

Son brusque changement d'attitude le déconcerta. Phil étudia son visage avec soin, mais n'y vit rien d'autre qu'une expression de parfaite sincérité.

— Merci, dit-il.

— C'est curieux qu'un type comme vous soit capable de réaliser un film avec autant d'intelligence, d'intégrité et d'émotion.

Il rit en se passant une main dans les cheveux.

— Je dois le prendre comme un compliment ?

— Pas nécessairement. C'est juste que vous semblez passer votre temps entouré de célébrités. Quand trouvez-vous le temps de travailler ?

Il parut perplexe.

— Je me débrouille, répondit-il, amusé.

— Ça doit vous demander beaucoup d'énergie, enchaîna Tory.

Il sourit de nouveau.

— Quoi donc ? Les célébrités ou le travail ?

— J'imagine que vous connaissez la réponse. Au fait, ajouta-t-elle sans lui laisser le temps de réagir, je vous déconseille de dire à Merle T. que vous êtes réalisateur.

L'espace d'un instant, elle le gratifia de son irrésistible sourire éclatant.

— Sinon, il va se mettre à marcher comme John Wayne et ça va vite nous taper sur le système.

Il lui rendit son sourire, ce qui eut pour effet de les réduire tous les deux au silence. L'attirance qu'ils éprouvaient l'un pour l'autre était palpable, et ne plaisait à aucun d'eux.

— Shérif, reprit Phil d'un ton conciliant, un appel téléphonique, un seul ! On vous a sûrement enseigné les vertus de la compassion ?

Elle s'apprêtait à lui répondre quand la porte s'ouvrit brutalement.

— Shérif !

— Entrez, monsieur Hollister, dit-elle avec calme.

Le regard de Tory alla du gros homme furieux à l'adolescent décharné et terrorisé qu'il traînait derrière lui.

— Quel est le problème ? ajouta-t-elle.

Elle regagna son bureau sans se presser, enjambant le chien sans même y penser.

— Ces punks ! commença Hollister, essoufflé d'avoir couru. Je vous avais avertie !

— Vous parlez des jumeaux Kramer ? demanda Tory.

Elle s'assit sur le coin de son bureau tout en fixant la grosse main bouffie qui enserrait le bras maigre du garçon.

— Pourquoi ne vous asseyez-vous pas, monsieur Hollister ? Tu t'appelles Tod, c'est ça ? ajouta-t-elle à l'adresse du garçon.

Celui-ci déglutit rapidement.

— Oui, madame…, shérif. Tod Swanson.

— Va chercher un verre d'eau à M. Hollister, Tod. Dans le couloir.

— Il va prendre la poudre d'escampette avant même

que vous ayez eu le temps de dire ouf ! avertit Hollister tout en tirant un mouchoir de sa poche pour s'éponger le front.

— Non, je ne pense pas, rétorqua Tory, impassible.

Elle fit un signe de tête à Tod, en même temps qu'elle tirait une chaise pour Hollister.

— Asseyez-vous, dit-elle, vous allez vous trouver mal.

— Mais *je suis* mal ! s'écria Hollister en s'affalant sur une chaise, tandis que le garçon déguerpissait. A cause de ces satanés jumeaux !

— Les jumeaux Kramer…, enchaîna Tory.

Elle attendit patiemment qu'il finisse une longue tirade incohérente sur la jeunesse d'aujourd'hui, ce qui donna à Phil l'occasion de faire ce qu'il faisait le mieux : observer et enregistrer.

Il comprit rapidement que Hollister était un vieux bigot au sang chaud effrayé par la jeune génération. Il transpirait abondamment et passait son temps à se tamponner le front et la nuque avec son mouchoir roulé en boule. Sa chemise froissée était couverte de taches sombres. Il était gros, en nage et fatigant. Tory l'écouta pourtant avec toutes les apparences du respect, mais il n'échappa pas à Phil que, toujours assise sur son bureau, elle se tapotait nerveusement le genou de l'index.

Le garçon revint avec l'eau, le rouge aux joues. Phil en conclut qu'il avait dû avoir le plus grand mal à résister à la tentation de s'enfuir par la porte de derrière. Il devait avoir dans les treize ans et semblait terrifié. Son visage aux traits harmonieux était mis en valeur par de grands yeux bruns. Il était trop maigre, et flottait dans sa chemise et son jean crasseux et en lambeaux. D'une main tremblante, il tendit le verre d'eau à Tory. Tout en le prenant, elle lui serra brièvement les doigts pour le rassurer, ce que ne manqua pas de noter Phil. Décidément, elle lui plaisait de plus en plus.

— Tenez, déclara-t-elle à Hollister en lui donnant le verre. Buvez ça, et ensuite vous me raconterez ce qui s'est passé.

Hollister engloutit le verre en deux interminables gorgées.

— C'est ces punks, qui font des conneries à l'arrière de mon magasin. Je les ai chassés une bonne douzaine de fois. Ils débarquent et ils volent tout ce qui leur tombe sous la main. Je vous l'ai déjà dit.

— Oui, monsieur Hollister. Et qu'est-ce qui s'est passé, cette fois ?

— Ils ont lancé une pierre sur la fenêtre et ont brisé la vitre, répondit-il en rougeoyant de plus belle. Et celui-là était avec eux. Il a pas couru assez vite.

— Je vois, fit Tory.

Elle dévisagea Tod, qui fixait obstinément le bout de ses baskets.

— Qui a lancé la pierre ?

— J'ai pas vu, mais j'ai attrapé celui-là, expliqua Hollister.

Il se leva et fourra son mouchoir trempé dans sa poche.

— J'vais porter plainte, assena-t-il.

Phil vit Tod pâlir. Alors, Tory posa une main sur le bras de l'adolescent tout en se tournant vers Hollister.

— Va t'asseoir dans la pièce à côté, Tod, murmura-t-elle.

Elle attendit qu'il ne soit plus à portée de voix pour reprendre.

— Vous avez bien fait de l'amener, monsieur Hollister, commença-t-elle avec un sourire. Et de lui avoir fait peur…

— Il devrait être enfermé, rétorqua-t-il d'un air mauvais.

— Ce n'est pas ça qui va vous réparer votre fenêtre, fit-elle observer d'un ton posé. Et l'enfermer reviendrait à le faire passer pour un héros aux yeux des jumeaux.

— De mon temps…, commença Hollister.

— Je suis sûre que ni mon père ni le vôtre n'ont jamais cassé une vitre, hasarda-t-elle en lui adressant un grand sourire.

Hollister afficha un air bravache et émit un grognement.

— Voyons, Tory, je…

— Laissez-moi prendre les choses en main, monsieur

Hollister. Ce garçon doit avoir trois ans de moins que les jumeaux.

Elle baissa la voix de telle sorte que Phil dut tendre l'oreille pour l'entendre.

— Il aurait pu s'enfuir, ajouta-t-elle. Il ne l'a pas fait.

Hollister se balança d'un pied sur l'autre.

— Il a pas essayé, grommela-t-il. Il a pas bougé. Mais ma fenêtre…

— La réparation coûterait combien ?

Il fronça les sourcils et souffla bruyamment.

— Avec vingt-cinq dollars, ça devrait aller.

Tory fit le tour du bureau et ouvrit un tiroir. Elle compta des billets et les lui tendit.

— Je vous promets d'avoir ce garçon à l'œil, ainsi que les jumeaux, annonça-t-elle.

— Vous êtes bien comme votre paternel, bredouilla-t-il tout en lui tapotant la tête d'un geste maladroit. Mais j'veux pas voir les Kramer tourner autour de mon magasin.

— Je veillerai à ce que ça ne se reproduise pas.

A peine avait-elle fini de parler que Hollister s'éclipsait, après un dernier hochement de tête.

Tory reprit sa place sur son bureau et fixa sa botte gauche d'un air pensif. Non, elle n'était pas comme son père. Lui, il était toujours sûr de lui, contrairement à elle…

Phil l'entendit soupirer discrètement et se demanda ce qui la préoccupait.

— Tod ! appela-t-elle.

Une fois dans la pièce, le garçon, paniqué, chercha Hollister des yeux, puis son regard terrifié se posa sur Tory. Devant le visage blême et les traits crispés de Tod, elle sentit son cœur se serrer, mais quand elle prit la parole, elle adopta une voix coupante.

— Je ne te demanderai pas qui a lancé cette pierre, commença-t-elle.

Tod ouvrit la bouche, la ferma aussitôt après et hocha la tête.

— Pourquoi ne t'es-tu pas enfui ?

— Je… j'ai pas pu, bafouilla-t-il en se mordant la lèvre. J'crois que j'avais trop peur…

— Quel âge as-tu, Tod ? demanda-t-elle en résistant à l'envie de remettre en ordre les cheveux qui lui tombaient sur le front.

— Quatorze ans, shérif, j'vous jure.

Il lui lança un coup d'œil, puis baissa les yeux comme une biche apeurée.

— J'ai eu quatorze ans il y a un mois, ajouta-t-il.

— Les jumeaux Kramer ont seize ans, fit-elle remarquer avec douceur. Tu n'as pas des copains de ton âge ?

Il eut un haussement d'épaules indéfinissable.

— Il va falloir que je te ramène chez toi et que je discute avec ton père, annonça-t-elle.

S'il avait déjà peur, cette fois il la regarda avec dans les yeux l'éclat d'une véritable terreur. Elle en oublia aussitôt la leçon de morale qu'elle s'apprêtait à lui infliger.

— S'il vous plaît…, murmura-t-il d'une voix désespérée.

— Tod, tu as peur de ton père ? demanda-t-elle.

Il déglutit péniblement et resta muet.

— Il te bat ?

Il se passa la langue sur les lèvres, tandis que sa respiration se faisait haletante.

— Tod, fit Tory avec douceur, tu peux me parler. Je suis ici pour t'aider.

— Il…

Il s'interrompit et secoua la tête.

— Non, madame, balbutia-t-il, au supplice.

Tory nota son regard implorant avec une intense frustration.

— Très bien. Puisque c'est la première fois, cet incident peut peut-être rester entre toi et moi.

— Madame ? bafouilla-t-il.

— Tod Swanson, tu es condamné pour dégradations. Tu comprends ce que cela signifie ?

— Oui, shérif, répondit-il sans pouvoir maîtriser le tremblement de sa voix.

— Tu écopes d'une amende de vingt-cinq dollars, et, pour la payer, tu travailleras après l'école et pendant les week-ends à raison de un dollar de l'heure. Tu as six mois de mise à l'épreuve, pendant lesquels je t'interdis de consommer de l'alcool et de fréquenter les frères Kramer. Tu te présenteras une fois par semaine à mon bureau, et c'est moi qui serai responsable de ta mise à l'épreuve.

Tod ouvrit la bouche, incrédule.

— Et vous ne direz rien à mon père ?

Tory se leva lentement. Elle le dominait d'une tête, et il fixa sur elle des yeux pleins d'espoir.

— Non, répondit-elle en lui posant les mains sur les épaules. Mais la balle est dans ton camp.

Il lutta avec peine contre les larmes d'émotion qui affluaient à ses paupières.

— Je t'attends demain matin, reprit-elle. J'aurai du travail pour toi.

— Oui, madame… shérif, balbutia-t-il en reculant avec prudence, comme s'il craignait qu'elle ne change d'avis. Je serai là, sans faute.

Il tripota la poignée de la porte sans cesser de la regarder.

— Merci, lança-t-il enfin avant de disparaître en un éclair, laissant Tory face à la porte close.

— Dites donc, shérif, vous m'avez impressionné, déclara alors Phil d'un ton pénétré.

Elle se retourna : il la dévisageait d'un air étrange et, l'espace d'un instant, elle resta captive du bleu profond de ses yeux. Troublée, elle retourna à son bureau.

— Ça vous a plu de voir la justice à l'œuvre ? lança-t-elle.

— Oui, tout à fait, répondit-il d'un ton presque solennel qui la prit au dépourvu. Je pense que vous avez fait exactement ce qu'il fallait avec ce gamin.

Soudain pensive, Tory laissa échapper un long soupir.

— Vous croyez ? Seul le temps nous le dira. C'est la première fois que vous êtes face à un enfant maltraité, Kincaid ? Je suis prête à parier les cinq cent dollars que vaut votre montre que c'est le cas de Tod. Malheureusement, je ne peux strictement rien y faire.

— Et la loi ? demanda-t-il en se collant contre les barreaux avec l'envie brutale de la toucher.

— La loi…, murmura-t-elle, désabusée.

La porte s'ouvrit de nouveau.

— Merle, vous tombez bien, fit-elle. Vous allez me remplacer. Il faut que je file chez les Kramer.

— Chez les jumeaux ?

— Oui, qui d'autre ? rétorqua Tory en décrochant son chapeau à bord plat d'une patère. En rentrant, j'irai chercher de quoi manger pour notre invité. Vous aimez le ragoût, Kincaid ?

— Je veux un steak, saignant, avec une salade composée et un bon bordeaux.

— Ne vous laissez pas intimider, Merle, conseilla Tory en se dirigeant vers la porte. Malgré ses grands airs, il est doux comme un agneau !

— Shérif, mon coup de téléphone ! s'écria Phil au moment où elle refermait la porte derrière elle.

Avec un soupir agacé, Tory passa la tête dans l'entrebâillement de la porte.

— Merle, vous n'avez qu'à laisser ce pauvre homme se servir du téléphone. Une seule fois ! ajouta-t-elle fermement avant de disparaître.

Une heure et demie plus tard, Tory était de retour, un panier en osier au bras. Phil, assis sur sa couchette, fumait tranquillement. Quant à Merle, installé derrière le bureau, les pieds en l'air, le chapeau sur le nez, il émettait un ronflement régulier.

— Vous avez l'air de bien vous amuser, fit-elle observer, ironique.

Phil lui répondit par un coup d'œil cinglant. Riant sous cape, elle alla vers Merle et le gratifia d'une bourrade sur l'épaule. Il sauta en l'air et ses talons raclèrent le bureau.

— Ah, Tory ! bredouilla-t-il en se penchant pour ramasser son chapeau qui venait de tomber à terre.

— Pas de problème avec notre malheureux invité ? demanda-t-elle.

Merle écarquilla les yeux avant d'esquisser un sourire mal assuré.

— Tory ! balbutia-t-il de nouveau.

— Allez manger un morceau, conseilla-t-elle. Puis vous pourrez aller faire un tour au bar Hernandez et à la salle de billard avant de rentrer chez vous.

— Vous voulez que je passe au garage Bestler ? demanda Merle en remettant son chapeau.

— Non.

Elle se remémora le jeu de poker. Merle aurait certainement considéré de son devoir de l'interrompre s'il en avait eu la possibilité.

— J'y suis déjà allée, expliqua-t-elle.

— Bon, alors, très bien.

Il tapa du pied sur le sol et jeta un regard en coin vers Phil.

— Vaut mieux qu'un de nous deux reste ici cette nuit, ajouta-t-il.

— Je reste, annonça Tory en prenant les clés avant de se diriger vers la cellule. J'ai des vêtements de rechange dans la pièce du fond.

— Oui, mais..., commença-t-il, hésitant.

Il n'osait lui rappeler qu'elle était une femme et que le prisonnier lui avait lancé des regards appuyés.

— Oui ? fit Tory en s'arrêtant devant la cellule.

— Rien, répondit Merle en rougissant.

Il songea que Tory saurait faire face comme elle l'avait toujours fait et quitta la pièce sans ajouter un mot.

— Il est mignon, non, à se préoccuper ainsi de ma vertu ? lança Tory.

Le ricanement de Phil la prit au dépourvu.

— Je suis sûr qu'il est au courant pour l'arme que vous cachez dans le tiroir du bureau !

— Bien sûr qu'il est au courant, rétorqua-t-elle en déverrouillant la porte de la cellule. Je l'ai déjà prévenu que, s'il s'avisait d'y toucher, il le regretterait toute sa vie ! Vous avez faim ?

— Peut-être, répondit Phil en jetant un coup d'œil méfiant au panier.

— Allez, cessez de faire la tête ! Vous avez pu passer votre coup de téléphone ?

Elle s'adressait à lui comme à un enfant, ce qui agaça Phil. Mais comme sa conversation avec son producteur s'était plutôt bien passée, il décida de rester aimable.

— Oui, dit-il. Qu'y a-t-il dans ce panier ?

— Un faux-filet saignant, une salade, des pommes de terre sautées…

— Vous plaisantez ! s'écria-t-il en ouvrant le panier.

— Je n'allais quand même pas vous laisser mourir de faim, Kincaid. J'ai un cœur, vous savez…

— Je vous dirai ce que je pense de vous quand j'aurai terminé mon repas, enchaîna Phil en disposant le steak sur une assiette.

Le délicieux fumet aiguisa encore son appétit : il prit place sur une chaise brinquebalante et se jeta sans plus attendre sur la nourriture.

— Comme vous ne m'aviez pas donné d'instructions pour le dessert, j'ai pris de la tarte aux pommes, annonça Tory en sortant la pâtisserie du panier.

— Peut-être que l'opinion que j'ai de vous va finir par s'améliorer, articula Phil entre deux bouchées.

— Prenez votre temps, conseilla-t-elle avec ironie.

— Il faut que je vous demande quelque chose, shérif. Cette serpillière, là, sur le tapis, dit-il en désignant le chien endormi sur le sol, est-ce qu'il lui arrive de bouger ?

— Pas si elle peut l'éviter.

— Il est vivant ?

— La dernière fois que j'ai vérifié, elle l'était. Désolée pour le bordeaux, c'est contraire au règlement. Je vous ai apporté un Dr Pepper.

— Un quoi ?

Tory lui tendit la bouteille de soda.

— Que vous le buviez ou pas, ça m'est parfaitement égal, déclara-t-elle, impassible.

Phil s'en saisit après quelques instants de réflexion.

— Vous avez parlé au maire ? demanda-t-il.

— Je lui ai laissé un message. Il viendra probablement vous voir demain.

Phil décapsula la bouteille en fronçant les sourcils.

— Vous n'allez tout de même pas me faire dormir ici !

— Vous avez une curieuse idée de la loi, Kincaid, rétorqua Tory en le toisant. Vous n'imaginiez tout de même pas que j'allais vous réserver une chambre dans un hôtel ?

Il avala une gorgée de soda et grimaça.

— Vous êtes dure en affaires, shérif.

— Oui, confirma-t-elle en s'asseyant sur le rebord de la couchette. Le repas vous plaît ?

— Tout à fait. Vous voulez goûter ?

— Non, j'ai déjà mangé, répondit-elle d'un ton parfaitement naturel.

Ils se dévisagèrent quelques instants, puis Tory rompit le silence.

— Puis-je vous demander ce que le grand Phillip C. Kincaid fait ici à Friendly, Nouveau-Mexique ?

— Je passais par là, répondit-il avec circonspection.

Pas question de discuter de ses projets avec elle, songea-t-il. Il savait déjà qu'elle les verrait d'un mauvais œil.

— A plus de cent kilomètres/heure ?

— C'est possible, répondit-il, évasif.

Elle s'adossa contre le mur de brique en retenant un petit rire. Ses cheveux se répandirent sur ses épaules, lui effleurant la poitrine, et il songea qu'il aurait fallu être fou pour s'approcher de trop près de cette femme. Lui, Dieu merci, était parfaitement sain d'esprit…

— Et puis-je vous demander ce que fait Victoria L. Ashton avec cet insigne sur l'épaule, à Friendly, Nouveau-Mexique ?

Pendant quelques secondes, une étrange lueur brilla dans son regard.

— Je m'acquitte d'une obligation, répondit-elle d'une voix douce.

Phil but au goulot et l'observa attentivement.

— Vous ne collez pas au rôle, assena-t-il, et je sais de quoi je parle.

— Pourquoi pas ? demanda-t-elle en saisissant son genou levé entre ses mains.

— Parce que vos mains sont trop délicates, expliqua-t-il en coupant d'un air pensif un autre morceau de steak. Peut-être pas aussi délicates que je l'aurais cru en voyant votre visage, mais trop délicates tout de même. Vous ne passez pas votre temps à vous en occuper, mais vous ne travaillez pas avec pour autant.

— Un shérif ne travaille pas avec ses mains, précisa Tory.

— Et un shérif ne porte pas un parfum à cent dollars le flacon et qui a été conçu pour affoler les hommes.

Tory, perplexe, se mordilla la lèvre inférieure.

— Vous croyez que c'est pour ça qu'il a été créé ?

— Un shérif n'est pas habillé comme s'il sortait d'un magazine de mode, il ne traite pas son substitut comme s'il s'agissait de son petit frère, et il ne paie pas l'amende d'un de ses administrés de sa propre poche, poursuivit-il, ignorant sa question.

— Dites donc ! s'exclama-t-elle comme il haussait les épaules, vous êtes très observateur ! Mais vous ne m'avez pas dit quel rôle vous me donneriez !

— Quand je vous ai vue, plusieurs idées me sont venues, répondit Phil, mais, à présent, j'hésite. Vous n'êtes pas une fleur fragile du désert, poursuivit-il, lui tirant un sourire. Vous pourriez, si vous le vouliez, mais vous ne voulez pas. Vous n'êtes pas non plus la femme sophistiquée qu'on voit sur papier glacé. Mais ça aussi, c'est un choix.

Il prit la tarte et s'assit à côté d'elle sur la couchette.

— Vous savez, il y a des tas de gens dans ce monde qui rêveraient de pouvoir me raconter leur vie.

— Deux ou trois, au moins, dit Tory d'une voix sèche.

— Vous êtes dure avec mon ego, shérif !

Il goûta la tarte, sembla l'apprécier, et en offrit une bouchée à Tory, qui ouvrit la bouche et l'accepta. La pâtisserie, encore tiède, avait un délicieux goût de cannelle.

— Que voulez-vous savoir ? murmura-t-elle.

— Je veux savoir pourquoi vous jetez les hommes en prison au lieu de leur briser le cœur, répondit-il aussitôt.

S'adossant de nouveau au mur, elle éclata de rire, soudain hésitante. Mais il y avait si longtemps qu'elle n'avait pas eu l'opportunité de parler à quelqu'un — à un homme ! Et il était passionnant, et — pour l'instant — inoffensif.

— J'ai grandi ici, commença-t-elle.

— Mais vous n'êtes pas restée…

Devant le regard railleur de Tory, il reprit une bouchée de tarte. Voilà bien longtemps qu'il n'avait pas côtoyé une femme qui n'attendait rien de lui.

— Vous êtes trop raffinée, Victoria, déclara-t-il. Et ça ne cadre pas avec Friendly.

— J'ai étudié le droit à Harvard, expliqua-t-elle.

Phil hocha la tête.

— Je comprends mieux, fit-il. Je vous imagine très bien avec un attaché-case en cuir et un tailleur à rayures. Pourquoi n'exercez-vous pas ?

— J'exerce. J'ai un cabinet à Albuquerque. Un tailleur à rayures ? reprit-elle, surprise.

— Oui. Gris, très discret. Comment pouvez-vous exercer à Albuquerque et être shérif à Friendly ? demanda-t-il en écartant une de ses boucles de son épaule, comme si c'était la chose la plus naturelle du monde.

— Pour l'instant, je ne prends pas de nouveaux dossiers, expliqua-t-elle, donc je ne suis pas surchargée. Je travaille comme je peux sur mes affaires en cours et, de temps en temps, je fais un aller-retour si nécessaire.

— Etes-vous un bon avocat ?

Tory sourit.

— Je suis un superavocat, mais malheureusement,

pour des raisons de déontologie, je n'ai pas le droit de vous défendre.

Il lui donna une autre bouchée de tarte.

— Pourquoi êtes-vous de retour à Friendly ?

— Qu'est-ce que vous pouvez être indiscret ! rétorqua-t-elle.

— En effet.

— Mon père a été shérif ici pendant des années, commença-t-elle, tandis qu'une lueur de tristesse assombrissait son regard. D'une certaine façon, c'est lui qui tenait la ville, sans en avoir l'air. A sa mort, la population a été désemparée. C'est difficile à croire, mais, dans une petite bourgade comme la nôtre, il suffit d'une personne pour faire la différence et... mon père était quelqu'un de très spécial.

La blessure n'était pas refermée, conclut Phil en la dévisageant avec attention. Il n'osa pas lui demander à quand remontait le décès de son père.

— Quoi qu'il en soit, le maire m'a demandé d'assurer l'intérim en attendant que les choses s'organisent, et comme, de toute façon, il fallait que je reste ici pour régler certaines formalités, j'ai accepté. A part Merle, personne ne voulait le job, et il...

Elle s'interrompit et eut un petit sourire.

— Disons qu'il n'est pas prêt, ajouta-t-elle. Il se trouve que je connais et la loi et la ville. Il y aura une élection pour choisir le nouveau shérif dans quelques mois, et je ne me présenterai pas.

Elle lui jeta un coup d'œil acéré.

— Votre curiosité est-elle satisfaite ?

Sous la lumière crue des néons, sa peau était diaphane, ses yeux, d'un vert lumineux.

— Non, répondit-il dans un murmure.

Il garda ses yeux rivés aux siens, mais elle eut l'étrange impression qu'il la dévisageait des pieds à la tête avec une affolante lenteur. Une boule se forma dans sa gorge et elle se leva brusquement.

— Eh bien tant pis, rétorqua-t-elle en rangeant la vaisselle sale dans le panier. La prochaine fois que nous dînerons ensemble, c'est vous qui me raconterez votre vie.

Il lui posa la main sur le bras et elle s'arrêta net. Elle contempla ses doigts sur sa manche et releva lentement les yeux vers lui.

— Kincaid, murmura-t-elle posément, vous ne croyez pas que vous avez déjà suffisamment de problèmes comme ça ?

— Je suis déjà en prison, rétorqua-t-il, désabusé.

— Mais votre peine peut être prolongée…

Il savait qu'il n'aurait pas dû, mais il l'attira à lui.

— J'en prends pour combien si je fais l'amour avec le shérif ?

— Si vous ne me lâchez pas, c'est une côte cassée que vous allez récolter, assena-t-elle.

Elle s'était trompée, songea-t-elle : cet homme était dangereux. Pourtant, c'était extraordinaire d'être dans ses bras. Sa bouche était toute proche de la sienne, infiniment tentante, mais il était impossible de faire abstraction de leurs situations respectives…

— Tory, articula-t-il avec lenteur en se levant à son tour. J'aime bien prononcer votre nom.

Il remonta la main le long de son dos et glissa les doigts dans ses cheveux. Il comprit à la légère pression de sa cuisse contre la sienne qu'elle était réceptive à ses caresses.

— Il va falloir que vous soyez à moi, ajouta-t-il.

Lutter était inutile, tout autant que proférer des menaces, songea Tory. Une bouffée de chaleur l'envahit, et elle comprit qu'il n'y avait pas de temps à perdre : elle devait réagir rapidement.

— Avez-vous déjà été éconduit par une femme, monsieur Kincaid ? demanda-t-elle avec mépris.

Elle vit la colère marquer ses traits, sentit ses doigts se crisper dans ses cheveux et elle dut faire un effort pour rester calme et détendue. Un frisson la parcourut, qu'elle décida d'ignorer. Ses cuisses étaient pressées contre les siennes, il lui entourait la taille d'un bras ferme et musclé.

Il émanait de toute sa personne une affolante aura de virilité, mais elle comprit à la lueur décidée qui brillait dans le bleu de ses yeux qu'elle devait absolument lui résister. Ils restèrent ainsi enlacés pendant un temps qui lui parut infini.

Puis il relâcha la pression de ses doigts et s'écarta d'elle.

— Il y aura une autre occasion, déclara-t-il. Dans un autre endroit.

Affichant un calme qu'elle était loin de ressentir, elle se remit à ranger la vaisselle, mais son cœur battait la chamade.

— Vous aurez la même réponse, précisa-t-elle.

— Ça, c'est vous qui le dites !

Contrariée, elle se tourna vers lui. Les mains dans les poches, l'air concentré, il ne la quittait pas des yeux.

— Contentez-vous de vos bimbos blondes, conseilla-t-elle d'une voix détachée. Elles sont si photogéniques, pendues à votre bras !

Il comprit tout à coup qu'elle était en colère, et bien plus troublée par lui qu'elle voulait bien l'admettre. C'était le moment de pousser son avantage…

— Vous ne retirez jamais votre insigne, shérif ? demanda-t-il en s'approchant d'elle de nouveau.

— Parfois, répondit-elle sans ciller.

Il fixa longuement la petite étoile.

— Quand ?

Il avait réussi à la coincer, pensa Tory.

— Cette question n'a pas lieu d'être, rétorqua-t-elle.

— Vous verrez que vous vous trompez, murmura-t-il, amusé, tout en posant un doigt sur ses lèvres. Je compte passer beaucoup de temps à goûter votre ravissante bouche.

Déstabilisée, Tory recula.

— Désolée de vous dire que vous n'en aurez ni la possibilité ni le temps.

— J'ai bien l'intention de trouver et l'occasion et le temps de vous faire l'amour, et à plusieurs reprises, shérif, conclut-il en lui lançant un regard de défi.

Comme il s'y attendait, les yeux de la jeune femme lancèrent des éclairs.

— Quelle arrogance ! fit-elle d'une voix sifflante. Vous êtes vraiment persuadé d'être irrésistible !

— Mais parce que je le suis ! enchaîna-t-il avec le même air réjoui. Vous n'êtes pas d'accord ?

— Vous n'êtes qu'un imbécile, imbu de sa personne !

Il sentit la colère le gagner, mais se contint. Il devait absolument rester maître de lui pour conserver l'avantage. Il avança d'un pas, son immuable sourire aux lèvres.

— Est-ce votre opinion personnelle, ou est-ce le shérif qui parle ?

— Mon opinion personnelle est que…, commença Tory, poussée à bout.

Il l'interrompit d'un baiser brutal.

La surprise fut telle que Tory n'opposa pas la moindre résistance.

Quand elle eut enfin retrouvé ses esprits, le baiser était si intense qu'elle n'avait plus la moindre envie d'y mettre un terme. Phil s'empara de sa bouche avec une indéniable expertise, pressant et écartant ses lèvres pour les goûter à loisir. Le corps en feu, elle lui répondit avec la même ardeur, tandis que mille sensations affolantes déferlaient en elle avec la violence d'un raz-de-marée. La tête lui tournait ; à peine commençait-elle à retrouver son souffle que Phil revenait à la charge, achevant de l'étourdir. Ses jambes se dérobaient ; pour ne pas sombrer, elle dut s'accrocher à lui comme un nageur en perdition.

De sa langue audacieuse, il explorait sa bouche, et quand elle se mit à répondre à son baiser, timidement d'abord, puis plus franchement, il la laissa mener la danse.

Alors, la main derrière sa nuque, il la serra contre lui sans ménagement et plaqua ses lèvres contre les siennes. Il la voulait soumise, docile et… vaincue.

Quand il la relâcha enfin, Tory resta immobile et fut un moment sans comprendre ce qui venait de se passer. Le trouble qu'il lut dans ses yeux lui procura un intense plaisir.

— Je plaide coupable, Votre Honneur, déclara-t-il en reprenant sa place sur la couchette. Ça en valait la peine.

Soudain, une fureur brûlante et dévorante s'empara de Tory, prenant le pas sur toute autre émotion. Elle se jeta sur lui et le saisit par sa chemise. Il ne résista pas, mais se contenta de répondre par un petit sourire.

— Violence policière.

Elle l'accabla d'injures avec une telle aisance qu'il fut incapable de dissimuler son admiration.

— C'est à Harvard que vous avez développé un tel vocabulaire ? interrogea-t-il quand elle s'arrêta pour reprendre sa respiration.

Elle le lâcha brutalement et tourna sur elle-même pour attraper le panier. Puis, dans la foulée, elle se précipita hors du bureau.

Sans se départir de son sourire, Phil s'allongea sur la couchette et alluma une cigarette.

Elle avait gagné le premier round, pensa-t-il. Mais il avait gagné le second.

Tout en exhalant une longue volute de fumée, il se mit à spéculer sur le match retour…

3

Tory envoya valser le réveil dont la sonnerie stridente venait de la tirer du sommeil. Comme l'appareil continuait, au sol, à égrener un son désagréablement aigu, elle enfouit sa tête sous l'oreiller. Le matin, elle n'était jamais au mieux de sa forme. Le réveil continua à sonner jusqu'à ce qu'elle s'en empare, excédée, et le fasse taire d'un coup violent. Quand elle avait bien dormi, elle n'était pas très aimable. Quand elle avait mal dormi, mieux valait ne pas l'approcher.

Toute la nuit elle s'était tournée et retournée dans son lit. Ce qui s'était passé avec Phil l'avait mise hors d'elle, non pas tant parce qu'il avait gagné la bataille qu'ils avaient engagée, mais parce qu'elle y avait pris un intense plaisir. Elle roula sur le dos et se couvrit de nouveau le visage pour ne pas voir la lumière du soleil. Le pire était qu'elle n'avait aucun moyen de lui faire payer son audace. En toute conscience, elle ne pouvait pas faire usage de la loi pour le punir d'un acte aussi strictement personnel. C'était arrivé par sa faute à elle, car elle aurait dû rester sur ses gardes. Or, elle avait apprécié de parler avec lui, de se lancer dans cette joute oratoire. Voilà bien longtemps qu'elle n'avait pas eu une conversation aussi distrayante et vive avec un homme.

Mais ce n'était pas une excuse. Il avait pris plaisir à lui faire oublier son devoir. Tory écarta l'oreiller et plissa les yeux sous les rayons ardents du soleil. Quand elle était adolescente, elle était parfaitement capable de repousser les avances d'un importun. Alors pourquoi, cette fois-ci, ne l'avait-elle pas fait ? Mieux valait ne pas trop se poser la question. Maussade, elle sortit de son lit pour s'habiller.

Chaque muscle de son corps le faisait souffrir. Phil étira ses longues jambes en grommelant. Pour un peu, il aurait presque été convaincu que c'était Tory elle-même qui avait défoncé le matelas pour que sa nuit soit épouvantable. Il ouvrit prudemment un œil et regarda l'homme dans la cellule à côté. Depuis que Tory l'avait enfermé la veille au soir, celui-ci n'avait pas cessé de dormir, en ronflant comme un sonneur. Quand elle l'avait amené, Phil avait trouvé la scène plutôt distrayante. L'homme faisait deux fois le poids de la jeune femme et, par bonheur, était complètement soûl. Il lui donnait du « ma bonne vieille Tory » et elle l'avait renvoyé dans ses buts tout en le guidant vers la cellule. Au bout d'une demi-heure de ronflement sonore, Phil avait trouvé la situation beaucoup moins amusante.

Depuis le baiser qu'ils avaient échangé, Tory ne lui avait plus adressé la parole. Phil avait bien vu, lorsqu'elle avait géré l'ivrogne, à quel point elle avait l'air furieuse, et cela lui avait apporté une certaine satisfaction. Elle était sortie et rentrée plusieurs fois du bureau, avant de s'enfermer définitivement dans le même silence glacial.

Ceci lui avait fait plutôt plaisir, jusqu'à ce qu'il commette une erreur fatale. Quand, vers minuit, elle était allée dans la pièce du fond pour se mettre au lit, il avait eu la bêtise de guetter son ombre sur le mur tandis qu'elle se déshabillait. Ce spectacle, ajouté à son matelas défoncé et à son voisin aussi bruyant qu'alcoolisé, lui avait fait passer une nuit d'enfer. Rien d'étonnant, donc, à ce qu'il se soit réveillé d'aussi mauvaise humeur.

S'asseyant avec une grimace de douleur, il observa l'homme inconscient dans la cellule d'à côté. Il avait un visage poupin et rougeoyant, encadré de cheveux blonds bouclés. Morose, Phil se passa la main sur le menton et sentit sa barbe naissante. Il aimait être soigné, aussi trouvait-il très pénible de ne pouvoir ni se raser, ni se doucher, ni mettre des vêtements propres. Il se leva, décidé à remédier immédiatement à cette situation.

— Tory ! lança-t-il sur le ton d'un homme habitué à ce qu'on lui obéisse.

Il n'obtint aucune réponse.

— Tory, bon sang, où êtes-vous ?

Il s'agrippa aux barreaux avec colère, regrettant de ne pas avoir gardé sa tasse en métal. Il aurait fait un tel raffut avec qu'il aurait même réussi à réveiller l'individu comateux à côté de lui.

— Tory, sortez de votre lit et venez me voir !

Tout en jurant, il se promit de ne plus jamais se laisser enfermer.

— Quand je sortirai…, commença-t-il, menaçant.

Tory arriva en traînant les pieds, une cruche d'eau à la main.

— Fermez-la, Kincaid.

— Ecoutez-moi, rétorqua-t-il, furieux. Je veux prendre une douche, j'ai besoin d'un rasoir et de mes vêtements. Et si…

— Si vous ne vous taisez pas le temps que je prenne mon café, c'est dans votre cellule que vous prendrez votre douche, lança-t-elle en levant le pichet d'un geste éloquent. Vous pourrez vous laver dès que Merle sera là, ajouta-t-elle en se dirigeant vers la machine à café.

— Vous êtes sans pitié avec les hommes que vous mettez en cage, fit-il observer, sombre.

— Je suis sans pitié, point, précisa-t-elle. Soyez prudent, Kincaid, ne me cherchez pas avant que j'aie eu mes deux tasses de café. Le matin, je suis redoutable.

— Croyez-moi, s'écria-t-il d'une voix sourde qui trahissait sa colère, vous allez regretter de m'avoir enfermé ici.

Tory se retourna et le dévisagea pour la première fois depuis son réveil. Ses vêtements étaient froissés, ses cheveux en bataille. Les traits élégants de son visage aristocratique étaient estompés par sa barbe naissante. Sa façon de se tenir, la lueur assassine qui brillait dans le bleu profond de ses yeux : tout en lui exprimait une colère noire.

Il était plus séduisant que jamais.

— Je sens que je regretterai de vous avoir laissé sortir, marmonna-t-elle avant de retourner vers la cafetière. Vous en voulez, ou vous allez me le jeter à la figure ?

Un instant, l'idée tenta Phil, mais le fumet du café était très tentant lui aussi.

— Je le prends noir, lui rappela-t-il, lapidaire.

Tory avala une demi-tasse en se brûlant, avant de se diriger vers Phil.

— Que voulez-vous pour le petit déjeuner ? demanda-t-elle en lui passant la tasse à travers les barreaux.

— Une douche, et un coup de massue sur la tête de mon voisin, répliqua-t-il avec un regard mauvais.

— Silas va se réveiller dans une heure, frais et dispos, dit-elle en jetant un coup d'œil à sa cellule. Vous tenez le coup ?

— Bien sûr, grâce à mon charmant voisin et à votre matelas de plume…

Elle haussa les épaules.

— Le crime ne paie pas.

— Je vous jure que je vous étrangle dès que je sors d'ici, marmonna-t-il dans sa tasse. Avec lenteur, pour y prendre le plus de plaisir possible.

— Ce n'est pas la meilleure stratégie pour obtenir votre douche.

Elle se retourna en entendant la porte s'ouvrir. Les mains dans les poches, Tod se tenait dans l'embrasure, hésitant.

— Bonjour, lui dit-elle en souriant. Tu es en avance.

— Vous ne m'avez pas donné d'heure.

Il entra avec prudence et son regard alla de Phil à Silas, avant de revenir sur Phil.

— Vous avez des prisonniers, constata-t-il.

— Oui, confirma-t-elle en désignant Phil d'un index accusateur. Et celui-là est particulièrement pénible.

— Il est là pourquoi ?

— Arrogance insoutenable.

— Il a tué personne, j'imagine ?

— Pas encore, marmonna Phil.

Puis, incapable de résister à l'interrogation muette du gamin, il ajouta :

— J'ai été piégé.

— Ils disent tous ça, n'est-ce pas, shérif ?

— Absolument, confirma Tory.

Elle leva la main pour effleurer les cheveux du garçon et il recula, l'air stupéfait, le regard fixé sur elle. Ignorant délibérément sa réaction, elle lui posa la main sur l'épaule.

— On va te mettre au travail, annonça-t-elle. Il y a un balai dans la pièce du fond. Tu n'as qu'à commencer à nettoyer. Tu as pris ton petit déjeuner ?

— Non, mais…

— Je t'apporterai quelque chose quand je me serai occupée de celui-là. Tu penses que tu peux surveiller ce qui se passe pendant quelques minutes ?

De surprise, Tod resta bouche bée.

— Oui, madame.

— O.K., c'est toi le responsable à partir de maintenant, dit-elle en se dirigeant vers la porte après avoir pris son chapeau. Si Silas se réveille, tu peux le laisser sortir. Mais l'autre doit rester où il est. Compris ?

— Compris, shérif, répondit-il en jetant à Phil un regard assuré. Il n'obtiendra rien de moi.

Réprimant un petit rire, Tory quitta les lieux.

Résigné à attendre, Phil s'adossa contre les barreaux et but son café, tandis que le garçon s'affairait avec le balai. Il travaillait avec ardeur tout en jetant de temps à autre un coup d'œil sur lui par-dessus son épaule. Il était plutôt beau garçon, songea Phil, tout en s'interrogeant sur la réaction qu'il avait eue quand Tory lui avait posé la main sur l'épaule. Comment se serait-il comporté si un homme avait eu le même geste ?

— Tu habites en ville ? hasarda Phil.

Tod marqua une pause et lui lança un regard circonspect.

— En dehors de la ville.

— Dans un ranch ?

Il se remit à balayer, mais plus doucement.

— Ouais.

— Tu as des chevaux ?

Le garçon haussa les épaules.

— Quelques-uns.

Il se rapprochait prudemment de la cellule.

— Vous êtes pas d'ici, déclara-t-il.

— Non, je viens de Californie.

— C'est vrai ? lança Tod, l'air impressionné, en le regardant soudain d'un autre œil. Vous avez pas l'air d'un mauvais type, décréta-t-il.

— Merci, dit Phil en riant dans sa tasse.

— Alors pourquoi vous êtes en prison ?

Phil hésita sur la réponse à donner et opta finalement pour la vérité.

— J'ai perdu mon sang-froid.

Tod continua à balayer en ricanant.

— C'est pas une raison pour aller en prison, fit-il observer. Mon père perd son sang-froid tout le temps.

— On peut aller en prison pour ça, rétorqua Phil en étudiant le profil du garçon. Surtout si on fait du mal à quelqu'un.

Tod faisait glisser son balai sans trop se préoccuper de ramasser la poussière.

— C'est ce que vous avez fait ?

— Je me suis fait du mal à moi-même. En me mettant le shérif à dos.

— Zac Kramer dit qu'une femme shérif, c'est n'importe quoi.

Phil sourit en songeant à la facilité avec laquelle une femme l'avait mis en prison.

— Zac Kramer doit pas être très malin, faut croire.

Tod lui adressa un sourire engageant.

— Il paraît qu'elle est allée chez eux, hier. Les jumeaux vont devoir nettoyer toutes les fenêtres du vieil Hollister. A l'œil.

Tory réapparut en portant deux assiettes recouvertes d'un couvercle.

— Voilà le petit déjeuner. Il ne t'a pas causé de problème ? demanda-t-elle à Tod en déposant une assiette sur son bureau.

— Non, madame.

L'odeur de la nourriture le faisait visiblement saliver, mais il retourna à sa tâche.

— C'est bon, dit-elle, assieds-toi et mange.

Il lui lança un regard incrédule.

— Moi ?

— Oui, toi.

L'autre assiette à la main, elle alla récupérer les clés.

— Quand M. Kincaid et toi aurez fini, tu iras rapporter les plats à l'hôtel.

Sur ces mots, elle ouvrit la cellule de Phil. Ce dernier était en train d'observer l'expression de Tod, qui commençait à manger.

— Shérif, dit-il en lui prenant la main, négligeant l'assiette qu'elle lui tendait, vous êtes une femme extraordinaire.

Il porta sa main à ses lèvres et lui effleura les doigts d'un baiser.

Incapable de lui résister, elle lui abandonna sa main quelques instants.

— Phil, murmura-t-elle dans un soupir, ne jouez pas à cela avec moi, ça ne fait que compliquer les choses.

Il la dévisagea, l'air surpris.

— Vous savez, articula-t-il avec lenteur, je crois que c'est déjà compliqué.

Elle secoua la tête.

— Mangez votre petit déjeuner. Merle ne va pas tarder à vous apporter vos vêtements.

Quand elle fit mine de s'éloigner, il la retint par la main.

— Tory, déclara-t-il avec calme, vous et moi, on n'en a pas terminé.

Elle lui retira sa main avec précaution.

— Vous et moi, on n'a jamais commencé, corrigea-t-elle avant de refermer la cellule avec un claquement sinistre.

Tandis qu'elle se dirigeait vers la machine à café, elle jeta un œil sur Tod. Il dégustait tranquillement son bacon et ses œufs.

— Vous ne mangez pas ? demanda Phil en s'installant devant son assiette.

— Je ne comprendrai jamais comment on peut manger à cette heure, marmonna Tory en se resservant du café. Tod, la voiture de police a besoin d'être lavée. Tu veux bien t'en occuper ?

— Pas de problème, shérif, répondit-il, déjà à moitié debout.

Une main sur l'épaule du garçon, Tory le força à se rasseoir.

— D'abord, tu manges, dit-elle, amusée. Si tu balayes et que tu laves la voiture, ça devrait aller pour aujourd'hui.

Elle s'assit sur le coin de son bureau, ravie de constater qu'il avait bon appétit.

— Tes parents savent-ils où tu es ? demanda-t-elle d'un ton anodin.

— J'ai fini mon travail avant de partir, bredouilla-t-il, la bouche pleine.

— Hmmm, fit-elle en buvant son café.

La porte s'ouvrit, mais, à sa grande surprise, ce n'était pas Merle. Elle resta sans voix.

— Lou ! s'exclama Phil qui s'était levé et empoignait les barreaux. Tu en as mis du temps !

— Dis donc, Phil, tu as l'air à ton affaire ! rétorqua le nouveau venu.

Lou Sherman, pensa Tory, stupéfaite. Un des avocats les plus brillants du pays. Elle connaissait tous ses dossiers, avait étudié son style, s'était inspirée de ses plaidoiries. Il était aussi impressionnant en vrai que dans les journaux. Il était très grand, un mètre quatre-vingt-dix minimum, avec une stature imposante et des cheveux blancs en bataille. Elle ne pouvait détacher les yeux de cet homme au costume gris perle et à la chemise rose bonbon.

Phil le traita d'un terme peu aimable qui lui tira un éclat de rire sonore.

— Tu ferais mieux de me manifester un minimum de respect, si tu veux que je te sorte de là, mon cher, fit-il observer.

Il jeta un œil sur l'assiette à peine entamée de Phil.

— Finis de manger, pendant que je discute avec le shérif, conseilla-t-il.

Il se retourna et toisa alternativement Tory et Tod.

— L'un d'entre vous est-il le shérif ?

Tory n'avait pas encore retrouvé sa voix, et ce fut Tod qui répondit.

— C'est elle, expliqua-t-il, la bouche toujours pleine.

Lou nota la présence de l'insigne sur sa poitrine.

— Bon, parfait, dit-il d'un ton affable. Vous êtes le représentant de la loi le plus charmant qu'il m'ait été donné de rencontrer. Si vous me permettez cette réflexion, ajouta-t-il avec un clin d'œil amusé.

Tory reprit tout à coup une contenance et lui tendit la main.

— Victoria Ashton, monsieur Sherman. Je suis ravie de faire votre connaissance.

— Pas autant que moi, corrigea-t-il avec le sourire. Alors dites-moi un peu, qu'est-ce que le gamin vous a fait ?

— Lou…, protesta Phil, tandis que son avocat lui clouait le bec d'un geste de la main.

— Finis tes œufs, ordonna-t-il. J'ai annulé une super partie de golf pour venir ici. Shérif ? ajouta-t-il avec un mouvement de sourcils interrogateur.

— M. Kincaid a été arrêté pour excès de vitesse sur la nationale 17. Il a refusé de signer la contravention, et mon adjoint l'a amené ici.

Comme Lou poussait un profond soupir, elle poursuivit :

— M. Kincaid ne s'est pas montré très coopératif, précisa-t-elle.

— En effet, ce n'est pas son fort, confirma Lou d'un air désolé.

— Bon sang, Lou ! s'exclama Phil. Je te demande juste de me sortir d'ici !

— Chaque chose en son temps, rétorqua-t-il sans même le regarder. Il y a d'autres charges contre lui, shérif ?

— Refus d'obtempérer, énonça-t-elle sans pouvoir retenir un sourire amusé. L'amende est de deux cent cinquante dollars, la caution de cinq cents. Quand M. Kincaid s'est enfin décidé à… coopérer, il n'avait pas assez d'espèces.

Lou se frotta le menton, faisant briller le gros rubis qu'il portait au doigt.

— Ce n'est pas la première fois, fit-il observer d'un ton distrait.

Outré d'être traité de la sorte, Phil le coupa d'une voix tendue.

— Elle m'a menacé de son arme ! s'écria-t-il.

A ces mots, l'avocat éclata d'un rire tonitruant.

— Mince alors, j'aurais bien aimé être là pour voir ça !

— Vous auriez apprécié, j'en suis sûre, enchaîna Tory sur le même ton.

Phil faillit leur lancer une bordée d'injures, puis se rappela le garçon qui écoutait, fasciné, et ravala ses paroles.

— Lou, lança-t-il, tu me sors de là ou tu continues à bavasser toute la journée ? Je n'ai pas pris une douche depuis hier !

— Il est un peu délicat, confia Lou à Tory. Il tient ça de son père… Je l'ai sorti d'une ou deux sales histoires, vous savez, notamment dans une petite ville du New Jersey.

Il s'interrompit brusquement.

— Mais c'est une autre histoire, enchaîna-t-il. Je souhaiterais m'entretenir avec mon client, shérif Ashton.

— Bien sûr, dit Tory en prenant les clés.

— Ashton, murmura Lou, l'air concentré. Victoria

Ashton. Ce nom me dit quelque chose, ajouta-t-il en se frottant le menton. Ça fait longtemps que vous êtes shérif ?

Tory secoua la tête en ouvrant la cellule.

— Non, en fait je suis là en intérim.

— Elle est avocate, intervint Phil.

— Voilà ! s'écria Lou, ravi. Je savais bien que je connaissais ce nom. Le dossier Dunbarton. Vous avez fait un superboulot.

— Merci.

— Le juge Withers vous a donné du fil à retordre, rappela-t-il en se remémorant l'affaire. Outrages à magistrat, c'est bien ça ? De quel nom d'oiseau l'aviez-vous traité ?

— Charlatan prétentieux, répondit Tory, amusée.

Lou eut un rire de délectation.

— Voilà qui était bien trouvé ! s'exclama-t-il.

— Mais ça m'a coûté une nuit en prison, se souvint-elle.

— Peut-être, mais vous avez gagné le procès.

— Heureusement, le juge ne m'en a pas voulu.

— Vous avez gagné parce que vous avez du talent et que vous avez travaillé dur, corrigea Lou. Où avez-vous fait vos études ?

— A Harvard.

— Ecoutez, les interrompit Phil, vous n'aurez qu'à discuter de ça autour d'un verre un peu plus tard.

— Phil, rétorqua Lou en poussant un soupir, tu manques vraiment de manières, parfois…

Il se tourna vers Tory, l'air aimable.

— Veuillez m'excuser, shérif. Bon, Phil, donne-moi un de ces muffins et raconte-moi ce qui se passe.

Tory les laissa en tête à tête au moment même où Merle entrait, la valise de Phil à la main. Dynamite se traîna derrière lui, regagna son endroit favori et s'endormit instantanément, couchée sur le sol.

— Vous n'avez qu'à laisser ça près du bureau, Merle, suggéra Tory. Quand on aura fini de s'occuper de Kincaid, je repasserai chez moi et vous ne pourrez pas me joindre pendant deux bonnes heures.

— O.K., fit-il en jetant un œil à Silas qui ronflait toujours. Et lui, je le vire ?

— Quand il se réveillera.

Elle jeta un coup d'œil à Tod.

— Ce jeune homme va laver ma voiture, déclara-t-elle.

Le garçon avala sa dernière bouchée à la hâte et se leva d'un bond.

— J'y vais tout de suite, annonça-t-il en filant vers la porte de derrière, tandis que Tory le suivait d'un regard soucieux.

— Merle, que savez-vous du père de Tod ? interrogea-t-elle.

Il haussa les épaules et se passa une main sur le menton.

— Swanson, on le voit pas beaucoup. Il élève du bétail à quelques kilomètres au nord de la ville. Il a été mêlé à deux ou trois bagarres, mais rien de grave.

— Et sa mère ?

— Une femme discrète. Elle fait des ménages de temps en temps pour l'hôtel. Vous vous souvenez de son frère aîné ? Il a pété les plombs il y a quelques années, et, depuis, on l'a plus jamais revu.

Tory enregistra l'information, pensive.

— Vous le surveillez quand je ne suis pas là, O.K. ?

— Bien sûr. Pourquoi ? Il a des problèmes ?

— Je ne sais pas, répondit-elle, soucieuse. Faites bien attention, Merle T., ajouta-t-elle en lui souriant gentiment. Vous devriez aller vérifier que le gamin a trouvé un seau. A mon avis, vous ne devriez pas avoir trop de mal à le convaincre de laver aussi votre voiture…

Séduit par cette idée, Merle retourna dehors.

— Shérif, lança Lou à Tory en sortant de la cellule, mon client me dit que vous faites également office de juge de paix ?

— C'est exact, monsieur Sherman.

— Dans ce cas, je souhaite plaider la folie passagère pour mon client.

— Charmant, bougonna Phil de derrière les barreaux.

Je peux prendre une douche, à présent ? enchaîna-t-il en désignant sa valise.

— Oui, derrière, indiqua Tory. Vous devriez en profiter pour vous raser, suggéra-t-elle d'un ton affable.

Il saisit la valise et lui lança un regard noir.

— Shérif, quand cette histoire sera derrière nous, il faudra qu'on s'explique, assena-t-il.

Tory leva sa tasse à moitié vide.

— Ne vous blessez pas, Kincaid.

Dès que Phil eut quitté la pièce, Lou se tourna vers elle.

— C'est un chic type, vous savez.

Tory émit un petit rire.

— Vous me permettrez de ne pas partager cette opinion, rétorqua-t-elle d'une voix ferme.

— Bon, ça aurait pu marcher, murmura Lou, désabusé, en installant son énorme masse sur une chaise. En ce qui concerne la plainte pour refus d'obtempérer, reprit-il, je préférerais qu'elle ne soit pas notée sur son dossier. Vous savez, pour Phillip, passer une nuit en prison, c'est un véritable choc culturel, Victoria.

— Je vais donner suite à votre demande, concéda-t-elle de bonne grâce. J'abandonnerai cette charge si M. Kincaid paie son amende pour excès de vitesse.

— C'est ce que je lui ai conseillé de faire, indiqua Lou en sortant un gros cigare. Il n'est pas ravi à cette idée, mais je sais être…

Il étudia amoureusement son cigare.

— … convaincant…, acheva-t-il. Comme vous. Quelle arme utilisez-vous ?

Tory croisa les mains.

— Un colt 45.

Hilare, Lou alluma son cigare avant de reprendre la parole.

— A présent, parlez-moi du dossier Dunbarton, Victoria.

***

Le cheval s'élança dans un nuage de poussière brune. Répondant aussitôt à l'ordre de Tory, il partit au galop. L'air, aussi sec que le paysage environnant, la fouetta de son souffle brûlant. Le chapeau destiné à protéger Tory des ardeurs du soleil avait glissé sur ses épaules, sans qu'elle songe à le remettre en place. Ses mouvements étaient parfaitement accordés à ceux du cheval, de façon tout à fait naturelle. Certes, Tory avait besoin de réfléchir, mais, pour cela, elle avait avant tout besoin de se vider l'esprit. C'était l'équitation qui, depuis qu'elle était enfant, remplissait le mieux cette fonction.

Pourtant, elle n'avait rien d'une sportive. Courir après une balle et taper dedans n'avait aucun sens pour elle, et nécessitait beaucoup trop d'énergie à son goût. De temps en temps, elle s'obligeait à faire quelques longueurs dans une piscine, mais trouvait beaucoup plus agréable de lézarder sur un matelas pneumatique. Quant à transpirer dans une salle, elle jugeait ça tout simplement ridicule.

Monter à cheval, c'était autre chose. Pour Tory, ce n'était ni faire de l'exercice ni fournir un effort. A cet instant, comme elle l'avait fait si souvent dans le passé, elle y voyait surtout un moyen d'oublier ses soucis, au moins temporairement.

Elle galopa pendant trente minutes sans même se soucier de savoir où elle allait. Puis, lentement, elle ralentit la course du cheval jusqu'à le faire aller au pas, avant de relâcher sa pression sur les rênes. Elle savait que l'animal ferait demi-tour de lui-même pour rentrer au ranch.

Phillip Kincaid.

Il s'imposa de nouveau à son esprit. Cela devenait vraiment pénible : il fallait qu'elle évacue ce problème. A cet instant, il devait déjà être en route pour LA, songea-t-elle. Ou du moins l'espérait-elle fortement.

Il lui avait fait de l'effet, elle ne pouvait malheureusement pas le nier. Malgré leur affrontement, malgré son insupportable arrogance, elle devait admettre qu'il lui avait plu. Il était intéressant, drôle et il avait de la repartie.

Comment ne pas aimer quelqu'un capable de rire de lui-même ? S'ils s'étaient contentés de parler, il n'y aurait pas eu de problème.

Le soleil lui tapait sur la tête, et Tory remit son chapeau. Mais ils n'en étaient pas restés là, car il y avait entre eux une indéniable attirance, de celles qui naissent tout simplement entre un homme et une femme — ce qu'elle n'avait absolument pas prévu en le mettant en prison.

Sans qu'elle puisse l'empêcher, il était arrivé à ses fins avec elle, et le résultat l'avait beaucoup plus perturbée qu'elle ne l'aurait souhaité. A quand remontait la dernière fois où elle avait perdu le contrôle d'elle-même dans les bras d'un homme ? Cela lui était-il seulement arrivé ? Tory poussa un profond soupir et contempla le paysage aride et minéral qui s'étendait devant elle.

Elle avait surréagi, conclut-elle, contrariée, et le fait qu'elle soit toujours en train de penser à lui n'était pas un signe encourageant. A son âge, on ne se mettait pas dans un état pareil pour un baiser ! Et pourtant elle se souvenait avec une troublante précision de la façon dont les lèvres de Phil s'étaient plaquées sur les siennes, de la saveur enivrante de sa bouche. Il lui suffisait d'une seconde pour se remémorer l'excitation qui s'était emparée d'elle quand elle avait senti son corps puissant et dur serré contre le sien. Et elle n'aimait pas ça du tout.

Elle avait bien d'autres problèmes à régler pendant son séjour à Friendly, se dit-elle, et pas de temps à perdre avec ce type grossier débarqué de Hollywood. D'abord, elle s'était engagée à assurer la transition avant l'arrivée en ville du nouveau shérif, et puis il y avait ce gamin, Tod, pour lequel elle se faisait du souci.

Et sa mère…

Tory ferma les yeux quelques instants. Elle ne s'était pas encore réconciliée avec sa mère.

Tellement de choses avaient été dites après la mort de son père ! Et tellement d'autres étaient restées enfouies dans le silence… Elle qui avait d'habitude l'esprit clair n'arrivait pas à analyser ses rapports avec sa mère. Tant que son père avait vécu, il avait fait le tampon entre elles. Mais, à présent qu'il était parti, elles se retrouvaient confrontées l'une à l'autre.

Avec un petit rire, Tory se dit qu'au fond sa mère devait être tout aussi perdue qu'elle-même. La tension entre elles ne diminuait pas, bien au contraire, et elles semblaient même toujours plus distantes. Secouant la tête, elle décida de ne plus penser au problème. Dans quelques mois, elle serait de retour à Albuquerque et la situation serait réglée. Elle vivrait sa vie, sa mère vivrait la sienne.

Le plus sage, pour elle, serait de se comporter exactement de la même façon avec Phil Kincaid. Leurs chemins ne se croiseraient vraisemblablement plus jamais. C'était dans le seul but de l'éviter qu'elle avait quitté la ville pendant quelques heures, réalisa-t-elle tout à coup. Elle ne voulait plus le revoir. Il ne lui apportait que des problèmes. C'était tellement facile pour lui de jouer de son charme quand il en avait décidé ainsi ! Et elle avait parfaitement compris ce qu'il avait en tête. Pour une raison qu'elle ignorait, par jeu ou parce qu'il était attiré par elle, il la voulait. Ce ne devait pas être un homme facile à manipuler. Dans d'autres circonstances, Tory aurait trouvé amusant de lui tenir tête, mais quelque chose lui disait qu'il valait mieux ne pas prendre ce risque.

— Plus vite il sera de retour dans la Cité des Anges, mieux ce sera, murmura-t-elle tout en pressant de ses genoux les flancs de son cheval, qui partit aussitôt au galop.

Phil stoppa sa voiture près du corral et jeta un regard autour de lui. Sur la droite, pas très loin, il y avait une petite maison à la façade blanche. C'était une construction très simple, comprenant deux niveaux, avec une large terrasse de bois sur le devant. Sur le côté, quelques vêtements cuisaient au soleil, accrochés à leur corde. Dans des pots en terre cuite, des fleurs jetaient quelques taches de couleur. L'herbe était rare et desséchée. A une fenêtre, la moustiquaire pendait, déchirée. A l'arrière, il aperçut des dépendances et ce qui lui parut être l'ébauche d'un jardin potager. La voiture du shérif Tory était garée devant la maison, fraîchement lavée mais déjà recouverte d'une fine pellicule de poussière.

Il y avait quelque chose dans cet endroit qui lui plaisait. Il était calme et isolé. Sans la voiture, il aurait pu parfaitement figurer un lieu du siècle passé. On voyait que, malgré les efforts qu'on déployait pour l'entretenir, il ne serait jamais pimpant. C'était plus une maison qu'un ranch. Avec l'éclairage adéquat, ce serait parfait, conclut-il. Il sortit de la voiture et se dirigea vers la droite du bâtiment pour l'étudier sous un angle différent.

Soudain, le bruit sourd de sabots le fit se retourner, et il aperçut Tory. Oubliant immédiatement la maison, il se maudit de ne pas avoir de caméra sous la main. Elle était la perfection incarnée ! Sous le soleil implacable, elle montait un cheval palomino à la robe dorée. C'était le contraste idéal avec ses cheveux noirs de jais. Comme elle avait ôté son chapeau, ses boucles flottaient librement. Elle se tenait le dos parfaitement droit, et ses mouvements épousaient merveilleusement ceux du cheval. Phil plissa les yeux et observa leur rythme. C'est ainsi qu'il la filmerait, songea-t-il, avec ses cheveux flottant au vent comme en apesanteur avant de retomber sur ses épaules. Derrière elle, la poussière semblait suspendue dans les airs. Les pattes puissantes du cheval se plieraient et se déplieraient pour que le spectateur puisse admirer le travail de chaque muscle. On allierait ainsi la force, la beauté et la maîtrise de la monture par sa cavalière. Il regretta de ne pas voir ses mains posées sur les rênes.

Il sentit le moment où elle prit conscience de sa présence. Le rythme resta le même, mais les épaules de Tory trahirent une soudaine tension, ce qui le fit sourire. Non, il n'en avait pas fini avec elle. Pas le moins du monde. Il s'adossa contre la barrière du corral et l'attendit.

Tory arrêta son cheval en tirant brièvement sur les rênes. Elle resta en selle et adressa un long regard silencieux à Phil. Il prit ses lunettes de soleil dans sa poche et les posa sur son nez d'un geste désinvolte qui agaça Tory.

— Kincaid, lança-t-elle froidement.

— Shérif, répondit-il sur le même ton.

— Vous avez un problème ?

Il esquissa un sourire.

— Je ne pense pas.

Tory rejeta ses cheveux en arrière et tenta de dissimuler le peu de plaisir qu'elle avait à se retrouver face à lui.

— Je vous croyais déjà à mi-chemin vers LA, fit-elle observer.

— Vraiment ?

Agacée, elle entreprit de descendre de cheval. La selle craqua lorsqu'elle passa l'une de ses jambes au-dessus de l'animal avant de sauter sur le sol avec légèreté. Sans lâcher les rênes, elle observa Phil un moment.

— J'imagine que vous avez payé l'amende, dit-elle. Quant aux charges, elles ont été abandonnées.

— Oui.

— Alors ? interrogea-t-elle en relevant la tête.

— Alors…, répéta-t-il, notant avec amusement l'étincelle d'agacement qui venait de s'allumer dans ses yeux verts. *Alors, Victoria, je n'en ai pas fini avec toi. A vrai dire, je n'ai même pas commencé…*

Elle se détourna ostensiblement pour desserrer la sous-ventrière.

— M. Sherman est parti ? demanda-t-elle.

— Non, il discute appâts et mouche avec le maire, répondit Phil, amusé. Il a trouvé un autre passionné de pêche.

— Je vois, fit Tory en ôtant la selle du cheval et en la déposant sur la barrière. Vous avez discuté de vos affaires avec le maire ce matin, j'imagine.

— Nous avons conclu un accord à l'amiable, expliqua

Phil en la regardant retirer le mors de la bouche du cheval. Il vous donnera les détails.

Sans ajouter un mot, Tory donna une petite tape sur le flanc de l'animal pour l'envoyer dans le corral, avant de fermer la barrière qui émit un long grincement. Puis elle se retourna et lui fit face.

— Pourquoi le ferait-il ?

— Vous aurez besoin de connaître le programme et les horaires de tournage avant qu'on ne commence.

— Je vous demande pardon ? rétorqua-t-elle en levant les sourcils.

— Je suis venu au Nouveau-Mexique pour trouver un lieu où tourner mon nouveau film, expliqua-t-il. Je cherchais une petite ville perdue au milieu de nulle part.

Tory le dévisagea pendant dix bonnes secondes.

— Et vous l'avez trouvée, acheva-t-elle d'une voix posée.

— Grâce à vous, enchaîna-t-il avec un sourire qui indiquait combien il trouvait la situation cocasse. On démarre dans un mois.

Elle s'éloigna de quelques pas, les mains dans ses poches arrière.

— Ce ne serait pas plus simple pour vous de tourner en studio ou avec des décors ?

— Non, rétorqua-t-il, lapidaire.

— Je ne suis pas emballée par cette idée, indiqua-t-elle en se tournant vers lui.

— Le contraire m'aurait étonné, dit-il en avançant jusqu'à elle. Mais il va bien falloir que vous fassiez contre mauvaise fortune bon cœur pendant presque tout l'été.

— Avec vos caméras et votre équipe, vous allez plonger la ville dans la confusion, commença-t-elle, vindicative. Friendly est un endroit tranquille, et vous allez y introduire un style de vie dont la plupart des habitants n'ont même pas idée.

— Nos orgies seront très sages, shérif, assura-t-il, ironique.

Il retint un petit rire en notant l'éclat de fureur qui passait dans ses yeux vert émeraude.

— Tory, reprit-il d'un ton posé, ne soyez pas stupide ! Nous ne venons pas pour faire la fête, mais pour travailler. Et si, pendant dix prises, vous laissez un acteur en plein soleil ici, vous pourrez être sûr qu'il vous fichera la paix le soir. Il sera complètement K.-O.

Il saisit une de ses boucles et l'entortilla autour de son index.

— Ne me dites pas que vous croyez tout ce que racontent les magazines people ! lança-t-il.

Elle dégagea sa main d'un geste irrité.

— J'en sais plus sur Hollywood que vous n'en savez sur Friendly, riposta-t-elle. J'ai passé un certain temps à LA, quand je représentais un scénariste dans une affaire d'agression. J'ai gagné, ajouta-t-elle, l'air désabusé. Et, il y a quelques années, je suis sortie avec un comédien, qui m'a emmenée à des fêtes sur la côte.

Elle secoua la tête.

— Peut-être les magazines people exagèrent-ils, Phil, mais ce n'est pas difficile de comprendre quelles sont les valeurs du show-business.

— Vous poseriez-vous en juge, Tory ?

— Peut-être, concéda-t-elle. Mais c'est ma ville. Je suis responsable de sa sécurité et de ses habitants. Si ce projet se concrétise, je vous aurai prévenu : au moindre écart d'un membre de votre équipe, je le mets sous les verrous.

— Nous avons nos propres agents de sécurité, précisa Phil, agacé.

— Ici, sachez que c'est à moi que vos agents rapporteront, répliqua-t-elle aussitôt. Ne l'oubliez pas.

— Si je comprends bien, vous avez décidé que vous ne coopérerez pas, c'est bien ça ?

— Pas plus que nécessaire.

Pendant quelques instants, ils se défièrent du regard, tandis que, derrière eux, le cheval tournoyait dans le corral.

Une brise légère et agréable se leva soudain, dissipant chaleur et poussière.

— Parfait, dit enfin Phil. Si vous me fichez la paix, je ferai de même avec vous.

— D'accord, déclara Tory.

Elle fit mine de s'éloigner, mais il la retint par le bras.

— Voilà qui me paraît tout à fait professionnel, conclut-il.

Comme elle l'avait fait dans sa cellule, Tory observa un long moment la main de Phil posée sur son bras avant de lever les yeux sur lui et de constater qu'il souriait.

— Cette fois, vous ne portez pas votre insigne, Tory, constata-t-il en retirant ses lunettes de soleil et en les posant sur la barrière. Et nous n'avons pas terminé ce que nous avions commencé…

— Kincaid…

— Phil, corrigea-t-il en l'attirant à lui d'un geste possessif. La nuit dernière, dans cette fichue cellule, j'ai pensé à vous, et je me suis fait une promesse, murmura-t-il de sa voix grave.

Tory se figea. Elle posa ses paumes sur sa poitrine, mais ne le repoussa pas. N'était-il pas plus fort qu'elle ? Face à lui, elle ne pouvait compter que sur son intelligence.

— Je n'ai que faire de vos pensées et de vos promesses, répliqua-t-elle froidement. Et, que je porte mon insigne ou non, je reste le shérif, et vous commencez à me fatiguer. Or, je peux être très désagréable quand on me contrarie…

— J'en suis certain, enchaîna-t-il.

Même s'il l'avait voulu, il n'aurait pas pu empêcher ses yeux de s'attarder sur sa bouche.

— Il va falloir que vous soyez à moi, Victoria, annonça-t-il doucement. Tôt ou tard, je m'y engage. Et je tiens toujours mes promesses, ajouta-t-il en fixant de nouveau son regard émeraude.

— Il me semble que j'ai mon mot à dire sur le sujet, fit observer Tory, en plein désarroi.

— Alors dites non…, suggéra-t-il d'un air parfaitement sûr de lui tout en se penchant vers elle.

Elle recula d'un pas, mais il fut plus rapide qu'elle. Il lui passa la main derrière la nuque et l'immobilisa d'un baiser. La bouche de Phil était douce et persuasive. Bien avant qu'elle ne se détende enfin, il sentit son cœur battre la chamade contre le sien. Sans se hâter, il frotta ses lèvres contre les siennes, les goûta, les mordilla. Tory laissa échapper un soupir et s'accrocha à sa chemise.

Il dégageait un parfum de savon propre et vivifiant. Sans même s'en rendre compte, elle inspira profondément pour mieux s'en imprégner, tandis qu'il la serrait plus fort contre lui. Les bras de Tory trouvèrent leur place autour du cou de Phil. Son corps tout entier s'alanguit, alors qu'elle se lovait contre lui. Une vague de plaisir l'assaillit, et elle s'abandonna aux sensations qui déferlaient en elle. Avec un râle, il délaissa ses lèvres et s'aventura vers sa gorge en prononçant des mots incompréhensibles. L'angoisse les saisit tous les deux, les prenant de court, et il lui reprit la bouche avec une avidité brutale qu'elle avait anticipée.

Leurs dents s'entrechoquèrent et, à son tour, elle lui mordilla la lèvre inférieure. Il accentua la pression de ses mains sur ses hanches, ce qui acheva de les affoler tous les deux. La passion déferla en eux avec une telle violence que leurs bouches insatiables ne furent plus suffisantes. Phil fit remonter ses mains le long des hanches de Tory et les glissa entre leurs corps enlacés pour s'emparer de ses seins. En réponse, la langue de Tory se fit plus ardente encore, leur baiser, plus profond.

Tory percevait chaque sensation avec une incroyable précision : le doux frottement du tissu fin de la chemise de Phil contre la pointe durcie de ses seins, tandis qu'il la caressait de ses pouces ; la chaleur de sa bouche, alors qu'il lui embrassait le visage avec fougue avant de revenir vers ses lèvres ; le battement à l'unisson de leurs cœurs dans leurs poitrines.

La violence de son désir prit Phil au dépourvu. Il avait anticipé l'attirance, le défi, mais pas la souffrance. Ce n'était pas ainsi qu'il avait prévu les choses, ce n'était pas ce qu'il avait souhaité, mais il ne pouvait pas s'arrêter. Tory avait pris possession de son esprit, de ses sens. Ses cheveux étaient trop doux, son parfum trop excitant. Et sa saveur… sa saveur était trop exotique. Il la dégusta plus profondément encore, avec une gourmandise décuplée par l'ardeur avec laquelle elle répondait à ses baisers.

Il devait s'arrêter, il le savait, mais il s'accorda encore quelques instants. Son corps était si souple et mince, sa bouche si incroyablement agile… Il s'autorisa une dernière caresse, un dernier baiser avant de s'arracher à elle.

Ils tremblaient tous les deux, mais ni l'un ni l'autre n'aurait voulu l'admettre. Tory avait l'impression que son cœur allait éclater dans sa poitrine. Ses jambes se dérobaient, et elle se redressa pour ne pas flancher.

Phil attendit un moment avant de parler, tant il craignait de ne pouvoir articuler le moindre mot. Il attrapa ses lunettes de soleil et les remit sur son nez. C'était une façon comme une autre de se protéger ; mais la meilleure était encore de rétablir entre eux une certaine distance, jusqu'à ce qu'il ait repris le contrôle de lui-même.

— Tu n'as pas dit non, murmura-t-il.

Tory le regarda. Elle était incapable de penser, pour l'instant.

— Je n'ai pas dit oui, précisa-t-elle.

— Si, corrigea-t-il avec un sourire. Tu as dit oui.

Il y eut un silence.

— Je reviendrai, ajouta-t-il avant de se diriger vers sa voiture.

Il démarra, regarda dans le rétroviseur et l'aperçut, toujours immobile à l'endroit même où il l'avait laissée.

En appuyant sur l'allume-cigare, il constata que sa main tremblait.

Le troisième round se soldait par un match nul, conclut-il avec un soupir.

4

La poussière soulevée par la voiture de Phil était retombée depuis longtemps quand Tory sortit de sa prostration. Jusque-là, elle avait cru connaître la signification des mots passion, désir, excitation. Mais soudain ils prenaient un autre sens. Pour la première fois de sa vie, elle avait été sous l'emprise de quelque chose que son esprit était incapable de contrôler, d'un désir aussi aigu qu'inattendu. Tout en fixant la longue route plate à présent déserte, elle ressentait toujours cette pulsion au plus profond d'elle-même, comme une douleur. Comment pouvait-on ressentir un désir aussi violent, aussi brutal ? Et comment une femme qui avait toujours géré ses rapports avec les hommes avec facilité et décontraction pouvait-elle perdre ainsi la tête après un simple baiser ?

Tory poussa un soupir et se força à détourner les yeux de la route par laquelle Phil venait de disparaître. Elle n'y comprenait plus rien. C'était comme si, pendant un moment, elle avait été une autre personne — quelqu'un dont on pouvait aisément manipuler les forces et les faiblesses. Et, même à cet instant, quelque chose en elle semblait lutter pour exister. Elle ne s'en sortirait pas sans se donner beaucoup de temps pour réfléchir à tout ça…

Elle souleva la selle et l'emporta vers la grange. « Je reviendrai »… Les derniers mots prononcés par Phil résonnèrent à ses oreilles comme un écho, la faisant frissonner. Avec rage, Tory ouvrit la porte de la grange. Il faisait plus frais à l'intérieur, et l'odeur pénétrante des animaux et du foin l'assaillit. C'étaient les senteurs de son enfance, qu'elle remarquait à peine quand elle les retrouvait, même après des mois d'absence. Elle ne s'était jamais demandé pourquoi elle était aussi à l'aise dans cet environnement que dans l'atmosphère survoltée d'un tribunal ou l'ambiance sophistiquée d'une grande réception. Après avoir rangé le harnais, elle arpenta le sol en béton pendant un moment tout en commençant à analyser le problème.

Le problème, c'était Phil Kincaid, et les dommages collatéraux étaient au nombre de trois : la violente attirance qu'elle éprouvait pour lui d'une part, l'effet qu'il avait sur elle d'autre part et, en dernier lieu, le fait qu'il ne reviendrait pas. L'attirance était sans précédent, mais en fait pas si étonnante que cela, décida-t-elle. N'était-il pas séduisant, intelligent, drôle ? Même ses défauts avaient un certain charme. S'ils s'étaient rencontrés dans d'autres circonstances, elle n'avait aucun mal à imaginer qu'ils auraient lentement appris à se connaître, peut-être un peu flirté, et éprouvé de la sympathie l'un pour l'autre. Le problème venait de la façon dont ils s'étaient rencontrés, et du fait qu'aucun ne voulait céder devant l'autre. Au fond, c'était très simple, conclut-elle, soulagée.

Raisonner de façon logique lui faisait du bien, elle poursuivit donc. Il y a quelque chose d'indéniablement attirant chez un homme qui refuse qu'on lui dise non. Bien sûr, c'est aussi agaçant, exaspérant, mais malgré tout très excitant. Indépendamment de son insigne de shérif et de son diplôme de Harvard, Tory n'en était pas moins une femme. Et un type qui sait embrasser comme Phil Kincaid était forcément intéressant. Cédant à une impulsion soudaine, elle se passa la langue sur les lèvres. Oui, songea-t-elle avec un petit sourire, il embrassait divinement bien.

Sans trop savoir que faire d'elle-même, Tory quitta la grange et se dirigea vers la maison, clignant des yeux pour se protéger de la lumière. Sans s'en rendre compte, elle cherchait à tuer le temps et s'aventura dans le poulailler. Accablées par la chaleur de l'après-midi, les poules dormaient, la tête sous l'aile. Tory savait que sa mère avait dû ramasser les œufs le matin même, aussi les laissa-t-elle en paix.

Phil Kincaid allait revenir, et elle n'aimait pas cette idée. Elle serait obligée de l'affronter, lui et ses petites manières hollywoodiennes, songea-t-elle en fronçant les sourcils. A cet instant, elle aurait été incapable de dire ce qui la contrariait le plus, mais elle aurait payé cher pour connaître les plans de Phil. Si seulement elle avait pu discuter avec le maire avant lui ! Tory retint un petit rire désabusé : inutile de se raconter des histoires, son intervention n'y aurait rien changé. En tant que maire, Bud Toomey devait se rengorger à l'idée du prestige que lui apporterait le tournage d'un film important dans sa ville. Et, en tant que propriétaire de l'unique hôtel du coin, il devait déjà être en train de compter les billets que le projet lui rapporterait.

Qui pouvait l'en blâmer ? se demanda Tory. Ses propres critiques étaient probablement plus d'ordre personnel que professionnel.

L'acteur avec lequel elle était sortie était un hédoniste raffiné, qui avait connu le succès. A son contact, elle avait perdu nombre de ses préjugés. Elle était très jeune quand il lui avait montré Hollywood sous son meilleur jour. Mais tout cela ne l'empêchait pas de redouter le pire : un tournage à Friendly aurait des conséquences. Non seulement il troublerait la population, mais il causerait des dégâts matériels. Or, en tant que shérif, tout cela relevait de sa responsabilité.

Qu'aurait fait son père à sa place ? se demanda-t-elle en rentrant dans la maison. Comme chaque fois qu'elle se retrouvait là, les souvenirs affluèrent à sa mémoire — sa voix grave et tonitruante, son rire, son bon sens d'homme de la terre. Pour Tory, sa présence faisait partie intégrante des lieux, et se retrouvait jusque dans le coussin où il reposait ses pieds après une longue journée de travail.

La maison était l'œuvre de sa mère, depuis les murs

d'un blanc immaculé du salon jusqu'au canapé, dont le tissu avait été remplacé un nombre incalculable de fois. Pour l'heure, il était recouvert d'un imprimé fleuri. Les tapis étaient propres et alignés, les tableaux, bien en place. Même eux avaient été choisis pour s'harmoniser avec le décor plutôt que pour être remarqués. La collection de cactus de sa mère était disposée sur le rebord de la fenêtre. Le parfum d'un pot-pourri qu'elle avait composé flottait agréablement dans l'air. Sol et murs étaient incroyablement propres, pas un magazine ne traînait. Dans un long vase posé sur un napperon au crochet s'épanouissait un géranium. Tout ce qui entourait Tory avait été pensé par sa mère, et pourtant c'était toujours à son père qu'elle songeait quand elle retournait dans la maison de son enfance.

Mais son père ne descendrait plus jamais les marches de l'escalier pour la prendre dans ses bras et la couvrir de ses baisers maladroits et bruyants. Il était mort trop tôt, songea Tory en regardant autour d'elle comme si elle découvrait la pièce. Les attaques, c'était pour les vieux, les faibles, pas pour des costauds dans la force de l'âge. Il n'y avait pas de justice dans tout ça, se dit-elle avec une fureur impuissante, comme chaque fois qu'elle revenait chez sa mère. Pas de justice pour un homme qui avait consacré toute sa vie à la justice. Il aurait dû avoir plus de temps, il aurait eu plus de temps si…

Les bruits discrets qui lui parvinrent soudain de la cuisine la détournèrent de ses pensées.

Tory repoussa la souffrance. C'était déjà suffisamment difficile de se retrouver face à sa mère sans qu'elle ait, en plus, à se remémorer cette dernière nuit à l'hôpital. Elle s'accorda quelques instants pour maîtriser son émotion avant de se diriger vers la cuisine.

Dans l'embrasure de la porte, elle observa sa mère, occupée à nettoyer l'intérieur des placards. Son obsession du ménage l'avait toujours exaspérée quand elle était enfant. Helen, une petite blonde qui ne paraissait pas ses cinquante ans, avait des mains délicates et portait une coquette robe d'intérieur rose, dont Tory savait qu'elle venait d'être soigneusement repassée. Sa mère ne dégageait jamais d'autre parfum que celui du savon. Même sur le plan physique, Tory ne se sentait rien de commun avec elle. Son caractère, ses traits, tout lui venait de son père. Tory ne se reconnaissait pas dans cette femme qui tapissait avec patience les étagères d'un délicat papier rayé. Elles n'avaient jamais été que des étrangères l'une pour l'autre, et la distance qui les séparait ne cessait de croître avec les années. C'est pourquoi Tory préférait prendre une chambre à l'hôtel, plutôt que d'être obligée d'abréger ses visites chez sa mère, lesquelles se terminaient invariablement mal.

— Maman.

Helen se retourna, l'air surpris. Elle ne parut pas autrement émue de cette intrusion et se contenta de lever un sourcil.

— Tory. J'avais cru entendre une voiture démarrer.

— C'était quelqu'un d'autre.

— Je t'ai vue partir à cheval, ajouta-t-elle en aplatissant méticuleusement le papier. Il fait chaud, il y a de la limonade dans le réfrigérateur.

Sans prononcer un mot, Tory prit deux verres et y mit des glaçons.

— Comment vas-tu, Tory ?

— Très bien.

Elle se reprocha aussitôt le ton sec qu'elle avait employé, mais comment aurait-elle pu faire autrement ? Il y avait un tel fossé entre sa mère et elle ! Tout en versant la limonade que contenait la carafe décorée d'œillets d'Inde, elle se remémora la nuit où son père était mort, les mots affreux qu'elle avait prononcés, les sentiments horribles qu'elle n'avait pas encore maîtrisés. Elles ne s'étaient jamais comprises, n'avaient jamais été proches, mais cette nuit-là avait creusé entre elles un abîme que ni l'une ni l'autre ne savait comment combler. Au contraire, il semblait grandir avec le temps.

Tory éprouva soudain le besoin de briser le silence.

— Tu sais quelque chose des Swanson ? demanda-t-elle en replaçant la carafe dans le réfrigérateur.

— Les Swanson ? rétorqua Helen d'une voix détachée. Ils vivent en dehors de la ville depuis vingt ans. On ne les voit pas beaucoup, même si elle vient de temps à autre à l'église. Je crois que lui a du mal à faire vivre son ranch. Le fils aîné était un beau garçon, il devait avoir seize ans quand il est parti.

Helen replaça sa vaisselle de tous les jours sur l'étagère, en piles bien alignées, puis referma le placard.

— Il y a à peu près quatre ans, précisa-t-elle. Le plus jeune a l'air gentil, mais il est maladivement timide.

— Tod, murmura Tory.

— Oui, c'est ça.

Helen nota le regard soucieux de sa fille, mais n'insista pas. Elle n'avait jamais été douée pour faire parler les gens, et en particulier Tory.

— Je suis au courant pour la fenêtre de M. Hollister, ajouta-t-elle.

Tory observa sa mère brièvement : l'expression de ses yeux marron était parfaitement neutre.

— Ce sont les jumeaux Kramer, expliqua-t-elle.

— Oui, bien sûr, répondit sa mère avec l'ébauche d'un sourire.

— Sais-tu pourquoi l'aîné des Swanson a quitté la maison ?

Helen saisit le verre que Tory lui avait servi, mais resta debout.

— On dit que M. Swanson a un sale caractère. Mais on dit tellement de choses…, ajouta-t-elle avant de boire.

— Parfois à juste titre, rétorqua Tory.

Le silence retomba entre elles, comme souvent quand Tory était en visite. Le réfrigérateur cliqueta et se mit à vrombir. Helen essuya avec soin le cercle d'humidité que son verre avait laissé sur le plan de travail.

— Il semble que Friendly va être immortalisé dans un film, lança tout à coup Tory.

A ces mots, sa mère eut une expression de stupéfaction.

— J'ai mis Phillip C. Kincaid en cellule cette nuit. Il est question qu'il tourne son prochain film à Friendly, expliqua-t-elle.

— Kincaid..., répéta Helen, cherchant dans sa mémoire. Ah, le fils de Marshall Kincaid...

Tory dissimula un sourire. Phil n'aurait certainement pas aimé cette réflexion : il avait probablement lutté toute sa carrière professionnelle pour qu'on ne le renvoie pas à sa filiation.

— Oui, confirma-t-elle d'un air pensif. C'est un réalisateur très connu, qui a fait plein de films à succès. Il a été nominé trois fois pour les oscars.

Helen écoutait, mais ses pensées la ramenèrent à l'information initiale.

— Tu dis que tu l'as mis en prison ?

Tory sourit, se sentant soudain plus détendue.

— Oui, pour infraction routière, précisa-t-elle avec un haussement d'épaules. Mais ça a été un peu compliqué.

Elle s'interrompit en se rappelant l'instant affolant où, dans la cellule, il s'était emparé de sa bouche.

— Il va revenir, murmura-t-elle.

— Pour faire un film ? enchaîna Helen, étonnée par l'expression perplexe de sa fille.

— Quoi ? Oui..., répondit Tory à la hâte. Il va filmer ici, mais je n'ai encore aucun détail. Il a mis ça au point ce matin avec le maire.

Et pas avec toi, songea Helen.

— Comme c'est intéressant ! se contenta-t-elle de dire.

— On verra, marmonna Tory.

Soudain nerveuse, elle se leva et se dirigea vers l'évier. De la fenêtre, on voyait une longue étendue de terre aride qui lui sembla tout à coup fascinante. Son père avait toujours aimé ce côté désolé et austère.

En regardant sa fille, Helen se souvint de son mari se tenant exactement dans la même position, fixant l'extérieur avec la même expression. Une intolérable vague de douleur l'envahit, mais elle parvint à la contrôler.

— Les gens ne vont parler que de ça à Friendly, et pendant un bon moment, reprit-elle d'un ton brusque.

— Eh bien, qu'ils parlent ! enchaîna Tory en songeant que personne n'imaginerait les effets négatifs que le film aurait forcément.

— Tu penses qu'il va y avoir des problèmes ? demanda sa mère.

— Je gérerai.

— Tu es toujours si sûre de toi, Tory.

Les épaules de Tory se raidirent sans même qu'elle s'en rende compte.

— Tu crois, maman ?

Elle se retourna et vit le regard calme et franc de sa mère posé sur elle. Il était tout aussi calme et tout aussi franc quand elle lui avait annoncé avoir demandé aux médecins de débrancher son père. Tory n'y avait vu ni tristesse, ni regret, ni hésitation. Helen n'avait eu alors qu'une expression détachée et des mots d'ordre pratique. A cause de ça, plus que de tout le reste, Tory ne lui avait jamais pardonné.

Tandis qu'elles se dévisageaient dans la cuisine baignée de soleil, chacune se souvint avec une terrible précision de la salle d'attente qui sentait le tabac froid et la sueur, de sa lumière aveuglante comme du ronronnement monotone du ventilateur, et des claquements de pieds sur le carrelage dans le couloir.

— Non ! s'était écriée Tory dans un murmure qui s'était transformé en cri. Non, tu n'as pas le droit ! Tu ne peux pas le laisser mourir !

— Il est déjà parti, Tory, avait répondu Helen, lapidaire. Tu dois l'accepter.

— Non !

Après avoir vu pendant des semaines son père gisant inerte sur son lit, respirant à l'aide d'une machine, Tory était folle de douleur et de peur. Elle était encore bien loin de la résignation, elle... Alors qu'elle faisait les cent pas dans la pièce, sa mère était tranquillement assise. Alors que la seule idée de manger quoi que ce soit lui donnait la nausée, sa mère buvait son thé à petites gorgées. « Etat de mort cérébrale. » La phrase l'avait littéralement anéantie. Elle avait sangloté sans pouvoir s'arrêter au chevet de son père, tandis qu'Helen n'avait pas versé une larme.

— Tu t'en fiches ! avait lancé Tory d'un ton accusateur. Pour toi, c'est la solution la plus simple. Tu vas pouvoir retourner à ton petit traintrain et ne plus être dérangée.

Helen avait dévisagé sa fille en hochant la tête.

— C'est plus facile ainsi, avait-elle déclaré.

— Je ne te laisserai pas faire.

Désespérée, Tory, la tête dans les mains, avait essayé de réfléchir.

— Il y a des moyens de t'empêcher de faire ça ! J'obtiendrai un jugement, et...

— C'est déjà fait, avait déclaré calmement Helen.

Tory avait blêmi, tandis que toutes ses forces la quittaient d'un coup. Son père était mort. En un éclair... Et c'est sa mère qui avait dirigé la foudre.

— Tu l'as tué...

Helen était restée de marbre.

— Tu ne peux pas dire ça, Tory.

— Si tu l'avais aimé, tu n'aurais jamais pu faire ça !

— Et ta façon à toi de l'aimer, c'était de le maintenir branché à cette machine, sans défense et inconscient ?

— Mais vivant ! s'était écriée Tory, tandis qu'en elle la haine faisait place au désespoir. Grands dieux, il vivait !

— Non, avait rétorqué Helen sans élever la voix. Il était parti depuis des jours, depuis des semaines, en fait. Mais tu ne voulais pas l'admettre...

— Bien sûr, pour toi, c'est facile, avait lancé Tory en ravalant ses larmes pour discuter à armes égales avec sa mère. Rien ni personne n'a jamais réussi à te faire éprouver le moindre sentiment. Même pas lui.

— Il y a différentes façons d'aimer, Tory, avait déclaré

Helen d'un ton glacial. Mais tu es incapable de te mettre à la place des autres.

— Aimer ? avait dit Tory en serrant les poings pour ne pas exploser. Je ne t'ai jamais vue montrer le moindre signe d'amour. Papa est mort, et tu n'es même pas capable de pleurer. Tu n'es pas triste. Tu vas rentrer chez toi et mettre ton linge à sécher parce que rien, tu m'entends, rien, ne peut interférer dans ta précieuse routine.

Helen s'était redressée pour affronter sa fille.

— Je n'ai pas à m'excuser d'être la personne que je suis. Pas plus que tu ne dois le faire auprès de moi. Mais je vais tout de même te dire ce que je pense : tu aimais trop ton père, Victoria, et j'en suis désolée.

Serrant les bras autour de sa poitrine, Tory s'était mise à se balancer d'avant en arrière sans même s'en rendre compte.

— Tu es si froide, avait-elle murmuré. Si froide. Insensible.

A cet instant, elle avait un besoin viscéral d'être réconfortée par un mot, par une main posée sur son bras. Mais Helen était aussi incapable d'un tel geste que Tory de le lui demander.

— Tu l'as fait, avait-elle balbutié d'une voix sourde. Tu me l'as enlevé. Je ne te le pardonnerai jamais.

— Je sais, avait acquiescé Helen. Je ne m'attends pas à ce que tu me pardonnes. Tu es toujours si sûre de toi, Tory.

Entre les deux femmes qui se dévisageaient dans la cuisine, le regard vide et sans expression, il y avait désormais une tombe fraîchement creusée, celle d'un homme qui avait été un mari et un père. Il s'en fallut de peu que des mots durs et amers soient prononcés de nouveau, mais elles les retinrent l'une comme l'autre.

— Il faut que je retourne en ville, dit Tory à sa mère avant de quitter la pièce.

Helen resta immobile quelques instants dans le silence retrouvé, puis retourna à ses étagères.

La piscine en forme de cœur affichait une eau d'un bleu intense. Les palmiers bruissaient doucement dans l'air nocturne. Le parfum des fleurs, puissant, évoquait les tropiques. Les arbres et les buissons fleuris plantés autour de la piscine procuraient une agréable fraîcheur. Sous les rayons de la lune, la mosaïque qui bordait le bassin scintillait de mille feux. Des haut-parleurs soigneusement dissimulés distillaient les accents aériens de la musique de Debussy.

Sur la table de verre, à côté d'un téléphone, était posé un verre de rhum agrémenté de glaçons.

Allongé sur une chaise longue, encore mouillé après son bain, Phil tenta pour la centième fois de mettre de l'ordre dans ses pensées. Il avait passé la journée à filmer deux scènes cruciales en studio, et avait eu quelques problèmes avec Sam Dressler, l'acteur principal, ce qui n'avait rien de surprenant. Dressler avait la réputation d'être un bon comédien, mais certainement pas quelqu'un de facile à vivre ou de coopératif. De toute façon, Phil n'avait pas l'intention d'en faire son meilleur copain, mais seulement de le faire travailler dans son film. Quoi qu'il en soit, le fait qu'il y ait déjà des frictions si tôt dans le tournage n'était pas de bon augure. Il lui faudrait affiner sa stratégie pour gérer Dressler.

Au moins, songea-t-il en prenant machinalement son verre, il n'avait pas de problème avec les autres membres de l'équipe. Il les avait tous choisis lui-même et avait déjà travaillé avec chacun d'eux par le passé. Bicks, son cameraman, était le meilleur de tous, suffisamment créatif pour être innovant et doté d'un esprit assez pratique pour ne pas faire de chaque cadrage une profession de foi. Son assistant metteur en scène, un bourreau de travail, savait exactement comment il fonctionnait. Phil connaissait toute l'équipe, depuis le chef électricien jusqu'au preneur de son. Et quand ils tournaient en extérieur…

Les pensées de Phil revinrent vers Tory, comme cela se produisait si souvent ces derniers temps. Elle n'allait pas apprécier de voir sa ville envahie, et passerait son temps à le surveiller en arborant son insigne en métal sur sa poitrine. Et il devait admettre que cette idée ne lui déplaisait pas, bien au contraire. En s'y prenant bien, il pourrait se débrouiller pour se mettre en travers de la route de la jeune femme. Oui, décidément, il avait bien l'intention de la pousser dans ses retranchements.

Il se remémora soudain son parfum envoûtant : il évoquait cette fragrance qu'un homme imagine être celle d'un harem. Profonde, intense et enivrante… Il l'imagina vêtue d'une élégante robe de soie d'une couleur éclatante, épousant parfaitement son corps mince et souple.

Le désir qu'il sentit soudain monter en lui le contraria et il renversa la moitié de son verre. Il voulait pousser Tory dans ses retranchements, mais pas l'inverse. Il connaissait les femmes, savait comment les charmer, les satisfaire. Il savait aussi comment éviter les complications avec elles. Ne pas s'engager, c'était la sécurité. Phil avait toujours obéi à cette règle en collectionnant les conquêtes.

Il ne s'intéressait pas aux femmes uniquement pour le sexe, mais aussi pour leur compagnie. Une grande partie de celles auxquelles on avait associé son nom n'étaient pour lui que des amies, et il s'amusait du nombre de maîtresses qu'on lui attribuait. Son emploi du temps était tel qu'il ne s'en serait jamais sorti, s'il avait passé son temps au lit…

Il n'en restait pas moins qu'il avait eu un certain nombre de liaisons, mais s'était toujours efforcé de garder ses distances et d'éviter toute ambiguïté. Et c'était bien ainsi qu'il comptait procéder avec Tory.

Pourtant, il devait admettre qu'elle occupait ses pensées plus qu'aucune autre avant elle, qu'elle lui avait fait plus d'effet que toutes celles qui l'avaient précédée. Pour autant…

Phil fronça les sourcils, perplexe. Tout cela était exact,

mais s'expliquait par l'étonnante façon dont ils s'étaient rencontrés. Il grimaça au souvenir de la nuit étouffante qu'il avait passée dans cette cellule. Il ne lui avait pas encore fait payer tout ça, mais elle ne perdait rien pour attendre. Il détestait perdre le contrôle. Il était habitué à ce qu'on s'adresse à lui avec déférence, et cela depuis son plus jeune âge. Le sens du respect lui venait de ses parents, mais il l'avait également gagné à la force de son talent. Il n'était pas obsédé par l'argent, mais le fait qu'il n'en ait pas eu assez pour payer sa caution et sortir de prison l'avait rendu fou furieux. Bien qu'il n'abusât pas de ce pouvoir, il était entouré de gens à son service et s'attendait naturellement à ce qu'on lui obéisse. Or, non seulement Tory n'avait pas fait ce qu'il lui ordonnait de faire, mais elle ne s'était exécutée que lorsqu'elle l'avait jugé bon.

Il détestait les flatteurs et les courtisans, même s'il avait fini par s'y faire. Mais Tory, loin de le flatter, lui avait manifesté un dédain à peine voilé, avant de le complimenter sur son œuvre puis de se moquer de lui. Ce qui l'avait fait rire, se remémora-t-il.

Il voulait en savoir plus sur elle. Un temps, il avait même envisagé de payer quelqu'un pour lancer des investigations sur Victoria L. Ashton, avocate. Ce n'est pas le respect de la vie privée qui l'avait retenu, mais la volonté de découvrir lui-même qui était cette femme au visage de madone, à la voix de velours et d'acier, qui maniait avec aisance un colt 45… Même s'il devait y passer tout l'été, dans la poussière et la chaleur, il trouverait. Le tournage ne lui laisserait pas une minute, mais, d'une façon ou d'une autre, il se débrouillerait pour se donner le temps nécessaire.

S'adossant au coussin de sa chaise longue, il regarda le ciel. Il avait refusé d'aller à une soirée pour préparer la scène qu'il tournerait le lendemain matin, mais, en fait, il pensait à Tory et pas au film, et il en avait même perdu toute notion du temps. A l'évidence, il aurait dû chasser la jeune femme de son esprit pour se consacrer à son film et éviter toute distraction, mais il en était incapable. Depuis son retour de Friendly, il n'avait pas eu la moindre envie de prendre son téléphone pour appeler une des femmes de sa connaissance. Il pouvait tant qu'il voulait tromper ses amis en prétextant un emploi du temps surchargé, il savait parfaitement de quoi il retournait. A cet instant il n'avait envie que d'une seule femme. Une compagne, une maîtresse…

Il voulait l'embrasser encore une fois pour s'assurer qu'il n'avait pas imaginé les sensations qu'il avait éprouvées, ni cette conviction que ce baiser était *juste*. Curieusement, il ne voulait à aucun prix abîmer cette sensation, en goûtant ou en touchant une autre femme. Cette pensée l'inquiéta, mais il l'écarta en se disant que l'obsession disparaîtrait quand il aurait eu ce qu'il voulait de Tory. Plus inquiétant était le fait qu'il voulait lui parler. Juste lui parler.

Vaguement contrarié, Phil se leva. Il était fatigué, rien de plus. Et il avait encore ce nouveau script à lire avant d'aller au lit. Quand il rentra dans la maison par la baie grande ouverte, tout était silencieux. Même la musique s'était arrêtée sans qu'il le remarque. Il descendit dans le salon en contrebas, son verre à la main.

La pièce exhalait le léger parfum citronné de la cire que la femme de ménage avait employée le matin même, faisant briller les tommettes couleur brique. Sur le canapé profond et rebondi étaient éparpillés une douzaine de coussins dans un désordre agréable qui invitait à un repos lascif. Il avait lui-même choisi les tons de bleu, vert et ivoire de la décoration, ainsi que le tableau impressionniste accroché au mur, le seul de la pièce. Grâce à d'immenses baies vitrées, la pièce semblait ouverte sur l'extérieur. La maison n'avait rien de l'opulence des demeures dans lesquelles il avait grandi, mais évoquait néanmoins la réussite et l'argent. Phil s'y sentait bien, comme il se sentait bien avec sa vie, avec sa personne et avec ses projets pour l'avenir.

Il traversa la pièce et se dirigea vers le large escalier qui desservait le premier étage. Les marches n'étaient pas tapissées et ses pieds nus glissèrent agréablement sur le bois. Les rushes qu'il avait visionnés avec Huffman étaient bons. Au fur et à mesure de l'avancée du film, le producteur se faisait plus aimable. Il parlait moins d'assurances et de dépassements de coûts. De plus, Huffman avait été séduit par l'idée de tourner le cœur du film en décors naturels, d'autant que l'arrangement financier passé avec Friendly était avantageux. Rien ne redonnait plus vite le sourire au producteur que ce genre de nouvelle, songea Phil avec cynisme. Puis il alla prendre une douche.

La salle de bains était gigantesque. Plus encore que le calme absolu de l'endroit, c'est elle qui avait décidé Phil à acheter. La douche occupait tout un mur, avec de nombreux jets positionnés des deux côtés. Il ouvrit les robinets et enleva son short de bain, tandis qu'une vapeur chaude envahissait la cabine. En rentrant à l'intérieur, il se remémora tout à coup la minuscule et inconfortable cabine dans laquelle il s'était lavé à Friendly, en cette matinée suffocante.

Le savon utilisé par Tory était encore mouillé. Quelle étrange sensation il avait ressentie en le faisant glisser sur sa peau tout en sachant qu'il avait glissé sur la sienne !... Puis l'eau chaude s'était brusquement arrêtée, alors qu'il était encore couvert de savon. Il avait copieusement injurié Tory, mais, dans le même temps, aurait tout donné pour qu'elle lui appartienne.

Debout entre les deux jets puissants, Phil songea qu'il avait toujours autant envie d'elle. Cédant à une irrépressible impulsion, il sortit de la cabine et attrapa le téléphone accroché au mur.

— Je voudrais appeler un endroit qui s'appelle Friendly, au Nouveau-Mexique, dit-il à l'opérateur.

Il ignorait quelle heure il était, mais décida de tenter le coup.

— Je voudrais le bureau du shérif, ajouta-t-il, tandis que la vapeur s'échappait de la douche.

Il y eut comme de la friture dans le combiné, puis une tonalité.

— Bureau du shérif…, dit Tory.

En entendant le son de sa voix, Phil ne put réprimer un sourire.

— Shérif, déclara-t-il.

Les sourcils froncés, Tory reposa sur son dossier ouvert le café censé l'empêcher de s'endormir.

— Oui ?

— Phil Kincaid.

Incapable de prononcer une parole, Tory resta quelques secondes la bouche ouverte, le cœur battant à tout rompre. Son excitation était ridicule, songea-t-elle en se redressant brutalement. Elle n'avait pas douze ans !

— Qu'y a-t-il ? lança-t-elle d'un ton léger. Auriez-vous oublié votre brosse à dents ?

— Non.

L'espace d'un instant, il fut pris de court et chercha une raison valable qui expliquerait son appel. Il n'était pas un de ces adolescents transis qui appelle sa petite amie juste pour entendre le son de sa voix.

— Le tournage est programmé, improvisa-t-il. Nous serons à Friendly la semaine prochaine. Je voulais juste m'assurer qu'il n'y avait pas de problème.

Le regard de Tory se tourna vers la cellule, et elle le revit debout derrière les barreaux.

— Votre chef décorateur s'est mis en rapport avec le maire et avec moi, expliqua-t-elle en se forçant à détourner les yeux. Nous vous avons octroyé tous les permis nécessaires, l'hôtel vous a été réservé dans son intégralité, à tel point que j'ai dû me battre pour garder ma chambre. Par ailleurs, certains habitants sont prêts à vous louer des chambres à leur domicile.

Elle n'eut pas à préciser que tout ceci ne lui convenait guère, car le ton de sa voix l'indiquait à lui seul, ce qui amusa Phil.

— Vous craignez toujours que nous corrompions la ville, shérif ?

— Vous avez intérêt à vous tenir tranquilles, vous et votre équipe, Kincaid, sinon je vous remets dans votre cellule.

— Quel réconfort de savoir qu'elle est là à m'attendre…, enchaîna-t-il. Et vous, vous m'attendez ?

— Moi ? Comme les Egyptiens leur prochaine plaie, rétorqua-t-elle avec ironie.

— J'adore la façon dont vous vous exprimez, Victoria.

Tout à coup, un grésillement sur la ligne parvint à l'oreille de Tory.

— Quel est ce bruit que j'entends ? interrogea-t-elle.

— Ce bruit ?

— Oui, on dirait de l'eau qui coule…

— C'est ça, répondit Phil. Je suis sous la douche.

Elle resta un instant muette, puis éclata de rire.

— Mais pourquoi m'appelez-vous sous la douche, Phil ?

La voix de Tory était soudain détendue, elle l'appelait par son prénom : il n'en fallut pas plus pour attiser encore le désir de Phil.

— Parce que ça me fait penser à vous.

Tory posa les pieds sur son bureau, oubliant son dossier. Quelque chose en elle était en train de s'attendrir.

— Ah…, fit-elle.

— L'autre jour, à Friendly, l'eau s'est arrêtée au beau milieu de ma douche, expliqua-t-il en passant une main dans ses cheveux mouillés. Mais, à ce moment-là, ma situation m'interdisait toute réclamation.

— J'en parlerai à la direction, dit-elle.

Elle hésita un instant.

— Ne vous imaginez pas que l'hôtel est un quatre étoiles, Kincaid, reprit-elle. Il n'y a ni room service ni téléphone dans la salle de bains.

— Nous survivrons.

— Je n'en suis pas si sûre, rétorqua-t-elle sèchement. Les membres de votre équipe risquent le choc culturel quand ils s'apercevront qu'il n'y a pas de Jacuzzi…

— Vous nous prenez pour des mauviettes ?

Agacé, Phil changea le téléphone de main et faillit le faire tomber en le serrant dans sa paume mouillée.

— Je pense que vous allez apprendre un certain nombre de choses sur les gens du show-business cet été, Victoria. Et je serai ravi d'être votre professeur.

— Je n'ai pas la moindre envie d'apprendre quoi que ce soit de vous, précisa-t-elle d'une voix posée.

— Il y a une différence entre avoir envie et avoir besoin, figurez-vous.

En imaginant ses yeux verts brillant d'un éclat de colère, il ressentit une étrange satisfaction.

— Tant que vous respectez les règles, il n'y aura pas de problème, affirma Tory.

— A un moment ou à un autre, c'est moi qui édicterai les règles, et vous et moi les respecterons. Je vous ai fait une promesse.

Tory retira ses bottes du bureau et leurs talons claquèrent quand elles touchèrent le sol.

— N'oubliez pas de vous laver derrière les oreilles, conseilla-t-elle avant de raccrocher brutalement.

5

Tory était dans son bureau quand ils arrivèrent. Elle le devina rien qu'au bruit des moteurs : ce ne pouvait être qu'eux. Elle se força à finir de remplir le formulaire sur lequel elle travaillait, avant de quitter son bureau. Naturellement, elle n'était en aucun cas impatiente de le revoir, mais il était de son devoir de s'assurer que l'ordre régnait dans la ville pendant l'installation de l'équipe de Hollywood. Pourtant, elle hésita un instant tout en tripotant distraitement son insigne. Elle n'avait pas encore décidé quelle attitude adopter avec Phil. Bien sûr, il y avait la loi, mais la loi ne lui serait pas d'un grand secours quand elle se retrouverait face à lui et sans son insigne.

Tod déboula dans la pièce, les yeux écarquillés, le rouge aux joues.

— Tory, ils sont là ! Toute une bande, juste devant l'hôtel. Et y a des camionnettes, des voitures et tout et tout !

Elle lui sourit, même si, au fond, elle avait envie de jurer. Tod ne se laissait aller à l'appeler Tory que quand il était au comble de l'excitation. Il était si attendrissant, pensa-t-elle, si rêveur ! Elle alla vers lui et le prit par l'épaule sans qu'il ait le moindre mouvement de recul.

— Allons voir, dit-elle simplement.

— Tory… shérif, rectifia Tod laborieusement, vous croyez que ce type va me laisser le regarder faire son film ? Vous savez, le type que vous avez coffré !

— Je sais, murmura Tory quand ils furent à l'extérieur. Je pense que oui, ajouta-t-elle, distraite.

Ce qu'elle vit à l'extérieur ressemblait tellement peu à Friendly qu'elle eut envie de rire. Il y avait de nombreux véhicules garés devant l'hôtel, et une foule de gens. Sur le trottoir, le maire parlait à quinze personnes à la fois. Parmi les Californiens, certains regardaient autour d'eux avec une expression de curiosité et de stupéfaction, et c'est avec cette même expression que les habitants de Friendly les observaient en retour.

Ils étaient comme de planètes différentes, songea Tory, amusée. Mais le moment était venu pour elle de rencontrer le chef de la bande ; quand elle aperçut Phil, son sourire s'évanouit.

Comme lors de sa première visite, il était habillé de façon décontractée, à l'instar des autres membres de son équipe. Pourtant, il était différent. Sans l'ombre d'un doute, c'était lui le boss. Même quand il faisait semblant d'écouter le maire, il continuait à donner des ordres. Et il était aussitôt obéi, constata-t-elle, pensive. Entre lui et son équipe, on sentait à la fois de la camaraderie et un respect implicite. Le matériel fut déchargé au milieu des cris et des rires, mais néanmoins d'une façon parfaitement organisée. Phil surveillait chaque détail.

— Ouah ! s'exclama Tod. Vous avez vu tout ce bazar ? J'parie qu'y a des caméras dans ces boîtes. Peut-être que je vais pouvoir les apercevoir.

— Peut-être, marmonna Tory distraitement.

Soudain, le rire de Phil parvint à ses oreilles. Et puis leurs regards se croisèrent.

Son sourire ne disparut pas mais changea imperceptiblement. Ils se jaugèrent en silence, tandis qu'autour d'eux les membres de l'équipe s'affairaient, indifférents aux habitants de Friendly qui échangeaient des commentaires à voix basse. Leur confrontation silencieuse se transforma bientôt en défi.

Elle se tenait très droite, le bras négligemment posé sur l'épaule du garçon. Phil fut soudain envahi par une étrange sensation. Stupéfait, il s'aperçut qu'il souffrait : le simple fait de la regarder le faisait souffrir. Elle semblait détendue, voire lointaine, mais ses yeux regardaient bien dans sa direction. Il fixa le petit insigne accroché à la rondeur de son sein. Au milieu de cette chaleur et de cette sécheresse, elle était aussi tentante qu'un vin capiteux, puissant… et peut-être dangereux. Un membre de l'équipe dut l'interpeller deux fois avant qu'il ne l'entende.

— Quoi ? dit-il sans détourner les yeux de Tory.

— Huffman au téléphone.

— Je le rappellerai, déclara Phil en traversant la rue.

Lorsque Tod sentit le bras de Tory se raidir sur son épaule, il se tourna vers elle, curieux. Elle avait les yeux rivés sur l'homme qui approchait. Tod fronça les sourcils, mais se détendit en même temps que Tory.

Phil s'arrêta juste avant le trottoir, de sorte que ses yeux se trouvèrent à la même hauteur que ceux de la jeune femme.

— Shérif.

— Kincaid, enchaîna-t-elle d'un ton léger.

Il se tourna brièvement vers le garçon et lui sourit.

— Bonjour, Tod, comment vas-tu ?

— Bien, répondit ce dernier en l'observant à travers une de ses mèches en désordre.

Le fait que Phil parle à Tod et qu'il se souvienne de son nom toucha Tory, mais elle se ressaisit aussitôt. Ce n'était pas le moment de trouver Phil Kincaid sympathique.

— Est-ce que je…, commença Tod en se dandinant d'un pied sur l'autre avec nervosité. Vous pensez que je pourrais voir votre matériel ?

— Bien sûr, répondit Phil d'un air engageant. Va là-bas et demande Bicks. Dis-lui que je souhaite qu'il te montre la caméra.

— C'est vrai ? fit Tod, tout excité, avant de quêter d'un regard l'assentiment de Tory.

Quand elle lui donna son accord d'un signe de tête, Phil nota la joie qui illumina soudain le visage du garçon.

Ses joues rosirent d'émotion, puis devinrent franchement écarlates quand Tory lui serra brièvement le bras.

— Vas-y, lui dit-elle.

Phil suivit des yeux le jeune homme, qui fila comme une flèche.

— Vous semblez avoir fait une nouvelle conquête. Je dois reconnaître qu'il a bon goût.

Comme elle semblait étonnée, il secoua la tête.

— Voyons, Tory, il est clair que ce garçon en pince pour vous !

— Ne soyez pas ridicule. C'est un enfant.

— Plus vraiment, protesta-t-il. A l'évidence, il est assez grand pour succomber au charme d'une belle femme.

Il nota avec amusement l'air décontenancé avec lequel Tory suivait Tod des yeux.

— Moi aussi, j'ai eu quatorze ans, renchérit-il.

— Mais vous n'étiez sûrement pas aussi innocent, enchaîna Tory, agacée qu'il ait mis le doigt sur quelque chose qui lui avait échappé.

— C'est vrai, concéda Phil de bonne grâce en la rejoignant sur le trottoir.

Elle leva le menton pour tenter de rester à son niveau.

— Je suis content de vous voir, shérif.

— Vraiment ? rétorqua-t-elle d'un ton détaché sans cesser de le dévisager.

— Oui. Je me demandais si vous étiez aussi belle que dans mon souvenir.

— Vous avez une équipe imposante, fit-elle observer en ignorant délibérément sa remarque. Et ils ne sont pas tous là, j'imagine.

— En effet. Pour l'instant, j'ai besoin de tourner des séquences sur la ville, la campagne. Les acteurs arriveront dans quelques jours.

Elle acquiesça en s'appuyant contre un poteau.

— Il faudra que vous gariez vos véhicules chez Bestler. Si vous avez l'intention d'utiliser une résidence privée ou un magasin pour filmer, il faudra en faire la demande aux propriétaires. Le café Hernandez est ouvert jusqu'à 23 heures en semaine, 1 heure du matin le week-end. Consommer de l'alcool dans la rue est passible d'une amende de cinquante dollars. Vous serez tenu pour responsable de tout dégât causé aux biens privés. Toute modification que vous apporterez aux lieux pour filmer devra être réglée au cas par cas. Toute personne arrêtée pour tapage nocturne à l'hôtel ou dans la rue sera jugée et condamnée. Et, dans la mesure où il s'agit de votre film, je vous considérerai comme personnellement responsable de la bonne tenue de vos troupes.

Phil écouta sa liste de mises en garde avec ce qui ressemblait à un intérêt soutenu.

— Dînez avec moi, dit-il soudain.

— Vous plaisantez ? rétorqua-t-elle, esquissant un sourire.

Quand elle avança à côté de lui, il la prit par le bras.

— Je n'ai pas plus envie de plaisanter que vous sur ce sujet, assena-t-il.

Elle ne se dégagea pas de son étreinte. C'était si bon qu'il la touche de nouveau, pensa-t-elle en se contentant de lui lancer un long regard.

— Phil, nous devons tous les deux faire notre métier. Ne compliquons pas les choses.

— Tout à fait de votre avis, approuva-t-il.

L'espace d'un instant, il se demanda ce qui se passerait s'il l'embrassait, là, sur-le-champ. C'était ce qu'il avait envie de faire, plus que toute autre chose depuis longtemps. Mais cela aurait été stupide…

— Nous pourrions dire qu'il s'agit d'un dîner professionnel, suggéra-t-il.

— Pourquoi ne pas appeler tout simplement les choses par leur nom ? fit-elle en riant.

— Parce que, alors, vous ne viendriez pas. Or, j'aimerais vraiment vous parler.

La simplicité de sa réponse la déconcerta.

— De quoi ?

— Plusieurs choses.

Il faillit lever la main vers elle pour lui caresser le visage, avide qu'il était de sentir sa peau douce et satinée, mais il garda les doigts serrés autour de son bras.

— Entre autres, de mon film et de votre ville. Est-ce que ça ne simplifierait pas grandement les choses, pour vous comme pour moi, si nous étions capables de communiquer de façon à tomber d'accord sur l'essentiel ?

— Peut-être.

— Venez dîner dans ma chambre. C'est aussi mon bureau pour l'instant, ajouta-t-il d'un ton dégagé devant son air surpris. Je souhaiterais clarifier la situation en ce qui concerne mon film. Et si nous devons nous opposer, shérif, autant le faire en privé.

C'est le mot shérif qui emporta la décision de Tory. Ne s'agissait-il pas de son titre et de son métier ?

— D'accord, dit-elle. 7 heures.

— Parfait, acquiesça-t-il en la retenant encore un instant. Shérif, vous laisserez votre arme dans votre bureau, n'est-ce pas ? Sinon, je risque de manquer d'appétit.

— Je n'ai pas besoin d'une arme pour vous gérer, précisa-t-elle dans un éclat de rire.

Tory grimaça devant les vêtements pendus dans son placard. En prenant sa douche, elle avait envisagé de mettre sa tenue de travail et son insigne pour dîner avec Phil. Mais cela aurait été mesquin, et elle détestait la mesquinerie.

Elle effleura d'un doigt la soie vert émeraude d'une de ses robes. Dotée d'une coupe sobre près du corps et d'un col montant, elle était fermée sur le devant jusqu'à la taille par une rangée de petits boutons. Pratique et seyante, décida-t-elle en la décrochant de la penderie. Après l'avoir étalée sur son lit, elle enleva son peignoir.

Dehors, le calme régnait dans les rues, et elle pria pour que la situation en reste là, d'autant qu'elle avait demandé à Merle de la remplacer pour la soirée. Chez eux, dans les magasins, au bar, les gens se retrouveraient pour discuter du tournage. Depuis des semaines, c'était le sujet numéro un en ville, bien avant la chaleur, le manque de pluie ou les jumeaux Kramer, songea Tory en resserrant les lacets de son body avec un sourire. Friendly n'avait pas connu un événement aussi exceptionnel depuis des années, et tout le monde était décidé à en profiter. Il faudrait bien qu'elle suive le mouvement… jusqu'à un certain point.

Elle enfila la robe par la tête et sentit la soie lui glisser sur la peau. Voilà bien longtemps qu'elle ne s'était pas intéressée à ses vêtements, se dit-elle. A Albuquerque, elle faisait très attention à son apparence. Au tribunal, particulièrement face à un jury, son image était aussi importante que les premières phrases qu'elle prononçait : les gens la jugeaient. Néanmoins, elle avait appris à ne pas sacrifier le confort à l'élégance.

La robe mettait en valeur sa silhouette tout en lui laissant une parfaite liberté de mouvements. Tory jeta un œil au miroir pour vérifier son apparence. Elle ne voyait que son buste : elle se mit sur la pointe des pieds et se tourna de côté sans parvenir à se voir en totalité. Tant pis, il faudrait bien que ça aille…

Elle se parfuma d'un geste machinal, puis se souvint des commentaires de Phil sur son parfum et reposa le délicat flacon sur la tablette, contrariée. Trop tard, pensa-t-elle, elle n'allait pas se relaver pour se débarrasser de l'odeur ! Avec un haussement d'épaules, elle s'assit sur le lit pour mettre ses chaussures, ce qui fit grincer le matelas de manière inquiétante. Elle n'aurait pas de mal à gérer Phil Kincaid, se dit-elle, et c'était en grande partie pour cette raison qu'elle avait accepté son invitation à dîner. C'était une question de principe. Elle n'était pas femme à se laisser dominer par le charme et la séduction, et particulièrement par un homme à la réputation de Kincaid. Il se croyait tout permis, mais était un peu trop attachant à son goût. Il était né avec une cuiller en argent dans la bouche, dans un monde de paillettes et de glamour. Il s'attendait à ce que tout aille toujours dans son sens, y compris les femmes.

Tory, quant à elle, avait été élevée dans le respect de l'argent, dans le monde des gens ordinaires qui se battent au jour le jour pour vivre. Elle aussi s'attendait à ce que les choses aillent dans son sens, tout en sachant qu'elle ne pouvait compter que sur elle-même. Quand elle quitta la chambre, elle était déterminée à tout faire pour apparaître sous son meilleur jour pendant le dîner. A dire vrai, elle commençait même à trouver cette rencontre amusante…

La chambre de Phil était contiguë à la sienne. Bien qu'elle sût parfaitement que c'était lui qui avait arrangé la chose, elle n'avait pas l'intention d'y faire la moindre allusion.

Elle frappa un coup décidé et attendit.

En ouvrant la porte, Phil oublia instantanément la remarque flatteuse qu'il avait préparée. C'était exactement ainsi qu'il l'avait imaginée, radieuse dans une soie de couleur éclatante, et il ne put que la regarder, fasciné. Elle était tout simplement délicieuse. Les mots résonnèrent dans sa tête, mais il fut incapable de les prononcer. A cet instant, il comprit qu'il n'aurait pas de paix tant qu'elle ne lui aurait pas appartenu.

— Victoria, parvint-il à articuler après un long silence.

Tory nota la lueur trouble dans son regard, ainsi que sa voix rauque, et son cœur se mit à battre la chamade. Elle parvint cependant à esquisser un sourire.

— Phillip, lança-t-elle d'une voix détachée, j'entre ou on dîne dehors ?

Phil recula. Bredouiller et ouvrir de grands yeux admiratifs n'allait pas le mener bien loin. Il prit Tory par la main, la tira à l'intérieur et referma la porte à clé derrière eux, sans trop savoir si c'était elle qu'il voulait enfermer ou le monde extérieur qu'il voulait empêcher d'entrer.

Tory jeta un œil sur la petite pièce à l'ameublement hétéroclite, dans laquelle Phil avait déjà imprimé sa marque. Sur le bureau couvert de papiers se trouvaient un carnet rempli de notes, quelques crayons et un poste de radio. Les stores étaient tirés et elle constata avec étonnement que des bougies éclairaient la pièce. La table pliante était couverte d'une des plus belles nappes de l'hôtel. A coté de deux assiettes protégées par des couvercles, on avait débouché une bouteille de vin. Tory se dirigea vers la table et saisit la bouteille pour en examiner l'étiquette.

— *Château Haut-Brion blanc*, murmura-t-elle avec un accent parfait. Ce n'est pas chez Mendleson que vous avez acheté cette bouteille, fit-elle observer.

— Je ne pars jamais en tournage sans emporter quelques… fournitures.

— Et les bougies ? demanda-elle en reposant la bouteille.

— Elles viennent du magasin d'à côté.

— Du vin et des bougies. Pour un dîner d'affaires ?

— Un peu d'indulgence pour mes caprices de réalisateur, s'il vous plaît ! suggéra-t-il en remplissant leurs verres. Vous savez, nous mettons toujours tout en scène, nous n'y pouvons rien.

Il lui tendit son verre, puis l'effleura du sien.

— A une relation agréable, shérif ! lança-t-il.

— Collaboration, corrigea Tory avant de boire. Excellent, commenta-t-elle.

Elle se laissa aller à l'observer un moment. Il portait un pantalon de sport à la coupe impeccable et une chemise blanc cassé au col ouvert, qui mettait en valeur son torse mince. La lumière des bougies jetait des reflets roux dans ses cheveux.

— Vous avez plus l'air d'un metteur en scène que la première fois que je vous ai vu, déclara-t-elle.

— Vous, c'est l'inverse…

— Vraiment ?

Elle se détourna et fit le tour de la pièce. Le petit tapis était usé par endroits, la tête de lit abîmée, la table de nuit bancale.

— Vous êtes content de votre chambre, Kincaid ?

— Je m'y fais.

— On en reparlera quand il fera chaud, dit-elle en riant dans son verre.

— Parce qu'il ne fait pas chaud ?

— Vous connaissez la formule : « pour l'instant, vous n'avez encore rien vu » ?

Il s'interdit de guetter les mouvements de son corps sous la soie.

— Vous voulez voir tout le gratin de Hollywood fondre de chaleur, Tory ?

Elle se retourna et lui lança un sourire éclatant qui le déconcerta.

— Pas du tout, j'espère que tout se passera bien, assura-t-elle. Après tout, j'ai toujours beaucoup aimé vos films.

— Mais pas forcément tout ce qu'implique leur fabrication…

— Peut-être pas, en effet, admit-elle. Que me proposez-vous à dîner ?

Il garda le silence un moment, se contentant d'observer son regard rieur au-dessus de son verre.

— Le menu est plutôt limité…

— Tourte à la viande ? fit Tory, sachant que c'était la spécialité de l'hôtel.

— Non, Dieu merci ! Poulet et salade de pâtes.

— Alors je reste, annonça-t-elle en se rapprochant de lui.

Ils s'installèrent autour de la table pliante.

— Si on parlait d'abord boulot, Kincaid ? Sauf si vous avez peur que cela ne vous cause une indigestion…

Avec un sourire, il serra sa main entre les siennes, la prenant au dépourvu.

— Vous êtes vraiment une femme étonnante, Tory. Pourquoi avez-vous peur de m'appeler par mon prénom ?

Elle eut un instant d'hésitation, mais ne retira pas sa main. *Parce que c'est trop personnel*, pensa-t-elle.

— Peur ? répéta-t-elle.

— Devrais-je dire plutôt que vous êtes réticente ? suggéra-t-il en lui effleurant d'un doigt le dos de la main.

— Indifférente, précisa-t-elle en lui enlevant doucement sa main.

Elle ôta le couvercle de son assiette.

— J'ai cru comprendre que vous alliez tourner pendant six semaines, ajouta-t-elle. C'est bien cela ?

— Oui, selon les assureurs, murmura Phil en reprenant du vin.

— Les assureurs ?

— La société Tyco va s'assurer que le film sera fini dans les délais.

— Ah, oui, fit Tory en attaquant son poulet. Il paraît que c'est la mode à Hollywood. Ces assureurs exigent que le film soit bouclé à temps, et dans le respect du budget. Pour ça, ils peuvent même vous licencier, n'est-ce pas ?

— Moi, le producteur, les vedettes, tout le monde, confirma Phil.

— C'est pratique.

— Stressant, corrigea-t-il en découpant son poulet.

— De votre point de vue, je peux le comprendre, fit observer Tory. Pourtant, commercialement parlant, c'est logique. Il faut parfois imposer certaines règles aux créatifs. Comme celles que je vous ai énoncées ce matin…

— Et les règles sont faites pour être assouplies, enchaîna-t-il. Comme pour certaines des scènes de nuit que nous allons tourner. Je vais avoir besoin de votre coopération. Les habitants pourront assister à toutes les phases du tournage, à condition qu'ils n'interfèrent pas, n'interrompent pas et restent à leur place. Certains de nos équipements sont très coûteux et très fragiles. Nous avons notre propre sécurité, mais, en tant que shérif, il serait peut-être bon que vous insistiez sur ce point.

— Votre équipement est sous votre responsabilité, lui rappela-t-elle. Mais je vais prendre la mesure suivante : vous devrez passer par mon bureau pour obtenir une autorisation avant chaque tournage de nuit.

— Pourquoi ? interrogea-t-il, contrarié.

— Je souhaite être informée quand vous tournez en pleine nuit ou en centre-ville, pour pouvoir limiter les nuisances au maximum.

— A certaines occasions, j'aurai besoin que les rues soient bloquées.

— Vous n'aurez qu'à m'envoyer un mémo avec la date et l'heure. Friendly ne va pas s'arrêter de vivre juste pour vous faire plaisir…

— Reconnaissez que, de toute façon, le rythme de Friendly est plutôt lent…

— C'est un fait, admit-elle en ébauchant un sourire. Comme vous avez pu le constater…

— Je souhaiterais également pouvoir recruter des figurants et des extra parmi les habitants, reprit-il d'un ton radouci.

Tory leva les yeux au ciel.

— Mon Dieu, vous n'allez pas vous faciliter la tâche ! Faites comme vous le souhaitez, mais vous serez obligé d'accepter toutes les candidatures.

Phil en était déjà arrivé seul à cette conclusion, il ne fit donc aucun commentaire.

— Vous êtes intéressée ? demanda-t-il d'un ton dégagé.

— Pardon ?

— Etes-vous intéressée ?

Avec un petit rire, elle lui tendit son verre.

— Non.

Phil resta un moment immobile, la bouteille à la main.

— Je ne plaisante pas, Tory. J'aimerais que vous apparaissiez dans le film.

— Je n'en ai ni l'envie, ni le temps.

— Vous avez le physique pour ça et, j'en suis sûr, le talent.

Elle sourit, plus amusée que flattée.

— Phil, je suis avocate, et je n'ai aucune envie d'être quelqu'un d'autre.

— Pourquoi ?

Il comprit aussitôt que sa question la perturbait. Le verre au bord des lèvres, elle le dévisagea longuement.

— Parce que le droit me fascine, reprit-elle enfin. Parce que je le respecte. Parce que j'aime l'idée que je peux, de temps en temps, avoir une influence sur la justice. J'ai travaillé dur pour entrer à Harvard et encore davantage pendant mes années d'études. Tout ça est très important pour moi.

— Et pourtant vous vous arrêtez pendant six mois.

— Pas tout à fait, répondit-elle en fixant la flamme de la bougie. Et, de toute façon, c'était nécessaire. Il y aura d'autres dossiers, quand je rentrerai.

— J'aimerais vous entendre plaider, murmura-t-il en observant le reflet de la bougie dans ses yeux. Je suis sûr que vous êtes extraordinaire.

— Magnifique, corrigea-t-elle, ironique. Le procureur adjoint me déteste, ajouta-t-elle en reprenant une bouchée de poulet. Et vous ? Pourquoi êtes-vous réalisateur et pas acteur ?

— Je n'ai jamais eu envie d'être acteur, répondit Phil, soudain plus détendu.

Cette conversation le stimulait, et il s'installa plus confortablement dans son fauteuil sans pouvoir détacher ses yeux de Tory. Son parfum aux senteurs érotiques se mêlait à celui de la cire chaude ; sa voix l'apaisait.

— Par ailleurs, je suppose que j'ai toujours eu plus envie de donner des ordres que d'en recevoir. Le réalisateur peut modifier une scène, changer le ton, déterminer le rythme de l'histoire tout entière. Un acteur ne travaille qu'avec un seul personnage, si complexe soit-il…

— Vous avez déjà dirigé vos parents…

Le ton de Tory, évasif, n'indiquait pas s'il s'agissait d'une affirmation ou d'une question. Le sourire de Phil dessina sur ses joues de fines rides d'expression, qu'elle eut soudain envie d'explorer de ses doigts.

— Non, dit-il en se resservant du vin, ça ferait des étincelles, vous ne croyez pas ? Nous trois dans un film… Même si mes parents ont divorcé voilà vingt-cinq ans, les tabloïds se jetteraient sur le sujet !

— Vous pourriez faire deux films différents avec chacun d'eux, fit-elle observer.

— C'est vrai. Si j'avais les bons scénarios, reprit-il après un silence.

Il hocha tout à coup la tête.

— J'y ai déjà songé, on m'a même proposé le projet un certain nombre de fois, mais je ne crois pas que ce serait une bonne idée, ni professionnellement ni sur le plan personnel. C'est un couple choc, déclara-t-il avec une moue amusée. Mes parents sont dotés de caractères bien trempés, voire explosifs ; ils font probablement partie des meilleurs acteurs des cinquante dernières années. Ils sont capables d'aller chercher l'essentiel dans chacun de leurs personnages.

— J'ai toujours eu une grande admiration pour eux, dit Tory. Particulièrement pour les films qu'ils ont tournés ensemble. Entre eux, sur l'écran, il se produit une sorte d'alchimie.

— Hors de l'écran aussi, murmura Phil. J'ai toujours été émerveillé qu'ils aient pu rester ensemble presque dix ans. Leurs autres mariages, à l'un et à l'autre, n'ont pas duré aussi longtemps. Mais le problème, c'est qu'ils étaient en permanence en compétition. C'est ce qui a fait d'eux des acteurs exceptionnels, mais aussi des êtres invivables au quotidien. Comment voulez-vous vivre avec quelqu'un dont vous avez toujours peur qu'il soit meilleur que vous ?

— Vous êtes très proche d'eux, n'est-ce pas ? demanda-t-elle.

Il haussa les sourcils, l'air surpris.

— C'est ce qu'on devine, poursuivit-elle, et c'est plutôt sympa.

— Oui, je suis proche d'eux. Mais aussi un peu méfiant à leur égard. Ils ont une très forte présence, que ce soit séparément ou ensemble. Chez moi, quand j'étais enfant, mes parents déclamaient leurs tirades au petit déjeuner et taillaient les producteurs en pièces au dîner. Mon père vivait chacun de ses rôles à cent pour cent. Quand il jouait un psychotique, je devais m'attendre à croiser un fou dans la salle de bains le matin…

— *Obsession*, se souvint Tory, réjouie. 1957.

— Absolument, approuva Phil. Vous aimez ?

— Bien sûr ! J'ai échangé mon premier baiser en regardant Marshall Kincaid dans *Voyage sans fin*, expliqua-t-elle avec un rire de gorge. Je dois dire que, des deux, c'est le film qui m'a le plus marquée…

— Vous étiez encore au biberon quand le film est sorti, fit observer Phil après un rapide calcul.

— Vous n'avez jamais entendu parler du cinéma de minuit ? rétorqua-t-elle.

— Si, mais les jeunes filles devraient être couchées à cette heure-là…

Les coudes posés sur la table, Tory prit son visage dans ses mains et lança à Phil un coup d'œil taquin.

— Et les garçons ?

— … devraient éviter les situations à risque, acheva-t-il.

— Comme s'ils en avaient envie ! s'esclaffa Tory. Si je me souviens bien, vos exploits ont commencé à un âge très tendre. Comment s'appelait cette actrice avec laquelle vous avez eu une histoire quand vous aviez seize ans ? Je crois qu'elle avait une vingtaine d'années, et…

— Vous voulez encore du vin ? coupa Phil en la servant sans attendre sa réponse.

— Et puis il y a eu la fille de ce comédien…

— Nous étions presque des cousins, protesta Phil.

— Vraiment ? fit Tory d'un air dubitatif. Et la danseuse, ah oui, Nicki Clark…

— Elle bougeait magnifiquement, se souvint Phil avant de se tourner vers Tory. Vous avez l'air plus au fait de mes exploits que moi des vôtres ! Auriez-vous passé tous vos loisirs à Harvard à lire les revues de cinéma ?

— Moi, non, mais ma colocataire, oui. Elle étudiait l'art dramatique. Je la vois de temps à autre dans des publicités. Et je connaissais quelqu'un dans le milieu ; du coup, j'ai souvent entendu votre nom lors de réceptions.

— Quelqu'un… c'est-à-dire l'acteur avec lequel vous êtes sortie ?

— Quelle mémoire ! murmura Tory, mal à l'aise. Vous êtes étonnant…

— Ça fait partie du métier. Comment s'appelait-il ?

Tory prit son verre et l'étudia un moment.

— Chad Billings.

— Billings ? s'écria Phil d'un air à la fois étonné et contrarié. Un vulgaire pique-assiette, Tory. Je n'aurais jamais pensé qu'il soit votre style.

— Non ? lança-t-elle en le foudroyant du regard. Il était amusant… et m'a beaucoup appris.

— Il était également marié.

— Seriez-vous choqué, Phil ? demanda-t-elle. A l'époque, il faisait une pause entre deux proies…

— Bien dit, fit-il. En tout cas, si vous avez vu l'industrie du cinéma à travers ses yeux, je m'étonne que vous n'ayez pas tout fait pour nous empêcher de venir ici.

— J'y ai pensé, avoua-t-elle avant de lui sourire de nouveau. Je ne suis pas complètement stupide, vous savez.

Phil continuait à l'observer, les sourcils froncés, plus contrarié qu'il n'aurait dû l'être de l'imaginer avec Billings.

— Il vous a fait souffrir ? demanda-t-il de but en blanc.

— Non, répondit Tory, surprise. Peut-être l'aurait-il fait si je lui en avais laissé la possibilité. Mais nous ne nous sommes jamais vus de manière exclusive ou sur une très longue période. A l'époque, je suivais un dossier à LA.

— Pourquoi êtes-vous installée à Albuquerque ? interrogea Phil. Vous impressionnez beaucoup Lou, et il n'est pas facilement impressionnable. Pourquoi ne travaillez-vous pas dans un gratte-ciel à New York ?

Elle se renfonça confortablement dans son fauteuil.

— Je déteste les embouteillages, expliqua-t-elle en faisant tournoyer son vin dans son verre. Et je déteste aussi être pressée.

— Alors LA ?

— Je ne joue pas au tennis.

Il éclata de rire, de plus en plus conquis.

— J'adore votre façon de résumer les choses, Tory. Que faites-vous quand vous ne défendez pas la loi ?

— Ce qui me plaît, en général. Le sport et les loisirs sont trop prenants. J'aime dormir.

— Vous oubliez l'équitation, je vous ai vue à cheval.

— C'est différent, répondit-elle, détendue par l'alcool. Faire du cheval m'aide à me relaxer, à me vider la tête.

— Pourquoi vivez-vous dans une chambre d'hôtel, alors que vous avez une maison toute proche de la ville ?

Elle serra plus fort son verre dans sa main, ce qui n'échappa pas à Phil.

— C'est plus simple.

Mieux valait abandonner le sujet pour l'instant, songea Phil. La question était bien trop sensible…

— Et que faites-vous quand vous ne donnez pas des conférences de presse sur vos films ? demanda-t-elle en s'efforçant de relâcher la pression de ses doigts sur le verre.

Elle changeait délibérément de sujet, mais il n'insista pas.

— Je lis des scripts, je vois des films…

— Et vous allez à des fêtes, compléta Tory.

— Aussi, ça fait partie du jeu.

— Vous ne trouvez pas difficile de vivre dans une ville où tout n'est que paraître ? Est-ce que l'intérêt professionnel justifie de supporter les gens lunatiques, affabulateurs, parfois désespérés ? Comment faites-vous pour séparer la vérité de la fiction ?

— Et vous, comment faites-vous dans votre profession ? rétorqua-t-il brutalement.

— Bien répondu, murmura Tory après quelques secondes de réflexion.

Elle se leva et se dirigea vers la fenêtre. Après avoir écarté le store, elle constata avec surprise que le soleil s'était couché. Quelques traînées rouges flottaient encore à l'horizon, mais à l'est, dans le ciel assombri, brillaient déjà les premières étoiles.

Phil resta assis à la regarder, à la désirer.

— Merle est en train de faire sa ronde, constata Tory

d'un ton où perçait l'amusement. Il arbore sa mine officielle. J'imagine qu'il meurt d'envie d'être repéré. Il aurait rêvé d'être shérif pendant la conquête de l'Ouest, alors il se console en jouant la comédie.

Soudain, une voiture arriva en trombe et s'arrêta devant la salle de billard dans un crissement de freins assourdissant.

— Oh ! mon Dieu, ce sont les jumeaux, fit Tory avec un soupir.

Elle vit Merle faire demi-tour et se diriger vers eux à grandes enjambées.

— Depuis qu'ils ont leur permis, nous n'avons plus la paix ici, ajouta-t-elle. Je ferais peut-être mieux de descendre m'assurer qu'ils ne font pas n'importe quoi…

— Merle n'est donc pas capable de maîtriser deux adolescents ?

— Vous ne connaissez pas les Kramer, répondit Tory avec une moue éloquente. Voilà, Merle est en train de leur faire un énième sermon…

— Ont-ils lavé toutes les vitres chez Hollister ? demanda Phil en la rejoignant à la fenêtre.

— Comment êtes-vous au courant ? lança-t-elle en se tournant vers lui, étonnée.

— Tod m'a raconté.

Il se pencha à la fenêtre dans l'espoir d'apercevoir les terribles jumeaux. De loin, ils avaient l'air absolument inoffensifs, et se ressemblaient de façon incroyable.

— Lequel est Zac ?

— Je crois que c'est celui de droite. Il me semble, ajouta-t-elle avec un petit mouvement de tête. Pourquoi ?

— Zac Kramer n'aime pas les femmes shérif, déclara-t-il en mimant la voix traînante d'un adolescent.

— C'est vrai ? demanda Tory avec un clin d'œil complice.

— Absolument.

Sans même s'en rendre compte, il tendit la main pour toucher ses cheveux.

— Il n'a pas l'air très malin, fit-il observer.

— Mais il l'est suffisamment pour avoir lavé les vitres

de M. Hollister, corrigea Tory, que ce souvenir amusa. Et pour m'avoir appelée « belle plante » en croyant que je ne pouvais pas l'entendre. Mais peut-être était-ce Zeke…

— « Belle plante » ?

— Oui, répondit Tory en affichant un air important. « Très belle plante ». Pour lui, c'est le compliment suprême.

— On vous tourne la tête facilement, constata Phil. Et si je vous disais que votre visage pourrait figurer dans un tableau de Raphaël ?

— Je rétorquerais que vous en faites un peu trop, enchaîna-t-elle avec humour.

— Et vos cheveux…, reprit-il avec un subtil changement de voix. Ils me font penser à la nuit, à une chaude nuit d'été qui vous tient éveillé, plongé dans vos pensées, en proie au désir.

Il plongea les deux mains dans ses cheveux et joua avec ses boucles. Le store retomba d'un coup à sa place, les coupant du monde extérieur.

— Phil…, murmura Tory, bouleversée par la soudaineté du désir qui montait en eux.

— Et ta peau, poursuivit-il sans l'entendre, elle a la douceur d'un drap de satin, l'attrait du fruit défendu.

Il lui effleura la joue de sa bouche, de la pointe de sa langue.

— Tory…

Le murmure de sa voix enveloppa Tory comme une caresse, et un frisson d'excitation la parcourut. Elle lui posa les mains sur les avant-bras, mais ne le repoussa pas, bien au contraire.

— Sais-tu combien de fois j'ai pensé à toi, ces dernières semaines ? reprit-il.

— Non.

Elle n'avait pas envie de résister. Elle voulait ressentir de nouveau cette vague brutale de plaisir qui s'emparait d'elle quand il pressait sa bouche sur la sienne.

— Non, répéta-t-elle en glissant ses mains derrière sa nuque.

— C'est trop, balbutia-t-il d'une voix sourde, avant d'étouffer un juron. Beaucoup trop…

Et il s'empara de la bouche que Tory lui offrait.

La passion, immédiate, frénétique, prit possession d'eux. Ils cherchaient à s'égarer de nouveau dans les bras l'un de l'autre, comme ils l'avaient fait brièvement quelques semaines auparavant. Tory croyait avoir exagéré dans son souvenir l'ardeur qui avait été la sienne, mais elle réalisa qu'il n'en était rien, bien au contraire : elle l'avait minorée. Impossible en effet d'imaginer ou même de décrire la force de la ferveur qu'elle ressentait : il fallait tout simplement la vivre. Il lui semblait que chaque fonction de son corps s'accélérait : son cœur, son sang, son cerveau. Et le centre de toutes ces sensations, de toutes ces émotions, c'était sa bouche. De sa langue, elle découvrait Phil, s'imprégnait de la saveur de ses lèvres, au point d'être emplie de lui, incapable de se séparer de lui. Avec un gémissement, elle rejeta la tête en arrière, l'invitant à l'embrasser plus passionnément encore. Mais il voulait plus.

Les cheveux de Tory, rejetés en arrière, dégageaient son cou, le rendant infiniment vulnérable. En proie à une irrépressible pulsion, Phil le couvrit de baisers, au point que Tory émit un petit cri à mi-chemin entre la souffrance et le plaisir. Il semblait à Phil que l'essence même du parfum de Tory se nichait là, exaltée par la chaleur de sa gorge, ce qui décupla encore son désir. Il tira sur les boutons recouverts de soie, impatient de trouver sa peau cachée, cette peau secrète qui était devenue son obsession. Un râle lui échappa quand il glissa la main sous le tissu fin de son body et la trouva enfin. Elle était ferme, et si svelte qu'il pouvait se l'approprier de sa paume. Il sentait les battements de son cœur.

Tory tourna la tête, lui offrant la partie de son cou qu'il avait jusque-là négligée. Elle lui passa les mains dans les cheveux et l'attira à elle. De ses doigts insatiables, Phil s'aventura partout sur son corps avec une audace teintée de respect, explorant, s'attardant à certains endroits, prenant possession. Au mouvement de ses lèvres contre sa peau,

Tory réalisa qu'il murmurait des mots à peine audibles et incompréhensibles. La pièce lui paraissait de plus en plus exiguë, de plus en plus surchauffée, et elle songea avec impatience au moment où, débarrassée de ses vêtements, elle trouverait enfin le soulagement… et le plaisir.

Alors il l'attira à lui et l'enlaça étroitement. Leurs bouches s'unirent, avides et insatiables. Ils s'embrassèrent avec passion, jusqu'à en perdre le souffle. Bien qu'il ait eu dès le départ l'intention de finir la soirée au lit avec Tory, jamais Phil n'aurait imaginé rentrer ainsi dans un état second, perdre ainsi le contrôle de lui-même. Comment les délicieuses rondeurs d'une femme peuvent-elles vous rendre fou, alors qu'elles devraient juste vous apporter un plaisir facile ? Un baiser n'était qu'un prélude, alors pourquoi avait-il le sentiment d'y brûler toutes ses forces ? Une seule chose était claire à ses yeux : il la voulait, non seulement de tout son corps, mais aussi de tout son être. Il était désormais incapable d'arrêter ce qui se passait en lui : elle seule était la solution.

— Mon Dieu, Tory, murmura-t-il en lui couvrant le visage de baisers, viens au lit. Pour l'amour du ciel, viens au lit. J'ai trop envie de toi.

Elle eut tout à coup la sensation d'être au bord d'une falaise. Sauter n'avait jamais été aussi tentant, ni aussi dangereux. Il aurait été si facile, tellement facile, de se pencher et de se jeter dans les airs. Mais la chute… Elle tenta de garder l'esprit clair, alors qu'une seule pensée l'obsédait, l'empêchant de réfléchir : Phil. Il était beaucoup trop tôt pour franchir ce pas.

— Phil…

Bouleversée, elle s'arracha à lui et s'appuya contre la fenêtre.

— Je… non, articula-t-elle avec difficulté en posant les mains sur ses tempes.

Il l'attira de nouveau à lui.

— Si, corrigea-t-il en pressant ses lèvres sur les siennes,

qu'elle lui abandonna aussitôt. Tu as envie de moi autant que j'ai envie de toi, tu ne peux pas le nier.

— Non, admit-elle en posant un instant la tête contre son épaule, avant de s'écarter de lui. Je ne peux pas le nier, ajouta-t-elle d'une voix que la passion rendait sourde. Mais je ne fais pas toujours ce que je veux. C'est une des différences essentielles entre toi et moi.

Il jeta un coup d'œil à sa robe déboutonnée.

— Nous avons aussi autre chose en commun. Quelque chose qui se produit rarement entre un homme et une femme.

— Cela n'aurait pas dû arriver, commença-t-elle en refermant ses boutons. Ce n'est pas ce que j'avais prévu.

— Moi, si, avoua-t-il. Mais pas exactement comme ça.

Elle leva les yeux vers lui. Elle comprenait parfaitement ce qu'il voulait dire. Ce qui venait de se passer entre eux était beaucoup plus intense que ce à quoi ils auraient pu s'attendre.

— L'été va être long, Phil, murmura-t-elle.

— Tôt ou tard, nous serons ensemble, Tory. Nous le savons tous les deux.

Il avait besoin d'un remontant. Il se dirigea vers la table et se servit un autre verre de vin. Après avoir bu plusieurs gorgées, il dévisagea Tory.

— Je n'ai pas l'intention de renoncer, assena-t-il.

Elle prit acte d'un hochement de tête, et nota avec contrariété que ses mains tremblaient.

— Je ne suis pas prête, dit-elle.

— Quand il le faut, je sais faire preuve de patience, répondit-il en songeant qu'il aurait tout donné pour l'entraîner vers le lit et prendre ce dont ils avaient besoin tous les deux.

Mais il se souvint qu'il était quelqu'un de civilisé et se contenta de prendre une cigarette.

— Concentrons-nous plutôt sur notre travail, d'accord ? suggéra Tory d'une voix posée en se redressant de toute sa taille.

Elle avait envie de sortir de la pièce, mais ne voulait pas avoir l'air de battre en retraite.

— On se voit prochainement, Kincaid, dit-elle.

— Très prochainement, tu peux en être sûre, enchaîna-t-il en la regardant se diriger vers la porte.

Elle tira le verrou et se retourna vers lui, un léger sourire aux lèvres.

— Ne fais pas de bêtises, ordonna-t-elle avant de disparaître dans le couloir.

6

Phil était assis sur la grue, à côté du cameraman.

— Levez la perche, ordonna-t-il.

Le cameraman s'exécuta et les emmena cinq mètres au-dessus de la ville.

L'aube se levait.

Phil avait fait dégager les rues, mais il y avait une foule de spectateurs derrière la grue et les machines. Toutes les entrées de la ville avaient été bloquées, au cas improbable où quelqu'un l'aurait traversée. Phil cherchait l'ambiance désolée et lasse d'un début de journée.

Il regarda vers le bas et aperçut Bicks, qui vérifiait la lumière et l'angle des prises de vues. Les projecteurs étaient réglés pour reproduire la lumière du jour. Il savait au centimètre près où il voulait que s'inscrivent les ombres. Pour cette prise, Phil ferait office de cameraman assistant et s'occuperait de la mise au point.

Il concentra de nouveau son attention sur la rue. Il savait ce qu'il voulait, et il voulait le capturer au moment où le soleil se lèverait, avec autant de lumière naturelle que possible. Il regarda à travers la lentille et décida lui-même du plan. La grue était fixée sur des rails. Le cameraman prendrait d'abord un large plan de l'horizon et du soleil levant, puis reculerait sur le chariot pour prendre la rue principale de Friendly dans sa totalité. Pas de flou artistique, rien que la réalité pure et dure. Il voulait qu'on voie la poussière sur les vitrines des magasins. Phil marqua l'angle avec un ruban adhésif, puis fit un signe de tête à l'assistant réalisateur.

— Silence, on tourne.

— New Chance, scène III, première prise.

— Vas-y, ordonna Phil.

Et il attendit. En plissant les yeux, il voyait la même chose que son cameraman à travers la lentille. La lumière était bonne. Parfaite. Ils auraient droit à trois prises maximum, sous peine de devoir rajouter des gels et des filtres — ce qui n'était pas prévu. Il sentit la grue revenir doucement vers son repère. Une prise directe, sans panoramique de droite à gauche. Il suffirait d'un plan long pour prendre tout le cœur de la ville. La peinture écaillée, les poutres tordues, les stores déchirés. Ensuite, ils insèreraient la scène du personnage principal arrivant à pied depuis la gare. Il rentrait chez lui, songea Phil, car il n'avait pas d'autre endroit où aller. Et il retrouvait sa ville natale exactement comme il l'avait laissée vingt ans auparavant.

— Coupez.

Le bruit au sol reprit immédiatement.

— Je veux une autre prise. Même vitesse.

Un peu à l'écart de la foule, Tory regardait. Se lever à l'aube n'avait jamais été sa tasse de thé, mais son sens du devoir, d'une part, et sa curiosité, d'autre part, l'avaient tirée du lit. Phil avait insisté sur le fait qu'il ne voulait voir personne regarder derrière les fenêtres pendant qu'il tournait : il cherchait le vide absolu. Tory avait essayé de se convaincre qu'elle ne se déplaçait que pour s'assurer que tout se passait bien, alors qu'en réalité elle savait parfaitement qu'elle voulait voir Phil au travail.

C'était lui le chef et il semblait parfaitement à l'aise dans ce rôle. D'ailleurs, se dit-elle en enfonçant les mains dans ses poches arrière, ça n'avait rien d'étonnant. S'écartant un peu, elle essaya de visualiser la scène comme elle l'imaginait. La ville semblait assoupie, décida-t-elle, et pas vraiment désireuse d'affronter une nouvelle journée.

L'horizon était barré de lueurs roses et dorées, et une brume grise flottait sur les rues et les bâtiments.

C'était la première fois que Phil tournait là. Pendant toute la semaine, il avait filmé des paysages. Tory, elle, était restée à Friendly, se contentant d'envoyer de temps à autre Merle vérifier sur le terrain que tout allait bien. Ainsi, d'une part elle avait fait un heureux, et d'autre part elle avait pu rester à distance, comme elle le souhaitait. Et grâce aux rapports enthousiastes de son adjoint, elle avait toujours été tenue au courant.

Mais, ce jour-là, elle n'avait pas pu résister au désir d'observer les choses par elle-même. Plusieurs jours — et plusieurs interminables nuits — s'étaient écoulés depuis la soirée qu'elle avait passée avec Phil. Jusque-là, elle avait réussi à l'éviter en multipliant les occupations, mais elle n'était pas du genre à se voiler la face devant un problème. Et Phil Kincaid restait un problème…

Apparemment satisfait, Phil ordonna à l'opérateur de baisser la grue. Autour de lui, les gens s'affairèrent comme des abeilles dans une ruche ; quelques enfants pleurnichèrent quand on les envoya à l'école.

Soudain, Tory repéra Tod et le héla de la main en souriant.

— C'est super, hein ? lui lança-t-il après l'avoir rejointe. Je voulais monter dedans, ajouta-t-il en indiquant la grue, mais M. Kincaid a pas voulu à cause de l'assurance. Steve m'a montré sa caméra, et m'a même laissé prendre quelques vues. C'est une trente-cinq millimètres avec plein d'objectifs.

— Steve ?

— Le type qui est assis à côté de M. Kincaid. C'est le cameraman.

Tory jeta un coup d'œil vers Phil, qui était en grande discussion avec son cameraman et d'autres membres de l'équipe.

— Il est génial, vous trouvez pas ?

— Steve ? répéta Tory, émue de la joie de Tod.

— Non, j'voulais dire M. Kincaid, corrigea-t-il avec

un profond soupir. Et intelligent comme pas possible. Vous devriez entendre certains mots qu'il emploie… Et quand il parle, tout le monde lui obéit au doigt et à l'œil !

— C'est vrai ? murmura Tory sans quitter Phil des yeux.

— Pas qu'un peu ! confirma Tod. Et j'ai entendu M. Bicks dire à Steve qu'il préfère travailler avec M. Kincaid plus qu'avec n'importe qui d'autre. Il dit que c'est un emm…

Il s'interrompit, rouge de confusion.

— Il dit que c'est un dur à cuire, reprit-il, mais le meilleur de tous.

De la main, Phil montrait à son équipe ce qu'il attendait pour la prochaine prise. A l'évidence, non seulement il savait ce qu'il voulait, mais il l'obtiendrait, songea Tory. Elle put l'observer tout à loisir : il était trop absorbé pour la remarquer dans la foule de spectateurs qui commentaient la scène en murmurant, derrière la barrière que constituaient les appareils.

Il portait un jean, un T-shirt bleu pâle et des tennis usées. Deux pochettes accrochées à sa ceinture contenaient l'une une paire de lunettes de soleil, l'autre un récepteur radio. Tory nota la concentration avec laquelle il travaillait : dans ses yeux, il n'y avait pas la moindre trace d'humour ou d'insouciance. Il parlait rapidement, ponctuant ses mots de gestes de la main, et s'interrompait parfois pour lancer un ordre aux perchistes occupés à installer l'éclairage.

C'était un perfectionniste, conclut-elle, ce qui ne l'étonnait guère. Ses films étaient l'expression de sa méticulosité, dont elle avait déjà été le témoin. Un homme trapu coiffé d'une casquette de footballeur avança vers Phil d'un pas pesant et s'adressa à lui en mâchonnant un énorme chewing-gum.

— C'est M. Bicks, expliqua Tod d'un ton respectueux. Le cameraman. Il a gagné deux oscars et, en même temps, il sponsorise un boxeur !

Quoi que puisse lui dire M. Bicks, Phil l'écoutait attentivement en hochant la tête de temps en temps. La discussion semblait âpre, mais, au bout d'un moment,

Bicks haussa les épaules, puis donna une vigoureuse bourrade à Phil avant de s'éloigner. Pas commode, le cameraman…, songea Tory.

Puis elle se tourna vers Tod et lui tapota la tête machinalement.

— Tu ferais mieux d'aller en cours, dit-elle.

— Ouais, mais…

Elle leva un sourcil, rejetant à l'avance son excuse.

— C'est bientôt les vacances d'été, fit-elle observer. Et ils ne vont pas s'en aller de sitôt…

Il protesta tout bas, et elle surprit l'éclat dans son regard quand il leva les yeux vers elle. Mince, se dit-elle en réalisant brutalement que Phil avait raison. Pourquoi n'avait-elle rien vu venir ? A présent, elle allait devoir faire comprendre à Tod avec douceur qu'il s'égarait. Chez un adolescent, ce genre de coup de cœur était à prendre au sérieux.

— Je reviendrai après les cours, dit-il en lui lançant un regard rayonnant.

Il s'éclipsa sans lui laisser le temps de répondre. Préoccupée, elle se mordilla la lèvre.

— Shérif.

Tory se retourna brusquement et se retrouva face à Phil. Un sourire se dessina lentement sur ses lèvres, tandis qu'il mettait ses lunettes de soleil, et elle songea avec agacement qu'elle aurait du mal à voir son expression à travers les verres teintés.

— Kincaid ! répondit-elle. Comment ça va ?

— Bien. Les gens ici sont très coopératifs.

— Ton équipe aussi, enchaîna-t-elle. Pour l'instant…

Le sourire de Phil s'élargit.

— Les comédiens doivent arriver cet après-midi, expliqua-t-il. La régisseuse a-t-elle réglé avec toi la question du stationnement des remorques ?

— Oui, elle est très efficace, confirma Tory. Tout se passe comme tu veux ?

Il prit son temps pour répondre.

— En ce qui concerne le film, pour l'instant, oui.

Il avança la main et, de l'index, effleura son insigne d'un geste désinvolte.

— Tu as été très occupée, ces derniers jours…

— Toi aussi, rétorqua-t-elle.

— Pas tant que ça. Je t'ai laissé des messages.

— Je sais.

— Quand accepteras-tu de me voir ?

— Je te vois en ce moment même, répondit-elle en haussant les sourcils.

Il s'approcha encore un peu et lui posa une main derrière le cou.

— Phil…, murmura-t-elle.

— Bientôt, déclara-t-il d'un ton posé.

Elle lutta contre le trouble que provoquait en elle le contact de ses doigts sur sa peau et le regarda d'un air détaché.

— Kincaid, c'est de l'autre côté de la caméra que ça se passe, assena-t-elle. Harceler un officier de police peut t'envoyer en prison. Et, de ta cellule, tu aurais du mal à réaliser ton film.

— J'ai bien l'intention de te harceler, lança-t-il d'une voix sourde. Que tu portes ou non ce fichu insigne, Victoria. Tu ferais bien d'y réfléchir.

Elle ne se déroba pas à son étreinte, malgré les regards qu'elle sentait peser sur eux.

— J'y consacrerai quelques instants, concéda-t-elle sèchement.

Seul le raidissement des doigts de Phil sur sa nuque trahit sa contrariété. Elle se détendit, persuadée qu'il allait la libérer, mais, avant même qu'elle comprenne ce qui se passait, il prit possession de sa bouche. Puis il la lâcha si vite qu'elle n'eut même pas le temps de songer à le repousser. Avec un sourire de triomphe, il soutint le regard furieux qu'elle lui lança.

— A bientôt, shérif, fit-il d'un ton joyeux avant de rejoindre son équipe.

*
* *

Tory passa la majeure partie de la journée à fulminer dans son bureau. De temps à autre, la voix de Phil donnant ses instructions lui parvenait à travers la fenêtre ouverte. Elle savait qu'ils étaient en train de tourner des panoramiques de la ville, mais elle s'efforça de se concentrer sur son travail. De toute façon, le tournage ne l'intéressait pas. Peut-être était-il normal que les habitants de Friendly restent plantés là à regarder pendant des heures, mais elle, elle avait autre chose à faire !

J'aurais dû le coffrer, pensa-t-elle en griffonnant sur son carnet. Mais ça lui aurait donné trop d'importance… Il ferait mieux de faire attention : elle ne laisserait pas passer le prochain faux pas. Elle saisit sa tasse et avala une gorgée en grimaçant. Le café était froid. Un juron lui échappa et elle se leva pour se resservir.

A travers le store, elle pouvait voir ce qui se passait dehors. Des bribes de conversations lui parvenaient, puis le silence se faisait quand le tournage reprenait. Il était midi passé et la chaleur était insupportable. Voilà des heures que Phil travaillait sans la moindre pause. De mauvaise grâce, elle dut admettre que sa capacité de travail forçait le respect. Puis elle retourna à son bureau pour se replonger dans ses dossiers.

Quand Merle surgit sans crier gare, elle constata avec surprise que deux heures s'étaient écoulées. La chaleur l'importunait, la fatigue la gagnait, et son adjoint troublait sa concentration : elle s'apprêtait à le rabrouer, mais il la devança.

— Tory, ils sont arrivés ! s'exclama-t-il avec enthousiasme.

— Super, marmonna-t-elle en replongeant dans ses dossiers. Qui ?

— Les acteurs. Ils sont arrivés de l'aéroport en limousines. Des longues limousines toutes noires ! Et y a au moins une demi-douzaine de camping-cars à l'entrée de la ville, avec les loges et tout ! Vous devriez voir à l'intérieur ! Ils ont même le téléphone, la télé et plein de trucs !

— Vous avez eu beaucoup de travail, Merle T. ? interrogea Tory.

Merle était si excité qu'il ne nota même pas l'ironie dans sa voix.

— Sam Dressler, reprit-il en arpentant la pièce dans un cliquetis de bottes. Sam Dressler, ici à Friendly ! J'ai pas loupé un seul de ses films ! Et figurez-vous qu'il m'a serré la main, il m'a pris pour le shérif. Bien sûr, je lui ai dit que j'étais votre assistant, ajouta-t-il en lui jetant un bref coup d'œil.

— Bien sûr, approuva-t-elle en retenant un sourire, car elle ne pouvait jamais rester longtemps fâchée avec Merle. Il ressemble à quoi ?

— Exactement à ce qu'on imagine, expliqua-t-il en hochant la tête. Bronzé, costaud, avec à son doigt un diamant qui vous en met plein la vue. Il a signé des autographes à tous les gens qui lui en ont réclamés…

— Vous en avez eu un ? ne put s'empêcher de demander Tory.

— Oui, répondit-il en tirant de sa poche son carnet à souches. C'est tout ce que j'avais sous la main.

— Bon réflexe, fit observer Tory.

Elle regarda la signature pleine de panache et en nota une autre, toute en courbures et élégantes arabesques. « Marlie Summers », lut-elle. Le nom lui rappelait un film qu'elle avait vu l'année passée, et une actrice à la moue sensuelle.

— C'est la plus jolie fille que j'aie jamais vue, murmura Merle.

De n'importe qui d'autre, cette remarque n'aurait pas attiré l'attention de Tory. Mais, de Merle, elle lui parut très surprenante. Elle le dévisagea, et l'émotion qu'elle lut dans son regard la mit mal à l'aise, exactement comme le regard de Tod quelques heures auparavant.

— Vraiment ? dit-elle avec prudence.

— Elle est toute menue, poursuivit Merle en fixant l'autographe. Blonde, les joues roses… On croirait qu'elle sort d'une vitrine. Elle a les yeux bleus, et des cils… si vous voyiez ses cils !

Il s'interrompit et remit son carnet dans sa poche.

De plus en plus inquiète, Tory tenta de se rassurer. Une princesse de Hollywood ne s'intéresserait jamais à Merle T. Johnson.

— Je me demande quel rôle elle a, dit-elle d'un ton dégagé.

— Elle va me le dire ce soir, annonça Merle en repoussant le bord de son chapeau.

— Quoi ? lança Tory d'une voix étranglée.

— On a rendez-vous.

Sur ces paroles, il quitta la pièce, très à l'aise, laissant Tory bouche bée.

— Rendez-vous ? s'exclama-t-elle dans la pièce vide.

La sonnerie du téléphone la fit sursauter.

— Qu'est-ce que c'est ? aboya-t-elle dans le récepteur.

— Tory… Shérif Ashton, c'est Toomey, bredouilla le maire, pris au dépourvu par cet accueil.

— Oui, Bud, répondit-elle d'un ton un peu moins cassant tout en contemplant la porte que Merle avait fermée derrière lui.

— J'aimerais que vous veniez à mon bureau, shérif. J'ai la visite d'un certain nombre d'acteurs. M. Kincaid souhaiterait que vous les rencontriez, ajouta-t-il d'un ton plus assuré.

— Des acteurs…, répéta-t-elle en songeant à Marlie Summers. Très bonne idée, conclut-elle en raccrochant sans attendre la réponse du maire.

Elle traversa la rue, plongée dans de sombres pensées. Pas question qu'elle laisse une starlette de Hollywood briser le cœur de Merle : elle allait tirer cette affaire au clair sans tarder. Elle entra en coup de vent dans l'hôtel et fusilla du regard les membres de l'équipe de Phil qui traînaient dans le hall. Bicks toucha le bord de sa casquette et grimaça un sourire.

— Shérif ? dit-il.

Tory lui répondit d'un coup d'œil aimable et se dirigea d'un pas tranquille vers le bureau du maire. Derrière son dos, Bicks leva les yeux au ciel et serra ostensiblement sa casquette contre son cœur. Tandis que Tory disparaissait par une porte latérale, quelques remarques fusèrent sur les avantages qu'on avait à violer la loi à Friendly.

Le minuscule bureau n'aurait pas pu contenir une personne de plus, et le climatiseur vrombissait avec entrain. Tous les yeux se tournèrent vers Tory quand elle balaya l'assemblée du regard. Marlie, assise sur le bras du fauteuil de Phil, portait un pantalon rose et un décolleté froncé qui mettaient parfaitement en valeur ses courbes affriolantes. Ses cheveux savamment ébouriffés encadraient un visage fier. Malgré ses faux cils et son rouge à lèvres rose bonbon, elle avait l'air plus jeune que ne l'avait imaginé Tory : elle ressemblait à une lycéenne prête pour sa première boum. Tory soutint sans broncher le regard bleu azur de la jeune femme avec une expression qui fit sourire Phil. Sans doute croyait-il, à tort, qu'elle était un peu jalouse.

— Shérif, s'écria le maire en se précipitant pour l'accueillir. C'est un grand honneur pour Friendly, commença-t-il de sa voix la plus officielle. Je suis sûr que vous reconnaissez M. Dressler.

Tory tendit la main à l'homme qui s'avançait vers elle.

— Shérif, dit-il d'une voix riche et mélodieuse en prenant sa main entre les siennes.

Tory s'étonna que ses mains soient calleuses.

— C'est une surprise, murmura-t-il en la dévisageant avec insistance. Une très agréable surprise.

— Monsieur Dressler, je suis l'une de vos admiratrices, déclara Tory avec un sourire d'autant plus facile qu'il était sincère.

— Appelez-moi Sam, je vous en prie.

Sa voix chaude, devenue un peu plus grave avec l'âge, n'avait rien perdu de sa puissance.

— Lors des tournages, nous sommes une vraie petite famille… Victoria, c'est bien ça ?

— Oui.

Elle se surprit à l'apprécier et lui sourit de nouveau.

— Bud fait tout pour qu'on se sente bien ici, reprit-il en tapant sur l'épaule du maire. Vous buvez un verre avec nous ?

— Je prendrai de la limonade, Bud, répondit-elle.

— Le shérif est en service, intervint tout à coup Phil.

En entendant sa voix, Tory se tourna vers lui.

— Tu vas pouvoir constater à quel point elle prend son travail au sérieux, ajouta-t-il en s'adressant à Sam.

Puis il posa la main sur la peau veloutée de l'épaule de Marlie.

— Laissez-moi faire les présentations, lança-t-il. Victoria Ashton, Marlie Summers.

— Bonjour, shérif, s'écria Marlie en la gratifiant d'un sourire éclatant qui creusa une minifossette au coin de sa bouche. Phil dit que vous êtes originale ; je crois qu'encore une fois il a raison.

— Vraiment ? rétorqua Tory.

Elle prit le verre que lui tendait Bud et le porta à ses lèvres, tout en jaugeant l'actrice d'un regard qui ne sembla pas la troubler, habituée qu'elle était, sans doute, à éveiller la curiosité à la fois distante et appuyée des femmes qu'elle croisait.

— Vraiment ! confirma Marlie. Je viens de rencontrer votre adjoint.

— C'est ce que j'ai compris.

Tiens, tiens…, songea Marlie en sirotant sa sangria. Bud perçut la tension sous-jacente et s'empressa de poursuivre les présentations.

Les comédiens allaient de l'ingénue au vétéran : il y avait une fille que Tory avait déjà vue dans des films publicitaires, un type semblant venir d'une autre époque qui lui rappela les films en noir et blanc qui passent à la télévision en fin de soirée, un acteur sémillant d'une vingtaine d'années qui, en photo, devait faire palpiter les cœurs.

Tory réussit à être aimable, resta suffisamment longtemps pour satisfaire le maire et finit par s'éclipser. Elle avait à peine quitté les lieux qu'elle sentit une main se poser sur son épaule.

— Tu n'aimes pas les fêtes, shérif ?

Elle prit son temps pour se retourner vers Phil.

— Pas quand je suis en service.

Elle savait qu'il avait travaillé en plein soleil toute la journée, et pourtant, loin d'avoir l'air épuisé, il semblait euphorique. Sa chemise était trempée de sueur, ses cheveux humides bouclaient autour de ses oreilles, mais son visage ne trahissait pas le moindre signe de fatigue. C'était la pression qui le faisait tenir, songea Tory, se sentant attirée par lui avec la même violence que lorsqu'ils s'étaient retrouvés tous les deux dans sa chambre.

— Tu as eu une longue journée, murmura-t-elle.

Il enroula une boucle de ses cheveux autour de son doigt.

— Toi aussi. Et si on allait faire un tour en voiture ?

— Non, j'ai à faire, répondit-elle.

Désireuse de changer de sujet, elle aborda celui qui lui trottait dans la tête.

— Ta Marlie a fait une grosse impression sur Merle.

— Elle fait une grosse impression sur tous les hommes, confirma Phil dans un bref éclat de rire.

— Sur Merle, c'est plus étonnant, rétorqua Tory d'un ton sérieux.

— C'est un grand garçon, Tory !

— Oui, mais un garçon quand même. Jamais il n'a vu une femme comme elle. Je ne laisserai personne lui faire du mal.

Un soupir échappa à Phil.

— Parce que ton rôle de shérif inclut l'assistance aux cœurs brisés ? Fiche-lui donc la paix ! ordonna-t-il sans lui laisser le temps de répondre. Tu le traites comme s'il était un pantin dénué de cervelle !

Choquée, elle recula d'un pas.

— Non, c'est faux. C'est un garçon adorable, qui…

— Un homme, corrigea Phil. C'est un homme. Il faut que tu coupes le cordon, Tory.

— Je ne vois pas de quoi tu parles, assena-t-elle d'un ton cassant.

— Si, tu vois très bien. Tu ne peux pas le garder sous ton aile comme tu le fais avec Tod.

— Je connais Merle depuis mon plus jeune âge, déclara-t-elle d'une voix sourde. Laisse-moi faire, Kincaid.

— Tu ne doutes donc jamais de toi ?

A ces mots, Tory blêmit de façon inquiétante. Pendant un instant, Phil la dévisagea en silence, stupéfait. Jamais il n'aurait imaginé lire ce genre de souffrance dans son regard. D'instinct, il avança vers elle.

— Tory ? murmura-t-il.

— Non, rétorqua-t-elle en levant la main pour l'empêcher de l'approcher. Laisse-moi tranquille.

Elle lui tourna le dos et, après avoir traversé la rue, monta dans sa voiture. Phil jura, se dirigea vers l'hôtel, puis jura de nouveau et retourna sur ses pas. Mais Tory roulait déjà vers le nord…

Mille pensées se bousculaient dans sa tête. Tout allait trop vite. Pourquoi était-elle si perturbée ? se demanda Tory en fronçant les sourcils. D'habitude, elle gérait les événements à son rythme, sans perdre ses moyens. Or, à cet instant, elle n'éprouvait que le besoin irrépressible de conduire encore et encore et de ne pas s'arrêter. Tant de gens attendaient des choses d'elle ! Y compris elle-même, elle devait bien l'admettre. Elle se sentait tout à coup acculée. Il fallait qu'elle parle à quelqu'un, mais la seule personne à laquelle elle ait jamais pu parler avait disparu.

Mon Dieu, elle était loin d'être sûre d'elle ! Pourquoi

tout le monde croyait-il le contraire ? Il lui semblait parfois si difficile d'être responsable, de se *sentir* responsable ! Tod, Merle, le maire, les Kramer, M. Hollister. Sa mère. Elle ne voulait que la paix, et du temps pour gérer sa propre vie. Ses sentiments pour Phil l'envahissaient tout entière. Tory arrêta brusquement la voiture et réalisa que c'était précisément ces sentiments qui provoquaient chez elle une telle tension, alors qu'elle s'était toujours considérée comme une personne calme. Les problèmes les plus importants sont toujours en haut de la pile, lui avait appris son père.

Elle leva les yeux et constata qu'elle avait conduit jusqu'au cimetière sans même s'en rendre compte. Un long soupir lui échappa et elle appuya le front sur le volant. Il était temps qu'elle vienne là, temps qu'elle regarde en face ce qu'elle avait chassé de son esprit depuis cette nuit à l'hôpital. Tory sortit de la voiture et traversa la pelouse desséchée jusqu'à la tombe de son père.

Curieusement, il y avait une brise légère, se dit-elle en contemplant le ciel, les montagnes au loin, les longues étendues désolées. Elle regarda partout, sauf à ses pieds. Le lieu n'était pas assez ombragé, pensa-t-elle en croisant les bras autour de sa poitrine. Quelqu'un devrait planter des arbres. *J'aurais dû apporter des fleurs*, ajouta-t-elle en son for intérieur avant de baisser enfin les yeux.

William H. ASHTON

Elle avait déjà vu la tombe, mais n'était pas revenue au cimetière depuis les obsèques. A cet instant, un léger râle lui échappa.

— Oh ! Papa !

Ce n'est pas juste, pensa-t-elle en secouant violemment la tête. *Ce n'est tout simplement pas juste. Pourquoi est-il là dans l'obscurité, alors qu'il a toujours aimé le soleil ?*

— Oh ! non, murmura-t-elle de nouveau. Je ne sais pas quoi faire. Je ne sais pas comment gérer tout ça. J'ai encore besoin de toi, l'implora-t-elle.

Prenant sa tête entre ses mains, elle s'efforça de réprimer ses larmes.

Phil s'arrêta derrière la voiture de Tory et sortit doucement. Elle semblait infiniment seule et perdue, debout au milieu de ces pierres tombales. Son premier mouvement fut d'aller la retrouver, mais il se retint. Pour elle, c'était un moment d'ordre privé. Il s'agissait de son père, comprit-il. Il resta debout à côté d'une grille en fer forgé, au bout du cimetière, et attendit.

Il y avait tellement de choses qu'elle aurait aimé lui dire ! songea Tory, bouleversée. Mais il était trop tard. Il était parti si vite. Quelle injustice ! Il était si jeune, si merveilleux !

— Tu me manques tellement, murmura-t-elle. Toutes ces soirées où nous parlions sans fin sous le porche. Tu fumais ces horribles cigares dehors pour que l'odeur n'imprègne pas les rideaux et que maman ne soit pas de mauvaise humeur. J'étais si fière de toi. Cet insigne n'est pas pour moi, continua-t-elle doucement en posant la main sur la petite étoile. Moi, ce que je connais, c'est les bouquins de droit et les tribunaux. Je ne veux pas commettre des erreurs en le portant, parce que c'est le tien.

Ses doigts se refermèrent autour de l'insigne, et elle se sentit tout à coup douloureusement seule, sans défense, vidée. Même sa colère s'était évanouie sans qu'elle s'en rende compte. Mais elle était incapable d'accepter, bloquée qu'elle était par la douleur qu'elle refusait de libérer. Pourtant, si elle pleurait, cela ne signifiait-il pas qu'elle avait franchi le premier pas ? Avec lassitude, elle contempla le nom gravé dans le granit.

— Je ne veux pas que tu sois mort, murmura-t-elle. Et je ne supporte pas de ne rien pouvoir y changer.

Quand elle se détourna enfin de la tombe, elle avait le

cœur lourd. Elle marchait doucement et ce n'est qu'au milieu du cimetière qu'elle aperçut Phil. Tory s'arrêta et le regarda. Submergée par ses sentiments, elle fut tout à coup incapable de réfléchir. Phil s'approcha d'elle.

Pendant un instant, ils se firent face. Il vit ses lèvres trembler et s'entrouvrir comme si elle allait parler, mais elle se contenta de hocher la tête dans un geste d'impuissance. Sans un mot, il la serra contre lui. L'onde de douleur qui l'assaillit fut plus forte que tout ce qu'elle avait jamais connu. Elle commença par trembler, puis s'accrocha à lui.

— Oh ! Phil, je n'en peux plus.

Alors, elle enfouit la tête contre son épaule et pleura pour la première fois depuis la mort de son père.

Il l'enlaça silencieusement, submergé par un sentiment de tendresse qu'il n'avait jamais éprouvé auparavant. Ses pleurs étaient bruts et passionnés. Il lui caressa les cheveux, lui apportant un réconfort qui se passait de mots. Sa douleur se déversait en vagues qui semblaient chaque fois la faire vaciller, et il souffrit pour elle d'une façon étrangement intime. Il avait l'impression de ressentir ce qu'elle ressentait, et il la serra plus fort contre lui en attendant que sa peine s'apaise. Finalement, ses pleurs s'estompèrent et se transformèrent en frissonnements, d'une certaine façon encore plus poignants que les sanglots.

Tory resta le visage contre son épaule, se nourrissant de sa force au fur et à mesure que la sienne la quittait. L'esprit soudain plus léger et curieusement soulagée, elle se laissa entraîner vers un petit banc de pierre. Ils s'assirent, et il la garda serrée contre lui en l'enlaçant d'un bras protecteur.

— Tu veux en parler ? demanda-t-il avec douceur.

Tory laissa échapper un long soupir. De là où ils étaient assis, elle voyait parfaitement la tombe.

— Je l'aimais, murmura-t-elle. Ma mère dit que je l'aimais trop.

Elle déglutit péniblement ; sa gorge était sèche et lui faisait mal.

— Il n'était que bonté. Il ne s'est pas contenté de

m'apprendre à distinguer le bien du mal, mais aussi toutes les nuances entre les deux.

Les yeux clos, elle posa la tête sur l'épaule de Phil.

— Il savait toujours ce qui était bien. C'était inné chez lui, naturel. Les gens savaient qu'ils pouvaient compter sur lui, qu'il ferait toujours ce qu'il fallait. Je dépendais de lui, même au collège, à Albuquerque. J'étais sûre qu'il serait toujours là pour moi.

Il lui déposa un baiser sur la tempe dans un geste de pure compassion.

— Comment est-il mort ?

Comme un soubresaut la secouait, Phil la serra plus fort contre lui.

— Il a eu une attaque. Sans signe avant-coureur. Autant que je puisse me souvenir, il n'avait jamais été malade. Quand je suis arrivée, il était dans le coma. Tout…

Elle bafouilla, cherchant la force de poursuivre. De sa main libre, Phil couvrit la sienne.

— Tout à coup, tout a basculé. Et puis son cœur s'est arrêté.

Elle acheva dans un murmure, entrelaçant ses doigts aux siens.

— Ils l'ont mis sous respiration artificielle. Pendant des semaines, il n'y a rien eu d'autre que cette horrible machine. Et puis ma mère leur a dit de la débrancher.

Phil laissa le silence s'épaissir et suivit son regard braqué sur la tombe.

— Pour ta mère, ça a dû être difficile.

— Non, répondit-elle sèchement. Elle n'a jamais hésité, jamais pleuré. Ma mère est une femme de caractère, ajouta-t-elle d'un ton amer. Et elle a pris la décision seule. Elle ne m'en a parlé qu'après.

— Tory, dit Phil en se tournant vers elle.

Elle était pâle, ses yeux las brillaient d'un éclat douloureux. Il sembla à Phil qu'en lui quelque chose se déchirait.

— Personne ne peut dire ce qu'il fallait faire ou ne pas faire, parce que c'est impossible, fit-il observer. Mais je sais que, parfois, vient le moment où on doit accepter l'inacceptable…

— Si seulement elle avait pris cette décision par amour et non par facilité ! lança-t-elle.

Elle secoua la tête, les yeux fermés.

— Serre-moi encore, implora-t-elle.

Il l'enlaça avec une infinie douceur.

— La dernière nuit, à l'hôpital, ça a été terrible entre ma mère et moi. Il aurait détesté ça. Je n'ai rien pu faire pour l'éviter. Pas plus qu'aujourd'hui, ajouta-t-elle en soupirant.

— Le temps, déclara-t-il en lui déposant un baiser sur le front. Je sais combien cela peut paraître banal, mais il n'y a que le temps…

Tory garda le silence, acceptant son réconfort, se nourrissant de sa force. Si elle avait été capable d'un raisonnement logique, elle aurait trouvé incohérent, compte tenu des rapports qu'ils avaient eus jusqu'à présent, de partager une telle intimité avec Phil. Mais, à cet instant, elle avait en lui une confiance implicite.

— De temps en temps, là-bas, je panique, murmura-t-elle.

Il fut si surpris qu'il s'écarta d'elle pour la dévisager.

— Toi ?

— Tout le monde croit que, puisque je suis la fille de Will Ashton, je peux tout prendre en charge. Mais il y a tellement de nuances entre le bien et le mal !

— Tu es une excellente professionnelle.

— Je suis une bonne avocate, rectifia-t-elle.

— Et un bon shérif, coupa-t-il.

De l'index, il lui souleva le menton et lui sourit.

— Et c'est quelqu'un qui a été de l'autre côté des barreaux qui le dit, précisa-t-il.

Délicatement, il écarta une mèche de cheveux de sa joue encore humide.

— Et n'imagine pas que je vais répéter ça en public ! ajouta-t-il.

Elle se mit à rire et pressa sa joue contre la sienne.

— Phil, tu peux vraiment être un type super…

— Tu as l'air de trouver ça étonnant !

— Peut-être, rétorqua-t-elle d'une voix à peine audible.

Avec un soupir, elle se serra une dernière fois contre lui avant de s'écarter.

— J'ai du travail, dit-elle.

Il l'empêcha de se lever en la retenant par les mains.

— Tory, as-tu seulement idée du peu d'espace que tu t'accordes à toi-même ?

— Oui.

Il fut déconcerté quand elle lui prit la main et l'approcha de ses lèvres.

— Ces six mois sont pour lui, balbutia-t-elle. C'est très important pour moi.

Elle était debout et il lui saisit le visage entre les deux mains. Elle lui parut soudain infiniment fragile et vulnérable et il éprouva le besoin irrépressible de s'occuper d'elle.

— Laisse-moi te reconduire chez toi. On enverra quelqu'un chercher ta voiture.

— Non, je vais bien. Je vais mieux, rétorqua-t-elle.

Elle lui effleura les lèvres d'un baiser fugace.

— J'apprécie ce que tu fais pour moi, reprit-elle. Je n'ai jamais eu personne avec qui parler.

Un éclat intense brilla soudain dans le regard de Phil.

— Viendras-tu me trouver, si tu as besoin de moi ? demanda-t-il.

La question était plus complexe que ne le suggérait la simplicité des mots, et elle prit son temps pour répondre.

— Je ne sais pas, avoua-t-elle enfin.

Phil la relâcha, puis la regarda s'éloigner.

7

Le plan se resserra sur Marlie et Sam. Phil recherchait le contraste entre la jeunesse et la vieillesse, entre l'insatisfaction et l'acceptation. C'était une scène clé, chargée de tension et de sexualité refoulée. Ils tournaient dans le café Hernandez, où le personnage incarné par Marlie était serveuse. Phil n'avait pratiquement rien changé aux lieux. Le bar était vétuste, et le miroir placé au fond de la salle était fendu de haut en bas. Ça sentait la sueur et l'alcool éventé, odeur qu'il espérait faire passer dans le film.

Les fenêtres, que l'on avait recouvertes de papier pour bloquer l'ardeur du soleil, empêchaient l'air de circuler. Sous les projecteurs, la chaleur était presque insupportable : du coup, Phil n'avait aucun besoin que la maquilleuse ajoute des gouttes de sueur sur le visage de Sam. On en était à la sixième prise, et l'atmosphère devenait électrique.

Sam s'emmêla dans sa réplique et lança un juron.

— Coupez.

Phil se passa l'avant-bras sur le front en tentant désespérément de garder son sang-froid. Avec certains acteurs, quelques mots bien sentis suffisaient pour tout arranger. Mais, avec Dressler, ils ne feraient que repousser le problème.

— Ecoute, Phil, commença Sam en jetant de côté le Stetson cabossé qu'il portait, ça ne marche pas !

— Je sais. Coupez l'éclairage, ordonna-t-il. Donnez une bière à M. Dressler, ajouta-t-il à l'intention de l'homme qu'il avait engagé pour s'occuper de Sam pendant le tournage.

C'était la meilleure façon qu'il avait trouvée de gérer Dressler et, jusqu'ici, ça avait plutôt bien fonctionné.

— Assieds-toi un peu, Sam, suggéra-t-il. On va se rafraîchir quelques minutes.

Avant de prendre une bière dans la glacière, il attendit que Sam se soit installé avec la sienne à une table dans le fond de la pièce, près d'un ventilateur portable.

— Quelle chaleur !…, fit observer Marlie en s'appuyant contre le bar.

Phil nota la traînée de sueur sur le devant de sa blouse bien ajustée et lui passa une cannette de bière.

— Tu t'en sors très bien.

— C'est un sacré rôle, déclara-t-elle avant de prendre une longue gorgée. Voilà des années que j'en attends un comme ça…

— Pour la prochaine prise, commença Phil en fronçant les sourcils, quand tu dis cette réplique sur la sueur et la poussière, je veux que tu attrapes Sam par sa chemise et que tu l'attires à toi.

Marlie réfléchit, puis posa la cannette sur le bar.

— Comme ça ? *Dans cette ville*, s'écria-t-elle en agrippant la chemise trempée de Phil, *il n'y a que sueur et poussière*.

Elle saisit le tissu de son autre main et l'attira plus près encore.

— *Même les rêves ne sont que poussière…*

— Parfait, dit Phil.

Marlie lui adressa un sourire avant de reprendre sa bière.

— Tu ferais mieux de prévenir Sam, suggéra-t-elle. Il n'aime pas improviser.

— Hé, Phil !

Phil se retourna et aperçut Steve, la main sur la poignée de la porte.

— Il y a cet ado dehors avec le shérif, annonça-t-il. Il voudrait savoir s'ils peuvent regarder.

Phil but une longue gorgée.

— Ils peuvent s'installer dans le fond, dit-il.

Lorsque Tory entra dans la pièce, leurs regards se croisèrent. Ils ne s'étaient pas revus depuis leur rencontre au cimetière, deux jours auparavant. Depuis lors, ils n'avaient pas eu l'occasion — ou elle avait fait en sorte qu'ils n'aient pas l'occasion — d'avoir une conversation en privé. Elle lui adressa un signe de tête et entraîna rapidement Tod vers une des tables du fond.

— La loi de la terre, murmura Marlie, laissant Phil perplexe. Quelle femme, n'est-ce pas ?

— Oui.

Marlie sourit de nouveau.

— Merle prétend qu'il n'y a pas meilleure qu'elle...

Phil sortit une cigarette.

— Tu vois pas mal le shérif adjoint, on dirait ? Pourtant, on ne peut pas dire qu'il soit ton style.

— C'est un type sympa, rétorqua-t-elle simplement avant de s'esclaffer. Sa boss serait ravie de me dire d'aller voir ailleurs.

— Elle veut le protéger.

Avec un murmure inintelligible, Marlie se passa la main dans ses boucles emmêlées.

— Au début, je croyais qu'il l'intéressait, avoua-t-elle.

Comme Phil éclatait de rire, elle leva vers lui un de ses sourcils fins rehaussés d'un trait de crayon.

— Mais c'était avant que je remarque la façon dont tu la regardes, ajouta-t-elle.

Cette fois, ce fut Marlie qui se mit à rire devant l'expression contrariée de Phil.

— Dis donc, Phil, c'est incroyable comme tu ressembles à ton père, parfois ! s'exclama-t-elle.

Sur ces paroles, elle lui tendit sa cannette vide et s'en alla.

— Maquillage ! demanda-t-elle.

— Ce sont des 4Ks, confia Tod à Tory en lui montrant les projecteurs. Ils doivent mettre ce truc sur les fenêtres, sinon le soleil ficherait tout en l'air. Pour une prise en intérieur comme celle-ci, ils doivent utiliser quelque chose comme 175 bougies.

— Eh bien, tu es devenu un expert ! s'exclama Tory.

Tod se trémoussa sur sa chaise, mais le regard qu'il lança à Tory brillait d'excitation.

— M. Kincaid a fait développer le film que j'ai fait dans son laboratoire portable. Il dit qu'il est bon, et qu'il y a des écoles où je pourrais aller pour apprendre la cinématographie.

Elle lança un coup d'œil à Phil, qui était en train de discuter à voix basse avec Steve.

— Tu passes beaucoup de temps avec lui, dit-elle à Tod.

— Ouais, quand il n'est pas occupé… Ça n'a pas l'air de le déranger.

— Non, je suis sûre que ça ne le dérange pas, acquiesça Tory en lui serrant la main.

Avec audace, Tod lui serra la main à son tour.

— Je préférerais passer du temps avec vous, murmura-t-il.

Embarrassée, Tory regarda leurs deux mains jointes sans savoir par où commencer.

— Tod…

— Silence sur le plateau !

Avec un soupir, Tory concentra son attention sur la scène qui se jouait devant le bar. Elle était venue parce que Tod avait insisté pour lui faire partager son enthousiasme. Par ailleurs, elle se réjouissait de le voir manifester un tel intérêt pour les aspects techniques de la production. Ces derniers jours, elle l'avait discrètement surveillé tandis qu'il se mêlait aux membres de l'équipe du film. Jusque-là, personne ne semblait prendre ombrage de sa présence ou de ses questions. Au contraire, Tory avait l'impression qu'il était en train de devenir une sorte de mascotte. Ses conversations étaient de plus en plus émaillées du jargon cinématographique. C'était comme si son esprit absorbait la terminologie ; sa compréhension était presque intuitive.

En revanche, il paraissait indifférent à l'aspect glamour de la chose.

D'ailleurs, en quoi tout ceci était-il glamour ? se demanda-t-elle. On suffoquait dans la pièce surchauffée. On y respirait une odeur déplaisante de bière rance, et les projecteurs augmentaient encore la température déjà implacable. Les deux acteurs positionnés autour du bar étaient encerclés par l'équipement. Comment pouvaient-ils avoir l'air aussi passionnés alors qu'ils étaient cernés de caméras et de projecteurs ? se demanda Tory. Et pourtant, presque malgré elle, elle se laissa captiver par la scène dramatique qui se jouait devant elle.

Le personnage que jouait Marlie tourmentait celui de Sam, le ridiculisant et se moquant du raté qu'il était devenu. Curieusement, il émanait de son personnage une force corrosive, celle d'une femme prisonnière d'une situation et prête à tout pour en sortir. Elle réussissait sans qu'on sache comment à rendre leur différence d'âge sans importance. Au fur et à mesure du déroulement de la scène, le spectateur ne pouvait que développer pour elle un certain respect, voire une relative sympathie. Au bout du compte, il était obligé de prendre parti pour elle. Tory se demanda si Dressler, tout professionnel et talentueux qu'il était, se rendait compte que Marlie allait lui voler la vedette.

Elle est excellente, admit Tory en son for intérieur. Marlie Summers n'avait rien de la midinette qu'elle avait imaginée. A l'évidence, c'était une femme forte. Sa capacité à apporter à la fois courage et vulnérabilité à son personnage forçait l'admiration. Et la sueur qui perlait à son front était bien la sienne.

— Coupez !

La voix de Phil la fit sursauter.

— C'est bon.

Tory vit Marlie pousser un long soupir. Y avait-il des similitudes entre le fait de finir une scène aussi intense et celui de conclure un contre-interrogatoire ? se demanda-t-elle. Au fond, l'émotion devait être à peu près la même dans les deux cas.

— Refaisons une prise, si tu veux bien, Marlie, proposa Phil.

Minutieusement, il modifia les angles et l'éclairage. Quand la caméra fut en place, il vérifia la lentille lui-même, repositionna Marlie, puis vérifia une nouvelle fois.

— On y va. Réplique.

Ils travaillèrent pendant encore une demi-heure, amenant la scène jusqu'à la perfection. C'était plus que de la créativité, plus que du talent. Les rouages de la réalisation étaient ardus, très techniques et d'une pénible répétitivité. Pourtant, personne ne se plaignait ou ne posait de questions quand il s'agissait de changer quelque chose ou de recommencer. L'équipe était soudée par un lien invisible : le film. Peut-être était-ce parce qu'ils savaient tous qu'il leur survivrait ? s'interrogea Tory. C'était, modestement, leur façon d'approcher l'immortalité. Elle se découvrit un profond respect pour ces gens si fiers de leur métier.

— Coupez. C'est dans la boîte !

Il sembla à Tory qu'elle pouvait presque percevoir la sensation de soulagement qui s'empara de l'équipe à ces mots.

— On tourne la scène 53 dans deux heures, déclara Phil en regardant sa montre.

A l'instant même où on éteignait les projecteurs, la température chuta.

— Je vais voir ce que fait M. Bicks, annonça Tod en se levant à la hâte.

Tory resta assise où elle était tout en regardant Phil donner des instructions et répondre aux questions. *Il ne s'arrête jamais*, réalisa-t-elle. Qu'il s'agisse d'un acteur, d'un éclairagiste ou d'un cameraman, il était à l'écoute. Peut-être était-il riche et privilégié, mais une chose était certaine : le travail ne lui faisait pas peur.

— Shérif.

Tory tourna la tête et aperçut Marlie, debout à côté d'elle.

— Mademoiselle Summers… Vous êtes très impressionnante !

— Merci.

Sans attendre d'y avoir été invitée, Marlie s'assit sur une chaise à côté d'elle.

— A présent, ce qu'il me faut, c'est trois bonnes heures sous la douche, déclara-t-elle.

Tandis qu'elle buvait une longue gorgée du verre d'eau glacée qu'elle tenait à la main, elles s'observèrent en silence.

— Vous avez un visage extraordinaire, dit enfin Marlie. Si j'avais eu un visage comme le vôtre, je n'aurais pas eu à me battre bec et ongles pour obtenir un vrai rôle. Moi, j'ai une tête de pomme !

Tory ne put retenir un éclat de rire. Elle recula sur sa chaise et s'appuya du bras sur le dossier.

— Mademoiselle Summers, en tant que shérif, je suis obligée de vous rappeler que le vol est un délit. Et vous êtes en train de voler la vedette à Sam avec beaucoup de doigté.

La tête inclinée sur le côté, Marlie observait Tory sous un angle différent.

— Vous êtes très intelligente.

— Parfois.

— Je comprends pourquoi Merle est persuadé que vous détenez les clés des mystères de l'univers.

Tory lui lança un long regard glacial.

— Merle est un jeune homme très naïf et très vulnérable, fit-elle observer.

— Oui, confirma Marlie en reposant son verre. Et il me plaît.

De nouveau, elles se jaugèrent en silence.

— De jolie femme à jolie femme, laissez-moi vous poser une question, fit enfin Marlie. Ne vous est-il jamais arrivé de trouver agréable le fait d'être avec un homme qui aime vous parler, vous écouter ?

— Si, bien sûr, rétorqua Tory, perplexe. Le problème, c'est peut-être que je n'arrive pas à imaginer ce que Merle pourrait dire pour vous intéresser.

Avec un petit rire, Marlie se passa une main sur le menton.

— Vous êtes trop habituée à lui, enchaîna-t-elle. Depuis mes dix-huit ans, je me bats pour être toujours au top, et j'ai eu l'occasion de rencontrer beaucoup d'hommes. Merle ne ressemble à personne.

— S'il tombe amoureux de vous, il va souffrir, fit observer Tory. Je veille sur lui depuis qu'on est enfants.

L'air préoccupé, Marlie dessina d'une main distraite sur la buée qui avait couvert son verre d'eau glacée.

— Il ne tombera pas amoureux de moi, affirma-t-elle avec lenteur. Pas vraiment. On se raconte un peu nos mondes respectifs pour quelques semaines. Quand ce sera fini, il nous restera plein de jolis souvenirs.

Elle releva la tête et scruta Phil.

— On a tous besoin de quelqu'un, de temps à autre, n'est-ce pas, shérif ?

Le regard de Tory suivit celui de Marlie, et, à cet instant, Phil leva les yeux vers elle.

— Oui, murmura-t-elle en le regardant fixement, j'imagine que oui.

— Bon, je vais aller prendre cette douche, annonça Marlie en se levant. C'est un type bien, ajouta-t-elle.

Tory la dévisagea de nouveau, comprenant parfaitement de qui elle voulait parler.

— Oui, je crois que vous avez raison.

Elle resta assise encore un moment, plongée dans ses pensées. Puis elle se leva et chercha Tod des yeux.

— Tory, dit Phil en lui posant la main sur le bras, comment vas-tu ?

— Bien.

Elle lui adressa un sourire qui disait clairement qu'elle n'avait pas oublié leur dernière entrevue.

— Tu es plus coriace que je croyais, Kincaid, à travailler ainsi toute la journée dans cette fournaise, ajouta-t-elle.

— Ça, c'est un compliment ! rétorqua-t-il, l'air amusé.

— Ne la ramène pas trop. Tu es littéralement en nage.

— Vraiment ? dit-il d'un ton abrupt. Je n'avais pas remarqué.

Elle aperçut une serviette sur le dos d'une chaise et s'en empara.

— Tu sais, commença-t-elle en lui essuyant le visage, je pensais que les réalisateurs déléguaient beaucoup plus que tu ne le fais.

— Tory, fit-il en lui prenant la main, je veux te voir… seule.

Elle reposa la serviette sur la table.

— Tu as ton film, lui rappela-t-elle, et moi aussi, je suis occupée.

De nouveau, elle chercha Tod des yeux.

— Ce soir, reprit-il, à bout de patience. Libère-toi pour la soirée, Tory.

Son regard revint vers lui ; elle n'en était même plus à chercher des excuses…

— Si je peux… Je connais un endroit, ajouta-t-elle avec un sourire. Au sud de la ville, à environ un kilomètre et demi. On allait s'y baigner quand j'étais petite. Tu ne peux pas le rater, c'est le seul point d'eau du coin.

— On s'y retrouve au coucher du soleil ?

Il avait l'intention de porter sa main à ses lèvres, mais elle s'écarta.

— Je ne peux rien te promettre, lança-t-elle avant de s'éloigner sans lui laisser le temps de réagir.

Puis elle appela Tod. Il la suivit à l'extérieur sans cesser de parler.

— C'est super, Tory, vous ne trouvez pas ? C'est le truc le plus génial qui se soit jamais passé ici ! Si je pouvais, je partirais avec eux à la fin du tournage, s'écria-t-il en lui jetant un coup d'œil à travers la mèche qui lui barrait le front. Vous n'aimeriez pas venir, Tory ?

— A Hollywood ? rétorqua-t-elle d'un ton léger. Je ne pense pas que ce soit mon style. De toute façon, je retourne bientôt à Albuquerque.

— Je veux venir avec vous, laissa-t-il échapper.

Ils arrivaient au bureau. Tory se retourna vers lui et ne put résister à la tentation de lui poser la main sur la joue.

— Tod, murmura-t-elle avec douceur.

— Je vous aime, Tory, commença-t-il à la hâte. Je pourrais…

— Tod, suis-moi à l'intérieur, coupa-t-elle.

Depuis des jours, elle réfléchissait à ce qu'elle allait lui dire et en quels termes. Mais à cet instant, alors qu'ils pénétraient ensemble dans la pièce, elle se sentait totalement démunie. Elle s'assit avec précaution sur le bord de son bureau et lui fit face.

— Tod…

Elle s'interrompit et secoua la tête.

— J'aimerais tellement être plus intelligente ! s'exclama-t-elle.

— Vous êtes la personne la plus intelligente que je connaisse, enchaîna-t-il aussitôt. Et vous êtes si belle ! Je vous aime, Tory, plus que tout au monde.

Bouleversée, elle lui prit les mains.

— Je t'aime aussi, Tod.

Il s'apprêtait à reprendre la parole, mais elle l'en empêcha.

— Mais il y a différentes sortes d'amour, différentes façons de ressentir les choses.

— Moi, je sais ce que je ressens pour vous, dit-il en la fixant avec intensité tandis qu'elle s'asseyait derrière son bureau.

Phil avait raison, réalisa-t-elle tout à coup. Tod n'était plus un enfant.

— Tod, je sais que c'est difficile pour toi de comprendre. Parfois, deux personnes ne sont pas faites l'une pour l'autre.

— Vous dites ça parce que je suis plus jeune que vous ! lança-t-il avec passion.

— En partie seulement, concéda Tory d'une voix toujours parfaitement calme. Pour toi, c'est difficile d'accepter d'être encore un garçon, alors que tu te sens déjà un homme. Tu as encore tellement d'expériences à vivre, de choses à apprendre.

— Mais quand je l'aurai fait…, commença-t-il.

— Quand tu l'auras fait, tu n'auras plus les mêmes sentiments pour moi.

— Si ! insista-t-il.

Contre toute attente, il l'attrapa par les bras.

— Mes sentiments ne changeront pas, parce que je ne veux pas qu'ils changent. Et si je dois attendre, j'attendrai. Je vous aime, Tory.

— Je le sais. Je sais que c'est vrai.

Elle lui recouvrit les mains des siennes.

— L'âge n'a rien à voir avec les sentiments, Tod. Tu es quelqu'un de très important pour moi, tu comptes beaucoup pour moi.

— Mais vous ne m'aimez pas, dit-il d'une voix tremblante de colère et de frustration.

— Pas dans le sens où tu l'entends, expliqua-t-elle en accentuant la pression de ses mains pour l'empêcher de s'enfuir.

— Vous trouvez ça très drôle.

— Non, lança-t-elle vivement tout en se levant. Non, je trouve ça charmant. Et j'aurais aimé que les choses puissent être différentes, car je sais quel genre d'homme tu vas devenir. Pour moi aussi, c'est douloureux.

La respiration de Tod s'était accélérée : il luttait à la fois contre les larmes et contre un sentiment terrible de trahison.

— Vous ne comprenez pas ! lança-t-il d'un ton accusateur en s'écartant d'elle. Vous vous en fichez.

— Pas du tout. Tod, je t'en prie…

— Non, coupa-t-il en lui lançant un regard éperdu. Vous vous en fichez.

Et avec une dignité qui serra le cœur de Tory, il sortit du bureau.

Restée seule, elle s'appuya contre le bureau, submergée par un terrible sentiment d'échec.

*
* *

Le soleil était en train de se coucher quand Tory se laissa tomber sur l'herbe dense et rêche, près de l'eau. Elle ramena ses genoux à sa poitrine et regarda le globe de feu décliner à l'horizon. Il y avait une incroyable intensité de couleurs dans le bleu de plus en plus sombre du ciel, mais, loin d'être douces ou mièvres, elles étaient un prélude vif et exigeant à la nuit.

Alors qu'elle contemplait ce spectacle, Tory était en proie à des émotions contradictoires. Dans l'ensemble, cette journée faisait partie de celles qu'elle aurait aimé pouvoir jeter aux oubliettes. Son échange avec Tod l'avait épuisée émotionnellement et nerveusement. Du coup, en passant des appels de routine, elle avait manqué de délicatesse. Elle s'était même montrée désagréable avec Merle avant de quitter le travail. Elle jeta un coup d'œil à l'insigne épinglé à sa poitrine et eut envie de le jeter à l'eau.

Tu as vraiment tout fait de travers, shérif, se dit-elle. *Oh ! et puis tant pis !* Elle posa son menton sur ses genoux. Elle avait la soirée pour elle. Demain, elle s'occuperait de remettre de l'ordre dans tout ça, désastre après désastre.

Le problème, songea-t-elle en souriant, c'était qu'elle avait oublié l'art de la relaxation au cours de ces dernières semaines. Il était temps de réapprendre la paresse. Elle s'allongea, ferma les yeux et plongea aussitôt dans le sommeil.

Le léger effleurement de doigts sur sa joue la réveilla lentement. Laissant échapper un soupir ensommeillé, elle se demanda si elle devait ouvrir les yeux. De nouveau, on la toucha avec la douceur d'une plume, sur les lèvres, cette fois. La sensation était si exquise qu'elle ne put retenir un petit gémissement de plaisir avant d'ouvrir les paupières.

Dans le crépuscule, la lumière était infime. Ses yeux se fixèrent peu à peu sur le ciel au-dessus d'elle. Il n'y avait ni étoiles, ni nuages, seulement une douce étendue bleue. Avec une profonde inspiration, elle leva les bras pour s'étirer. Quelqu'un s'empara de sa main et l'embrassa. Tournant la tête, Tory aperçut Phil à côté d'elle.

— Hello !

— N'importe quel homme deviendrait fou en te regardant te réveiller, murmura-t-il en gardant sa main dans la sienne. Tu es plus sexy endormie que la plupart des femmes bien réveillées…

Elle eut un petit rire.

— Dormir, c'est une des choses que je préfère. Tu es là depuis longtemps ?

— Non. Le tournage a pris du retard.

Il s'étira, puis la regarda de nouveau.

— Comment s'est passée ta journée ?

— Mal, répondit-elle en s'asseyant. J'ai discuté avec Tod cet après-midi, et je n'ai pas été à la hauteur.

Elle posa le front sur ses genoux.

— Je ne voulais pas le blesser, expliqua-t-elle.

— Tory, commença Phil en lui caressant les cheveux, c'était impossible de ne pas le blesser. Mais les ados sont résistants : il rebondira.

— Je sais, répondit-elle en tournant la tête vers lui, la joue toujours sur ses genoux. Mais il est si fragile ! L'amour est fragile, n'est-ce pas ? Si vite abîmé ! Peut-être vaut-il mieux qu'il me déteste pendant un moment ?

— Il ne te détestera pas, affirma Phil. Tu représentes trop pour lui. Dans quelque temps, il prendra du recul par rapport à ses sentiments. J'imagine qu'il pensera toujours à toi comme à son premier amour.

— En fait, je suis très touchée, mais je ne crois pas qu'il l'ait compris. Quoi qu'il en soit, après cette piteuse prestation, j'ai été désagréable avec un notable de la ville, j'ai eu une prise de bec avec un fermier et j'ai asticoté Merle.

Elle laissa échapper un juron avec une expertise que Phil avait déjà admirée auparavant.

— Et quand je me suis retrouvée assise ici, j'ai préféré m'endormir plutôt que de me lamenter sur mon sort, conclut-elle.

— Décision pleine de sagesse. Quant à moi, j'ai failli étrangler mon superviseur.

— Ton superviseur ? Ah, tu veux dire l'assureur ? demanda Tory en rejetant ses cheveux en arrière dans un éclat de rire. Si je comprends bien, on a eu tous les deux une superjournée !

— Alors célébrons-la en buvant, suggéra Phil en prenant une bouteille de champagne posée à côté de lui.

— Dis donc, tu ne fais pas les choses à moitié, s'exclama Tory en regardant l'étiquette. Tu n'aimes que le meilleur, Kincaid…

— Absolument, confirma-t-il en débouchant la bouteille.

Il versa le liquide pétillant dans un verre qu'il tendit à Tory. Elle regarda les bulles, tandis qu'il se servait à son tour.

— Je bois à la fin de cette journée ! s'écria-t-il.

— A la fin de la journée ! répéta-t-elle en faisant tinter son verre contre le sien.

Le champagne frappé coula délicieusement dans sa gorge.

— Délicieux, murmura-t-elle en fermant les yeux pour mieux savourer. Un régal…

Ils dégustèrent le vin, communiant dans le silence. L'obscurité grandissait. Au-dessus d'eux, quelques étoiles scintillaient, hésitantes, alors que la lune commençait sa lente ascension. La nuit était aussi chaude et sèche que l'après-midi, et d'un calme absolu. Il n'y avait même pas un souffle de brise pour rider l'eau. Phil prit appui sur un coude et étudia le profil de Tory.

— A quoi penses-tu ?

— Je suis heureuse de m'être libérée pour la soirée, répondit-elle avec un sourire.

Elle tourna la tête et lui fit face. La lumière pâle de la lune mettait en valeur ses traits.

— Bon sang, Tory, murmura-t-il, il me faut ce visage dans un film.

Rejetant la tête en arrière, elle éclata de rire avec une spontanéité qu'elle n'avait pas manifestée depuis longtemps.

— Tu n'as qu'à te faire ton film personnel, Kincaid, suggéra-t-elle.

— Tu m'y autoriserais ? rétorqua-t-il immédiatement.

Elle se contenta de remplir leurs verres de nouveau.

— Tu es obsédé, lui dit-elle.

— Plus que je le voudrais, en effet.

Il but une gorgée de champagne avec délectation sans cesser de penser à elle.

— Je ne savais pas si tu viendrais.

— Moi non plus.

L'air concentré, elle étudia le vin dans son verre.

— Encore quelques bulles et je pourrais admettre que je suis ravie d'être avec toi, fit-elle remarquer.

— Il nous reste une demi-bouteille.

Tory haussa les épaules avant de reprendre une gorgée.

— N'allons pas trop vite. Quoique, ajouta-t-elle dans un murmure, nous avons déjà un peu avancé, n'est-ce pas ?

— Un peu, confirma-t-il en se passant la main sur la nuque. Cela t'inquiète ?

— Oui, plus que je le voudrais, avoua-t-elle avec un petit rire triste.

S'asseyant près d'elle, il passa le bras autour de ses épaules.

— J'adore la nuit, dit-il. C'est le moment idéal pour penser.

Elle semblait complètement détendue, à présent, et il éprouva une agréable émotion quand elle posa la tête sur son épaule.

— Pendant la journée, avec toute cette pression, toutes ces exigences, je suis incapable d'aligner deux pensées cohérentes, ajouta-t-il.

— C'est drôle, enchaîna-t-elle en entrelaçant ses doigts aux siens. A Albuquerque, c'est dans mon lit, pendant la nuit, que j'ai préparé mes plus belles plaidoiries. La nuit, c'est plus facile de laisser ses idées vagabonder.

Elle inclina la tête et, de ses lèvres, effleura les siennes.

— Tu sais, j'aime bien être avec toi, dit-elle.

Il lui rendit son baiser avec la même légèreté.

— Je n'avais pas besoin d'apporter du champagne ?

— Eh bien..., quelques bulles, ça ne fait jamais de mal.

Alors qu'il riait, elle reposa la tête au creux de son épaule, comme si c'était la chose la plus naturelle du monde.

— J'ai toujours aimé ce lieu, déclara Tory d'un ton calme. L'eau est précieuse par ici, et cet endroit a toujours été comme un petit mirage. Le plan d'eau n'est pas très étendu, mais, par endroits, il est vraiment profond. Les gens d'ici adorent l'appeler un lac, ajouta-t-elle en riant. Quand on était enfants, on était toute une troupe à venir ici quand il faisait très chaud. On se déshabillait et on sautait dans l'eau. Et puis, quand on est devenus ados, on nous a regardés d'un mauvais œil, mais ça ne nous a pas empêchés de continuer.

— Notre jeunesse décadente...

— Non, on s'amusait, tout simplement, et ça n'avait rien de malsain.

— Vraiment ? Et si tu me montrais ?

Esquissant un sourire, Tory se tourna vers lui. Comme il la défiait du regard, elle se mit à rire.

— Alors tu joues aussi ! décida-t-elle, le cœur battant.

Elle le repoussa pour enlever ses chaussures.

— Le but du jeu, c'est d'être le premier à l'eau, précisa-t-elle.

Tout en ôtant sa chemise, Phil pensa qu'il ne l'avait jamais vue bouger aussi vite. Il était encore en train de défaire ses lacets quand elle se mit à courir nue vers l'eau. La lumière de la lune dansait sur sa peau, sur ses cheveux qui flottaient dans son dos, et il dut s'arrêter pour la contempler. Elle était encore plus exquise qu'il l'avait imaginé.

Puis elle s'immergea en s'éclaboussant jusqu'à la taille et plongea. Phil dut faire un effort pour sortir de l'état d'hypnose dans lequel il se trouvait, se déshabilla et la suivit.

Le contraste entre l'eau merveilleusement fraîche et

la chaleur de son corps le saisit. Puis, sur sa peau, ce fut comme une caresse. Avec un gémissement de pur plaisir, Phil s'enfonça jusqu'aux épaules. Ce petit trou d'eau au milieu de nulle part lui procurait un bien-être comparable à celui de sa piscine construite sur mesure. C'était même encore mieux, réalisa-t-il en cherchant Tory du regard. Elle refit surface, le visage levé vers le ciel, les cheveux plaqués en arrière. Sous les rayons de la lune, sa peau scintillait. Une naïade, pensa-t-il. Elle ouvrit ses yeux verts, qui brillèrent comme ceux d'un chat.

— Tu n'es pas très rapide, Kincaid !

Il lutta contre une vague de désir presque douloureuse. Ce n'était pas le moment de précipiter les choses. Ils savaient tous les deux que ce moment leur appartenait et qu'ils avaient encore devant eux plusieurs heures pour le savourer.

— Je ne t'avais jamais vue t'activer aussi vite…, fit-il observer en pataugeant sur place.

— Je m'économisais.

Elle avait à peine pied, aussi Tory donna-t-elle un léger coup de talon pour rester à la surface.

— Les économies d'énergie, c'est mon dada, ajouta-t-elle.

— Je présume que ça veut dire que tu ne veux pas faire la course.

Elle le fixa longuement.

— Tu plaisantes !

— A mon avis, je n'aurai pas trop de mal à te battre, déclara-t-il. Tu es toute mince…

— Pas du tout, protesta-t-elle en lui aspergeant le visage d'un geste de la main.

— Tu devrais faire quelques mois de sport en salle, ça te musclerait un peu, enchaîna-t-il d'un ton taquin en s'essuyant les yeux.

— J'ai une musculature parfaite, assura-t-elle. Es-tu en train de me provoquer, Kincaid ?

— Est-ce que ça marche ? répondit-il du tac au tac.

Pour toute réponse, elle tourna sur elle-même et lui

lança une gerbe d'eau au visage avant de nager vers l'autre rive. Phil constata avec amusement qu'elle pouvait être aussi rapide que l'éclair quand elle le voulait. Alors qu'il se lançait à sa poursuite, elle le devança par deux longues brasses puis, hilare, elle l'attendit en secouant ses cheveux en arrière.

— Si j'étais toi, je renouvellerais mon inscription à mon club de gym, Kincaid ! lança-t-elle.

— Tu as triché ! protesta-t-il.

— J'ai gagné : c'est tout ce qui compte.

Il leva un sourcil, étonné et amusé qu'elle ne soit même pas essoufflée. Apparemment, elle savait en effet parfaitement économiser son énergie.

— Et dire que c'est un représentant de la loi qui parle !

— Je ne porte pas mon insigne !

— J'avais remarqué…

Tory se remit à rire et gagna le centre du bassin en quelques brasses.

— Je te trouve plutôt en forme… pour un réalisateur de Hollywood.

— Vraiment ?

Il nagea à son côté, s'adaptant à son rythme alangui.

— En tout cas, tu n'as pas de ventre… pour l'instant, ajouta-t-elle d'un ton mutin.

Avec douceur, Phil lui mit la tête sous l'eau.

— Alors, comme ça, tu penses que tous les coups sont permis…, murmura-t-elle quand elle réapparut à la surface.

D'un geste rapide, elle lui enserra les jambes dans les siennes et exerça une violente poussée sur sa poitrine. Surpris, Phil glissa en arrière et coula. Puis il réapparut à la surface, secouant la tête pour dégager les cheveux qui lui tombaient dans les yeux. Tory était déjà à quelques mètres de lui, nageant sur place en gloussant.

— Règle 101 d'autodéfense, indiqua-t-elle à Phil. Mais il faut tenir compte de la flottabilité…

Cette fois, Phil nagea plus vite. Il attrapa fermement Tory

par la cheville avant qu'elle n'atteigne l'autre rive, puis l'attira à lui. Le souffle court, elle se retrouva dans ses bras.

— Tu veux essayer quelques coups francs ? proposa-t-il.

Prudente, Tory évalua mentalement son adversaire et ses chances.

— Non merci, répondit-elle. L'eau, ce n'est pas mon élément.

Ses bras étaient coincés entre leurs torses, mais quand elle essaya de se dégager, il resserra son étreinte. Soudain, le sourire de Phil s'effaça et il la regarda avec intensité. Tory sentit les battements de son cœur s'accélérer.

Phil prit possession de sa bouche avec une infinie délicatesse, désireux de savourer l'instant. Les lèvres de Tory étaient mouillées et fraîches. Sans hésitation, leurs langues se mêlèrent. Lentement, voluptueusement, leur baiser se fit de plus en plus profond ; Phil soutenait Tory, maintenant ses pieds juste au-dessus du fond sableux. Grisée par cette sensation d'apesanteur, elle se laissa flotter, s'accrochant à lui comme un bateau à son ancre. Leurs lèvres se réchauffèrent mutuellement, intimement, puis ils partirent à la conquête de nouvelles saveurs.

Prenant leur temps, ils parcoururent leurs visages de leurs lèvres, parsemant de baisers humides leur peau mouillée. L'eau clapotait autour d'eux dans un murmure apaisé, tandis qu'ils tanguaient et se cherchaient.

Puis Tory libéra ses bras et les glissa autour du cou de Phil, tout en se lovant contre lui. Elle l'entendit retenir sa respiration à ce contact et sentit qu'un frisson le parcourait juste avant qu'il ne s'empare de sa bouche avec fougue. Ils avaient assez pris leur temps. La passion trop longtemps réprimée explosa soudain, alors même que leurs bouches se cherchaient avec avidité. Sans cesser de maintenir Tory par la taille d'un bras ferme, Phil se mit à explorer son corps comme il en avait tant rêvé, faisant glisser ses doigts sur sa peau mouillée.

Tory bougea contre lui, les déstabilisant tous les deux, et ils se retrouvèrent sous l'eau, accrochés l'un à l'autre.

Complètement trempés, ils refirent surface, les lèvres toujours jointes, avant de remplir leurs poumons de l'air frais de la nuit. Les mains de Tory glissaient sur le corps de Phil, l'attiraient à elle, le repoussaient, s'aventurant vers des zones encore inexplorées. Incapable de contrôler son désir, elle passa les doigts dans ses cheveux et chercha ses lèvres. Avec une violence soudaine, il la fit ployer en arrière jusqu'à ce que ses cheveux flottent à la surface de l'eau. En même temps qu'il lui couvrait le visage de baisers, l'empêchant de l'embrasser à son tour, sa paume trouva un de ses seins.

Le cri rauque qui monta alors de la gorge de Tory n'était que l'expression d'une nouvelle vague de passion. Phil la souleva et, de sa bouche, s'empara d'un téton chaud et humide. Sa langue allait d'un mamelon à l'autre, insatiable. Soudain, dans un geste de soumission qui le surprit, Tory laissa ses mains retomber dans l'eau. Enivré par le pouvoir qu'il avait sur elle, il s'aventura sur sa peau frémissante, descendant jusqu'à ce qu'il atteigne le barrage que formait l'eau. Frustré, il remonta vers ses seins, alors que Tory s'accrochait en tremblant à ses épaules.

Elle rejeta la tête en arrière, tandis qu'il la relâchait pour mieux atteindre son cou infiniment vulnérable qui chatoyait sous les rayons de la lune. Il l'embrassa avec voracité, émerveillé et angoissé tout à la fois de l'entendre gémir. Bien que l'eau fût d'une extrême fraîcheur, Tory était si brûlante qu'à son contact Phil sentit ses jambes se dérober.

Rien ne comptait plus pour elle que les sensations intenses, aiguës qui l'envahissaient. Tory avait l'impression que l'eau bouillonnait, réchauffée par son propre corps, que sa respiration trouvait un écho dans l'immensité de la nuit. Si elle avait pu crier, elle l'aurait supplié de la prendre, mais elle ne se sentait pas même la force de prononcer son nom. Elle n'en pouvait plus ; son désir devenait déraisonnable. Avec une force que seule la passion lui donnait, elle noua fermement ses jambes autour de sa taille et s'unit à lui.

Ils vacillèrent un instant, aussi stupéfaits l'un que l'autre. Puis il lui agrippa les jambes et la laissa l'entraîner dans un voyage aussi impossible que sauvage. Tout s'accéléra, à l'instar du bruit du vent à l'oreille de Tory. Enfin, tremblants, ils se laissèrent glisser dans l'eau.

Phil se rappela vaguement l'endroit où ils étaient, et serra de nouveau Tory contre lui.

— On ferait mieux de sortir d'ici, balbutia-t-il, sans quoi nous allons nous noyer.

— Ça m'est égal, rétorqua Tory en posant la tête sur son épaule.

Avec un éclat de rire, Phil la souleva dans ses bras et la porta hors du bassin.

8

Il l'allongea sur l'herbe, puis se laissa tomber à côté d'elle. Pendant un moment, le seul bruit perceptible dans la nuit fut celui de leurs respirations mêlées. Les étoiles scintillaient à présent, la lune était presque pleine. Ils regardèrent le ciel à l'unisson.

— Il me semble que tu as dit tout à l'heure que l'eau n'est pas ton élément, fit observer Phil d'une voix qui n'avait pas tout à fait retrouvé son calme.

Tory s'esclaffa puis sourit, ravie.

— Je me suis peut-être trompée…

Phil ferma les yeux, s'abandonnant à la langueur qui s'emparait de son corps tout entier.

Tory soupira et s'étira.

— C'était merveilleux, murmura-t-elle.

Il l'attira un peu plus contre lui.

— Tu n'as pas froid ?

— Cette herbe…

— Horrible, n'est-ce pas ?

Avec un autre éclat de rire, Tory se retourna et s'allongea sur la poitrine de Phil. Il sentait sa peau humide contre la sienne. D'un geste lascif, il fit glisser sa main le long de son dos et elle lui rendit son sourire. Ses cheveux étaient plaqués sur sa tête, sa peau était aussi pâle et délicate que du marbre sous le clair de lune. Sur ses cils étaient encore accrochées quelques gouttes d'eau.

— Tu es magnifique, lui dit-il en l'attirant pour lui donner un long baiser.

— Toi aussi.

Comme il souriait, elle caressa du doigt le contour de son visage.

— J'aime ton visage, affirma-t-elle, penchant la tête pour mieux l'étudier, sa noblesse. Tu le tiens de ton père… Rien d'étonnant à ce qu'il ait été si bon dans ces rôles de cape et d'épée au début de sa carrière.

Elle plissa les yeux, comme pour chercher un autre angle.

— Bien sûr, reprit-elle d'un air pensif, j'aime aussi quand tu prends cette expression distante.

— Distante ?

L'herbe le grattait, et il bougea un peu.

— Tu fais ça très bien. Tu as une façon redoutable de dire « je m'excuse » alors que tu veux dire « allez vous faire voir ». C'est particulièrement flagrant quand tu parles avec ce type pas très grand, avec des petites lunettes.

— Tremaine, grommela Phil. C'est le producteur associé, et accessoirement un vrai casse-pieds.

L'air amusé, Tory lui embrassa le menton.

— Tu n'aimes pas que quelqu'un d'autre que toi s'occupe de ton film, on dirait ?

— Je suis très égoïste au sujet de ce qui m'appartient.

De nouveau, il s'empara de sa bouche, avec plus de ferveur qu'il en avait eu l'intention. Leur baiser se prolongea, se faisant de plus en plus passionné. Laissant échapper un râle de plaisir, Phil pressa Tory contre lui encore plus fort. Leurs lèvres se séparèrent, leurs regards se trouvèrent. Ils savaient tous les deux qu'ils s'aventuraient sur un terrain dangereux, et avançaient avec précaution.

La tête posée sur la poitrine de Phil, Tory tentait de reprendre ses esprits.

— Nous savions tous les deux que ça arriverait tôt ou tard, murmura-t-elle.

— Oui, nous le savions.

Pendant quelques secondes, elle se mordilla la lèvre inférieure.

— Ce qu'il faut maintenant, c'est ne pas compliquer les choses.

— En effet, aquiesça-t-il en regardant les étoiles. Nous voulons l'un comme l'autre éviter les complications.

— Dans quelques semaines, toi et moi quitterons la ville, fit observer Tory.

Ils ne s'aperçurent ni l'un ni l'autre qu'ils s'étaient serrés l'un contre l'autre encore plus étroitement.

— Il faut que je reprenne mes dossiers, dit-elle.

— Il faut que je finisse le tournage en studio.

— Heureusement qu'on est sur la même longueur d'onde depuis le début, déclara-t-elle.

Les yeux clos, elle s'imprégnait de son odeur comme si elle craignait de l'oublier.

— On peut continuer à se voir sans problème, poursuivit-elle, puisqu'on sait qu'aucun de nous ne souffrira quand ce sera fini.

— Oui.

Ils restèrent silencieux un moment, luttant contre le même sentiment d'accablement et de perte. *Nous sommes des adultes*, se dit Tory. *Nous sommes attirés l'un par l'autre, rien de plus. Ça ne peut pas être plus.* Mais elle n'était pas aussi sûre d'elle qu'elle l'aurait voulu…

— Bon, dit-elle gaiement en levant la tête vers lui, parle-moi de ton film ! La scène d'aujourd'hui avait l'air de fonctionner parfaitement.

Phil s'efforça d'accorder son humeur à celle de Tory et d'ignorer les doutes qui l'assaillaient.

— Tu es arrivée pour la dernière prise, dit-il, soudain sérieux. Ça n'a pas été évident.

Tory tendit le bras au-dessus de la poitrine de Phil pour attraper la bouteille de champagne. Leurs verres étaient couverts de rosée.

— J'ai trouvé Marlie Summers excellente, fit-elle observer en remplissant les verres.

— Elle est très bonne.

Elle reposa le bras sur la poitrine de Phil et but une

gorgée. Le champagne, pétillant, avait gardé toute sa fraîcheur.

— Je suis d'accord. Mais j'aimerais qu'elle se tienne à distance de Merle.

— Tu t'inquiètes pour la vertu de ton adjoint ? demanda-t-il d'un ton abrupt.

Elle lui lança un regard inquiet.

— Il va souffrir, dit-elle.

— Pourquoi ? protesta-t-il. Parce qu'une belle femme s'intéresse suffisamment à lui pour lui consacrer du temps ? Ecoute, continua-t-il sans lui donner le loisir de répliquer, tu as ton opinion sur lui, mais on peut en avoir une autre.

Elle reprit une gorgée en fronçant les sourcils.

— Comment réagira-t-il quand elle partira ?

— Il se débrouillera, répondit Phil d'un ton calme. Il sait déjà qu'elle partira.

Ils échangèrent un bref regard, presque effrayé : ils s'étaient compris. Tory détourna les yeux pour étudier le champagne qui restait dans son verre. Pour eux, c'était différent, se dit-elle. Phil et elle savaient tous deux où étaient leurs priorités. Quand ils se quitteraient, ce serait sans regret et sans souffrance. Il faudrait qu'il en soit ainsi.

— Ce sera peut-être difficile à accepter, murmura-t-elle en tentant de se convaincre qu'elle parlait toujours de Merle.

— Des deux côtés, rétorqua-t-il après une longue pause.

Tory se tourna vers lui et trouva ses yeux posés sur elle, lumineux, clairs, et d'une incroyable intensité. Il lui sembla que, sous elle, le sol se mettait à trembler.

— Je suppose que tout se terminera bien… pour tout le monde, reprit-elle avec un sourire, cherchant à détendre l'atmosphère. Tu sais, en ville, ils sont tous surexcités de faire de la figuration. Même les jumeaux Kramer se tiennent à carreau depuis une semaine.

— L'un des deux m'a demandé si on pouvait faire un gros plan sur lui.

— Lequel ?

— Comment veux-tu que je le sache ? demanda Phil.

C'est celui qui a tout fait pour obtenir un rendez-vous avec Marlie.

— Alors ça doit être Zac, précisa Tory, amusée, en avalant une gorgée de champagne. Il est impossible ! Tu vas lui accorder ce gros plan ?

— Je lui donnerai surtout un bon coup de pied dans les fesses s'il continue à tourner autour de la grue !

— Oh, oh ! Je n'ai rien entendu !

— En tout cas, tu n'as pas fait intervenir la justice pour gérer son cas, constata Phil.

— Pourtant, c'était tentant, concéda-t-elle. De toute façon, je ne l'aurais pas mis en prison. Gérer les Kramer, c'est tout un art…

— J'ai fait en sorte qu'un de mes agents de sécurité lui fiche la trouille de sa vie, expliqua Phil calmement. On dirait que ça a marché.

— Dis donc, si quelqu'un dans cette ville pose un problème, tu dois me tenir au courant.

Avec un soupir, il lui prit son verre des mains, le posa de côté, puis roula sur elle.

— Shérif, tu as pris ta soirée. Pas question qu'on parle de ça.

— Vraiment ? lança-t-elle, les bras déjà autour de son cou. Alors de quoi va-t-on parler ?

— De rien du tout, grommela-t-il en s'emparant de sa bouche.

Pour toute réponse, elle laissa échapper un gémissement. Il s'imprégna avec délices du goût du champagne resté sur sa langue. La chaleur de la nuit avait déjà séché leur peau, mais il se rafraîchit la main en la passant dans ses cheveux encore humides. Il sentit ses mamelons se durcir contre sa poitrine. Cette fois, pensa-t-il, la rage n'aurait pas sa place. Il se délecterait d'elle avec lenteur — ses courbes voluptueuses, sa peau soyeuse, les saveurs aussi diverses que subtiles de son corps.

Quittant ses lèvres au parfum de champagne, il s'aventura jusqu'à sa gorge chaude. Mais, déjà, les mains de Phil se faisaient exigeantes. De son pouce, il trouva la pointe de son sein, intensifiant le plaisir de Tory qu'il sentait bouger sous lui. A sa grande surprise, il réalisa qu'il aurait pu la prendre sur-le-champ, mais refoula son désir. Il y avait encore tant à apprendre d'elle, tant de choses à expérimenter ! Il laissa le bout de sa langue lui effleurer la peau et descendre vers son sein.

Tory se cambra pour mieux se plaquer contre Phil. Ses baisers lents, insistants, lui tirèrent un gémissement de délicieuse frustration. De sa bouche, Phil parcourait la rondeur gonflée de ses seins, déclenchant en elle des ondes de plaisir de plus en plus nombreuses. Lascive, sa langue allait de ses mamelons à la chair douce de sa poitrine. Elle balbutia son nom, suppliante. Alors, il déposa une pluie de baisers sur l'un de ses seins, tandis qu'il caressait l'autre de ses doigts experts.

Phil était émerveillé de l'entendre murmurer des paroles qui n'avaient aucun sens, de sentir sous lui ses mouvements éperdus. Avec une infinie délicatesse, il prit un de ses tétons durcis entre ses dents. Puis il l'abandonna pour savourer son autre sein, avant de le dévorer.

Bientôt, Tory sentit les mains de Phil s'aventurer plus bas, embrasant son corps tout entier d'un désir si violent que l'attente en devint intolérable. Mais elle brûlait de découvrir à son tour le corps de Phil, aussi laissa-t-elle ses doigts courir sur les muscles tendus de ses épaules, le long de son dos puissant. Une myriade de sensations l'envahit quand elle réalisa qu'il frémissait sous ses caresses. Avec une délicieuse lenteur, elle remonta jusqu'à son torse et l'entendit gémir. Alors, sa bouche impatiente s'empara de la sienne avec avidité.

Quand elle l'attira à elle, Phil ne put retenir un râle. Enfouissant la tête contre son épaule, il s'abandonna à la vague de plaisir qui l'envahissait. Son désir devenait presque insupportable, mais, de nouveau, il le réprima.

— Pas encore, murmura-t-il pour lui comme pour elle. Pas encore.

Faisant glisser ses lèvres entre ses seins, il s'imprégna avec délectation de l'odeur enivrante de sa peau.

Un spasme saisit Tory. Elle ne sentait plus le contact rêche de l'herbe sous son dos : seules comptaient à cet instant la bouche audacieuse de Phil, ses mains caressantes. Lorsqu'il descendit plus bas encore, elle se cambra avec un cri qui était une supplique. Sa langue experte, audacieuse, la faisait vibrer depuis le cœur de sa féminité jusqu'à la plus infime parcelle de son corps. Alors qu'une vague de plaisir menaçait de la submerger, il ne lui laissa aucun répit. Implacable, il laissa ses doigts s'aventurer en elle, tandis que sa bouche goûtait à la peau fraîche de ses cuisses.

Totalement à sa merci, elle remua la tête en un geste d'impuissance. Agrippant l'herbe sèche de ses mains, elle répondit à ses caresses en s'accordant à son rythme étourdissant. Sa peau était moite désormais, et elle frissonna dans l'air chaud de la nuit. Il l'amena à l'extrême limite encore et encore, sans lui laisser le moindre repos ni atteindre le point de non-retour.

— Phil, balbutia-t-elle entre deux respirations saccadées, j'ai besoin…

Dans un état second, il eut un sursaut de désir. Avec rage, il s'empara de sa bouche.

— De quoi as-tu besoin ? demanda-t-il, impérieux. De quoi ?

— De toi, avoua-t-elle dans un souffle, indifférente désormais aux mots et à leur sens. De toi.

Alors, avec un cri de triomphe, il pénétra en elle, les rapprochant encore tous deux un peu plus de ce qu'ils persistaient à nier.

Elle l'avait mis en garde contre la chaleur. Pourtant, tout en se préparant pour une autre scène en extérieur, Phil ne put s'empêcher de maudire le soleil implacable. Les machinistes avaient installé des estrades munies d'écran — de longs voiles de tissu noir — pour fournir de l'ombre entre les prises. Debout sous un gigantesque parasol orange et blanc, le cameraman suait sang et eau. Si les acteurs pouvaient profiter quelques instants de cette ombre, Phil, lui, travaillait presque exclusivement sous les rayons ardents du soleil, occupé à vérifier les angles, les lumières, et ce avec des réflecteurs ; et des lampes à arcs au charbon, elles régulaient l'éclairage de fond. Torse nu, un éclairagiste mettait la dernière touche à une couche de gel bleu sur une ampoule. C'était précisément la lumière brute et étincelante de cette journée que Phil recherchait, mais cela ne lui facilitait pas le travail.

Se forçant à avaler un nouveau comprimé de sel, il donna le feu vert pour la scène suivante. Curieusement, Dressler semblait s'adapter à la chaleur plus facilement que les membres de l'équipe plus jeunes que lui. Ou alors, songea Phil en le regardant descendre lentement la rue avec l'acteur débutant qui jouait son alter ego, il essayait désespérément de ne pas se faire distancer. Plus le temps passait, plus Sam avait l'esprit de compétition, et plus il avait l'esprit de compétition, en particulier avec Marlie, plus Phil réussissait à tirer le meilleur de lui.

Oui, c'était exactement ça, pensa Phil en le regardant se tourner vers le jeune acteur avec un air désabusé. Il disait son texte avec lenteur, sur un rythme presque traînant. C'était un homme peu enclin à donner des conseils, persuadé qu'il était que personne ne les suivrait. C'était comme s'il se parlait à lui-même. L'espace d'un instant, Phil oublia son propre inconfort pour, tout simplement, admirer ce professionnel qui avait su trouver l'essence de son personnage. Il devenait vieux et se fichait de tout : tout ce qu'il voulait, c'était qu'on le laisse tranquille ; il ne se faisait aucune illusion. Il avait connu la gloire, il l'avait perdue. Il se reconnaissait dans cet homme plus jeune et en ressentait une profonde amertume. Pour finir, il se retourna et s'éloigna lentement. La caméra resta braquée sur lui pendant trente secondes, sans un bruit.

— Coupez, parfait ! annonça Phil.

Il était rare qu'il manifeste son approbation inconditionnelle.

— On déjeune ! ajouta-t-il en posant la main sur l'épaule du jeune acteur. Protège-toi du soleil un moment, j'aurai besoin de toi pour les plans rapprochés dans une demi-heure.

Phil alla à la rencontre de Sam.

— Tu as fait un superboulot, lui dit-il.

Avec un sourire, Sam s'essuya le front.

— Il faut bien que quelqu'un apprenne le métier à ces petits jeunes. La scène d'amour avec Marlie risque d'être intéressante, ajouta-t-il tristement. Je n'arrive pas à oublier qu'elle a l'âge de ma fille.

— Voilà qui devrait t'aider à rester dans ton personnage !

Sam se passa la main dans ses cheveux en riant.

— En tout cas, elle est vraiment pro, reprit-il après quelques instants. Ce film va vite faire d'elle une vedette.

Il dévisagea Phil avec insistance.

— Et toi et moi, on aura un oscar, ajouta-t-il.

Comme Phil levait un sourcil dubitatif, Sam lui tapa dans le dos.

— Me regarde pas comme ça, vieux ! lança-t-il, l'air amusé. Tu as en face de toi quelqu'un qui l'a raté plusieurs fois. Tu peux toujours prendre ça de haut et prétendre que les récompenses, ça ne sert à rien, mais tu as tort.

De nouveau, il fixa Phil.

— J'en ai envie autant que toi, précisa-t-il en se passant une main sur le ventre. Maintenant, je vais aller boire une bière et m'allonger.

Il s'éloigna d'un pas nonchalant sous le regard de Phil. Même dans le secret de son cœur, Phil refusait d'admettre l'évidence : il avait envie que la profession lui accorde cette récompense suprême. En quelques mots, Dressler avait mis le doigt sur le problème. Certes, Phil souhaitait avant tout réaliser des films de qualité tout en obtenant les faveurs de la critique et gagner de l'argent sur la durée, mais il voulait aussi cette petite statuette en or. Esquissant un sourire ironique, il s'essuya le front de son avant-bras. La volonté de gagner et d'être reconnu ne s'estompe pas avec le temps, constata-t-il. Phil n'était pas encore né que Dressler faisait déjà des films et, pourtant, le désir de l'acteur d'occuper le devant de la scène était toujours aussi vif.

Tout en ajustant ses lunettes de soleil, Phil dut se rendre à l'évidence : il n'avait pas l'intention d'attendre les honneurs encore trente-cinq ans…

— Hé, Phil ! lança Bicks en avançant vers lui d'un pas lourd tout en essuyant son visage en sueur, il faut que tu fasses quelque chose avec cette fille.

— Laquelle ? rétorqua Phil en sortant une cigarette.

— Le shérif, répondit Bicks en se fourrant un chewing-gum dans la bouche. Elle est superjolie, et elle a une façon de marcher qui rendrait n'importe quel mec…

Il s'interrompit, scrutant le regard de Phil.

— C'est juste une remarque, marmonna-t-il.

— Qu'est-ce que vous attendez de moi, Bicks ? En quoi la démarche du shérif Ashton me concerne-t-elle ?

— En rien, bien sûr, répondit Bicks en notant avec amusement le ton ironique de Phil. Aucun homme ne peut se plaindre d'un tel spectacle. Mais bon Dieu, Phil, elle m'a collé une amende de deux cent cinquante dollars !

Phil repoussa ses lunettes sur son front en soupirant. Il avait espéré s'octroyer une douche rapide avant de reprendre le tournage : c'était raté…

— Pour quelle raison ?

— Parce que j'ai jeté un déchet par terre.

— Jeter un déchet ? répéta Phil en retenant un éclat de rire.

— Deux cent cinquante dollars parce que j'ai jeté mon emballage de chewing-gum dans la rue, précisa Bicks, qui, lui, n'avait nullement envie de rire. Et j'ai rien pu faire pour la raisonner. Pourtant, je l'avais ramassé et je lui avais présenté mes excuses. Deux cent cinquante dollars pour un emballage de chewing-gum. C'est dingue, non ?

— Bon, d'accord, je vais lui parler, répondit Phil en regardant sa montre. Mise en place pour la prochaine scène dans vingt minutes.

Sur ces mots, il se mit à remonter la rue.

Les pieds sur son bureau, Tory était plongée dans un rapport de Merle et essayait tant bien que mal de comprendre les tenants et les aboutissants d'un conflit entre deux ranchs voisins. Apparemment, le problème lié à l'emplacement d'une barrière était en train de s'envenimer : il était temps qu'elle prenne les choses en main. Elle devait aussi s'occuper d'un courrier qu'elle venait de recevoir d'un de ses clients d'Albuquerque.

Quand Phil pénétra dans son bureau, elle leva les yeux du document et lui sourit.

— Tu as l'air d'avoir chaud, fit-elle observer.

— J'ai chaud, confirma-t-il en jetant un coup d'œil au ventilateur qui couinait au plafond. Pourquoi ne fais-tu pas réparer cet engin ?

— Pour gâter cette bonne vieille atmosphère ?

Phil enjamba le chien endormi et s'assit sur le bord du bureau de Tory.

— Tout à l'heure, on va tourner une scène au milieu des habitants, annonça-t-il. Tu seras là pour surveiller ?

— Bien sûr.

— Tu veux un petit rôle ? demanda-t-il d'un ton taquin.

— Non, merci.

Il se pencha et pressa ses lèvres sur les siennes.

— On dîne dans ma chambre, ce soir ?

Tory sourit.

— Tu as toujours tes bougies ?

— Autant que tu veux, répondit-il.

— Dans ce cas, je suis incapable de refuser, murmura-t-elle en l'attirant à elle pour l'embrasser de nouveau.

— Tory, si un jour je venais à ton ranch avec une caméra, tu me laisserais te filmer sur ton cheval ?

— Voyons, Phil… !

— Un film amateur, l'interrompit-il en jouant avec une mèche de ses cheveux.

— D'accord, si tu y tiens tant que ça, acquiesça-t-elle avec un soupir de capitulation.

— J'y tiens.

Il s'étira, regarda sa montre et prit une cigarette.

— Dis donc, Tory, Bicks me dit que tu lui as mis une amende pour avoir jeté quelque chose sur la voie publique ?

— C'est exact.

Le téléphone l'interrompit et Phil attendit qu'elle réponde. Au bout d'un moment, il nota que le ton de sa voix avait légèrement changé, et écouta avec intérêt son jargon juridique. Ce devait être Albuquerque, conclut-il. Il l'observa avec attention, en réalisant qu'il ne savait rien de cette partie de sa vie. Quand elle plaidait, elle devait être redoutable. Sous son apparence nonchalante, elle cachait une intensité qui surgissait aux moments les plus inattendus. Et que faisait-elle après sa journée de travail au tribunal ou à son bureau ?

Il devait y avoir des hommes dans sa vie, se dit-il soudain en trouvant cette idée infiniment désagréable. Une femme comme Tory ne pouvait passer ses soirées et ses nuits seule que par choix. La quittant des yeux, il tira une longue bouffée de sa cigarette. Inutile de commencer à faire des plans sur la comète, se dit-il. Ils jouaient tous les deux cavalier seul. C'était la règle.

— Phil ?

Il se retourna et vit qu'elle avait raccroché.

— Quoi ?

— Que disais-tu ?

— Euh, bredouilla-t-il en essayant de se souvenir du motif de sa visite. Bicks, acheva-t-il.

— Oui, et alors ?

— Une amende de deux cent cinquante dollars pour avoir jeté un papier sur la chaussée…, énonça-t-il en fronçant les sourcils.

— Oui, c'est le tarif.

— Voyons, Tory, sois raisonnable.

— Raisonnable, Kincaid ? rétorqua-t-elle en levant un sourcil.

Le fait qu'elle l'appelle par son nom de famille lui disait clairement à quel niveau de communication ils en étaient réduits.

— Pour un emballage de chewing-gum, ça me paraît franchement exagéré.

— Une ordure est une ordure, et le montant de l'amende ne varie pas. Il aurait payé la même chose s'il s'était agi d'une boîte de caviar.

Poussé à bout, Phil se leva.

— Ecoutez, shérif…

— Et puisqu'on en parle, coupa-t-elle, tu peux dire aux membres de ton équipe que, s'ils ne nettoient pas derrière eux, ils auront tous droit à la même amende. Faisons en sorte que Friendly reste une ville propre, Kincaid, ajouta-t-elle avec un sourire suave.

— Pas question que tu harcèles mon équipe ! lança Phil en tirant lentement une bouffée.

— Pas question que tu salisses ma ville.

Au moment où il faisait le tour du bureau en jurant, la porte s'ouvrit. Ravie de voir Tod, Tory reposa ses jambes à terre et se leva. C'est à cet instant qu'elle aperçut l'ecchymose sur un côté de son visage. Un sentiment de rage la saisit et elle dut serrer les poings pour se contrôler. Elle alla à lui lentement et lui prit le visage entre les mains.

— Comment t'es-tu fait ça ?

— C'est rien, répondit-il avec un haussement d'épaules en évitant son regard.

Luttant pour garder son sang-froid, Tory lui saisit les mains et les leva pour observer ses articulations. Apparemment, il ne s'était pas battu…

— C'est ton père ?

Il secoua la tête d'un geste brusque.

— Je suis venu balayer, déclara-t-il en essayant de se dégager.

Tory le prit fermement par les épaules.

— Tod, regarde-moi.

Il leva les yeux de mauvaise grâce.

— J'ai du travail ; il me reste encore cinq dollars à rembourser, murmura-t-il d'une voix tendue.

— C'est ton père qui t'a fait cette marque sur le visage ? insista-t-elle.

Quand il détourna les yeux de nouveau, elle le secoua doucement.

— Réponds-moi.

— Il était pas content, parce que…

Il s'interrompit en voyant la colère briller dans son regard et eut un mouvement de recul instinctif. Tory l'abandonna et se dirigea vers la porte.

En un instant, Phil la rejoignit.

— Où vas-tu ? lança-t-il.

Elle avait saisi la poignée, et il plaça sa main sur la sienne.

— Voir Swanson.

— *Non !*

Ils se retournèrent d'un même mouvement et aperçurent Tod qui se tenait raide au milieu de la pièce.

— N'y allez pas, s'écria-t-il. Il va pas aimer ça, ça va le rendre furieux.

— Je vais parler à ton père, Tod, déclara Tory d'une voix mesurée, pour lui dire qu'il n'a pas le droit de te faire du mal.

— Il le fait que quand il ne se contrôle plus !

Tod se précipita vers Tory et lui prit la main.

— C'est pas un mauvais homme. J'veux pas que vous le mettiez en prison.

Malgré la colère qui la submergeait, Tory serra la main de Tod d'un geste rassurant.

— Je veux juste lui parler, Tod.

— Il va être fou furieux si vous faites ça, Tory. Je veux pas qu'il vous fasse du mal.

— Il ne me fera aucun mal, ne t'inquiète pas, assura-t-elle avec un sourire, notant dans le regard de Tod qu'il lui avait déjà pardonné. Va chercher le balai à présent, je reviens bientôt.

— Tory, s'il vous plaît !

— Vas-y, dit-elle avec fermeté.

— Pas question que tu y ailles, assena Phil après avoir attendu que Tod ait disparu.

Tory se contenta de le dévisager longuement avant d'ouvrir la porte. Dès qu'elle eut franchi le seuil, Phil l'obligea à faire volte-face.

— J'ai dit que tu n'y allais pas.

— Vous interférez avec la loi, Kincaid.

— Maintenant, tu vas arrêter ! hurla Phil en la plaquant contre le mur. Si tu crois que je vais te laisser partir, tu te trompes lourdement !

— Ce n'est pas à toi de me dire ce que je dois faire ou ne pas faire, lui rappela-t-elle. J'ai prêté serment et me dois de protéger la population de cette juridiction, dont Tod Swanson fait partie.

— Un type capable de frapper un enfant ne va pas se gêner pour te frapper, sous prétexte que tu as un insigne en cuivre accroché à la poitrine !

Tory sentit sa colère monter encore d'un cran et se força à parler calmement.

— Et que suggères-tu ? Tu veux que je fasse comme si je n'avais rien vu ?

Repensant au visage délicat de Tod, Phil jura.

— J'irai, dit-il.

— Tu n'as aucune légitimité pour ça, rétorqua-t-elle en le regardant bien en face. Non seulement tu n'es pas un représentant de la loi, mais tu n'es pas d'ici.

— Tu n'as qu'à envoyer Merle.

— Tu as un problème avec les femmes shérif, Kincaid ?

— Arrête, Tory ! rétorqua-t-il, partagé entre l'angoisse et l'exaspération. Il ne s'agit pas d'une plaisanterie.

— En effet, dit-elle d'un ton grave. Il s'agit de mon travail. Maintenant, laisse-moi partir, Phil.

Furieux, Phil obtempéra et la regarda se diriger vers sa voiture.

— Tory, lui cria-t-il, s'il te touche, je le tue.

Elle monta dans sa voiture et démarra sans un regard en arrière.

Elle s'engagea dans l'allée : elle devait reprendre le contrôle de ses émotions avant sa confrontation avec Swanson. Garder son objectivité, pensa-t-elle, les mains crispées sur le volant. Et avant tout rester calme. Impossible de faire ce qu'elle avait à faire sous le coup de la colère. Elle ne pouvait se laisser déstabiliser par la réaction de Phil. Pour être digne de l'insigne qu'elle portait sur son chemisier, elle devait faire abstraction de tout ça.

Elle n'avait pas peur, non pas parce qu'elle était exagérément téméraire, mais parce que, quand elle était témoin d'une injustice, elle n'avait d'autre choix que d'intervenir. Cependant, tout en tournant à gauche vers le ranch Swanson, elle fut soudain assaillie de doutes.

Et si elle se trompait ? pensa-t-elle, en proie à une panique soudaine. Si son entrevue avec Swanson allait encore aggraver la situation pour Tod ? Le souvenir de l'expression terrifiée du garçon lui donna la nausée, mais elle parvint à se maîtriser. Non, elle ne se trompait pas, tenta-t-elle de se convaincre en apercevant la maison. Elle allait parler à Swanson et, au minimum, donner l'impulsion qui permettrait aux choses de s'arranger. Depuis l'enfance, on lui avait inculqué que tout peut toujours se résoudre à force de patience et en faisant appel à la loi, et elle n'avait jamais remis en cause ce discours.

Elle se gara derrière le pick-up défoncé de Swanson et sortit de sa voiture, ce qui déclencha instantanément les aboiements menaçants et hargneux d'un chien qui dormait sur la terrasse. Tory le surveilla un moment, prudente, et constata qu'il ne s'aventurait pas plus loin que le bord de la terrasse défoncée. Il avait l'air aussi vieux et mal entretenu que la maison elle-même.

Tory jeta un coup d'œil à la ronde et ressentit une intense compassion pour Tod. On n'était pas loin de la pauvreté. Elle avait elle-même été élevée dans une famille où on ne pouvait pas toujours boucler les fins de mois, mais, entre sa mère qui ne supportait pas la saleté et ses deux parents qui travaillaient dur, leur petite ferme avait toujours eu un charme douillet. Cet endroit, au contraire, semblait désolé de façon irrémédiable. La pelouse jamais tondue n'était plus qu'herbes folles. Aucune fleur ou plante en pot ne jetait de taches de couleur. La maison était construite dans un bois dont la peinture s'écaillait par endroits. Il n'y avait pas de fauteuil sur la terrasse, aucun signe qui montrait que quelqu'un avait le temps ou l'envie de s'installer à cet endroit pour jouir de la vue.

Personne ne sortit en entendant le chien aboyer. Tory hésita entre appeler de là où elle était ou s'avancer au risque de contrarier le chien galeux. A cet instant lui parvinrent de l'arrière de la maison un cri suivi d'un juron, puis l'ordre de se taire. Le chien obéit et se contenta de grogner en direction de Tory, pendant qu'elle se rapprochait de l'endroit d'où provenait la voix.

Elle aperçut Swanson qui réparait la barrière d'un enclos vide. Le dos de sa chemise était trempé de sueur, son chapeau était tiré sur son front pour protéger son visage du soleil. C'était un petit homme râblé avec la carrure imposante du travailleur manuel. Tory songea à la frêle silhouette de Tod et en conclut que, tout comme son caractère, elle devait lui venir de sa mère…

— Monsieur Swanson ?

Il leva la tête. Il était en train de remplacer une des planches de la barrière et posa son marteau. Son visage brut et ridé était celui d'un homme en lutte constante contre les coups durs que lui réservaient les éléments. Il plissa les yeux et glissa rapidement sur son insigne.

— Shérif, dit-il tout en donnant un dernier coup de marteau sur un clou.

A l'évidence, il n'aimait pas qu'une femme interrompe le travail d'un homme.

— J'aimerais vous parler, monsieur Swanson.

— Ah oui ? rétorqua-t-il en prenant un autre clou dans une vieille boîte à café. A quel propos ?

— Tod, répondit Tory après avoir attendu qu'il fixe le clou sur la planche déformée.

— Il a des problèmes ?

— On dirait, répondit-elle d'une voix affable.

Elle s'exhorta à ne pas s'arrêter à sa grossièreté quand il lui tourna le dos pour reprendre un clou.

— Alors c'est à moi de régler ça, marmonna-t-il. Qu'est-ce qu'il a fait ?

— Il n'a rien fait, monsieur Swanson.

— Ou il a des problèmes ou il n'en a pas, déclara Swanson en positionnant un deuxième clou avant de le faire pénétrer dans le bois.

Le son trouva un écho dans l'air silencieux. De quelque part à sa droite, Tory entendit le meuglement paresseux d'une vache.

— J'ai pas vraiment le temps de bavarder, shérif.

— Il a des problèmes, monsieur Swanson, rétorqua-t-elle d'une voix égale. Et vous pouvez me parler ici ou dans mon bureau.

En entendant le ton de sa voix, il la regarda plus attentivement.

— Qu'est-ce que vous voulez ?

— Je veux vous parler de la marque sur le visage de votre fils, expliqua-t-elle en fixant ses mains bouffies dont les articulations étaient soudain devenues blanches.

— Vous n'avez pas à vous occuper de mon garçon.

— Tod est mineur, rétorqua-t-elle. Je suis tout à fait concernée par ce qui lui arrive.

— Je suis son père.

— Et, en tant que père, vous n'êtes pas autorisé à

maltraiter votre enfant, ni physiquement ni psychologiquement.

— Je vois vraiment pas de quoi vous voulez parler ! s'écria-t-il, tandis qu'il devenait rouge de colère.

Tory ne se laissa pas impressionner.

— Je sais parfaitement que vous avez déjà frappé votre fils, dit-elle d'un ton glacial. Il existe des lois très strictes pour protéger les enfants contre ce genre de traitement. Peut-être ne les connaissez-vous pas ; dans ce cas il serait bon que vous consultiez un avocat.

— J'ai pas besoin d'un de ces foutus avocats, commença-t-il d'une voix plus forte en menaçant Tory de son marteau.

— Vous en aurez besoin si vous pointez de nouveau cet engin dans ma direction, lui indiqua-t-elle d'un ton posé. Tentative d'agression sur un officier de justice, c'est un crime très sérieux.

Swanson baissa les yeux vers le marteau avant de le laisser tomber à terre.

— Je n'agresse pas les femmes, marmonna-t-il.

— Seulement les enfants ?

Le soleil dans les yeux, il lui lança un regard furieux.

— J'ai le droit de faire régner la discipline chez moi. J'ai un ranch à faire tourner, figurez-vous ! ajouta-t-il en montrant du bras sa misérable propriété. Dès que j'ai le dos tourné, il prend la poudre d'escampette.

— Vos motivations ne m'intéressent pas. La seule chose qui compte, ce sont vos actes.

Le visage déformé par la rage, il s'approcha d'elle. Tory ne bougea pas.

— Retournez dans votre voiture et fichez-moi le camp ! Je ne laisserai personne m'expliquer comment je dois élever mon fils.

Tout en notant ses poings serrés, Tory soutint son regard.

— Je peux lancer la procédure pour placer Tod sous tutelle, annonça-t-elle.

— Vous pouvez pas me prendre mon garçon.

— Vous croyez ? rétorqua-t-elle en levant un sourcil.

— J'ai des droits, fulmina-t-il.

— Tod aussi.

Après avoir dégluti, il se retourna pour ramasser son marteau et ses clous.

Elle s'interrompit, troublée par la lueur qu'elle avait perçue dans son regard. La justice, se souvint-elle, est aussi une affaire humaine.

— Il ne voulait pas que j'intervienne, précisa-t-elle d'un ton plus conciliant. Il m'a dit que vous étiez un type bien et m'a demandé de ne pas vous mettre en prison. Vous lui avez fait cette marque au visage, mais ça ne l'empêche pas de vous aimer.

Les muscles du dos de Swanson se tendirent, ce qui n'échappa pas à Tory. D'un geste abrupt, il lança le marteau et la boîte au loin, et les clous se dispersèrent dans l'herbe.

— Je voulais pas le frapper comme ça, dit-il avec un déchirement dans la voix qui réduisit Tory au silence. Il aurait dû réparer la barrière comme je lui avais dit de le faire, expliqua-t-il en se passant la main sur le visage. Je voulais pas le frapper comme ça. Regardez ça, marmonna-t-il en saisissant le barreau le plus haut de la barrière. On passe son temps à essayer de tout maintenir en état et on s'en tire à peine, on n'arrive jamais à rien ! Mais c'est tout ce que j'ai. Et Tod me serine toute la journée qu'il veut aller à l'école, qu'il veut ceci et cela, exactement comme…

— Son frère ? hasarda Tory.

Swanson tourna lentement la tête et afficha un air sévère.

— J'ai pas l'intention de parler de ça.

— Monsieur Swanson, je sais très bien le travail que ça demande d'entretenir un endroit comme celui-là. Mais vos frustrations et votre colère ne vous autorisent pas à maltraiter votre fils.

La mâchoire serrée, il se détourna de nouveau.

— Il faut qu'il apprenne.

— Et c'est avec vos poings que vous voulez lui apprendre ?

— Je vous ai dit que j'avais pas l'intention de le frapper,

lança-t-il, furieux, en lui faisant de nouveau face. Je veux pas lui mettre mon poing dans la figure comme mon père a fait avec moi. Je sais que c'est pas bien, mais quand il me pousse à bout…

Il s'interrompit de nouveau, visiblement furieux de devoir raconter sa vie à une étrangère.

— Je le frapperai plus, marmonna-t-il.

— Je parie que ce n'est pas la première fois que vous dites ça, n'est-ce pas ? rétorqua Tory. En toute bonne foi, bien sûr.

Il la regardait sans répondre, et elle prit une profonde inspiration.

— Monsieur Swanson, vous n'êtes pas le seul parent qui n'arrive pas à se contrôler. Il existe des groupes et des organismes qui peuvent vous aider, vous et votre famille.

— Pas question que je parle à un psychiatre ou à un cul-bénit.

— Ce ne sont que des gens comme vous et moi qui parlent et s'entraident.

— Je raconte pas mes affaires aux autres. Je m'en débrouille tout seul.

— Non, monsieur Swanson, protesta Tory.

Pourquoi était-il si difficile de lui faire comprendre la situation ? songea-t-elle, découragée.

— Vous n'avez pas vraiment le choix. Vous pouvez pousser Tod à bout jusqu'à ce qu'il quitte la maison, comme vous l'avez fait avec votre fils aîné, assena-t-elle avec fermeté tandis qu'il fulminait. Ou, poursuivit-elle sans se départir de son calme, vous pouvez vous faire aider, ce qui justifiera l'amour que vous porte votre fils. La question est de savoir si vous allez agir par orgueil ou penser à votre fils.

Swanson fixa l'enclos vide.

— Sa mère en mourrait, s'il partait.

— Il y a un numéro que vous pouvez appeler. Je le donnerai à Tod.

Il acquiesça d'un simple haussement d'épaules. Elle

attendit un moment en priant pour que sa stratégie ait été la bonne.

— Je n'aime pas poser des ultimatums. Mais j'exige de voir Tod tous les jours. S'il ne vient pas en ville, je viendrai ici. Et si je vois encore la moindre trace suspecte sur lui, monsieur Swanson, je lancerai un mandat d'arrêt contre vous et je placerai Tod sous tutelle.

Il tourna la tête vers elle et la fixa un moment. Puis il hocha la tête d'un mouvement lent et mesuré.

— Vous tenez vraiment beaucoup de votre père, shérif.

Machinalement, Tory toucha l'insigne sur sa poitrine.

— Merci, dit-elle avant de faire demi-tour et de s'éloigner.

Ce n'est que quand elle fut hors de sa vue qu'elle se paya le luxe d'essuyer ses mains moites sur son jean.

9

Tory dut s'arrêter à l'entrée de la ville : une barrière bloquait la route. Elle coupa le moteur et sortit de sa voiture, tandis qu'un des agents de sécurité de Phil s'approchait.

— Désolé, shérif, vous ne pouvez pas emprunter la rue principale, dit-il. Ils sont en train de tourner.

Avec un haussement d'épaules, Tory s'appuya sur le coffre de sa coiffure.

— Pas de problème, j'attendrai.

La colère qui l'avait poussée à aller voir Swanson était retombée, et elle appréciait d'avoir enfin du temps pour se reposer et réfléchir. De là où elle se trouvait, elle voyait l'équipe du film et les habitants qui faisaient leurs débuts comme figurants. Elle aperçut Hollister, qui traversait la chaussée pour dispenser ses conseils à deux acteurs se donnant la réplique. Elle ne put s'empêcher de sourire en songeant qu'il se vanterait de ce moment de gloire pendant des années. De nombreuses personnes de sa connaissance engagées comme figurants avançaient dans la rue ou attendaient leur tour. Phil interrompit le tournage pour faire une nouvelle prise. Même de loin, Tory percevait sa frustration. Elle fronça les sourcils en se demandant si leur prochaine entrevue tournerait au pugilat. Elle ne pouvait plus revenir en arrière et, de toute façon, elle avait fait ce qu'il fallait ; en fait, c'était la seule chose à faire.

Ils avaient peu de temps devant eux, songea-t-elle, et elle ne voulait pas le gâcher par des disputes ou des tensions. Mais tant que Phil n'accepterait pas les exigences et les responsabilités inhérentes à sa fonction, les frictions seraient inévitables. Tory tenait absolument à ce que les prochaines semaines se passent bien. Peut-être y tenait-elle trop, d'ailleurs, se dit-elle, pensive. Quand elle pensait à Phil, elle avait du mal à garder l'esprit clair. Et, depuis la soirée de la veille, l'avenir lui apparaissait soudain aussi incertain que lointain. Elle avait l'impression que seul le présent comptait, désormais — un présent implacable.

Or, elle ne pouvait pas se permettre d'éprouver toutes ces choses-là, se rappela-t-elle. Ce n'était pas ce dont Phil et elle étaient convenus. Elle bougea les épaules, gênée par sa chemise qui lui collait à la peau. Quand l'été toucherait à sa fin, ils repartiraient chacun de leur côté. C'était évidemment leur souhait à tous les deux.

— Shérif… euh, shérif Ashton ?

Prise de court, Tory hocha la tête et dévisagea l'homme à côté d'elle.

— Oui ?

L'agent de sécurité lui tendit une cannette de soda glacée.

— Je me suis dit que ça vous ferait du bien.

— Oh ! oui, merci, répondit-elle en ouvrant la cannette. A votre avis, ils en ont encore pour longtemps ?

— Non.

Il leva sa cannette et en engloutit la moitié d'une traite.

— Ils travaillent sur cette scène depuis plus d'une heure à présent, ajouta-t-il.

Avec délectation, Tory laissa le liquide glacé lui couler lentement dans la gorge.

— Dites-moi, monsieur…

— Benson, Chuck Benson, madame.

— Monsieur Benson, reprit Tory avec un sourire, avez-vous rencontré des problèmes avec les habitants ?

— Non, pas vraiment, répondit-il en s'asseyant à côté d'elle sur le capot. A part avec quelques jeunes, ces jumeaux.

— Ah oui, murmura Tory d'un air entendu.

— Ils ont essayé de manigancer pour que je les laisse monter dans la grue, expliqua-t-il avec un rire indulgent en plaçant la cannette contre son front pour se rafraîchir. J'ai moi-même des ados à la maison, précisa-t-il.

— Je suis sûre que vous avez su les gérer, monsieur Benson, déclara Tory avec un sourire éclatant qui troubla son interlocuteur. Mais soyez gentil de me prévenir si vous constatez un comportement inapproprié — surtout s'il s'agit des jumeaux Kramer.

— J'imagine qu'avec ces deux-là vous avez de quoi faire, gloussa Benson.

— Oui, et parfois je n'ai plus de temps pour autre chose, confirma Tory.

Elle posa un pied sur le pare-chocs et s'installa plus confortablement.

— Dites-moi, quel âge ont vos enfants ? lança-t-elle.

Quand Phil eut enfin achevé de tourner la scène, il songea qu'il avait eu sa dose d'amateurs pour la journée. Au prix d'un effort sur lui-même, il avait réussi à ne pas perdre patience et à parler à chacun des figurants avant de les congédier. Il voulait tourner encore une scène avant que tout le monde rentre, aussi donna-t-il ses instructions. La mise en place prendrait une heure, et, avec un peu de chance, ils auraient le film dans la boîte avant la tombée de la nuit.

Le beeper accroché à sa ceinture se mit à sonner. Agacé d'être dérangé, Phil sortit le talkie-walkie.

— Kincaid à l'appareil.

— Ici Benson. Le shérif est ici. Je peux la laisser passer ?

Aussitôt, Phil scruta les environs. Il aperçut Tory au bout de la rue, nonchalamment appuyée sur le capot de sa voiture, une cannette à la main.

— Laissez-la passer, ordonna-t-il, partagé entre le soulagement et la contrariété, avant de remettre la radio à sa place.

A présent qu'il savait qu'elle était saine et sauve, il

l'aurait étranglée avec plaisir. Il attendit qu'elle se gare devant le bureau du shérif et remonta la rue pour la retrouver. Il avait à peine parcouru la moitié du chemin que Tod sortit du bureau comme une bombe.

— Shérif !

Le garçon s'immobilisa au bord du trottoir, comme s'il ne savait plus s'il devait avancer ou non.

Tory le rejoignit et effleura d'un doigt la marque sur sa joue.

— Tout va bien, Tod.

— Vous ne l'avez pas… — il s'humecta la lèvre — vous ne l'avez pas arrêté ?

Elle le prit par les épaules et, quand il soupira, sentit qu'il tremblait.

— Non, dit-elle.

— Il s'est pas mis en colère contre vous ou…

Incapable d'achever, il lui lança un regard désemparé.

— Non, on a parlé, c'est tout. Il sait qu'il a tort de te frapper, Tod. Il veut arrêter.

— Quand vous êtes partie, j'ai eu peur, et puis M. Kincaid m'a dit que vous saviez ce que vous faisiez et que tout se passerait bien.

— Il a dit ça ?

Elle tourna la tête au moment où Phil arrivait. Leurs regards se croisèrent, quelque peu tendus.

— Eh bien, il avait raison, conclut-elle en se retournant vers Tod pour lui tapoter l'épaule. Rentre un moment, je voudrais te donner un numéro de téléphone pour ton père. Tu veux un café, Kincaid ?

— Avec plaisir.

Ils pénétrèrent ensemble dans le bureau de Tory. Elle alla directement à sa table, où elle prit un élégant carnet d'adresses en cuir qui paraissait parfaitement déplacé dans cet environnement.

Elle le parcourut, puis nota un numéro et un nom sur le bloc avant d'arracher la feuille.

— Ce numéro est pour toute ta famille, expliqua-t-elle

en tendant le papier à Tod. Rentre chez toi et parle à ton père, Tod. Il a besoin de savoir que tu l'aimes.

Le garçon plia la feuille avant de la glisser dans sa poche arrière. Puis, se balançant d'un pied sur l'autre, il fixa le bureau en désordre.

— Merci, bredouilla-t-il enfin. Et désolé pour ce que j'ai dit tout à l'heure.

Le rouge aux joues, il se tourna vers Phil.

— Vous savez de quoi je parle, murmura-t-il en baissant de nouveau les yeux sur le bureau.

— Ne sois pas désolé, Tod, déclara Tory en posant la main sur la sienne jusqu'à ce qu'il lève les yeux vers elle. Ça va aller ? ajouta-t-elle avec un sourire.

— Ouais, ça va aller.

Il rougit de nouveau et, rassemblant tout son courage, l'embrassa doucement sur la joue avant de filer vers la porte.

Tory passa une main là où Tod avait posé ses lèvres.

— S'il avait quinze ans de plus…, murmura-t-elle avec un petit rire.

Phil posa les mains sur ses épaules.

— Tu vas bien ?

— J'ai l'air d'aller mal ?

— Arrête, Tory !

— Phil, enchaîna-t-elle en le gratifiant d'un baiser aussi rapide que passionné, tu n'avais pas à t'inquiéter. D'ailleurs, je crois savoir que tu as dit à Tod que je savais ce que je faisais.

— Il était mort de peur, expliqua Phil.

Tout comme moi, songea-t-il en attirant à lui la jeune femme.

— Comment ça s'est passé, là-bas ?

— On a parlé, répondit simplement Tory. Swanson est très perturbé. Je pensais le détester, mais je n'ai pas pu. Je suis sûre qu'il va appeler le numéro que je lui ai donné.

— Qu'aurais-tu fait s'il était devenu violent ?

— Je me serais débrouillée, affirma-t-elle en s'écartant un peu. C'est mon boulot.

— Tu ne peux pas…

— Phil, le coupa-t-elle aussitôt d'un ton ferme, je ne t'explique pas comment tourner une scène, alors ne me dis pas comment gérer ma ville.

— Ça n'a rien à voir, et tu le sais très bien ! rétorqua-t-il avec colère. Personne ne me frappe si je recommence une prise.

— Même pas un acteur frustré ?

Il fronça les sourcils.

— Tory, il ne s'agit pas d'une plaisanterie.

— Je préfère une plaisanterie à une dispute, rétorqua-t-elle. Je ne veux pas me battre avec toi, Phil. Ne te braque pas sur ce genre de choses, ça ne nous apporterait rien de bon.

Il se retint de répliquer vertement et s'éloigna pour regarder par la fenêtre. La première fois qu'il avait pénétré dans cette petite pièce encombrée, tout lui paraissait si simple !

— C'est dur, murmura-t-il. Je me fais du souci…

Envahie par une vague d'émotions contradictoires, Tory regardait Phil, qui lui tournait le dos. Son cœur semblait soudain sourd aux lois de la raison. Elle ne savait plus où elle en était… Elle se retint d'aller à lui pour qu'il la serre de nouveau dans ses bras.

— Je sais, balbutia-t-elle après un silence ; moi aussi, je me fais du souci.

Il se retourna lentement. Ils se dévisagèrent comme ils l'avaient déjà fait auparavant, quand ils étaient séparés par des barreaux, presque avec méfiance. Pendant un temps qui parut infini, on n'entendit que le grincement du ventilateur mêlé au bruit étouffé des conversations à l'extérieur.

— Il faut que je rentre, déclara enfin Phil.

Il glissa prudemment les mains dans ses poches, tant il brûlait de la toucher.

— On se voit pour le dîner ?

— Bien sûr, répondit-elle avec un sourire que ses

lèvres eurent le plus grand mal à esquisser. Pas trop tôt, vers 20 heures, ça te va ?

— Parfait, répondit-il. A tout à l'heure.

— A tout à l'heure.

Elle attendit qu'il eût refermé la porte derrière lui pour s'asseoir à son bureau. Ses jambes la portaient à peine. Se prenant la tête entre les mains, elle exhala un long soupir.

Mon Dieu ! pensa-t-elle. Mon Dieu ! Il lui semblait que le sol se dérobait sous ses pieds. Non, elle ne pouvait pas être en train de tomber amoureuse de lui ! tenta-t-elle de se convaincre. Pas ça ! Depuis plusieurs jours, elle était entraînée dans un tourbillon émotionnel, et, du coup, tout prenait des proportions exagérées. De toute façon, elle n'était pas prête à s'engager : ce n'était donc pas la peine de s'appesantir sur le sujet.

Elle se leva et brancha la cafetière.

Après un café, elle se sentirait mieux et pourrait se remettre au travail.

Phil resta sous la douche plus longtemps que nécessaire. Il avait eu une journée épuisante et difficile. Avec son métier, il avait l'habitude de travailler très tard et de gérer l'impossible tout en restant serein. Pas cette fois.

Le jet brûlant ne parvenait pas à évacuer la tension qui l'avait envahi. Il était dans cet état depuis que Tory était partie pour le ranch de Swanson, et la pression s'était encore accrue pendant leur brève conversation dans son bureau. D'habitude il savait contrôler son stress, et le fait qu'il n'y parvienne pas cette fois l'inquiétait.

Il ferma les yeux et laissa l'eau ruisseler sur sa tête. Elle avait eu raison de lui préciser qu'il n'avait pas son mot à dire dans son travail. D'ailleurs, il n'avait son mot à dire dans aucun des aspects de sa vie… Rien ne les liait l'un à l'autre, et cela lui convenait parfaitement, tout comme à Tory. Au cours de ses précédentes relations, jamais il n'avait rencontré ce genre de problème. Mais quel problème ?

s'interrogea-t-il en écartant ses cheveux mouillés de ses yeux. Un problème de perspective, décida-t-il : il devait absolument mettre sa relation avec Tory en perspective.

Et qui mieux qu'un réalisateur pouvait y parvenir ? se demanda-t-il ironiquement avant de fermer le robinet d'eau. Il était tout simplement en train de laisser l'émotion prendre le pas sur le scénario. *Prise numéro 2 !* décida-t-il en attrapant une serviette. Il était grand temps d'en revenir aux règles de base. La simplicité, la légèreté, voilà ce qui importait, se remémora-t-il. Avec son expérience et sa formation, il ne pouvait pas être assez stupide pour rechercher les complications. Ce qu'il y avait entre Tory et lui était simple et sans contrainte, et ils voulaient l'un comme l'autre que cela reste ainsi.

C'était précisément une des premières choses qui l'avaient attiré chez elle, se souvint Phil. Il noua grossièrement une serviette autour de ses hanches et en saisit une autre pour se sécher les cheveux. Elle ne cherchait ni un engagement, ni un lien durable comme celui induit par l'amour ou le mariage. L'un et l'autre étaient trop intelligents pour se lancer dans ce genre d'aventure. A cet instant, Phil surprit, à travers le reflet que lui renvoyait le miroir, la lueur du doute dans son propre regard.

Non, bien sûr que non ! Il n'était pas amoureux d'elle. Il n'en était pas question. Il s'intéressait à Tory, bien entendu : c'était une femme pas comme les autres, à la fois forte, belle, intelligente, indépendante. Et aussi d'une douceur naturelle, qu'il percevait de temps à autre de façon tout à fait inattendue. C'était justement cela qui était si déstabilisant pour un homme comme lui.

Elle comptait pour lui, conclut Phil en laissant la deuxième serviette tomber à terre. Il devait admettre qu'il se sentait plus proche d'elle qu'il ne l'avait été de quiconque depuis des années. Ce qui d'ailleurs n'avait rien d'étonnant. Il y avait quelque chose de spécial entre eux, une amitié un peu étrange, décida-t-il. C'était sans danger. S'il avait laissé les choses lui échapper pendant un moment, c'était simplement parce qu'il s'était inquiété pour elle.

Quand on frappa à la porte, il fixait son reflet dans le miroir d'un œil vide.

— Qui est-ce ?

— Le service d'étage.

Son froncement de sourcils se transforma instantanément en sourire lorsqu'il reconnut la voix de Tory.

— Salut, lui lança-t-elle d'un air nonchalant quand il ouvrit la porte. Vous êtes un peu en retard, Kincaid. Voici votre commande.

Elle était chargée d'un grand plateau et il s'écarta pour la laisser entrer.

— J'ai perdu la notion du temps sous ma douche. C'est notre dîner ?

— J'ai eu un coup de fil de Bud, expliqua Tory en installant le plateau sur la table de jeu. Il m'a dit que tu avais commandé le dîner pour 20 heures, mais que tu ne répondais pas au téléphone. Je mourais de faim, alors j'ai décidé de prendre les choses en main.

Elle lui entoura la taille de ses bras et caressa son dos chaud et humide.

— Mmm…, tu es tendu, murmura-t-elle en admirant les boucles folles qui lui entouraient le visage. Dure journée ?

— C'est le moins qu'on puisse dire, confirma-t-il avant de s'emparer de sa bouche.

Il sentait le propre, le savon et le shampoing, et pourtant Tory jugea cette odeur aussi excitante que le parfum de musc qu'elle associait à Phil. Son désir s'éveilla au fur et à mesure que son appétit disparaissait. Elle se lova contre lui ; elle désirait plus.

Les bras de Phil l'enlacèrent, ses muscles se contractèrent. Il se perdait encore une fois en elle, et il n'avait pas la force de lutter.

— Tu es vraiment crispé, lui murmura Tory entre deux baisers. Allonge-toi.

Avec un petit rire, il lui mordilla la lèvre inférieure.

— Tu ne perds pas de temps, constata-t-il.

— Je vais te masser le dos, annonça-t-elle en s'écartant. Tu vas pouvoir me raconter tous les trucs exaspérants que t'ont fait subir ces horribles acteurs pendant que tu t'efforçais d'être génial.

— Tu vas voir comment on traite les petites malignes à Los Angeles ! rétorqua Phil.

— Sur le lit, Kincaid.

— Bon, murmura-t-il en souriant, si tu insistes…

— Sur le ventre, ordonna-t-elle quand il essaya de l'attirer à lui.

Il se résolut à l'idée que se faire dorloter était plutôt agréable, et obéit.

— J'ai une bouteille de vin au frais, annonça-t-il en s'étirant de tout son long avec un soupir. Curieux endroit pour conserver un bourgogne de cinquante ans d'âge !

— Ne joue pas les snobs, fit observer Tory en s'asseyant à côté de lui. Tu as dû travailler dix ou douze heures aujourd'hui. Tu as réussi à faire ce que tu voulais ?

— Pas autant que j'espérais, répondit-il avec un petit grognement de plaisir tandis qu'elle lui massait les épaules. C'est merveilleux.

— Les types dans le salon de massage demandent toujours Tory.

— Quoi ? lança-t-il en redressant la tête.

— Je voulais juste m'assurer que tu écoutais. Allonge-toi, Kincaid, ajouta-t-elle, amusée, en s'attaquant à ses bras. Tes problèmes étaient-ils d'ordre technique ou humain ?

— Les deux, répondit-il en se réinstallant confortablement.

Il ferma les yeux avec délectation.

— Certains dichroïques étaient défectueux. Avec un peu de chance, j'aurai les nouveaux demain matin. C'est dans les scènes de foule que ça a cafouillé. Tes concitoyens adorent sourire à la caméra, expliqua-t-il sèchement. Je m'attendais à chaque instant à ce qu'il y en ait un qui fasse un signe de la main.

— Que veux-tu, c'est le show-biz ! lança Tory en se mettant sur les genoux.

Elle releva légèrement sa robe pour être plus à l'aise. Phil ouvrit un œil et aperçut une de ses cuisses.

— Je ne serais pas étonnée que le conseil municipal de Friendly vote la construction d'un cinéma juste pour passer ton film. Quelle aubaine ce serait pour la profession, n'est-ce pas ?

— Merle a traversé la rue avec la démarche de quelqu'un qui a passé trois semaines à cheval.

Le contact des doigts de Tory sur son dos endolori était si extraordinaire que Phil ferma de nouveau les yeux.

— Merle voit toujours Marlie Summers, dit-elle.

— Tory…

— Je te fais juste la conversation, protesta-t-elle d'un ton léger tout en enfonçant les doigts un peu plus fort que nécessaire dans ses omoplates.

— Aïe !

— Un peu de nerf, Kincaid ! rétorqua-t-elle d'un ton taquin en lui déposant un baiser sonore au milieu du dos. Tu n'es pas en retard, j'espère ?

— Non. Avec tous les impondérables liés au tournage en extérieur, on s'en sort très bien. Encore quatre semaines et ça devrait être bouclé.

Un silence étonnamment pesant s'installa tout à coup entre eux.

— En tout cas, reprit Tory d'un ton brusque, tu n'as plus à te soucier de l'assureur.

— Il ne me lâchera pas d'une semelle tant que le film ne sera pas dans la boîte, marmonna Phil. Un peu plus loin, sur la droite… oui, c'est ça ! murmura-t-il, tandis que les doigts de Tory se concentraient sur le point douloureux.

— Dommage que tu n'aies pas une de ces huiles de massage, fit-elle observer.

D'un mouvement fluide, Tory s'assit sur lui pour pouvoir exercer une meilleure pression.

— Tu me déçois, Kincaid. Je pensais que toutes les stars hollywoodiennes voyageaient avec ce genre de choses.

— Mmm…

Il aurait bien rétorqué sur le même ton, mais son esprit commençait à flotter. Le contact de ses doigts sur le bas de son dos, juste au-dessus de la serviette, était précis et merveilleusement rafraîchissant. Elle portait des bas fins et, chaque fois qu'elle lui effleurait les flancs de ses cuisses, son cœur battait plus vite. Quand elle se penchait pour lui masser les épaules, le parfum de ses cheveux titillait ses sens. Le drap sous lui était chaud, trop chaud, mais il n'avait pas le courage de bouger pour changer de position.

Au fur et à mesure que le soleil descendait à l'horizon, la lumière se faisait plus douce. Un voile irisé s'étendit bientôt sur la pièce, en harmonie avec son humeur. Il entendit au loin le grondement d'une voiture dans la rue, et puis, seulement, le souffle régulier et léger de Tory au-dessus de lui. Ses muscles étaient à présent souples et relâchés, mais il n'envisageait aucunement de lui demander d'arrêter. Il avait complètement oublié le dîner qui refroidissait sur la table derrière lui.

Persuadée qu'il était endormi, Tory continuait à lui masser le dos. Quel corps magnifique il avait ! songea-t-elle. Ferme, bronzé et vigoureux. Les muscles de son dos étaient souples et puissants, et elle se délecta de les explorer. Tandis qu'elle faisait glisser ses doigts plus bas encore, sa robe remonta plus haut sur ses cuisses. Gênée par le vêtement, elle baissa la fermeture Eclair de sa robe et la retira : dans son fin body, elle bougerait plus facilement.

Il avait la taille fine : ses mains s'y attardèrent, appréciant sa fermeté. Quand ils avaient fait l'amour, leur fougue était telle qu'elle s'était complètement laissé dominer. Cette fois, elle s'accorda le plaisir de découvrir les courbes de son corps, depuis ses hanches étroites, au-dessus de la serviette, jusqu'à ses cuisses affermies par des heures de tennis, de natation, de marche. Le léger duvet sur sa peau la fit se sentir délicieusement féminine. Elle lui massa les mollets, et ne résista pas à l'envie irrépressible de lui déposer un baiser au creux du genou. Trop alangui par le plaisir pour bouger, Phil sentit son pouls s'accélérer. Il éprouva une curieuse sensation de chaleur lorsqu'elle se mit à lui masser les pieds.

Il faisait certainement beaucoup plus d'exercice qu'elle ne l'avait imaginé, songea Tory en remontant lentement le long de ses jambes. Il passait des heures debout au soleil, revenant sur une prise encore et encore, jusqu'à ce qu'il parvienne à la perfection. Elle réalisait à présent qu'il ne cessait de penser à son film, même pendant son temps libre. Phil Kincaid était vraiment un type impressionnant, se dit-elle avec un sourire attendri. C'était un homme bien plus profond que ce que laissait deviner l'image glamour qu'en donnait la presse. Depuis son arrivée à Friendly, il avait gagné son respect, mais pas seulement. Elle se rendait compte avec un certain malaise qu'il avait un étrange effet sur elle. Mais pas question de penser à ça maintenant. Elle serait peut-être obligée de le faire après son départ, mais, pour l'instant, il était là, et cela lui suffisait.

Avec un soupir, elle se pencha pour poser la joue sur son épaule. Le besoin qu'elle avait de lui la prit de court. Son cœur battait la chamade et elle s'abandonna à la vague de chaleur qui l'envahissait.

— Phil, lui susurra-t-elle à l'oreille.

De sa langue, elle lui caressa le cou pour le tirer de sa torpeur. Lorsqu'elle lui arracha un gémissement rauque, elle sentit les battements de son cœur s'accélérer. Grisée, elle lui mordilla le lobe de l'oreille, avant de faire glisser ses lèvres jusqu'à la zone sensible de sa nuque.

— J'ai envie de toi, murmura-t-elle.

Puis, de sa bouche, elle se lança à la découverte de son corps, avec la même application que celle dont elle avait usé au cours de son massage.

Il s'abandonnait si docilement à ses caresses que, quand il l'attrapa d'un bras puissant pour l'attirer à lui, la surprise lui coupa la respiration. Il se mit à l'embrasser sans même lui laisser le temps de retrouver son souffle. Son baiser était aussi puissant et possessif que ses lèvres étaient douces et chaudes. Tout en mêlant sa langue à la sienne, il pesait sur elle de tout son poids. Enfin, après avoir déposé une pluie de baisers avides sur son visage, il la regarda avec une telle intensité qu'elle se mit à trembler.

— A mon tour, murmura-t-il.

De ses doigts impatients, Phil défit la rangée de petits boutons qui fermaient le devant de son body, puis ses lèvres prirent le relais, traçant une traînée de feu sur sa peau dénudée. Le décolleté du body plongeait à présent jusqu'à son nombril et c'est là qu'il s'attarda, se délectant de la chair douce au goût de miel.

Il sembla à Tory qu'un ouragan de sensations l'emportait jusqu'au cœur d'un cyclone chargé de promesses. Les mains de Phil se plaquèrent sur le haut de ses cuisses, ses pouces s'aventurèrent jusqu'au fin tissu de soie rose. Avec des gestes experts, il lui enleva lentement ses bas, tandis que ses lèvres goûtaient à sa peau mise à nu. Partagée entre plaisir et tourment, Tory gémit.

Pendant quelques secondes grisantes, la langue de Phil s'attarda en haut de sa cuisse, avant de se glisser lentement sous la soie. Tory se cambra, pantelante : elle n'était plus qu'attente. A travers le tissu, elle sentit son souffle la caresser. Mais il l'abandonna, folle de désir, pour revenir avec avidité à sa bouche. Elle lui répondit avec la même ardeur, et l'attira plus près encore. Elle le sentait vibrer contre elle, en proie à un désir à l'unisson du sien.

Ebloui, Phil s'attarda sur la rondeur appétissante de sa lèvre inférieure, la titillant, la mordillant.

Ivre de plaisir, Tory se débattait sous le corps puissant de Phil, cherchant la délivrance ultime.

— Là, murmura-t-il en faisant glisser sa langue le long de son cou, à l'endroit qui l'attirait depuis toujours. Ta peau a un goût incroyable, ajouta-t-il en s'abandonnant à l'appétit vorace qu'il avait d'elle.

Ses seins tendus l'attendaient. Lentement, il humecta

ses mamelons de sa langue, en écoutant la respiration de Tory s'accélérer, tandis qu'il allait d'un téton à l'autre, les taquinant, les dégustant. Il insista, encore et encore, jusqu'à ce que les mouvements de Tory sous lui deviennent incontrôlés et désespérés. Alors la passion monta encore d'un cran et il suça avec voracité la pointe chaude et humide de ses seins.

Elle ne se rendit même pas compte qu'il faisait glisser son body le long de ses épaules, puis de son buste, pour finir par la dénuder jusqu'à la taille.

A cet instant, les derniers rayons du soleil jetèrent dans la pièce une clarté rouge sombre, presque poudrée. Sous cet éclairage dramatique, la peau veloutée de Tory prit une teinte exotique, ce qui décupla le désir de Phil.

Alors il fit glisser la soie encore plus bas, toujours plus bas, jusqu'à ce qu'elle disparaisse entre les draps.

Eperdue, Tory s'accrocha à lui. Au moment même où elle le touchait, elle l'entendit inspirer profondément et perçut son tremblement aussi soudain que convulsif. Il lui était désormais impossible de nier l'intensité des forces qui le poussaient vers elle…

— Encore…, balbutia-t-il dans un souffle, tentant sans succès de lui résister.

— Maintenant, murmura-t-elle, soulevant les hanches pour l'accueillir en elle.

Ils étaient étendus, épuisés et silencieux, tandis que les premiers rayons de la lune se glissaient dans la chambre. Phil savait qu'il aurait dû bouger, qu'il pesait de tout son poids sur Tory. Mais ils étaient si bien ainsi, peau contre peau, sa bouche confortablement nichée contre son sein. Tory avait les doigts dans ses cheveux, qu'elle tortillait et caressait avec une douceur ensommeillée. Le temps s'écoulait tranquillement, les minutes succédaient aux secondes sans qu'ils éprouvent le besoin de parler. Phil entendit les battements du cœur de Tory s'apaiser peu à peu et redevenir réguliers. Paresseusement, il titilla de sa langue un de ses tétons encore dressé et le sentit durcir plus encore.

— Phil, protesta-t-elle avec un faible gémissement.

Bouleversé de découvrir le pouvoir qu'il avait sur elle, il eut un petit rire.

— Fatiguée ? demanda-t-il sans cesser de la mordiller.

— Oui, avoua-t-elle avec un petit gémissement, alors qu'il s'intéressait à son autre sein. Phil, je ne peux plus…

Il ignora ses paroles et lui prit la bouche en un long et lent baiser, tout en la caressant de ses mains. Au départ, il avait juste voulu l'embrasser. Mais ses lèvres étaient bien trop douces, bien trop généreuses. Lorsqu'il sentit son souffle chaud sur sa peau, la passion se déchaîna de nouveau en lui, étourdissante.

Alors que Tory se croyait épuisée, en un instant, son désir assoupi se transforma en une vague brûlante.

Phil se délecta des courbes de son corps, du goût entêtant et délicieux de sa peau. Il suffisait d'une petite étincelle pour rallumer le feu qui couvait…

— J'en veux encore…, murmura-t-il.

Et, doucement, il prit possession d'elle.

Quand ils s'écroulèrent dans les bras l'un de l'autre, éperdus, la lune inondait la pièce de ses rayons argentés.

— Comment te sens-tu ? demanda Phil, beaucoup plus tard.

Elle était serrée contre lui, le bras posé sur sa poitrine.

— Stupéfaite.

Il rit et déposa un baiser sur sa tempe.

— Moi aussi. J'imagine que notre dîner est froid.

— Mmm… C'était quoi ?

— Je ne me souviens pas.

Tory bâilla et se pelotonna contre lui.

— C'est toujours meilleur froid, de toute façon.

Elle se sentait capable de dormir une semaine entière.

— Tu n'as pas faim ?

— Aurais-tu quelque chose à me mettre sous la dent ? rétorqua-t-elle, mutine.

Dans la pénombre, il lui sourit.

— Probablement.

Elle s'étira comme un chat satisfait quand il lui caressa le dos.

— Tu dois te réveiller tôt ? demanda-t-elle.

— A 6 heures.

— Tu casses le mythe ! s'écria-t-elle d'un ton faussement scandalisé. Les don Juan de Hollywood ne se lèvent jamais à 6 heures !

— Si, quand ils réalisent un film, rétorqua-t-il, amusé.

— Je suppose que, quand tu partiras, tu auras encore un travail fou avant de pouvoir enfin dire que ton film est fini.

Sans qu'ils s'en rendent compte, la même expression soucieuse assombrit leurs visages.

— Oui, il y aura beaucoup de travail en studio, puis le montage final…, fit-il observer. J'aimerais avoir plus de temps…

Comprenant à quoi il faisait allusion, elle s'efforça de maîtriser le tremblement de sa voix.

— Nous le savions tous les deux. Je ne resterai en ville que quelques semaines de plus que toi, ajouta-t-elle. J'ai plein de travail à rattraper à Albuquerque.

— Heureusement qu'on prend les choses avec détachement, déclara Phil, les yeux rivés sur le plafond, tout en jouant de ses doigts avec les boucles de Tory. Si on était amoureux, on serait dans une situation impossible.

Tory ouvrit les yeux et fixa l'obscurité.

— Oui, confirma-t-elle. Et ni toi ni moi n'avons le temps de nous retrouver dans une situation impossible.

10

Tory arrêta sa voiture devant la ferme. Les géraniums de sa mère étaient superbes. Des variétés blanches et roses avaient été intercalées entre les rouges, plus ordinaires : le résultat était un assortiment de couleurs parfaitement organisé et entretenu. Tory remarqua que la fente dans la moustiquaire avait été réparée. Comme d'habitude, quelques vêtements étaient accrochés à la corde à linge sur le côté de la maison. Elle n'avait aucune envie d'entrer.

C'était une obligation à laquelle elle ne se soustrayait jamais, mais dont elle ne s'acquittait jamais avec facilité. Une fois par semaine au minimum, elle prenait sa voiture pour aller passer une demi-heure avec sa mère. Depuis que l'équipe du film s'était installée à Friendly, cette dernière n'était venue en ville qu'à deux reprises. Chaque fois, elle s'était arrêtée au bureau de Tory, mais ses visites avaient été brèves et pénibles pour l'une comme pour l'autre. Loin de combler le fossé qui les séparait, le temps, au contraire, le creusait.

D'habitude, Tory programmait ses visites au ranch le dimanche après-midi. Cette fois, cependant, elle avait avancé son déplacement d'une journée pour calmer l'impatience de Phil. Cette pensée la fit sourire. Il avait fini par la convaincre d'accepter qu'il tourne son « film amateur ». Quand il en aurait terminé avec le tournage du matin en ville, il viendrait la rejoindre avec l'une de ses caméras vidéo d'appoint. Bien qu'elle ait du mal à comprendre pourquoi il voulait absolument la filmer, elle avait fini par se dire qu'elle ne risquait pas grand-chose en acceptant. D'autant qu'il ne la laisserait pas en paix tant qu'elle ne lui aurait pas dit oui.

Qu'il s'amuse ! conclut-elle en sortant de la voiture. La balade serait agréable.

Depuis le corral, le palomino hennit, puis piaffa et caracola sous le regard de Tory. L'animal l'avait aperçue et il savait qu'il aurait droit à une carotte ou à une pomme, ainsi qu'à une sortie tonifiante. Ils étaient conscients tous les deux que, poussé par l'impatience, il était parfaitement capable de sauter la barrière. Il se cabra, faisant le beau, et elle se mit à rire.

— Du calme, Justice ! Tu vas jouer dans un film !

Elle hésita un moment. Comme il aurait été facile d'aller vers le cheval et de le cajoler pour obtenir en retour son indéfectible affection ! Avec lui, au moins, pas de complications, pas de sous-entendus. Mais son regard revint vers la maison et elle se mit en marche avec un soupir résigné.

En entrant, Tory sentit le parfum léger de la cire d'abeilles et du citron et comprit que sa mère venait d'astiquer les sols. Elle se remémora la cireuse électrique que son père avait rapportée un jour à la maison. Helen avait été aussi émerveillée que s'il s'était agi de diamants. Les vitres étincelaient au soleil sans la moindre trace de saleté.

Comment fait-elle ? se demanda Tory en observant la pièce impeccable. *Comment peut-elle passer toutes ses journées à chasser la poussière ?* N'attendait-elle donc rien d'autre de la vie ?

Aussi loin que remontaient ses souvenirs, la seule ambition de sa mère avait été de remplacer des housses ou des rideaux. Tory, qui cherchait toujours à mettre les choses en perspective et à analyser chaque alternative, n'arrivait pas à comprendre une résignation aussi passive. Tout aurait sans doute été plus simple si la mère avait compris la fille, et inversement.

Avec un mouvement de tête trahissant sa frustration,

elle se dirigea vers la cuisine, certaine d'y trouver Helen penchée au-dessus des fourneaux.

La pièce était vide. Sous le soleil éclatant, les appareils brillaient, d'un blanc immaculé. L'odeur alléchante du pain fraîchement sorti du four flottait dans l'air. Pour qui l'avait-elle cuit ? se demanda Tory, contrariée sans trop savoir pourquoi. Il n'y avait personne pour l'apprécier à présent, personne pour sourire d'un air gêné, après avoir été pris sur le fait en train d'en entamer la croûte. Rien n'était plus comme avant, sa mère le savait bien, bon sang ! Tory se retourna brusquement et quitta la pièce.

La maison était trop calme, se dit-elle. Pourtant, Helen était forcément là. La petite voiture fatiguée était garée à sa place habituelle, sur le côté de la maison. Tory pensa soudain que sa mère était peut-être dans une des annexes. Mais alors pourquoi n'était-elle pas sortie quand elle l'avait entendue arriver ? Vaguement inquiète, Tory leva les yeux vers l'escalier. Elle ouvrit la bouche pour appeler, mais se tut. Quelque chose la poussa à monter rapidement les marches.

Elle s'arrêta sur le palier en entendant un bruit étouffé qui venait de l'extrémité du couloir. Elle avança doucement jusqu'à la porte entrouverte de la chambre de ses parents, la poussa et entra.

Helen était assise sur le lit, vêtue d'une robe d'intérieur jaune vif. Ses cheveux blonds étaient cachés sous un foulard assorti. Serrée dans sa main, elle tenait une des chemises de travail du père de Tory. Elle était d'un bleu délavé, effilochée aux poignets. Tory se souvint que c'était une de celles qu'il préférait, celle dont Helen disait qu'elle était juste bonne à faire un chiffon. A cet instant, sa mère serra le vêtement contre sa poitrine et se balança doucement d'avant en arrière, en pleurant avec un désespoir si tranquille que Tory ne put que la regarder.

Elle n'avait jamais vu sa mère pleurer. C'était les yeux de son père qui devenaient humides lors des cérémonies de remise de diplôme au lycée et à l'université. C'est lui qui avait pleuré quand le chien qu'elle avait eu bébé était mort. Joie ou tristesse, sa mère réagissait toujours avec la même retenue. Mais, à cet instant, il n'y avait aucune retenue chez la femme qu'elle avait devant les yeux. Cette femme était accablée par le désespoir, aveugle et sourde à tout ce qui n'était pas sa propre peine.

Colère, ressentiment, réserve, tout cela s'évanouit chez Tory en un éclair. Son cœur déborda d'empathie, sa gorge se serra de douleur.

— Maman !

Helen releva brusquement la tête et posa sur Tory un regard brouillé et confus. Elle secoua la tête, luttant visiblement pour refouler ses sanglots.

— Non, non ! lança Tory en se précipitant vers elle pour la serrer dans ses bras. Ne me repousse pas !

Helen se figea dans une ultime tentative pour reprendre le contrôle d'elle-même, mais Tory resserra son étreinte, coinçant la chemise entre elles deux. Alors, d'un coup, Helen s'effondra, posa la tête sur l'épaule de sa fille et laissa libre cours à ses larmes.

— Oh ! Tory, Tory, c'est moi qui aurais dû mourir ! s'écria-t-elle en s'abandonnant à la sensation de réconfort que lui apportaient les bras de sa fille. Pourquoi Will ? reprit-elle. Pourquoi Will ? Cela aurait dû être moi.

— Ne dis pas ça, protesta Tory, les joues inondées de larmes. Tu ne dois pas dire ça. Papa n'aurait pas voulu t'entendre parler ainsi.

— Pendant toutes ces semaines à l'hôpital, ces horribles semaines, j'ai prié et prié pour un miracle, murmura-t-elle en s'agrippant encore plus fort à Tory, comme si elle craignait de tomber. Mais ils m'ont répondu qu'il n'y avait pas d'espoir. Pas d'espoir. Mon Dieu, j'avais envie de hurler ! Il ne pouvait pas mourir sans moi, pas sans moi ! La dernière nuit à l'hôpital avant qu'il ne… je suis allée dans sa chambre. Je l'ai supplié de leur montrer qu'ils se trompaient, de revenir à la vie. Il était parti.

Elle gémit et serait tombée si Tory ne l'avait retenue.

— Il m'avait déjà quittée. Je ne pouvais pas le laisser couché là avec cette machine, non, je ne pouvais pas. Pas mon Will !

— Oh ! maman, s'écria Tory, tandis qu'elles se balançaient doucement, enlacées. Je suis désolée. Je ne savais pas… je ne pensais pas… Je suis désolée…

Helen prit une profonde inspiration et ses sanglots s'apaisèrent.

— Je ne savais pas comment te le dire, comment t'expliquer. Je n'ai jamais su exprimer mes sentiments. Je savais combien tu aimais ton père, reprit-elle. Mais j'étais trop en colère pour communiquer avec toi. Je suppose que je voulais que tu m'en veuilles : ça m'aidait à tenir, même si je savais que je te faisais du mal.

— A présent, ça n'a plus d'importance.

— Tory…

— Non, ça n'a plus d'importance, insista-t-elle en fixant les yeux embués de larmes de sa mère. Cette nuit-là, ni toi ni moi n'avons fait l'effort de comprendre l'autre. On a eu tort toutes les deux. Je pense qu'on l'a suffisamment payé…

— Je l'aimais tant, balbutia Helen d'une voix mal assurée en contemplant la chemise chiffonnée dans sa main. Je n'arrive pas à réaliser que je n'entendrai plus jamais sa voix de l'autre côté de la porte.

— Je sais. Chaque fois que je viens ici, je le cherche encore.

— Tu lui ressembles tant…

D'une main hésitante, Helen effleura la joue de sa fille.

— Tu sais, il m'est même arrivé d'avoir du mal à te regarder…, avoua-t-elle. Quand tu étais petite, tu étais plus sa fille que la mienne. C'est ma faute, enchaîna-t-elle sans laisser Tory parler. Tu m'as toujours un peu intimidée.

— Intimidée ? rétorqua Tory en réussissant à sourire.

— Tu étais si intelligente, si vive, si exigeante. Je me suis toujours demandé quelle part j'avais prise dans le développement de ta personnalité.

Elle s'interrompit et contempla ses mains un moment.

— Tory, je n'ai jamais fait beaucoup d'efforts pour me rapprocher de toi. Je suis comme ça.

— Je sais.

— Ça ne voulait pas dire que je ne t'aimais pas.

Tory serra les mains de sa mère dans les siennes.

— Je le sais aussi. C'est de lui qu'on s'est toujours occupé, avant tout.

— Oui, confirma Helen en caressant la chemise froissée. Je pensais que j'arrivais à gérer, ajouta-t-elle d'une voix douce. J'avais l'intention de nettoyer ce placard, et puis j'ai trouvé cette chemise. Il l'aimait tellement. On voit toujours la marque de l'insigne sur le devant.

— Maman, il est temps que tu sortes un peu de la maison, que tu voies des gens, de nouveau.

Quand Helen secoua la tête, Tory accentua la pression de ses doigts.

— Que tu vives de nouveau, ajouta-t-elle.

Helen jeta un regard à la pièce bien rangée avec un sourire perplexe.

— Je ne sais rien faire d'autre, murmura-t-elle. Toutes ces années…

— Pourquoi ne viendrais-tu pas passer quelque temps à Albuquerque avec moi, quand j'y retournerai ? Tu n'es jamais venue.

— Oh ! Tory, je ne sais pas…

— Réfléchis-y, suggéra-t-elle, soucieuse de ne pas trop insister. Peut-être trouverais-tu amusant de voir ta fille mettre un témoin sur le gril pendant un contre-interrogatoire ?

Helen se mit à rire en essuyant prestement ses larmes.

— Peut-être… M'en voudrais-tu si je te dis que je m'inquiète parfois de te savoir seule là-bas, sans personne comme ton père à retrouver quand tu rentres chez toi ?

— Non.

La bouffée de solitude qui l'assaillit la perturba bien plus que les paroles de sa mère.

— On n'a pas tous les mêmes besoins, précisa-t-elle.

— On a tous besoin de quelqu'un, Tory, corrigea Helen avec douceur. Même toi.

Tory fixa sa mère un moment, puis détourna le regard.

— Oui, je sais. Mais, parfois, ce quelqu'un…

Elle s'interrompit, troublée de constater que ses pensées la ramenaient vers Phil.

— J'y songerai en temps utile, reprit-elle d'un ton abrupt. J'ai encore tellement d'obligations, tellement de choses à faire avant de m'engager avec… quelqu'un !

A la voix tendue de sa fille, Helen comprit que ce quelqu'un avait un nom. Mais elle jugea prématuré de lui prodiguer un conseil, et se contenta de lui caresser la main.

— N'attends pas trop longtemps, dit-elle simplement. La vie passe vite, tu sais…

Elle se leva et se dirigea vers le placard. Elle avait tellement l'habitude d'être occupée qu'elle était incapable de rester trop longtemps assise sans rien faire.

— Je ne t'attendais pas aujourd'hui, indiqua-t-elle. Tu as l'intention de monter à cheval ?

— Oui, répondit Tory en effleurant de la main la chemise de son père avant de se lever. En fait, je me prête au jeu du réalisateur qui tourne en ce moment en ville.

A travers la fenêtre, elle aperçut Justice, qui allait et venait inlassablement dans le corral.

— Il veut absolument me filmer. J'ai refusé d'être figurante dans son film, mais j'ai fini par accepter de le laisser me filmer pendant que je monte Justice.

— Il doit être très persuasif, fit observer Helen.

— Il l'est, sans aucun doute ! confirma Tory, amusée.

— C'est le fils de Marshall Kincaid, il me semble, se rappela Helen. Il ressemble à son père ?

Le fait que sa mère soit plus intéressée par l'acteur que par le réalisateur fit sourire Tory.

— Oui, il lui ressemble. Il a les mêmes traits aristocratiques, les mêmes yeux bleus limpides.

Elle s'interrompit en voyant une voiture remonter la route qui menait au ranch dans un nuage de poussière.

— Le voilà, annonça-t-elle. Si ça t'amuse de faire sa connaissance…

— Oh ! c'est-à-dire…, commença Helen en se frottant les yeux, j'ai peur de ne pas être très présentable, Tory.

— D'accord, fit Tory en se dirigeant vers la porte.

Elle s'arrêta, la main sur la poignée.

— Ça va aller, à présent ?

— Oui, oui, ça va aller. Tory…, répondit-elle en traversant la pièce pour aller déposer un baiser rapide sur la joue de sa fille.

Surprise par ce geste si inhabituel, Tory ouvrit de grands yeux.

— Je suis contente qu'on ait parlé. Très contente.

Comme la première fois, Phil se gara à côté du corral. Le cheval trotta jusqu'à la barrière et passa la tête de l'autre côté, réclamant de l'attention. Laissant la caméra sur le siège arrière, Phil s'avança pour flatter son encolure puissante au pelage doré. Soudain, il s'aperçut que le palomino fouinait dans ses poches avec son museau.

— Hé ! protesta-t-il, amusé, en se mettant hors de sa portée.

— C'est ça qu'il cherche, expliqua Tory qui descendait les marches, une carotte à la main.

— Ton ami devrait être arrêté comme pickpocket, lui fit-il observer comme elle approchait.

Le sourire de Phil s'évanouit brusquement.

— Tory…

Il la prit par les épaules et scruta son visage.

— Tu as pleuré, murmura-t-il d'une voix étrange.

— Tout va bien, assura-t-elle en se retournant pour tendre la carotte au cheval, qui la prit dans sa paume.

— Qu'est-ce qui ne va pas ? insista-t-il en l'attirant de nouveau à lui. Que s'est-il passé ?

— C'est ma mère.

— Elle est malade ?

— Non, répondit Tory, touchée par le ton soucieux de sa voix. On a parlé, expliqua-t-elle avant d'exhaler un long soupir. On a vraiment parlé, probablement pour la première fois en vingt-sept ans.

Alors qu'elle le dévisageait, il nota dans son regard une infinie vulnérabilité. Il réagit de la même façon qu'au cimetière : il se sentit fort et protecteur. Sans un mot, il l'enlaça et la serra contre lui.

— Ça va ?

— Oui, ça va, répondit-elle en posant la tête sur son épaule, les yeux clos. Je vais bien. A présent, ce sera beaucoup plus facile.

— Tant mieux.

Il approcha son visage du sien et l'embrassa avec douceur.

— Si tu n'as pas envie de faire ça aujourd'hui…, commença-t-il.

— Non, pas question ! Kincaid, coupa-t-elle d'un ton taquin. Tu as insisté pour m'immortaliser, alors allons-y !

— Dans ce cas, va d'abord te refaire une beauté, suggéra-t-il en lui caressant la joue. Je m'occupe de tout installer.

Elle fit quelques pas vers la maison, puis se retourna.

— Je te préviens qu'il n'y aura pas de deuxième prise ! lança-t-elle. Tu as intérêt à ce que ce soit réussi du premier coup !

En allant chercher la caméra et le micro dans la voiture, il l'entendit éclater de rire.

Lorsqu'elle revint, un peu plus tard, Tory jeta un regard contrarié aux appareils.

— Tu avais parlé d'un film, rappela-t-elle à Phil. Tu n'avais rien dit à propos du son…

— C'est juste un magnétophone, précisa-t-il en la cadrant d'un geste expert. Selle ton cheval.

— Qu'est-ce que tu peux être arrogant quand tu es derrière la caméra, Kincaid !

Elle plaça sans plus discuter le mors dans la gueule du palomino et le sella avec les gestes sûrs nés d'une longue expérience.

C'était une actrice-née, se dit Phil. Elle était parfaitement calme et s'abstenait de tout geste exagéré devant la caméra. Mais il voulait qu'elle se remette à parler. Il tourna lentement autour d'elle pour trouver un nouvel angle.

— Tu dînes avec moi ?

— Je ne sais pas, répondit Tory en serrant les sangles. Je n'ai pas un très bon souvenir de ton steak froid d'hier soir.

— Cette fois, je commanderai un repas froid et de la bière. Comme ça, on ne sera pas obligés de se presser.

Tory lui sourit par-dessus son épaule.

— O.K.

— Tu ne me coûtes pas très cher, shérif…

— C'est ce que tu crois ! protesta-t-elle en se tournant vers lui, le bras affectueusement posé sur l'encolure du cheval. En fait, j'espère bien savourer une autre bouteille de champagne très prochainement ! Pourquoi ne me laisserais-tu pas plutôt jouer un peu avec la caméra, pendant que tu resterais à côté du cheval ?

— En selle, se contenta-t-il de rétorquer.

— Tu n'es vraiment pas commode, Kincaid, fit-elle en levant un sourcil.

Elle attrapa le pommeau de la selle et se hissa sur le cheval sans le moindre effort.

— Et maintenant ?

— Vas-y, prends la même direction que le jour où je t'ai vue monter. Ne va pas trop loin, ajouta-t-il. Ne t'occupe pas de la caméra. Monte, c'est tout.

— O.K., c'est toi le chef, déclara-t-elle, conciliante. Pour le moment.

D'un léger coup de talons, Tory lança le cheval vers l'ouest.

Aussitôt, elle éprouva une sensation d'ivresse. Le cheval voulait galoper : Tory lui lâcha la bride et laissa l'air chaud lui fouetter le visage et les cheveux. Comme la fois précédente, elle se dirigea vers les montagnes. Cette fois-ci, elle n'avait aucune raison de s'enfuir, mais savourait la vitesse. De sa puissance et de sa vigueur, le cheval la testait.

Phil zooma sur elle, songeant qu'elle montait avec une élégance rare. Il n'y avait rien d'ostentatoire dans son attitude, simplement une évidente confiance en elle. Son corps semblait presque immobile, alors que le cheval faisait virevolter la poussière. Au premier abord, on avait l'impression que c'était le cheval qui la dirigeait, mais quelque chose dans la façon dont elle était assise, dont elle regardait droit devant elle, montrait qu'en réalité c'était elle qui contrôlait la situation.

Quand elle tourna, le cheval dansa sur place un moment, pas encore rassasié de courir. Il remua la tête et leva ses pattes de devant dans un mouvement de défi. Dans l'air parfaitement silencieux et calme, Phil entendit le rire de Tory éclater. Un long frisson lui parcourut le dos.

Magnifique, songea-t-il en zoomant sur elle aussi près que le lui permettaient les lentilles. Elle était absolument magnifique ! Elle ne regardait pas dans sa direction. A l'évidence, elle ne pensait plus à la caméra braquée sur elle. Le visage levé vers le ciel et le soleil, elle contrôlait le cheval fougueux sans aucune difficulté apparente. Puis elle prit le chemin du retour au grand galop.

Les jambes du cheval se rassemblaient et se déliaient dans un nuage de poussière. A l'arrière-plan, on apercevait une zone aride de rocs et de terre, avec les hautes montagnes à l'horizon. Elle était Eve, songea Phil. La seule et unique femme. Et si le paradis de cette Eve-là était dur et désolé, elle avait sa façon à elle de le dominer.

A un moment, comme si elle se souvenait brutalement de sa présence, Tory regarda droit vers la caméra. Dans la lentille, son visage souriant occupa tout l'espace, et Phil sentit ses mains devenir moites. Quand un homme avait une femme comme elle, réalisa-t-il soudainement, il n'avait besoin de rien d'autre, de personne d'autre. Elle était la seule et unique, pensa-t-il de nouveau avant de secouer la tête comme pour la vider.

Tory tira brièvement sur les rênes pour intimer au cheval l'ordre de s'arrêter. Puis, comme elle le faisait toujours, elle se pencha pour lui flatter l'encolure.

— Alors, Hollywood ? demanda-t-elle d'un ton narquois.

Phil savait qu'il n'avait pas totalement retrouvé le contrôle de lui-même, aussi laissa-t-il encore un moment la caméra braquée sur elle.

— Tu ne peux pas faire mieux ? rétorqua-t-il.

Elle dégagea ses cheveux de ses épaules.

— Tu pensais à quelque chose en particulier ?

— Un petit numéro d'acrobatie, par exemple, suggéra-t-il en tournant autour du cheval pour varier l'angle de prise de vues.

— Si tu veux voir quelqu'un faire l'équilibriste sur une selle, tu n'as qu'à aller au cirque.

— On pourrait mettre au point quelques petits sauts, si tu en es capable.

Elle sourit tout en caressant la crinière blonde du palomino.

— Je pensais que tu voulais que je monte, pas que je gagne une coupe, dit-elle, amusée, en faisant faire demi-tour au cheval. Mais je suis d'accord, conclut-elle d'un ton aimable.

Elle se dirigea vers la barrière du corral au galop : le cheval sauta son un mètre cinquante d'un mouvement ample et puissant.

— Ça ira ? demanda-t-elle en faisant demi-tour pour revenir vers Phil.

— Recommence, ordonna-t-il en posant un genou à terre.

Avec un haussement d'épaules, Tory guida de nouveau le cheval vers la barrière.

Pour la première fois, Phil baissa sa caméra, se protégea les yeux du soleil avec la main, et la regarda.

— Puisqu'il sait faire ça, comment se fait-il qu'il ne saute pas seul la barrière pour s'échapper ? demanda-t-il, étonné.

— Il n'est pas malheureux ici, et il le sait, expliqua-t-elle en laissant l'animal caracoler sans cesser de lui frotter l'encolure. Il fait le malin devant la caméra, c'est tout. C'est dans la boîte, Kincaid ?

Il releva la caméra et la dirigea de nouveau vers elle.

— C'est tout ce que tu sais faire ? insista-t-il.

— Eh bien…

Tory réfléchit un moment, puis lui adressa un large sourire.

— Qu'est-ce que tu penses de ça ?

Une main tenant les rênes, elle commença à déboutonner son chemisier de l'autre.

— J'aime beaucoup.

Elle s'interrompit après trois boutons, haussant un sourcil espiègle.

— Je ne voudrais pas que ton film soit interdit aux moins de dix-huit ans.

Sur ces mots, elle jeta une jambe par-dessus la selle avant de glisser à terre.

— Je te rappelle que c'est un film amateur, dit-il. La commission de censure ne le verra jamais.

Elle secoua la tête avec un petit rire.

— Tu n'as qu'à finir sur un fondu enchaîné, suggéra-t-elle en relâchant la sangle. Et lâche ton jouet, Kincaid ! lança-t-elle, tandis qu'il continuait à filmer en tournant autour de l'animal.

— Regarde-moi un instant, demanda Phil.

Tory obéit avec une expression amusée.

— Mon Dieu, ce visage, murmura-t-il. D'une façon ou d'une autre, il va falloir que je le montre à l'écran.

— Pas question ! rétorqua-t-elle en levant la selle pour la balancer sur la barrière. A moins que tu ne te mettes à tourner des vidéos dans les tribunaux.

— Je suis obstiné, fit-il observer.

— Et moi, têtue.

Elle fit signe au palomino de rentrer dans le corral et il lui obéit.

Après avoir rangé son équipement dans la voiture,

Phil se retourna pour prendre Tory dans ses bras. Ils ne prononcèrent pas un mot, mais leurs lèvres se joignirent pour un long et envoûtant baiser.

— Si seulement il y avait un moyen de se retrouver seuls tous les deux pour quelques jours, loin d'ici, murmura-t-il en enfouissant le visage dans le cou de Tory.

Tory ferma les yeux, partagée entre le trouble et la douleur.

— Nous avons des obligations, Phil, dit-elle calmement. Et tous les deux un métier.

Il faillit rétorquer qu'il n'en avait rien à faire, mais c'était impossible. Car, au-delà même de leur travail, il y avait cet accord qu'ils avaient passé dès le départ…

— Si je t'appelais à Albuquerque, tu accepterais de me voir ?

Elle hésita, tentée et effrayée tout à la fois.

— Oui, dit-elle enfin en réalisant brutalement qu'elle souffrait.

Elle resta immobile un moment, déconcertée par cette évidence.

— Phil, embrasse-moi encore, implora-t-elle.

Son baiser ardent effaça rapidement la douleur, et bientôt il n'y eut plus que le plaisir. Ils avaient encore quelques précieuses semaines devant eux, pensa-t-elle en l'enlaçant encore plus fort. Il y avait encore du temps avant que… Dans un gémissement, elle se lova contre lui, impatiente, refusant de réfléchir plus longtemps. Tremblante, elle posa la tête sur son épaule avec un soupir.

— Il faut que je range le harnachement, murmura-t-elle.

Comme elle aurait aimé pouvoir rester ainsi, tout contre lui, et s'abandonner à la vague de chaleur qui l'envahissait !

Elle prit une profonde inspiration et s'écarta de lui.

— Si tu étais un macho digne de ce nom, tu me proposerais de ranger le harnachement ! lança-t-elle d'un ton taquin.

— Les réalisateurs ne transportent pas l'équipement…, rétorqua-t-il en la retenant contre lui.

— Porte-moi ça, Kincaid ! s'écria Tory en jetant les rênes sur son épaule. Tu as des sacrés muscles !

— Vraiment ?

Il leva la selle avec un sourire et la suivit jusqu'à l'écurie. Bicks avait raison, songea-t-il en la regardant avancer. Elle avait une démarche capable de rendre fou n'importe quel homme…

La porte grinça quand Tory l'ouvrit.

— Par ici, dit-elle en avançant sur le sol en béton pour accrocher les rênes à une patère.

Phil posa la selle et se retourna. L'écurie haute de plafond était grande et agréablement fraîche.

— Il n'y a pas d'animaux ? demanda-t-il en jetant un œil aux stalles vides.

— Ma mère a quelques bêtes, expliqua Tory en le rejoignant. Elles sont en train de paître. On avait plus de chevaux autrefois, mais ma mère ne monte pas beaucoup. Justice a presque toute la place pour lui.

— C'est la première fois que j'entre dans une écurie, déclara-t-il.

— Tu es une sorte d'enfant défavorisé, si je comprends bien…

Il lui lança un regard complice tout en faisant le tour de la bâtisse.

— Je n'imaginais pas que ce serait si propre, avoua-t-il.

— Ma mère a déclaré la guerre à la saleté, expliqua Tory avec un sourire.

Curieusement, elle éprouvait à présent plus d'amusement que de ressentiment à ce sujet, et c'était infiniment plus sain.

— Si mon père l'avait laissée faire, elle aurait été capable de mettre des rideaux au grenier, ajouta-t-elle.

Phil s'arrêta devant une échelle et testa sa résistance.

— Qu'y a-t-il, là-haut ?

— Du foin, répondit Tory d'un ton abrupt. Tu as déjà vu du foin ?

— Ne fais pas la maligne, lui lança-t-il avant de grimper les barreaux.

Touchée par son intérêt, Tory trouva l'énergie de le suivre.

— La vue est magnifique ! s'exclama-t-il.

Par la fenêtre latérale, on voyait à des kilomètres à la ronde. Avec la distance, la ville de Friendly avait même un petit air propret.

— Je venais souvent ici quand j'étais plus jeune, confia Tory en se plaçant derrière lui, les mains dans ses poches arrière.

— Que faisais-tu ?

— Je regardais le monde tourner, expliqua-t-elle en indiquant Friendly d'un signe de tête. Ou je dormais…

Il se tourna vers elle en riant.

— Tu es la seule personne que je connaisse capable de faire du sommeil un art…

— J'ai beaucoup travaillé pour y arriver, rétorqua-t-elle avec ironie en tentant de le repousser.

— Il y a quelque chose que j'ai toujours eu envie de faire dans une meule de foin…, susurra-t-il en l'entraînant dans un coin sombre.

— Phil, ma mère est dans la maison ! protesta Tory d'un ton léger en reculant.

— Oui, mais elle n'est pas ici.

Il glissa une main dans le profond décolleté de son chemisier à moitié ouvert. Puis il l'attira si brutalement à lui qu'elle trébucha.

— Phil !

— Voilà l'effet que ça me fait d'avoir porté cette selle, lança-t-il d'un ton provocateur.

Il la poussa légèrement et elle tomba en arrière sur le dos.

— Phil, voyons ! commença-t-elle en tentant vainement de se relever sur ses coudes.

— Et d'être dans un environnement aussi rural…, ajouta-t-il en l'attirant à lui. Si je dirigeais cette scène, c'est ainsi que ça commencerait…

Il lui donna un baiser passionné qui transforma ses protestations en gémissements.

— L'éclairage donnerait l'illusion d'un rayon de soleil oblique traversant la pièce.

Du doigt, il dessina une ligne de son cou jusqu'au creux entre ses seins.

— Tout le reste serait légèrement doré, comme ta peau.

Elle tenta de le repousser en faisant pression sur ses épaules, mais son cœur s'était mis à battre la chamade.

— Phil, ce n'est pas le moment !

Il déposa un léger baiser au coin de ses lèvres, de plus en plus excité d'avoir à la convaincre. Aussi douce qu'une brise, sa main glissa sous son chemisier et trouva son sein. Son téton était déjà dressé. Quand il la toucha, il vit son regard se voiler, ses pupilles s'assombrir. La pression qu'elle exerçait sur ses épaules se relâcha et elle s'accrocha à lui.

— Tu es si réactive, murmura-t-il. Quand je te vois fondre sous mes caresses, quand tu te donnes ainsi à moi, je deviens fou.

Sans cesser de la caresser, il se pencha sur elle et mordilla les lèvres qu'elle lui offrait. Forte, ne comptant que sur elle-même, résolue : c'est en ces termes qu'il l'aurait décrite. Pourtant, quand ils étaient là, tous les deux, il pouvait faire d'elle ce qu'il voulait. Même à cet instant, alors qu'elle lui tendait sa bouche, il la sentait faiblir peu à peu. C'était effrayant et irrésistible tout à la fois.

Elle pouvait lui demander n'importe quoi, il était incapable de lui dire non. Même ses pensées ne lui appartenaient plus, car elles étaient toutes dirigées vers Tory. Il défit le reste de ses boutons avec des gestes malhabiles. Il aurait dû être habitué à elle à présent, se dit-il en cherchant avec avidité la peau tendre de son cou. Quand il commençait à lui faire l'amour, c'était chaque fois incroyablement intense, trop intense. Chaque fois, il pensait que l'intensité allait s'estomper, mais c'était le contraire qui se produisait : elle doublait, elle triplait, jusqu'à ce qu'il se perde complètement en elle.

Il n'y avait qu'elle, et l'odeur sauvage du foin, avec laquelle son parfum subtil formait un contraste presque insoutenable. Elle lui passa sa chemise au-dessus de la tête en murmurant à son oreille. Le son de sa voix accéléra les battements de son cœur. Par la fenêtre, le soleil éclairait le dos nu de Phil, mais il ne sentait que la fraîcheur de ses doigts. Elle l'attira à elle avec l'urgence du désir et ils se retrouvèrent peau contre peau.

Il s'empara de sa bouche avec fougue tout en la débarrassant de son jean. Puis il se pencha sur sa gorge, ses épaules, ses seins, les dégustant avec avidité. Il la parcourut de ses lèvres, la mouillant de sa langue, la savourant, déclenchant en elle une vague de chaleur. En dehors du minuscule tissu au bas de ses hanches, elle était nue. Alors il fit glisser la dentelle avec une lenteur calculée, accélérant encore leur tension à tous les deux, déposant une pluie de baisers sur la chair peu à peu dénudée.

Le plaisir devenait incontrôlable. Il remonta vers sa poitrine, tout en défaisant la fermeture Eclair de son jean avec des doigts rendus si maladroits par l'impatience que Tory prit les choses en main.

Elle le déshabilla promptement, tandis que sa bouche parcourait sa peau. Ce brusque revirement de la docilité à la domination laissa Phil stupéfait. Puis elle fut sur lui, dévorant son cou de baisers pour mieux l'ensorceler. Bouleversé, il la saisit par les hanches et la souleva.

Tory poussa un petit cri quand ils s'unirent l'un à l'autre. La tête renversée, elle se laissa aller aux sensations exquises qui s'emparaient d'elle. La peau moite, le corps en feu, elle atteignit enfin la jouissance suprême. Grisée par le plaisir, elle glissa vers Phil mais il roula sur elle et, pesant sur elle de tout son poids, l'emmena une nouvelle fois jusqu'à l'extase, plus éblouissante encore que la première.

Quand ils s'affaissèrent dans les bras l'un de l'autre,

cherchant leur souffle, Tory fut envahie d'un sentiment de plénitude si merveilleux qu'elle en eut les larmes aux yeux. Elle cligna des paupières pour les dissiper et embrassa Phil sur l'épaule.

— Tu avais raison, on peut faire autre chose que dormir dans une meule de foin…, murmura-t-elle.

Avec un petit rire, il roula sur le dos et l'attira à lui pour voler encore quelques-uns de ces précieux instants où il l'avait pour lui tout seul.

11

L'une des dernières scènes qui restaient à filmer était une séquence de nuit à l'atmosphère tendue devant le café Hernandez. Phil avait choisi de filmer le soir avec peu de lumière plutôt que de jour avec des filtres, ce qui mettrait mieux les acteurs dans l'ambiance et préserverait le réalisme brut du film. C'était une scène riche en émotions, qui perdrait toute sa force si elle était surjouée.

Dès le départ, tout avait fonctionné de travers.

Par deux fois, l'équipement de prise de son avait cassé, entraînant d'importants retards. Une actrice jouant un second rôle, pourtant très expérimentée, s'était trompée dans son texte à plusieurs reprises et avait fini par quitter le plateau, furieuse contre elle-même. Une ampoule défectueuse avait explosé, disséminant une myriade de bouts de verre qu'il avait été très difficile de ramasser. Et, pour la première fois depuis le début du tournage, Phil avait affaire à une Marlie renfermée et peu coopérative.

— Bon, lança-t-il en la prenant par le bras, qu'est-ce qui ne va pas avec toi ?

— Je n'y arrive pas, répondit-elle, furieuse.

Les mains sur les hanches, elle s'éloigna de quelques pas en donnant des coups de pied rageurs qui firent voler la poussière.

— Bon sang, Phil, j'ai l'impression de ne pas y arriver !

— Ecoute, ça fait deux heures qu'on est là-dessus et tout le monde en a assez.

Il était lui-même à bout de patience. Dans deux jours

au plus tard, il n'aurait pas d'autre choix que de retourner en Californie. Il aurait dû être ravi que le gros du film soit réalisé, d'autant que les rushes étaient excellents. Mais, au contraire, il était tendu, irritable, et prêt à passer sa mauvaise humeur sur le premier venu.

— Reprends-toi, ordonna-t-il à Marlie d'un ton sans appel. Et finis le boulot.

— Tu exagères ! protesta-t-elle, laissant libre cours à sa frustration. J'ai accepté sans rien dire je ne sais combien de nouvelles prises, dans le bar puant de ce trou paumé, pour la bonne raison que c'est un scénario en or. J'ai travaillé comme une folle, parce que tu me le demandais, et que j'ai besoin de toi. Ce rôle, c'est celui qui peut faire de moi une star, et je suis à fond dedans !

— Puisque tu veux être une star, fit observer Phil sans se laisser démonter, tu n'as qu'à en payer le prix…

— Je le fais ! rétorqua-t-elle avec colère.

Quelques têtes se tournèrent vers eux, mais personne ne bougea.

— Il n'y a aucune raison que je supporte ton mauvais caractère sur le tournage, tout ça parce que tu as des problèmes personnels, ajouta-t-elle.

Il fronça les sourcils et la défia du regard.

— Contente-toi de faire ce que je te demande, rétorqua-t-il. Rien de plus.

— Je vais te dire quelque chose, Kincaid, s'écria-t-elle en appuyant l'index sur sa poitrine, tu as intérêt à me parler sur un autre ton, parce que je suis aussi essentielle au film que toi, et nous le savons tous les deux. L'important, ce n'est pas le nom en tête d'affiche ! Le personnage clé, c'est Kate Lohman, et *je suis* Kate Lohman ! Ne l'oublie pas, et ne joue pas au petit chef avec moi !

Elle voulut s'éloigner, mais Phil la retint par le bras, une lueur glaciale dans les yeux. Il la dévisagea longuement et, peu à peu, la rage fit place à l'admiration.

— Le moins que l'on puisse dire, c'est que tu t'identifies parfaitement à ton personnage, Marlie, fit-il observer d'une voix posée.

— Tout va de travers dans ce rôle, assena-t-elle brutalement.

— Dis-moi ce qui ne va pas…

Marlie esquissa un sourire.

— Je voulais travailler avec toi, parce que, aujourd'hui, tu es le meilleur. Je ne pensais pas t'apprécier. Bon, continua-t-elle d'un ton tout à coup professionnel : quand Sam me suit hors du bar, qu'il m'attrape, il perd le contrôle de lui-même, il est furieux. Tout ce qu'il a retenu jusque-là sort d'un coup, ses répliques sont violentes.

— Tu ne l'as pas lâché depuis son arrivée en ville, lui rappela Phil en repassant la scène dans sa tête. Il n'en peut plus. Mais, après cette scène, il va te ramener à ta chambre et te faire l'amour. C'est toi qui vas gagner.

— Tu crois ? lança Marlie. Mon personnage est une dure à cuire, et il y a des raisons à ça. Le spectateur ne peut pas la mépriser, car il devine sa vulnérabilité, même si elle ne se laisse pas marcher sur les pieds.

— Et alors ?

— Alors il me poursuit, il me traite de traînée, de putain sans cœur qui ne s'intéresse qu'à l'argent, et ma seule réaction est de tout encaisser, les larmes aux yeux, en état de choc !

Phil réfléchit, tandis qu'un léger sourire se dessinait sur ses lèvres.

— Et qu'est-ce que tu ferais, dans une situation pareille ?

— Je lui mettrais mon poing dans la figure !

Il lança un grand éclat de rire.

— Ça ne m'étonne pas de toi !

— Je suis d'accord pour les larmes, enchaîna Marlie, consciente qu'elle était en train de gagner la partie, mais il faut de la colère, aussi ! Elle est en train de se mettre à ressembler à cette femme qu'il l'accuse d'être, et elle déteste ça, tout comme elle le déteste de donner de l'importance à tout ça !

Phil hocha la tête. Il était déjà en train d'imaginer les changements, les angles. Les sourcils froncés, il appela Sam et lui fit part des modifications.

— Tu vas pouvoir t'en sortir sans bousiller mon rôle ? demanda Sam à Marlie.

— Peut-être, répondit-elle avec un sourire.

— Après qu'elle t'a frappé, interrompit Phil, je veux un silence de mort pendant au moins dix secondes. Tu t'essuies la bouche du revers de la main, lentement, sans que vous cessiez de vous regarder. Recommençons à partir du moment où Marlie sort du bar. Bicks !

Il abandonna les acteurs pour faire le point avec son cameraman.

— Silence ! A vos places ! On tourne !

Debout à côté du cameraman, Phil observa le déroulement de la scène. L'adrénaline était là, enfin. Il la voyait dans le regard de Marlie, dans le mouvement de son corps quand elle surgit du bar sur le trottoir. Quand Sam la saisit, au lieu de faire un simple tour sur elle-même, elle lui fit face. Sam aussi semblait gagné par l'électricité ambiante, ses répliques étaient de plus en plus violentes, chargées d'émotion. Avant, la scène n'évoquait que la colère de l'homme ; à présent il y avait aussi celle de la femme. Sous-jacente, la sexualité était présente elle aussi.

Tout le monde sur le plateau retint son souffle quand elle le frappa. Le geste était tout à fait inattendu et, dans le même temps, songea Phil, tout à fait dans le personnage. Il sentit presque l'envie de Sam de lui rendre son coup, et son incapacité à le faire. Alors qu'elle le toisait, le mettant au défi de riposter, elle semblait plus nerveuse que jamais. Il s'essuya la bouche sans cesser de la fixer.

— Coupez !

Phil jubilait quand il alla retrouver Marlie. Il la prit par les épaules et l'embrassa énergiquement.

— Bon sang, c'était fantastique ! s'écria-t-il en l'embrassant de nouveau. Fantastique !

Il sourit à Sam.

— Inutile de me faire le même numéro, avertit ce dernier en se massant la lèvre inférieure. Elle a un sacré coup droit ! On ne t'a jamais dit qu'il faut faire semblant de frapper ? ajouta-t-il en se tournant vers Marlie d'un air contrarié.

— Je me suis laissé emporter…

— J'ai failli te rendre le coup.

— Je sais, avoua-t-elle dans un éclat de rire en repoussant ses cheveux en arrière.

— O.K., recommençons à partir de là, ordonna Phil en retournant vers le cameraman. En place.

— Et si on recommençait juste avant le coup de poing ? demanda Marlie avec un clin d'œil taquin à Sam. Comme ça, je serais dans l'ambiance pour le reste de la scène…

— Doublure ! cria Sam.

Dans son bureau, Tory lisait avec attention le courrier long et détaillé de l'avocat de la partie adverse. Au-delà des termes juridiques et du style ampoulé, le ton était clair. On allait au procès, conclut-elle en fronçant les sourcils. Peut-être cela prendrait-il encore deux ou trois mois, mais l'affaire ne pourrait se résoudre qu'au tribunal. D'habitude, elle cherchait à éviter cette issue, mais, cette fois, elle se sentait légèrement excitée. Voilà trop longtemps qu'elle n'avait pas exercé son métier. Dans un mois, elle serait de retour à Albuquerque. Et elle aurait, à ce moment-là, grand besoin d'être accaparée par quelque chose.

Un recadrage, pensa-t-elle en essayant de se concentrer sur la lettre. Elle aurait besoin de se recadrer quand elle quitterait Friendly, cette fois-ci. Quand elle quitterait Phil. Non, corrigea-t-elle mentalement en se prenant la tête entre les mains. C'est lui qui partirait le premier, dans deux jours. Et il était clair qu'il laisserait un grand vide dans sa vie. Tory se rappela qu'elle n'avait pas le droit de nourrir ces pensées : ils avaient tous les deux établi des règles claires dès le début. Si les choses avaient changé de son côté, elle n'avait qu'à réaffirmer ses priorités : *sa* carrière, *sa* vie. Pourtant, jamais cet adjectif possessif ne lui avait paru aussi dénué de sens… Elle secoua la tête et se replongea dans sa lecture.

Merle faisait les cent pas dans le bureau en jetant de temps à autre de brefs coups d'œil à Tory. Il devait retrouver Marlie quand elle aurait fini son travail, mais il n'avait pas prévu que Tory reste scotchée à son bureau si tard. La ruse n'était pas la qualité majeure de Merle, et il n'avait pas la moindre idée de la façon dont il allait se débarrasser de son boss pour avoir le bureau à sa disposition. Par la fenêtre, il vit qu'on avait éteint les projecteurs dans la rue. Il racla des pieds et toussota, puis se tourna vers Tory.

— Vous devez être fatiguée…, hasarda-t-il.

— Mmm…

— C'est bien calme ce soir, tenta-t-il de nouveau tout en tripotant les boutons de sa chemise.

— Oui…, fit Tory en prenant des notes sur son carnet.

Merle leva les yeux au plafond. Peut-être une approche directe serait-elle plus efficace.

— Vous devriez rentrer chez vous.

— Vous essayez de vous débarrasser de moi ? demanda Tory en continuant à écrire.

— Non, pas du tout, je…, protesta-t-il en fixant le bout de ses chaussures.

Décidément, les femmes n'étaient pas faciles à gérer, songea-t-il.

— Vous avez un rendez-vous galant ? demanda-t-elle d'une voix douce sans cesser de rédiger une réponse à la lettre.

— Oui, on peut dire ça, répondit-il, reprenant confiance en lui.

— Alors, allez-y !

— Mais…

Il s'interrompit et fourra les mains dans ses poches.

Tory leva les yeux vers lui. Sa moustache était devenue plus convenable, nota-t-elle. Elle était loin d'être parfaite, mais donnait de la maturité à un visage dont elle avait toujours pensé qu'il ressemblait à celui d'un nounours. Il avait toujours le dos courbé et se mit à rougir, tandis qu'elle l'observait. En d'autres temps, il aurait détourné les yeux. Mais, cette fois, il soutint son regard, dans lequel elle lut un mélange de gêne et de frustration. L'amitié ancienne qui les liait se réveilla en elle.

— C'est Marlie ? demanda-t-elle gentiment.

— Oui, confirma-t-il en redressant les épaules.

— Comment allez-vous faire quand elle partira ?

Avec un air désabusé, Merle regarda par la fenêtre.

— Elle me manquera, j'en suis sûr. C'est une fille super.

Tory lui jeta un coup d'œil discret, étonnée par le ton qu'il avait employé. Loin d'être malheureux, il semblait prêt à accepter simplement ce qui se passerait. Avec un petit rire, elle retourna à ses notes.

— Inutile de rester, Merle, dit-elle d'un ton léger. Peut-être avez-vous prévu un dîner un peu plus tard, ou…

— En effet, coupa-t-il. C'est ce que nous avons prévu. Ici.

Tory releva la tête.

— Je vois, acquiesça-t-elle, incapable de retenir un sourire. Si je comprends bien, je dérange…

— Euh, Tory…, balbutia-t-il en traînant de nouveau les pieds.

— Pas de problème, lança-t-elle gaiement en se levant. Je sais quand je suis de trop. Je vais aller finir mon travail dans ma chambre.

— Vous pourriez dîner avec nous…, suggéra-t-il galamment, partagé entre la loyauté et l'égoïsme.

Tory posa ses documents et contourna le bureau. Elle mit les mains sur les épaules de Merle et l'embrassa sur les deux joues.

— Merle T., murmura-t-elle avec douceur, vous êtes un trésor…

Il arbora un air réjoui, tandis que la porte s'ouvrait derrière eux.

— Je te l'avais bien dit, Phil ! lança Marlie en entrant

dans la pièce. C'est fou ce qu'il attire les belles femmes. Il faudra attendre votre tour, shérif, ajouta-t-elle en glissant son bras sous celui de Merle. Ce soir, il est à moi !

— Pourquoi est-ce que je ne vous débarrasserais pas d'elle ? proposa Phil d'un ton taquin. C'est le moins que je puisse faire après cette dernière scène…

— Cet homme a une incroyable conscience professionnelle, s'écria Marlie sur le même ton. Vous voyez jusqu'où il est capable d'aller pour son équipe ?

Tory retourna à son bureau, amusée.

— Peut-être le laisserai-je m'offrir un verre, fit-elle observer en glissant ses papiers dans une sacoche en cuir. Et peut-être aussi à dîner, ajouta-t-elle en le regardant s'asseoir sur son bureau.

— En me débrouillant, je réussirai bien à trouver un repas froid, rétorqua-t-il.

La sonnerie du téléphone interrompit le petit rire complice de Tory.

— Bureau du shérif, commença-t-elle.

En entendant la voix surexcitée à l'autre bout du fil, un soupir lui échappa.

— Oui, monsieur Potts, reprit-elle.

Merle poussa un grognement de protestation qu'elle ignora.

— Je vois. Quel genre de bruit ?

Tory patienta pendant que le vieil homme baragouinait dans l'appareil.

— Avez-vous fermé vos portes et vos fenêtres à clé ? Non, monsieur Potts, je ne veux pas que vous sortiez avec votre carabine. Oui, je comprends bien qu'on ait le droit de défendre sa propriété. Je vais m'en occuper, ajouta-t-elle. Je serai là dans dix minutes.

Quand Merle se permit une mimique sarcastique, elle lui jeta un coup d'œil cinglant.

— Non, tout ira bien, asseyez-vous et attendez-moi, conclut-elle avant de raccrocher.

— Des voleurs de moutons, marmonna Merle.

— Non, des cambrioleurs, corrigea-t-elle en ouvrant le tiroir supérieur de son bureau.

— Qu'est-ce que tu vas faire avec ce truc-là ? s'écria Phil en la voyant sortir un pistolet.

— Rien du tout, j'espère, répondit-elle en commençant tranquillement à le charger.

— Mais alors, pourquoi est-ce que tu… Une minute ! reprit-il en se levant. Tu veux dire que ce satané truc n'était pas chargé ?

— Bien sûr que non, précisa Tory avec calme en mettant en place la dernière balle. Aucun individu sensé ne garde une arme chargée dans un tiroir non fermé à clé.

— Tu veux dire que tu m'as obligé à entrer dans cette cellule avec une arme non chargée ?

— Tu étais si mignon, Kincaid ! lança-t-elle d'un ton suave en attachant son étui.

Sa remarque ne le fit pas rire du tout.

— Et comment aurais-tu réagi, si je ne m'étais pas laissé faire ? lança-t-il en avançant vers elle.

— Il y avait peu de risques que ça arrive, lui rappela-t-elle. Mais j'aurais trouvé un moyen. Merle, vous voulez bien prendre les choses en main jusqu'à ce que je rentre ?

— Vous perdez votre temps.

— Ça fait partie du job, rétorqua-t-elle.

— Si tu perds ton temps, intervint Phil, pourquoi prends-tu cette arme ?

— Parce qu'elle impressionne, lui répondit Tory en quittant la pièce.

Phil lui emboîta aussitôt le pas.

— Tory, pas question que tu ailles dans je ne sais quel ranch à moutons avec ton pistolet sur les hanches comme si tu étais la nouvelle Calamity Jane !

— Je te rappelle qu'elle était du mauvais côté, dit Tory.

— Tory, je ne plaisante pas ! s'exclama Phil, furieux, en se mettant devant la voiture pour l'empêcher d'y monter.

— Ecoute, j'ai dit que je serais là-bas dans dix minutes.

Si tu continues, il va falloir que je conduise comme une folle pour arriver à l'heure !

Il ne bougea pas d'un pouce.

— Et s'il y a quelqu'un là-bas, que feras-tu ?

— C'est exactement pour ça que j'y vais, figure-toi.

Elle saisit la poignée et il posa aussitôt la main sur la sienne.

— Je t'accompagne.

— Phil, arrête de me faire perdre mon temps.

— Je viens.

Elle scruta son visage. Etant donné son expression, il était inutile de discuter, conclut-elle.

— O.K., dit-elle, je te nomme temporairement intérimaire. Monte et fais ce que je te dis.

Phil n'aimait pas trop le ton qu'elle venait d'employer avec lui, mais l'idée qu'elle allait seule dans un ranch perdu avec un pistolet pour toute compagnie lui fit ravaler son orgueil. Il se glissa sur le siège passager.

— Je n'ai pas droit à un insigne ? demanda-t-il, tandis que Tory démarrait.

— Tu n'as qu'à faire preuve d'imagination, suggéra-t-elle.

Elle roula calmement jusqu'à la sortie de la ville. Mais dès qu'ils eurent laissé les derniers bâtiments derrière eux, Phil constata que le compteur de vitesse chauffait. Tory conduisait bien et de manière décontractée. L'air qui pénétrait par la vitre ouverte faisait flotter ses cheveux au vent, mais son expression était parfaitement calme.

Elle ne s'inquiète pas du tout de ce qu'elle va trouver, se dit-il en regardant le paysage défiler à travers la vitre. Mais même si ce n'était pas le cas, elle se comporterait exactement de la même façon, conclut-il avec une sorte d'effroi. Le joli petit étui noir accroché à sa ceinture dissimulait une arme détestable et tout à fait réelle. Pourquoi diable poursuivait-elle des cambrioleurs en étant armée ? Pourquoi diable se mettait-elle ainsi en danger ? Il maudit ce coup de fil qui lui avait fait réaliser à quel point ce qu'elle faisait à Friendly était risqué. Il aurait cent fois préféré continuer à penser à elle comme à un arbitre vers lequel les habitants de la petite ville se tournaient pour régler leurs chamailleries. Mais ce coup de fil tardif et le pistolet avaient tout changé.

— Que feras-tu si tu dois utiliser cette chose ? demanda-t-il tout à coup.

Sans se tourner vers lui, Tory comprit où ses pensées le menaient.

— Je considérerai la question en temps utile, répondit-elle.

— Quand ton contrat prend-il fin ?

L'espace d'un instant, Tory quitta la route des yeux. Phil avait le regard fixé droit devant lui.

— Trois semaines.

— Tu seras mieux à Albuquerque, marmonna-t-il.

Il ne prononça pas les mots « plus en sécurité », mais c'est ce que Tory entendit. Elle se remémora le jour où l'un des clients qu'elle défendait avait failli l'étrangler dans sa cellule avant que les gardiens n'interviennent, et préféra passer l'épisode sous silence. Elle ralentit à peine et prit à droite pour emprunter un étroit chemin de terre défoncé. Phil jura, malmené par une ornière.

— Tu aurais dû mettre ta ceinture, fit observer Tory, pragmatique.

Pour toute réponse, il jura de nouveau…

Dans la petite ferme, toutes les lumières étaient allumées. Tory s'arrêta juste devant, dans un crissement de frein.

— On dirait que tu n'as raté aucune ornière, constata Phil avec ironie en se frottant l'épaule qu'il venait de cogner contre la portière.

— Dans le cas contraire, je me rattraperai sur le chemin du retour, enchaîna-t-elle sur le même ton.

Elle sortit de la voiture sans lui laisser le temps de répliquer et monta les marches de la terrasse. Puis elle frappa à la porte d'un coup sec tout en déclinant son identité d'une voix forte. Au moment où Phil la rejoignait, la porte s'entrouvrit.

— Monsieur Pott ?

— Qui est là ? demanda le vieil homme.

— Le nouveau shérif, répondit Tory d'un ton détaché. Nous allons faire le tour de la maison.

Potts ouvrit un peu plus la porte, révélant un visage ridé aux traits burinés et une carabine brillant de tous ses feux.

— Je les ai entendus dans les fourrés, indiqua-t-il.

— On va s'en occuper, monsieur Potts, assura-t-elle en saisissant la crosse de sa carabine. Donnez-moi donc ceci…

Potts s'accrocha à son arme, décidé à résister.

— Je dois pouvoir me défendre.

— Oui, mais il n'y a personne dans la maison, lui rappela-t-elle avec douceur. Et moi, je pourrais en avoir besoin à l'extérieur.

Il hésita, puis relâcha son étreinte.

— Elle est chargée, lui dit-il avant de lui claquer la porte au nez.

Tory entendit les cliquetis de trois verrous.

— Pas très sympa, le vieux, fit observer Phil.

— Ça fait trop longtemps qu'il vit seul, se contenta-t-elle de répondre en retirant les deux cartouches de la carabine. Allons faire le tour de la maison.

— Vas-y, attrape-les, chef !

— Laisse-moi travailler, rétorqua Tory en retenant un sourire.

Fausse alerte ou pas, Tory inspecta les lieux dans les moindres recoins, ce que ne manqua pas de noter Phil. La carabine non chargée d'une main, la lampe de poche de l'autre, elle vérifia chaque porte et chaque fenêtre de la ferme délabrée. En avançant les yeux rivés sur elle, Phil renversa une pile de boîtes de peinture vides qui s'entrechoquèrent sur le sol. Un juron lui échappa et Tory se retourna vers lui.

— Tu es aussi discret qu'un félin, dit-elle, ironique.

— C'est un vrai capharnaüm, ici ! rétorqua-t-il. Un cambrioleur n'a pas la moindre chance…

Tory étouffa un rire et continua à avancer. Ils tournèrent autour de la maison, dans une sorte de course d'obstacles au milieu de vieilles pièces de voitures, de bouts de bois tordus et d'outils rouillés.

Certaine à présent que personne n'avait essayé de cambrioler cette maison depuis au moins vingt-cinq ans, Tory décida d'élargir le cercle pour vérifier le terrain alentour.

— Tu perds ton temps, marmonna Phil en reprenant les termes de Merle.

— Tant qu'à le perdre, autant le perdre correctement, rétorqua-t-elle en dirigeant le faisceau de lumière sur l'herbe desséchée, tout en continuant à avancer.

Résigné, Phil la suivit.

Pourtant, il y avait des façons bien plus agréables de profiter d'une belle soirée d'été, songea-t-il. La lune était pleine. D'une incroyable blancheur, nota-t-il en levant les yeux. Fraîche, pleine, et porteuse de mille promesses… Il éprouva soudain l'envie irrésistible de faire l'amour à Tory à cet endroit précis, dans l'air chaud et calme, sans rien ni personne à la ronde sur des kilomètres. Le désir s'abattit sur lui, intense, prenant possession de lui avec une violence qui le déstabilisa.

— Tory, murmura-t-il en lui mettant la main sur l'épaule.

— Chut…, ordonna-t-elle brutalement.

Il la sentit se raidir sous sa main. Elle avait les yeux fixés sur un buisson desséché et à moitié mort, juste en face d'eux. Au moment où il ouvrait la bouche pour parler, Phil distingua un mouvement. Sans même s'en rendre compte, il resserra la pression de ses doigts sur Tory et avança d'un pas. Ce réflexe de protection était si naturel et spontané que ni l'un ni l'autre ne le notèrent. Pas une seconde, Phil ne songea qu'il devait défendre sa compagne : c'était l'instinct qui le guidait. Tandis qu'il se plaçait devant elle pour la protéger, tel un bouclier, ils observèrent le buisson en silence.

Ils entendirent soudain un son presque imperceptible, comme un murmure dans le silence,. Tory frissonna. Les feuilles sèches du buisson craquèrent légèrement :

il y avait bien un mouvement. Tory glissa la main dans sa poche, y trouva les deux cartouches et rechargea la carabine. Sous les rayons de la lune, le métal bien astiqué étincela. Ses mains ne tremblaient pas. Alors que Phil se mettait en position, prêt à bondir, elle tira en l'air, et le bruit éclata dans le silence avec la violence d'un coup de tonnerre. Avec un bêlement terrifié, le mouton qui était tranquillement occupé à paître derrière le buisson se sauva, paniqué. Sans un mot, Phil et Tory regardèrent la masse terne s'évanouir en un éclair dans la nuit.

— Encore un criminel prêt à tout pour se soustraire à la loi, commenta Tory d'un ton détaché.

Phil, soulagé, éclata de rire, tandis que son corps tout entier se détendait.

— Un criminel à poils longs ! s'écria-t-il, hilare.

La main de Tory tremblait, et elle abaissa la carabine, la gorge sèche.

— Bon, allons dire à Potts que tout est en ordre, dit-elle. Et ensuite on ira prendre ce verre.

Phil lui mit les mains sur les épaules et scruta son visage éclairé par la lune.

— Tu vas bien ?

— Oui.

— Tu trembles…

— C'est toi qui trembles, corrigea-t-elle, amusée.

Phil glissa la main vers son poignet pour sentir les battements de son pouls.

— Tu as eu terriblement peur, constata-t-il avec douceur.

— Oui, répondit-elle sans que son regard vacille. Et toi ? ajouta-t-elle, un sourire aux lèvres.

— Moi aussi, confirma-t-il, amusé, en lui donnant un baiser furtif. De toute façon, je n'ai plus besoin de cet insigne…

… et je ne serai pas soulagé tant que tu n'auras pas définitivement retiré le tien, songea-t-il.

— Qui sait, Kincaid ? fit Tory en les éclairant sur le

chemin du retour. Pour ta première sortie, tu as quand même réussi à mettre un mouton en fuite…

— Rends sa carabine à Potts et partons d'ici, rétorqua Phil.

Il fallut vingt minutes de palabres à Tory pour convaincre le vieil homme que tout était sous contrôle. Finalement, ce fut plus le fait de savoir que Tory avait utilisé sa propre carabine plutôt que d'apprendre que son cambrioleur était un de ses moutons qui le calma. Une fois qu'il se fut de nouveau enfermé chez lui à double tour, Tory prévint Merle par radio et reprit le chemin de la ville à une allure raisonnable.

— Il semblerait que cet épisode soit le couronnement de mon séjour à Friendly, fit observer Phil. Pour ma dernière soirée, j'ai eu droit au danger et au suspense…

Les mains de Tory se crispèrent sur le volant, mais elle réussit à maintenir une vitesse égale.

— Tu pars demain…

Il guetta sans succès une nuance de regret dans sa voix. S'efforçant d'adopter le même ton détaché, il continua à regarder par la vitre.

— On a fini ce soir, un jour plus tôt que prévu. Je pars avec l'équipe demain. Je veux être présent quand Huffman verra le film.

— Bien sûr…

La souffrance déferla en elle avec la puissance d'un raz-de-marée, et elle eut toutes les peines du monde à retenir le gémissement qui montait dans sa gorge.

— Je suppose que tu as encore pas mal de choses à faire avant d'avoir vraiment fini, articula-t-elle avec difficulté.

— Oui, les scènes en studio, confirma-t-il, luttant pour faire taire le sentiment de désolation et de panique qui s'emparait de lui. Le montage, le mixage… Et toi, tu seras certainement très occupée de retour à Albuquerque.

— Oui, ça en a tout l'air, répondit Tory en fixant le faisceau des phares.

La route était droite, interminable, sans virages, sans

collines. Sans issue. Elle se mordit la lèvre pour trouver la force de continuer.

— Je songe à engager un nouveau collaborateur.

— C'est probablement une bonne idée, répondit Phil en se disant que les crampes d'estomac qui le prenaient soudain étaient dues à la faim. Je présume que tes dossiers ne vont pas diminuer.

— Non, il me faudrait travailler six mois d'arrache-pied pour rattraper tout le travail qui m'attend. Toi, j'imagine que tu recommenceras un nouveau film dès que celui-ci sera bouclé.

— Il est en train d'être lancé, murmura-t-il. C'est moi qui vais le produire.

— Tu n'as pas besoin d'assureur ? demanda Tory.

— On verra, dit-il en lui rendant son sourire.

Pendant près de un kilomètre, ils gardèrent le silence. Puis Tory ralentit, s'engagea sur un chemin de terre et s'arrêta. Phil regarda autour de lui avant de se tourner vers elle d'un air interrogateur.

— Qu'est-ce qu'on fait ? demanda-t-il.

— On se gare…

Elle se dégagea du volant et lui glissa les bras autour du cou.

— Tu ne crois pas que, légalement, on a le droit d'utiliser un véhicule professionnel dans un but illicite ? demanda-t-elle.

A peine avait-elle fini de parler que, déjà, la bouche de Phil s'emparait de la sienne.

— Je paierai l'amende dès demain, balbutia-t-il.

Cette fois, c'est elle qui l'interrompit d'un baiser.

D'un commun et silencieux accord, ils prirent leur temps. Le plaisir, le désir étaient tout entiers concentrés dans le fait de goûter l'instant présent. Leurs lèvres, leurs langues faisaient naître en eux des sensations enivrantes, les poussant à aller plus loin. Mais ils n'étaient pas rassasiés de leurs baisers. Les lèvres de Tory s'abandonnaient, soyeuses et exigeantes, accroissant encore le besoin qu'il avait d'elle. Il brûlait de pulsions folles et sauvages, mais sa bouche le gardait prisonnier. Il ne la toucha pas ailleurs. Jamais il n'oublierait cette saveur étourdissante de miel épicé, cette texture incroyable de satin brûlant.

Puis Tory se mit à lui dévorer le visage de ses lèvres. Elle en connaissait chaque courbe, chaque angle, plus intimement encore qu'elle ne connaissait le sien. Même quand elle fermait les yeux, elle le voyait parfaitement, et elle savait que ce serait ainsi dans un an, dans dix ans. La peau de son cou était fraîche, et son goût s'intensifiait sous sa langue. Sans même réfléchir à ce qu'elle faisait, elle glissa les doigts sous sa chemise et en défit adroitement les boutons. Elle posa les deux paumes sur son torse dénudé et le sentit vibrer. Puis elle s'approcha de nouveau de ses lèvres, l'invitant au baiser.

Il sembla à Phil que les doigts de Tory laissaient alternativement une traînée de glace et une traînée de feu sur sa peau nue. Sa bouche l'étourdissait à en perdre la raison. Dans le silence de la nuit, on entendait sa respiration saccadée. Il la voulait plus près : il bougea, maudit l'espace confiné de la voiture et la souleva pour l'installer sur lui. Alors il enfouit la tête dans son cou et, affamé, se délecta de la saveur de sa peau, jusqu'à ce qu'elle pousse un gémissement et qu'elle saisisse sa main pour la poser sur sa poitrine. Avec une lenteur insupportable, il défit la série de boutons tout en lui effleurant la peau du bout de ses doigts, au fur et à mesure qu'il la découvrait, portant au paroxysme le désir de Tory.

Un frisson de délicieuse souffrance la parcourut quand le pouce de Phil se fit plus pressant sur son téton. Elle poussa un cri et l'attira à elle. Sa bouche exigeante chercha celle de Phil. Elle voulait tout de lui, même si leur position rendait la chose difficile. Phil glissa la main dans son jean et la sentit frémir. Puis il s'aventura plus avant, jusqu'au cœur chaud et humide de sa féminité, et le soupir qu'elle poussa alors le ravit.

L'habitacle était si étroit, la frustration telle que Tory

se déchaîna sous les doigts experts de Phil. Il la maintint prisonnière contre lui, car il savait qu'à partir du moment où elle le toucherait à son tour il ne pourrait plus se contrôler.

Cette nuit, leur dernière nuit, durerait jusqu'à ce qu'ils oublient même qu'il y avait un lendemain…

Quand elle laissa éclater sa jouissance, il se redressa avec elle, dans un état second. Aucune femme n'était aussi douce, aussi réactive, songea-t-il, éperdu. Puis, de nouveau, il l'amena jusqu'au point de non-retour, bouleversé de l'entendre crier son plaisir.

Enfin, Tory s'apaisa, comblée, et s'abandonna aux sensations merveilleuses qui l'envahissaient. Elle était à lui, pensa-t-elle. Même si son esprit n'était pas encore conscient du don absolu qu'elle venait de lui faire d'elle-même, son corps, lui, savait. Peu importait qu'elle lui ait appartenu dès le premier instant ou seulement depuis quelques minutes, il lui était désormais impossible de revenir en arrière. L'amour la submergea, un sentiment de plénitude s'empara d'elle. Seul comptait désormais le besoin de posséder cet homme et d'être possédée par lui. A cet instant, elle comprit que sa vie ne lui appartenait plus…

Le changement qu'il perçut en elle le bouleversa. Phil ne chercha pas à analyser les sensations qu'il éprouvait. Pris d'une sorte de frénésie, il arracha ses vêtements et les siens, comme si chaque seconde perdue risquait de dissiper l'émotion qui les unissait. Puis leurs deux corps se mêlèrent avec une ardeur exigeante.

Il la prit sur le siège de la voiture comme un adolescent déchaîné. C'était comme s'il venait de recevoir un cadeau infiniment précieux, mais qu'il n'avait pas encore apprivoisé…

12

Le temps s'étirait… A travers ses paupières fermées se devinaient les rayons de la lune… La brise nocturne caressait sa peau nue. Seules leurs deux respirations intimement mêlées brisaient le profond silence.

Tory flottait dans cet état délicieux qui sépare le sommeil de l'éveil : elle était allongée sur le côté, sur l'étroit siège avant, son corps lové contre celui de Phil. Leurs jambes étaient jointes, ils s'enlaçaient de leurs bras, autant pour ne pas tomber que parce qu'ils ne voulaient se lâcher pour rien au monde. Les lèvres de Phil étaient posées sur l'oreille de Tory, sa respiration lui réchauffait la peau.

Deux lits confortables dans la chambre les attendaient à l'hôtel. Ils auraient pu choisir l'un ou l'autre pour y passer leur dernière nuit ensemble, mais ils restaient là, sur un siège dur en vinyle, sur une route que la nuit plongeait dans l'obscurité. Ils étaient complètement seuls. Le matin semblait encore loin.

Une chouette hulula. Un petit animal cria dans les fourrés. Tory ouvrit les yeux : Phil la regardait. Sous la lumière de la lune, ses yeux paraissaient plus clairs. Toute parole était inutile, voire incongrue : Tory se contenta de lui offrir sa bouche. Ils firent l'amour de nouveau, tranquillement, lentement, avec une tendresse à laquelle ni l'un ni l'autre n'étaient encore accoutumés.

Puis ils s'assoupirent de nouveau, refusant d'admettre que la nuit leur échappait. Quand Tory s'éveilla, l'obscurité était un peu moins dense, il n'y avait pas de lumière, mais seulement les prémices de l'aube qui approchait.

Encore quelques heures, songea-t-elle en regardant le ciel à travers la vitre, serrée contre Phil. Quand le soleil se lèverait, ce serait fini, pensa-t-elle en s'imprégnant de sa chaleur. Elle savait qu'il avait le sommeil léger : il aurait suffi d'un murmure ou du moindre frôlement pour qu'il se réveille. Mais elle voulait profiter encore un peu de ces instants précieux, de cette sensation d'union absolue qui l'envahissait en sachant Phil endormi à côté d'elle. Elle ne pourrait pas plus empêcher le soleil de se lever à l'est que son amant de partir vers l'ouest. C'était à elle d'accepter cette évidence. Elle ferma les yeux, s'enjoignant d'être forte. Phil bougea dans son sommeil : il rêvait.

Phil parcourait sa maison dans les collines, déterminé, allant de chambre en chambre, regardant, cherchant quelque chose sans savoir vraiment quoi ; mais il se détournait encore et toujours, infiniment frustré. Une pièce après l'autre, encore et encore… Tout lui était familier : les couleurs, les meubles, même les petits objets qui personnalisaient sa maison. Mais il manquait quelque chose. Volé, perdu ? L'écho lui répondait dans la maison vide, ponctuant sa quête de quelque chose d'aussi vital qu'inconnu. Les émotions ressenties par l'homme du rêve se communiquèrent à l'homme qui rêvait. Il perçut l'impuissance, la colère et la panique.

Tory l'entendit murmurer son nom et se lova davantage contre lui. Phil se réveilla d'un coup, complètement désorienté. Le rêve glissa dans un coin de son esprit, hors de sa portée.

— C'est presque le matin, dit-elle d'une voix posée.

Abasourdi, luttant pour retrouver ce rêve qui le laissait si désemparé, Phil regarda le ciel. Il s'éclaircissait. Les premières lueurs rose pâle se levaient à l'horizon. Ils contemplèrent un moment l'aube qui s'annonçait pour leur voler leur nuit.

— Fais-moi encore l'amour, murmura Tory. Encore une fois, avant le matin.

Il lut un désir calme dans ses yeux, vit les traces de maquillage qui témoignaient d'un sommeil écourté, la légère rougeur laissée par leur nuit d'amour. Il garda ce tableau un instant à l'esprit pour ne pas l'oublier quand le temps aurait effacé les autres souvenirs, puis lui prit les lèvres en un baiser d'adieux à l'étrange goût doux-amer.

Le ciel bleuissait légèrement, l'horizon éclatait de couleurs. L'or et le violet fusionnèrent avec le soleil qui se levait. Ils s'aimèrent intensément pour la dernière fois. Et puis le matin fut là, mais ils restèrent perdus l'un dans l'autre, faisant comme si c'était encore la nuit. Là où il la touchait, elle frissonnait. Là où elle l'embrassait, sa peau s'enflammait : impossible pour eux de nier le désir qui brûlait en eux.

Ils atteignirent ensemble le point de non-retour, au moment où le soleil apparaissait, majestueux, jetant sur eux ses rayons impitoyables. Puis ils échangèrent quelques mots, s'habillèrent, et reprirent la route pour regagner la ville.

Quand Tory s'arrêta en face de l'hôtel, elle se sentait de nouveau parfaitement maîtresse d'elle-même. Pas de regrets, se rappela-t-elle en coupant le contact. *Nous sommes arrivés à la croisée des chemins. Ne savions-nous pas dès le départ qu'il en serait ainsi ?* Elle se tourna vers Phil, un sourire aux lèvres.

— Je crois qu'on va avoir des courbatures, aujourd'hui.

Il se pencha vers elle pour l'embrasser.

— Ça en valait la peine…, murmura-t-il.

— Tu penseras à ce que tu viens de dire quand tu rêveras d'un bon bain chaud en route pour Los Angeles !

Elle sortit de la voiture, suivie par Phil. Sur le trottoir, il la prit par la main. Ce contact la bouleversa, mais elle parvint à reprendre le contrôle d'elle-même.

— Je penserai à toi, murmura-t-il tandis qu'ils pénétraient dans le hall de l'hôtel.

— Tu seras trop occupé ! rétorqua-t-elle en montant l'escalier, la main agrippée à la rampe.

— Pas tant que ça, répondit-il une fois qu'ils furent sur le palier, pas tant que ça, Tory…

Son habitude des tribunaux aida Tory à dissimuler son émotion.

— Ça me fait plaisir, réussit-elle à articuler avec un sourire. Moi aussi, je penserai à toi.

Beaucoup trop, trop souvent, et ce sera trop douloureux.

— Si je t'appelle…, commença-t-il.

— Je suis dans l'annuaire, coupa-t-elle.

Tu dois avoir l'air détachée, tenta-t-elle de se convaincre. *Comme tu aurais toujours dû le rester…*

— Ne fais pas de bêtises, Kincaid, lui dit-elle en glissant la clé dans la serrure.

— Tory…

Il avança d'un pas, mais elle lui barra l'entrée de sa chambre.

— Je vais te dire au revoir maintenant, balbutia-t-elle en lui caressant la joue. Ce sera plus simple ; et puis il faut que je dorme quelques heures avant de retourner au bureau.

Pendant un long moment, Phil scruta ses traits ; il nota son regard direct, son sourire détendu. Il semblait n'y avoir rien de plus à ajouter…

— Si c'est ce que tu souhaites…

Tory se contenta de hocher la tête, de peur de s'effondrer.

— Sois heureux, Phil, parvint-elle à articuler avant de disparaître dans sa chambre.

Elle referma la serrure précautionneusement avant de s'allonger sur le lit. Là, elle se roula en boule et se mit à pleurer.

Il était midi passé quand elle s'éveilla. La tête lui tournait. Elle se traîna jusqu'à la salle de bains et se regarda dans le miroir en essayant d'être objective. Elle était affreuse, conclut-elle froidement. Le mal de tête lui donnait un teint blême, ses yeux étaient rouges et gonflés de larmes. Machinalement, elle fit couler l'eau du robinet jusqu'à ce qu'elle soit glacée et s'en aspergea le visage. Puis elle se déshabilla et se glissa sous la douche.

Elle décida de ne pas prendre d'aspirine. Le médicament ferait disparaître la douleur, or la douleur empêchait de penser. Et, à cet instant, elle devait à tout prix éviter de penser. Phil était parti, il avait retrouvé le cours normal de son existence. Il fallait qu'elle continue avec la sienne. Elle avait eu la bêtise de tomber amoureuse de lui, et elle en payait le prix. Dans quelques jours, elle surmonterait la situation. *Tu parles !* se dit-elle en se séchant avec une serviette rugueuse. *Certaines blessures mettent des années à guérir... quand elles guérissent.*

Quelle ironie du sort ! songea-t-elle en regagnant la chambre pour s'habiller. Victoria L. Ashton, avocate à la Cour, dont le métier était de mettre en ordre la vie des gens, venait de faire de la sienne un chaos ! Et pourtant il n'y avait pas d'alternative : un contrat était un contrat.

Phil, j'ai décidé de modifier ce contrat. Les circonstances ont changé, et je suis amoureuse de toi. Je propose d'inclure de nouvelles conditions dans notre arrangement, telles que l'engagement et l'affection réciproques, avec en plus, en option, des clauses telles que le mariage et les enfants, si cela convient aux deux parties.

Avec un petit rire, elle mit un chemisier propre. Bien sûr, elle aurait pu s'accrocher à lui, le supplier en sanglotant de ne pas la quitter. N'importe quel homme adorait l'idée qu'une femme hystérique puisse se jeter à ses pieds pour le garder !

Mais c'était mieux ainsi, tenta-t-elle de se convaincre en enfilant son jean. Mieux valait se séparer de façon nette et civilisée. Elle laissa échapper un juron tout en accrochant son insigne. En tout cas, elle était au moins arrivée à une conclusion en inondant son oreiller : il fallait qu'elle quitte Friendly. Merle saurait prendre le bureau en charge pendant quelques semaines sans trop de difficulté.

Elle avait enfin fait la paix avec elle-même à propos de la mort de son père et de ses rapports avec sa mère. Elle pensait avoir fait avancer les choses dans la famille de Tod. Merle avait mûri. Pour conclure, il semblait à Tory qu'on n'avait plus besoin d'elle, ici. A Albuquerque, elle irait de l'avant de nouveau. Ce serait indispensable pour ne pas sombrer pendant des jours et des jours dans le désespoir et l'apitoiement. En tout cas, c'est ce à quoi elle devrait s'efforcer d'arriver.

Naturellement, il faudrait qu'elle ait un entretien avec le maire et qu'elle lui donne officiellement sa démission. Elle devrait aussi aller voir sa mère. En comptant une journée pour mettre Merle au courant, elle pourrait probablement partir avant la fin de la semaine.

Elle allait retrouver son appartement, se dit-elle en essayant de s'insuffler un peu d'enthousiasme. Le métier pour lequel elle était formée, un beau procès auquel elle consacrerait des semaines de préparation et des montagnes d'énergie. Tout à coup, elle eut la sensation d'avoir à la fois trop d'énergie et nulle part où aller. Elle retourna dans la salle de bains et s'appliqua soigneusement une couche de fond de teint pour dissimuler l'effet des larmes, puis se brossa les cheveux. La première étape était d'aller voir le maire. Il était inutile de tergiverser.

Il fallut trente minutes à Tory pour convaincre le maire qu'elle ne plaisantait pas, et quinze de plus pour le persuader que Merle était capable d'assurer l'intérim en tant que shérif jusqu'à l'élection.

— Vous savez, Tory, déclara Bud une fois qu'il eut compris que sa décision était prise, on va vous regretter. On pensait tous sans se l'avouer que vous alliez changer d'avis et vous présenter. Vous avez été un excellent shérif, comme si vous aviez fait ça toute votre vie…

— Merci, Bud, vos paroles me touchent beaucoup, murmura Tory en serrant la main qu'il lui tendait. Pat

Rowe et Nick Merriweather sont tous les deux des types bien. Quel que soit le vainqueur, la ville sera en de bonnes mains. Et dans quelques années Merle fera un shérif parfait.

— Si jamais vous changez d'avis…, renchérit Bud, désireux de laisser la porte ouverte.

— Merci, rétorqua Tory, mais, en matière juridique, la répression, ce n'est pas mon créneau. Mon cabinet m'attend.

— Je sais, je sais, acquiesça-t-il avec un soupir de capitulation. Vous avez fait plus que ce que nous étions en droit de vous demander.

— J'ai fait ce que je pensais devoir faire, corrigea-t-elle.

— A présent, les choses vont se calmer, surtout avec le départ de l'équipe du film, fit-il observer.

Il jeta un regard par la fenêtre d'un air de regret. La vie à Friendly manquait singulièrement de piquant, pensa-t-il.

— Vous viendrez me dire au revoir avant de partir, j'espère…, conclut-il.

Une fois dehors, la première chose que remarqua Tory fut l'absence de l'équipe. Disparus les camions, les projecteurs, les plateaux, les groupes. Friendly s'était rendormie, comme si rien ne s'y était jamais passé. Elle nota un graffiti sur une fenêtre poussiéreuse de la poste. Une voiture entra en ville en pétaradant et s'arrêta devant la droguerie. Tory s'apprêtait à traverser quand quelqu'un la héla. Elle s'arrêta net, se protégea les yeux de la main et aperçut Tod, qui courait vers elle.

— Shérif, je vous cherchais !

— Quelque chose ne va pas ?

— Non, répondit-il avec ce sourire qui illuminait son visage. Au contraire ! Je voulais que vous sachiez… Mon père… eh bien, on a parlé, et on est même allés voir les gens que vous nous aviez conseillés…

— Comment ça s'est passé ?

— On va y retourner. Avec ma mère aussi…

— Je suis contente pour toi, assura Tory en lui effleurant la joue. Ça va prendre du temps, Tod, et il va falloir que vous vous y mettiez tous ensemble.

— Je sais, mais…

Il leva les yeux vers elle, avec un air radieux et vibrant d'excitation.

— Il m'aime vraiment. Je n'aurais jamais cru… Et ma mère, ça lui ferait plaisir si vous passiez un de ces jours à la maison. Elle voudrait vous remercier.

— Ce n'est pas la peine.

— Elle y tient.

— J'essaierai.

Tory hésita. Ces adieux-là seraient parmi les plus difficiles.

— Je pars dans quelques jours, annonça-t-elle.

Toute joie s'évanouit du visage de Tod.

— Pour toujours ?

— Ma mère vit ici, lui rappela-t-elle. Mon père est enterré ici. Je reviendrai régulièrement.

— Mais vous ne resterez pas.

— Non, confirma-t-elle d'une voix douce. Je ne resterai pas…

Tod baissa les yeux et contempla le sol.

— Je savais que vous partiriez. J'ai été idiot, l'autre jour dans votre bureau, quand j'ai…

Il s'interrompit avec un haussement d'épaules et continua à fixer le trottoir.

— Non, tu n'étais pas idiot. Ce que tu m'as dit m'a beaucoup touchée, déclara Tory en le prenant par le menton pour le forcer à lever les yeux. Ça me touche beaucoup.

— Je crois que je vous aime toujours, dit Tod en se passant la langue sur les lèvres. Si ça ne vous ennuie pas.

Tory sentit les larmes lui monter aux yeux et le serra dans ses bras.

— Oh ! s'écria-t-elle d'une voix étranglée, tu vas tellement me manquer ! Est-ce que tu me croirais si je te disais que j'aimerais avoir quinze ans de moins ? C'est bête, non ?

Il s'écarta avec un sourire extatique, tant ce qu'il venait d'entendre le ravissait.

— Si vous aviez quinze ans de moins, je vous embrasserais pour vous dire au revoir.

Tory pouffa et lui déposa un léger baiser sur les lèvres.

— Va-t'en maintenant, lui lança-t-elle d'une voix mal assurée. Les gens s'inquiéteraient pour leur ville s'ils voyaient leur shérif se mettre à pleurer dans la rue…

Tod eut l'impression d'être tout à coup devenu un homme. Il s'éloigna, puis se retourna brusquement.

— Vous m'écrirez ? demanda-t-il.

— Oui, je t'écrirai.

Elle le regarda filer, tandis que son sourire se figeait sur ses lèvres. C'est fou tout ce qu'elle pouvait perdre en une seule journée ! se dit-elle. Luttant contre l'humeur morose qui l'envahissait, elle s'apprêta à regagner son bureau.

Elle s'en approchait quand Merle en sortit.

— Salut, dit-il en regardant alternativement Tory et la porte qu'il venait de refermer.

— Salut. Vous venez d'avoir une promotion, Merle T.

— Tory, il y a… Quoi ? s'écria-t-il.

Face à son air étonné, elle se mit à rire.

— Je démissionne, expliqua-t-elle. Vous assurerez l'intérim en tant que shérif jusqu'à l'élection.

— Vous démissionnez ? répéta-t-il, abasourdi. Mais vous…

Il s'interrompit et regarda de nouveau la porte.

— Comment est-ce possible ?

— Je veux retrouver mon cabinet. De toute façon, je n'en aurai pas pour très longtemps à vous mettre au courant. Vous savez déjà pratiquement tout. Rentrons et commençons…

— Tory, coupa-t-il en la prenant par le bras, ce qu'il ne faisait jamais. Quelque chose vous a contrariée ? demanda-t-il en la regardant droit dans les yeux.

Décidément, Merle s'affirmait, se dit Tory.

— Je viens de voir Tod, expliqua-t-elle. Ce garçon me touche.

Ce n'était qu'une partie de la vérité, mais elle n'irait pas plus loin.

Pour toute réponse, il se contenta d'un discret hochement de tête, mais ne lui lâcha pas le bras.

— Vous savez sûrement que l'équipe du film est partie en fin de matinée.

— Oui, je sais, répondit-elle.

Elle regretta aussitôt le ton coupant qu'elle avait employé.

— Je suppose que ça n'a pas été facile pour vous de dire au revoir à Marlie, fit-elle observer avec douceur.

— Elle va me manquer, c'est sûr, reconnut-il en la regardant du coin de l'œil. On s'est bien amusés, tous les deux…

Il semblait si calme que Tory, surprise, pencha la tête pour mieux l'observer.

— J'avais peur que vous ne tombiez amoureux d'elle…

— Amoureux d'elle ? répéta-t-il, un sourire aux lèvres. Pas question ! Je ne suis pas du tout prêt pour ça…

— Qu'on soit prêt ou pas ne change parfois rien à l'affaire, balbutia-t-elle. En tout cas, puisque vous n'êtes pas en train de noyer votre chagrin dans la bière, que diriez-vous d'une petite séance de travail ? J'aimerais rentrer à Albuquerque avant la fin de la semaine…

— Oui, bien sûr, enchaîna Merle en jetant un coup d'œil à la rue désertée. Mais, d'abord, il faut que je parle à quelqu'un… euh… à l'hôtel. Je reviens tout de suite.

Exaspérée, Tory le regarda s'éloigner à grandes enjambées.

— Rien ne changera jamais…, murmura-t-elle.

Décidée à mettre ce temps à profit pour trier ses livres et ses papiers, elle regagna son bureau.

Phil Kincaid était assis à sa table, en train d'examiner d'un air détaché son colt 45. Elle s'arrêta net et le dévisagea, sidérée.

— Shérif, murmura-t-il avec douceur en faisant tourner le barillet d'un geste nonchalant.

— Phil ! bredouilla-t-elle d'une voix à peine audible. Qu'est-ce que tu fais là ?

Il ne se leva pas, mais posa les pieds sur le bureau.

— J'ai oublié quelque chose. Sais-tu que tu n'as pas déchargé ton arme, hier soir ?

Elle resta clouée sur place, sans même regarder le pistolet.

— Je te croyais déjà parti depuis plusieurs heures…

— Vraiment ? rétorqua-t-il en la dévisageant pendant plusieurs secondes.

L'eau froide et le maquillage avaient amélioré les choses, mais il connaissait si bien son visage qu'il ne fut pas dupe.

— En effet, je suis parti, reprit-il après un silence. Et je suis revenu…

— Ah…

Il lui faudrait donc subir une deuxième séance d'adieux, songea-t-elle. Elle s'efforça d'ignorer la crampe douloureuse qui lui crispait le ventre et esquissa un sourire.

— Qu'as-tu oublié ?

— Nous avons encore quelque chose à régler. Et, cette fois, c'est moi qui commande, ajouta-t-il en désignant le pistolet dans sa main.

Tory, à moitié amusée seulement, leva un sourcil.

— Et si nous disions que nous sommes quittes ? suggéra-t-elle, mal à l'aise.

Il fallait qu'elle fasse quelque chose de ses mains, se dit-elle : elle se dirigea vers l'étagère à côté de la table pour en retirer ses livres.

— Non, je ne crois pas, dit-il d'une voix posée. Retourne-toi, shérif.

Elle laissa éclater sa contrariété, la moins douloureuse des émotions qui l'envahissaient.

— Ecoute, Phil…, commença-t-elle.

— Va dans la cellule, coupa-t-il. Je te recommande la première.

— Tu es devenu fou ? s'exclama-t-elle en lâchant un livre qui tomba avec un bruit sourd. Si ce pistolet est chargé, tu risques de blesser quelqu'un !

— J'ai des choses à te dire, continua-t-il sans se départir de son calme. Là-dedans, précisa-t-il en indiquant la cellule.

— Kincaid, figure-toi que c'est toujours moi, le shérif ! assena-t-elle en posant les mains sur ses hanches. L'amende pour outrages à agent est de…

— Tais-toi et rentre dans la cellule, ordonna-t-il.

— Donne-moi ce pistolet et…

Phil l'interrompit en l'attrapant par le bras et la poussa dans la cellule. Après être entré à son tour à l'intérieur, il tira la porte derrière lui : elle se ferma avec un bruit métallique fracassant.

— Espèce d'idiot ! s'écria Tory, furieuse, en tentant d'ouvrir la porte sans résultat. Comment allons-nous sortir, à présent ?

Phil s'allongea confortablement sur la banquette en s'appuyant sur un coude, le pistolet dirigé vers le sol. Pistolet qui n'était d'ailleurs pas plus chargé que le jour de leur rencontre…

— Je n'ai pas d'autre endroit où aller, rétorqua-t-il.

Les poings sur les hanches, Tory se retourna brusquement.

— Mais qu'est-ce que tout cela signifie, Kincaid ? Tu devrais être sur la route de Los Angeles, et, au lieu de ça, tu prends tes aises dans mon bureau ! Et en guise d'explications, tu brandis cette arme comme dans un mauvais film…

— Je croyais avoir été plutôt bon, coupa-t-il en jetant un regard dépité à l'objet du débat. Bien sûr, j'aurais préféré une arme un peu plus stylée, ajouta-t-il en souriant. Avec une crosse incrustée de perles, par exemple.

— Tu es vraiment obligé de te comporter aussi stupidement ?

— J'imagine.

— Quand tout ceci sera fini, tu vas te retrouver coffré pendant des mois. Des années, si c'est en mon pouvoir ! ajouta-t-elle en se retournant pour secouer les barreaux, toujours en pure perte.

— Tu perds ton temps, fit-il observer d'un ton aimable. Je les ai secoués comme un malade, il n'y a pas si longtemps.

Furieuse, Tory se dirigea vers la fenêtre en l'ignorant

délibérément. Il n'y avait pas âme qui vive dans la rue. Elle hésita à ravaler sa fierté et à appeler à l'aide. Les habitants auraient été horrifiés d'entendre le shérif supplier qu'on vienne l'aider à sortir d'une de ses cellules… Mieux valait attendre Merle : au moins, à lui, elle pourrait demander le secret.

— O.K., Kincaid, parle, marmonna-t-elle entre ses dents. Pourquoi es-tu ici, et pourquoi sommes-nous enfermés dans cette cellule ?

Il jeta un œil au pistolet et le posa sur le bord de la banquette. D'instinct, Tory évalua la distance qui la séparait de l'arme.

— Parce que, commença-t-il d'une voix étranglée qui attira aussitôt son attention, parce que je me trouve dans une situation impossible.

A ces mots, Tory eut l'impression que son cœur s'arrêtait de battre, avant de repartir à un rythme effréné. Elle s'exhorta à la prudence : elle ne devait en aucun cas lire un message caché dans les paroles que venait de prononcer Phil. Même si elle se souvenait qu'il avait utilisé la même expression pour parler d'amour, cela ne signifiait pas qu'il voulait dire la même chose à cet instant.

— Oh…, balbutia-t-elle avec peine, troublée.

— Oh ? répéta Phil en se levant brusquement. C'est tout ce que tu trouves à dire ? J'ai fait cinquante kilomètres, reprit-il en proie à une soudaine furie. Je me suis dit que c'était fini. Tu voulais — je voulais — une simple relation temporaire. Pas de complications. On avait passé de bons moments ensemble — c'était tout.

— Oui, enchaîna Tory en déglutissant péniblement. Oui, on était d'accord pour…

— Peu importe si on était d'accord ou pas ! coupa-t-il.

Il la saisit par les épaules.

— C'est devenu très compliqué. Très très compliqué, ajouta-t-il.

Il la lâcha brusquement et se mit à arpenter la cellule comme un lion en cage.

— J'ai fait cinquante kilomètres, et je n'ai pas pu aller plus loin. Hier soir encore, je me disais que c'était mieux ainsi. Tu continuerais de ton côté, moi du mien. On garderait tous les deux de merveilleux souvenirs.

Il se tourna vers elle. Quand il reprit la parole, sa voix avait baissé d'un ton, mais elle était toujours aussi tendue.

— Bon Dieu, Tory, de toi, je veux plus que des souvenirs ! Je veux plus ! Même si tu ne voulais pas que ça se passe ainsi, je le sais.

Il se passa une main fébrile dans les cheveux, tandis qu'elle restait silencieuse.

— Je ne le voulais pas non plus, ou je croyais ne pas le vouloir, reprit-il. Aujourd'hui, je ne sais même plus. Je ne sais pas quand j'ai compris : peut-être à la première seconde où je suis entré dans cette pièce, peut-être le jour où je t'ai aperçue au cimetière. Ou alors pendant cette soirée au bord du lac, ou à d'autres centaines d'occasions. J'ignore quand c'est arrivé, pourquoi c'est arrivé.

Il remua la tête dans un geste d'impuissance, comme s'il avait lutté longtemps pour résoudre le problème avant de s'avouer vaincu.

— Je sais seulement que je t'aime. Et que je ne peux pas te quitter. J'ai essayé... je ne peux pas.

Bouleversée, Tory s'appuya contre les barreaux. Sa migraine avait disparu, mais la tête lui tournait.

J'ai besoin de quelques instants pour assimiler ce que je viens d'entendre, pensa-t-elle. *Quelques instants...*

— Je sais que ta vie est à Albuquerque, poursuivit Phil en luttant contre le sentiment de panique qui l'envahissait. Je sais que ta carrière est importante pour toi. Je ne te demande pas de renoncer à quoi que ce soit. Quand on veut vraiment quelque chose, on trouve toujours un compromis. C'est moi qui n'ai pas respecté le contrat. Je suis prêt à toutes les concessions.

Tory se tourna vers lui.

— Les concessions..., répéta-t-elle d'une voix à peine audible.

— Je peux vivre à Albuquerque, déclara-t-il en s'approchant d'elle.

— Mais ton studio…

— J'achèterai un avion et je ferai la navette, expliqua-t-il aussitôt. D'autres l'ont fait avant moi.

— Un avion, murmura-t-elle d'un air absent. Un avion…

— Oui, bon Dieu, un avion ! confirma-t-il, poussé à bout.

Pourquoi réagissait-elle ainsi ? se demanda-t-il, de plus en plus affolé. Il ne s'était pas attendu à ça…

— Tu ne voulais pas que je parte, renchérit-il, en proie à une colère sourde. Tu as pleuré, je le sais.

Tory se reprit un peu, suffisamment pour lui faire face.

— Oui, j'ai pleuré. Et non, je ne voulais pas que tu t'en ailles. Pourtant, je pensais que c'était mieux pour nous deux.

— Pourquoi ?

— C'est impossible de gérer deux carrières et une liaison.

— Je te parle de mariage, corrigea-t-il d'une voix sourde. De mariage, Tory. La totale. Enfants inclus. Je veux que tu portes mes enfants.

Ses yeux se troublèrent — le choc, la peur ? se demanda-t-il. Il n'en savait rien.

— Je t'ai dit que je t'aimais, lui rappela-t-il en la prenant doucement par les épaules. Il faut que je sache quels sont tes sentiments pour moi.

Pendant un long moment, elle se contenta de le dévisager en silence. L'aimait-il ? Oui, réalisa-t-elle en un éclair. Elle le voyait. C'était réel. Et, plus encore, il souffrait. Tory sentit tous ses doutes s'évanouir.

— J'ai été dans une situation inextricable dès l'instant où Merle t'a amené ici.

Phil sembla se détendre un peu.

— Tu es sûre ? demanda-t-il, résistant à l'envie de la serrer dans ses bras.

— D'être amoureuse de toi ?

Pour la première fois, l'ébauche d'un sourire s'esquissa sur les lèvres de Tory.

— C'est vrai, j'ai été dévastée quand j'ai cru que tu me quittais. C'est vrai, je t'ai laissé partir, parce que je suis aussi stupide que toi.

Il lui passa la main dans les cheveux.

— Stupide ? répéta-t-il en l'attirant à lui.

— « Il a sa vie. On était d'accord pour éviter toute complication. Il détesterait que je le supplie de rester. » Tu vois ce que je veux dire ? conclut-elle avec, cette fois, un vrai sourire.

— Oui, je vois parfaitement ce que tu veux dire, murmura-t-il en la serrant un peu plus fort contre lui.

Tu es à moi, se dirent-ils tous les deux en même temps dans le secret de leur cœur, avant de s'enlacer avec passion.

— Oh ! Tory ! balbutia Phil, au comble de l'émotion, la nuit dernière a été si merveilleuse, et si terrible à la fois…

— Je sais, c'était horrible de penser que c'était la dernière fois.

Elle s'écarta légèrement et leurs lèvres se joignirent.

— J'y pensais depuis un moment, murmura-t-elle entre deux baisers.

— A quoi ?

— A… déménager sur la côte.

Phil lui encadra le visage de ses mains.

— Tu n'as pas à faire ça, affirma-t-il. Je te l'ai dit, je peux…

— Acheter un avion, acheva-t-elle, taquine. Je sais que tu le peux. Mais, de toute façon, ça fait un moment que je pense à déménager. Pourquoi pas en Californie ?

— On trouvera une solution.

— Oui, on finira bien par y arriver, acquiesça-t-elle en lui offrant ses lèvres.

— Tory…

Il la lâcha un moment, soudain sérieux.

— … veux-tu m'épouser ?

Elle sembla réfléchir un moment, les doigts dans les cheveux de Phil.

— Ce serait une assez bonne idée, puisqu'on va avoir des enfants…

— Quand ?

— Tu sais, ça prend neuf mois…

— Je parle du mariage.

— Eh bien, dès que tu auras purgé ta peine… d'environ trois mois.

— Ma peine ?

— Port illégal d'arme, injures à représentant de la force publique, utilisation interdite de local pénitentiaire.

Elle haussa les épaules en le gratifiant d'un sourire radieux.

— Avec une remise de peine pour bonne conduite, tu devrais bientôt sortir. N'oublie pas qu'ici, le shérif, c'est encore moi, Kincaid !

— Tu parles ! rétorqua-t-il en lui ôtant son insigne avant de le lancer à travers les barreaux de la cellule. Je savais bien que je parviendrais à t'enlever cette petite étoile !

AUSSI FORT QU'AUTREFOIS

1

— Avantage, Starbuck, annonça l'arbitre de chaise d'une voix retentissante.

Une salve d'applaudissements retentit dans le stade couvert. Le silence qui suivit n'en parut que plus profond, presque religieux. Asher Wolfe huma l'odeur si caractéristique des lieux, un mélange de hot-dogs, de pop-corn et de transpiration. Le public tout entier retenait son souffle, suspendu aux gestes des deux compétiteurs qui se préparaient déjà à un nouvel échange.

Asher observa attentivement Tyler Starbuck, le tennisman surdoué qui avait autrefois été son petit ami. Une fois de plus, elle songea que quelque chose en lui avait changé. Elle n'aurait pourtant su dire ce dont il s'agissait, exactement. Physiquement, il était toujours le même : mince, nerveux, rapide et doté d'une énergie qui paraissait inépuisable.

Au cours des trois dernières années, elle avait sciemment évité de regarder à la télévision les matchs auxquels il participait. Chaque fois qu'elle voyait son nom ou sa photographie dans les pages sportives ou mondaines des journaux, elle éprouvait un irrésistible pincement au cœur. Elle évitait donc soigneusement de lire les articles le concernant.

Lorsqu'ils avaient rompu, elle avait décidé que Tyler Starbuck ne ferait plus partie de sa vie. Et Asher n'avait pas pour habitude de revenir sur les résolutions qu'elle avait prises.

Elle avait donc longuement réfléchi avant d'accepter de

participer au Championnat de tennis en salle des Etats-Unis. Pendant plusieurs semaines, elle avait pesé le pour et le contre. Et elle était parvenue à une conclusion logique et irréfutable : puisqu'elle avait repris sa carrière de joueuse internationale, elle serait amenée tôt ou tard à croiser Tyler sur le circuit. Elle ne pourrait fuir éternellement les questions de ses fans et de la presse qui voulaient savoir s'il restait quelque chose de leur liaison passée et s'ils envisageaient de sortir de nouveau ensemble.

Se concentrant sur le court central, Asher vit Tyler se préparer au service. Il adoptait la même position qu'autrefois et paraissait toujours aussi concentré tandis qu'il faisait rebondir la balle. Brusquement, il la propulsa en l'air et la cueillit au vol avec ce mélange de grâce et de force qui faisait l'admiration des commentateurs sportifs du monde entier.

La balle partit à une vitesse sidérante, propulsée dans le coin gauche du terrain. Un adversaire moins chevronné que Grimalier, le joueur français qu'il affrontait ce jour-là, n'aurait eu aucune chance de rattraper un tel service. Son retour fut aussi impitoyable et l'échange s'engagea, âpre, sans concession.

La foule retenait son souffle, observant la balle qui fusait d'un côté à l'autre du filet. La surface rapide donnait aux échanges des deux tennismen une vivacité incroyable. La moindre erreur de jugement, le moindre faux mouvement pouvaient s'avérer décisifs.

Mais Tyler n'en commettait aucun. La précision diabolique avait laquelle il renvoyait les balles les plus intimidantes était époustouflante. On aurait dit qu'il anticipait la plus infime intention de son adversaire.

Malgré elle, Asher ne put s'empêcher d'admirer la façon dont il se déplaçait sur le court. Il semblait anticiper chaque feinte, chaque effet et s'investissait avec la même énergie dans chaque échange, comme si la fatigue ne pouvait pas l'atteindre.

Et tandis qu'elle l'observait, les souvenirs affluaient

sans qu'elle parvienne à juguler le flot d'émotions contradictoires qu'ils faisaient naître en elle. Une fois de plus, elle succombait à l'étrange fascination que Tyler exerçait sur elle. Et c'était quelque chose qu'elle ne pouvait se permettre.

Les deux hommes continuaient à s'affronter, livrant aux spectateurs un match exceptionnel. Les coups droits succédaient aux revers, les lobs aux balles coupées. C'était une véritable démonstration technique, un pur condensé de tennis.

Malgré la résistance impressionnante dont ils faisaient preuve, ils finirent par montrer quelques signes d'épuisement. Leurs T-shirts étaient imbibés de transpiration. Leurs coups s'accompagnaient de grognements rauques. C'était cela que voulait le public. De la sueur et des larmes, lui avait souvent répété son père.

Et, si Asher s'était jusqu'ici efforcée de rester parfaitement détachée, elle commençait elle aussi à se prendre au jeu. Jamais Tyler n'avait aussi bien joué. En dépit de l'intensité des échanges, il semblait conserver une certaine nonchalance.

Cela pouvait paraître assez paradoxal, mais c'était pourtant l'effet qu'il donnait. Ses mouvements trahissaient un mélange de puissance et de vitesse, mais ne paraissaient jamais forcés comme s'il savait doser très précisément ses efforts.

Il accélérait brusquement, s'immobilisait, repartait en sens inverse comme s'il se livrait à un ballet parfaitement chorégraphié. On aurait dit un escrimeur multipliant les feintes et les esquives avec une déconcertante facilité. Il y avait en lui quelque chose d'un héros de cape et d'épée, songea Asher.

Ses cheveux noirs légèrement trop longs de même que son visage étroit aux pommettes hautes et à la bouche étrangement sensuelle accentuaient cette impression, En fait, seul l'éclat acéré de son regard d'obsidienne révélait une concentration sans faille.

Son ardeur était communicative et la jeune femme sentait le public tout entier vibrer, suspendu à chacun de ses gestes. Elle-même avait l'impression de participer à cette danse effrénée, de ne faire qu'un avec lui. C'était une expérience à la fois troublante et terriblement excitante.

Brusquement, Tyler accéléra encore et, d'un revers parfaitement ajusté, projeta une balle à une vitesse prodigieuse sur la ligne de fond de court, obligeant le Français à se replacer en catastrophe. Il enchaîna par un coup droit meurtrier, envoyant la balle à l'autre bout du court avec une précision qui tenait du miracle.

— Out ! s'exclama l'arbitre de chaise.

Un cri de protestation s'éleva des tribunes. Tous les spectateurs, Asher y compris, étaient convaincus que la balle était bonne. Observant attentivement Tyler, elle attendit son inévitable explosion de colère.

Mais il se tenait immobile, les yeux fixés sur l'arbitre. La foule continuait à manifester bruyamment son désaccord, mais l'arbitre maintint sa décision. Le regard de Tyler exprimait clairement sa désapprobation, mais il ne protesta pas. Au lieu de cela, il se contenta d'essuyer la transpiration qui ruisselait le long de son visage et alla se repositionner derrière la ligne de fond de court.

Asher était tout bonnement stupéfaite. Trois ans auparavant, jamais Tyler n'aurait fait preuve d'une telle retenue. Au contraire, il aurait contesté la décision, exigeant une vérification de la trace laissée par la balle et manifestant sa colère par quelques commentaires bien sentis et un de ces lancers de raquette dont il était familier.

Le contrôle de soi dont il faisait preuve prouvait combien il avait changé. Il en fut d'ailleurs récompensé puisque son service suivant cloua son adversaire sur place, à la grande satisfaction du public qui lui témoigna son approbation par une clameur retentissante.

— Avantage, Starbuck, déclara l'arbitre.

Tyler se replaça aussitôt. Son attitude ne trahissait aucun triomphalisme. Pour lui, cet ace appartenait déjà au passé, de même que la décision litigieuse de l'arbitre. Seul comptait le coup suivant.

Une fois de plus, il servit à près de deux cents kilomètres à l'heure. Mais Grimalier était prêt et il effectua un retour impressionnant. Une fois de plus, l'échange s'engagea, âpre et sans concession. Le duel gagna encore en intensité tandis que le public retenait son souffle.

Le silence était si religieux que l'on entendait parfaitement les crissements des chaussures des deux joueurs, leurs halètements rauques et les chocs retentissants de la balle contre le tamis de leurs raquettes. Le temps paraissait suspendu au rythme infernal de la balle qui fusait d'un côté à l'autre du filet, paraissant gagner en vitesse à chaque nouvel échange.

Tyler enchaîna une série d'amortis qui forcèrent Grimalier à monter au filet. Il loba alors, l'obligeant à reculer brusquement en fond de court. Seules la technique et la chance permirent au Français de renvoyer cette balle assassine. Mais Tyler était monté à son tour et d'un smash retentissant, il écrasa la balle hors de portée de son adversaire, concluant ainsi un match qui avait duré plus de deux heures et demie.

— Jeu, set et match, Tyler Starbuck, annonça l'arbitre tandis que la foule entière se dressait comme un seul homme pour saluer cette démonstration de force.

Sans même s'en rendre compte, Asher s'était levée, elle aussi, et applaudissait à tout rompre. Une fois de plus, elle fut stupéfaite de constater la maîtrise dont faisait preuve Tyler. Il ne jeta pas sa raquette en l'air, n'eut aucun geste triomphant, ne poussa aucun cri de joie.

Au contraire, il se contenta de gagner le filet pour serrer cordialement la main de son adversaire. Tous deux allèrent ensuite saluer l'arbitre avant de regagner leurs chaises pour récupérer leurs sacs.

Comme Asher sentait l'adrénaline refluer en elle, elle réalisa que le moment qu'elle avait tant redouté approchait. Bientôt, elle se retrouverait face à lui. Et elle ignorait totalement la façon dont il réagirait à sa présence. Cela faisait plus de trois ans qu'elle ne l'avait pas vu et elle ne savait pas ce qu'il avait ressenti lorsqu'elle était partie.

L'avait-elle blessé ? Peut-être. Une chose, au moins, était sûre : elle avait froissé son amour-propre. Or Tyler était un homme très fier et il ne lui pardonnerait pas ce qu'il considérait certainement comme une humiliation. Face à sa colère, elle était bien décidée à faire preuve de calme et de pondération.

En tant que sportive de haut niveau, elle était habituée à exercer une parfaite maîtrise d'elle-même. Cela faisait partie de son jeu, au même titre que son service et son coup droit. Au cours des mois précédents, elle s'était préparée à cette rencontre et entendait bien y faire face avec dignité.

Elle irait le trouver lorsqu'il serait sorti du vestiaire et aurait répondu aux questions de la presse. Elle le féliciterait pour sa victoire et lui annoncerait son intention de revenir dans la compétition. En prenant ainsi l'initiative, elle pensait éviter d'être prise au dépourvu.

Mais, alors même qu'elle se faisait cette réflexion, Tyler se tourna vers elle et la fixa droit dans les yeux. L'intensité de son regard la cloua sur place et elle sentit les battements de son cœur s'emballer. Son expression ne trahissait aucune émotion. En fait, il paraissait aussi concentré que lorsqu'il était en train de jouer.

Puis, brusquement, il lui sourit. Ce n'était pas une marque de cordialité ou de sympathie mais un défi silencieux. Et, tandis que la foule scandait son nom, il resta parfaitement immobile, la dévorant des yeux. La distance qui les séparait semblait avoir été abolie et l'épine dorsale d'Asher fut parcourue d'un long frisson glacé.

Elle réalisa alors que ces retrouvailles seraient sans doute bien plus difficiles qu'elle ne l'avait escompté. Car elle ne devrait pas seulement compter avec la colère de Tyler, mais aussi avec l'attirance qu'il continuait à exercer sur elle. La partie qui s'offrait à elle était sans doute l'une des plus dangereuses qu'il lui ait jamais été donné de disputer.

Il se détourna alors et salua le public en levant sa raquette. Asher sentit la tension disparaître lentement en elle, remplacée par une pointe de colère irrationnelle. Depuis le début, il savait qu'elle se trouvait dans le public. Il lui avait délibérément laissé croire qu'elle bénéficiait de l'effet de surprise.

Puis, d'un seul regard, il lui avait fait comprendre qu'il n'en était rien et qu'il entendait bien mener le jeu à sa façon. Or elle ne pouvait se permettre de perdre l'initiative. Que ce soit sur le court ou dans la vie, Tyler était un adversaire redoutable qui savait profiter du moindre avantage pour remporter une victoire écrasante.

Et c'était un risque qu'elle ne pouvait pas prendre.

Asher Wolfe était une femme mince et longiligne dont l'apparente fragilité cachait une force physique et mentale hors du commun. Ses cheveux blonds étaient coupés court et contrastaient avec son visage bronzé par les heures passées à jouer en plein soleil.

Au cours des trois années qu'avait duré sa retraite anticipée, elle n'avait guère changé. Son visage avait conservé cette beauté altière qui paraissait plus adaptée aux pages des magazines de mode qu'aux terrains de tennis. A la voir au milieu des tribunes, on aurait aisément pu la prendre pour l'une des femmes de la jet-set qui fréquentaient assidûment les tournois de ce genre.

Son nez petit et légèrement retroussé, sa bouche pleine et généreuse, ses pommettes hautes et marquées et l'ovale parfait de son visage lui conféraient une beauté teintée d'une noblesse et d'une distinction naturelles. Ses yeux immenses d'un bleu qui tirait légèrement sur le violet lui donnaient un air faussement innocent.

Sur les courts comme dans la vie, elle ne portait jamais ni bijoux ni maquillage, préférant la simplicité et le naturel aux artifices de la féminité. Cela n'avait pas empêché la plupart des journalistes sportifs de vanter à grand renfort de superlatifs la beauté de celle qu'ils appelaient parfois l'ange de glace.

Car elle était tout aussi réputée pour son charme que pour sa froideur apparente. Lorsqu'elle jouait, son visage devenait un masque dénué de toute émotion. Elle ne manifestait jamais ni joie, ni colère, ni satisfaction, ni frustration. Cette capacité à garder en toutes circonstances un calme olympien était à ses yeux l'une de ses principales qualités.

Pendant des années, elle avait fait preuve de la même maîtrise de soi dans sa vie personnelle. Ce n'était pas vraiment un choix conscient, d'ailleurs. En fait, son existence tout entière gravitait autour du tennis et de sa carrière. La frontière qui séparait la femme de l'athlète s'était donc estompée.

De plus, elle avait hérité de son père un attachement ardent à son indépendance. Comme lui, elle était un personnage public et sa vie s'étalait dans les pages des journaux et des magazines. Il lui avait donc fallu endosser très jeune un masque impassible derrière lequel elle pouvait se retrancher à tout instant pour préserver un semblant d'intimité.

Une seule personne avait su faire voler en éclats cette armure d'indifférence et la mettre à nu. Et cela avait bien failli la détruire. Aujourd'hui, elle était déterminée à ne plus jamais commettre une telle erreur.

Tandis qu'elle se tenait immobile dans les gradins, le regard fixé sur le court à présent déserté, son expression ne trahissait rien du désarroi et de l'angoisse qui l'habitaient. Elle paraissait parfaitement calme et détachée, comme si rien ne pouvait l'atteindre.

De fait, les spectateurs qui s'étaient approchés d'elle durent l'interpeller à deux reprises avant qu'elle ne prenne conscience de leur présence. Elle réalisa brusquement qu'ils l'avaient reconnue et lui demandaient des autographes. Elle les signa, heureuse de n'avoir pas complètement disparu de la mémoire des aficionados du tennis.

Elle répondit aux questions qu'ils lui posèrent, leur indiquant son intention de se relancer dans la compétition. Elle n'eut aucun mal à désamorcer les allusions à sa relation avec Tyler, expliquant d'un ton léger que tous deux étaient de simples amis, à présent.

Evidemment, ce genre de déclaration ne convaincrait pas aussi facilement les reporters qui étaient toujours friands d'histoires d'amour ou de relations sulfureuses. Mais ses fans s'en contentèrent.

Après avoir discuté quelques minutes avec eux, elle se dirigea vers la sortie des vestiaires. Au passage, elle salua plusieurs joueurs qu'elle connaissait personnellement : l'une de ses anciennes adversaires, une partenaire avec laquelle elle avait disputé plusieurs doubles et Chuck Prince, le meilleur ami de Tyler qui avait l'un des plus remarquables jeux de jambes de la compétition.

Elle comprit rapidement que son retour dans le petit monde très fermé du tennis de haut niveau n'était pas passé inaperçu. Dès ce soir, tous commenteraient le retour d'Asher Wolfe dans le championnat et spéculeraient sur ses chances de retrouver la place qu'elle occupait autrefois.

Evidemment, nombreux seraient ceux qui s'interrogeraient sur ses relations avec Tyler…

— Asher ! s'exclama Chuck en la serrant si fort contre lui qu'il faillit lui écraser les côtes. Je suis vraiment content de te revoir !

Il fit un pas en arrière et la contempla de la tête aux pieds avant de hocher la tête d'un air approbateur.

— Tu as l'air en forme, conclut-il.

— Toi aussi, répondit Asher.

C'était un euphémisme. Car si Chuck n'avait rien de remarquable physiquement, il émanait de lui un charisme et un pouvoir de séduction qui ne laissaient aucune femme indifférente. Et il n'hésitait jamais à en jouer.

— Personne ne m'avait dit que tu étais revenue, se plaignit-il en la prenant par les épaules pour l'entraîner un peu à l'écart de la foule de leurs admirateurs. Je ne savais même pas que tu étais là, jusqu'à ce que…

Il s'interrompit, ne sachant comment qualifier le regard que Tyler et elle avaient échangé à la fin du match.

— Pourquoi est-ce que tu ne m'as pas appelé ? demanda-t-il d'un air réprobateur.

— Je n'ai décidé de venir qu'au tout dernier moment, expliqua-t-elle. D'ailleurs, je suis juste là en spectatrice…

— Tu as vu ce match ? s'exclama Chuck avec un enthousiasme presque enfantin. C'était complètement fou ! Je crois que je n'ai jamais vu Tyler jouer aussi bien. Trois aces en un set ! Contre Grimalier, en plus !

— Il a toujours eu un service extraordinaire, reconnut Asher.

— Est-ce que tu lui as parlé ?

De la part de toute autre personne, une question aussi indiscrète aurait été accueillie par un regard glacé. Mais Chuck était un garçon bien trop désarmant pour subir un tel traitement.

— Non. Je voulais le voir après le match pour ne pas troubler sa concentration. A vrai dire, je ne pensais pas qu'il était au courant de ma présence.

Comment avait-elle pu penser qu'il se laisserait distraire en la voyant ? Rien ni personne ne pouvait le détourner de son but, une fois qu'il s'était mis en tête de remporter un match…

— Tu sais, il est devenu complètement fou lorsque tu es partie, lui avoua Chuck.

Un brusque sentiment de culpabilité l'envahit et elle dut faire appel à toute sa volonté pour ne pas trahir son désarroi.

— Je suis certaine qu'il s'en est remis très vite, répliqua-t-elle d'un ton qui se voulait léger.

Chuck ne répondit pas, mais ses yeux lui indiquaient clairement qu'elle se trompait à ce sujet.

— Qu'est-ce que tu deviens ? lui demanda-t-elle pour faire diversion. La dernière fois que je t'ai vu, c'était à la télévision. Tu vantais les mérites d'une marque de chaussures de tennis.

— Comment est-ce que tu m'as trouvé ? demanda-t-il en souriant.

— Sincère, répondit-elle sans hésiter. J'ai même failli en acheter une paire.

— A vrai dire, j'essayais de donner une image un peu macho, soupira Chuck.

Asher éclata de rire.

— Avec cette tête ? s'exclama-t-elle en lui pinçant affectueusement la joue. C'était perdu d'avance. Tu es le genre de garçon auquel toutes les mères donneraient le bon Dieu sans confession ! A tort, d'ailleurs…

— Pas si fort ! protesta-t-il d'un air faussement inquiet. J'ai une réputation à défendre.

— J'ai bien peur qu'elle n'en ait pris un coup lorsque tu es sorti avec cette strip-teaseuse à Sydney, remarqua malicieusement Asher.

— Ce n'était pas une strip-teaseuse mais une danseuse exotique, corrigea sentencieusement Chuck. Et il s'agissait juste d'un échange culturel.

— Moi, j'ai trouvé que tu avais l'air plutôt mignon avec ce boa rose. C'est une couleur qui te va bien.

— Ta langue de vipère m'a vraiment manqué, tu sais, déclara-t-il en la serrant une fois de plus dans ses bras.

Asher se rembrunit brusquement.

— Toi aussi, tu m'as manqué, lui dit-elle. Et tout ça aussi, ajouta-t-elle en englobant le court d'un geste. Je n'avais pas réalisé à quel point, jusqu'à ce que j'arrive ici aujourd'hui…

Elle soupira et contempla le stade d'un air rêveur.

— Trois ans, murmura-t-elle pour elle-même.

— L'essentiel, c'est que tu sois revenue, déclara Chuck avec conviction.

— Pas tout à fait, objecta-t-elle. Mais dans deux semaines, ce sera peut-être le cas…

— Tu penses participer à l'open d'Italie ?

Asher hocha la tête.

— Oui, répondit-elle. Je n'ai jamais gagné sur cette

maudite terre battue italienne, mais je suis bien décidée à changer cela !

— Tu as toujours eu un problème de rythme, sur cette surface, fit une voix derrière elle.

Malgré elle, Asher ne put retenir un frisson.

Lorsque Asher se tourna vers lui, Tyler constata avec une pointe de résignation qu'elle était aussi belle qu'autrefois et que le contrôle qu'elle exerçait sur elle-même était toujours aussi absolu. Son expression ne trahissait aucune émotion.

— C'est ce que tu m'as toujours dit, acquiesça-t-elle d'une voix égale.

Le choc qu'elle avait éprouvé lorsqu'il l'avait regardée dans les tribunes s'était quelque peu atténué, mais elle ne parvenait pas pour autant à se défaire de la nervosité qui l'habitait.

— Tu as merveilleusement joué, aujourd'hui, lui dit-elle. A part au premier set…

Ils étaient séparés par cinquante centimètres tout au plus et chacun cherchait vainement chez l'autre un changement qui aurait pu atténuer l'impression troublante de familiarité qu'ils ressentaient en cet instant. Les trois ans qui s'étaient écoulés auraient tout aussi bien pu n'avoir duré qu'une poignée d'instants.

Asher réalisa brusquement que dix ans de plus n'auraient probablement rien changé à ce qu'elle éprouvait. Quoi qu'elle fasse, elle ne parviendrait jamais à maîtriser la réaction qu'il faisait naître au plus profond d'elle-même. Son cœur battrait toujours plus vite lorsqu'il serait auprès d'elle. Et elle n'y pouvait rien. En revanche, elle était bien décidée à ne pas dévoiler ses sentiments. Si elle voulait conserver un semblant de contrôle sur cette situation, elle ne pouvait se permettre de se trahir.

Pendant les quelques instants qui s'étaient écoulés, plusieurs journalistes s'étaient rassemblés, brûlant sans doute de décrocher une exclusivité sur l'état de leurs relations. Ils se massèrent en cercle autour d'eux, les poussant un peu plus l'un vers l'autre.

Comprenant qu'ils ne pourraient jouir d'aucun semblant d'intimité dans ces conditions, Tyler prit brusquement Asher par le bras et l'entraîna vers la porte la plus proche. Le fait qu'il s'agisse de toilettes réservées aux femmes ne parut pas le gêner le moins du monde et il la poussa à l'intérieur avant d'entrer à son tour et de refermer la porte derrière eux.

Il s'y adossa et la contempla longuement, ce qui ne contribua guère à atténuer la nervosité de la jeune femme.

Une fois de plus, elle fut incapable de déchiffrer les sentiments qu'elle lui inspirait. Son regard paraissait détaché, à la limite distant, tandis qu'il la dévisageait en silence. Par contre, elle sentait de façon quasi physique la prodigieuse énergie qui l'habitait en cet instant. Elle avait presque l'impression de se retrouver face à un fauve.

Plus Tyler l'observait et plus il sentait diminuer la méfiance et la rancœur qui l'avaient envahi. La beauté et la sérénité qui émanaient d'elle avaient toujours eu un effet apaisant sur lui. Mais il était bien décidé à ne pas se laisser désarmer aussi facilement.

— Tu n'as pas changé, déclara-t-il enfin.

— Tu te trompes, répondit-elle.

Comme pour le confirmer, elle sentait son cœur battre la chamade et d'irrépressibles frissons courir le long de sa colonne vertébrale. Jamais elle ne s'était sentie aussi démunie, aussi exposée.

— Nous verrons bien, fit-il.

Tyler avait toujours été quelqu'un de très tactile. Lorsqu'il s'exprimait, c'était avec les mains. Lorsqu'il parlait à quelqu'un, il fallait souvent qu'il le touche pour établir le contact. Asher se rappelait parfaitement le contact de ses doigts sur ses joues, ses cheveux ou ses épaules.

C'était l'une des choses qui l'avaient toujours fascinée chez lui. Aussi était-elle très surprise de le voir garder les bras résolument croisés sur sa poitrine tandis qu'il l'étudiait attentivement.

— Moi, j'ai remarqué que quelque chose avait changé chez toi, remarqua-t-elle pour dissiper le silence pesant qui s'était installé. Tu ne t'es pas disputé une seule fois avec l'arbitre. Même lorsqu'il a soutenu le juge de ligne qui s'était trompé et que tu avais tout le public de ton côté.

— J'ai cessé de faire ce genre de choses il y a bien longtemps, répondit-il.

— Vraiment ? fit-elle. J'avoue que je n'ai pas trop suivi la compétition, ces dernières années…

— Tu préférais opter pour l'amputation totale et définitive, je suppose, railla-t-il.

— Oui, répondit-elle.

Elle commençait à trouver ce face-à-face oppressant et aurait voulu s'éloigner de lui. Malheureusement, il bloquait la seule issue de la pièce.

— Cela me paraissait plus sage, ajouta-t-elle.

— Et maintenant ?

— Maintenant, je veux revenir à la compétition.

L'odeur de Tyler s'insinuait en elle, évoquant mille souvenirs qu'elle avait crus à jamais enfuis. Elle évoquait la tendresse, la douceur et la passion. Elle lui parlait de baisers et d'étreintes, de câlins et de nuits torrides. Et cela la rendait folle.

Jamais personne ne l'avait aimée comme lui. Jamais plus personne ne le ferait, elle en était certaine. Il avait su faire voler en éclats tous les remparts qu'elle avait érigés autour d'elle, toutes les murailles qu'elle avait dressées pour se protéger du monde extérieur.

Et elle savait que, s'il la touchait en cet instant, elle serait totalement incapable de lui résister. Terriblement mal à l'aise, elle croisa les mains. Ce geste n'échappa pas à Tyler qui la connaissait suffisamment pour savoir que c'était l'un des rares tics susceptibles de trahir sa nervosité.

— Tu seras à Rome ? lui demanda-t-il.

Elle hocha la tête.

— Cette fois, il faudra que je passe par les qualifications, lui dit-elle avec un pâle sourire.

— Tu as travaillé ton revers ?

— Oui, répondit-elle, sachant que c'était l'un de ses points faibles autrefois.

Aujourd'hui, elle n'avait plus vraiment de références pour évaluer son propre niveau.

Tyler tendit la main vers elle et tâta son avant-bras.

— J'ai toujours été sidéré par ta force, remarqua-t-il. Tu as repris la musculation.

Une fois de plus, elle hocha la tête, bien plus troublée qu'elle ne l'aurait voulu par ce contact apparemment innocent. Il dut le sentir et laissa glisser ses doigts jusqu'à son poignet. Elle se demanda s'il pouvait sentir son pouls battre la chamade.

— Ainsi, lady Wickerton nous fait l'honneur de remonter sur le ring.

— Mademoiselle Wolfe, corrigea-t-elle, blessée. J'ai repris mon nom de jeune fille.

— Le divorce a été prononcé ?

— Il y a trois mois.

— Dommage, répliqua-t-il, une lueur de colère dans les yeux. Ce titre t'allait bien. J'imagine que tu avais vraiment fière allure dans un beau manoir anglais, entourée de domestiques et de servantes. Tu m'as toujours fait penser à l'un de ces personnages tout droit sortis d'un film de James Ivory…

— Je crois que les journalistes t'attendent, rétorqua-t-elle sèchement.

Elle fit mine de s'écarter de lui, mais sa main se referma sur son poignet, l'immobilisant sur place.

— Pourquoi, Asher ? lui demanda-t-il.

Il s'était juré que, s'il la revoyait un jour, il ne s'abaisserait pas à lui poser la question. Mais il avait besoin de savoir, besoin de boire la coupe jusqu'à la lie. Car le plus intolérable, c'était encore de ne pas comprendre les raisons qui l'avaient poussée à partir.

— Pourquoi t'es-tu enfuie de cette façon ? insista-t-il. Pourquoi as-tu épousé ce type sans même me faire l'aumône d'une explication ?

— Cela ne regarde que moi, répondit-elle, déchirée intérieurement par la souffrance qu'elle percevait dans son regard.

— Comment peux-tu dire une chose pareille ? s'exclama-t-il, furieux. Nous sommes restés ensemble pendant plusieurs mois ! Du jour au lendemain, tu m'as laissé tomber pour aller te marier avec un lord anglais que tu connaissais à peine ! Et il a fallu que ce soit ma sœur qui me mette au courant. Tu n'as même pas eu la décence de me le dire les yeux dans les yeux !

— Je ne tiens pas à parler de décence avec toi, Tyler !

Elle ravala les accusations qui lui brûlaient les lèvres. Elle s'était promis de ne pas s'abaisser à les formuler à voix haute.

— J'ai fait mon choix et je n'ai pas à me justifier devant toi.

— Nous étions amants, lui rappela-t-il. Nous avons vécu ensemble pendant plus de six mois !

— Je n'étais pas la première à qui cela arrivait.

— Est-ce pour cela que tu es partie ? Je ne te l'avais pourtant jamais caché.

— Cela n'a rien à voir. Je te l'ai dit : j'ai fait mon choix. Maintenant, laisse-moi, s'il te plaît.

Tyler avait toujours été à la fois fasciné et dérouté par le self-control dont Asher faisait preuve en toutes circonstances. La plupart des gens pensaient qu'il s'agissait d'une marque de froideur. Un journaliste avait même écrit que de l'eau glacée coulait dans ses veines en guise de sang.

Mais Tyler savait pertinemment qu'il s'agissait d'un contresens absolu. Asher était en réalité quelqu'un de très sensible. Et si elle se montrait aussi froide, c'était avant tout pour se protéger. Pourtant, en cet instant, il avait terriblement envie de la secouer jusqu'à ce qu'elle tombe le masque et lui révèle ce qu'elle éprouvait réellement.

Il aurait aussi voulu l'embrasser pour lui prouver que le désir qu'elle avait de lui autrefois n'avait pas disparu, qu'il était toujours là, quelque part. Mais il ne voulait céder ni à la colère ni à la passion, craignant que l'intensité de ses propres sentiments ne l'emmène beaucoup trop loin.

— Nous n'en avons pas fini, Asher, la prévint-il en relâchant son poignet. Tu me dois toujours une explication.

— Non, répliqua-t-elle durement. Je ne te dois rien du tout.

— Oh, si ! renchérit-il en lui décochant un sourire dénué de toute aménité. Tu me dois trois ans de ma vie et je suis bien décidé à te les faire payer.

Sur ce, il se détourna et ouvrit la porte des toilettes. Asher n'eut d'autre choix que de lui emboîter le pas pour rejoindre la cohorte de journalistes qui les attendaient. Immédiatement, les questions fusèrent de toutes parts.

— Asher ? Que ressentez-vous en revenant enfin au pays ?

— Je suis heureuse d'être de retour.

— Qu'avez-vous à déclarer au sujet des rumeurs qui circulent et selon lesquelles vous seriez sur le point de reprendre votre carrière ?

— Qu'elles sont parfaitement justifiées. Je compte réintégrer le circuit dès l'open de Rome.

Cette révélation fit naître toute une série d'autres questions auxquelles elle s'efforça de répondre de son mieux. Elle n'avait jamais vraiment apprécié la presse et se rappelait toujours les conseils avisés de son père à ce sujet : « Ne leur révèle jamais rien de plus que le strict nécessaire, ne les laisse jamais voir ce que tu ressens, ne les laisse jamais prendre l'ascendant sur toi, sinon ils te dévoreront… »

Elle savait pourtant que le journalisme était une composante importante de son métier de sportive professionnelle. L'exposition médiatique garantissait l'intérêt des sponsors qui permettaient de vivre de sa passion. Réprimant sa nervosité, elle se prêta donc au petit jeu convenu des questions-réponses.

Pendant tout ce temps, Tyler se tenait un peu à l'écart, visiblement décidé à ne lui apporter aucune aide.

— Est-ce que votre père viendra vous voir jouer à Rome ? demanda l'un des reporters.

— C'est possible, mentit Asher en s'efforçant de réprimer la douleur que cette question faisait naître en elle.

— Avez-vous demandé le divorce pour pouvoir vous consacrer de nouveau à votre carrière ?

— Non. Ce divorce n'est aucunement lié à ma vie professionnelle.

Ce n'était pas tout à fait la vérité, songea-t-elle.

— Qu'est-ce qui vous inquiète le plus, aujourd'hui ? Des joueuses jeunes que vous ne connaissez pas encore comme Kingston ou celles contre lesquelles vous jouiez autrefois comme Martinelli ?

— Je vous dirai cela quand je les aurai affrontées, répondit-elle avec un sourire forcé qui dissimulait parfaitement son inquiétude.

— Est-ce que Starbuck et vous allez vous remettre ensemble ?

— Starbuck n'a jamais joué de doubles, répliqua-t-elle avec une parfaite mauvaise foi.

— Qui sait ? intervint celui-ci en passant un bras autour des épaules de la jeune femme. Cela pourrait bien changer un jour… Gardez les yeux grands ouverts, mes amis. Dieu seul sait de quoi l'avenir peut être fait. N'est-ce pas, Asher ?

Elle lui répondit par un sourire glacé.

— Je ne sais pas, Tyler. Tu as toujours été beaucoup plus imprévisible que moi…

Il sourit à son tour, mais de manière bien plus suggestive.

— Vraiment ? fit-il.

Puis il se pencha vers elle et effleura ses lèvres d'un baiser. Ce geste fut accueilli par un tollé de cris et de sifflets enthousiastes ainsi que par le crépitement des flashs. Lorsque Tyler s'écarta, une lueur amusée dansait dans ses yeux. Ceux d'Asher, au contraire, étaient emplis d'une désapprobation qu'elle ne pouvait se permettre de formuler à voix haute.

— Asher et moi avons beaucoup de temps à rattraper, déclara Tyler.

— A Rome ? demanda un reporter.

Tyler attira la jeune femme contre lui.

— Pourquoi pas ? C'est là que tout a commencé, après tout…

2

Rome. Le Colisée. La fontaine de Trevi. Le Vatican. L'Empire romain, ses conquêtes, ses défaites, ses triomphes et ses tragédies. Ses théâtres et ses gladiateurs. C'est surtout à eux que pensait Asher en contemplant le Foro Italico.

Au fond, ce complexe sportif moderne avait la même fonction que les arènes d'autrefois. Des milliers de spectateurs venaient y trouver leur content d'émotions fortes, d'angoisses, de victoires et de larmes.

C'était un endroit très impressionnant. Mais Asher aimait ses allées ombragées de pins, ses statues colossales et les collines qui se détachaient en arrière-plan, offrant un panorama grandiose. Des dizaines de milliers de personnes envahissaient les pelouses et les tribunes chaque année.

Les Italiens se montraient généralement très enthousiastes, manifestant par leurs cris, leurs chants et leurs sifflets les émotions que leur inspiraient les matchs auxquels ils assistaient. Asher aimait cette ambiance survoltée qui contrastait avec l'attitude respectueuse et légèrement distante qui prévalait dans la plupart des autres pays.

Le Foro était également un endroit symbolique à ses yeux. A double titre, d'ailleurs, puisque c'était là qu'elle avait décidé de consacrer sa vie au tennis et qu'elle était tombée éperdument amoureuse de Tyler.

Elle n'avait que sept ans lorsqu'elle avait vu son père remporter la finale de l'open d'Italie sur le court central. Bien sûr, ce n'était pas la première fois qu'elle le voyait jouer. Aussi loin que remontaient ses souvenirs, elle se rappelait ses entraînements quotidiens et les matchs qu'il disputait.

Jim Wolfe était déjà un champion reconnu lorsqu'elle était née. C'est lui qui lui avait appris à jouer dès l'âge de trois ans. Grâce à lui, elle avait eu l'occasion de fréquenter la plupart des grands tennismen de l'époque. Son jeune âge et son caractère bien trempé avaient fait d'elle la mascotte du circuit et elle avait suivi son père aux quatre coins du monde.

En fait, le tennis et la compétition avaient été les seules véritables constantes de son existence. Dès l'âge de trois ans, elle avait dormi dans de luxueux hôtels, foulé les pelouses de Wimbledon, pris l'avion presque chaque semaine et rencontré les célébrités et les hommes politiques des pays où étaient organisées les diverses compétitions.

Cette existence étrange n'avait pris fin que lorsque sa mère était décédée et que son père s'était résigné à la placer en pension. Un an plus tard, elle l'avait vu remporter une nouvelle victoire en Italie et avait décidé de suivre la même voie que lui.

Elle se rappelait parfaitement lui avoir déclaré qu'elle aussi, un jour, sortirait du *campo* central sous les bravos de la foule. Il avait hoché la tête et lui avait répondu que, si telle était vraiment son intention, elle devrait travailler très dur.

Il pensait alors probablement qu'elle finirait par se décourager face aux exigences d'une vie d'athlète. Mais elle avait tenu bon et, sous la férule de son père, elle avait entamé une carrière qui l'avait entraînée jusqu'aux plus hauts sommets de sa discipline.

Quatorze ans plus tard, après avoir essuyé une défaite en demi-finales du tournoi, elle avait assisté à la finale hommes que disputait Tyler Starbuck. Le style de ce dernier était radicalement différent de celui de son père. Jim Wolfe pratiquait un jeu précis, presque méticuleux. Chacun de ses coups était dosé, calculé, révélant une maîtrise technique impeccable.

Tyler, au contraire, n'était qu'émotion. Il frappait chaque balle avec la même passion, disputait chaque point comme si sa vie en dépendait. Cette débauche d'énergie avait quelque chose de fascinant. Par la suite, Asher s'était souvent demandé qui de son père ou de Tyler l'aurait remporté, à âge égal. Une chose était certaine : le spectacle aurait été époustouflant.

Mais si, en regardant jouer son père, Asher se sentait envahie par un mélange d'admiration et de fierté, les sentiments que lui inspirait Tyler étaient beaucoup plus troubles.

Il y avait en chacun de ses mouvements une forme de sensualité animale qui éveillait en elle une excitation presque sexuelle. En l'observant, elle avait l'impression de se trouver face à un fauve, un prédateur aussi beau que dangereux.

Jusqu'alors, elle avait sagement repoussé les avances qu'il lui avait faites lorsqu'ils s'étaient rencontrés sur le circuit. Tyler avait la réputation d'être un séducteur et un homme à femmes. De plus, son caractère vif et emporté la fascinait autant qu'il l'effrayait.

Elle avait donc préféré écouter sa raison et se tenir prudemment à l'écart de cette force de la nature. Jusqu'à ce jour de mai où elle l'avait vu remporter l'open d'Italie. La foule entière avait été séduite par ce champion hors norme. Sa combativité et sa rage de vaincre évoquaient celles des guerriers d'autrefois.

Il leur avait offert à tous un spectacle qui dépassait en intensité ce que l'on était en droit d'attendre d'un match de tennis. Pendant les cinq manches frénétiques qu'avait duré la rencontre, il avait livré une prestation époustouflante et l'ovation qui avait salué sa victoire avait paru faire vibrer les fondations mêmes du stade.

Comment Asher aurait-elle pu lui résister ? Cette nuit-là, après la réception organisée en son honneur, elle lui avait offert à la fois son innocence et son amour, succombant à l'attirance qu'elle avait bien trop longtemps réprimée.

Pour la première fois de son existence, elle n'avait écouté que son cœur, ignorant sciemment son esprit qui l'appelait à plus de prudence et de retenue.

Les jours et les nuits qui avaient suivi sa capitulation comptaient parmi les plus beaux de toute son existence. Sa vie avec Tyler lui apparaissait encore aujourd'hui comme une période bénie, un moment de grâce. Malheureusement, à l'époque, elle n'avait pas imaginé un seul instant qu'il finirait par prendre fin…

C'était à tout ceci que pensait Asher, ce matin-là, tandis qu'elle s'entraînait sur le court numéro cinq. Les souvenirs doux-amers l'envahissaient, impitoyables. Les chambres d'hôtel qu'ils avaient partagées. Les plages où ils s'étaient baignés. Les étreintes passionnées. Leurs éclats de rire et leurs chamailleries. Les baisers échangés avant d'entrer sur le court…

Et la façon dont tout s'était terminé lorsque la saison avait pris fin. Dans la trahison, la déception et la souffrance.

— Si tu rêvasses comme cela cet après-midi, tu n'as aucune chance de remporter les quarts de finale ! Kingston ne fera qu'une bouchée de toi.

— Désolée, s'excusa Asher en s'efforçant d'écarter les images qui se succédaient dans son esprit et l'empêchaient de se concentrer.

— Tu fais bien ! Je te rappelle que c'est toi qui m'as tirée du lit à 6 heures du matin pour cette séance d'entraînement. Je n'ai plus l'âge de ce genre de choses !

Asher éclata de rire. A trente-trois ans, Madge Haverbeck était toujours une joueuse de talent, dotée d'une énergie indomptable. Plus petite que la moyenne, elle avait un visage d'ange que surmontait une épaisse masse de cheveux bruns indisciplinés. Malgré son apparence éternellement juvénile, il s'agissait d'une championne chevronnée qui avait remporté la coupe Wightman et le tournoi de Wimbledon à deux reprises. Elle tirait notamment avantage de son revers assassin qui avait cloué sur place plus d'une adversaire.

Pendant deux ans, Asher et elle avaient joué en double. Cette alliance s'était révélée redoutablement efficace.

— Nous devrions peut-être faire une pause, suggéra Asher d'un ton moqueur. Tu pourrais en profiter pour t'asseoir un moment et pour boire une tasse de thé. Tu es une femme d'âge mûr et tu ferais bien de te ménager.

Madge répondit par un juron bien senti avant de propulser une balle en boulet de canon de l'autre côté du filet. Asher était trop légère et trop agile pour se laisser décontenancer aussi facilement. A la vitesse de l'éclair, elle la renvoya d'un coup droit puissant.

Le claquement sec de la balle contre le tamis de la raquette la rappela brusquement au moment présent. Ses muscles commençaient à s'échauffer et ses réflexes reprenaient leurs droits. Face à une joueuse comme Madge, même lors d'un entraînement, la moindre erreur de concentration pouvait s'avérer fatale.

Elle le prouva d'ailleurs en renvoyant la balle sur la ligne de fond de court. Asher répondit par un amorti vicieux. Elle avait du mal à s'adapter à la terre battue. Pour une joueuse rapide et agressive comme elle, cette surface pouvait s'avérer très déstabilisante. En effet, elle favorisait la force et l'endurance au détriment de la vitesse.

Asher se félicita donc de s'être imposé un programme de musculation très exigeant au cours de ces derniers mois.

— Tu me parais être plutôt en forme pour quelqu'un qui a raccroché sa raquette pendant plus de trois ans, commenta Madge à la fin de l'échange.

— Je n'ai jamais complètement arrêté.

Asher savait pertinemment que Madge s'interrogeait au sujet de son mariage et de la vie qu'elle avait menée au cours de ces dernières années. Mais elle respectait bien trop son intimité pour lui poser ouvertement les questions qui lui brûlaient les lèvres.

Les deux jeunes femmes se dirigèrent vers les chaises sur lesquelles étaient posés leurs sacs.

— Kingston déteste monter au filet, reprit Madge après

avoir avalé quelques gorgées d'eau fraîche. C'est même son principal point faible.

— Je sais, acquiesça Asher. J'ai beaucoup étudié les matchs qu'elle a disputés ces derniers temps et je suis décidée à lui imposer mon jeu.

— Fais attention. Elle est bien plus redoutable sur terre battue que sur gazon.

C'était une façon polie et détournée de rappeler à Asher qu'elle n'était pas à son avantage sur cette surface.

— Ne t'en fais pas pour moi, répondit la jeune femme. La semaine prochaine, je serai sur le court central !

Madge rangea sa raquette dans son sac et enfila son blouson.

— On dirait que tu n'as pas beaucoup changé, commenta-t-elle en riant.

— Les apparences sont parfois trompeuses, répondit Asher avec un demi-sourire. Et toi ? Comment comptes-tu jouer contre Fortini ?

— C'est simple : je ne la laisserai pas toucher une seule balle, répliqua Madge.

— Toi, par contre, tu n'as pas changé, déclara Asher.

— Si tu m'avais dit que tu reprenais la compétition, nous aurions pu former une équipe de double. Fisher est douée et nous nous entendons bien mais ce n'est pas la même chose…

— A vrai dire, j'ai mis très longtemps à prendre ma décision, reconnut Asher. Je voulais être sûre que je n'aurais pas l'air complètement ridicule.

Elle se massa le bras en grimaçant.

— Si tu savais comme c'est difficile. Je ne me rappelle pas avoir eu aussi mal que cela avant…

— Je suis prête à échanger mes jambes contre les tiennes quand tu voudras, remarqua Madge en riant.

— A ce propos, comment va ton genou ?

— Beaucoup mieux depuis que je me suis fait opérer, l'année dernière. Mais il me fait encore mal chaque fois que le temps est humide. J'espère que nous aurons une saison ensoleillée !

— Je suis désolée de ne pas être venue te voir, déclara Asher.

Madge lui prit le bras et l'entraîna vers la porte qui conduisait aux vestiaires.

— Je ne m'attendais pas à ce que tu parcoures neuf mille kilomètres pour venir me tenir la main, lui dit-elle.

— Je l'aurais fait si les circonstances n'avaient pas été aussi difficiles...

Malheureusement, elle avait dû faire face à cette époque aux difficultés de plus en plus insurmontables que rencontrait son mariage. Percevant la culpabilité qui avait envahi son amie, Madge lui serra doucement le poignet.

— Tu sais, lui dit-elle, ce n'était pas aussi grave que ce que la presse a bien voulu faire croire. J'en ai un peu rajouté pour gagner la sympathie du public mais, en réalité, cette interruption forcée était loin d'être désagréable. Le doyen m'apportait le petit déjeuner au lit tous les jours !

Asher sourit. Le doyen en question était le mari de Madge. Il devait son surnom affectueux au fait qu'il travaillait comme professeur de sociologie à Yale, l'une des plus prestigieuses universités américaines.

— Apparemment, cela t'a fait le plus grand bien, remarqua Asher. J'ai vu que, dès ton retour sur les courts, tu avais démoli Rayski à New York.

— Oui. Et j'avoue que la sensation n'avait rien de déplaisant, répondit Madge en souriant.

— Je peux le comprendre. Je suis dans le même état d'esprit, tu sais. Remporter ce tournoi me rendrait un peu de confiance. J'ai besoin de faire mes preuves et de prouver que je ne suis pas complètement dépassée.

— A qui ? demanda Madge.

— A moi-même, d'abord. A quelques autres, aussi...

— Tu penses à Starbuck ? demanda son amie. Tu n'es pas obligée de répondre, ajouta-t-elle en la voyant se rembrunir brusquement. Cela m'a échappé...

— Il n'y a plus rien entre Tyler et moi depuis plus de trois ans, déclara Asher.

— C'est dommage, remarqua Madge. C'est vraiment quelqu'un que j'aime bien.

— Pourquoi ? demanda Asher, curieuse.

— Je ne sais pas, exactement... Je crois que c'est l'une des personnes les plus vivantes que je connaisse. Et depuis qu'il a appris à dominer sa colère et son mauvais caractère, il est beaucoup plus agréable. Je trouve qu'il apporte une certaine humanité à la compétition, une émotion qu'on n'a pas l'habitude de voir chez les champions de sa trempe. C'est bon pour notre sport et pour l'ambiance du tournoi. Et puis, Tyler est quelqu'un qui s'investit beaucoup dans ses relations amicales.

— Un peu trop, parfois, acquiesça Asher. Il lui arrive même de devenir envahissant.

— Je n'ai jamais dit que c'était quelqu'un de facile, remarqua Madge. Mais je l'aime bien. Il est honnête et il sait exactement qui il est. Il ne fait pas semblant, ne cultive pas une image différente de ce qu'il est vraiment et ne laisse pas son statut de champion lui monter à la tête.

— Il est quand même caractériel, objecta Asher.

— Beaucoup moins aujourd'hui qu'à l'époque où vous sortiez ensemble. Tu sais, nous sommes passés professionnels la même année, lui et moi, et nous nous sommes rencontrés très souvent sur le circuit. Je l'ai vu évoluer. Le jeune homme arrogant et colérique qu'il était s'est transformé en un homme sûr de lui qui sait beaucoup mieux contrôler ses émotions. Cela ne veut pas dire qu'elles ont disparu ou qu'elles sont moins violentes, d'ailleurs. Mais c'est ce qui fait une partie de son charme.

— Ne me dis pas que tu l'apprécies pour son mauvais caractère, protesta Asher.

— En partie, si. Starbuck est quelqu'un d'entier et c'est plutôt reposant dans notre univers empli de poseurs et de faux-jetons. C'est d'ailleurs pour cela qu'il ne laisse personne indifférent. On peut l'aimer ou le détester, mais il ne fait jamais semblant…

Il y avait dans ce constat une question muette à laquelle Asher préféra ne pas répondre.

En se rendant à sa propre séance d'entraînement, Tyler aperçut Madge et Asher qui discutaient. Elles ne remarquèrent pas sa présence et il eut tout loisir de les observer. Ou, plus exactement, d'observer Asher.

Le soleil faisait naître sur ses cheveux blonds de beaux reflets dorés. Son corps svelte et nerveux, ses longues jambes bronzées et ses bras minces et musclés alliaient force et grâce. Et il était heureux de pouvoir la regarder avec un peu plus de détachement.

Lorsqu'il l'avait aperçue dans les tribunes aux Etats-Unis, deux semaines auparavant, il était resté sous le choc. Une myriade d'émotions contradictoires s'étaient emparées de lui : la douleur, la colère et la rancœur s'étaient succédé en lui, l'empêchant de prendre le moindre recul.

Cela lui avait instantanément fait perdre toute sa concentration et il avait perdu le premier set. Puis, comme il se savait incapable de résister à ses émotions, il s'était efforcé de les canaliser, de les transformer en énergie qu'il avait retournée contre son adversaire.

Le Français n'avait eu aucune chance face aux trois années de frustration et de colère que Tyler lui opposait sous forme de coups droits meurtriers, de revers rageurs et de volées assassines. Tous les commentateurs sportifs s'accordaient à dire qu'il se surpassait lorsqu'il était sous pression. Cette fois encore, cette analyse s'était trouvée confirmée.

Avec Asher dans les tribunes, ce match était devenu une question de vie ou de mort. Lorsqu'elle l'avait quitté, elle lui avait volé quelque chose de précieux. Et, sans qu'il sache exactement pourquoi, sa victoire l'avait aidé à recouvrer une partie de ce qu'elle avait dérobé.

Evidemment, cela signifiait qu'elle exerçait toujours sur lui une certaine influence. Cette idée le mettait d'autant plus mal à l'aise qu'il ne pouvait ignorer le désir qu'elle continuait à lui inspirer malgré tout le mal qu'elle lui avait fait.

Il lui suffisait de la regarder pour sentir monter en lui un trouble familier. C'était ce qu'il avait éprouvé lorsqu'il avait fait sa connaissance. Elle n'avait alors que dix-sept ans et il avait été surpris de découvrir qu'une adolescente pouvait exercer sur lui un tel effet. Il avait donc maintenu entre eux une prudente distance pendant une saison entière. Mais son accession à la majorité avait rendu les choses plus difficiles.

Il n'avait plus alors aucune raison objective de lutter contre son attirance. Il avait alors tenté de se raisonner, se répétant qu'il était de six ans son aîné, qu'elle ne correspondait pas du tout au profil des femmes avec lesquelles il sortait généralement, qu'elle était trop timide et trop innocente…

Ces arguments l'avaient aidé à résister à la tentation sans pour autant la faire disparaître entièrement. Et lorsque Asher avait atteint l'âge de vingt et un ans, il avait fini par y céder. Il s'était alors lancé délibérément dans une entreprise de séduction. Et plus elle le repoussait, plus l'envie qu'il avait d'elle devenait irrésistible.

Lorsqu'il avait enfin réussi à parvenir à ses fins, le jour de sa victoire à l'open de Rome, il avait découvert avec étonnement que, loin de satisfaire son désir, le fait de sortir avec elle ne faisait que l'accroître.

Sa vie, qui n'avait jusqu'alors été axée que sur sa carrière, avait brusquement basculé. Une nouvelle priorité s'était imposée à lui. Asher. Si quelqu'un lui avait demandé à l'époque s'il l'aimait, il aurait sans doute été incapable de lui répondre. Mais une chose était certaine : il n'aurait pu vivre sans elle.

Pourtant, il avait bien été obligé de le faire lorsqu'elle avait fini par le quitter pour épouser quelqu'un d'autre.

Elle l'avait quitté pour un homme plus riche, au nom plus prestigieux encore que le sien. Aujourd'hui encore, cela lui faisait mal. Et il était bien décidé à lui faire payer chèrement le mal qu'elle lui avait fait.

Fort de cette résolution, Tyler se dirigea vers les deux femmes.

— Salut, Madge, fit-il en décochant à la jolie brunette un sourire amical.

— Bonjour, Asher, répondit-elle avant de jeter un regard en coin à son amie.

Elle dut s'apercevoir de la tension presque palpable qui l'habitait et décida qu'il valait probablement mieux les laisser régler leurs comptes entre eux.

— Il faut que je vous laisse, déclara-t-elle en jetant un coup d'œil à sa montre. Ma kiné m'attend et je suis déjà en retard.

Sur ce, elle s'éloigna à grands pas, les laissant seuls.

Asher resta immobile, le cœur battant à tout rompre. Elle en voulait un peu à Madge de l'avoir abandonnée de cette façon. La simple présence de Tyler la rendait terriblement nerveuse et elle dut faire un prodigieux effort de volonté pour ne pas trahir l'envie qui la tenaillait de prendre la fuite.

— Je suppose que Madge et toi vous êtes entraînées ensemble comme au bon vieux temps, remarqua-t-il.

Ashley hocha la tête.

— Elle n'a rien perdu de sa combativité, répondit-elle. J'espère vraiment que je ne me retrouverai pas en face d'elle au cours du tournoi.

— Il te faudra d'abord te débarrasser de Kingston, observa Tyler.

Il fit un pas de plus dans sa direction. Asher se força à ne pas bouger. Elle était bien décidée à ne pas se laisser intimider.

— Et toi de Devereux. Ce sera un match difficile.

Tyler haussa les épaules comme si tout cela n'avait pas beaucoup d'importance à ses yeux.

— Est-ce que ton père sera là ? demanda-t-il.

— Non, répondit-elle.

Elle ne tenait pas à s'appesantir sur le sujet, mais Tyler n'était pas le genre d'homme à se laisser décourager aussi facilement.

— Pourquoi ? demanda-t-il.

— Il est trop occupé, éluda-t-elle.

Elle fit mine de s'éloigner, mais il se déplaça de nouveau de façon à s'interposer entre elle et la sortie. Ils étaient à présent tout proches l'un de l'autre, ce qui ne contribuait guère à atténuer la nervosité d'Asher.

— Il n'a pourtant jamais manqué un seul des tournois auxquels tu participais, insista Tyler. Même lorsqu'il avait du travail, tu passais toujours avant.

— Les choses changent, répliqua-t-elle. Les gens aussi…

— On dirait bien, acquiesça-t-il d'un air pensif. J'espère au moins que ton mari sera là.

— Ex-mari, corrigea Asher d'une voix glacée. Et la réponse est non.

— C'est étrange, railla Tyler. Il était très fan de tennis. Est-ce qu'il a changé, lui aussi ?

— Si cela ne t'ennuie pas, je dois aller m'habiller, déclara-t-elle sèchement.

Elle fit mine de passer devant lui, mais il la saisit par la taille et l'attira contre lui avec une facilité déconcertante.

— Que dirais-tu d'un petit set contre moi, en souvenir du bon vieux temps ? suggéra-t-il.

Asher le regarda droit dans les yeux et comprit aussitôt qu'elle venait de commettre une énorme erreur. Ses pupilles légèrement dilatées et la lueur qui brillait dans ses prunelles lui prouvaient mieux que des mots à quel point il la désirait et ce constat suffit à réveiller en elle une douce chaleur qui se communiqua à chacun de ses membres.

— Je n'ai pas le temps, répondit-elle en tentant de se dégager.

Mais il ne la laissa pas faire, la retenant contre lui. Il était bien trop fort pour qu'elle puisse espérer lui échapper.

— Est-ce que tu aurais peur ? demanda-t-il d'un ton narquois.

Il ne parlait pas seulement de la partie qu'il lui proposait, elle en était convaincue. Elle sentit son cœur qui s'emballait et se maudit intérieurement. Pourquoi fallait-il qu'elle soit si faible, chaque fois qu'elle se trouvait en sa présence ?

— Je n'ai jamais eu peur de toi, répliqua-t-elle avec bien plus d'assurance qu'elle n'en éprouvait réellement.

— Vraiment ? fit-il en se serrant un peu plus encore contre elle. C'est pourtant l'une des raisons pour lesquelles les gens prennent la fuite, d'habitude…

— Je ne me suis pas enfuie, protesta-t-elle. Je t'ai quitté.

« Avant que tu ne le fasses », faillit-elle ajouter. C'était la première fois qu'elle avait su se montrer plus forte que lui. Et cela lui avait brisé le cœur…

— Tu me dois toujours des réponses, Asher, remarqua-t-il. Cela fait trois ans que je les attends…

— Cela risque de durer encore longtemps, rétorqua-t-elle.

— Pour certaines d'entre elles, peut-être, acquiesça-t-il. Mais je suis bien décidé à en obtenir une dès à présent…

Elle savait pertinemment ce qui allait se produire et aurait pu lui échapper. Il lui aurait suffi de détourner le visage, de le repousser brusquement ou même de le gifler. Mais elle n'en fit rien. Au lieu de cela, elle resta parfaitement immobile tandis que ses lèvres se rapprochaient des siennes. Puis tout bascula…

C'était exactement ainsi qu'il l'avait embrassée, la toute première fois. Elle reconnaissait parfaitement ce baiser. Tendre, patient et décidé à la fois, il s'agissait d'un test, d'une façon de leur prouver à tous deux que c'était vraiment ce dont ils avaient envie. Asher songea que c'était ce baiser qui l'avait perdue. Séduite par l'intensité de Tyler, elle avait succombé à sa douceur.

Même lorsqu'il l'attira plus près de lui et que sa bouche se fit plus insistante, cette tendresse persista. C'était probablement là le secret de son succès auprès des femmes.

Sous son aspect conquérant et volontaire, Tyler cachait une douceur et une prévenance étonnantes.

Il avait un immense respect pour l'autre sexe et faisait toujours passer le plaisir de ses partenaires avant le sien. Cette prévenance était l'un des nombreux paradoxes qui le caractérisaient. Malgré son tempérament indépendant et solitaire, le bien-être de ses proches primait sur le sien.

Incapable de résister, Asher s'abandonna à son étreinte. Sans même s'en rendre compte, elle noua les bras autour de sa taille et se pressa contre lui, lui rendant son baiser avec ardeur. Il était le seul homme qui soit jamais parvenu à libérer sans effort la passion qui couvait en elle et qu'elle s'attachait à contrôler en toutes circonstances.

C'était lui qui lui avait appris ce qu'une telle intimité pouvait lui offrir. Il ne s'agissait pas seulement de la fusion des corps mais aussi d'une communion de leurs esprits, d'une complicité profonde et évidente qui lui donnait l'impression d'accéder à une nouvelle facette d'elle-même.

Tandis que leurs lèvres se mêlaient, elle réalisa avec une douloureuse intensité combien il lui avait manqué. L'envie qu'elle avait de lui était insatiable et faisait voler en éclats toute retenue, toute prudence. Elle se donnait à lui sans rémission, ivre de sensations qu'elle avait crues à jamais disparues.

Si seulement elle avait pu retrouver cet amour qu'ils partageaient autrefois, si seulement elle avait pu chasser l'oppressante impression de solitude qui l'assaillait depuis qu'elle l'avait quitté... En cet instant, elle se serait donnée à lui sans hésiter. Ce baiser réveillait en elle mille souvenirs de ce qu'elle avait perdu et le rêve de ce qui pourrait advenir de nouveau...

Lorsque Tyler avait décidé d'embrasser Asher, il voulait juste lui faire payer la distance et la froideur dont elle faisait preuve à son égard. Il voulait l'humilier en lui prouvant qu'il était capable de la dominer physiquement. Mais ce besoin de conquête ne tarda pas à disparaître complètement, balayé par le plaisir qu'il éprouvait.

S'ils avaient été seuls, il aurait renoncé à toutes ses bonnes résolutions pour lui faire l'amour et satisfaire le besoin impérieux qu'il avait d'elle. Mais une infime partie de son esprit, qui n'avait pas entièrement succombé à la passion qui pulsait en lui, lui rappela qu'ils étaient dans un lieu public et que n'importe qui pouvait les surprendre à tout moment.

A contrecœur, il s'arracha donc à elle et la contempla longuement. Le désir qui brillait dans son regard lui confirma qu'il ne s'était pas trompé. Elle avait toujours envie de lui. Mais sa propre réaction ne laissait aucun doute quant à la réciprocité de cette envie.

Qu'ils le veuillent ou non, l'alchimie qui existait entre eux autrefois avait survécu à leur séparation, à leurs rancœurs et à leur éloignement. Jusqu'alors, il avait espéré qu'une nuit torride l'aiderait à conjurer une fois pour toutes le désir qu'il avait d'elle. Mais il réalisait à présent l'ampleur de son erreur.

La moindre étincelle suffirait à réveiller leur passion. Et avec elle, cet amour qu'il avait si désespérément essayé d'étouffer.

— On dirait bien que tu t'es trompée, murmura-t-il d'une voix très basse. Certaines choses ne changeront jamais…

Il se détourna et s'éloigna à grands pas, craignant de perdre le peu de contrôle qu'il exerçait encore sur lui-même. Il avait besoin de temps pour réfléchir.

Asher se força à respirer profondément avant d'aller se placer derrière la ligne de fond de court pour servir. Des milliers de paires d'yeux étaient braqués sur elle, mais ce n'était pas cela qui la rendait aussi nerveuse. Quelque part, dans le public, Tyler la regardait et cette certitude suffisait à entamer sa concentration.

Elle ne pouvait cependant se permettre de perdre sa maîtrise de soi. Stacie Kingston était une jeune joueuse qui n'avait rejoint le circuit professionnel que depuis deux ans. Pourtant, elle avait déjà acquis une réputation de compétitrice redoutable.

Talentueuse, elle était dotée d'une énergie inépuisable et d'une puissante volonté de vaincre. Son acharnement était venu à bout des meilleures joueuses mondiales et Asher savait qu'elle ne devait pas se fier à son apparence juvénile.

Si elle voulait l'emporter, elle n'avait donc pas le droit à l'erreur. Forte de cette conviction, elle fit rebondir la balle qu'elle tenait à la main sur le court et se força à faire le vide dans son esprit.

C'était l'épreuve du feu. Si elle parvenait à l'emporter à Rome pour la première fois de sa carrière, trois ans après avoir quitté le circuit, elle aurait passé le test qu'elle s'était fixé et serait de retour dans la compétition.

Elle se concentra sur cet unique objectif, bien décidée à oublier son passé malheureux et son avenir incertain le temps d'un match. Lorsqu'elle se sentit enfin prête, elle lança la balle et la cueillit en vol d'un service parfaitement ajusté.

La partie s'engagea, haletante. Le jeu de Kingston était très agressif. Mais elle avait aussi l'intelligence de s'adapter à son adversaire. Connaissant la faiblesse d'Asher sur terre battue, elle multipliait les balles longues, la repoussant systématiquement au fond du court et l'empêchant de monter à la volée.

Asher maudissait intérieurement cette surface qui la privait de cette vitesse qui était l'un de ses principaux atouts. Elle était forcée de jouer défensivement, ce qu'elle détestait, et cela la conduisait à commettre un certain nombre d'erreurs que Kingston exploitait sans pitié.

Agacée par sa propre impuissance, elle commit même une double faute au service, ce qui permit à son adversaire de remporter le premier jeu. Elle profita de cet avantage et gagna ensuite sur son propre service, creusant ainsi l'écart.

L'air était orageux et la foule surexcitée par la chape de chaleur et d'humidité qui pesait sur le stade. Les commentaires moqueurs et les lazzis fusaient, accentuant le désarroi d'Asher. Frustrée, elle avait envie de jeter sa raquette et de quitter le terrain.

Pourquoi avait-il fallu qu'elle revienne ? Qu'avait-elle à gagner ? Elle n'avait pas besoin d'argent et aurait pu se contenter de mener une vie tranquille loin de cette agitation, de cette tension, de ce sport qui exigeait tant de ceux qui le pratiquaient et le leur rendait si mal. Quel besoin avait-elle eu de revenir s'humilier après toutes ces années ?

Son visage ne trahissait rien de ce désarroi intérieur. Serrant les dents, elle se força à dominer ses doutes, à chasser ses angoisses, à se concentrer sur l'instant présent. Elle avait mal joué. C'était regrettable mais rien n'était perdu.

En réalité, elle connaissait précisément la raison de sa déroute : elle avait laissé Kingston lui dicter son jeu et sa cadence. Tant qu'elle continuerait, elle n'aurait aucune chance de reprendre l'avantage. Il allait donc lui falloir passer à l'offensive.

Elle ne jouait que depuis six minutes. Cela lui laissait tout le temps de se reprendre et de corriger son erreur. Peut-être ne l'emporterait-elle pas, mais elle était au moins décidée à faire tout ce qui était en son pouvoir pour éviter l'humiliation.

Des milliers de personnes la regardaient. Tyler la regardait. Pour eux comme pour elle-même, elle se devait de faire de son mieux. Et si elle tombait en quarts de finale, ce ne serait pas sans se battre. Forte de cette résolution, elle alla se placer derrière la ligne. Là, elle repoussa sa colère comme elle avait repoussé ses angoisses.

Elle devait garder la tête claire, rester disponible, anticiper le jeu de Kingston pour pouvoir la prendre en défaut. Le sang-froid et la maîtrise constituaient les clés de son succès. Cette fois, c'était elle qui était aux commandes.

Son premier service fut sans pitié et cloua Kingston sur place. La foule manifesta son regain d'intérêt pour ce match qui, jusqu'ici, avait paru joué d'avance. Encouragée par cet ace, Asher se prépara à servir de nouveau.

Au cours de l'échange qui suivit, elle parvint à forcer son adversaire à monter au filet. A mesure qu'elle reprenait confiance, son jeu se fit plus incisif, plus précis. Elle retrouvait ses réflexes, multipliait les changements de rythme et parvint ainsi à prendre Kingston à contre-pied à plusieurs reprises.

L'échange se conclut par un jeu blanc en faveur d'Asher, ce qui ne fit qu'accroître son assurance. Elle sentit alors monter en elle une soif de victoire qui envahit chacun de ses membres. Plus rien d'autre n'existait que cette balle qui fusait d'un bout à l'autre du terrain, que ces lignes qui délimitaient tout son univers.

Kingston tenta de reprendre l'ascendant sur elle, mais elle la combattit pied à pied, refusant de lui laisser la moindre balle. A la fin de la première manche, la terre battue était zébrée de traces de dérapage, prouvant l'intensité de la lutte qui venait d'opposer les deux joueuses.

Asher était trempée de sueur. Tous ses muscles lui faisaient mal. Mais elle avait remporté le set par six jeux à trois.

En confiance, elle attaqua la deuxième manche, soutenue par les clameurs de la foule qui supportait cet outsider inattendu. Malgré tous ses efforts, malgré le talent dont elle faisait preuve et l'énergie qu'elle possédait, Kingston ne parvint jamais à reprendre l'avantage.

Asher la domina sans pitié, la forçant à jouer selon ses règles. Chaque fois qu'elle la sentait faiblir, elle accélérait la cadence. Chaque fois qu'elle perdait un point, elle reprenait les deux suivants.

Mais ce qui surprit le plus les spectateurs et les journalistes qui commentèrent le match par la suite, ce fut la froideur méticuleuse avec laquelle Asher avait détruit son adversaire. Si Starbuck paraissait incarner le feu, elle était la glace.

Il y avait dans ses gestes un caractère méthodique, presque machinal, qui contribua certainement à déstabiliser son adversaire. Ceux qui l'avaient vue jouer avant qu'elle ne prenne sa retraite n'en furent pas surpris. Asher avait toujours été réputée pour la parfaite maîtrise de soi dont elle faisait preuve en toutes circonstances.

Elle ne critiquait jamais les décisions de l'arbitre, ne s'admonestait jamais à voix haute, ne trahissait jamais aucune joie ou aucune faiblesse. Elle se contentait de jouer, posément, calmement. Et de gagner.

Cette attitude lui valut autant d'admirateurs que de détracteurs. Mais, au bout d'une heure quarante de jeu, plus personne ne pouvait contester le fait qu'elle avait mérité sa place parmi les plus grandes joueuses mondiales.

Six-un. Six-deux.

A deux reprises, elle avait volé le service de Kingston pour lui infliger un jeu blanc.

Par trois fois, elle avait assené un ace à son adversaire qui était pourtant considérée comme la meilleure des deux au service.

Asher Wolfe avait prouvé qu'elle était digne de participer. A présent, elle avait envie de remporter le tournoi.

— Tu as été magnifique ! la félicita Madge avant qu'elle ne rentre dans les vestiaires. Tu es encore meilleure qu'autrefois !

— Kingston voulait gagner alors que moi, je le devais, répondit modestement Asher.

— Cela s'est vu, lui confirma son amie. Jamais on n'aurait pu croire que tu avais raccroché pendant trois ans !

— Peut-être, concéda la jeune femme. Mais j'ai encore besoin de m'entraîner. Tous mes muscles sont noués et je ne crois pas que j'aurais pu soutenir un set de plus sur ce rythme…

— Si tu as besoin d'aide, je suis là. J'ai encore une demi-heure avant d'affronter Fortini.

Asher repéra Tyler qui la contemplait attentivement. Lorsque leurs regards se croisèrent, il hocha la tête et lui adressa un sourire admiratif.

— Merci, répondit-elle à Madge. Je crois que je parviendrai à me débrouiller…

Elle ne voulait pas montrer le moindre signe de faiblesse devant Tyler. D'un pas un peu raide, elle se dirigea donc vers les vestiaires. Ce ne fut que lorsqu'elle se retrouva seule sous la douche qu'elle s'autorisa à fondre en larmes, sans vraiment savoir pourquoi elle réagissait ainsi.

3

Lors de la soirée qui suivit sa victoire en demi-finales du tournoi, Asher décida de s'accorder une soirée de liberté. Elle avait travaillé très dur, ces derniers temps, pour préparer son retour à la compétition. Pendant plusieurs mois, elle s'était imposé un régime très sévère, avait repris la musculation et s'était entraînée plusieurs heures par jour.

Pour espérer revenir dans la course et être à la hauteur de ses concurrentes, il lui avait fallu retrouver sa forme physique et ses réflexes d'autrefois. Cela avait été d'autant plus difficile que trois ans avaient passé, la marquant de leur empreinte.

Elle avait consacré le peu de temps libre à la presse. Les multiples interviews auxquelles elle avait dû répondre pour satisfaire les exigences de ses sponsors et de ses fans avaient encore accru la pression qui pesait sur elle.

Aussi avait-elle accueilli presque avec soulagement le début officiel de la compétition. C'était l'épreuve du feu, l'occasion de vérifier que ses efforts avaient porté leurs fruits. Comme tous les sportifs, Asher aimait la confrontation. Elle y trouvait le moyen de se dépasser, de transcender ses propres imperfections et de tester ses limites.

Mais, surtout, elle aimait jouer. Et, depuis qu'elle avait repris les tournois, elle redécouvrait avec bonheur l'amour de ce sport qui ne l'avait jamais vraiment quittée.

Hélas, depuis que Tyler l'avait embrassée, elle avait également compris que la passion qu'il lui inspirait autrefois n'avait pas disparu, elle non plus. Et si elle ne voulait pas se laisser déconcentrer, elle devrait veiller à maintenir entre eux une certaine distance.

Car en reprenant le tennis, elle espérait surtout se retrouver. Pendant trois ans, elle s'était efforcée de devenir quelqu'un d'autre, d'endosser le rôle de lady Wickerton, épouse d'un très respectable lord anglais. Elle avait presque oublié ses rêves et ses ambitions dans l'espoir de se fuir.

Aujourd'hui, elle voulait redevenir Asher Wolfe et il n'y avait de place dans sa vie ni pour son ex-mari ni pour Tyler Starbuck.

Telles étaient ses réflexions tandis qu'elle sirotait un verre de jus de fruits dans l'un des cafés à la mode de la Via Sistina. Autour d'elle, une foule bruyante se pressait autour des tables et du bar. Des éclats de rire se mêlaient aux conversations animées en italien.

Asher sourit. Elle aimait cette ambiance si caractéristique de l'Italie. Rome était un paradoxe qu'elle ne se lassait pas de redécouvrir : ville d'histoire sereine et tournée vers le passé, c'était aussi une métropole dynamique et très vivante.

Du silence feutré des cathédrales au brouhaha des bars et des restaurants, du recueillement du Vatican aux marchés animés et colorés, on y trouvait tout le spectre des émotions humaines.

Dans le petit bar bondé, de nombreux tennismen qui participaient à l'open d'Italie discutaient avec passion des matchs qu'ils avaient disputés ou de ceux auxquels ils avaient assisté. Ils commentaient le moindre smash, le moindre service et la moindre erreur d'arbitrage. Comme souvent à Rome, celles-ci ne manquaient pas.

— Comment a-t-il pu dire qu'elle était longue ? s'exclama un Australien qui se trouvait à leur table. Elle était dans le court de cinq centimètres au moins !

— De quoi te plains-tu, Michael ? répliqua Madge en souriant. Tu as gagné le match, non ? Et puis, dans le deuxième jeu de la deuxième manche, l'arbitre n'a pas signalé une de tes balles qui était clairement dehors.

— C'est vrai, admit l'Australien, beau joueur. Le public s'est d'ailleurs chargé de le lui faire remarquer... A ce propos, ajouta-t-il, il y a quelque chose qui m'échappe, Asher. Comment se fait-il que tu aies été applaudie alors que tu as battu la dernière Italienne encore en compétition ?

— C'est parce que j'étais en position de challenger, répondit Asher. Les Italiens aiment les retournements inattendus.

— Inattendus ? s'exclama Michael. Je te rappelle que tu as écrasé toutes tes adversaires.

— C'est vrai, répondit Asher en souriant. Mais je n'étais vraiment pas sûre d'y arriver.

De fait, elle avait été surprise par sa propre résistance. Le match avait duré nettement plus longtemps que celui qui l'avait opposée à Kingston mais, cette fois, elle n'avait souffert d'aucune crampe, ce qu'elle considérait comme une victoire au moins aussi importante.

— Je suis sûr que tu auras plus de mal à te débarrasser de Tia, remarqua Michael avant de se tourner vers sa compatriote qui se trouvait à l'une des tables voisines. Qu'est-ce que tu en dis, Tia ? Tu crois que tu pourras la battre ?

Tia se tourna vers Asher et la contempla pensivement avant de hocher la tête.

— Peut-être, dit-elle. En tout cas, ce sera un beau match.

Asher leva son verre et Tia l'imita.

— Cette fille est une véritable furie quand elle joue, commenta Michael. Mais, en dehors des courts, c'est une vraie crème. Elle se passionne pour le jardinage et la cuisine.

— Est-ce qu'elle est mariée ? demanda Madge, curieuse.

— Oui. Son époux vend des piscines. Je lui en ai même acheté une !

Michael se tourna de nouveau vers Asher qui les écoutait d'une oreille distraite.

— En tout cas, déclara-t-il, si je devais choisir une

partenaire de double mixte, ce serait toi. Tia est redoutable mais elle n'a pas ton sens du jeu. Et puis, tu as de plus jolies jambes qu'elle, ajouta-t-il en riant.

— Et moi, alors ? s'exclama Madge en lui décochant un coup de coude.

— Ton sens du jeu est certainement meilleur encore que celui d'Asher, répondit Michael. Mais tu as des jambes de lanceuse de poids !

Un éclat de rire général noya les protestations de Madge. Mais Asher ne se joignit pas à l'hilarité générale. A l'autre bout de la pièce, elle avait aperçu Tyler qui la regardait fixement. Il venait juste d'entrer dans le bar.

Malgré la tenue décontractée qu'il portait et son apparence détendue, il émanait de lui une vitalité étonnante, comme s'il était plus réel, plus vivant que la plupart des gens qui se trouvaient autour de lui. La lumière tamisée faisait jouer sur son visage des ombres qui lui donnaient un air légèrement mystérieux. L'expression de son regard était impénétrable.

Asher se surprit malgré elle à l'admirer. Mais comment en aurait-il été autrement ? N'importe quelle femme l'aurait trouvé séduisant. Mais elle-même savait également quel amant formidable il pouvait être.

Qu'elle le veuille ou non, elle le désirait toujours. Il ne servait à rien de le nier. En revanche, elle était bien décidée à ne pas céder à cette attirance qui ne pouvait la conduire qu'à de nouvelles désillusions.

Sans la quitter des yeux, Tyler traversa la salle enfumée. Avant même que les autres membres du petit groupe se soient aperçus de sa présence, il prit la main de la jeune femme et la fit se lever.

— Que dirais-tu d'une danse ? suggéra-t-il.

C'était plus un ordre qu'une question : déjà, il l'entraînait vers la piste. Elle aurait pu retirer son bras et revenir vers sa table, bien sûr, mais, ce faisant, elle aurait certainement éveillé la curiosité de tous ceux qui connaissaient leurs relations passées. Mieux valait accepter l'invitation avec grâce et éviter ainsi les questions et les interviews embarrassantes.

Tyler la prit dans ses bras et tous deux commencèrent à évoluer au rythme de la musique. Cette sensation était étrangement familière et Asher eut la troublante impression de se retrouver projetée trois ans en arrière.

— La dernière fois que nous sommes venus ici, remarqua Tyler qui paraissait partager cette impression, nous étions assis à la table qui se trouve près du bar. Je me souviens que nous avions commandé une bouteille de valpolicella.

— C'est vrai, acquiesça Asher.

— Tu portais exactement le même parfum que ce soir, ajouta-t-il en se penchant vers elle pour le sentir.

Ses lèvres effleurèrent la tempe d'Asher qui ne put réprimer un léger frisson.

— Il me fait penser à des pétales de rose sous le soleil. Est-ce que tu te rappelles ce que nous avons fait, après ?

— Nous nous sommes promenés.

La bouche de Tyler se trouvait toujours à quelques millimètres de sa peau et elle sentait son haleine brûlante la caresser, accentuant le trouble qui s'était emparé d'elle.

— Jusqu'à l'aube, reprit-il. Nous avons regardé le soleil se lever sur la ville… Je me souviens que j'avais terriblement envie de toi. Mais tu n'étais pas encore prête, à l'époque.

— Je préférerais que nous ne parlions plus de cela, objecta Asher en essayant vainement de s'écarter.

Tyler la maintenait fermement contre lui et elle ne pouvait lui échapper sans risquer de créer un esclandre.

— Pourquoi ? lui demanda-t-il, impitoyable. Est-ce que, par hasard, tu aurais peur de te rappeler combien nous étions faits l'un pour l'autre ?

— Arrête ! s'exclama-t-elle, furieuse.

De quel droit se permettait-il de jouer ainsi avec elle ?

— Pas question, Asher, répondit-il avec un sourire teinté d'ironie. En fait, je ne fais que commencer. Et je te promets que nous sortirons encore ensemble, toi et moi, ne serait-ce qu'une fois…

— Tout est fini entre nous, protesta-t-elle d'une voix moins assurée qu'elle ne l'aurait souhaité.

— A ta place, je n'en serais pas aussi sûr, répliqua-t-il en se pressant un peu plus contre elle. Je te connais parfaitement, Asher. Probablement mieux que ton propre mari. T'a-t-il fait rire comme moi ? A-t-il su te donner autant de plaisir ?

Asher serra les dents, résistant à l'envie qu'elle avait de le gifler. Comment osait-il se conduire de cette façon ? Et pourquoi ne parvenait-elle pas à dominer les réactions qu'il faisait naître en elle ?

— Je refuse de discuter de mon mariage avec toi, déclara-t-elle d'une voix glaciale.

— Tant mieux, rétorqua-t-il. Crois-moi, je n'ai vraiment pas envie d'en entendre parler.

Jusqu'alors, Tyler était parvenu à surmonter la frustration qui bouillonnait en lui. Mais s'il réussissait encore à l'atteindre, la réciproque était vraie. Et la simple mention de ce mariage suffisait à raviver sa rancœur.

— Pourquoi a-t-il fallu que tu reviennes ? demanda-t-il.

— Pour jouer au tennis, répondit-elle froidement. Et pour gagner.

Tyler perçut la colère qui perçait dans sa voix. Il était probablement la seule personne au monde qui puisse lui faire perdre son sang-froid légendaire. Mais, curieusement, il n'en tirait absolument aucune satisfaction. Tous deux semblaient condamnés à se faire du mal, aujourd'hui comme hier.

— J'ai parfaitement le droit d'être ici, poursuivit-elle. Je me suis entraînée très dur pour cela. Et il n'est pas question que je te laisse tout gâcher. Je ne te dois aucune explication, Tyler !

— Tu me dois bien plus que cela, objecta-t-il. Je suis bien décidé à te faire payer chèrement la façon dont tu m'as laissé tomber pour aller jouer les châtelaines pendant trois ans.

— Tu ne sais rien de ce que j'ai vécu ! s'exclama-t-elle, furieuse.

Son regard glacé le transperça de part en part et il se demanda ce qui avait bien pu la rendre si dure.

— J'ai payé très cher les choix que j'ai faits, Starbuck ! Bien plus cher que tu ne peux l'imaginer ! Mais c'est terminé !

La rage et la tristesse qui l'habitaient faisaient trembler sa voix.

— J'ai suffisamment payé pour mes erreurs, ajouta-t-elle d'une voix brisée.

— Quelles erreurs ? lui demanda-t-il en la prenant par les épaules. De quoi parles-tu, Asher ?

— De toi, murmura-t-elle en s'arrachant à lui.

Brusquement, elle se détourna de lui et s'éloigna à grands pas, se frayant un chemin parmi les couples qui se pressaient sur la piste de danse. Sans hésiter, il la suivit jusqu'à la porte d'entrée et la prit par le bras.

— Lâche-moi ! s'exclama-t-elle.

— Pas question ! Je ne te laisserai pas fuir une fois de plus !

— Pourquoi, Tyler ? s'écria-t-elle. Parce que j'ai froissé ta susceptibilité ? Parce que tu as mal pris le fait qu'une femme puisse te laisser tomber pour quelqu'un d'autre ?

Tyler serra les dents, touché au vif par sa remarque.

— Qu'espérais-tu ? répliqua-t-il en l'attirant contre lui. Que je me draperais dans ma dignité et que je ferais comme si de rien n'était ? Je ne suis pas comme toi, Asher. Je ne cherche pas à dominer la moindre de mes émotions. C'est pour cela que tu es partie, n'est-ce pas ? Parce que je te connaissais trop et que cela te faisait peur ?

— Je suis partie parce que je ne voulais plus de toi ! Est-ce donc si difficile à admettre ?

Tyler comprit qu'Asher était bien trop furieuse pour discuter calmement des raisons de son départ. Ne sachant comment réagir, il suivit son instinct et l'embrassa. Instantanément, leur colère se mua en passion ardente.

L'attirance qui subsistait entre eux dépassait leurs différends et leurs rancœurs. Il en avait été ainsi depuis le jour où ils s'étaient rencontrés et les années n'avaient pas atténué cette envie qu'ils avaient l'un de l'autre. Tyler réalisa alors que, tôt ou tard, elle finirait par céder.

Asher était incapable de maîtriser la réaction qu'il éveillait en elle. En sentant le corps de Tyler se presser contre le sien, elle comprit combien il lui avait manqué. Le désir montait en elle, impérieux, triomphant, envahissant chacun de ses membres et allumant au creux de son ventre un brasier qui consumait toute prudence, toute raison.

Elle se perdait dans son odeur, se noyait entre ses bras, affolée par le goût si familier de ce baiser. Trois ans auparavant, Tyler l'avait marquée de son empreinte et tous les efforts qu'elle avait faits pour se détacher de lui n'avaient servi à rien.

Elle l'entendit pousser un gémissement presque désespéré, comme s'il réalisait lui aussi combien il était impuissant face à la magie de cette étreinte. S'il avait cru pouvoir lui imposer sa volonté, il réalisait à présent qu'il était tout aussi impuissant qu'elle à dominer ce besoin éperdu qu'ils avaient l'un de l'autre.

Enlacés, ils se dévoraient de baisers sans se soucier de tous ceux qui pouvaient les voir. Lorsqu'ils se séparèrent pour reprendre haleine, Tyler caressa doucement sa joue. Ce geste tendre et complice, autrefois si familier, suffit à la désarmer complètement et elle murmura son nom comme une supplique.

Ils s'embrassèrent de nouveau, plus ardemment encore, comme s'ils ne pouvaient se repaître l'un de l'autre. Mais plus leurs lèvres se faisaient audacieuses, plus les gestes de Tyler se teintaient de douceur.

Asher réalisa alors que rien n'avait changé : elle était aussi terrifiée que trois ans auparavant par les sentiments qu'il lui inspirait. Et tout aussi incapable de les contrôler.

N'avait-elle donc rien appris ? Faudrait-il qu'elle commette sans cesse les mêmes erreurs ? Qu'elle en paie une fois de plus le prix ?

— S'il te plaît…, articula-t-elle, suppliante. S'il te plaît, arrête.

— Je ne t'ai pas forcée, remarqua-t-il d'une voix légèrement haletante.

— Je sais, murmura-t-elle en le regardant droit dans les yeux.

La détresse qu'il lut dans les siens le prit de court et l'empêcha de l'attirer de nouveau vers lui. C'était cette même vulnérabilité qui l'avait conduit autrefois à résister à la séduction qu'elle exerçait sur lui. Il avait attendu qu'elle soit prête. Et il en irait de même aujourd'hui. Etouffant un juron, il s'écarta, envahi par une frustration presque insupportable.

— Tu as toujours su comment me repousser, remarqua-t-il avec une pointe d'autodérision.

— Je suppose que c'est l'instinct de conservation, répondit-elle avec un pâle sourire.

Tyler éclata de rire et plongea les mains dans ses poches pour tenter de dissimuler la réaction qu'elle avait éveillée en lui.

— Franchement, les choses seraient plus simples si tu étais devenue grosse et laide au cours des trois dernières années, commenta-t-il. J'ai souvent tenté de me convaincre que tel était le cas, d'ailleurs.

— J'imagine que je te dois des excuses, répondit-elle, ironique.

— C'est inutile. A vrai dire, je ne suis même pas sûr que cela aurait changé quoi que ce soit… Il y a quelque chose de magique entre nous. Et il me suffit de te regarder pour m'en rendre compte.

De fait, il avait terriblement envie de la toucher et dut serrer les poings pour résister à cette tentation.

— Tu n'as même pas changé de coiffure, observa-t-il pour faire diversion.

— Toi non plus, répliqua-t-elle. Tes cheveux sont toujours trop longs.

— Je vois que tu es toujours aussi conservatrice en la matière.

— Et toi, toujours aussi anticonventionnel.

Tyler rit de nouveau.

— Tu t'es adoucie. Autrefois, tu m'accusais d'être radical.

— C'est toi qui t'es adouci, protesta-t-elle. Tu étais vraiment radical, à l'époque.

— J'avais vingt ans, expliqua-t-il en haussant les épaules.

— Ne me dis pas que tu te sens vieux.

Il réfléchit longuement à la question avant de répondre.

— Si. J'imagine que c'est le lot de tous les sportifs. Nous sommes vieux avant l'heure…

— Tu ne te sens pas prêt à prendre ta retraite, quand même ? s'exclama-t-elle. J'ai vu la façon dont tu as gagné contre Bigelow, en demi-finales !

— Il m'a quand même fallu cinq manches, remarqua Tyler.

Incapable de résister, il tendit la main vers elle et effleura ses cheveux, lui arrachant un léger frisson.

— Tu as toujours aimé prendre ton temps, observa-t-elle.

Il sourit et elle détourna les yeux en rougissant légèrement, comprenant l'ambiguïté de ses propres paroles.

— Reviens avec moi, Asher, lui dit-il gravement.

— Je ne peux pas, objecta-t-elle.

— Tu ne peux pas ou tu ne veux pas ?

Un éclat de rire se fit entendre au loin. Il fut noyé par le groupe qui venait d'attaquer un nouvel air. Asher ne disait toujours rien, sachant pertinemment ce dont elle se privait en refusant la proposition de Tyler. Finalement, elle lui prit doucement la main et la serra dans la sienne.

— J'aimerais que nous fassions la paix, lui dit-elle. Je crois que cela vaudrait mieux pour nous deux. Nous sommes qualifiés pour les finales et nous n'avons vraiment pas besoin de ce genre de complications.

— Tu veux que nous remettions la partie à plus tard ? demanda-t-il en portant ses doigts à ses lèvres. Que nous reprenions cette discussion à Paris ?

— Ce n'est pas ce que je voulais dire…

— Il faudra bien que nous allions jusqu'au bout, un jour ou l'autre, insista-t-il. Ce peut être ce soir ou lors du prochain tournoi. C'est à toi de voir…

— Tu sais que tu es aussi agaçant qu'autrefois ? soupira-t-elle.

— Evidemment ! s'exclama-t-il en souriant. C'est pour cela que je suis le meilleur.

Cette fois, elle ne put s'empêcher de rire.

— Tu es d'accord pour faire une trêve, alors ?

— Oui, répondit-il. Mais à une seule condition.

Il la vit hésiter, mais décida de forcer sa chance.

— Je voudrais que tu répondes à une question, Asher. Juste une seule.

— Laquelle ? demanda-t-elle d'une voix incertaine.

— Est-ce que tu étais heureuse ?

Un nouvel éclair de colère passa dans les yeux de la jeune femme.

— Tu n'as pas le droit…

— Si, l'interrompit-il. J'ai le droit de connaître la vérité. Tu me dois au moins cela.

Elle le regarda un long moment et il crut qu'elle refuserait de lui répondre.

— Non, soupira-t-elle enfin. Je n'étais pas heureuse.

Il aurait sans doute dû se sentir content ou, à tout le moins, satisfait. Mais, curieusement, cet aveu éveilla en lui une profonde tristesse. Tous deux restèrent silencieux pendant ce qui leur sembla une éternité.

— Je ferais mieux de t'appeler un taxi, déclara-t-il alors.

— Non, c'est gentil, mais je préfère marcher…

Tyler hocha la tête, percevant clairement la détresse qui l'habitait en cet instant. Il fut tenté de l'accompagner, mais comprit que cela ne ferait que compliquer les choses. Asher avait raison : tous deux avaient besoin de temps pour faire le point sur ce qui s'était passé entre eux depuis qu'ils s'étaient retrouvés.

Lorsqu'elle se détourna et s'éloigna à grands pas en direction de son hôtel, il se contenta donc de la suivre des yeux. Elle finit par disparaître au détour d'une rue et il se sentit brusquement très seul.

Il faillit rentrer dans le café, mais comprit que l'animation qui régnait à l'intérieur ne suffirait pas à chasser ses idées noires. Il se mit donc en marche et s'enfonça dans le dédale de ruelles qui s'ouvrait devant lui.

Malgré l'heure tardive, nombre de taxis et de Vespa circulaient encore. Il croisa également de nombreux noctambules qui se rendaient dans les bars ou les boîtes de nuit de la ville.

En chemin, il avisa de nombreux édifices majestueux : des églises, des palais, des ruines romaines qui évoquaient une histoire millénaire qui refusait de disparaître. Tyler ne put s'empêcher d'établir un parallèle avec sa propre situation. Lui aussi était hanté par ce passé qu'il n'arrivait pas à exorciser.

C'était d'autant plus paradoxal que, jusqu'à ce qu'il rencontre Asher, il ne s'était jamais soucié que du temps présent. Il faisait partie de ces rares personnes qui avaient la chance de vivre leur passion et il en profitait, refusant de regarder en arrière ou de se projeter dans l'avenir.

Pourtant, il n'en avait pas toujours été ainsi. Lorsqu'il était jeune, il rêvait souvent à ce qu'il ferait de sa vie. A dix ans, il était déjà un arnaqueur chevronné. Dans la banlieue sud de Chicago où il avait grandi, cela lui avait permis de survivre et de s'affirmer.

Fort heureusement, il se méfiait trop des groupes et de toute forme d'autorité pour rejoindre l'un des gangs qui régnaient sur le quartier. Il ne voulait ni obéir ni commander et préférait se tenir à l'écart de ces bandes organisées.

Sa mère lui avait également inculqué certaines valeurs dont il ne s'était jamais défait. Cette femme modeste, qui travaillait comme femme de ménage pour une grande compagnie, lui avait toujours montré l'exemple. N'ayant jamais connu son père, il se sentait également responsable de sa sœur cadette.

Ce sens des responsabilités l'avait poussé à respecter la loi et à poursuivre ses études alors que la grande majorité de ses camarades les abandonnait pour se livrer à divers trafics. Il s'était juré que, d'une façon ou d'une autre, il réussirait et assurerait la subsistance de sa famille.

Il était bien décidé à arracher sa mère à cet emploi épuisant et à financer l'entrée de sa sœur à l'université. Pendant longtemps, il n'avait su comment transformer ce vœu pieux en réalité. Jusqu'à ce que la réponse à ce dilemme lui parvienne sous la forme la plus inattendue : celle d'une raquette de tennis.

C'était sa mère qui la lui avait offerte pour son dixième anniversaire. Elle avait choisi ce cadeau parce qu'elle voulait qu'il ait quelque chose de spécial, quelque chose dont il n'avait pas besoin, mais qui lui ouvrirait de nouveaux horizons.

Tyler était instantanément tombé amoureux de ce présent. C'était un enfant solitaire et il n'aimait pas les sports collectifs. Sa raquette lui permettait de s'amuser seul. Son premier partenaire avait été le mur de béton de son immeuble. Il se souvenait encore aujourd'hui de tous les graffitis qui le recouvraient.

Il passait des heures à jouer, apprenant à maîtriser de façon toujours plus précise le rythme et l'intensité de ses coups. Puis il s'était mis en quête de partenaires et avait hanté les courts de tennis.

N'ayant pas les moyens de s'offrir des leçons ou même de s'abonner à un club, il s'était fait engager comme ramasseur de balles. Il en avait profité pour observer les joueurs qui fréquentaient les courts et en avait conclu qu'il était au moins aussi doué qu'eux.

Son premier match avait été une véritable révélation. Il avait joué contre un autre adolescent que son ami avait laissé tomber et qui cherchait un partenaire. Tyler avait découvert que, contrairement à un mur, un adversaire en chair et en os savait faire preuve de ruse et de vitesse.

Et, s'il avait perdu le match, il en avait conçu une fascination plus grande encore pour ce sport.

Il avait donc continué à hanter les clubs de tennis, analysant avec attention les techniques de tous ceux qu'il voyait jouer. N'étant dénué ni de charme ni de bagout, il avait réussi à participer à plusieurs autres parties.

Chaque fois que quelqu'un prenait le temps de lui donner des conseils, il les écoutait, les emmagasinait et les adaptait à sa façon de jouer. Car, déjà à cette époque, il était en train de développer son propre style.

Bien sûr, il avait peu d'expérience. Son jeu était encore brut et manquait de raffinement et de mesure. Mais il possédait déjà un certain nombre de qualités qui allaient lui servir par la suite. Son service était rapide et précis. Il bougeait bien et se déplaçait très vite sur le terrain. Et, surtout, il était animé par un désir ardent de vaincre et de s'améliorer.

Lorsque sa raquette avait fini par rendre l'âme, sa mère lui en avait racheté une. Depuis, il en avait utilisé des centaines, toutes plus perfectionnées les unes que les autres, mais il n'avait jamais oublié celle-ci. A ses yeux, elle symbolisait le début de sa carrière de tennisman, le symbole de la passion qui ne le quitterait plus jamais.

Il l'avait conservée, d'abord parce qu'elle lui rappelait sa jeunesse puis parce qu'elle matérialisait un tournant de son existence.

Au cours des années qui avaient suivi, il s'était rapidement taillé une réputation de joueur redoutable. A treize ans, il était sans conteste le plus doué des membres du club où il s'entraînait et donnait des leçons pour payer sa cotisation. Son jeu s'était affiné et il avait lu tout ce qu'il pouvait trouver au sujet de son sport fétiche : magazines spécialisés, biographies des grands joueurs, manuels d'apprentissage…

Tandis que la majorité de ses petits camarades discutaient sans discontinuer du championnat de football ou de basket-ball, il suivait avec passion les retransmissions de Flushing Meadow et de Wimbledon sur la petite télévision en noir et blanc de leur appartement.

Il pressentait déjà qu'un jour, il ferait partie de ces joueurs prestigieux qui se disputaient les plus grands trophées. Et, une fois encore, c'était sa mère qui avait forcé le destin.

Les bureaux que nettoyait Ada Starbuck appartenaient à un certain Martin Derick, un avocat qui se trouvait être également un grand fan de tennis. Il était l'un des bienfaiteurs du country club local. C'était aussi un homme cordial qui s'efforçait de se montrer accessible à ses employés, si modestes soient-ils.

Il ne manquait jamais de discuter avec Ada chaque fois qu'il la croisait dans les couloirs et prenait des nouvelles de sa famille. Elle mentionna donc à plusieurs reprises le talent de son fils et, lorsque Martin indiqua qu'il serait ravi de le voir jouer, elle lui proposa de venir le samedi suivant.

Par politesse ou par curiosité, Martin accepta l'invitation et se rendit dans le South Side. Là, sa réaction dépassa tous les espoirs d'Ada. Car si le style de Tyler manquait encore un peu de finesse, Martin fut conquis par sa combativité, par sa vitesse et par le génie qui transparaissait dans certains de ses coups.

A la fin du premier set, il s'était surpris à l'encourager avec enthousiasme. Jamais il n'avait croisé de joueur aussi brillant sur les courts du country club. Immédiatement, il comprit que cet adolescent dégingandé possédait un talent hors du commun. A la fin du match, il alla donc le trouver pour lui faire une proposition.

— Tu veux vraiment jouer au tennis, petit ? lui demanda-t-il.

Tyler dévisagea longuement l'avocat avant de répondre.

— Si vous voulez faire un match, vous devriez changer de tenue, déclara-t-il enfin avec l'arrogance de la jeunesse.

Martin ignora son insolence, préférant y voir un signe

d'assurance. Dans les yeux de Tyler, il devinait une intensité qu'il trouvait fort prometteuse.

— Est-ce que cela te dirait de jouer pour de l'argent ? demanda-t-il.

Tyler fit tourner sa raquette d'un air nonchalant. Mais Martin avait réussi à capter son intérêt.

— Pourquoi pas ? fit-il d'un ton léger.

Cette fois, Martin éclata de rire. Il commençait déjà à apprécier ce gamin trop sûr de lui.

— Il te faudrait quelques leçons et un court décent pour t'entraîner. Ainsi qu'un équipement plus moderne… Ce n'est pas avec des cordes en plastique que tu deviendras un grand tennisman…

C'était une provocation et Tyler y réagit au quart de tour. D'un geste de défi, il propulsa de toutes ses forces une balle à l'autre bout du terrain.

— Pas mal, commenta Martin. Mais tu ferais encore mieux avec des boyaux.

— Ça, je le sais, déclara Tyler.

Martin sortit un paquet de cigarettes de la poche de sa veste. Il en prit une et en offrit au jeune homme qui refusa d'un signe de la tête. Prenant tout son temps, Martin alluma la sienne et inspira une profonde bouffée.

— Ce n'est pas bon pour votre santé, remarqua Tyler.

— Ça, je le sais, répliqua Martin sur le même ton que lui. Tu crois que tu pourrais jouer sur gazon ?

— Sans problème !

— Tu es bien sûr de toi…

— J'ai suivi tous les matchs de Wimbledon. Un jour, je jouerai là-bas et je gagnerai.

Martin s'abstint de sourire et tendit l'une de ses cartes de visite à Tyler.

— Appelle-moi lundi, lui dit-il.

Puis, sans ajouter un mot, il se détourna et quitta le court.

Tyler avait trouvé un mécène.

Evidemment, les choses ne furent pas toujours aussi simples. Durant les sept années qui suivirent, ils eurent autant de disputes que de réconciliations, autant de discussions passionnées que de grandes déclarations d'amitié.

Tyler travailla très dur. Il savait que la discipline et l'effort constituaient les clés de son succès. Sous l'influence combinée de Martin et de sa mère, il poursuivit également ses études. Martin avait été très clair à ce sujet : s'il ne parvenait pas à obtenir des notes convenables au lycée, il ne pourrait plus compter sur son soutien.

Celui-ci prenait plusieurs formes. Tout d'abord, Tyler avait un accès permanent aux courts du country club. Martin lui avait également acheté l'équipement qu'il jugeait indispensable. Enfin, il payait le professeur particulier qui était chargé de former le jeune homme aux subtilités de son sport.

Tyler consacrait tous ses après-midi, toutes ses soirées et tous ses week-ends à la pratique du tennis. Durant les vacances, il travaillait à mi-temps comme professeur de tennis au country club. A l'âge de quatorze ans, il battait déjà tous les membres. A seize, il avait dépassé son propre professeur.

Tous ceux qui le connaissaient acceptaient ses sautes d'humeur, considérant qu'elles étaient une contrepartie nécessaire de son talent. La plupart des femmes qui fréquentaient le club le trouvaient séduisant et certaines d'entre elles l'initièrent très tôt aux mystères de l'amour.

Enfin, Martin estima que le moment était venu pour lui de se confronter à la réalité d'un tournoi. Il y entra en parfait inconnu et en sortit victorieux après une finale si disputée qu'elle fit le régal des journalistes de la gazette des sports de Chicago.

Chaque fois que Tyler perdait une partie, il était furieux contre lui-même et contre le monde entier. Lorsqu'il gagnait, il ne valait guère mieux. La presse le tolérait parce qu'il était jeune, brillant et haut en couleur. Le fait qu'il soit issu d'une banlieue difficile jouait aussi beaucoup en sa faveur.

A dix-neuf ans, Tyler put s'acheter sa première maison où il s'installa avec sa mère et sa sœur. A vingt ans, il remportait Wimbledon pour la première fois. Mais son ambition ne s'arrêta pas avec la réalisation de son rêve. Chaque nouveau match, chaque tournoi était un défi qu'il brûlait de relever…

En songeant à ses racines, cette nuit-là, dans les rues de Rome, Tyler se demanda ce qu'Asher et lui pouvaient bien avoir en commun. Contrairement à lui, elle avait eu une jeunesse privilégiée, protégée des dures réalités de la rue auxquelles il avait été exposé dès l'enfance.

Son père avait été l'un des meilleurs joueurs de tennis de sa génération. Aussi avait-elle été initiée bien plus tôt que lui à ce sport. A quatre ans, elle possédait déjà une raquette faite sur mesure et s'entraînait sur les meilleurs courts du monde. Sa mère devait certainement engager des femmes de ménage qui ressemblaient à Ada Starbuck.

Parfois, Tyler se demandait si c'était cette différence qui l'avait attiré chez elle. Mais, au fond, il savait pertinemment qu'il n'en était rien. Lorsqu'ils étaient dans les bras l'un de l'autre, leur passé n'existait plus. Il n'y avait plus que la magie de cette complicité aussi instinctive que totale.

C'était cette passion qui l'avait séduit. Il l'avait devinée sous l'attitude froide et maîtrisée dont elle ne se départait quasiment jamais. A ses yeux, elle avait constitué un nouveau défi. Et c'était une chose à laquelle il ne pouvait pas résister. Il avait pourtant dû attendre que l'adolescente qu'elle était devienne femme avant de le relever.

Au détour d'une rue, Tyler se retrouva devant l'une des nombreuses fontaines qui décoraient les rues de la capitale italienne. Il se tenait à présent sur une petite place terriblement romantique, l'une de celles qu'ils avaient cherchées autrefois pour pouvoir s'y embrasser à l'abri des paparazzis.

Ce simple souvenir éveillait en lui un désir insoutenable. N'avait-il donc aucun orgueil ? Comment pouvait-il avoir tant besoin d'elle alors qu'elle lui avait clairement fait comprendre qu'elle ne voulait plus de lui ? Alors qu'elle l'avait abandonné pour courir dans les bras d'un autre homme ?

Le pire, c'est qu'il ne savait toujours pas pourquoi elle l'avait fait. Combien de fois s'était-il repassé mentalement le film de leurs derniers jours ? Combien de fois avait-il désespérément cherché un indice, une clé, pour comprendre son geste ?

Et puis, il avait fini par renoncer aux questions, dissimulant la blessure qu'elle lui avait causée sous le masque de la rancune et de la colère. Mais cela n'avait pas suffi à la cicatriser, bien sûr. Au contraire, elle était devenue une partie intégrante de lui-même, une terrible incertitude qui le rongeait intérieurement.

Tyler avait d'autant plus de mal à l'accepter qu'il s'était toujours considéré comme un survivant. Il avait triomphé de la pauvreté et de la violence. Contre toute attente, il avait accompli son rêve et avait gagné sa place parmi les plus grands.

Mais il n'était pas sorti indemne de sa relation avec Asher. Pour la première fois de sa vie, quelqu'un avait réussi à percer son armure, à faire vaciller sa confiance en soi. Combien de fois, par la suite, avait-il couché avec une femme parce qu'elle avait la même couleur de cheveux, le même genre de voix ou les mêmes yeux qu'elle ?

Chaque fois, la désillusion avait été un peu plus grande. Plus il cherchait à la retrouver et plus elle paraissait s'éloigner de lui. Et au moment où il s'était pris à rêver qu'elle finirait peut-être par disparaître complètement de sa mémoire, voilà qu'elle resurgissait dans sa vie.

Elle était de retour, aussi belle et aussi séduisante qu'autrefois. Ses baisers le troublaient plus encore que dans son souvenir. Chaque fois qu'il posait les yeux sur elle, il brûlait de la toucher, de la tenir nue contre lui.

Loin de s'être atténuée avec le temps, son obsession n'avait fait que croître. Et le plus ironique, c'était qu'elle était célibataire, à présent…

Tyler poussa un juron qui résonna sur la petite placette

déserte. Cette fois, décida-t-il, il ne se laisserait pas faire. Il n'était pas question qu'il la laisse prendre les rênes. Elle serait à lui, qu'elle le veuille ou non.

— Défi, stratégie, action, murmura-t-il.

C'était la devise qu'il s'était efforcé de suivre durant toute sa vie.

Sortant une pièce de la poche de son jean, il la propulsa d'une pichenette dans la fontaine. Elle troua la surface de l'eau et se posa au fond du bassin, parmi des dizaines d'autres. Il ne lui restait plus qu'à espérer que son vœu serait exaucé.

En attendant, ce dont il avait vraiment besoin, c'était d'un bon verre…

4

Ce ne fut que lorsqu'elle embarqua pour Paris qu'Asher réalisa vraiment qu'elle avait accompli son objectif. Elle avait remporté l'open d'Italie, signant ainsi son retour parmi l'élite du tennis international.

Elle se rappelait vaguement les applaudissements et les vivats de la foule, Madge qui la serrait affectueusement contre elle, les dizaines de flashs qui l'avaient aveuglée et les centaines de questions auxquelles elle avait dû répondre avant de pouvoir s'écrouler sur la table de massage.

Ensuite, il y avait eu une fête, du champagne, de nouvelles interviews et des tas de gens qui tenaient à lui serrer la main ou à lui faire la bise. Elle avait vécu tout cela comme une sorte de rêve éveillé, incapable de prendre la mesure de ce qui lui arrivait.

Mais, alors que l'avion quittait la piste de l'aéroport, la réalité la rattrapa brusquement. Elle avait gagné son pari au-delà de ses propres espérances. C'était la première fois qu'elle triomphait sur la terre battue du Foro Italico. Et c'était un signe prometteur pour la suite de sa carrière.

Elle avait fait ses preuves et, soudain, toutes les heures passées à s'entraîner sans relâche au cours de ces six derniers mois prenaient un sens. Elle ne pouvait plus douter à présent du fait qu'elle avait pris la bonne décision.

Plus que jamais, elle était soulagée d'avoir tourné cette page de son existence. Son mariage avec Eric lui paraissait appartenir à un autre univers. Pouvait-on réellement parler de mariage, d'ailleurs ? Il avait suffi de deux mois pour que leur union prenne la forme d'une cohabitation aussi polie que dépassionnée.

Elle en venait presque à se demander comment elle avait bien pu épouser lord Eric Wickerton. Elle était pourtant pleinement responsable de cette erreur. C'était elle qui avait accepté sa demande alors qu'elle ne l'aimait pas vraiment. Il le savait déjà à l'époque, mais cela ne l'avait pas dérangé outre mesure.

Quant à elle, elle n'avait pas même cherché à protester lorsqu'il lui avait demandé de tenir un rôle dans lequel elle ne se reconnaissait pas. Tout ce qu'elle voulait, c'était fuir, quel que puisse être le prix à payer. Elle s'était donc glissée dans la peau de lady Wickerton, jouant les hôtesses modèles et les femmes dévouées.

En échange, elle s'était attendue à trouver de l'affection et du respect. Mais elle n'avait pas tardé à se rendre compte qu'il n'en serait rien. Le mariage qu'elle avait contracté était pire que la situation qu'elle avait cherché à fuir. Elle avait ainsi découvert que les disputes étaient bien plus difficiles à supporter lorsque l'on n'avait rien en commun.

Asher repoussa ces souvenirs douloureux, refusant de laisser l'amertume l'envahir. Cette période de sa vie était révolue. Elle venait de remporter un tournoi. De nouvelles perspectives s'ouvraient devant elle. C'était tout ce qui comptait.

La jeune femme passa en revue les principales phases du jeu qui l'avait opposée à Tia. Michael avait vu juste, à son sujet. Sur le court, cette fille était une véritable diablesse. Elle jouait chaque coup avec le même enthousiasme, s'investissait sur chaque balle et paraissait ne jamais se fatiguer.

Elle avait le don d'exploiter la moindre faiblesse de ses adversaires. Face à Asher, elle avait imposé un rythme effréné, misant sur la fatigue que celle-ci avait accumulée depuis le début du tournoi. Les deux jeunes femmes avaient dû courir plusieurs kilomètres durant les trois sets qu'avait duré la rencontre.

La dernière manche avait été particulièrement éprouvante. Il leur avait fallu douze jeux interminables au cours desquels elles avaient bataillé pour chaque point. Tour à tour, elles avaient pris l'avantage avant de le perdre et le public avait vécu un match haletant.

Lorsqu'elles avaient enfin quitté le court sous les bravos, elles n'étaient plus que l'ombre d'elles-mêmes. Mais, aux yeux d'Asher, la victoire valait toutes les crampes, toutes les douleurs et toutes les courbatures du monde.

D'ailleurs, elle était rétrospectivement assez satisfaite que le match ait été aussi disputé. Cela n'avait donné que plus de prix au titre qu'elle avait décroché. La presse avait d'ailleurs longuement commenté cette rencontre d'anthologie, louant le retour inespéré d'Asher et la qualité de son jeu retrouvé.

A présent, il lui restait à confirmer ce premier succès et à démontrer aux autres joueuses qu'elle n'avait pas seulement profité de l'effet de surprise. Après tout, il lui faudrait encore bien des victoires pour retrouver son classement ATP d'autrefois. La prochaine étape se jouerait à Roland-Garros. Elle y avait déjà triomphé, l'année où elle sortait avec Tyler…

Comme elle se faisait cette réflexion, le souvenir du mois qu'ils avaient passé à Paris lui revint avec une douloureuse intensité.

« Tu veux que nous remettions la partie à plus tard ? Que nous reprenions cette discussion à Paris ? »

Malgré elle, elle ne put s'empêcher de frissonner. Il y avait dans ces mots autant de promesses que de menaces. Une chose, en tout cas, était sûre : Tyler ne les avait pas prononcés à la légère. Quoi qu'il arrive, elle devrait l'affronter. Mais elle n'était plus la jeune fille innocente et naïve d'autrefois. La vie lui avait appris qu'il ne fallait attendre d'elle ni réponses faciles ni fins heureuses.

Il était loin le temps où elle pensait que toutes les histoires d'amour se terminaient par « ils vécurent heureux et eurent beaucoup d'enfants ». Elle avait cru à une époque

que c'était ce qui se produirait entre Tyler et elle. Mais elle avait fini par réaliser que les choses n'étaient jamais aussi simples.

Il essaierait probablement de la séduire pour apaiser son ego. Bien sûr, cette fois, il s'agirait juste de son corps et pas de son cœur. C'était déjà suffisamment dangereux, d'ailleurs. Car elle se rappelait parfaitement l'amant merveilleux qu'il pouvait être.

En fait, si elle avait pu se donner à lui sans craindre que ses sentiments ne s'en mêlent, elle l'aurait probablement fait sans hésiter. Après tout, cela faisait près de trois ans qu'elle n'avait pas connu la moindre relation physique satisfaisante…

Malheureusement, elle n'était pas certaine de pouvoir dissocier la passion des émotions. Elle était même suffisamment honnête vis-à-vis d'elle-même pour reconnaître qu'elle aimait toujours Tyler, qu'elle n'avait probablement jamais cessé de l'aimer.

La fin de leur histoire n'avait pas suffi à anéantir ce qu'elle ressentait pour lui. Et ce constat ne faisait qu'accroître la culpabilité qui la rongeait intérieurement.

Une fois de plus, elle se demanda comme il aurait réagi s'il avait été au courant. Mais c'était une question absurde. Comment aurait-elle pu lui dire quoi que ce soit ?

Asher serra les dents et contempla les nuages au-dessus desquels glissait son avion. L'impression de calme qui émanait de ce paysage aérien ne fit qu'accentuer son propre désarroi.

L'aurait-il crue ? L'aurait-il accepté ?

Non, songea-t-elle tristement. Bien sûr que non…

Et il ne devait jamais apprendre qu'elle portait son enfant lorsqu'elle avait épousé un autre homme. Ni qu'elle l'avait perdu à cause du désespoir qu'elle avait éprouvé en se retrouvant séparée de lui…

***

— Tyler ! fit une voix familière derrière lui.

Stupéfait, il se retourna pour faire face à la jeune femme qui venait de l'interpeller. Un large sourire éclaira alors son visage. Il lâcha brusquement la raquette qu'il tenait à la main et se précipita vers elle pour la prendre dans ses bras et la serrer de toutes ses forces contre lui. Elle éclata de rire, cherchant vainement à se dégager.

— Tu vas m'étouffer ! protesta-t-elle.

Tyler planta un baiser sur sa joue avant de s'écarter légèrement pour pouvoir la contempler. Elle était vraiment petite, mesurant presque trente centimètres de moins que lui. Sa silhouette était voluptueuse, ses yeux gris-vert étincelants et son sourire aussi radieux que communicatif.

Il songea qu'elle était vraiment très belle et se sentit envahi par l'amour profond qu'elle lui inspirait. Affectueusement, il ébouriffa ses cheveux coupés court qui étaient aussi noirs que les siens.

— Mais qu'est-ce que tu fais là ? lui demanda-t-il.

— Je me fais broyer les côtes par le meilleur joueur de tennis du monde, bien sûr, répondit-elle en lui tirant l'oreille.

Tyler passa un bras autour de ses épaules. Ce n'est qu'alors qu'il remarqua l'homme qui se trouvait derrière elle et les observait attentivement.

— Bonjour, Mac, fit-il en lui tendant la main.

— Tyler, comment vas-tu ?

— Très bien, merci.

La politesse légèrement distante de Tyler amusait beaucoup Mac. Il savait combien il était attaché à sa sœur cadette. Il lui arrivait souvent d'oublier qu'elle avait vingt-sept ans et était déjà mère d'un enfant. Lorsque Mac avait épousé Jess, deux ans auparavant, il avait compris qu'il devrait faire ses preuves.

Le fait qu'il soit plus âgé qu'elle de quinze ans, qu'il lui ait fait traverser le pays pour l'emmener en Californie et qu'il préfère les échecs au tennis ne plaidait certainement pas en sa faveur. En réalité, s'il n'avait pas été le neveu de Martin Derick, il n'aurait sans doute pas eu la moindre chance de pouvoir approcher la jeune femme.

Fort heureusement, les deux années qui s'étaient écoulées avaient quelque peu amoindri la méfiance de Tyler qui se rendait bien compte que Mac avait su faire le bonheur de sa sœur.

— Est-ce que Pete est avec vous ? demanda-t-il à son beau-frère.

Mac lui sourit.

— Non, répondit-il. Il est avec sa grand-mère. Je crois qu'ils sont tous deux très contents de pouvoir passer un peu de temps ensemble.

— D'après moi, elle ne tardera pas à changer d'avis, remarqua Jess en riant. A un an, il commence déjà à courir partout et elle va avoir beaucoup de mal à le garder à l'œil. En tout cas, elle m'a demandé de t'embrasser de sa part. Tu sais qu'elle n'aime pas trop les longs voyages en avion.

— Je lui ai parlé hier soir, remarqua Tyler. Mais elle s'est bien gardée de me dire que vous veniez, tous les deux.

— Elle voulait te faire la surprise, expliqua Jess. Cela dit, je suis ravie que nous soyons venus ! Paris est la ville idéale pour s'offrir une deuxième lune de miel.

Jess et Mac échangèrent un regard complice et se prirent tendrement par la main.

— Qu'est-ce qu'il ne faut pas entendre ! s'exclama alors Mac. Si tu savais comme j'ai eu du mal à la convaincre de laisser Pete aux Etats-Unis. Si tu n'avais pas été là, elle n'aurait jamais accepté de venir. Elle est complètement gaga de son fils adoré.

— Ce n'est pas vrai, protesta Jess. Enfin, si, c'est vrai… Mais ce n'est pas ma faute s'il est si extraordinaire !

— Tu vois ce que je veux dire ? ironisa Mac. Ta sœur est convaincue que nous devrions l'expédier à Harvard sans attendre…

— Cela peut attendre l'année prochaine, répliqua malicieusement Jess. Alors ? ajouta-t-elle à l'intention de son frère. Tu es toujours premier ! Si tu savais comme Martin est fier de toi.

— A vrai dire, j'espérais qu'il pourrait assister au tournoi, répondit Tyler. Tu sais, je le cherche toujours des yeux, à chaque début de match…

— Il voulait venir, mais il a été retenu par ce procès qui a été ajourné, le mois dernier. Mac et moi nous chargerons de représenter la famille.

— Ça me va parfaitement. A quel hôtel êtes-vous descendus ?

— A l'hôtel…

Jess s'interrompit brusquement, les yeux fixés sur la jeune femme qui traversait le court désert.

— C'est Asher ? murmura-t-elle, sidérée.

Tyler se tourna vers son ex-petite amie qui ne les avait pas remarqués. Elle discutait avec Chuck de l'un des matchs qu'elle avait disputés à Rome.

— Oui, acquiesça-t-il, incapable de détacher les yeux de la jeune femme. C'est bien elle… Tu ne savais pas qu'elle était là ?

— Eh bien, j'avais lu qu'elle comptait reprendre la compétition…, reconnut Jess.

Elle se tut de nouveau, surprise par l'intensité des sentiments qu'éveillait en elle la simple présence d'Asher Wolfe. Elle se retrouva brusquement projetée des années en arrière, par un brumeux après-midi de septembre. Elle avait cru comprendre Asher, alors, mais tout avait changé au cours de ces derniers mois.

La jeune femme avait divorcé et voilà qu'elle était de retour sur les courts. Se tournant vers Tyler, elle l'observa attentivement et une sensation nauséeuse monta brusquement en elle. Avait-il aimé Asher ? L'aimait-il encore ? Et, surtout, que penserait-il d'elle s'il apprenait le rôle qu'elle avait joué dans la tragédie qui s'était jouée, trois ans auparavant ?

Jess n'était pas certaine de vouloir connaître les réponses à ces questions.

— Tyler ? fit-elle doucement.

Il se tourna vers elle et, dans ses yeux, elle lut une colère qu'il avait visiblement beaucoup de mal à contenir. Jess comprit que le moment était mal choisi pour l'interroger et se promit de le faire ultérieurement. Le soulagement qu'elle sentit alors monter en elle se doubla d'une profonde culpabilité.

— Alors ? fit son frère d'un ton faussement léger. Tu ne m'as toujours pas dit où vous étiez descendus…

— C'est ridicule, s'exclama Chuck. Ce n'est pas parce qu'il n'a que dix-huit ans et qu'il a bien négocié les matchs de qualification qu'il va remporter le tournoi ! Franchement, les journalistes racontent n'importe quoi !

— Allons, tu es juste jaloux parce qu'il est plus jeune et qu'il a toute sa carrière devant lui, protesta Asher en riant.

— Je ne suis pas jaloux ! protesta Chuck, blessé. Mais ce gamin est insupportable. Je crois que je n'ai jamais rencontré quelqu'un d'aussi arrogant. Il ne devrait pas oublier qu'il vit toujours chez ses parents et qu'il a encore tout à prouver dans un tournoi de cette envergure !

— Ce n'est quand même pas la peine de te mettre dans un état pareil. Je suis sûre que tu n'en feras qu'une bouchée en quarts de finale. Ce sera un match passionnant, d'ailleurs. La jeunesse contre l'expérience…

— Très drôle, Wolfe ! Toi, tu n'as pas à t'en faire. Tu rencontres Rayski. C'est une vieille femme, tout comme toi.

— D'accord, j'arrête de te taquiner, s'excusa Asher. Plus sérieusement, quelle stratégie comptes-tu utiliser, cet après-midi ?

— Je n'en ferai qu'une bouchée, décréta Chuck avec une assurance un peu forcée.

Il sourit.

— Mais, au cas où je n'y arriverais pas, je laisserai à Tyler le soin de le faire en demi-finales ou en finale.

Asher fit rebondir la balle qu'elle tenait à la main.

— Tu es sûr que Tyler atteindra la finale ? demanda-t-elle.

— J'en mettrais ma main à couper, déclara-t-il sans hésiter. C'est son année. Jamais il n'a joué aussi bien.

L'admiration de Chuck pour son ami se teintait d'une légère pointe d'envie qui donnait plus de poids encore à son affirmation.

— Je suis certain qu'il est parti pour collectionner les titres, ajouta-t-il.

Asher ne répondit pas et Chuck entreprit de lui prouver ce qu'il venait de dire en se lançant dans une analyse détaillée des matchs que son ami venait de disputer.

Elle ne l'écoutait que d'une oreille, profitant de la tranquillité qui régnait sur Roland-Garros. Elle aimait ce moment de la journée. Il y avait dans l'air une sérénité fragile, une sorte de calme avant la tempête.

Bientôt, les tribunes seraient envahies de spectateurs et la compétition reprendrait ses droits. Des milliers de personnes se presseraient alors dans les allées et dans les tribunes. L'air résonnerait des salves d'applaudissements, des cris d'encouragement, du brouhaha des conversations et des éclats de rire.

Durant la première semaine du tournoi, les matchs se succédaient pendant près de onze heures d'affilée. Cette compétition était considérée comme l'une des plus difficiles du circuit. Comme Tyler, Asher était venue dans l'espoir d'arracher une seconde victoire à la terre battue parisienne.

Paris, comme Rome, évoquait à la jeune femme de nombreux souvenirs liés à Tyler. Elle se rappelait un certain cinéma où ils avaient passé leur temps à s'embrasser comme des adolescents devant un film d'Ingmar Bergman. Elle se rappelait la façon dont Tyler lui avait massé le mollet tout en l'exhortant à ne pas abandonner malgré la douleur.

Elle se rappelait aussi toutes les fois où ils avaient fait l'amour dans le petit hôtel où ils étaient descendus. A l'époque, elle croyait encore que rien ni personne ne pourrait jamais les séparer.

Repoussant ces souvenirs déchirants, Asher parcourut

des yeux le court sur lequel ils se trouvaient. Ce n'est qu'alors qu'elle aperçut Jess. Elle ne put retenir un sursaut et toutes deux se contemplèrent en silence, incapables de dissimuler le mélange de surprise et de souffrance qui les avait envahies.

— Mais c'est Jess ! s'exclama alors Chuck qui venait à son tour de remarquer la jeune femme.

Il lui fit un signe de la main et prit le bras d'Asher pour l'entraîner vers elle.

— Allons lui dire bonjour !

Asher se dégagea, paniquée.

— Non, je dois…

Elle s'interrompit, incapable de trouver une excuse valable.

— Vas-y, je vous rejoindrai plus tard.

Chuck la contempla avec étonnement, mais elle se détourna avant qu'il n'ait le temps de lui poser la moindre question. Elle pressa le pas, résistant à l'envie qu'elle avait de se mettre à courir. Lorsqu'elle se retrouva dans l'allée qui longeait les courts, elle se força à ralentir l'allure.

Son cœur battait la chamade. Elle ne s'était pas attendue à croiser la sœur de Tyler. Et elle ne se sentait pas du tout prête à une telle confrontation. Elle avait besoin d'un peu de temps pour se préparer, pour décider de l'attitude à adopter face à elle.

Jess avait paru tout aussi stupéfaite qu'elle par sa présence. Cela n'avait rien d'étonnant, d'ailleurs, étant donné ce qu'elle lui avait dit lors de leur dernière rencontre, trois ans auparavant. Des bribes de cette conversation lui revenaient à la mémoire. Toutes deux se trouvaient alors dans la chambre d'hôtel qu'Asher partageait avec Tyler.

Elle se rappela sa propre souffrance, son angoisse tandis qu'elle faisait sa valise pour aller rejoindre Eric. Tyler avait raison : elle avait fui. Peut-être avait-elle espéré alors qu'elle finirait par échapper à l'emprise qu'il exerçait sur elle. Mais elle réalisait aujourd'hui l'absurdité d'une telle idée.

Les sentiments qu'elle éprouvait n'avaient pas changé. Tyler était le seul homme qu'elle ait jamais aimé, le seul qu'elle aimerait jamais, sans doute. Il était le père de son enfant qui était mort avant même de venir au monde. Et elle ne se pardonnerait jamais l'accident qui lui avait coûté la vie.

C'était peut-être cela qui avait signé la fin de son mariage, plus encore que le manque d'amour ou de complicité.

A présent, Asher ne pouvait s'empêcher de se demander ce qui se serait passé s'il avait survécu. Aurait-elle vraiment pu cacher à Tyler le fait qu'il en était le père ? Aurait-elle pu demeurer l'épouse d'un homme qui n'était pas le père de son enfant ?

Elle serra les dents, repoussant ces interrogations qui ne faisaient qu'aviver la souffrance qui l'habitait depuis cette époque. Elle avait perdu Tyler, son bébé et le soutien de son père. Elle avait payé très cher les erreurs qu'elle avait commises. Et il était temps pour elle de tourner la page et de commencer un nouveau chapitre de sa vie.

Le contact d'une main sur son épaule la fit brusquement sursauter. Le cœur battant, elle se retourna et découvrit Tyler qui se trouvait juste derrière elle. Tous deux restèrent silencieux pendant quelques secondes qui semblèrent durer une éternité.

— Tu es inquiète au sujet de ton prochain match ? lui demanda-t-il enfin, se méprenant totalement sur les raisons de son évident désarroi.

— Un peu, mentit-elle, soulagée par cette diversion. Ryaski est vraiment très rapide.

— Tu l'as déjà battue, lui rappela Tyler.

— La réciproque est vraie.

Tyler lui prit doucement la main, s'efforçant de la rassurer par ce simple contact, comme il l'avait fait si souvent autrefois.

— Joue contre elle comme tu as joué contre Conway, lui conseilla-t-il. Elles ont à peu près le même style.

Asher ne put retenir un petit rire nerveux.

— Est-ce que c'est censé me rassurer ? demanda-t-elle.

— Tu n'en as pas besoin, lui affirma-t-il. De toute façon, tu es meilleure qu'elle.

Il leva la main vers son visage et lui caressa doucement la joue.

— Elle est peut-être plus rapide, mais tu es plus solide et plus endurante. Et cela te donne un avantage décisif sur terre battue, même si ce n'est pas ta surface de prédilection.

Asher hocha la tête, troublée par la gentillesse dont il faisait preuve.

— Tu as fait beaucoup de progrès, reprit-il. Ton revers n'est toujours pas aussi puissant qu'il le devrait, mais…

— Il a suffi contre Conway, objecta-t-elle, un peu vexée par cette remarque.

— Il pourrait quand même être meilleur, insista Tyler.

— Peut-être, reconnut-elle à contrecœur. J'ai vu que tu devais rencontrer Kilroy. Je n'ai jamais entendu parler de lui…

— Cela ne fait que deux ans qu'il est entré dans la course. Il a surpris tout le monde à Melbourne, la saison dernière.

Sans lâcher la main d'Asher, Tyler se mit en marche. Pendant quelques instants, ils se promenèrent ainsi main dans la main, se laissant aller à croire que rien n'avait changé entre eux. Brusquement, Tyler s'arrêta devant un parterre de fleurs.

— Tu as déjà vu des plantes pareilles ? s'exclama-t-il en contemplant leurs étranges corolles.

— Ce sont des sabots-de-Vénus.

— Quel nom ridicule !

— Espèce de cynique !

— Cynique, moi ? s'exclama Tyler d'un ton faussement outragé. Dois-je te rappeler qu'une fois, j'avais rempli la baignoire de ta chambre d'hôtel de pétales de rose ?

— C'est vrai, acquiesça Asher en souriant. Il m'a fallu plus d'une heure pour m'en débarrasser et pouvoir me laver… Tu avais vraiment le don de me surprendre avec ce genre de gestes absurdes, ajouta-t-elle sans pouvoir réprimer un soupir.

— Absurde ? Ce qui serait absurde, à mon avis, ce serait de remplir une baignoire de ces sabots-de-Vénus !

— Je me rappelle qu'il y avait toujours des dizaines de bouquets dans nos chambres. Tu te servais même de nos bouteilles vides pour y mettre des fleurs. Parfois, il m'arrive…

Asher s'interrompit brusquement, réalisant qu'elle se laissait emporter par ce flot de délicieux souvenirs. Tyler se rembrunit, rappelé à son tour à la réalité.

— T'est-il arrivé de te réveiller en plein milieu de la nuit et de me chercher à tes côtés ? lui demanda-t-il. As-tu ressenti cette impression de manque en réalisant que je n'y étais pas ?

— Tyler, je t'en prie…

— Moi, cela m'est arrivé souvent, poursuivit-il sans tenir compte de son expression suppliante. Lorsque tu es partie, j'en étais malade. Je n'arrêtais pas de me demander pourquoi. J'avais envie de toi tout le temps. Et je te détestais en même temps… Sais-tu seulement ce que l'on peut ressentir lorsque l'on est seul dans son lit, incapable de dormir parce que la femme que l'on aime se trouve à des milliers de kilomètres de là, dans les bras d'un autre homme ?

— Tais-toi, articula-t-elle, la gorge serrée. Ne dis pas des choses comme cela…

— Pourquoi ? répliqua-t-il. Parce que ce n'est pas agréable à entendre ? Parce que tu préférerais que je prétende n'avoir rien ressenti ? Que tu ne m'as pas brisé le cœur ? C'est trop facile, Asher.

Elle avait beaucoup de mal à soutenir son regard qui brûlait d'un mélange de passion et de colère. Incapable de répondre à ses accusations, craignant à tout instant de trahir les raisons de son départ, elle fit un pas vers lui et l'embrassa.

Tyler aurait voulu lutter contre ce baiser et la repousser.

Mais il en était incapable. Un violent frisson le parcourut et il ne put s'empêcher de répondre à cette étreinte. Comment aurait-il pu y résister ? Asher avait le don de lui faire perdre ses repères, de lui faire oublier toutes ses résolutions.

Ne valait-il mieux pas renoncer à lutter ? S'il faisait l'amour avec elle, il parviendrait peut-être à exorciser une fois pour toutes cette envie dévorante qu'il avait d'elle. Au moment même où il formulait cette pensée, il comprit qu'il était en train de se mentir.

Cela faisait trois ans qu'elle était partie. Il aurait déjà dû l'oublier, la bannir de sa mémoire. Mais elle continuait à hanter ses rêves, à le détourner de toutes les femmes auprès desquelles il avait essayé de l'oublier. A tout moment, un simple détail suffisait à faire resurgir son souvenir, aussi douloureux que le jour où elle l'avait quitté.

Et tandis qu'il lui rendait son baiser, l'envie qu'il avait d'elle ne faisait que croître, envahissant chaque parcelle de son corps, chaque synapse de son esprit. Jamais personne n'avait exercé sur lui une telle fascination.

Incapable de résister à la tentation, il s'arracha à elle le temps de la prendre par la main et de l'entraîner derrière un bosquet d'arbres tout proche. Là, il l'embrassa de nouveau et laissa ses mains glisser sous son T-shirt.

Il avait besoin de sentir sa peau sous ses doigts, de s'assurer qu'elle réagissait toujours à ses caresses. Le cœur battant à tout rompre, il remonta jusqu'à sa poitrine menue qui se dressait déjà sous ses paumes. Asher ne put retenir un gémissement de plaisir et s'arqua légèrement pour mieux s'offrir à lui.

Les mains de Tyler se refermèrent sur ses seins tandis qu'un élan de désir presque insoutenable le traversait de part en part. Il aurait voulu pouvoir lui faire l'amour, soulager l'envie dévorante qu'il avait d'elle et que des années de séparation avaient aiguisée.

Sa chair était douce et brûlante et ses baisers se faisaient plus passionnés, presque avides. Leurs langues se mêlaient, trahissant leur impatience. Lorsqu'il glissa sa jambe entre ses cuisses, elle fut parcourue d'un frisson irrépressible, terrassée par un accès de plaisir qui ne fit qu'accroître le besoin que Tyler avait d'elle.

Enlacés, ils se dévoraient de baisers et laissaient leurs mains courir sur leurs corps parcourus de tressaillements presque convulsifs. L'odeur entêtante des fleurs se mêlait à celle de leur peau, leur donnant le vertige.

Tyler avait l'impression de perdre tout repère, dérivant quelque part entre le passé et le présent, entre leur intimité perdue et la promesse d'étreintes à venir. Il se demanda s'il en allait de même pour Asher, si elle aussi percevait l'inéluctabilité de leur relation que ni la trahison, ni l'éloignement, ni le temps n'étaient parvenus à abolir.

Au loin, un éclat de rire se fit entendre, les rappelant brusquement à la réalité. A tout moment, quelqu'un pouvait surgir et les surprendre. Et les paparazzis auraient payé très cher pour les photographier dans cette position particulièrement compromettante.

A contrecœur, Tyler s'arracha donc à la jeune femme. Haletant, il la contempla, fasciné par le plaisir qui brillait dans ses magnifiques yeux bleus. Le trouble qui l'habitait contrastait avec son impassibilité coutumière, la rendant plus désirable encore.

Incapables d'articuler le moindre mot, ils se regardèrent en silence, presque effrayés par l'intensité de leur propre réaction.

Asher ignorait combien de temps ils étaient restés ainsi enlacés. Son cœur battait à tout rompre et sa respiration était haletante. Tremblante, elle ne parvenait pas à reprendre le contrôle d'elle-même. Le plaisir qui l'avait submergée avait été si soudain, si violent que son corps tout entier en frémissait encore.

Jamais elle ne s'était sentie aussi vivante.

— Ce soir, murmura Tyler d'une voix rauque.

— Tyler…, protesta-t-elle faiblement.

— Ce soir, répéta-t-il.

— Je ne peux pas, articula-t-elle.

— Bon sang, Asher !

Il s'interrompit, avisant l'angoisse qui se lisait dans ses yeux.

— J'ai peur…, avoua-t-elle.

Cet aveu suffit à dissiper la colère qui montait en lui. Qu'aurait-il pu répondre à cela ? N'était-il pas lui-même terrifié par le besoin qu'il avait d'elle ? Lorsqu'elle se serra dans ses bras et posa sa joue contre sa poitrine, il poussa un profond soupir et se mit à caresser doucement ses cheveux soyeux.

— Je suis désolée, murmura-t-elle.

Asher se sentait désorientée. Jusqu'alors, elle avait réussi à se persuader qu'elle serait suffisamment forte pour résister au désir que lui inspirait Tyler. Mais elle comprenait à présent qu'il n'en était rien. Son amour pour lui avait été décuplé par ces trois années de séparation.

— Asher, fit-il en la repoussant doucement, cette fois, je ne peux pas te promettre d'attendre que tu fasses le premier pas. Je ne peux pas te promettre non plus que je me montrerai tendre et patient. Les choses ont changé entre nous.

— C'est vrai, reconnut-elle. Et il vaudrait peut-être mieux pour nous deux que nous restions loin l'un de l'autre.

— Cela n'arrivera pas, lui promit Tyler.

— Nous devrions quand même essayer, plaida-t-elle.

— Je te préviens : je ne ferai rien pour te faciliter les choses.

— Ce n'est pas juste, protesta-t-elle.

Il émit un petit rire sans joie.

— Non, répondit-il. Mais je ne me battrai pas contre ce dont j'ai envie. Chaque fois que je te regarde, je me rappelle ce que nous avions, toi et moi. Et je me demande pourquoi tu as tout gâché. Cela me rend complètement fou.

— Je veux que tu saches que nous ne pourrons pas revenir en arrière. S'il doit se passer quelque chose entre nous, cela n'aura aucun rapport avec ce qui est arrivé à l'époque. Je ne répondrai pas aux questions que tu te poses et je ne te donnerai aucune explication, Tyler. Le passé est mort et enterré.

— Et tu crois vraiment que je me contenterai de cela ? répliqua-t-il, les yeux emplis de colère.

— Là n'est pas la question, répondit-elle calmement. Je te préviens simplement que je refuse de raviver de vieilles douleurs.

— C'est trop demander, répondit Tyler d'un air sombre.

Elle percevait la douleur qui l'habitait et sa culpabilité s'accrut encore. Elle aurait voulu le reprendre dans ses bras et le convaincre que le passé n'avait plus d'importance, que seul comptait l'avenir qui s'ouvrait devant eux.

Ce fut peut-être sa fierté qui l'en empêcha, ou cet instinct de survie qui était si profondément ancré en elle. Elle sentait aussi confusément qu'il leur serait impossible de nouer une relation fondée sur les non-dits.

Le passé était trop douloureux pour qu'ils puissent se contenter de l'ignorer. Le souvenir obsédant de leur rupture planerait toujours entre eux comme une ombre menaçante susceptible de les submerger à tout moment.

— Tu as raison, soupira-t-elle. Je crois qu'il vaudrait mieux que nous évitions de nous voir. Ce serait bien trop douloureux pour nous deux…

— Je n'ai jamais voulu te faire de mal, Asher, objecta Tyler. Il m'est arrivé de croire que je voulais me venger de ce que tu m'avais fait, mais je ne le pensais pas vraiment…

Elle ferma les yeux, se rappelant les paroles qu'avait prononcées Jess, des années auparavant. Elle aussi lui avait juré que son frère ne lui ferait jamais de mal.

— Nous ne le voulions ni l'un ni l'autre, répondit-elle enfin. Et c'est pourtant ce qui est arrivé. Ne vaudrait-il pas mieux que nous évitions de recommencer ?

— Regarde-moi, lui dit-il.

Il avait parlé d'une voix très douce et elle ne put s'empêcher de lever les yeux vers lui. La douceur qu'elle y lut lui transperça le cœur de part en part. Tendrement, il posa sa main sur sa joue.

— Tu sais très bien que ce n'est pas une question de choix, lui dit-il gravement. Nous avons besoin l'un de l'autre. Et rien ne peut changer cela.

— Je sais, soupira-t-elle. J'espérais que je pourrais m'en empêcher mais c'est impossible…

— Pourquoi résister, alors ?

— Je ne sais pas… Je crois que j'ai besoin de temps.

Il fit mine de protester puis se ravisa et hocha la tête. Il avait déjà attendu trois ans. Quelques jours ou quelques semaines de plus n'y changeraient rien.

— D'accord, fit-il. Je te laisserai du temps. Mais je te préviens, Asher : la prochaine fois, je ne demanderai pas.

Elle acquiesça, réalisant qu'une fois de plus, elle venait de placer son cœur entre les mains de Tyler. Mais qu'aurait-elle pu faire d'autre quand tout son être lui criait de s'abandonner à lui ?

5

Quatrième set, septième jeu.

Derrière la ligne de fond de court, Tyler était en place, le corps tendu comme une corde d'arc, prêt à bondir sur la balle pour retourner le service de Michael. L'air était lourd, étouffant, et le ciel s'était chargé de lourds nuages qui annonçaient l'orage à venir.

Il ne voyait plus les tribunes pleines à craquer, n'entendait plus les cris et les encouragements du public. Tout son esprit était consacré sur la balle que Michael faisait mollement rebondir sur le sol de terre battue.

Il était seul. Un joueur de tennis ne pouvait blâmer personne lorsqu'il perdait. Et, lorsqu'il l'emportait, tout le mérite lui en revenait. Et c'était cette responsabilité qui avait séduit Tyler depuis le jour où il avait commencé à faire rebondir ses balles contre le mur de l'impasse située derrière chez lui.

Sur le court, bien plus encore que dans la vie, il était un homme libre.

Tyler avait attendu avec impatience le match qui l'opposait actuellement à l'Australien. Ce dernier pratiquait un tennis passionné, intense, engagé. Il se donnait sans compter, s'investissait sur chaque balle, ne cachait ni sa joie ni sa colère.

Parmi tous les concurrents que Tyler rencontrait régulièrement sur les courts du monde entier, Michael était l'un de ceux pour qui il éprouvait le plus grand respect.

Chacun de leurs matchs constituait à ses yeux un véritable défi qu'il avait toujours plaisir à relever.

Car Tyler avait rapidement découvert que la victoire n'était rien si elle n'était pas méritée. Et, face à Michael, elle n'était jamais garantie.

Depuis de longues minutes, Tyler cherchait une ouverture, une faiblesse dans le jeu de son adversaire. Mais il n'en avait encore trouvé aucune.

Michael lança la balle et la frappa de toutes ses forces. Une fois de plus, il trouva un angle impeccable, obligeant Tyler à se décaler sur la gauche pour pouvoir renvoyer. Il se replaça juste à temps pour répondre à la contre-offensive de Michael.

Le nouveau jeu s'engagea alors, rapide, précis, incisif. La concentration des deux adversaires était évidente, de même que la fatigue et la tension qui s'étaient accumulées en eux au cours des quatre premiers sets.

Michael retournait tous ses coups et Tyler comprit brusquement qu'il allait lui falloir changer de tactique. Jusqu'à présent, ils étaient principalement restés en fond de court. Mais le moment était venu de prendre des risques.

A peine eut-il formulé cette pensée qu'il modifia la position de sa raquette pour effectuer un amorti. La balle passa juste au-dessus du filet et Michael dut se précipiter en avant pour la cueillir après le premier rebond. Il tenta un passing-shot pour contrer Tyler qui était monté au filet, mais il était arrivé trop tard pour contrôler parfaitement son coup.

La volée de Tyler fut aussi brutale qu'imparable et laissa son adversaire sur place.

— Zéro, quinze, fit l'arbitre.

Un véritable torrent d'applaudissements noya cette annonce. Une femme s'adressa à Tyler, mais sa connaissance du français n'était pas suffisante pour lui permettre de déterminer s'il s'agissait d'un encouragement ou d'une proposition galante.

Il alla se positionner derrière la ligne et attendit le service de Michael. Une fois de plus, celui-ci fut très rapide. Mais pas assez pour le prendre de vitesse. Tyler renvoya la balle et alla se positionner au milieu du court. Michael tenta de frapper loin mais Tyler intercepta, accélérant encore le rythme du jeu. Michael tenta un passing-shot qui lui valut un slice puis un nouveau coup en profondeur auquel Tyler répondit par un smash ravageur.

— Zéro, trente, annonça l'arbitre.

Michael se vitupéra à voix haute avant de reprendre sa place au service. Il prit tout son temps, refusant de se laisser déconcentrer par ces deux points perdus. Tyler résista à sa propre impatience et attendit.

L'échange qui suivit constitua une véritable démonstration technique. Michael avait décidé de monter à son tour au filet et Tyler resta donc en fond de court, renvoyant coup pour coup sans jamais accélérer. Cette fois, il voulait user son adversaire.

Mais Michael refusait de se laisser intimider et plusieurs minutes s'écoulèrent avant qu'il ne rate l'un de ses retours qui fut intercepté par le filet.

— Zéro, quarante.

La nervosité de Michael était à présent perceptible et son premier service sortit du court. Le deuxième fut plus prudent, donnant l'avantage à Tyler qui effectua un retour éclair avant de monter au filet. Avec l'énergie du désespoir, Michael tenta de le déstabiliser, alternant les coups différents et prouvant ainsi l'étendue de sa palette de jeu.

Malheureusement, il ne pouvait se permettre de prendre trop de risques et ce fut sa prudence qui le perdit. Tyler se donnait à fond sur chaque balle, sachant qu'il avait trois points d'avance sur son adversaire. Comme l'échange menaçait de s'éterniser, il tenta le tout pour le tout et inclina brusquement sa raquette pour imprimer un effet à la balle.

Celle-ci alla s'écraser juste derrière le filet et rebondit mollement. Michael était bien trop loin pour espérer la rattraper.

— Jeu et set, Starbuck, annonça l'arbitre tandis qu'un nouveau déluge d'acclamations résonnait dans le stade.

— Il est génial ! s'exclama Jess qui avait observé l'échange avec passion. J'avais presque oublié ce que l'on pouvait éprouver en le regardant jouer !

— Je te rappelle que tu as suivi toutes ses rencontres en Italie, répondit son époux en épongeant son visage couvert de sueur.

— A la télévision, acquiesça Jess. Mais ce n'est pas pareil. Est-ce que tu sens cette ambiance, quand il joue ? On se croirait dans une Cocotte-Minute sur le point d'exploser !

— Effectivement, reconnut Mac avec une pointe d'ironie. Mais, à mon avis, c'est en grande partie dû à la chaleur et à l'humidité ! On étouffe, ici.

Jess éclata de rire.

— Tu es incorrigible, lui dit-elle avant de se pencher vers lui pour déposer un baiser sur ses lèvres.

Mais, lorsqu'elle s'écarta de lui, il vit son sourire s'effacer brusquement. Suivant des yeux son regard, il avisa Asher Wolfe qui se tenait à quelques mètres de là, entourée de tennismen dont les visages lui étaient vaguement familiers.

— Tu as vu qu'elle avait remporté sa demi-finale ? demanda-t-il, un peu étonné par la tension que la jeune femme faisait naître chez son épouse.

Il avait déjà remarqué son malaise lorsqu'elle l'avait aperçue de loin, le jour de leur arrivée. Mais il connaissait suffisamment Jess pour ne pas la presser de questions. Elle lui expliquerait les raisons de son attitude lorsqu'elle serait prête à le faire.

— C'est impressionnant pour une femme qui est restée si longtemps éloignée de la compétition, ajouta-t-il.

— C'est vrai, reconnut Jess. Il faut croire que son mariage ne l'a pas empêchée de continuer à s'entraîner…

— Elle a épousé lord Wickerton, n'est-ce pas ?

— Oui, acquiesça Jess. C'était sans doute une bonne

chose. Tyler et elle auraient probablement été très malheureux ensemble…

— De toute façon, j'ai l'impression que ton frère est bien trop pris par sa carrière pour s'impliquer sérieusement dans une relation amoureuse, observa Mac.

— C'est vrai, reconnut-elle. C'est sans doute pour cela qu'il l'a laissée partir, d'ailleurs. S'il l'avait vraiment aimée, il se serait battu pour qu'elle reste.

Son ton manquait de conviction et Mac se demanda si ce n'était pas elle-même qu'elle tentait ainsi de convaincre.

— Je n'imagine pas vraiment Tyler en train de courir après une femme, remarqua-t-il. Il est bien trop fier pour cela…

Jess hocha la tête, les yeux fixés sur son frère qui se préparait déjà à servir. Elle le revit brusquement tel qu'il lui était apparu, trois ans auparavant. Il se trouvait alors à Forest Hill et contemplait d'un air morne le court sur lequel il devait jouer l'après-midi même.

Surprise par l'expression douloureuse qui se lisait sur son visage, elle s'était approchée de lui et avait passé un bras autour de sa taille avant de poser sa tête contre son épaule.

— Tu penses déjà à ton match ? lui avait-elle demandé.

— Non.

— Ce doit être étrange de se retrouver face à son meilleur ami.

— Tant que nous serons sur le terrain, il nous faudra faire abstraction de notre amitié, lui avait-il répondu d'une voix lointaine.

Percevant la tristesse et le désarroi qui l'habitaient, elle avait senti son cœur se serrer dans sa poitrine. A ses yeux, Tyler était bien plus qu'un frère. C'était un héros, un modèle. Il lui avait tout donné sans jamais rien demander en retour. Grâce à lui, elle n'avait jamais manqué de rien et avait pu faire les études que leur mère n'aurait jamais pu financer.

— Que se passe-t-il, Ty ? lui avait-elle demandé.

— Rien…

— Est-ce que tu t'es disputé avec Asher ?

Une curieuse expression s'était peinte dans son regard.

— Non, avait-il pourtant répondu. Nous ne nous sommes pas disputés…

Jess avait clairement senti qu'il ne lui disait pas toute la vérité. Elle s'inquiétait beaucoup au sujet de son frère. Il était resté avec Asher plus longtemps qu'avec n'importe laquelle de ses anciennes petites amies. Pourtant, Jess avait remarqué la froideur et l'indépendance de la jeune femme qu'elle considérait comme un signe d'indifférence. Contrairement à la plupart des femmes qu'il avait connues, elle conservait vis-à-vis de Tyler une certaine distance.

— Est-ce qu'il t'arrive de repenser à notre vie passée, Jess ? lui avait alors demandé son frère.

— Notre vie passée ? avait-elle répété, se demandant ce qu'il voulait dire.

— Lorsque nous étions enfants… Te rappelles-tu l'appartement minable que nous habitions, les DeMarco qui vivaient à côté et ne cessaient de se disputer, l'odeur de moisi et de sueur qui flottait toujours dans l'escalier… ?

Quelque chose dans le ton de Tyler avait troublé Jess sans qu'elle comprenne ce dont il s'agissait exactement. Une chose était certaine : la mélancolie et la résignation qui perçaient dans sa voix ne lui ressemblaient guère et cela lui faisait peur.

— Pas très souvent, avait-elle répondu. Mais je ne m'en souviens probablement pas aussi bien que toi. Je n'avais que quinze ans quand nous nous sommes installés dans la nouvelle maison…

— Il m'arrive de me demander si l'on peut vraiment échapper à sa condition, avait soupiré Tyler.

Ses yeux étaient fixés sur le terrain et Jess s'était demandé ce qu'il voyait vraiment, en cet instant.

— Je n'ai jamais oublié cette odeur, avait-il repris. Lorsque j'ai demandé à Asher quelle odeur lui rappelait le plus son enfance, elle m'a dit que c'était celle des glycines qui étaient accrochées au mur, sous la fenêtre de sa chambre…

— Où veux-tu en venir ? avait murmuré Jess.

— Je ne sais pas…

— Je croyais que tu avais tourné la page.

— Je n'en suis plus aussi sûr… Hier, nous étions en train de dîner lorsque Wickerton est venu nous saluer. Asher et lui se sont mis à parler du mouvement impressionniste en France. En quelques minutes, j'étais complètement perdu…

Jess avait senti son cœur se serrer dans sa poitrine. Elle savait que Tyler n'était jamais allé à l'université et qu'il déplorait souvent ses propres lacunes. C'était peut-être pour cela qu'il avait tant insisté pour qu'elle fasse des études supérieures.

— Tu aurais dû l'envoyer paître, avait-elle déclaré.

Tyler avait éclaté de rire.

— Ça a été ma première réaction, avait-il avoué. Et puis, je les ai observés et j'ai réalisé qu'ils étaient du même monde, tous les deux, qu'ils se comprenaient et qu'ils parlaient le même langage. En fait, c'était moi l'intrus, dans cette conversation. J'imagine qu'il y a certaines barrières que l'on ne peut franchir, même lorsque l'on s'est hissé au sommet de sa propre discipline…

— Ne dis pas cela. Tu pourrais apprendre ces codes, si tu le voulais.

— Justement, je ne suis pas sûr de le vouloir vraiment. Je me moque des impressionnistes français, de leur parent commun qui se trouve être un cousin éloigné de la reine d'Angleterre ou du nom du cheval qui a remporté la dernière course à Ascot… Et même si je m'y intéressais, je ne parviendrais jamais à oublier cette odeur de moisi et de sueur…

— Asher n'aurait pas dû encourager ce Wickerton, avait déclaré Jess. Il la suit depuis Paris !

— Je ne crois pas qu'elle l'encourage, tu sais. C'est une simple question de bonnes manières. Elle n'est pas comme nous, Jess. Je l'ai toujours su, d'ailleurs…

— Il n'empêche ! Elle aurait dû l'envoyer se faire voir.

— Ce n'est pas dans son tempérament. Asher est trop bien élevée pour cela.

— Elle est juste froide et distante.

— Cela n'a rien à voir, avait protesté Tyler. Toi et moi, nous sommes pareils : nous disons ce que nous avons sur le cœur sans rien dissimuler. Si nous voulons crier, nous crions. Si nous voulons bouder, nous le faisons. Certaines personnes en sont incapables.

— Dans ce cas, elles sont stupides, avait rétorqué Jess avec l'assurance de la jeunesse.

De nouveau, Tyler avait éclaté de rire avant de la serrer dans ses bras.

— Je t'aime, lui avait-elle dit. Je ne veux pas te voir aussi malheureux. Pourquoi la laisses-tu te faire du mal ?

— Je me le suis souvent demandé. Je me demande si je n'ai pas tout simplement besoin que quelqu'un me force à changer…

Sur le coup, Jess n'avait pas compris ce qu'il voulait dire par là.

La foule manifestait un enthousiasme intact, fascinée par l'intensité du match que livraient Tyler et Michael. Assis entre Madge et Asher, Chuck avait les yeux rivés sur la balle qui fusait en tous sens.

— Tu prends des notes ? lui demanda Madge.

Chuck devait rencontrer en finale le vainqueur de ce duel au sommet.

— C'est une véritable leçon de tennis, répondit-il sans détourner le regard du court. Le meilleur match que j'aie vu au cours de ces deux dernières années !

Asher ne disait plus un mot. Depuis longtemps, elle avait renoncé à toute objectivité. Car, même si les deux joueurs possédaient d'incontestables qualités physiques et techniques, elle n'avait d'yeux que pour Tyler.

Ce n'était pas seulement parce qu'elle le connaissait,

ni parce qu'elle était sortie avec lui. Elle admirait la rage contenue qui transparaissait dans chacun de ses gestes. Il y avait en lui une intensité presque terrifiante et elle se demandait comment quelqu'un d'aussi calme et maîtrisé qu'elle-même pouvait être sensible au charme d'un tel homme.

Peut-être était-ce justement parce qu'ils se complétaient si bien, parce qu'elle trouvait en lui la passion et l'enthousiasme qui lui faisaient parfois défaut. Et c'était peut-être un peu grâce à elle que Tyler avait réussi à développer un tel contrôle de soi.

Une chose était certaine : même au milieu de cette foule, même séparée de lui par tous ces gens qui manifestaient bruyamment leur enthousiasme, elle le désirait ardemment. C'était une réaction instinctive, primaire, qui s'imposait à elle comme une évidence.

Cette sensation n'était accompagnée d'aucune honte, d'aucune peur. Elle lui paraissait au contraire parfaitement naturelle, aussi nécessaire que l'air qu'elle respirait. En le retrouvant, elle avait réalisé combien il lui avait manqué au cours des trois années interminables qui venaient de s'écouler.

Il lui semblait brusquement que sa vie avait été mise entre parenthèses, qu'elle avait perdu quelque chose d'essentiel. Mais, ce soir, elle était bien décidée à se retrouver. La décision s'imposa brusquement à elle, incontestable, fatale. Ce soir, elle s'offrirait à lui. Et s'il devait ensuite la repousser, s'il devait choisir de se venger de la façon dont elle l'avait abandonné, elle l'accepterait.

Mais elle ne pouvait plus continuer à se mentir.

Cette certitude lui arracha un éclat de rire qui trahissait le bonheur sauvage qui venait de l'envahir. Chuck lui jeta un regard interrogateur, se demandant visiblement ce qui pouvait bien provoquer chez elle une telle hilarité.

— Il va gagner, lui dit-elle avec conviction.

Elle ne pensait pas seulement à la partie que Tyler était en train de disputer.

— Il va gagner, répéta-t-elle.

*
* *

Tyler serra les dents, s'efforçant d'ignorer la douleur lancinante qui l'habitait. Il savait pertinemment que, s'il s'arrêtait un seul instant de bouger, il succomberait aux crampes qui étaient en train de gagner ses jambes. Mais il refusait obstinément de baisser les bras. Tant qu'il lui resterait une once d'énergie, il continuerait à se battre.

Il n'était plus qu'à un point de la victoire. Un tout petit point qui le séparait encore du triomphe et d'un repos bien mérité. Mais Tyler avait assisté à trop de matchs pour se laisser griser par l'émotion. Combien de fois avait-il vu des joueurs que l'on croyait acculés à la défaite trouver un second souffle et revenir sur leur adversaire pour remporter le match ?

Bien décidé à ne pas être victime d'un tel coup du sort, Tyler restait parfaitement concentré sur le jeu. Il savait que Michael était moins fatigué que lui et qu'il ne l'emporterait pas par la force. Depuis vingt minutes, il avait donc changé de stratégie. Il multipliait les feintes et les changements de rythme, s'efforçant de prendre son adversaire à contre-pied, lui dictant son jeu.

Cela n'avait pas suffi. Michael était parvenu à lui prendre des points et tous deux s'étaient retrouvés à égalité dans ce dernier set. Puis Tyler avait réussi à placer un ace qui lui donnait l'avantage. S'il le perdait de nouveau et si Michael remportait ce jeu, il devrait faire face à un tie-break. Or Tyler savait qu'il n'était plus assez frais pour cela.

S'il voulait gagner, il devait profiter de cette balle de match pour conclure ce duel qui n'avait que trop duré. La pression était énorme et Tyler y répondit comme il le faisait toujours : en attaquant.

Le dernier échange fut épique. C'était une lutte à mort entre deux joueurs qui maîtrisaient parfaitement leur tennis et étaient dotés de la même hargne, de la même envie de l'emporter. Jamais Tyler n'avait disputé de partie aussi acharnée. Il lui semblait qu'il touchait là à l'essence même de sa discipline : un combat sans merci, un face-à-face impitoyable qui sollicitait toutes ses ressources et le forçait à se dépasser à chaque instant.

La balle fusait d'un bout à l'autre du court, mais les deux joueurs la suivaient obstinément, refusant de se laisser distancer. Comprenant qu'il ne pourrait tenir très longtemps encore, Tyler décida brusquement de jouer le tout pour le tout et réalisa un amorti.

Si Michael avait le temps de revenir du fond du court et de frapper, il s'exposait à un passing impitoyable. Le temps sembla ralentir tandis que son adversaire traversait le terrain à toute vitesse. Il parvint à cueillir la balle juste avant qu'elle ne rebondisse une seconde fois, bien trop tard pour pouvoir espérer frapper.

Michael n'eut pas même besoin d'attendre le retour fulgurant de Tyler pour comprendre qu'il avait perdu.

— Jeu, set et match, Starbuck, annonça l'arbitre tandis qu'une gigantesque ovation faisait vibrer le central.

Tyler s'immobilisa. Il lui fallut faire appel à toute la force de sa volonté pour ne pas s'effondrer sur le sol en terre battue. Ses jambes tremblaient convulsivement. Son bras était tétanisé. Son corps tout entier lui semblait vidé.

Mais il avait gagné.

Lentement, il se dirigea vers le filet. Michael lui serra la main.

— Bon sang, Starbuck, marmonna-t-il. Tu as bien failli me tuer, cette fois…

— A qui le dis-tu ? répliqua-t-il en souriant.

— Je crois que j'ai besoin d'un verre. Que dirais-tu de te soûler avec moi, ce soir ?

— Compte sur moi.

Les deux hommes serrèrent la main de l'arbitre qui avait écouté leur échange d'un air amusé. Puis Tyler alla récupérer ses affaires sur son banc et se dirigea d'un pas chancelant vers les vestiaires. Tandis qu'il approchait de la meute de journalistes qui l'attendaient près de l'entrée, il se tourna vers la tribune d'honneur et chercha Asher du regard.

Il la trouva presque aussitôt et constata qu'elle l'observait attentivement. Malgré la distance, il sentit ses beaux yeux bleus le transpercer de part en part. Il s'y noya pendant quelques instants qui lui parurent durer une éternité. Puis il la vit se frayer un chemin vers lui jusqu'au bord des tribunes.

Il l'attendit, profitant du fait que Michael répondait aux questions des journalistes.

— Félicitations, lui dit-elle.

— Merci.

Le sourire de la jeune femme réchauffait le cœur de Tyler. En la regardant, il avait presque l'impression de sentir la fatigue se dissiper.

— Je peux t'inviter à dîner, pour fêter ça ? lui demanda-t-elle.

— Bien sûr, répondit-il, surpris.

— On se retrouve dans le hall de l'hôtel à 19 heures.

Il hocha la tête et elle s'éloigna brusquement. Avant qu'il ait eu le temps de s'interroger sur la signification de ce brusque revirement, les journalistes étaient sur lui. S'efforçant de masquer son agacement, Tyler répondit à leurs questions.

Quelques minutes plus tard, il put enfin savourer la douche dont il rêvait depuis plus d'une heure. Il se savonna vigoureusement pour faire disparaître la transpiration et la terre battue qui adhérait à ses mollets. Puis il but abondamment et gagna la table de massage.

Là, il s'effondra et s'abandonna aux soins énergiques de son kinésithérapeute. Ses muscles étaient à présent tellement noués que chacun de ses gestes lui arrachait une grimace de douleur. Pendant dix minutes, il crut qu'il allait mourir puis, lentement, son corps se détendit et il s'endormit.

Pas une fois il n'avait pensé à sa victoire. En fait, la

seule chose à laquelle il pensait en succombant au sommeil, c'était les yeux d'Asher.

Asher était assise dans le hall de l'hôtel en compagnie de Madge et de son mari qui se chamaillaient affectueusement. Elle essayait désespérément de se convaincre qu'elle n'était pas nerveuse, mais ne cessait de jeter des coups d'œil en direction de l'horloge qui indiquait obstinément 18 h 50.

Elle avait passé une éternité à choisir sa tenue et sorti la quasi-totalité de ses vêtements, avant d'opter pour l'ensemble couleur pêche qu'elle avait sélectionné initialement. Après s'être recoiffée une bonne dizaine de fois, elle avait mis les boucles d'oreilles en perle et en corail que lui avait offertes Tyler dans une autre vie.

— Où est-ce que vous allez dîner ? demanda Madge à qui la nervosité de son amie n'avait pas échappé.

— Dans un petit restaurant qui se trouve sur les quais, pas très loin de Notre-Dame, répondit Asher.

Elle avait choisi cet endroit parce qu'ils y étaient allés lors de leur dernier passage à Roland-Garros.

— Vous allez avoir du mal à trouver un taxi, par ce temps, observa Madge.

Un coup de tonnerre se fit entendre, comme pour confirmer ce pronostic. Quelques minutes après la fin du match, une pluie torrentielle s'était abattue sur la ville et elle paraissait ne devoir jamais cesser.

— Chuck m'a dit qu'il avait trouvé Tyler et Michael endormis comme des bébés sur leurs tables de massage, reprit Madge en souriant. Il paraît que la scène a fait les délices de la presse et qu'elle sera demain en première page de *L'Equipe*.

— Ils ont bien mérité un peu de repos, commenta son époux.

— C'est vrai, reconnut Madge. Mais cela risque de casser leur image héroïque.

Asher ne put s'empêcher de sourire. Elle se rappelait

parfaitement combien Tyler pouvait paraître jeune et vulnérable lorsqu'il était endormi. Il lui avait alors toujours fait penser à un petit garçon épuisé par son propre trop-plein d'énergie.

— Dis donc, fit alors le mari de Madge, est-ce que ce ne serait pas la sœur de Tyler ?

Le cœur battant, Asher releva les yeux et vit Jess et son époux traverser le hall de l'hôtel. Elle aussi avait remarqué sa présence et, cette fois, elle n'eut d'autre choix que de venir la saluer.

— Bonjour, Asher, fit-elle d'une voix légèrement tendue.

— Jess…

— Je ne crois pas que tu connaisses mon mari, Mackenzie Derick. Mac, je te présente lady Wickerton.

— Wolfe, corrigea aussitôt Asher en serrant la main que Mac lui tendait. Est-ce que vous êtes parent de Martin Derick ?

— C'est mon oncle, répondit Mac aimablement. Vous le connaissez ?

— Très bien, répondit Asher en souriant.

Elle acheva de faire les présentations et Mac eut tout le loisir de l'observer. Jess avait raison, songea-t-il. Asher était une femme réservée. Mais il percevait en elle une vitalité qui ne pouvait échapper à un homme. Il y avait chez elle une forme de sensualité qui n'était pas évidente, mais perçait pourtant sous son attitude distante et parfaitement maîtrisée.

— Etes-vous aussi amateur de tennis que votre oncle, monsieur Derick ? lui demanda-t-elle.

— Appelez-moi Mac, je vous en prie. Et, pour répondre à votre question, disons que je suis uniquement fan par alliance. Je ne joue pas moi-même, ce qui a le don de désespérer mon oncle.

Asher sourit, conquise par sa simplicité et son naturel. Elle devinait en lui une force tranquille et comprit qu'il était exactement l'homme qu'il fallait à Jess : quelqu'un qui saurait respecter le rôle que Tyler tenait dans sa vie sans se laisser étouffer par le tempérament protecteur qu'il adoptait vis-à-vis de sa sœur.

— Martin a toujours été un peu trop enthousiaste, reconnut Asher. Il devrait pourtant se contenter du champion qu'il a découvert.

Elle se tourna vers Jess qui l'observait en silence.

— Est-ce que votre mère va bien ? lui demanda-t-elle.

— Très bien, répondit la jeune femme d'un ton nerveux. Elle est restée à la maison avec Pete…

— Pete ?

— Notre fils, précisa Jess.

Asher sentit sa gorge se serrer. Mac remarqua que ses doigts s'étaient brièvement crispés sur les accoudoirs de son fauteuil.

— Je ne savais pas que vous aviez eu un bébé, remarqua-t-elle. Ada doit être ravie.

Asher était presque surprise de parvenir à garder le sourire et à s'exprimer sur un ton léger malgré la douleur qui l'habitait.

— Quel âge a-t-il ? demanda-t-elle.

— Quatorze mois, répondit Jess.

Elle sortit son portefeuille de son sac à main.

— Maman dit qu'il ressemble beaucoup à Tyler. Cela ne m'étonne pas, d'ailleurs. Il a commencé à courir avant même de savoir marcher !

Elle sortit une photographie qu'elle tendit à Asher. Celle-ci n'eut d'autre choix que de s'en emparer. Pete était un enfant adorable. La forme de son visage évoquait celle de son père, mais ses cheveux étaient noirs et drus, comme ceux de Jess et de Tyler. Ses grands yeux gris rayonnaient d'intelligence. Il émanait effectivement de lui une impression d'énergie et de vivacité étonnantes.

— Il est magnifique, déclara Asher en rendant la photographie à Jess. Vous devez être très fiers… Est-ce que Tyler lui a déjà offert sa première raquette ?

Mac éclata de rire.

— Gagné, répondit-il. On dirait que vous le connaissez bien !

— Oui, répondit Asher. Sa famille et le tennis ont toujours été les piliers de son existence.

— J'ai vraiment du mal à croire que tu puisses être mère ! s'exclama Madge. Lorsque je l'ai rencontrée pour la première fois, ajouta-t-elle à l'intention de Mac, c'était encore une adolescente maigrelette qui se rongeait les ongles chaque fois que son frère était en train de jouer…

— Ça n'a pas changé, lui assura-t-il en riant. J'ai bien cru qu'elle allait faire un infarctus, tout à l'heure…

Ce fut Asher qui aperçut Tyler la première. Il portait un pantalon noir et une chemise grise qui soulignait son regard pénétrant. Il ne l'avait certainement pas choisie pour cette raison, réalisa-t-elle en souriant intérieurement. En fait, il avait probablement pris la première qu'il avait trouvée dans son armoire.

Mais Tyler possédait une grâce naturelle qui, alliée à l'entraînement intensif qu'il s'imposait, lui permettait de porter avec élégance n'importe quelle tenue. Ses sponsors ne s'y étaient d'ailleurs pas trompés et le sollicitaient souvent pour présenter leurs modèles sur leurs affiches ou dans leurs spots publicitaires.

Il s'immobilisa au bas de l'escalier et contempla le petit groupe en souriant.

— Oh, voilà Tyler ! s'exclama Jess avec enthousiasme.

Elle traversa le hall pour aller le serrer dans ses bras.

— Tu as été fantastique ! lui dit-elle. Je suis très fière de toi…

— Merci, répondit-il en souriant.

Mais ce n'était pas elle qu'il regardait à ce moment-là. Asher gardait pourtant le silence, craignant de trahir les sentiments qui l'habitaient en cet instant.

— Jess a raison, déclara Madge. Tu as bien mérité ta paie, aujourd'hui. Le doyen et moi allons passer la soirée avec Michael pour essayer de lui remonter le moral.

— Dites-lui que j'ai perdu au moins deux kilos sur le court, répondit Tyler sans quitter Asher des yeux.

— Je doute fort que cela le réconforte beaucoup, remarqua Madge en riant. Bon, nous ferions mieux d'y aller si nous voulons avoir une chance de trouver un taxi…

— Nous devrions les suivre, déclara aussitôt Mac.

Tous deux avaient compris instinctivement qu'Asher et Tyler avaient envie de se retrouver seuls. Après avoir pris congé du couple, ils entraînèrent donc leurs conjoints respectifs vers la sortie.

Lorsqu'ils eurent quitté l'hôtel, Asher et Tyler continuèrent longuement à se dévorer des yeux. Ni l'un ni l'autre n'avait besoin de mots pour savoir ce qui était sur le point de se passer. Finalement, ce fut elle qui prit l'initiative.

D'un geste décidé, elle lui prit la main et l'entraîna vers l'ascenseur.

6

Ils ne parlèrent pas, peut-être parce qu'ils n'auraient su exprimer par des mots ce qu'ils ressentaient en cet instant. Sans lâcher la main d'Asher, Tyler pressa le bouton correspondant à l'étage de sa chambre. Il sentait la paume de la jeune femme trembler légèrement sous ses doigts et cela ne faisait qu'ajouter à son trouble.

L'ascension leur parut durer une éternité. Enfin, les portes s'ouvrirent devant eux et ils remontèrent le couloir jusqu'à la chambre. Tyler sortit sa clé de sa poche et ouvrit la porte.

Asher comprit qu'il entendait lui laisser le choix. Si elle franchissait le seuil, ni l'un ni l'autre ne pourrait endiguer la passion qui couvait entre eux. Sans hésiter un seul instant, elle entra.

A l'intérieur, elle perçut l'odeur omniprésente de Tyler. C'était une senteur qu'elle n'avait jamais pu oublier. Elle aviva le brasier qui couvait déjà en elle, lui rappelant toutes les fois où elle s'en était imprégnée lorsqu'elle reposait nue entre ses bras.

L'assurance qu'elle avait éprouvée jusqu'alors disparut brusquement. Elle chercha quelque chose à dire pour dissiper le silence, mais ne trouva rien. Sous l'œil attentif de Tyler, elle parcourut la pièce. Un joyeux désordre y régnait. Des vêtements étaient posés çà et là, sur les chaises et les meubles de la suite.

La scène était si familière qu'elle sentit son cœur se

serrer dans sa poitrine. Comment avait-elle pu survivre loin de lui pendant si longtemps ?

— On dirait que l'orage va durer toute la nuit, remarqua-t-elle enfin en contemplant la fenêtre sur laquelle venaient s'écraser de lourdes gouttes d'eau.

Comme pour confirmer ce constat, un éclair déchira le ciel, bientôt suivi par le grondement du tonnerre. Asher se tourna vers Tyler, attendant qu'il parle. Mais il ne dit mot. Seul le crépitement de la pluie sur la vitre et le ronronnement lointain de la circulation troublaient le silence.

Tyler la buvait toujours du regard. Incapable de supporter la tension qui s'était brusquement installée, Asher se détourna. Elle l'entendit alors traverser la chambre pour la rejoindre. Puis il prit son visage entre ses mains et le tourna vers lui.

Dans les yeux d'Asher, Tyler lut un mélange enivrant d'angoisse et de désir. Lorsqu'il se pencha vers elle, il vit ses lèvres s'entrouvrir. Mais sa bouche se posa sur l'une de ses tempes.

Bien décidé à prendre tout son temps et à savourer cet instant dont il avait rêvé durant si longtemps, il embrassa son front, ses sourcils et ses joues, faisant pleuvoir sur elle une pluie de petits baisers qui lui arrachaient de légers tressaillements d'impatience.

Il apprivoisait à nouveau ce visage qu'il avait tant aimé, retrouvant ces traits familiers qu'il avait si souvent contemplés. Il se rappelait chaque détail, peut-être parce qu'il n'avait jamais cessé de la revoir en rêve. Lorsque sa bouche effleura enfin la commissure de ses lèvres, la respiration d'Asher se fit haletante.

Elle fit mine de l'embrasser, mais il recula légèrement pour l'en empêcher avant de reprendre ses caresses. Cette fois, il suivit la ligne de ses lèvres du bout de sa langue, lui arrachant un petit gémissement. Incapable de résister à cette délicieuse torture, Asher noua les bras autour de sa taille et l'embrassa avec passion.

La lueur d'un éclair projeta contre le mur l'image de

leurs corps enlacés tandis qu'ils se dévoraient de baisers toujours plus ardents.

— Déshabille-moi, souffla-t-elle. Je veux sentir tes mains sur moi…

Cette fois, Tyler ne se fit pas prier. Il fit glisser la fermeture Eclair de la robe qu'elle portait, laissant ses doigts accompagner sa descente. La peau brûlante d'Asher était parcourue de frissons irrépressibles et elle s'arqua pour mieux s'offrir à lui.

Finalement, le vêtement glissa doucement à ses pieds. Impatiente, elle entreprit de déboutonner la chemise de Tyler. Elle découvrit son torse puissant, ses bras musclés et son ventre plat qu'elle effleura de ses ongles. Le grondement qu'il poussa lui confirma le désir qu'il avait d'elle.

Il la reprit alors par la main et l'entraîna vers le grand lit sur lequel il l'allongea. Là, ils se débarrassèrent l'un l'autre du reste de leurs vêtements. Asher aurait voulu le sentir en elle, mais il était bien décidé à prendre tout son temps.

Incapable de se repaître de la vue de son corps, il entreprit de lui rendre hommage de ses lèvres et de ses mains. Il commença par sa gorge avant de descendre lentement jusqu'à ses seins dont les tétons se dressaient déjà sous l'effet du désir qu'elle avait de lui.

Lorsqu'il se mit à agacer l'un d'eux du bout de sa langue, elle poussa un cri rauque qu'elle-même ne reconnut pas. Plongeant ses mains dans les cheveux de Tyler, elle le pressa contre sa poitrine. Son corps tout entier vibrait au gré de ses attouchements toujours plus audacieux.

L'envie qu'elle avait de lui était si intense qu'elle craignit brusquement de perdre la raison. Et lorsque ses lèvres descendirent le long de son ventre pour se poser entre ses cuisses, elle ne put retenir un cri d'extase. Encouragé par son ardeur, il entreprit d'explorer son intimité. Il la sentait à présent trembler sous lui, offerte à ses caresses. Son abandon attisa encore son propre désir.

C'était une chose qui l'avait toujours fascinée chez

Asher. Elle qui était si distante, qui faisait preuve d'une maîtrise de soi si parfaite, ne reculait devant aucune audace lorsqu'ils étaient ensemble. Elle entreprit d'ailleurs de répondre à ses caresses.

Lorsque Tyler sentit les mains et la bouche de la jeune femme sur lui, il faillit succomber au plaisir qu'elle éveillait en lui. Incapable de résister à ce mélange de douceur et de passion, il la repoussa à contrecœur, le temps de recouvrer un semblant de contrôle.

Lorsqu'il l'embrassa, tous deux roulèrent sur le lit défait, se pressant l'un contre l'autre comme s'ils voulaient ne faire qu'un.

Enfin, incapable de repousser plus longtemps l'inévitable, il entra en elle. Enveloppé de toutes parts par la douceur moite d'Asher, il commença à bouger en elle, lentement d'abord puis de plus en plus vite.

Tous deux sentirent monter en eux une vague de plaisir irrépressible qui envahissait chacun de leurs membres, se communiquait à chaque parcelle de leur être. Ils la chevauchèrent, s'élevant toujours plus haut jusqu'à ce que leur passion oblitère tout le reste, jusqu'à ce que leur extase les fasse basculer dans un brasier qui les consuma corps et âme.

Asher poussa un profond soupir de contentement. Jamais elle n'avait éprouvé une telle impression de plénitude, pas même lorsqu'elle sortait avec Tyler, trois ans auparavant. Car elle ne savait pas alors que leur amour pouvait prendre fin, qu'aucune promesse n'était jamais gravée dans le marbre.

Elle ignorait alors ce que signifierait sa vie sans lui. Aujourd'hui, elle en avait parfaitement conscience et la simple idée de le perdre de nouveau éveillait en elle une indicible angoisse.

— Tu as froid ? lui demanda-t-il, se méprenant sur la cause du frisson qui venait de la parcourir.

— Un peu, mentit-elle. Où est ma robe ?

— Je ne sais pas ce qu'il en reste, répondit Tyler.

Elle rit, heureuse d'être auprès de lui, de retrouver cette complicité merveilleuse qui les avait unis autrefois. Elle se sentait libre de rire et d'aimer de nouveau et cette impression avait quelque chose d'enivrant. Se redressant sur un coude, elle observa attentivement son compagnon.

Ses yeux trahissaient un calme et une décontraction qui tranchaient avec son énergie et son impatience habituelles. Un léger sourire jouait sur ses lèvres, conférant à son visage une étonnante douceur. Le rythme de sa respiration paraissait s'accorder parfaitement à celui de la jeune femme. Une fois de plus, elle eut l'impression troublante que tous deux ne formaient qu'un seul être.

— Si tu savais comme tu m'as manqué, murmura-t-elle d'une voix étranglée par l'émotion.

Elle nicha son visage au creux de son cou. Il lui semblait que des années de vide avaient été balayées en quelques minutes.

— Asher…, commença-t-il.

Elle n'eut pas besoin de plus pour comprendre où il voulait en venir.

— Non, l'interrompit-elle doucement. Pas de questions.

Se redressant, elle couvrit ses joues et son front d'une pluie de petits baisers.

— Contente-toi d'être avec moi, ce soir, reprit-elle. Je veux retrouver ce que nous avions autrefois…

Il prit le visage d'Asher entre ses mains et la regarda gravement. Il y avait dans les yeux de la jeune femme une supplique muette qui se teintait d'une pointe de désespoir. Tyler décida que les interrogations qui le hantaient pouvaient attendre. Il ravala donc les questions qui lui brûlaient les lèvres.

— Je pensais que tu voulais m'inviter à dîner, remarqua-t-il.

Asher se sentit envahie par un profond soulagement.

— Tu es sûr que j'ai dit ça ? demanda-t-elle malicieusement.

— Parfaitement. Je l'ai même noté sur mon agenda.

— Je pense que tu as attrapé une insolation, répliqua-t-elle. Tu as dû rester trop longtemps sur ce court…

— Justement, je suis affamé !

— Et moi, je préférerais rester dans ce lit…

Il se jeta sur elle et lui mordit le cou.

— Très bien ! s'exclama-t-il. Dans ce cas, c'est toi que je vais dévorer.

Asher éclata de rire et se débattit vainement pour lui échapper. Se rappelant leurs luttes d'autrefois, elle trouva le point sensible, juste sous ses côtes et il fut parcouru d'un frisson incontrôlable qui permit à la jeune femme de se dégager.

— Je me demande ce que la presse donnerait pour apprendre que l'invincible Starbuck est aussi chatouilleux, remarqua-t-elle malicieusement.

— A peu près la même somme que pour apprendre que l'impassible Asher Wolfe a une marque de naissance en forme de cœur sur la fesse droite, répliqua-t-il sur le même ton.

Elle fit mine de réfléchir quelques instants.

— Disons que nous sommes quittes, alors. Est-ce que tu veux vraiment aller au restaurant ?

Tyler contempla Asher et sentit le désir s'éveiller de nouveau en lui. La lumière tamisée de la lampe de chevet soulignait les courbes magnifiques de son corps.

— Nous pourrions peut-être dîner ici, déclara-t-il enfin.

Sans attendre, il décrocha le téléphone qui était posé sur la table de nuit et appela le room service.

— Bonsoir, fit-il d'une voix allègre. J'aimerais commander une bouteille de champagne, du caviar et des crevettes pour deux personnes… Oui, ce sera tout. Merci.

Il raccrocha et se tourna de nouveau vers Asher qui avait entrepris de couvrir sa poitrine et son ventre de petits baisers.

— Je ne savais pas que la nourriture exerçait sur toi

un tel effet aphrodisiaque, commenta-t-il d'une voix un peu rauque.

— C'est toi qui me fais cet effet, répondit-elle. Fais-moi encore l'amour…

— Nous avons tout le temps, protesta-t-il. Laisse-moi d'abord te regarder.

Il la repoussa doucement et l'allongea sur le dos avant de repousser le drap qui les recouvrait jusqu'à la taille. Pendant plusieurs secondes, il la contempla attentivement, la buvant littéralement des yeux. Le mélange d'admiration et de désir qui brillait dans son regard suffit à enflammer Asher.

— Tu es encore plus belle qu'autrefois, déclara-t-il enfin.

— Tu n'es pas mal non plus, répondit-elle pour masquer son embarras.

Tyler sourit et posa doucement sa tête sur sa poitrine. Asher laissa ses doigts jouer sur ses cheveux. Elle se sentait si bien, en cet instant, qu'elle aurait voulu arrêter le temps et passer le reste de sa vie dans ses bras.

— Tu sais, lui dit-elle, pendant que tu jouais contre Michael, aujourd'hui, je ne pouvais pas m'empêcher d'imaginer ce moment…

— Dois-je comprendre que ton invitation à dîner était un piège ?

— Tout à fait. Je me disais que tu serais trop fatigué pour pouvoir résister très longtemps. Mais je comptais quand même t'offrir à manger et à boire pour te mettre dans de bonnes dispositions.

— Qu'aurais-tu fait si je m'étais montré plus résistant que prévu ?

— J'aurais bien trouvé quelque chose d'autre.

— Quoi, par exemple ?

— Eh bien, j'aurais sans doute été obligée de te séduire en bonne et due forme…

— Je regrette presque de m'être laissé faire aussi vite. J'aurais bien voulu voir cela…

— C'est trop tard. Tu es à moi, maintenant.

— Je pourrais changer d'avis, objecta facétieusement Tyler.

— Sauf que je connais tes points faibles, répliqua Asher en effleurant le bas de son cou du bout des ongles.

Il ne put retenir un violent frisson et elle se pencha vers lui pour l'embrasser avec une ardeur qui le prit par surprise et lui ôta toute chance de résister. Elle s'écarta alors brusquement, faisant naître en lui une terrible sensation de frustration.

— Asher…, protesta-t-il d'une voix rauque.

Elle sourit malicieusement et il étouffa un juron, comprenant qu'elle faisait de lui ce qu'elle voulait. Se jetant sur elle, il la cloua sur le lit et lui rendit son baiser avec passion. Elle finit par le repousser en riant.

— Tyler, la porte, articula-t-elle, haletante.

Il mit quelques instants à comprendre ce qu'elle voulait lui dire. Quelqu'un frappait à la porte de sa suite. Réprimant un juron, il se redressa et s'efforça de recouvrer un semblant de contrôle de soi. Il s'aperçut alors qu'il tremblait de tous ses membres. Comment avait-il pu oublier l'effet fulgurant qu'Asher exerçait sur lui ?

S'arrachant à elle, il alla chercher une robe de chambre dans l'un de ses placards. Asher le suivit des yeux, admirant son corps musclé et nerveux, ses larges épaules, ses hanches étroites et ses longues jambes. Il avait le corps d'un danseur, songea-t-elle.

— Tu es magnifique, lui dit-elle tandis qu'il enfilait son peignoir.

Il se contenta de hausser les épaules, embarrassé par ce compliment. Asher ne l'en trouva que plus irrésistible. Il y avait en lui une forme de modestie presque enfantine, comme s'il ne comprenait jamais vraiment ce qui lui valait une telle admiration de la part de la gent féminine.

Pourtant, il y avait en lui une beauté évidente. Ce n'était pas seulement à cause de son physique avantageux, réalisa Asher. Il s'agissait aussi de quelque chose de plus intérieur, de plus profond. Contrairement à la majorité des hommes qu'elle connaissait, Tyler n'avait pas peur de montrer ses sentiments. Il ne cachait ni l'amour qu'il portait à sa mère et à sa sœur, ni la tendresse qu'elle-même lui inspirait.

Contrairement à ce qu'aurait pu laisser penser la rage de vaincre dont il faisait preuve sur les courts du monde entier, il était dénué de toute méchanceté. Et si son tempérament était parfois explosif, il n'était ni rancunier ni violent. En fait, c'était ce mélange de force et de douceur qui avait le plus manqué à la jeune femme au cours de ces dernières années.

Pourtant, il ne lui avait jamais dit qu'il l'aimait. Dans le cas contraire, elle n'aurait probablement pas eu le courage de le quitter.

— Tu rêves ?

Brusquement rappelée à la réalité, Asher se tourna vers Tyler qui revenait vers le lit, un plateau chargé de victuailles à la main.

— Tout ça pour nous deux ? s'exclama-t-elle, amusée.

— Je ne savais pas que tu en voulais aussi, sinon j'aurais commandé le double, plaisanta Tyler.

Il posa précautionneusement son plateau sur le lit et s'empara de la bouteille de champagne qu'il entreprit de déboucher.

— Tends-moi les flûtes, demanda-t-il à Asher.

Elle s'exécuta et il les remplit à ras bord.

— Ty ! Je vais en renverser partout, protesta-t-elle.

— Tu ferais bien de faire attention, alors, répliqua-t-il en souriant.

Il reposa la bouteille et s'assit en tailleur devant elle pour la contempler tout à son aise.

— Tu comptes en prendre une ? demanda-t-elle en s'efforçant de tenir leurs flûtes en équilibre.

— Je ne sais pas encore, répondit-il.

Il tira doucement sur le drap qui dissimulait la poitrine de la jeune femme.

— Tyler, arrête, protesta-t-elle. Je vais vraiment tout renverser…

— Il ne vaut mieux pas. Je te rappelle que nous sommes censés dormir dans ce lit.

Il tira un peu plus sur le drap et déposa un léger baiser sur l'un des seins d'Asher. Elle eut beaucoup de mal à ne pas lâcher les deux verres.

— C'est vraiment petit, Starbuck, s'exclama-t-elle.

— Je sais, répondit-il malicieusement.

— Je me demande si je ne ferais pas mieux de te verser ces deux flûtes sur la tête.

— Ce serait du gâchis, objecta-t-il. Il s'agit d'un très bon champagne…

— Dans ce cas, je vais les boire toute seule.

— Dois-je te rappeler que tu ne tiens pas l'alcool ?

— Tu dis vraiment n'importe quoi, s'offusqua Asher.

Il éclata de rire et effleura sa gorge de ses lèvres.

— Je me souviens pourtant d'une soirée mémorable où nous avons partagé une bouteille de champagne et où tu étais complètement soûle. Tu racontais n'importe quoi. Mais j'avoue que ce n'était pas déplaisant…

— Je n'ai aucun souvenir de cette soirée.

— Cela ne m'étonne pas, répliqua facétieusement Tyler.

— Très bien. Je vais te prouver que je tiens l'alcool aussi bien que toi.

Joignant le geste à la parole, elle avala presque d'un trait l'une des flûtes de champagne.

— Et d'une, annonça-t-elle avant de porter l'autre à ses lèvres.

Tyler la lui arracha des mains.

— Inutile de te presser, lui dit-il. Nous avons tout notre temps.

Il but une gorgée tandis qu'Asher se servait une tartine de caviar.

— C'est délicieux ! s'exclama-t-elle, ravie. Tiens, goûte.

Elle lui tendit le toast dans lequel il mordit avant de hocher la tête.

— Je reconnais que ce n'est pas mauvais. Mais je

trouve tout de même cela un peu surfait. Personnellement, je préfère les crevettes.

Il plongea l'une d'elles dans le bol de sauce épicée et la tendit à la jeune femme qui n'en fit qu'une bouchée.

— C'est délicieux, approuva-t-elle. Je ne m'étais pas rendu compte que j'étais aussi affamée…

Tyler remplit de nouveau son verre et l'écouta d'une oreille distraite tandis qu'elle commentait le match qu'elle avait remporté ce jour-là. Qui aurait pu imaginer que l'ange de glace pouvait deviser gaiement en mangeant du caviar complètement nue ? Qui savait qu'elle pouvait se montrer aussi décontractée et mutine ?

Elle s'exprimait sans aucune retenue et riait comme une gamine espiègle en léchant ses doigts couverts de sauce piquante. Quel contraste avec la joueuse froide et professionnelle qui choisissait toujours ses mots avec soin, se gardait de tout commentaire inutile et de toute manifestation de joie ou de frustration !

En cet instant, elle était pleine de vie, passant sans transition de la fierté au doute, de la joie à l'inquiétude, se félicitant pour son service et critiquant les faiblesses de son revers. Son visage était animé, ses mains papillonnaient librement pour souligner chacune de ses remarques, ses yeux brillaient d'un enthousiasme contagieux.

Elle était pleinement elle-même et, dans ces moments-là, elle paraissait plus belle encore.

— Est-ce que tu es inquiet à l'idée de rencontrer Chuck en finale ? lui demanda-t-elle brusquement.

— Pourquoi ?

— Eh bien, il a toujours été très bon, mais j'ai l'impression qu'il s'est encore amélioré au cours de ces trois dernières années.

— Tu ne crois pas que je puisse le battre ?

— Si, bien sûr, répondit-elle sans hésiter. Toi aussi, tu as progressé.

— Ça, c'est gentil.

— En tout cas, ce sera une belle opposition de styles.

Chuck joue un peu comme le faisait mon père. Son tennis est propre et précis. Il soigne chacun de ses coups.

— Tu sous-entends que je bâcle les miens ? ironisa Tyler.

— Tu sais bien que non. Simplement, tu fonctionnes beaucoup plus à l'instinct. Tu prends parfois des risques inutiles, ce qui te rend imprévisible. Mon père avait coutume de dire que tu étais l'un des athlètes les plus accomplis qu'il ait jamais vus…

— Mais il n'arrêtait pas de me reprocher les colères que je piquais sur le court, lui rappela Tyler en souriant.

— C'est vrai. Je suppose qu'il aimerait encore plus te voir jouer, aujourd'hui.

— Et que penserait-il de toi ?

Asher détourna les yeux.

— Pourquoi n'est-il pas venu à Rome ? insista Tyler. Pourquoi n'est-il pas à Paris ?

— Je préférerais ne pas en parler, éluda Asher.

Elle hésita quelques instants avant de poursuivre.

— Je l'ai déçu. Et il ne me le pardonnera jamais.

— C'est ton père, protesta Tyler.

— C'était aussi mon entraîneur.

— Qu'est-ce que cela peut bien changer ?

— Tout, répondit Asher.

Comme pour anesthésier la douleur qui perçait dans sa voix, elle avala une nouvelle gorgée de champagne.

— S'il te plaît, n'en parlons plus. Je ne veux pas gâcher cette soirée magique…

Tyler souleva doucement sa main et la porta à ses lèvres.

— Rien ne pourrait gâcher ce qui s'est passé ce soir, répondit-il.

Il la regarda droit dans les yeux et elle sentit les battements de son cœur s'accélérer.

— Tu sais, poursuivit-il, je n'ai jamais réussi à t'oublier. Il y avait tant de choses qui me faisaient penser à toi. Certaines chansons, certains lieux, certains mots… Parfois, il m'arrivait de rester étendu dans mon lit et de t'entendre respirer à mes côtés.

— C'est fini, maintenant, répondit Asher, la gorge serrée par l'émotion. Nous sommes de nouveau ensemble, à présent.

— C'est vrai, acquiesça Tyler. Mais, tôt ou tard, il nous faudra bien affronter le passé.

Asher faillit protester. Mais elle comprit qu'il avait raison. Ils ne pourraient pas éternellement prétendre que rien ne s'était passé. Un jour ou l'autre, il voudrait savoir pourquoi elle était partie. Et elle serait bien obligée de tout lui raconter.

— Pas aujourd'hui, soupira-t-elle. Pour le moment, tout ce que je souhaite, c'est profiter de ces retrouvailles…

Sur ce, elle vida son verre et le tendit à Tyler.

— C'était la troisième flûte, indiqua-t-elle. Et, comme tu peux le voir, je ne suis pas du tout ivre…

Il sourit, n'ayant aucun mal à reconnaître les signes qui contredisaient cette assertion. Les joues d'Asher étaient légèrement empourprées, ses yeux brillaient plus que d'ordinaire et un grand sourire illuminait son visage.

Il savait déjà que, lorsqu'ils feraient l'amour, elle serait plus désinhibée et plus passionnée encore et que rien ne pourrait arrêter le cours de leur étreinte. Aussi se garda-t-il de la toucher, préférant prolonger encore un peu ce moment d'intimité retrouvée.

— Tu en veux une autre ? suggéra-t-il.

— Pourquoi pas ?

Tyler se garda de lui servir plus d'une demi-coupe.

— J'ai entendu l'interview que tu as accordée ce matin, remarqua-t-il. Elle passait à la télévision pendant que j'étais en train de m'habiller.

— Et qu'en as-tu pensé ?

— Pas grand-chose. Tu parlais en français… Qu'est-ce que tu racontais, au juste ?

— Eh bien, le journaliste me demandait si ma retraite temporaire avait modifié mon style de jeu. Je lui ai répondu que j'en avais profité pour améliorer mon service. Je me suis bien gardée de lui avouer que mes jambes n'étaient plus ce qu'elles étaient et que je me sentais épuisée au bout de deux sets. Il a dû le sentir, pourtant, parce qu'il m'a demandé si je n'étais pas inquiète à l'idée de me retrouver face à une joueuse plus jeune que moi en finale. J'ai résisté à l'envie de lui assener un coup de poing en pleine figure.

— Voilà qui était fort diplomatique de ta part, concéda malicieusement Tyler.

— C'est tout moi, ça ! s'exclama Asher en riant. Une parfaite diplomate…

Tyler estima qu'elle avait un peu trop bu et jugea préférable de lui ôter sa flûte.

— Tu m'as volé mon verre ! protesta-t-elle.

— Exact.

— Est-ce que ça veut dire que le repas est fini ? demanda-t-elle en entourant son cou de ses bras.

— Absolument, acquiesça-t-il.

— Qu'est-ce que nous allons bien pouvoir faire pour tuer le temps ? lui demanda-t-elle en lui mordillant affectueusement la lèvre inférieure.

— Aucune idée…

— Tu as un jeu de cartes ?

— Malheureusement, non.

— Bon, dans ce cas, il ne nous reste plus qu'à faire l'amour, soupira-t-elle d'un air faussement résigné. Cela devrait nous occuper une bonne partie de la nuit.

— Je suis partant, acquiesça Tyler en riant.

Il l'embrassa et elle répondit à ce baiser avec passion. Les mains de Tyler se posèrent alors sur ses seins, lui arrachant un frisson de désir. Il laissa courir ses doigts sur son corps brûlant et offert à ses caresses et elle lui ôta sa robe de chambre pour pouvoir lui rendre la pareille. Enlacés, ils basculèrent sur le grand lit aux draps défaits.

7

Asher avait peur de revenir à Londres. C'était là que lady Wickerton avait vécu, là qu'elle avait fréquenté l'opéra, les théâtres de Drury Lane, les magasins du West End et tout ce que la ville comptait de personnalités éminentes. Elle avait joué au bridge avec les membres du Parlement et avait pris le thé au palais de Buckingham. Elle avait mené la vie sage et rangée qui seyait à la femme d'un lord anglais et avait failli en mourir d'ennui.

Peut-être en aurait-il été autrement si elle n'avait pas rencontré Tyler Starbuck avant de faire la connaissance d'Eric Wickerton. Peut-être aurait-elle pu alors accepter ce rôle qu'il lui avait imposé. Mais la passion que Tyler avait éveillée en elle ne pouvait se contenter d'une telle existence. Il lui avait laissé entrevoir ce qu'elle pouvait gagner en suivant son instinct, en laissant parler ses envies. Il lui avait fait découvrir un monde jusqu'alors inconnu.

A Londres, elle se trouverait confrontée au souvenir des mois qui avaient suivi sa fuite, au fantôme de la femme qu'elle avait fait semblant d'être, à ce monde dans lequel elle avait vainement tenté de se fondre. Et même la perspective de disputer le prestigieux tournoi de Wimbledon ne suffisait pas complètement à lui faire oublier cette étrange parenthèse de sa vie.

Elle s'était préparée à répondre aux multiples questions que les journalistes ne manqueraient pas de lui poser. Elle avait décidé de se montrer aussi vague et distante que possible et de ne révéler que le strict nécessaire. Elle refuserait notamment de discuter de son mariage ou des raisons qui l'avaient poussée à demander le divorce.

Quels que puissent être ses griefs à l'égard d'Eric, elle lui devait au moins cela.

Elle avait donc décidé de se concentrer exclusivement sur le tennis. Forte de deux victoires en tournoi, elle apparaîtrait comme l'une des favorites. Tant qu'elle offrirait au public et aux commentateurs un spectacle de qualité, ils s'intéresseraient plus à ses exploits qu'à sa vie privée. Et ils éviteraient peut-être ainsi de s'intéresser à sa liaison renaissante avec Tyler.

Celle-ci était encore beaucoup trop récente pour qu'elle puisse l'afficher ouvertement. Mais elle éveillait en elle une joie profonde qui ne la quittait plus. Leurs conversations complices, leurs promenades romantiques et leurs torrides nuits d'amour l'emplissaient d'un bonheur qu'elle avait cru à jamais perdu.

Ils continuaient à prendre des chambres séparées, mais passaient ensemble la majeure partie de leur temps libre. Et si Asher avait longtemps aspiré à la stabilité et à l'assurance d'un engagement, elle se satisfaisait à présent de cette vie un peu bohème. Le naturel et la spontanéité de Tyler étaient contagieux et elle était bien décidée à prendre la vie du bon côté et à apprécier sa nouvelle existence tant qu'elle durerait.

— Tu en mets un temps pour t'habiller ! s'exclama Tyler, la tirant brusquement de ses pensées.

Elle se tourna vers lui et admira sa silhouette athlétique qui se découpait dans l'encadrement de la porte de sa suite. Il était déjà prêt et l'attendait avec une pointe d'impatience. Ses cheveux, encore humides de la douche qu'il venait de prendre, étaient légèrement ébouriffés et elle fut tentée d'y plonger ses doigts.

— Désolée, répondit-elle en souriant. Je ne suis pas aussi rapide que toi. Surtout lorsque je n'ai dormi que six heures…

— Je te rappelle que c'est toi qui m'as réveillé en

pleine nuit pour satisfaire tes bas instincts, remarqua-t-il avec une pointe de malice.

Cela ne semblait pas l'avoir affecté, songea Asher. Il paraissait aussi reposé et débordant d'énergie que s'il avait dormi douze heures d'affilée.

— Tu n'auras qu'à t'accorder une petite sieste après l'entraînement, suggéra-t-il.

— Ton enthousiasme matinal me donne la nausée, soupira-t-elle. Est-ce le fait d'avoir battu ce gamin en quarts de finale qui te rend si allègre ?

— Toi, on peut dire que tu n'es pas du matin ! s'exclama Tyler d'un air narquois.

— Et toi, tu es vraiment devenu insupportable depuis que tu as remporté Roland-Garros. Je te rappelle que ce tournoi ne constitue que la première étape du grand chelem.

— C'est valable pour toi aussi, tu sais.

— Peut-être. Mais la terre battue est derrière moi. Désormais, il n'y a plus que de l'herbe et des surfaces rapides, ce qui me donne un avantage.

— Mon Dieu ! Cette femme est insatiable ! soupira Tyler d'un ton tragique.

Il se jeta alors sur elle, la renversant sur le lit au bord duquel elle était assise.

— Tyler, arrête ! s'écria-t-elle en riant. Nous allons être en retard.

— Tu as raison, reconnut-il en s'écartant à contrecœur.

— Il ne t'en faut pas beaucoup pour renoncer, constata Asher, moqueuse.

Incapable de résister à cette provocation, Tyler la reprit dans ses bras et l'embrassa longuement. Il y avait dans ce baiser une tendresse qui menaçait à chaque instant de se transformer en passion brûlante. Et il savait que s'il se prolongeait, tous deux finiraient par y céder. A regret, il s'éloigna donc une fois de plus.

— Est-ce que tu es enfin réveillée ? demanda-t-il à Asher.

— Complètement, répondit-elle en le dévorant des yeux.

— Bien, alors on y va ! s'exclama-t-il en se redressant brusquement.

Il l'aida à se mettre debout et elle le fusilla du regard.

— Tu me le paieras, promit-elle, luttant contre le mélange de désir et de frustration qu'il avait éveillé en elle.

— Je l'espère bien, rétorqua-t-il en riant.

Il passa un bras autour de ses épaules et l'entraîna vers la porte de la chambre.

— Ce matin, nous allons travailler sur tes volées de revers, déclara-t-il.

— Qu'est-ce que tu leur reproches, exactement ? demanda-t-elle en fronçant les sourcils.

— Tu prends trop d'élan, ce qui laisse à ton adversaire le temps d'anticiper la direction de la balle.

— Dis donc, au lieu de donner ce genre de conseils, tu ferais bien de t'occuper de ton propre jeu ! On ne peut pas dire que tu étais très rapide, hier…

— Je me réservais pour la finale, répliqua Tyler sans se démonter.

— Je constate avec soulagement que ton arrogance n'a pas faibli au moins.

En riant, ils dévalèrent l'escalier qui menait au hall de l'hôtel.

Deux heures plus tard, après s'être entraînée en compagnie de Tyler, Asher disputa un match amical contre Madge. Tandis qu'elles se dirigeaient vers le vestiaire après une partie acharnée, celle-ci observa attentivement la jeune femme et sourit.

— Tu as l'air d'être sur un petit nuage, observa-t-elle avec une pointe d'amusement.

— Cela se voit donc tant que cela ? demanda Asher en rougissant légèrement.

— Oui. J'en suis ravie pour toi, d'ailleurs. J'ai toujours pensé que Tyler et toi formiez un couple magnifique. Est-ce que vous comptez officialiser la chose ?

— Pas encore, répondit Asher. Pour le moment, nous préférons nous laisser un peu de temps. La presse sera au courant bien assez vite.

— Mais c'est vraiment sérieux, n'est-ce pas ?

— Je crois.

— Est-ce que vous avez parlé de mariage ?

Asher jeta un regard étonné à son amie.

— Bien sûr que non, répondit-elle. Il est beaucoup trop tôt pour cela…

— Mais tu y as pensé ?

— Je ne suis plus aussi sûre que le mariage soit une fin en soi, soupira Asher.

— C'était pourtant quelque chose de très important à tes yeux, remarqua Madge. Dans le cas contraire, tu ne serais pas restée pendant trois ans avec un homme qui ne te rendait pas heureuse…

— Je me demande aujourd'hui pourquoi je l'ai fait, répondit tristement Asher.

— Parce que le mariage est une promesse et que tu tiens toujours les tiennes, répondit Madge. Et ce n'est pas parce que tu as commis une erreur que tu dois renoncer à être heureuse aujourd'hui.

— Mais je le suis, protesta Asher. Etre avec Tyler me rend heureuse. Il est l'homme dont j'ai toujours rêvé.

— C'est pourtant toi qui l'as quitté, il y a trois ans, objecta Madge.

— Je l'avais perdu bien avant cela.

— Je ne comprends pas…

— N'en parlons plus, déclara Asher. Aujourd'hui est un autre jour et nous avons pris un nouveau départ. Je sais que j'ai commis des erreurs par le passé et je suis décidée à ne pas les renouveler. Je pensais que je devais forcément être plus importante pour Tyler que le tennis ou que sa famille, mais je me trompais.

— Voilà qui est intéressant, observa Madge. A une époque, je pensais que le travail de mon mari comptait plus à ses yeux que notre relation. Lorsque j'en ai finalement discuté avec lui, il m'a affirmé que je me trompais. En revanche, il était convaincu que la réciproque était vraie…

— Je crois que les choses sont un peu différentes dans le cas de Tyler, remarqua Asher. Le tennis n'est pas seulement un métier ou une passion pour lui. Ce sport a changé sa vie. Sans lui, il vivrait toujours dans ce quartier pauvre de Chicago. Il ne peut pas l'oublier. Il ne le veut pas. Et je crois qu'il a raison. C'est en partie cette certitude qui lui donne une telle rage de vaincre…

— Et qu'est-ce qui te motive, toi ? demanda Madge, curieuse.

— La peur, répondit Asher sans hésiter. La peur de perdre ou de réaliser que je ne suis pas à la hauteur.

Elle haussa les épaules comme si cette révélation n'avait pas vraiment d'importance. Mais Madge comprit que cette angoisse dépassait de très loin le cadre sportif. Elle était un élément constitutif de la personnalité d'Asher et expliquait certainement en partie ce qui s'était passé entre Tyler et elle, autrefois.

Mais elle ignorait ce qui pouvait bien être à l'origine d'une telle peur.

Asher dormait d'un sommeil sans rêves. Quelques rayons de soleil filtraient à travers les rideaux entrouverts de sa chambre d'hôtel. Malgré les doubles vitrages des fenêtres, on entendait le bourdonnement continu de la circulation qu'interrompait parfois un coup de Klaxon.

Mais rien de tout ceci ne paraissait déranger la belle endormie. Tyler avait promis de passer la chercher en début de soirée et tous deux pensaient profiter de la fin de cette belle journée pour se promener en amoureux. Ils rentreraient ensuite à l'hôtel pour se reposer avant la dure journée qui les attendait le lendemain.

Quelqu'un frappa à la porte avec insistance et la jeune femme finit par émerger de son sommeil. Légèrement désorientée, elle passa la main dans ses cheveux en bataille et se redressa sur son lit. Puis elle se rappela que Tyler devait passer la prendre et un large sourire se dessina sur ses lèvres.

A grands pas, elle traversa la suite et alla ouvrir la porte. Là, elle se figea brusquement en découvrant l'identité de son visiteur.

— Eric, murmura-t-elle, le cœur battant à tout rompre.

— Bonjour, Asher, fit-il en pénétrant dans sa chambre sans prendre la peine de lui en demander l'autorisation. Est-ce que je te réveille ?

— Je faisais la sieste, répondit-elle en refermant la porte.

Elle avait du mal à se remettre du choc qu'elle venait d'éprouver. Eric n'avait pas changé. Son allure légèrement martiale soulignait sa haute taille. Son visage patricien aux traits parfaitement découpés arborait toujours la même expression légèrement hautaine et distante. Ses yeux clairs brillaient d'une intelligence froide et acérée.

Le costume sombre qu'il arborait trahissait le souci qu'il apportait à son apparence. Ses cheveux blond foncé étaient coupés court. Son aspect général dénotait un homme riche, aristocratique et légèrement conservateur. Et le simple fait de poser les yeux sur lui rappelait à Asher l'existence qu'elle avait passée à ses côtés.

— Je ne m'attendais pas à te voir, remarqua-t-elle sur un ton parfaitement neutre.

— Vraiment ? fit-il avec un sourire dénué de chaleur. Pensais-tu que je me contenterais d'ignorer ton passage à Londres ?

Elle ne répondit pas et un silence pesant s'installa entre eux.

— Tu as minci, observa Eric pour le dissiper.

— J'ai repris la compétition… Mais je t'en prie, assieds-toi. Est-ce que je peux te servir quelque chose à boire ?

Elle ne tenait pas vraiment à ce qu'il s'attarde, mais estimait devoir faire preuve d'un minimum de correction à son égard. Après tout, ce n'est pas parce qu'ils avaient divorcé qu'ils étaient forcés de se conduire en ennemis.

Et Eric était suffisamment intelligent pour faire la part des choses…

— Je veux bien un whisky, si tu en as.

Asher hocha la tête et alla chercher l'une des petites bouteilles qui se trouvaient dans le minibar. Elle-même se servit un Perrier.

— Comment vas-tu ? lui demanda-t-elle en lui tendant son verre.

— Très bien, merci.

— Et ta famille ?

— Tous se portent à merveille. Comment va ton père, à propos ?

— Bien, autant que je sache, répondit-elle en s'efforçant de dissimuler la douleur que cette question éveillait en elle.

— Il ne t'a toujours pas pardonné d'avoir renoncé au tennis ?

— Non, répondit-elle.

— Je me disais pourtant qu'étant donné les circonstances, vous vous seriez peut-être réconciliés.

— Je ne pense pas que cela se produise un jour, répondit tristement Asher. Il refuse toujours de me parler. J'ai payé chacune de mes erreurs au prix fort, Eric. Es-tu venu ici pour me le rappeler ?

— Pas du tout. Je suis venu voir comment mon ex-femme s'acclimatait à sa nouvelle vie. J'ai appris que tu accumulais les victoires, ces derniers temps…

Il parcourut la pièce des yeux et avisa le pull-over que Tyler avait laissé la veille au soir.

— J'ai cru comprendre aussi que ce n'était pas la seule habitude que tu avais reprise, ajouta Eric. Apparemment, il ne t'a pas fallu longtemps pour renouer avec ton ancien amant…

— Ma seule erreur a été de le quitter, déclara posément Asher. Nous le savons tous les deux.

— Je pense plutôt que ton erreur a été de vouloir faire de moi le père de ton bâtard, répondit-il durement.

Asher ne put réprimer un frisson de colère et de dégoût mêlés.

— Je ne t'ai jamais menti à ce sujet, déclara-t-elle vivement. Et je me suis déjà excusée plus que je ne l'aurais dû !

Eric fit pensivement tourner son whisky dans son verre.

— Est-ce qu'il est au courant ? demanda-t-il enfin.

Asher pâlit brusquement. Avisant ce changement d'expression, Eric sourit.

— On dirait que non, fit-il. Comme c'est intéressant...

— Tu m'avais promis que tu garderais le secret, lui rappela Asher d'une voix blanche. J'ai accepté de renoncer à ma carrière pour cela. Et tant que j'ai été ton épouse, j'ai toujours fait tout ce que tu me demandais...

Eric hocha la tête.

— Mais nous ne sommes plus mariés, remarqua-t-il.

— Nous avons divorcé d'un commun accord, parce que ce mariage ne nous satisfaisait plus ni l'un ni l'autre.

— De quoi as-tu donc si peur ? demanda Eric. Qu'il perde son sang-froid ? Je crois effectivement me souvenir que c'était quelqu'un de très sanguin... Crois-tu qu'il lèverait la main sur toi ?

— Non, répondit Asher avec assurance.

— Alors qu'est-ce que tu redoutes tant ?

— Qu'il ne me pardonne pas plus que toi, répondit-elle honnêtement. J'ai perdu beaucoup de choses : mon enfant, mon père, ma carrière, ma fierté... Je ne veux pas le perdre, lui aussi.

— Je vois.

— Promets-moi de ne rien lui dire.

— Je ne te promettrai rien, Asher.

— Pourquoi, Eric ? lui demanda-t-elle, partagée entre la colère et le désespoir. Ne crois-tu pas que j'ai payé assez cher ?

— Je ne sais pas.

— Comment ai-je pu croire un seul instant que tu étais quelqu'un de généreux ? murmura-t-elle,

— Je suis quelqu'un de juste, rétorqua durement Eric.

— La vengeance n'a rien à voir avec la justice, objecta-t-elle.

— Je suppose que c'est une question de point de vue…

Asher serra les dents. Elle ne voulait pas lui donner la satisfaction de la voir céder devant ses menaces. Il était hors de question pour elle de pleurer ou de supplier.

— Si tu as dit tout ce que tu avais à dire, je ne te retiens pas, lui dit-elle froidement.

— Très bien, répondit Eric avant de vider son verre. Désolé d'avoir interrompu ta sieste, ajouta-t-il avec une parfaite mauvaise foi.

Il se leva et se dirigea vers la porte. Lorsqu'il l'ouvrit, il eut la surprise de se retrouver nez à nez avec Tyler. Le sourire mauvais qui se dessina sur ses lèvres n'échappa pas à ce dernier. Se tournant vers Asher, il vit que celle-ci les contemplait en silence.

Son visage était très pâle et, dans ses yeux, on lisait une profonde angoisse. Il réalisa alors que ses cheveux étaient décoiffés et qu'elle portait seulement un long T-shirt sous lequel elle devait être nue. Un brusque accès de jalousie et de colère s'empara de lui et, lorsqu'il se tourna de nouveau vers Eric, son regard arborait une lueur meurtrière.

— Qu'est-ce que vous faites là ? lui demanda-t-il.

— Je laisse à Asher le soin de vous l'expliquer, répondit Eric.

Sur ce, il s'éloigna à grands pas.

Tyler pénétra dans la chambre et referma doucement la porte derrière lui. Son expression était sombre et, pendant ce qui parut à Asher une éternité, il se contenta de la regarder en silence. Elle s'efforça vainement de réprimer la nervosité qui l'avait envahie.

— Qu'est-ce qu'il voulait ? demanda enfin Tyler.

— Il est juste passé me souhaiter bonne chance, mentit-elle.

— C'était vraiment très attentionné de sa part… Est-ce que tu reçois toujours les gens dans cette tenue ?

— Tyler, je t'en prie…

— Que crois-tu que je ressente, Asher ? Je viens de te trouver à moitié nue en compagnie d'un homme pour lequel tu m'as déjà quitté une fois.

— Tu sais qu'il n'y a plus rien entre nous, protesta-t-elle.

— Vraiment ? Et comment en aurais-je la certitude ? La dernière fois, j'étais convaincu que tu étais heureuse avec moi. Et mal m'en a pris…

— Ecoute, je ne savais même pas qu'il devait venir, plaida Asher d'une voix suppliante. S'il avait appelé, je lui aurais demandé de ne pas le faire.

— Pourtant, tu l'as laissé entrer, objecta Tyler.

— Que pouvais-je faire d'autre ? Lui claquer la porte au nez ?

— Pourquoi pas ?

— Parce que ce n'est pas comme cela que l'on résout les problèmes, répliqua-t-elle. Parce que je suis quelqu'un de poli. Je l'ai invité à entrer, je lui ai offert un verre et nous avons discuté cinq minutes. Je ne peux pas t'obliger à le croire mais c'est la vérité.

— Est-ce qu'il voulait que tu reviennes vivre avec lui ? demanda Tyler. Est-ce que c'est pour cela qu'il est venu ?

— Même si tel était le cas, qu'est-ce que cela changerait ? répliqua-t-elle. Ce qui compte, c'est que moi, je ne le veux pas.

— Alors pourquoi l'as-tu épousé ? la pressa Tyler. Il est temps que tu me l'expliques une fois pour toutes !

— Parce que je pensais que c'était l'homme qu'il me fallait, répondit Asher, partagée entre la colère et le désespoir. Mais je me trompais. Et, crois-moi, je l'ai payé très cher. Pendant trois ans, j'ai été malheureuse. Je me sentais piégée et j'avais perdu tout ce qui comptait à mes yeux : mon père, le tennis et toi. Est-ce que cela te satisfait ?

Tyler ne répondit pas. De grosses larmes roulaient sur le visage d'Asher. Or c'était la première fois qu'il la voyait pleurer. Jamais il n'avait lu sur ce beau visage une expression aussi tourmentée. Puis, brusquement, elle se détourna de lui et courut s'enfermer dans la chambre à coucher.

Pris de court, incapable de réagir, Tyler contempla longuement la porte close derrière laquelle elle avait trouvé refuge. Il l'entendait sangloter de façon convulsive et se sentait complètement désemparé. La colère qu'il avait éprouvée en se retrouvant face à Eric Wickerton ne lui paraissait pas déplacée.

Mais il ne s'était pas attendu à ce qu'Asher y réponde par des larmes. La souffrance qu'il avait lue dans ses yeux l'avait également stupéfait. Chez une femme qui avait l'habitude de dominer la moindre de ses émotions, de ne jamais trahir ses accès de faiblesse, une telle réaction révélait un profond désarroi.

Tyler se demanda si c'était Eric ou lui-même qui en était responsable. Une chose était certaine : le moment n'était pas aux questions et aux interrogations mais à l'apaisement. Ravalant sa colère, il ouvrit donc la porte de la chambre et y pénétra.

Asher était allongée sur son lit, le corps secoué de sanglots. Sans dire un mot, Tyler traversa la pièce et vint s'allonger à son côté. Lorsqu'il la prit dans ses bras, elle fit mine de se dégager, mais il ne la laissa pas faire. Tendrement, il la serra contre lui.

Elle céda alors à sa douceur et nicha son visage au creux de son épaule. Il la laissa pleurer tout son soûl, se contentant de caresser ses cheveux jusqu'à ce qu'elle s'endorme, brisée par l'intensité de ses propres émotions.

Dans son rêve, Asher était de retour à l'hôpital.

Elle se rappelait distinctement son cri, sa chute et les ténèbres qui l'avaient engloutie. Elle se rappelait aussi la panique qui s'était emparée d'elle lorsqu'elle avait ouvert les yeux. Eric était penché sur elle et la contemplait froidement.

— Le bébé, articula-t-elle faiblement.

— Il est mort, répondit Eric sans la moindre trace de sollicitude.

Un chagrin immense balaya la souffrance de la jeune femme.

— Non, murmura-t-elle, incapable d'admettre la réalité de ce qui venait de se passer. Pas mon bébé…

— Ecoute-moi bien, Asher, l'interrompit Eric d'une voix glacée. Ton enfant est mort. Tu te trouves actuellement dans une clinique privée. La presse ignore ce qui t'est arrivé. Ni mes domestiques ni le personnel de la clinique ne parleront aux journalistes. Nous n'aurons qu'à dire que nous nous sommes accordé quelques jours d'intimité.

— Est-ce que Tyler est au courant ? articula la jeune femme.

— Bien sûr que non ! s'exclama Eric avec une pointe d'agacement. Tu ne pensais tout de même pas que je l'avais appelé pour lui dire que ma femme venait de perdre son bâtard ?

Le mot fit à Asher l'effet d'une gifle. Mais elle se sentait trop faible pour protester.

— Maintenant, tu vas faire exactement ce que je te dis, reprit Eric. En sortant de la clinique, tu annonceras que tu comptes mettre un terme à ta carrière pour te consacrer à ta vie de couple. Je ne tiens pas à ce que la presse à scandale continue à spéculer sur la nature de tes relations avec Starbuck. Tu es lady Wickerton et j'entends que tu te conduises en tant que telle. Evidemment, notre mariage ne sera qu'une façade. Mais si tu refuses de jouer le jeu, je contacterai ton amant et je lui expliquerai la façon dont tu as trahi notre confiance et dont tu nous as manipulés tous les deux.

Asher ne protesta pas. Qu'aurait-elle pu dire, de toute façon ? Elle avait accumulé les erreurs et était prête à en payer le prix. Quoi qu'il arrive, il ne lui restait plus rien à perdre, à présent…

— Je veux ta parole, insista Eric.

— Tu l'as, répondit-elle d'une voix brisée. Maintenant, laisse-moi tranquille.

Asher ouvrit les yeux.

Les images de son rêve flottaient encore dans son esprit. Jamais elle n'aurait dû accepter le marché de dupe que lui avait imposé Eric, ce jour-là.

Pourtant, elle l'avait fait. Elle avait tenu parole et s'était retirée de la compétition. Son père s'était alors détourné d'elle. Elle avait mené la vie respectable d'une lady anglaise, feignant d'ignorer les multiples liaisons qu'il entretenait.

Pendant trois ans, elle n'avait été que l'ombre d'elle-même, brisée par la perte de son enfant et de l'homme qu'elle avait aimé. Puis, lentement, elle avait émergé de cette torpeur psychologique et morale.

Elle avait réalisé l'injustice profonde dont Eric avait fait preuve à son égard. En acceptant de se plier à ses exigences, elle avait tout perdu, y compris la seule chose à laquelle elle aurait encore pu se raccrocher : sa carrière.

Finalement, elle avait trouvé le courage d'affronter Eric et l'avait menacé de révéler à la presse ses multiples infidélités. A contrecœur, il avait accepté le divorce pour sauvegarder sa précieuse réputation. Elle s'était crue libre, alors, de commencer une nouvelle vie, de prendre un nouveau départ.

Mais Eric paraissait bien décidé à lui faire payer chèrement le chantage qu'elle lui avait imposé. Peut-être était-il agacé par sa réussite ou par le fait qu'elle ait renoué avec Tyler. Pourtant, elle ne pensait pas qu'il trahirait son secret. Car, en révélant l'existence de ce bébé, il perdrait toute emprise sur elle.

Tyler tenait toujours Asher dans ses bras. Il savait qu'elle était réveillée, mais n'osait interrompre le cours de ses pensées. Quels mystères cachaient donc cette crise de larmes inattendue ? Et combien de temps encore refuserait-elle de les partager avec lui ?

Ces questions le hantaient et il brûlait de les formuler à haute voix. Mais il ne voulait pas profiter de ce moment de vulnérabilité pour lui arracher des réponses. S'il le faisait, elle s'en voudrait sans doute énormément et risquerait alors de mettre fin à leur liaison. Et il n'était pas certain de pouvoir supporter un nouvel abandon…

— Ça va mieux ? lui demanda-t-il enfin.

Elle poussa un profond soupir et hocha la tête.

— Tyler, je veux que tu saches une chose, articula-t-elle enfin d'une voix vibrante d'émotion. Eric ne représente plus rien pour moi.

— J'aimerais pouvoir le croire, soupira-t-il.

— Tu le peux, répondit-elle en s'écartant légèrement de lui pour le regarder droit dans les yeux. Je n'éprouve plus rien pour lui. Pas même de la haine. Ce mariage était une erreur. Depuis le début, j'aurais dû comprendre qu'il ne résoudrait rien…

— Mais qu'y avait-il à résoudre ? demanda gravement Tyler.

— Ce n'est pas cela qui compte, déclara-t-elle. La seule chose qui est importante, c'est que je t'ai toujours aimé. Depuis le début, il n'y a jamais eu que toi. Au cours des trois années que j'ai passées auprès d'Eric, je n'étais plus que l'ombre de moi-même. Mais je veux vivre de nouveau. Et je ne peux le faire sans toi…

Comme pour le lui prouver, elle déposa sur ses lèvres un baiser ardent, impérieux, qui disait mieux que des mots le besoin qu'elle avait de lui. Incapable d'y résister, Tyler s'abandonna à cette étreinte passionnée. Le temps des questions viendrait plus tard…

8

Dans la limousine qui la conduisait à Wimbledon, Asher observait le paysage typiquement anglais qui défilait à la fenêtre. De petites maisons en brique entourées de jardins bien entretenus se succédaient avec une monotonie confortable et rassurante. Il émanait de ce décor une sensation de tranquillité et de calme immuable.

Mais, dans quelques heures, elle serait sur le court et devrait livrer une bataille sans merci pour remporter encore l'un des prestigieux trophées du grand chelem. La dernière fois qu'elle y était parvenue, c'était peu de temps avant qu'elle ne se sépare de Tyler.

Et elle réalisait à présent que, si son triomphe à Rome avait scellé son retour officiel dans la compétition, la victoire qu'elle parviendrait peut-être à arracher aujourd'hui serait bien plus importante encore. Elle symboliserait sa revanche sur son propre passé.

Elle était en Angleterre, dans le pays où elle avait passé trois ans de captivité volontaire, sur les terres de l'homme qui avait failli avoir raison de sa carrière, de sa combativité et de ses ambitions. Si elle l'emportait ce jour-là, elle redeviendrait définitivement Asher Wolfe. Lady Wickerton ne serait plus qu'un souvenir désagréable, un épisode révolu de son existence.

Lorsqu'elle arriva enfin au stade, Asher fut accueillie triomphalement par les spectateurs. Elle signa des dizaines d'autographes et fut photographiée sous tous les angles. Elle se sentait légère et confiante et avait hâte de commencer à jouer.

Wimbledon n'avait pas changé. Au cours du cocktail organisé en l'honneur des joueurs, ceux-ci se mêlaient aux personnalités, aux journalistes et aux fans sans aucune distinction. Asher reconnut plusieurs visages familiers. Il y avait les champions qualifiés pour les finales en simple et en double, bien sûr, mais aussi d'autres tennismen de tous âges et de toutes origines.

Parmi eux, Asher remarqua plusieurs vétérans de la génération de son père. Elle avisa aussi des personnes qu'elle avait rencontrées lorsqu'elle était encore lady Wickerton. La plupart d'entre elles firent preuve d'une diplomatie toute britannique, la félicitant pour son grand retour et évitant toute allusion à son mariage.

Evidemment, cette politesse sourcilleuse cachait mal leur curiosité dévorante. Mais Asher parvint à se montrer parfaitement cordiale tout en évitant habilement les chausse-trappes et les questions embarrassantes. Avec une pointe d'ironie, elle en vint même à songer que ces trois années de mondanités n'avaient peut-être pas été complètement inutiles.

En revanche, elle eut beaucoup plus de mal à faire illusion face à Stretch McBride, l'un des plus vieux amis de son père. Lorsqu'elle avait fait sa connaissance, il était âgé d'à peine une trentaine d'années. C'était un champion accompli qui avait remporté à deux reprises au moins la plupart des tournois du circuit.

Vingt ans plus tard, il était toujours aussi mince et aussi vif, mais ses cheveux étaient gris et son visage se creusait de rides profondes qui trahissaient sa bonne humeur caractéristique.

— Où est ce vieux brigand de Jim ? lui demanda-t-il après l'avoir affectueusement serrée dans ses bras.

— Aux Etats-Unis, éluda Asher. Comment vas-tu ?

— Très bien. J'ai ouvert une chaîne de magasins sur la côte Est et les affaires marchent fort. Et mes cinq petits-enfants se chargent d'occuper mon temps libre. Mais comment se fait-il que Jim ne soit pas là ? Je ne crois pas qu'il ait raté une seule édition de Wimbledon au cours de ces quarante dernières années.

Asher s'efforça de dissimuler la tristesse que cette remarque anodine faisait naître en elle.

— Cette année sera l'exception qui confirme la règle, répondit-elle d'une voix qui se voulait légère. En tout cas, je suis vraiment contente de te revoir ! Je n'ai pas oublié que c'est toi qui m'as appris les amortis.

— Fais-en bon usage contre Maria, lui conseilla-t-il. Et tâche de gagner ! Les Anglais détestent que les Américains remportent Wimbledon et c'est toujours très amusant à voir… Bon, je ne vais pas te retenir, tu dois avoir mieux à faire que de parler avec un vieux croûton comme moi. Dis bonjour à ton père de ma part lorsque tu le verras, d'accord ?

— Prends soin de toi, répondit Asher qui se refusait à faire une promesse qu'elle ne pourrait tenir.

Elle l'embrassa sur les deux joues avant de s'éloigner. Comme elle se dirigeait vers le buffet pour se servir un jus de fruits, elle se retrouva nez à nez avec Daphné Evans. La jolie brune avait été l'une des maîtresses d'Eric, et Asher avait toujours été convaincue qu'elle lui en voulait d'avoir épousé un homme qu'elle avait de tout temps convoité.

— Bonjour, Daphné, fit-elle d'une voix aussi cordiale que possible.

La jeune femme se fendit d'un sourire parfaitement artificiel avant d'observer Asher de la tête aux pieds.

— Tu parais vraiment très différente dans cette tenue, remarqua-t-elle. J'ai du mal à imaginer que tu puisses être la même personne…

— Je ne le suis plus, répondit Asher. Mais, dis-moi, comment se porte ton mari ?

— Miles est en Espagne pour affaires, répondit Daphné en haussant les épaules. Heureusement, Eric a accepté de me servir de cavalier pour la journée.

— Il est ici ? demanda Asher en s'efforçant de maîtriser les frissons irrépressibles qui la parcouraient.

— Bien sûr ! s'exclama Daphné. Tu sais combien il aime le tennis. Il n'aurait raté cette finale pour rien au monde... Est-ce que nous aurons le plaisir de te voir au bal ?

— Certainement, répondit Asher.

— Tant mieux. Bon, je ne vais pas te retenir. Je suis certaine que tu as des tas de gens à saluer. Bonne chance, Asher.

Sur ce, elle tourna les talons et disparut dans la foule. Asher combattit la nausée qui s'était emparée d'elle et se fraya un chemin en direction des vestiaires. Elle avait besoin de calme et de solitude pour reprendre le contrôle de ses émotions.

Après tout, elle n'aurait pas dû être surprise qu'Eric assiste à cette finale. Comme l'avait souligné Daphné, il aimait effectivement beaucoup le tennis. Mais elle le connaissait suffisamment pour savoir qu'il avait volontairement envoyé sa maîtresse à sa rencontre.

Il voulait lui faire savoir qu'il était là, lui faire sentir l'épée de Damoclès qui était suspendue au-dessus d'elle et affirmer ainsi que c'était lui qui était maître du jeu. A tout moment, il pouvait aborder Tyler et lui révéler toute la vérité. Sur un simple coup de tête, il pouvait briser la vie d'Asher.

Lorsqu'elle atteignit les vestiaires, elle se rendit compte que ses mains tremblaient convulsivement. Or elle ne pouvait se permettre la moindre faiblesse. Dans moins d'une demi-heure, elle serait sur le court et devrait être parfaitement maîtresse d'elle-même.

Les sourcils froncés, Tyler observait attentivement le match. Il ne parvenait pas à comprendre ce qui était en train de se passer sous ses yeux. Jusqu'à aujourd'hui, lors de chacun de ses matchs, Asher avait fait preuve d'une technique irréprochable et d'une rage de vaincre inégalée.

Or ce jour-là, elle paraissait complètement dépassée. Certes, Rayski jouait bien. Mais pas assez pour déstabiliser une compétitrice de la trempe d'Asher. Celle-ci accumulait les erreurs les plus élémentaires, multipliait les doubles fautes et ratait des balles évidentes. Le service de Rayski n'était pas l'un de ses points forts et pourtant, elle avait déjà aligné quatre aces.

On aurait presque pu croire qu'Asher sabotait le jeu et faisait exprès de perdre. Mais Tyler la connaissait trop pour imaginer qu'une telle chose était possible. Asher respectait trop le tennis pour cela.

Il se demanda avec inquiétude si elle ne s'était pas blessée à l'entraînement. Mais elle ne montrait aucun signe de souffrance.

Non, songea-t-il, le problème n'était pas d'ordre physique. Il scruta alors le visage de la jeune femme mais, à son habitude, elle restait parfaitement imperturbable, ne trahissant rien des émotions qui l'habitaient. Au changement de service, il surprit pourtant le regard nerveux qu'elle jeta en direction du public.

Relevant les yeux, il chercha qui était susceptible de la mettre dans un tel état. La tribune d'honneur était emplie de monde. Tyler reconnut plusieurs joueurs, quelques acteurs, une danseuse qu'il avait vue à l'opéra lorsqu'il y avait emmené Asher et même le chanteur de l'un de ses groupes de rock préférés.

Puis, brusquement, il repéra un visage désagréablement familier. Eric Wickerton se trouvait dans la loge réservée à la famille royale. Il observait attentivement son ex-femme et un sourire aussi froid que satisfait se peignait sur ses lèvres. Tyler sentit une colère sourde monter en lui.

— Quel salaud, murmura-t-il en faisant mine de se lever.

— Qu'est-ce que tu fais ? lui demanda Madge en le retenant par le poignet.

— Ce que j'aurais dû faire, il y a trois ans.

Madge suivit son regard et avisa la présence d'Eric

dans les gradins. Aussitôt, elle comprit ce qui était en train de se passer.

— Tyler, fit-elle d'une voix pressante, je t'assure que ce n'est pas en lui cassant la figure que tu aideras Asher.

— Au contraire, répondit-il. Tu sais comme moi que c'est sa présence qui la met dans cet état.

— C'est vrai, acquiesça son amie. Et si tu veux te battre avec Eric, ce n'est pas moi qui t'en empêcherai. Mais fais-le après le match. Pour le moment, sers-toi de ta tête, d'accord ?

Tyler réfléchit à ce qu'elle venait de lui dire et fut bien forcé de reconnaître qu'elle avait raison. Le voir infliger une correction à son ex-mari ne ferait sans doute que déstabiliser un peu plus Asher.

— Très bien, soupira-t-il enfin. Je vais voir si je peux faire quelque chose. Mais si cela ne change rien, je me ferai un plaisir de remettre ce salaud à sa place !

— Et tu auras ma bénédiction, promit Madge.

Tyler dévala les tribunes pour s'approcher du bord du terrain. Il devait absolument capter l'attention d'Asher pour tenter de lui redonner confiance.

Elle était en train de regagner sa chaise, le regard abattu, quand elle l'aperçut debout au premier rang.

Sous ses sourcils froncés, son regard était d'une intensité incroyable. Plusieurs fois il répéta à son intention ce message silencieux qu'elle comprit sans peine : « Bats-toi, s'il te plaît ! »

— Laisse-moi tranquille, soupira Asher.

A nouveau elle leva la tête vers lui et vit qu'il n'y avait plus la moindre trace de sympathie dans ses yeux.

Impitoyable, les deux poings fermés devant lui, il tentait d'aiguillonner son orgueil, de réveiller sa colère et sa rage de vaincre. Mais il ne lui restait plus que quelques secondes pour y parvenir.

— Ne sabote pas le match ! lâcha-t-il alors.

— Va te faire voir ! dit-elle à voix basse en se dirigeant de nouveau vers la ligne de service.

Ainsi, il la croyait capable de perdre volontairement, se dit-elle en sortant une balle de la poche de sa jupe.

Elle la lança en l'air et la frappa de toutes ses forces, la propulsant tout droit sur la ligne de service adverse. La violence du coup était telle que Rayski n'eut aucune chance de la toucher.

Sans prêter attention à cet ace, Asher changea de côté et prépara son service suivant. La colère qui bouillonnait en elle donnait à ses yeux un éclat presque métallique que plusieurs photographes immortalisèrent. Elle servit de nouveau à une vitesse record mais, cette fois, Rayski avait anticipé la violence du coup.

Asher cueillit son retour avant même qu'il ne touche le sol. L'échange s'engagea, âpre et violent. Asher frappait la balle de toutes ses forces comme pour lui faire payer le mélange de rage et de frustration qui l'avait envahie. Tyler ne comprenait-il pas ce qu'elle ressentait ?

Furieuse, elle volait littéralement sur le court. La haine que lui inspirait Eric et la rancœur qu'elle ressentait à l'égard de Tyler se muaient en une énergie nouvelle. A chaque nouveau coup, elle maudissait intérieurement les deux hommes.

Tyler la contemplait en souriant. Jamais il ne l'avait vue jouer comme cela. Il y avait en elle une sorte de furie guerrière, une colère glacée qui aiguisait ses réflexes, la rendait plus rapide, plus précise encore que d'ordinaire. Elle paraissait ne faire qu'un avec sa raquette, anticipant les frappes de son adversaire, la clouant impitoyablement au fond du court tandis qu'elle-même montait sans relâche à l'attaque.

Il songea brusquement qu'en cet instant, elle jouait exactement comme elle faisait l'amour : sans réfléchir, sans calculer, avec une grâce et une passion totalement instinctives. Chacun de ses mouvements avait quelque chose de sauvage, de félin.

Jetant un coup d'œil en direction des tribunes, il réalisa qu'Eric ne souriait plus. Comme s'il sentait son regard peser sur lui, l'aristocrate se tourna vers Tyler et les deux hommes se dévisagèrent. Puis Tyler lui décocha un sourire insolent, provocateur, et se détourna pour regagner sa place sur les gradins.

A partir de ce moment, le rapport de force sur le court changea du tout au tout. Rayski continuait à se battre avec acharnement sans jamais parvenir à imposer son rythme à son adversaire. Asher paraissait possédée. Ne reculant devant aucune audace, elle remonta rapidement le retard qu'elle avait pris.

Puis, galvanisée par ce succès, elle creusa rapidement son avantage. Mais sa colère ne tarissait pas. Au contraire, elle ne fit que croître au fil du match. Et si elle se montra tout à fait gracieuse en recevant son trophée, la victoire ne suffit pas à calmer sa rage.

Elle avait envie d'aller trouver Tyler et de lui dire tout le mal qu'elle pensait de lui. Malheureusement, lorsqu'elle ressortit enfin des vestiaires, il se préparait déjà à entrer sur le central pour disputer sa propre finale, retardée d'un jour en raison de la pluie.

Elle fut tentée de ne pas y assister pour lui faire comprendre ce qu'elle pensait de lui, mais finit par succomber à la tentation. Elle ne fut pas déçue par la qualité de sa prestation, d'ailleurs. Pendant les deux heures et demie qui suivirent, Tyler offrit au public de Wimbledon une véritable leçon de tennis qui se conclut par une victoire parfaitement méritée.

La jeune femme s'éclipsa avant même la fin des ovations qui la saluèrent.

Lorsque Tyler arriva à l'hôtel, il savait parfaitement ce qui l'attendait. A vrai dire, il était même impatient d'en découdre. Ni la douche ni le massage qu'il avait demandés pour soulager ses muscles meurtris n'avaient suffi à le débarrasser de l'excès d'adrénaline.

Wimbledon avait toujours cet effet-là sur lui. C'était le

premier tournoi qu'il avait rêvé de remporter et il symbolisait toujours à ses yeux le chemin qu'il avait parcouru depuis la banlieue de Chicago où il suivait sur un vieux poste en noir et blanc les matchs de ses illustres prédécesseurs.

A présent, il se sentait un peu comme un chevalier revenant victorieux de la bataille. Sa bien-aimée l'attendait derrière la porte. Mais elle ne l'accueillerait pas à bras ouverts. Il était même prêt à parier qu'à l'instant même, elle ruminait sa rancœur et passait en revue toutes les façons de lui faire payer ce qu'il avait fait.

Sans même prendre la peine de réprimer le sourire amusé qui se dessinait sur ses lèvres, Tyler pénétra dans sa suite. Asher l'avait apparemment entendu approcher. Elle se tenait au milieu de la pièce, les bras croisés et le regard noir.

— On dirait bien que nous allons ouvrir le bal, ce soir, s'exclama Tyler d'un ton jovial.

— Comment as-tu pu me dire des choses pareilles au beau milieu d'un match ? s'exclama Asher en le fusillant des yeux. Comment oses-tu m'accuser de saboter un match ?

— Ce n'était pas ce que tu étais en train de faire ? demanda Tyler, feignant la surprise.

— Tu sais très bien que non ! J'étais juste en train de perdre.

— Des tribunes, j'avais plutôt l'impression que tu avais jeté l'éponge…

— Je ne jette jamais l'éponge.

— Bizarre, commenta Tyler, il me semblait pourtant que c'était exactement ce que tu avais fait, au cours de ces trois dernières années…

— Ne dis pas ça ! s'exclama-t-elle, furieuse.

Tyler éclata de rire. Il était ravi d'être l'une des rares personnes capables de faire perdre à Asher son sang-froid légendaire.

— En tout cas, je ne pouvais pas te laisser continuer à perdre ! Je n'avais aucune envie d'ouvrir le bal avec Maria.

— Quelle arrogance ! s'exclama-t-elle, furieuse.

Franchement, je regrette que Gramaldi ne t'ait pas donné la leçon que tu mérites ! Il est temps que quelqu'un se charge de dégonfler ton ego surdimensionné !

Elle pivota sur elle-même et fit mine de se diriger vers la chambre à coucher. Tyler lui prit le poignet et la retint.

— Tu ne me félicites même pas ?

— Non.

— Allez, Asher ! Juste un petit bisou pour fêter cette double victoire…

Elle lui décocha un coup de poing qu'il évita sans difficulté. La prenant par la taille, il la jeta en travers de son épaule.

— Tu sais que je te trouve très excitante lorsque tu es en colère, lui dit-il tandis qu'elle lui martelait le dos.

Asher s'efforça de ne pas éclater de rire.

— Dans ce cas, tu vas être servi ! répliqua-t-elle en s'efforçant vainement de se dégager.

Il la conduisit dans la chambre et la jeta sur le lit. Evitant habilement ses coups de pied, il s'allongea sur elle. Asher tenta alors de lui donner un coup de genou à l'entrejambe.

— Ce serait contre-productif, protesta-t-il en retenant sa jambe.

— Lâche-moi ! s'exclama-t-elle en tentant de lui échapper.

— Dès que j'en aurai fini avec toi, promit-il en glissant une main sous le chemisier qu'elle portait.

Luttant contre le plaisir que ses caresses éveillaient en elle, Asher le fusilla du regard.

— Je t'interdis de me toucher, lui dit-elle.

— Cela risque d'être difficile si nous voulons faire l'amour, remarqua-t-il d'un air malicieux.

Elle fronça les sourcils, mais il ne fut pas dupe.

— Tu sais que tes yeux deviennent presque mauves, lorsque tu es fâchée, lui dit-il. Ça me plaît beaucoup…

Il déposa un petit baiser sur ses lèvres.

— Pourquoi est-ce que tu ne me cries plus dessus ? lui demanda-t-il, faussement peiné.

— Je n'ai plus rien à te dire, répondit-elle d'un ton hautain. Maintenant, va-t'en.

— Mais nous n'avons pas encore fait l'amour, objecta Tyler.

Il effleura le nez de la jeune femme du bout du sien. Elle détourna la tête.

— Il n'est pas question que nous fassions l'amour, lui dit-elle.

— Tu veux parier ?

D'un geste, il écarta les pans de son chemisier, faisant sauter tous les boutons.

— Tyler ! protesta-t-elle.

— J'avais très envie de faire cela lorsque tu étais sur le central, tout à l'heure. Tu devrais être heureuse que je ne l'aie pas fait…

Il déchira ensuite le short qu'elle portait et elle se demanda s'il n'avait pas complètement perdu la raison.

— Quelque chose ne va pas ? lui demanda-t-il.

— Tu ne peux pas déchirer mes vêtements comme cela…

— Trop tard. Si tu veux, tu peux déchirer les miens.

— Mais qu'est-ce qui t'arrive ?

— Je t'ai volontairement mise en colère, lui dit-il. Assez pour que tu puisses l'emporter.

Il effleura sa gorge de ses lèvres.

— Et pendant que je te regardais jouer, je ne pouvais pas m'empêcher de te désirer. Je devinais la passion qui bouillonnait en toi, juste sous la surface. Et j'imaginais ce qui se passerait lorsqu'elle éclaterait…

Ses mains jouaient à présent sur les seins d'Asher, lui arrachant d'incoercibles frissons.

— Tu n'avais pas le droit de m'accuser de sabotage, articula-t-elle.

— Je voulais créer un électrochoc, expliqua-t-il. Tu ne croyais quand même pas que j'allais rester là à te regarder te faire massacrer ? Je t'ai dit que je serais là pour toi, Asher. J'étais sérieux, tu sais.

Sur ce, il l'embrassa avec passion, balayant les derniers vestiges de résistance qu'elle pouvait lui opposer.

Asher était toujours fascinée par la sensualité brute, presque primitive, qui se dégageait de Tyler, même lorsqu'il était habillé de façon très élégante. Le smoking qu'il portait ce soir-là ne parvenait pas à altérer la grâce naturelle qui se dégageait de lui.

Le vêtement soulignait même ses larges épaules, ses hanches minces et ses longues jambes. Il suffisait à la jeune femme de poser les yeux sur lui pour sentir monter en elle un trouble délicieux. Mais cette réaction purement physique se doublait d'une véritable fascination.

Chaque jour, elle découvrait en lui de nouvelles qualités. Dès leur première rencontre, elle avait été séduite par la force de caractère qui le caractérisait. Aujourd'hui, elle connaissait d'autres facettes de sa personnalité : son humour, sa fidélité en amitié, la tendresse dont il savait faire preuve à son égard, son intégrité morale…

Et si elle avait toujours apprécié l'ambiance très particulière du traditionnel bal de Wimbledon, elle avait hâte que celui-ci s'achève pour pouvoir se retrouver seule avec Tyler. Comme s'il avait senti qu'elle pensait à lui, il se tourna vers elle. Lorsque leurs regards se croisèrent, elle comprit qu'il était exactement dans la même disposition d'esprit qu'elle.

Le morceau qu'interprétait l'orchestre prit fin et le cavalier d'Asher la raccompagna au bord de la piste de danse.

— Vous êtes une merveilleuse danseuse, déclara-t-il.

— Merci, répondit-elle avec un sourire.

Elle se rendit alors compte qu'elle avait complètement oublié le nom de son partenaire.

— J'étais un grand fan de votre père, vous savez. Je me souviens parfaitement des débuts de sa carrière. C'était avant que vous ne soyez née.

— Wimbledon a toujours été l'un de ses tournois

préférés, répondit Asher en se forçant à sourire. Je crois qu'il en aimait la tradition et le décorum…

— En tout cas, je suis heureux de voir que la nouvelle génération a dignement assuré la relève, déclara l'homme en portant galamment sa main à ses lèvres. Mes meilleurs vœux pour l'avenir, mademoiselle Wolfe.

Une femme vêtue d'une robe de soie très élégante les rejoignit alors. Asher reconnut aussitôt lady Mallow, la sœur d'Eric.

— Jerry ! s'exclama-t-elle cordialement à l'intention du cavalier de la jeune femme. Comment allez-vous ?

— Lucy, quel plaisir de vous voir !

Il lui baisa la main.

— Jerry, je crois que Brian vous cherche partout. Il tenait absolument à vous saluer avant de partir.

— Dans ce cas, je pars moi aussi à sa recherche, déclara Jerry en souriant. Si vous voulez bien m'excuser, mesdames…

Il s'éloigna d'un pas léger et Lucy se tourna vers Asher.

— Tu as l'air d'être en forme, remarqua-t-elle.

— Merci.

— Est-ce que tout va bien ?

— Oui, répondit Asher, étonnée par la sollicitude de son interlocutrice. Très bien. Et toi ?

Lucy jeta un coup d'œil autour d'elle, comme pour s'assurer que personne ne les écoutait.

— Ce n'était pas une question purement rhétorique, reprit-elle. Il y a quelque chose que je tenais à te dire depuis un certain temps déjà…

Asher hocha la tête, se demandant où elle voulait en venir.

— J'aime beaucoup mon frère, poursuivit Lucy. Mais je sais que, durant votre mariage, tu t'es toujours comportée avec dignité. Et c'est loin d'être son cas.

Cet aveu inattendu surprit Asher.

— Le fait d'aimer mon frère ne m'aveugle pas complètement, poursuivit Lucy. Lorsque vous étiez mariés, je savais qu'il ne te traitait pas correctement. J'aurais dû te soutenir et je ne l'ai pas fait. Aujourd'hui, je tenais à m'en excuser…

Touchée par cette confession, Asher lui prit la main.

— Il n'y a pas de quoi, lui dit-elle en souriant. Eric et moi n'étions pas faits l'un pour l'autre, voilà tout…

— C'est vrai, acquiesça Lucy. Je me suis d'ailleurs toujours demandé pourquoi vous vous étiez mariés. Au départ, je pensais que c'était parce que tu convoitais son titre, mais je me suis vite rendu compte que je me trompais. Tu as brusquement changé, quelques mois après ton mariage. On aurait dit que quelque chose s'était brisé… Je me suis dit que c'était à cause de la façon dont Eric te trompait. Puis j'ai réalisé que cela ne devait pas vraiment te toucher. Tu n'as jamais aimé qu'un seul homme, n'est-ce pas ?

En prononçant ces mots, le regard de Lucy avait glissé sur Tyler qui se trouvait à l'autre bout de la pièce. La perspicacité dont elle faisait preuve surprit Asher tout autant que les excuses qu'elle venait de lui présenter.

— Lorsque Eric l'a compris, il en a beaucoup souffert, soupira-t-elle.

— Je suis persuadée qu'il le savait avant de t'épouser, objecta Lucy. Mais il était trop fier pour l'admettre et espérait sans doute qu'en vivant avec toi, il parviendrait à te détourner de Tyler… En tout cas, j'espère que vous serez heureux, tous les deux, maintenant que vous vous êtes retrouvés.

— Merci, Lucy, répondit Asher.

Cédant à une brusque impulsion, elle serra la jeune femme dans ses bras.

— Est-ce que cela te mettrait mal à l'aise si je t'écrivais ? demanda-t-elle lorsqu'elles se séparèrent.

— Au contraire, j'en serais ravie, répondit Lucy. Bon, je vais devoir te quitter. Je crois que Brian avait hâte de rentrer. A bientôt, j'espère…

Elle se détourna et Asher la suivit pensivement des yeux. Apparemment, elle avait vu juste. Cette victoire à Wimbledon marquerait pour elle un véritable tournant et lui permettrait enfin d'en finir avec le rôle qu'elle avait joué durant son séjour en Angleterre. Elle se sentait plus légère et plus libre et songea qu'elle était peut-être en train d'atteindre un nouvel équilibre.

Alors qu'elle se faisait cette réflexion, une main se posa doucement sur son épaule. Elle se tourna vers Tyler qui venait de la rejoindre et lui sourit, heureuse de le sentir auprès d'elle en cet instant.

— Qui était-ce ? demanda-t-il en suivant Lucy des yeux.

— Une vieille amie, répondit Asher.

C'était probablement la vérité, songea-t-elle, même s'il lui avait fallu attendre ce jour pour s'en rendre compte.

— Est-ce que tu veux bien m'inviter à danser ? demanda-t-elle à Tyler. J'ai terriblement envie que tu me prennes dans tes bras.

Sans se faire prier, il l'entraîna en direction de la piste de danse.

9

— Asher, à quoi pense-t-on lorsqu'on est à trois matchs seulement du grand chelem ?

La jeune femme sourit, ce qui provoqua une nouvelle rafale de flashs aveuglants. Depuis qu'elle avait gagné à Wimbledon, sa vie ressemblait à un conte de fées. Tyler et elle filaient le parfait amour et avaient tous deux remporté l'open d'Australie. De retour aux Etats-Unis, ils s'étaient attaqués au dernier grand tournoi du circuit, l'US Open.

— Je m'efforce de ne pas trop y penser, répondit-elle. J'essaie d'aborder les matchs un par un.

— Justement, fit un journaliste, vous affrontez Stacie Kingston en quarts de finale. A chacune de vos précédentes rencontres, vous l'avez battue. Est-ce que cela vous met en confiance ?

— Stacie est une joueuse remarquable. Sa technique est impeccable et elle est très motivée. Rien ne dit qu'elle ne l'emportera pas, cette fois-ci. Franchement, à ce niveau de la compétition, il faut savoir rester humble…

— Pensiez-vous vraiment que votre retour serait aussi spectaculaire ? demanda un jeune reporter.

Asher se contenta de hausser les épaules.

— Je m'étais entraînée très dur avant de revenir, expliqua-t-elle. Je suis heureuse que cela se soit avéré payant.

— Est-ce que vous continuez la musculation ?

— Oui, tous les jours.

— Est-ce que vous avez modifié votre style de jeu, par rapport à celui que vous pratiquiez, il y a trois ans ?

— Je pense que j'ai corrigé certaines faiblesses... Mon service, par exemple. Mes statistiques sont bien meilleures qu'elles ne l'étaient à l'époque.

— Est-ce que vous avez continué à jouer régulièrement, pendant vos trois années d'absence ?

— Régulièrement, oui. Mais pas assez souvent, malheureusement.

— Est-ce que c'est votre père qui vous entraînera l'année prochaine ?

— Je n'en ai pas encore discuté avec lui, répondit Asher.

— Est-ce que vous comptez accepter la proposition du magazine *Elégance* ? Il paraît qu'ils veulent vous mettre en couverture ?

— Je vois que les nouvelles vont vite, remarqua-t-elle en riant.

Pour la première fois depuis des années, elle se sentait parfaitement en confiance face à la presse. Elle ne voyait plus les journalistes comme des ennemis dont elle devait se méfier, mais comme des alliés qui pouvaient l'aider à améliorer son image et à décrocher de nouveaux contrats.

— Je n'ai pas encore pris ma décision, ajouta-t-elle. Pour le moment, je préfère me concentrer sur l'US Open.

— Y a-t-il quelqu'un que vous aimeriez particulièrement affronter en finale ?

— Vous devriez attendre que j'aie dépassé les quarts et les demi-finales avant de me poser ce genre de question.

— Je la reformule, alors. Qui considérez-vous comme votre adversaire la plus dangereuse ?

— Tia Conway, répondit Asher sans hésiter.

Le duel impitoyable qu'elle avait livré contre elle à Kooyong était encore très frais dans son esprit. Les trois manches s'étaient terminées en tie-break et le match avait duré plus de deux heures.

— Je considère qu'elle est la meilleure joueuse sur le circuit, ces temps-ci.

— Qu'est-ce qui vous fait dire cela ?

— Elle a un très grand sens du jeu, de la vitesse, de la puissance et un service exceptionnel.

— Pourtant, vous l'avez toujours battue.

— Très difficilement chaque fois, rappela Asher.

— Et que pensez-vous de la compétition masculine ? Croyez-vous que nous aurons deux vainqueurs du grand chelem américains, cette année ?

— Comme je vous l'ai dit, il reste trois matchs à jouer. Mais si Starbuck conserve le niveau de jeu qu'il a réussi à maintenir depuis le début de la saison, j'avoue que je ne vois pas très bien qui pourrait lui disputer la victoire.

— Est-ce que votre opinion en la matière ne serait pas légèrement influencée par vos sentiments personnels ?

— Je crois que les statistiques parlent d'elles-mêmes, répondit Asher sans se démonter. Bien, si vous n'avez plus d'autres questions, je vais vous laisser. Le match d'aujourd'hui a été éprouvant.

Elle se leva et fut saluée par une salve d'applaudissements à laquelle elle répondit par un sourire. Comme elle quittait la pièce, elle repéra Chuck qui se tenait près de la porte.

— Qu'est-ce que tu fais là ? lui demanda-t-elle, étonnée.

— Je garde un œil sur la petite copine de mon meilleur ami, répondit-il en passant un bras autour de ses épaules. Tyler pensait que tu serais plus à l'aise s'il n'était pas dans les parages pendant que tu répondais aux questions de la presse…

— Tu lui diras que je n'ai pas besoin de chaperon, rétorqua Asher avec une pointe d'agacement.

— Je suis tout à fait d'accord, acquiesça Chuck. Mais Tyler était convaincu que les journalistes essaieraient de te piéger.

— Et qu'aurais-tu fait, dans ce cas ?

— Je ne sais pas, avoua Chuck. J'imagine que j'aurais improvisé une diversion. Ou bien je t'aurais regardée te débattre en ricanant d'un air machiavélique. Comment peux-tu dire que personne n'est capable de battre Tyler ?

Tu ne sais donc pas qu'une grande marque de raquettes a décidé de donner mon nom à l'un des modèles ?

— Désolée, Chuck, répondit Asher en riant. Tu as sans doute raison. Ce n'était pas très diplomate de ma part…

Il l'étudia quelques instants avant de hocher la tête.

— Je trouve que tu as vraiment bonne mine, lui dit-il.

— Dois-je comprendre que ce n'était pas le cas avant ? demanda-t-elle, taquine.

— Tu sais très bien ce que je voulais dire ! protesta-t-il. Tu as l'air heureuse.

— Je le suis, confirma-t-elle.

— Tyler aussi, c'est évident. Vous êtes vraiment faits l'un pour l'autre. Franchement, je ne sais pas ce qui s'est passé entre vous, il y a trois ans, mais j'espère que cela ne se reproduira pas.

Touchée par cette déclaration, Asher le serra affectueusement dans ses bras.

— Je l'espère aussi, murmura-t-elle.

— Dis donc ! fit une voix derrière eux. Je t'avais demandé de la tenir à l'œil, pas de me la voler !

— Ne sois pas si possessif, répliqua Chuck en riant. Les seconds couteaux aussi ont besoin d'amour. Dis donc, chérie, ajouta-t-il en se tournant vers Asher, que dirais-tu d'un petit dîner en tête à tête avec moi ? Foie gras, homards et champagne, qu'en penses-tu ?

— Désolée, fit-elle avant de déposer un petit baiser sur le bout de son nez. Quelqu'un m'a déjà proposé une soirée pizza.

— Surclassé, une fois de plus ! s'exclama Chuck d'un air tragique. Dis, Tyler, ça te dirait un petit entraînement, demain matin ?

— Si tu paies le café après.

— On tirera ça à pile ou face, répondit Chuck.

Sur ce, il s'éloigna d'un pas léger, les laissant seuls. Asher et Tyler gagnèrent la sortie du bâtiment réservé aux conférences de presse et remontèrent l'allée qui traversait le grand complexe sportif. Le silence qui planait entre eux était lourd de non-dits.

Depuis qu'ils étaient rentrés aux Etats-Unis, tous deux comprenaient instinctivement qu'il serait bientôt temps de discuter des circonstances du départ d'Asher, trois ans auparavant. Mais ni l'un ni l'autre ne savait comment aborder le sujet.

— Alors ? demanda enfin Tyler. Comment ça s'est passé ?

— Très bien, répondit-elle en lui prenant la main. Je n'avais vraiment pas besoin de garde du corps…

— Je sais que tu n'aimes pas beaucoup ce genre d'interviews.

— Dis plutôt qu'elles me terrifiaient. Mais ce n'est plus le cas, aujourd'hui. A vrai dire, je ne comprends même pas comment je pouvais être aussi tétanisée devant la presse… Par contre, j'ai bien cru que j'allais mourir d'inanition.

— Tu as parlé de pizza, je crois. Je connais l'endroit idéal pour cela.

Vingt minutes plus tard, Asher contemplait d'un air résigné le restaurant où Tyler l'avait emmenée. C'était une salle exiguë, bondée et bruyante. Le juke-box qui trônait dans un coin de la pièce enchaînait des tubes qui avaient dû être à la mode quinze ans auparavant. Les serveuses portaient des tabliers en plastique sur lesquels étaient imprimées des pizzas arborant un grand sourire.

— Toi, tu sais comment traiter une femme, déclara-t-elle en se tournant vers son compagnon.

— Je connais tous les lieux branchés de la ville, répliqua Tyler. Si tu veux, demain, je t'emmènerai déjeuner dans mon fast-food préféré.

Elle sourit et il se pencha vers elle pour déposer un baiser sur ses lèvres, manquant renverser leur table.

— Vous êtes prêts à commander ?

Tyler s'écarta d'Asher et découvrit une serveuse qui

les contemplait d'un air désabusé en mâchouillant rageusement son chewing-gum.

— Deux pizzas della casa et une bouteille de chianti, s'il vous plaît, répondit-il.

— Petites, moyennes ou larges, les pizzas ?

— Moyennes, fit-il au hasard. Merci.

Il lui décocha l'un de ces sourires irrésistibles dont il avait le secret.

— Je suis sûre que nous serons servis très vite, remarqua Asher.

— Pourquoi ? demanda Tyler, étonné.

— Pour rien, éluda-t-elle en riant.

Elle était toujours surprise de découvrir qu'il n'avait pas conscience du charme qu'il exerçait sur les femmes qui l'entouraient.

— Quel genre de questions t'ont posé les journalistes ? demanda-t-il.

— Rien d'extraordinaire. En revanche, ils étaient déjà au courant de la proposition d'*Elégance*.

— Est-ce que tu comptes accepter ?

— Je ne sais pas encore. Ce pourrait être amusant. Et puis, ce serait bon pour l'image du tennis féminin.

— Plusieurs joueuses l'ont déjà fait, remarqua Tyler.

— Je ne savais pas que tu lisais les magazines de mode, Starbuck !

— Bien sûr que si ! Il y a toujours des tas de jolies filles dedans…

Asher sourit.

— Ils m'ont aussi parlé du grand chelem, ajouta-t-elle.

Tyler lui prit la main et la contempla attentivement. Il adorait voir leurs doigts entrelacés. A ses yeux, ils symbolisaient parfaitement la façon dont Asher et lui étaient aussi différents que complémentaires.

— J'ai botté en touche, poursuivit-elle. Je n'aime pas me projeter trop loin. Mais je suppose que tu dois répondre aux mêmes questions, toi aussi.

— Effectivement. Je me tue à leur dire que lorsqu'on

joue au tennis, il faut se concentrer uniquement sur le match en cours, sur l'échange en cours, même. Et trois matchs, cela représente un grand nombre d'échanges…

— Mais tu aimerais quand même remporter le grand chelem, n'est-ce pas ?

— Bien sûr ! s'exclama Tyler. D'autant que Martin a parié une grosse somme sur ma victoire…

— Je suis surprise qu'il ne soit pas venu te voir, remarqua Asher.

— Il arrive demain avec le reste de la famille.

— Ils seront tous là ?

— Maman et Jess, c'est certain. Mac et Pete essaieront de venir aussi. Je suis sûr que tu aimeras beaucoup mon neveu. Il est vraiment adorable…

Asher hocha la tête. Elle ne pouvait se départir d'une impression étrange et légèrement désagréable. Trois ans auparavant, Tyler et elle se trouvaient à l'US Open. Ils étaient amants. Ils étaient poursuivis par la presse. Et la famille de Tyler était venue le voir jouer. L'histoire semblait se répéter. Et pourtant, il s'était passé beaucoup de choses entre-temps. Des choses dont ils n'avaient pas encore commencé à discuter…

Parmi elles, il y avait cet enfant qui n'avait jamais vu le jour, mais dont elle imaginait désormais qu'il aurait pu ressembler à Pete. Et la perspective de rencontrer ce dernier la terrifiait…

— Dis-moi, Asher, fit brusquement Tyler, tu n'as toujours pas parlé à ton père, n'est-ce pas ?

— Non… Pas depuis que je me suis retirée de la compétition.

— Pourquoi ne l'appellerais-tu pas ?

— Je ne peux pas.

— Ecoute, c'est ridicule. Il est ton père, après tout…

— Tu le connais, soupira-t-elle. C'est quelqu'un de très intègre. Il est toujours convaincu de savoir ce qui est bien et ce qui ne l'est pas. Lorsque j'ai arrêté le tennis, je ne l'ai pas seulement déçu. Je l'ai trahi.

— C'est absurde, protesta Tyler.

— Pas à ses yeux. Pour lui, je suis la fille de Jim Wolfe et, à ce titre, j'ai certaines responsabilités. En épousant Eric et en abandonnant ma carrière, j'y ai renoncé. Et il ne me le pardonnera jamais.

— Comment peux-tu en être si sûre ? insista Tyler. Tu ne lui as même pas parlé !

— S'il avait changé d'avis, il serait ici, répondit tristement Asher. Franchement, lorsque j'ai repris la compétition, je pensais qu'il reviendrait vers moi. Mais je me suis trompée.

— Il te manque, n'est-ce pas ?

— Oui, j'aimerais qu'il soit là, en ce moment. Mais je comprends ses raisons. Et, au moins, cette rupture m'aura appris quelque chose de très important. Pendant des années, je crois que j'ai surtout joué pour lui, parce que je voulais qu'il soit fier de moi. Aujourd'hui, je ne joue que pour moi.

— C'est peut-être pour cela que tu as fait tant de progrès, remarqua Tyler.

— Peut-être, acquiesça-t-elle.

La serveuse revint alors et déposa devant eux deux pizzas et une bouteille de vin. Ils commencèrent à manger avec appétit, oubliant la compétition, le grand chelem et les matchs à venir. Ils devisaient de choses et d'autres, plaisantant et riant comme deux enfants en vacances.

Asher se sentait bien. Le restaurant qui lui avait tout d'abord paru peu engageant lui semblait à présent empli d'un charme un peu désuet. La pizza et le chianti valaient à ses yeux le caviar et le champagne qu'ils avaient partagés à Paris.

Au fond, c'était moins le repas et le lieu qui comptaient que la compagnie de Tyler. Tant qu'il était à ses côtés, elle se sentait en paix. Avec lui, elle pouvait se permettre de baisser la garde, d'être elle-même. En fait, il était le seul homme qui l'ait jamais acceptée telle qu'elle était vraiment.

Son père avait voulu qu'elle soit parfaite. Il l'avait

façonnée à son image et elle avait fait tout ce qu'elle pouvait pour s'y conformer. Eric avait voulu qu'elle devienne lady Wickerton, une femme sophistiquée et policée, élégante et distinguée. Et elle s'était efforcée de le satisfaire.

Avec Tyler, elle était juste Asher. Il ne cherchait ni à lui imposer ses vues ni à gommer ses défauts. Au contraire, il l'encourageait à être elle-même. A son contact, sa personnalité s'était affirmée et elle avait réussi à se défaire de l'influence de son père et d'Eric pour devenir elle-même.

Emplie d'un brusque élan de reconnaissance, elle lui prit la main et la posa contre sa joue, heureuse de sentir sa peau contre la sienne.

— Qu'est-ce qui me vaut ce regard ? demanda-t-il, surpris.

— Ta façon de me laisser libre.

Il haussa les sourcils.

— Suis-je censé comprendre ce que cela veut dire ?

— Non, répondit-elle. En revanche, je tiens à ce que tu saches que j'ai très envie de toi, en ce moment.

— Pourquoi faut-il que tu me dises toujours ce genre de choses lorsque nous sommes dans des endroits publics ? soupira-t-il d'un air faussement accablé.

Cette nuit-là, Tyler resta longuement éveillé. Nichée contre lui, Asher avait déjà succombé au sommeil, brisée par la fatigue accumulée durant la journée et par l'intensité de leur étreinte. Il sentait sa chair tiède et chacune de ses inspirations l'emplissait de son odeur.

Repoussant l'accès de désir incontrôlable qu'elle lui inspirait, il se tourna vers la table de nuit pour contempler le réveil qui indiquait minuit vingt-sept.

Il s'efforça de chasser les doutes qui l'assaillaient. Mais c'était sans espoir. Il savait que son idylle avec Asher était sur le point de se terminer. Bientôt, ils devraient décider de l'avenir de leur relation. Et, pour cela, il leur faudrait parler du passé.

Tyler avait repoussé bien trop longtemps les questions qui l'obsédaient. Il voulait comprendre pourquoi elle était partie, pourquoi elle avait épousé Eric alors que, de son propre aveu, elle avait été malheureuse avec lui.

Il avait hâte d'obtenir des réponses. Mais il lui fallait encore attendre la fin de la saison. Pour le moment, tous deux étaient bien trop absorbés par les matchs qu'il leur restait à disputer pour pouvoir aborder un sujet aussi sensible.

Hélas, Tyler n'était pas un homme patient. Il n'avait pas l'habitude de devoir ronger son frein et cette attente commençait à lui peser.

Mieux valait penser à autre chose, décida-t-il. Au père d'Asher, par exemple, et à la façon dont il avait coupé les ponts avec elle. C'était une décision que Tyler ne parvenait pas à comprendre. Jamais il n'aurait imaginé que deux membres d'une même famille puissent devenir de parfaits étrangers l'un pour l'autre.

Lui-même aurait tout pardonné à sa mère ou à sa sœur. La simple idée de les rendre malheureuses lui fendait le cœur. Or Jim Wolfe adorait sa fille. Plus d'une fois, les deux hommes s'étaient retrouvés assis l'un à côté de l'autre pour la regarder jouer.

Chaque fois, Tyler avait été frappé par le mélange de fierté et d'affection qui se lisait dans le regard de Jim. Et il ne pouvait croire que ces sentiments étaient inspirés uniquement par la sportive et non par Asher elle-même. Ne s'était-il pas réjoui du fait qu'elle sorte avec Tyler, alors que leur relation empiétait sur le temps qu'elle consacrait à son entraînement ?

Jim n'avait pas protesté. Au contraire, d'ailleurs, il les avait encouragés. Tyler s'était même senti légèrement embarrassé par l'enthousiasme dont il faisait preuve alors que lui-même, à l'époque, ne savait pas encore si cette liaison serait durable ou non…

Réprimant un soupir, il jeta un coup d'œil à sa compagne qu'illuminaient les rayons de la lune qui filtraient par la fenêtre de leur chambre. Ils donnaient à ses cheveux et à sa peau des reflets d'argent, la rendant plus désirable encore.

Craignant de la réveiller, Tyler résista à l'envie qu'il avait de l'embrasser. Il avait encore du mal à comprendre l'intensité des sentiments qu'elle lui inspirait. Il y avait du désir, bien sûr, mais aussi une immense tendresse et une angoisse sourde à l'idée qu'il pouvait la perdre de nouveau. Aucune autre femme n'avait jamais éveillé en lui de telles émotions contradictoires.

Par-dessus tout, il voulait la protéger contre cette tristesse qu'il percevait parfois en elle sans pouvoir se l'expliquer. Souffrait-elle plus de l'attitude de son père qu'elle ne voulait l'admettre ? Connaissant Asher, c'était une possibilité qu'il ne pouvait négliger.

Une idée s'insinua brusquement en lui. Si aucun d'eux ne se décidait à faire le premier pas, la situation risquait fort de s'éterniser. Mais lui-même avait peut-être un rôle à jouer. Il réfléchit à la question pendant quelques minutes puis se leva pour gagner le salon de la suite.

Décrochant le téléphone, il composa le numéro du père d'Asher qui figurait toujours dans son carnet d'adresses. Un domestique lui répondit et il déclina son identité avant de demander à parler à Jim Wolfe. Quelques instants plus tard, la voix familière de ce dernier se fit entendre.

— Starbuck ? fit-il d'un ton qui trahissait un mélange d'étonnement et de méfiance.

— Bonjour, Jim, comment allez-vous ?

— Très bien. Vous aussi, apparemment. J'ai lu de nombreux articles qui chantaient vos louanges.

— Je ne peux pas me plaindre. Cette année a été excellente pour moi. En revanche, vous nous avez manqué, à Wimbledon.

— Cela vous fait déjà quatre victoires, là-bas, si je ne me trompe…

— Et trois pour Asher, renchérit Tyler.

Un bref silence suivit cette remarque.

— Je me suis laissé dire que vous étiez en route vers le grand chelem, reprit Wolfe.

— Jim, je ne vous appelle pas pour parler de moi mais d'Asher…

— Dans ce cas, nous n'avons rien à nous dire, déclara-t-il.

La froideur et le détachement de son ton laissèrent Tyler interdit. Puis il sentit la colère remplacer sa stupeur initiale.

— Attendez une minute, protesta-t-il. Moi, j'ai beaucoup à dire ! Votre fille s'est battue pour revenir dans la compétition. Et elle l'a fait sans vous.

— J'en ai parfaitement conscience. Où voulez-vous en venir ?

— Au fait qu'il n'a pas dû être facile pour elle de devoir répondre à longueur de journée à des journalistes qui lui demandaient pourquoi vous n'étiez pas à ses côtés alors qu'elle remportait tournoi sur tournoi.

— Asher connaît parfaitement mon sentiment sur la question. Et cela ne vous regarde pas.

— Tout ce qui la concerne me concerne, protesta vivement Tyler.

— Ah, je vois…, soupira Wolfe. Vous vous êtes remis ensemble, alors.

— Effectivement.

— Ecoutez, le fait que vous ayez renoué avec Asher est votre affaire. Le fait que je ne veuille pas en faire autant est la mienne.

— Mais, bon sang, Jim ! C'est quand même votre fille ! Vous ne pouvez pas lui tourner le dos de cette façon.

— Elle l'a bien fait, elle, répliqua Wolfe d'une voix qui trahissait une immense amertume.

— Que voulez-vous dire ? demanda Tyler en fronçant les sourcils.

— Qu'Asher n'a pas hésité à se débarrasser de son enfant…

Tyler sentit un frisson glacé le parcourir et sa main se resserra convulsivement sur le combiné.

— Quel enfant ? murmura-t-il.

Mais Wolfe ne l'entendit même pas.

— Elle a tourné le dos à tous les principes que j'avais essayé de lui transmettre, poursuivit-il. La fille que j'ai élevée n'aurait jamais fait une chose pareille ! J'ai bien essayé d'admettre qu'elle ait décidé d'épouser cet homme insupportable. Et même qu'elle ait choisi de renoncer à sa carrière… Mais il y a des choses que je ne puis excuser ou pardonner. Si la vie qu'elle a choisie était plus importante à ses yeux que son propre enfant, tant mieux pour elle. Mais je refuse de la partager !

Sur ce, Wolfe raccrocha.

Pendant ce qui lui parut une éternité, Tyler resta parfaitement immobile, les yeux dans le vague. Puis, avec beaucoup de soin, il reposa à son tour le combiné du téléphone.

Des dizaines de questions se pressaient dans son esprit. Il aurait voulu réveiller Asher et exiger des explications. Mais il n'était pas en état de s'exprimer calmement. Il fallait qu'il prenne son temps, qu'il réfléchisse posément à la situation. Brusquement incapable de rester inactif, il réintégra la chambre à coucher et s'habilla.

Ses yeux se posèrent alors sur la forme endormie d'Asher. Elle paraissait si paisible, en cet instant, si innocente…

Pourtant, elle lui avait menti. Pas une seule fois, elle n'avait évoqué le fait qu'Eric et elle avaient eu un enfant. Le plus étrange, c'était que la presse n'en avait jamais fait mention…

« Asher n'a pas hésité à se débarrasser de son enfant… »

Soudain, les paroles de Jim Wolfe prirent un sens nouveau. Sur le coup, il avait pensé qu'Asher avait renoncé à cet enfant, qu'elle en avait abandonné la garde à Eric. Mais cela n'avait aucun sens. Les journaux avaient consacré plusieurs articles à leur divorce. Et Tyler, incapable de résister à la tentation, les avait tous lus. Pas un seul n'évoquait l'existence de cet enfant.

Se pouvait-il donc qu'Asher ait choisi d'avorter ? Etait-ce ce qu'avait voulu dire son père, ce qu'il n'avait pu se résoudre à accepter ? Tyler avait du mal à le croire. Cela ne ressemblait à rien de ce qu'il connaissait du tempérament de la jeune femme.

Asher n'aurait jamais pris une telle décision sans une raison impérieuse. Mais s'il s'agissait vraiment d'un problème de santé, pourquoi son père lui en aurait-il voulu à ce point ? Pourquoi aurait-il été jusqu'à couper les ponts avec elle ?

Comme il se posait la question, il vit Asher remuer doucement dans son sommeil. Elle se retourna et tendit la main vers l'endroit où il aurait dû être. Ne le trouvant pas, elle ouvrit les yeux. Elle se redressa sur un coude et passa la main dans ses cheveux en bataille.

— Tyler, appela-t-elle doucement.

Il ne répondit pas, craignant que les doutes et les émotions contradictoires qui l'assaillaient ne le trahissent. Pourtant, malgré son silence et le manque de lumière, Asher devina que quelque chose n'allait pas.

— Tyler ? fit-elle de nouveau. Que se passe-t-il ?

Elle alluma la lampe de chevet et réalisa qu'il l'observait d'un air sombre. Le mélange de froideur et de méfiance qu'elle lut dans son regard la terrifia.

— Tu n'arrives pas à dormir ? lui demanda-t-elle, s'efforçant de se persuader qu'il ne s'agissait que d'un mauvais tour de son imagination.

— Non, répondit-il d'une voix atone.

— Tu aurais dû me réveiller, lui dit-elle.

— Pourquoi ?

— Eh bien, nous aurions pu discuter…

— De quoi ? répliqua-t-il durement. De tout et de rien, tant que je ne pose pas de questions embarrassantes ?

Cela faisait plusieurs jours qu'Asher anticipait cette discussion. Mais elle n'avait jamais imaginé que Tyler puisse se montrer aussi amer. Au fond, songea-t-elle, elle l'avait peut-être mérité. Elle avait sans doute repoussé trop longtemps l'inévitable échéance.

— Si tu as des questions, je veux bien y répondre, lui dit-elle.

— Vraiment ? répliqua-t-il. Tu veux dire que tu as brusquement décidé de ne plus rien me cacher ?

— J'avais juste besoin de temps, plaida-t-elle, prise de court par son attitude.

— Du temps pour quoi ? lui demanda-t-il.

— Pour être sûre que tu comprendrais certaines choses…

— Comme ce qui est arrivé au bébé ?

Asher n'aurait pas réagi autrement s'il l'avait giflée. Elle le dévisageait avec stupeur. Dans son visage d'une pâleur de cire, ses yeux paraissaient immenses.

— Comment… ?

Elle s'interrompit, incapable de formuler les questions qui se pressaient dans son esprit. Comment l'avait-il appris ? Qui le lui avait dit ? Depuis combien de temps savait-il ?

— Eric t'en a parlé ? articula-t-elle enfin.

Tyler sentit monter en lui une vague déception. Jusqu'alors, il n'avait pas été complètement convaincu par ce que Jim lui avait dit. Mais Asher venait de le lui confirmer. Et il avait du mal à comprendre que la jeune femme ait pu vouloir se débarrasser délibérément de son propre enfant.

— Alors c'est vrai ? murmura-t-il.

La panique qui avait envahi Asher redoubla. Elle sentait déjà la distance qui se creusait entre Tyler et elle. Elle regrettait de ne pas lui avoir annoncé la nouvelle elle-même. Mais il était trop tard, bien sûr…

— Tyler, je suis désolée de ne pas t'en avoir parlé avant. Au départ, j'avais très peur de la façon dont tu réagirais. Et, à mesure que le temps passait, je ne cessais de repousser le moment où je te le dirais…

— Après tout, cela ne me concerne pas vraiment, remarqua froidement Tyler.

Asher ouvrit de grands yeux, sidérée par cette remarque.

— Comment peux-tu dire une chose pareille ? protesta-t-elle.

— Eh bien, j'imagine que ce que tu as fait avec ton mari

ne concerne pas ton ex-petit ami, même s'il est toujours amoureux de toi…

Un irrépressible mélange de joie et de tristesse monta en elle.

— Je ne le savais pas, remarqua-t-elle.

— Quoi donc ?

— Que tu m'aimais, à cette époque…

Il éclata d'un rire amer.

— Vraiment ? fit-il. Et pourquoi croyais-tu donc que je passais tout mon temps avec toi ? Que je n'arrêtais pas de penser à toi ?

— Tu ne me l'as jamais dit, objecta Asher.

— Bien sûr que si !

— Non, pas une seule fois. Une seule fois aurait suffi, Tyler…

Il fronça les sourcils, passant en revue ses souvenirs. Peut-être avait-elle raison. Peut-être n'avait-il effectivement jamais prononcé ces mots auxquels elle paraissait attacher tant d'importance. Mais il lui avait prouvé ses sentiments par ses gestes et ses attentions.

— Toi non plus, tu n'as rien dit, lui fit-il observer.

— J'avais peur, avoua-t-elle.

— Moi aussi, Asher ! s'exclama-t-il.

Pendant quelques instants, ils se contemplèrent en silence, réalisant le gouffre qu'avait creusé entre eux ce manque de communication. Si seulement ils s'étaient avoué leurs sentiments l'un pour l'autre, ils auraient peut-être pu éviter trois ans d'une douloureuse séparation.

— Je t'aime, Tyler, déclara Asher. Je t'ai toujours aimé. Mais j'ai toujours peur.

Elle lui tendit la main, mais il ne fit pas mine de la prendre.

— Je t'en prie, lui dit-elle. Ne m'abandonne pas maintenant. Et ne me déteste pas pour ce que j'ai fait…

Après quelques secondes d'hésitation, Tyler lui prit la main et la porta à ses lèvres. Par amour pour elle, il se sentait prêt à tout comprendre, à tout accepter.

— Je suis content que nous en ayons discuté, lui dit-il. Je pense qu'il est important pour nous de repartir sur de nouvelles bases.

— Tu as raison, acquiesça-t-elle. C'est aussi ce que je veux. Et je suis désolée pour le bébé, ajouta-t-elle en se serrant contre lui. Sur le coup je ne t'en ai pas parlé parce que je ne savais pas comment tu réagirais. Après, je me suis dit que cela ne servirait à rien, de toute façon…

— Je comprends.

— Je me sentais si coupable, poursuivit-elle. Et quand Jess m'a montré la photo de ton neveu, je me suis dit que c'est à cela qu'aurait ressemblé notre enfant…

Tyler sentit un frisson glacé le parcourir. L'espace d'un instant, il eut l'impression que son organisme tout entier avait cessé de fonctionner d'un seul coup.

— Notre enfant ? articula-t-il enfin.

Sa main se resserra brutalement sur celle d'Asher qui ne put réprimer un petit cri de douleur. Il la prit alors par les épaules et la regarda droit dans les yeux. Ce qu'elle lut dans les siens fit naître en elle une terreur irrépressible.

— Tu veux dire que ce bébé était le mien ? s'écria-t-il.

Asher le regarda sans comprendre. Puis elle réalisa brusquement qu'il avait pensé jusqu'alors qu'il s'agissait du bébé d'Eric. Une peur panique la submergea alors et elle fut incapable de répondre à sa question.

— Dis-le-moi ! hurla-t-il en la secouant violemment.

Asher était incapable de se défendre. Elle n'en avait pas même envie.

— Est-ce que c'était mon enfant ? répéta Tyler.

Elle hocha la tête.

Tyler dut lutter de toutes ses forces contre l'envie qu'il avait de la frapper. Il aurait voulu la battre, pour exprimer la rage et la douleur qui bouillonnaient en lui. Comment avait-elle osé faire une chose pareille ? Comment avait-elle pu disposer de la vie de leur enfant de cette façon ?

Asher sentait la violence qui l'habitait, mais elle ne fit même pas mine de se protéger. Elle sentait ses doigts s'enfoncer impitoyablement dans la chair de ses bras. Puis, brusquement, il la repoussa en arrière et elle tomba à la renverse sur le lit.

— Espèce d'ordure ! s'exclama Tyler. Tu portais mon enfant lorsque tu l'as épousé. Est-ce que c'est lui qui t'a demandé de t'en débarrasser, lorsqu'il a découvert la vérité ? Ou bien est-ce toi qui l'as décidé pour être sûre que rien ni personne ne t'empêcherait de jouer la lady ?

Asher tremblait de tous ses membres. Elle était si horrifiée par la haine qu'elle lisait dans les yeux de Tyler qu'elle ne comprenait même pas le sens réel de ses paroles. Tout ce qu'elle sentait, c'était la rage qui brûlait en lui.

— Je ne savais pas que j'étais enceinte lorsque j'ai épousé Eric, plaida-t-elle.

— Tu n'avais pas le droit de me cacher cet enfant ! Tu n'avais pas le droit de prendre la moindre décision le concernant sans m'en parler !

— Mais, Tyler…

— Tais-toi. Je ne veux plus t'entendre parler. Je ne veux même plus te voir ! Et rien de ce que tu pourrais dire ou faire ne me fera changer d'avis !

Sur ce, il gagna la porte de la chambre et sortit en la claquant derrière lui. Le bruit résonna en Asher comme la sonnerie d'un glas.

10

La plupart des commentateurs sportifs déclarèrent que Tyler n'avait jamais aussi bien joué que lors de ces quarts de finale de l'US Open. Mais Tyler savait pertinemment qu'il ne s'agissait pas de tennis. Il s'était servi de ce match comme d'un exutoire à la colère et au désespoir qui l'habitaient.

La violence de ses coups était sans pitié, la rage qui se lisait dans ses yeux presque palpable. Il ne s'agissait plus pour lui de gagner ou de perdre, mais d'exorciser les émotions qu'avait éveillées en lui la confession d'Asher. Toujours en mouvement, il renvoyait chaque balle avec une précision létale. Chacun de ses gestes constituait une agression caractérisée.

Si on l'avait souvent comparé à un guerrier, jamais cette description n'avait semblé plus judicieuse que ce jour-là. Tel un loup assoiffé de sang, il avait réduit son adversaire à néant, ne lui laissant aucune chance d'échapper au déluge de coups qu'il faisait pleuvoir sur lui.

Hélas, ce match ne suffit pas à exorciser sa fureur. Il aurait voulu qu'il se prolonge plus longtemps, tout en sachant que cela n'aurait probablement rien changé.

Dans les tribunes, Martin Derick exultait. Jamais il ne s'était senti aussi fier de son protégé.

— Vous avez vu ça, Ada ! s'exclama-t-il tandis que Tyler regagnait les vestiaires. C'était fantastique ! Il l'a littéralement massacré !

— Effectivement, acquiesça la mère de Tyler.

— Plus que deux matchs et votre fils remportera le grand chelem, déclara son ancien employeur en serrant affectueusement ses mains dans les siennes. S'il continue à jouer comme cela, personne ne pourra l'empêcher de décrocher le titre.

Ada hocha distraitement la tête. Elle connaissait trop son fils pour être dupe de ce qui venait de se passer. Elle avait lu la colère et la douleur qui habitaient Tyler. C'était une expression qui lui était douloureusement familière. Il l'avait arborée lorsque, étant enfant, il souffrait des moqueries de ses petits camarades qui l'accusaient de ne pas avoir de père.

A l'époque, il avait réglé ses comptes avec ses poings. Aujourd'hui, il avait utilisé une raquette. Et tandis que Martin commentait avec enthousiasme chacun de ses coups, elle se demanda ce qui avait pu mettre Tyler dans un tel état.

— Maman, lui souffla alors Jess qui était assise à côté d'elle. Il y a quelque chose qui ne va pas chez Tyler, n'est-ce pas ?

— Tu as remarqué, toi aussi ?

Jess jeta un coup d'œil en direction des tribunes réservées à la fédération internationale.

— Tu as remarqué qu'Asher n'avait pas assisté au match d'aujourd'hui ?

Ada hocha la tête. Lorsque sa fille lui avait annoncé que Tyler et Asher sortaient de nouveau ensemble, elle n'avait pas été surprise le moins du monde. En fait, depuis qu'elle avait appris que la jeune femme avait divorcé pour reprendre la compétition, elle avait compris que c'était inévitable.

La seule fois de sa vie où elle avait vu Tyler vraiment désespéré, c'était lorsque Asher l'avait quitté pour épouser lord Wickerton. Et si la colère qu'il avait éprouvée alors n'avait pas surpris sa mère, l'intensité de son chagrin l'avait par contre beaucoup plus inquiétée.

— J'avais remarqué, acquiesça-t-elle. Mais je crois qu'elle doit jouer, tout à l'heure.

— Pas avant une demi-heure, objecta Jess. Cela lui laissait tout le temps de venir voir Tyler… Je suis vraiment étonnée qu'elle ne soit pas là.

— Je suis certaine qu'elle a une bonne raison pour cela, répondit Ada en s'efforçant de dissimuler son inquiétude croissante.

Cette scène commençait à devenir désagréablement familière et elle avait l'impression de revivre ce qui s'était produit trois ans auparavant.

— Maman, il faut que je te parle, déclara Jess d'un ton hésitant. Pourrions-nous aller prendre une tasse de café, toutes les deux ?

Sentant qu'il s'agissait de quelque chose de très important, Ada se leva sans hésiter.

— Occupez-vous bien de Pete, dit-elle à Mac et à Martin. Jess et moi n'en avons que pour quelques minutes.

— Tu vas tout lui dire ? souffla Mac à son épouse.

— Oui, répondit-elle gravement. Je crois qu'il le faut.

Les deux femmes quittèrent les tribunes pour gagner l'un des cafés qui entouraient le stade. Elles parvinrent à trouver une table et commandèrent deux cafés. Dès qu'elles furent servies, Jess se mit à parler de tout et de rien, passant d'un sujet à l'autre avec une fausse désinvolture qui cachait mal sa nervosité.

Ada ne la pressa pas. Elle connaissait suffisamment ses enfants pour savoir que cela ne servirait à rien. Mieux valait attendre que Jess soit prête à lui dire ce qu'elle avait sur le cœur.

— Maman, est-ce que tu te souviens de l'US Open d'il y a trois ans ?

Ada hocha la tête. Comment aurait-elle pu oublier ce tournoi ? Tyler l'avait remporté à la suite d'une finale mémorable. Mais il avait à peine eu le temps de savourer sa victoire avant d'apprendre que la femme qu'il aimait s'était enfuie avec un autre homme.

— Tout était ma faute, reprit Jess au prix d'un immense effort de volonté. C'est à cause de moi qu'Asher est partie…

— Je ne comprends pas, répondit calmement Ada. En quoi étais-tu responsable de ses choix ?

— Je suis allée la voir, expliqua Jess en jouant nerveusement avec sa serviette en papier.

Elle avait pensé qu'il serait plus facile d'aborder le sujet, maintenant qu'elle en avait parlé à Mac. Mais le regard calme et patient de sa mère la déstabilisait. Elle avait l'impression d'être redevenue une enfant qui venait de faire une très grosse bêtise.

— Je suis passée à leur hôtel à un moment où Tyler n'était pas là.

Elle hésita une dernière fois avant de livrer le secret qui la rongeait depuis si longtemps.

— Je lui ai dit que Tyler en avait assez d'elle, qu'il s'ennuyait…

— Je suis étonnée qu'elle ne t'ait pas ri au nez, commenta Ada d'une voix égale.

— Je me suis montrée très convaincante, répondit Jess. Probablement parce que j'étais moi-même persuadée qu'il s'agissait de la vérité. J'étais même compatissante…

Jess détourna les yeux. Le souvenir de cette rencontre et des événements qui avaient suivi la torturait depuis des années.

— Je lui ai dit que Tyler pensait qu'Eric et elle étaient faits l'un pour l'autre. C'était vrai, d'ailleurs, mais j'ai tourné les choses de façon à lui laisser croire qu'il espérait qu'Eric le débarrasserait d'elle. J'ai même pris la défense de mon frère en expliquant qu'il n'avait jamais voulu lui faire de mal, qu'il s'était juste senti dépassé par l'intensité des sentiments d'Asher. J'ai laissé entendre que Tyler m'avait demandé mon avis sur la meilleure façon de se sortir d'une relation dont il ne voulait plus…

Ada posa doucement sa main sur celle de sa fille.

— Jess, pourquoi as-tu fait une chose pareille ? demanda-t-elle gravement.

— Parce que Tyler n'était pas heureux. Je lui avais parlé, la veille, et il se sentait si déprimé, si peu sûr de lui… Je ne l'avais encore jamais vu comme cela. Il me paraissait évident qu'Asher n'était pas la femme qu'il lui fallait, qu'elle lui faisait du mal. Je voulais lui éviter de souffrir encore plus.

— Mais Tyler l'aimait, objecta Ada.

— Je sais, soupira Jess. Mais je n'en étais pas convaincue, à l'époque. Je me disais que, s'il l'avait aimée, il aurait été bien plus heureux. Et que si elle l'avait aimé, elle se serait conduite comme les autres femmes avec lesquelles il était sorti…

— Ne crois-tu pas que c'est justement parce qu'elle était différente qu'il est tombé amoureux ?

Jess se demanda une fois de plus comment sa mère pouvait en savoir autant sur les relations amoureuses, elle qui avait passé la majeure partie de sa vie toute seule.

— Ce n'est que lorsque j'ai rencontré Mac que j'ai compris que l'amour n'était pas toujours facile. Parfois, je me sentais triste et confuse, je ne savais plus où j'en étais. Et, à chacune de ces occasions, je me rappelais ma conversation avec Tyler. Je me disais que lui aussi était peut-être en train de traverser une période de doute, mais que cela ne signifiait pas pour autant qu'il n'aimait pas Asher…

Jess essuya une larme qui coulait le long de sa joue.

— J'essayais alors de me persuader que si Asher l'avait vraiment aimé, elle aussi, elle ne serait pas partie avec Eric. Ou que Tyler ne l'aurait pas laissée partir…

— Malheureusement, la fierté est parfois aussi forte que l'amour, soupira Ada. Ce que tu as dit à Asher a dû la blesser profondément. Elle s'est certainement sentie trahie et blessée. Et elle a préféré partir pour sauvegarder un semblant de dignité.

— Si j'avais été à sa place, je l'aurais envoyée au diable ! s'exclama Jess.

— J'en suis sûre, acquiesça Ada en souriant. Et tu

aurais dit ses quatre vérités à l'homme que tu aimais. Mais Asher est différente. Je crois que, d'une certaine façon, elle est beaucoup plus fragile que toi.

— C'est vrai, reconnut Jess. Tyler me l'a toujours dit, d'ailleurs. Lorsque Asher et lui se sont remis en couple, je me sentais à la fois soulagée et terrifiée qu'elle puisse lui révéler ce que je lui avais dit. Mais, à présent, je sens bien que quelque chose ne va pas entre eux. Et je ne sais vraiment pas quoi faire…

— Je crois que tu devrais leur parler à tous les deux, déclara Ada. Leur dire la vérité au sujet de ce qui s'est passé, il y a trois ans. Ensuite, laisse-les régler cette histoire entre eux. Tu peux peut-être cicatriser les blessures que tu as causées autrefois, mais c'est à eux de régler leurs difficultés actuelles.

— Mais s'ils s'aiment vraiment…, commença Jess.

— Tu as déjà pris une décision pour eux, autrefois, l'interrompit Ada. Ne commets pas de nouveau la même erreur.

Asher était incapable de dormir. Chaque fois qu'elle parvenait à fermer les yeux, elle était réveillée en sursaut par les cauchemars qui la harcelaient. Elle avait perdu l'appétit et devait se forcer pour avaler la moindre bouchée de nourriture.

Sa forme physique s'en ressentait et seule la promesse qu'elle s'était faite de ne plus jamais renoncer l'empêcha de déclarer forfait pour le reste de la compétition. Avant les quarts de finale, elle resta dans les vestiaires jusqu'au dernier moment, évitant ainsi les fans, les journalistes et les autres joueurs.

Lorsqu'elle sortit enfin pour rejoindre le court, la chaleur et l'humidité lui donnèrent le vertige. S'efforçant de dominer cette sensation, elle se dirigea vers sa chaise et tenta vainement de se concentrer sur le match qu'elle s'apprêtait à disputer.

Hélas, l'épuisement et le désespoir qui l'habitaient l'empêchaient de faire le vide. Elle se sentait faible et épuisée, comme si sa rupture avec Tyler l'avait privée de toute énergie. Il lui semblait qu'elle avait perdu la partie la plus importante d'elle-même.

— Asher, fit une voix dans les tribunes, juste derrière elle.

Se tournant à demi, elle avisa Chuck qui la considérait d'un air préoccupé.

— Tu n'as pas l'air en forme, lui dit-il. Est-ce que tu es malade ?

— Je vais bien, mentit-elle.

Il l'étudia attentivement avant de froncer les sourcils.

— Tu es blafarde, insista-t-il.

— Ecoute, si je suis venue, c'est que je suis parfaitement capable de jouer. Maintenant, si cela ne t'ennuie pas, j'ai un match à disputer…

Sur ce, elle se leva et alla se positionner derrière la ligne de fond de court. Chuck n'eut besoin que de quelques échanges pour comprendre que quelque chose n'allait pas. Aussitôt, il partit à la recherche de Tyler.

Il finit par le trouver dans les vestiaires. Après son propre match, il s'y était réfugié pour éviter les micros des journalistes, les demandes d'autographes de ses fans et les félicitations des autres tennismen. Il n'était pas d'humeur à se réjouir.

La colère qui bouillonnait en lui depuis la veille n'avait pas faibli. Il ne se sentait même pas fatigué par les efforts qu'il venait de produire. En fait, il aurait volontiers disputé un autre match dans la foulée. Lorsqu'il entendit Chuck l'interpeller, il resta sous sa douche brûlante, les yeux clos.

— Tyler ! s'exclama son ami. Tu m'écoutes ? Il y a quelque chose qui ne va pas chez Asher.

Tyler ouvrit enfin les yeux et tourna vers Chuck un regard inexpressif.

— Et alors ? fit-il.

Chuck resta interdit durant quelques instants.

— Et alors ? répéta-t-il. As-tu écouté ce que je venais de te dire ?

— Oui.

— Elle a l'air malade, insista Chuck. Je viens juste de la voir et je pense vraiment qu'elle n'est pas en état de jouer. Jamais je ne l'ai vue comme cela.

Tyler résista à l'impulsion qui le poussait à aller s'assurer qu'Asher allait bien. Mais le souvenir de leur confrontation de la nuit précédente était encore vivace dans son esprit. D'un geste brusque, il ferma le robinet avant de s'emparer de sa serviette.

— Asher sait ce qu'elle fait, déclara-t-il. Elle est parfaitement capable de prendre ses décisions.

Chuck le contempla avec stupeur. Jamais il n'avait vu Tyler réagir aussi froidement. Et jamais il n'avait vu Asher s'emporter comme elle venait de le faire. Il était de plus en plus évident que tous deux s'étaient disputés.

— Mais que vous arrive-t-il ? s'exclama-t-il enfin. Je viens te dire que ta petite amie est malade et tu réagis comme si cela t'était égal !

— Ce n'est pas ma petite amie, déclara Tyler en se frictionnant énergiquement.

Chuck le suivit jusqu'à son vestiaire. Depuis qu'il s'était entraîné avec lui, ce matin même, il sentait que quelque chose n'allait pas. Habitué aux sautes d'humeur de son ami, il n'y avait guère prêté attention. Mais il était à présent convaincu que la situation était beaucoup plus grave qu'il ne l'avait imaginé.

— Ecoute, ce n'est pas parce que vous vous êtes disputés, tous les deux…

— Nous ne nous sommes pas disputés, l'interrompit Tyler en enfilant son jean. Je te l'ai dit : Asher n'est plus ma petite amie.

— Très bien, répliqua Chuck, provocateur. Dans ce cas, si le champ est libre, je vais peut-être tenter ma chance…

Furieux, Tyler le prit par le col de sa chemise et le plaqua contre une rangée de casiers. Dans ses yeux, Chuck avisa une lueur meurtrière. Mais il ne détourna pas le regard, bien décidé à découvrir le fin mot de cette histoire.

— Alors, comme cela, tu n'éprouves plus rien pour elle ? railla-t-il.

Tyler dut faire appel à toute sa volonté pour ne pas lever la main sur son ami. De nouveau, il sentait la rage l'envahir. Mais Chuck n'était pas responsable de cette situation. Il se força donc à le relâcher et à reculer d'un pas.

— Est-ce que tu comptes aller la voir ? lui demanda Chuck. Quelqu'un devrait lui parler avant qu'elle ne se blesse sérieusement. Et tu sais qu'elle ne m'écoutera pas…

Tyler ne répondit pas. D'un geste saccadé, il ramassa sa chemise et l'enfila. Chuck vit distinctement ses doigts qui tremblaient tandis qu'il attachait les boutons. La dernière fois qu'il avait vu son ami réagir de cette façon, c'était lorsque Asher l'avait quitté pour rejoindre Eric Wickerton.

— Est-ce que tu veux que nous en parlions ? demanda-t-il.

— Non, répondit Tyler d'une voix sourde.

Il parut hésiter avant de poursuivre.

— Tâche simplement de garder un œil sur elle, conclut-il.

Quelques instants plus tard, il avait quitté les vestiaires.

Asher savait pertinemment qu'elle était en train de perdre la partie. Elle avait épuisé ses maigres réserves d'énergie au cours du premier set qu'elle avait fait durer jusqu'au tie-break. Mais c'était Kingston qui avait fini par le remporter, déstabilisant ainsi un peu plus son adversaire.

Asher manquait de puissance et d'accélération et Kingston, en joueuse expérimentée, exploitait ces failles sans pitié. Et plus elle dominait, plus Asher avait du mal à se concentrer. Insidieusement, elle perdait pied, minée par le doute et la résignation. Il lui manquait sa motivation habituelle qui aurait pu l'aider à surmonter ses insuffisances.

Incapable de s'en empêcher, Tyler était venu jeter un coup d'œil au central. De l'entrée des vestiaires, il avait rapidement constaté que Chuck n'avait pas exagéré. Asher était pâle comme un linge. Elle était aussi beaucoup plus lente et plus imprécise que d'ordinaire.

Tyler dut faire un effort prodigieux pour résister à l'envie de lui faire un signe d'encouragement. Mais elle avait fait son choix, songea-t-il. Elle s'était débarrassée de leur bébé sans le consulter, sans même lui demander son avis. Hélas, cette certitude ne suffisait pas à anéantir les sentiments qu'il éprouvait pour elle.

Incapable de supporter le spectacle de sa déroute, il finit par se détourner et quitta le stade.

Lors du second set, Asher parvint à rassembler ses dernières bribes de volonté et de courage et à faire illusion. Mais à trois jeux partout, elle comprit qu'elle ne pourrait pas continuer très longtemps sur ce rythme. Si elle voulait avoir la moindre chance de l'emporter, il allait très vite lui falloir trouver une faille dans le jeu de Kingston.

Faisant appel à ses ultimes ressources, elle se prépara à servir. Derrière la ligne, elle se força à respirer profondément, suivant des yeux la balle qu'elle faisait rebondir devant elle pour faire le vide dans son esprit. Mais les paroles de Tyler ne cessaient de lui revenir à la mémoire, parasitant sa concentration.

Son premier service atterrit dans le filet et elle ne put s'empêcher de jurer, à la grande surprise des observateurs qui ne l'avaient jamais vue perdre son sang-froid légendaire. Son second service fut redoutable et Kingston ne parvint pas même à effleurer la balle du bout de sa raquette.

Réprimant un cri de joie, Asher songea qu'elle avait peut-être encore une chance. Mais son service suivant fut bien moins convaincant et son adversaire y répondit par un retour fracassant. Asher parvint à renvoyer la balle *in extremis*, mais Kingston avait pris l'avantage.

Elle fit courir Asher d'un bout à l'autre du terrain, lui imposant un défi physique auquel elle n'était pas en état de répondre. Asher tenta de contre-attaquer en montant au filet. Mais Kingston lui décocha un passing-shot meurtrier qui força la jeune femme à reculer brusquement.

Elle se jeta sur la balle qu'elle renvoya tant bien que mal avant de s'écrouler sur sa lancée. Le retour de Kingston fut impitoyable. Pendant plusieurs secondes, Asher resta au sol, épuisée. Puis elle parvint à se remettre péniblement debout. Mais sa confiance était définitivement brisée et Kingston n'eut aucun mal à conclure une partie qui ressemblait de plus en plus à un jeu de massacre.

Asher dormit pendant vingt-quatre heures d'affilée. Lorsqu'elle se réveilla dans son lit qui lui paraissait brusquement trop grand pour elle, elle réalisa que la perte de ce match et du grand chelem ne l'attristait pas autant qu'elle aurait pu l'imaginer.

L'important, c'était qu'elle soit allée jusqu'au bout, qu'elle ait refusé de baisser les bras. Elle avait même accepté de répondre aux questions des journalistes. A ceux d'entre eux qui lui avaient demandé si elle était malade, elle avait répondu que tel n'était pas le cas et qu'elle était parfaitement apte physiquement à disputer ce match.

Elle ne tenait pas à se réfugier derrière de fausses excuses. Si elle avait perdu, c'est parce qu'elle n'avait pas su trouver les ressources nécessaires pour faire face à son adversaire. Le reste n'avait aucune importance.

Lorsqu'elle émergea enfin de son sommeil, Asher se redressa sur son lit et ne put réprimer une grimace douloureuse. Ses muscles endoloris la faisaient horriblement souffrir. Et si l'exaltation de la victoire avait souvent le don de lui faire oublier ce genre de désagrément, il n'en allait pas de même cette fois-ci.

En fait, l'absence de matchs à venir et de défis à relever la désorientait quelque peu. Bientôt, ce serait la fin de la saison et elle ne savait même pas où elle irait s'installer. Repoussant ces questions, elle s'allongea dans la baignoire et laissa l'eau brûlante dénouer ses muscles.

Elle n'entendit pas frapper à la porte et, lorsque le téléphone sonna, elle préféra ne pas répondre, n'aspirant qu'au calme et à la tranquillité. Elle avait besoin d'encore un peu de temps avant de réintégrer le monde réel…

Jess raccrocha le téléphone après avoir laissé sonner une dizaine de fois. Où pouvait donc être Asher ? Elle n'avait apparemment pas quitté son hôtel, mais ne répondait ni au téléphone ni à la porte depuis plus d'une journée. Inquiète, Jess avait voulu prévenir Tyler, mais celui-ci refusait catégoriquement d'entendre parler de la jeune femme.

Jess était pourtant bien décidée à lui avouer l'erreur qu'elle avait commise, trois ans auparavant. Cela faisait bien trop longtemps qu'elle se taisait par crainte de perdre l'affection de son frère. Mais depuis qu'elle avait discuté avec sa mère, elle savait qu'elle n'avait d'autre choix que de lui parler.

Et elle avait résolu de le faire après sa demi-finale, quel qu'en soit le résultat. Elle se rendit donc au stade où elle assista au match. Tyler fit preuve de la même férocité qu'en quarts de finale. Et le résultat fut aussi implacable. Très fière de lui mais terrifiée à l'idée qu'il pourrait la haïr pour ce qu'elle avait fait, elle attendit avec impatience la fin de la conférence de presse.

Lorsqu'il émergea enfin du bâtiment où étaient réunis les journalistes, elle se dirigea vers lui, le cœur battant à tout rompre.

— Ty, il faut que je te parle, lui dit-elle.

— Tu es sûre que cela ne peut pas attendre ? soupira-t-il. Je n'ai qu'une envie, c'est d'aller me coucher.

— C'est important, insista-t-elle. Si tu veux, je te ramène en voiture. Tu n'auras qu'à m'écouter.

— Ecoute, Jess…

— S'il te plaît, l'interrompit-elle.

Il sentit l'urgence qui perçait dans sa voix et la suivit jusqu'à sa voiture. Pour la première fois de sa vie, il regrettait que sa famille soit venue assister à un tournoi. Jusqu'alors, il avait réussi à les éviter, expliquant qu'il était fatigué ou qu'il devait s'entraîner. Bien sûr, il savait que sa mère n'était pas dupe, mais elle respectait trop son indépendance pour le presser de questions.

Martin, au contraire, ne s'était rendu compte de rien, bien trop enthousiasmé par les résultats de son protégé pour sentir que quelque chose n'allait pas. Il ne cessait de chanter les louanges de Tyler et de lui poser toutes sortes de questions sur les matchs qu'il avait disputés.

Mais le plus dur, c'était de voir son neveu, si plein d'entrain et de bonne humeur. Chaque fois que Tyler posait les yeux sur lui, il ne pouvait s'empêcher de penser à cet enfant qu'il aurait pu avoir et ne connaîtrait jamais.

Repoussant les idées sombres qui le harcelaient, il attendit patiemment que sa sœur lui dise ce qu'elle avait sur le cœur. Finalement, elle prit une profonde inspiration et se jeta à l'eau.

— Il y a certaines choses que je veux te dire, expliqua-t-elle. Et j'aimerais que tu m'écoutes attentivement avant de dire quoi que ce soit.

— Je n'ai pas le choix, remarqua-t-il. Tu m'as quasiment enlevé…

Elle hésita quelques instants, comme si elle cherchait ses mots puis elle commença la confession qu'elle avait si souvent repoussée. Lorsqu'elle en vint à parler de l'été où Asher l'avait quitté, Tyler fit mine de protester. Il n'avait pas envie qu'on lui rappelle cette période de sa vie, surtout depuis qu'il connaissait la vérité au sujet de leur enfant.

Mais Jess lui intima le silence et poursuivit son récit. Tyler soupira et se résigna à l'écouter. Lorsqu'elle mentionna le fait qu'elle était allée voir Asher, il lui jeta un regard étonné. Puis elle entreprit de lui répéter ce qu'elle avait dit à la jeune femme et l'étonnement céda la place à la colère.

Jess le sentit mais se força à continuer. Il était trop tard pour faire marche arrière, à présent.

— Sur le coup, poursuivit-elle, elle n'a pas réagi à ce que je lui disais. Elle paraissait très calme, parfaitement maîtresse d'elle-même. Et cela n'a fait que confirmer ce que je pensais, à savoir qu'elle était froide et dépourvue de tout sentiment à ton égard. Je ne savais pas à l'époque que les gens ont tous des façons très différentes de manifester leurs émotions. Mac, par exemple, est quelqu'un de très pudique…

Jess marqua une pause, guettant une réaction de la part de son frère. Mais il semblait s'être muré dans un silence glacé qui ne fit qu'accroître son angoisse.

— Lorsque j'y repense aujourd'hui, reprit-elle courageusement, je me souviens qu'elle était très pâle, très silencieuse… Ce n'était sans doute pas de l'indifférence, mais l'effet du choc que je lui avais causé. Elle m'a écoutée attentivement, sans jamais élever la voix ou verser une larme. Mais, au fond, elle devait souffrir terriblement…

La voix de Jess se brisa. Tyler ne disait toujours rien.

— Je ne voulais que ton bien, soupira-t-elle. Je pensais qu'elle ne t'aimait pas et qu'elle te faisait souffrir. D'une certaine façon, je crois que j'essayais de te rendre service, de te rendre un peu de ce que tu m'avais donné… Je m'étais convaincue que je lui disais ce que tu n'osais pas lui dire toi-même. Peut-être y avait-il aussi de la jalousie. Peut-être avais-je peur que tu m'aimes moins… En tout cas, j'étais persuadée qu'Asher ne t'aimait pas assez. Et le fait qu'elle se remarie aussi vite par la suite m'a confortée dans cette idée…

Elle s'interrompit, incapable de réprimer les larmes qui lui montaient aux yeux. Craignant de perdre le contrôle de son véhicule, elle se rangea contre le trottoir le plus proche et coupa le moteur.

— Je sais aujourd'hui que je n'avais pas le droit d'agir comme je l'ai fait, conclut-elle. Je sais aussi que mes excuses ne serviront à rien, mais il fallait que je te le dise. Je suis désolée…

Un silence de plomb pesa sur eux. Les yeux de Tyler brillaient d'une colère qu'il avait visiblement beaucoup de mal à réprimer.

— Qu'est-ce qui t'a fait croire que tu pouvais te mêler

de ma vie de cette façon ? s'exclama-t-il enfin d'une voix vibrante de rage.

— J'ai eu tort, soupira Jess. Crois-moi, je m'en suis voulu pendant des années…

— Sais-tu seulement à quel point tu as gâché ma vie ? articula Tyler. Sais-tu combien j'ai souffert, lorsqu'elle est partie ?

— Oui, murmura Jess.

— Je comptais demander Asher en mariage, ce soir-là, reprit-il d'un ton glacé. Mais lorsque je suis rentré à notre chambre d'hôtel, c'est toi que j'ai trouvée. Et tu m'as dit qu'elle était partie avec Wickerton…

Jess était incapable de retenir ses larmes, à présent.

— Je n'ai jamais imaginé qu'elle était si importante à tes yeux, plaida-t-elle d'une voix brisée. Jamais je n'aurais cru que tu voulais l'épouser…

— Elle était tout ce que je désirais, répondit Tyler, rageur. Tout, tu comprends ? Et si j'étais si nerveux et si inquiet, à l'époque, c'était parce que je n'étais pas sûr qu'elle accepterait de se marier avec moi ! A présent, je ne saurai jamais si elle l'aurait fait…

— Tyler, si tu veux que j'aille la voir et que je lui explique tout, je le ferai.

Il hésita puis songea à leur enfant.

— Non, répondit-il. C'est inutile. Il y a d'autres choses bien plus graves qui nous séparent, aujourd'hui…

— Je pourrais peut-être…

— Tu en as déjà assez fait comme cela, l'interrompit Tyler. Ne te mêle plus de mes affaires. Et je t'interdis de parler à Asher !

— Très bien, soupira sa sœur. Si c'est vraiment ce que tu veux…

— C'est ce que je veux, confirma-t-il.

— Mais tu l'aimes encore, n'est-ce pas ?

Tyler n'hésita pas un seul instant avant de lui répondre.

— Oui, dit-il. Je l'aime. Mais cela ne suffit pas toujours,

Jess. Il y a certaines choses que l'on ne peut pardonner, même par amour…

— De quoi parles-tu ?

— De quelque chose qu'elle m'a pris et qu'elle ne pourra jamais me rendre, répondit-il en ouvrant sa portière. Je crois que je vais rentrer à pied, ajouta-t-il. J'ai besoin de marcher…

— Tyler, fit Jess en posant la main sur l'avant-bras de son frère, est-ce que tu veux que je rentre en Californie ? Je ne resterai pas si tu préfères que je parte.

— Fais ce que tu veux, répondit-il. Je m'en moque.

Il vit un éclair douloureux passer dans ses yeux et réprima un juron. Il avait passé sa vie entière à la protéger et, s'il se retournait contre elle aujourd'hui, il risquait de lui faire énormément de mal.

— Oublie cette histoire, Jess, soupira-t-il. C'est du passé…

Sur ce, il quitta la voiture en espérant que lui-même serait capable de mettre en application ce sage conseil.

11

Asher était assise sur son lit et suivait la finale masculine de l'US Open. Elle n'avait pas besoin des commentaires des journalistes sportifs pour analyser chaque service, chaque coup, chaque faute. Et si elle n'avait pas osé prendre place dans les tribunes du court central, elle n'avait pu renoncer complètement à voir jouer Tyler.

Les gros plans lui permirent d'analyser précisément l'état d'esprit dans lequel il se trouvait. Si son regard trahissait un mélange de fatigue et de tension, sa concentration était sans faille. Et, malgré les nombreux matchs qu'il avait disputés au cours de cette saison, il paraissait doté d'une indomptable énergie.

Chaque fois que le réalisateur repassait l'un de ses coups au ralenti, Asher était stupéfaite par la maîtrise technique dont il faisait preuve. Chacun de ses mouvements était parfaitement dosé et l'on sentait en lui un mélange extraordinaire de puissance et de contrôle.

Ses premiers services dépassaient régulièrement les deux cents kilomètres à l'heure. Ses retours étaient fulgurants. Et il ne semblait jamais faiblir, jamais relâcher la pression qu'il exerçait sur Chuck. Ce dernier jouait merveilleusement bien, mais ce n'était pas suffisant pour résister à la maestria de son adversaire.

Asher finit par se demander si c'était vraiment la finale qui inspirait à Tyler une telle intensité. Il y avait de la rage dans sa façon de jouer et elle songea qu'elle en était probablement en partie responsable. Si tel était le cas, cela signifiait qu'il était en train de réussir ce qu'elle n'avait pas su faire : sublimer sa colère et sa frustration pour les transformer en énergie brute.

A un moment, l'arbitre signala une faute très discutable à l'encontre de Tyler. Celui-ci lui jeta un regard noir que le réalisateur prit soin de cadrer en gros plan. En avisant la fureur qui brillait dans ses yeux, Asher ne put s'empêcher de frissonner. C'était exactement la même que celle que lui avait inspirée sa terrible confession.

Le cœur battant, elle s'attendait à ce qu'il perde son calme et cède à l'un de ces accès de rage dont il était coutumier autrefois. Mais il n'en fit rien. Après avoir pris une profonde inspiration, il alla se replacer derrière la ligne de fond de court sans même prendre la peine de faire appel de la décision de l'arbitre.

Cette faute marqua un tournant dans le match. A partir de ce moment-là, le jeu de Tyler se fit plus incisif encore. Il était sur toutes les balles, se déplaçant à la vitesse de l'éclair et se replaçant instantanément. Il alternait avec un art consommé les coups droits, les revers, les passing-shots, les volées et les lobs.

C'était un véritable tour de force, une démonstration impeccable de tennis qu'il livrait avec une apparence de facilité aussi trompeuse que déconcertante. Chaque fois, il parvenait à pousser Chuck à la faute. Il lui imposait son rythme.

C'était un bras de fer stupéfiant, une véritable leçon. Jamais, sans doute, Tyler n'avait joué aussi bien. Et Chuck, malgré sa grande expérience et la connaissance aiguë qu'il avait de son adversaire, était visiblement dépassé.

Asher aurait aimé être sur place pour pouvoir partager ce moment avec la foule hystérique qui manifestait bruyamment son admiration. Mais elle était convaincue que Tyler ne voulait pas d'elle dans les tribunes. Il n'était pas le genre d'homme à se contenter de demi-mesures. Il admirait ou méprisait, aimait ou détestait.

A présent, il avait tiré un trait sur leur relation. Il fallait qu'elle s'y résigne. Le plus simple aurait sans doute été de renoncer une fois de plus à sa carrière. Mais, en quittant Eric, elle avait décidé que plus jamais un homme ne lui dicterait ce qu'elle devait faire.

Serrant les dents, elle décida donc de se battre. Elle ne laisserait pas Tyler l'écarter de sa vie sans réagir. Et même si son combat était condamné d'avance, elle ferait tout ce qu'elle pourrait pour le convaincre que tous deux avaient encore une chance.

Elle trouverait bien un moyen de lui parler et ferait en sorte qu'il l'écoute. Et s'il ne voulait plus la voir, c'était tant pis pour lui…

Comme elle se faisait cette réflexion, elle entendit frapper à sa porte. Surprise, elle alla ouvrir, se demandant qui pouvait bien lui rendre visite. Lorsqu'elle découvrit l'identité de son visiteur, son étonnement se mua en véritable stupeur.

— Papa ? articula-t-elle.

— Est-ce que je peux entrer ? demanda-t-il d'une voix distante qui trahissait néanmoins un léger malaise.

Il n'avait pas changé, réalisa-t-elle. Il était aussi grand, aussi mince et aussi bronzé. Ses cheveux blonds s'ornaient à présent de quelques mèches grises, mais il était toujours l'homme qu'elle avait connu et aimé, celui qu'elle avait perdu sans jamais s'y résigner vraiment.

— Je suis tellement contente de te voir, lui dit-elle d'une voix enrouée par l'émotion.

Elle lui prit la main et le fit entrer dans la suite.

— Assieds-toi, lui dit-elle en désignant le coin salon.

Il prit place sur l'un des fauteuils et un silence gêné s'installa.

— Tu veux boire quelque chose ? demanda-t-elle pour le dissiper. Un café ? Un whisky ?

— Non, merci, répondit Jim Wolfe en observant attentivement sa fille.

Elle était plus mince que dans son souvenir et elle paraissait aussi nerveuse que lui. Depuis que Tyler l'avait appelé, il n'avait cessé de penser à elle, mais rien ne l'avait préparé à se retrouver en tête à tête.

— Je voulais te dire que j'étais très fier de la façon dont tu as joué durant cette saison, lui dit-il enfin.

Il était toujours un peu distant, réalisa Asher. Puis elle songea que cela n'avait rien d'étonnant, étant donné les années qui s'étaient écoulées depuis leur dernière rencontre.

— Merci, lui dit-elle.

— Je suis très fier de ton dernier match, notamment, ajouta-t-il.

— J'ai perdu pourtant, lui rappela-t-elle.

— Peut-être. Mais tu as disputé chaque point alors que tu n'étais visiblement pas en état de le faire.

— Je n'étais pas malade, remarqua Asher. Si je suis venue sur le court…

— C'est que tu étais en état de le faire, acquiesça-t-il. Je vois que tu n'as pas oublié mes leçons.

— C'est une question de fierté et de sportivité, lui rappela-t-elle, citant les mots qu'elle avait si souvent entendus dans sa bouche lorsqu'elle était plus jeune.

Jim hocha la tête. Au moins, elle n'avait pas perdu de vue ses valeurs de sportive, songea-t-il. Hélas, celles-ci ne s'étendaient pas à sa vie privée…

— Je ne pensais pas venir te voir, lui dit-il.

Elle ne réagit pas à la dureté qui perçait dans sa voix.

— Qu'est-ce qui t'a fait changer d'avis ? s'enquit-elle.

— Ton dernier match, en partie.

— Je vois, soupira-t-elle. Il a fallu que je perde pour que tu acceptes de me parler de nouveau…

Il y avait de l'amertume dans son ton, mais elle ne chercha pas à la dissimuler. Car, si elle aimait toujours son père, elle ne pouvait prétendre désormais éprouver à son égard cette adoration inconditionnelle qu'elle lui vouait autrefois.

— Pendant toutes ces années, j'avais besoin de toi, reprit-elle. J'ai attendu, espérant que tu me pardonnerais enfin. Mais tu n'en as rien fait.

— Ce n'était pas facile à pardonner, Asher, remarqua Jim en se levant.

Il réalisait combien elle avait changé. Elle était devenue bien plus forte et il n'était pas sûr de savoir comment s'adresser à cette femme qu'il ne connaissait pas.

— Pas plus qu'il n'a été facile pour moi d'accepter le fait que tu me voies comme une sportive plus que comme une enfant.

— Ce n'est pas vrai ! protesta Jim.

— Vraiment ? fit-elle en le défiant du regard. Tu m'as pourtant bannie de ta vie parce que j'avais choisi de renoncer à ma carrière. Et lorsque je souffrais, tu ne m'as pas tendu la main une seule fois. Je n'avais personne d'autre que toi vers qui me tourner et tu m'as laissée tomber…

— J'ai essayé de te comprendre, soupira-t-il. Je me suis résigné à ton mariage avec cet homme que je n'appréciais guère. Je t'ai vue renoncer à ce que tu aimais pour jouer un rôle qui ne te ressemblait pas…

— Je n'avais pas le choix, remarqua Asher.

— Pas le choix ? répéta Jim sur le ton de la dérision. Bien sûr que tu l'avais ! Personne ne te forçait à renoncer à ta carrière pour endosser un titre de noblesse. Et je ne parle pas de ce que tu as fait de cet enfant…

— Comment peux-tu dire une chose pareille ? s'exclama Asher. Comment peux-tu m'accuser de cette façon alors que tout ce dont je suis coupable, c'est d'avoir fait preuve de quelques secondes d'inattention ?

— D'inattention ? C'est ainsi que tu qualifies la conception de ton enfant ?

Asher le dévisagea avec stupeur.

— Bien sûr que non ! s'exclama-t-elle. Je parlais du fait de l'avoir perdu… Si je ne m'étais pas mise dans un état pareil, j'aurais fait plus attention à ce que je faisais et je ne serais pas tombée. Je n'aurais pas perdu le bébé de Tyler…

Sa voix se brisa. Ce fut au tour de Jim de la contempler avec stupeur.

— Je ne comprends pas, articula-t-il d'une voix blanche.

Il passa une main sur son visage, s'efforçant de donner un semblant de sens à ce qu'elle venait de lui dire.

— Asher, es-tu en train de me dire que tu as fait une fausse couche ? Et que ce bébé était celui de Tyler ?

— Evidemment, répondit-elle. C'est ce que je t'ai écrit...

— Je n'ai jamais reçu la moindre lettre, répondit Jim, blafard. Eric m'a dit que tu avais avorté. Et que le bébé était de lui...

Pendant plusieurs secondes, Asher ne dit pas un mot. Elle avait trop de mal à digérer l'énormité de cette révélation. Avisant la stupeur qui se lisait dans son regard, Jim se sentit soudain très vieux.

— Il m'a dit que tu avais avorté sans même le consulter, reprit-il. Il paraissait effondré et je l'ai cru... Je l'ai cru, répéta-t-il comme s'il ne parvenait pas à le concevoir.

— Mon Dieu, murmura Asher, les yeux agrandis par le choc qu'il venait de lui infliger.

— Il m'a appelé de Londres, expliqua Jim. Il paraissait fou de chagrin. Il m'a dit que tu ne l'avais mis au courant de la situation qu'une fois que tout était terminé. Il a prétendu que tu ne voulais pas d'un enfant qui aurait pu ruiner ta vie sociale...

— Je n'arrive pas à y croire, murmura Asher, partagée entre la stupeur et la colère. Jamais je n'aurais cru qu'il puisse être aussi cruel...

Lentement, elle commençait à réaliser ce qui s'était réellement passé. Lorsqu'elle avait appelé son père en sortant de la clinique, il lui avait dit qu'il désapprouvait ce qu'elle avait fait. Elle avait imaginé qu'il faisait allusion à la décision qu'elle avait prise de mettre fin à sa carrière. Puis il avait tout bonnement refusé de répondre à ses coups de téléphone.

A maintes reprises, elle lui avait donc écrit. Il n'avait répondu à aucune de ses lettres et elle avait fini par renoncer. Mais Eric avait probablement intercepté toutes ses lettres, l'empêchant ainsi de détromper son père.

— Ce n'est pas possible, souffla-t-elle. Comment as-tu pu croire pendant toutes ces années que j'étais capable d'une chose pareille ?

— Je suis désolé… Mais il était si convaincant… Et cela paraissait cohérent avec les choix de vie que tu avais faits.

— Des choix de vie qu'il m'avait imposés, objecta Asher.

— Je crois que tu ferais mieux de tout me raconter depuis le début, soupira son père.

Asher hocha la tête et entreprit de le faire. Elle n'omit aucun détail, de sa conversation avec Jess à sa récente rupture avec Tyler. Jim l'écouta attentivement, se maudissant intérieurement pour ne pas l'avoir fait avant. Il avait honte de ne pas lui avoir accordé le bénéfice du doute et d'avoir accepté pour argent comptant ce que lui disait Wickerton.

— Mon Dieu !, s'exclama brusquement Asher. Mais si Eric t'a menti, il a probablement fait de même avec Tyler. Lui aussi doit être convaincu que j'ai avorté…

Jim détourna les yeux.

— En fait, c'est moi qui le lui ai dit, avoua-t-il.

— Toi ? s'exclama-t-elle, incrédule. Mais pourquoi ?

— Il m'a appelé en pleine nuit, il y a quelque temps. Il voulait me convaincre de reprendre contact avec toi. Je lui ai alors expliqué pourquoi je refusais de le faire…

— Oh, non, murmura Asher, horrifiée. Tu lui as dit que j'avais avorté et moi que le bébé était de lui. Je comprends à présent pourquoi il me hait à ce point…

Elle s'interrompit, abasourdie par l'ampleur du quiproquo.

— Il faut absolument que j'aille le voir et que je lui explique tout, dit-elle.

Joignant le geste à la parole, elle se dirigea vers la porte de la chambre.

— Je vais l'attendre à la sortie du stade. Je trouverai bien un moyen de le convaincre de m'écouter…

— Le match est terminé, remarqua Jim en désignant l'écran de télévision. Tu ne seras jamais là-bas à temps.

— Mais je ne sais pas où il séjourne depuis qu'il est

parti d'ici. Je ferais bien d'appeler Madge. Elle, au moins, doit être au courant.

Faisant volte-face, elle se dirigea vers le téléphone qui était posé sur la table de nuit.

— Asher, murmura alors son père en lui tendant la main, pourras-tu me pardonner le mal que je t'ai fait ?

Elle reposa le combiné qu'elle venait de décrocher et, ignorant sa main, elle se jeta dans ses bras pour le serrer contre elle de toutes ses forces.

Il était presque minuit lorsque Tyler regagna enfin sa chambre d'hôtel. Il avait passé les quatre dernières heures à boire verre sur verre lors de la soirée organisée en son honneur. Après tout, ce n'était pas tous les jours que l'on remportait le grand chelem, se dit-il en fouillant ses poches à la recherche de ses clés.

Ce n'était pas non plus tous les jours qu'une dizaine de femmes différentes lui proposaient à mots plus ou moins couverts de partager leur lit. Et il avait décliné toutes ces propositions, si tentantes soient-elles, à cause d'une autre femme dont il ne savait plus s'il l'aimait ou s'il la haïssait.

Tout au long de la réception, il avait tenté de se convaincre qu'il buvait pour célébrer sa victoire et non pour oublier Asher. N'était-il pas le héros de la soirée ? Un gamin des quartiers difficiles de Chicago qui avait atteint les plus hauts sommets dans le domaine qu'il avait choisi ?

Mais pourquoi était-il le seul à ne pas s'en réjouir ? Pendant toute la soirée, il avait été félicité, congratulé, encensé. Et il avait eu l'impression déroutante que ces compliments s'adressaient à quelqu'un d'autre…

Il lui fallut se battre avec sa clé pour parvenir à la faire entrer dans la serrure. En titubant, il pénétra dans sa chambre et jeta son trousseau sur la moquette. Tout en se dirigeant vers son lit, il se défit de sa chemise.

Une chose, au moins, était certaine : il avait beaucoup

trop bu. Et, avec un peu de chance, cela lui permettrait peut-être de trouver le sommeil. Et de ne pas rêver d'Asher.

Comme il se faisait cette réflexion, une lumière s'alluma dans la chambre, l'aveuglant. En gémissant, il abrita ses yeux.

— Eteignez ça ! marmonna-t-il sans même savoir à qui il s'adressait.

— Je vois que tu as fêté dignement ta victoire…

La voix d'Asher suffit presque à le dessoûler. Plissant les yeux, il se tourna vers elle et la découvrit, assise sur l'un des fauteuils du petit salon. Elle était plus désirable que jamais.

— Qu'est-ce que tu fiches ici ? articula-t-il d'une voix très approximative.

— On dirait que tu es bien imbibé, remarqua-t-elle avec un petit sourire.

Elle se leva et s'avança vers lui.

— Je tenais à te féliciter pour la façon dont tu as joué aujourd'hui, lui dit-elle. J'ai rarement vu un match aussi passionnant…

— Va-t'en ! s'écria Tyler, furieux. Je ne veux pas de toi ici !

— Je devrais peut-être commander du café bien fort, répondit-elle sans se démonter. Il faut absolument que nous parlions, toi et moi…

— Je t'ai dit de sortir ! Et tu ferais mieux de t'exécuter avant que je ne perde complètement mon calme et que je ne lève la main sur toi.

Le cœur d'Asher battait à tout rompre, mais elle refusa de se laisser intimider.

— Je partirai lorsque nous aurons fini de discuter, lui dit-elle.

— Tu ne te rends pas compte de ce que tu risques en restant ici ! s'exclama-t-il en la prenant par les épaules.

— Je le comprends parfaitement, au contraire, répondit-elle d'une voix posée. Mais je veux que tu m'écoutes avant de faire quoi que ce soit…

— Je ne veux pas t'écouter ! s'écria-t-il. Pars avant que je ne perde le peu de self-control qui me reste…

— Je ne peux pas, insista-t-elle en posant doucement sa main sur sa joue.

Tyler la dévisagea en silence et, pendant quelques instants, elle crut qu'il allait la frapper. Mais, au lieu de cela, il la prit dans ses bras et l'embrassa sauvagement. Il n'y avait aucune douceur dans ce baiser. Il était l'expression du désir irrépressible qu'elle lui inspirait tout autant que du désespoir qu'il éprouvait de ne pouvoir le dominer.

Leurs dents s'entrechoquèrent tandis que leurs langues se mêlaient. Asher sentait l'alcool qu'il avait bu, ainsi que la colère qui l'habitait. Lorsqu'elle essaya de détourner la tête, il prit son visage entre ses mains et l'en empêcha.

L'odeur de la jeune femme l'emplissait. C'était un subtil mélange de chair brûlante, de parfum et de peur qui le rendait fou. Elle émit un petit gémissement de douleur mêlée de désir puis cessa brusquement de lutter, s'abandonnant à son étreinte.

Sans même s'en rendre compte, il se fit plus doux. De punition, ses gestes devinrent caresses. Il se noyait sans espoir de rémission, couvrant sa peau de petits baisers. Il réalisa alors combien elle lui avait manqué et combien il était devenu dépendant d'elle.

— Je ne peux pas vivre sans toi, murmura-t-il d'une voix rauque.

Il s'agenouilla sur l'épaisse moquette de la chambre, l'entraînant avec lui. Tous deux roulèrent sur le sol, enlacés, se dévorant de baisers fiévreux qui enflammaient leurs sens. Tyler était incapable de penser, incapable de lutter contre l'envie irrépressible qu'il avait d'elle.

Les mains d'Asher couraient sur son corps, éveillant en lui de puissants frissons qui se communiquaient au plus profond de son être. Sa respiration haletante prouvait mieux que des mots le besoin impérieux qu'elle avait de lui.

Lorsqu'il l'embrassa de nouveau, elle gémit. Plongeant ses doigts dans ses cheveux, elle l'attira plus près encore, guidant ses gestes. Puis, ivres l'un de l'autre, ils perdirent toute retenue.

Tyler savait qu'il faisait preuve de lâcheté, qu'il aurait dû la reconduire à la porte et ignorer le désir qui le submergeait à présent. Mais l'attirance qu'elle exerçait sur lui était bien trop forte pour que sa raison puisse l'emporter. Sans elle, il se sentait incomplet. Elle s'était immiscée au plus profond de lui, s'inscrivant dans sa chair et dans ses os. Et se priver d'elle revenait à se priver d'une partie de lui-même.

Incapables de se dominer, ils se déshabillèrent fiévreusement. Sans même prendre le temps de caresser ce corps qui le rendait fou, il entra en elle, lui arrachant un cri d'extase.

Leurs mouvements s'accordèrent instantanément. Tyler plongeait au plus profond d'elle et elle se creusait pour l'accueillir. Leurs respirations haletantes ponctuaient le rythme effréné de cette étreinte. Puis une vague de plaisir les submergea, les emportant tous deux comme des fétus de paille entraînés par la tempête.

Pendant de longues minutes, ils restèrent immobiles. Tyler avait roulé sur le dos et contemplait le plafond de la chambre, se demandant comment il avait pu se montrer aussi faible. Comment pouvait-il partager un moment si intense avec une femme qui lui avait volé la chair de sa chair sans même lui en parler ?

Une autre question l'obsédait, terriblement angoissante. Parviendrait-il vraiment à vivre sans Asher alors que tout son être le poussait vers elle ?

— Tyler, murmura-t-elle en effleurant son épaule.

— Ne me touche pas, articula-t-il, craignant de succomber une fois encore au désir qu'il avait d'elle. Et habille-toi, pour l'amour du ciel !

Lui-même se redressa péniblement et enfila son jean d'une main tremblante.

— Est-ce que tu es venue en voiture ? lui demanda-t-il.

— Non, répondit Asher.

Elle se redressa et passa la main dans ses cheveux en

bataille. Elle était magnifique, songea-t-il avec une pointe de désespoir. Et sa nudité était un appel puissant auquel tous ses sens commençaient déjà à répondre.

— Je vais appeler un taxi, déclara-t-il.

— Ce n'est pas la peine…

Un long silence s'ensuivit. Tandis qu'elle se rhabillait, Tyler détourna les yeux, évitant soigneusement son regard.

— Je sais que tu es désolé de ce qui vient de se passer, lui dit-elle enfin.

— Je ne m'excuserai pas, répliqua-t-il d'un ton rogue.

— Je ne te le demande pas. Et je tiens à te dire que je ne le regrette pas non plus. Je t'aime, Tyler. Et faire l'amour avec toi n'est que l'une des façons dont je compte te le montrer. Mais je suis aussi venue ici pour te dire certaines choses que tu dois impérativement savoir. Lorsque j'en aurai fini, je partirai et je te laisserai y réfléchir calmement…

— Ne comprends-tu pas que je ne veux plus réfléchir ? Que j'aimerais ne plus penser à toi ?

— Je te promets que c'est la dernière chose que je te demanderai.

Tyler hésita. Il y avait quelque chose de pressant dans la voix d'Asher et il comprit que ce qu'elle s'apprêtait à lui dire était d'une importance capitale.

— Très bien, soupira-t-il.

Il passa la main sur son visage. La colère et la passion qui s'étaient tour à tour emparées de lui avaient dissipé les effets de l'alcool et il se sentait étrangement fragile.

— Moi aussi, j'ai quelque chose à te dire, reprit-il. Ce que t'a dit Jess, il y a trois ans, était pure invention de sa part. Je l'ignorais jusqu'à ce qu'elle me l'avoue, il y a trois jours. Je crois qu'à sa façon, elle essayait de me protéger.

— Je ne comprends pas, murmura Asher, surprise.

Tyler se tourna enfin vers elle et lui décocha un sourire sans joie.

— As-tu vraiment cru que je m'étais lassé de toi ? Que je cherchais une façon de mettre fin à notre relation ?

Asher ouvrit la bouche pour lui répondre mais la referma presque aussitôt. Qu'aurait-elle bien pu répondre à cela ?

— Apparemment, oui, soupira Tyler. A moins que les paroles de Jess n'aient ravivé les doutes que toi, tu entretenais au sujet de notre couple. Cela expliquerait pourquoi tu t'es jetée dans les bras de Wickerton alors que tu étais enceinte de mon enfant.

— Je ne le savais pas lorsque j'ai épousé Eric, protesta Asher.

Il haussa les épaules, marquant le peu de crédit qu'il accordait à ses affirmations. Furieuse, elle le prit par le bras et le fusilla du regard.

— C'est la vérité ! s'exclama-t-elle. D'ailleurs, si je l'avais su, je ne serais probablement pas partie… Mais tu as en partie raison : avant même que Jess ne vienne me parler, j'avais des doutes. Je pensais que tu ne m'aimais plus.

— Qu'est-ce qui a bien pu te faire croire une chose pareille ?

— Depuis quelques semaines, tu n'étais plus le même. Tu paraissais broyer du noir et tu passais de plus en plus de temps sans moi…

— C'est vrai, admit-il. Et sais-tu pourquoi ? Parce que je me demandais ce que tu penserais d'une demande en mariage ! Parce que je n'étais pas sûr du tout qu'une fille de la haute société comme toi accepterait d'épouser quelqu'un comme moi.

Asher resta longuement silencieuse, trop stupéfaite pour émettre le moindre mot. De tous les malentendus qui les avaient séparés, celui-ci était sans doute le plus cruel.

— Tu voulais vraiment te marier avec moi ? parvint-elle à articuler.

— Oui. J'ai même gardé la bague que je voulais t'offrir…

Pour quelque obscure raison, le fait qu'il ait été jusqu'à lui acheter une alliance la bouleversa plus encore que son aveu. Peut-être parce que cela lui prouvait de façon irréfutable la réalité de ses sentiments et l'énormité de ce quiproquo.

— Je ne cessais de penser à la meilleure façon de faire ma demande, reprit-il. J'avais même envisagé de t'enlever.

— Je ne t'aurais pas opposé beaucoup de résistance, tu sais, articula-t-elle tandis que de grosses larmes coulaient le long de ses joues.

— Si seulement tu m'avais dit que tu étais enceinte…

— Mais je ne le savais pas ! s'exclama-t-elle. Crois-tu vraiment que j'aurais épousé Eric si tel avait été le cas ? Lui-même était bien trop fier pour l'accepter ! Je n'ai appris ma grossesse que plusieurs semaines après notre mariage !

— Pourquoi ne m'as-tu rien dit quand tu l'as su ?

— Je ne voulais pas que tu reviennes vers moi parce que tu te sentais piégé. Jess m'avait convaincue que tu avais hâte de te débarrasser de moi. Et puis, j'avais épousé quelqu'un d'autre et je ne pouvais pas lui imposer une telle humiliation…

— Alors vous avez préféré vous débarrasser du bébé, conclut sombrement Tyler. Vous l'avez fait en toute discrétion, sans même me consulter…

— C'est faux ! s'écria Asher d'une voix brisée par la souffrance et la colère.

Comment pouvait-il croire qu'elle était capable d'un tel acte ?

— Je n'ai pas avorté, poursuivit-elle. J'ai fait une fausse couche. Et j'ai failli en mourir. Mais peut-être aurais-tu préféré que ce soit le cas ?

— Une fausse couche ? répéta Tyler, interdit.

— Oui. Lorsque Eric a appris que j'étais enceinte de toi, il s'est mis à me haïr. Lui aussi croyait que je l'avais épousé en toute connaissance de cause. Il était sûr que j'avais sciemment trahi sa confiance, que j'avais voulu trouver un père pour mon enfant lorsque tu m'avais repoussée ! J'ai essayé de le convaincre qu'il se trompait, mais il n'a rien voulu entendre. Nous passions notre temps à nous disputer. Une fois, après une de ces affreuses discussions, je suis sortie en courant de notre chambre et je suis tombée dans l'escalier. Ma tête a heurté la rampe et j'ai perdu connaissance. Lorsque je me suis réveillée, j'étais dans une clinique. C'est là qu'Eric m'a annoncé froidement que mon bébé était mort…

— Mon Dieu, murmura Tyler, horrifié.

Il fit mine de prendre Asher dans ses bras, mais elle le repoussa de toutes ses forces.

— Je voulais te voir, te parler, mais je savais que cela ne ferait qu'empirer les choses. J'avais perdu notre enfant. J'avais perdu mon père parce qu'Eric l'avait convaincu que j'avais avorté. Et je t'avais perdu toi. Alors j'ai suivi les conseils d'Eric. Nous avons caché cet accident et nous avons fait semblant de vivre comme un couple normal. Mais il continuait à me haïr pour ce qu'il considérait comme une trahison. Pendant trois ans, j'ai vécu un véritable enfer. Et puis, j'ai décidé que j'avais suffisamment payé pour mes erreurs passées… Aujourd'hui, je ne veux plus continuer à me détruire. Je veux vivre, Tyler. Avec ou sans toi.

Incapable de contrôler le flot d'émotions contradictoires qui le submergeait, Tyler se dirigea d'un pas mal assuré vers la fenêtre de sa chambre qu'il ouvrit. Mais l'air nocturne ne suffit pas à dissiper le profond désarroi qui l'habitait.

— Est-ce que tu as été gravement blessée ? demanda-t-il enfin.

— Que veux-tu dire ? demanda Asher, surprise par la question.

— Lorsque tu es tombée dans l'escalier, est-ce que tu t'es blessée ?

— J'ai perdu le bébé…

— Je ne parlais pas de lui mais de toi, objecta-t-il en se tournant vers elle.

Elle le contempla avec étonnement. Personne, pas même son père, ne s'était jamais soucié de cela.

— Je ne me souviens pas très bien, articula-t-elle. J'étais sous sédatifs et la seule chose qui m'obsédait, c'était le fait que notre enfant était mort. Je sais que j'ai subi un certain nombre de transfusions. Mais cela n'a plus d'importance, Tyler…

Elle s'approcha de lui et le prit dans ses bras.

— J'aurais dû être là, murmura-t-il en la serrant contre lui. J'aurais dû être là pour te soutenir…

— Est-ce que tu m'aimes toujours ? lui demanda-t-elle d'une voix tremblante.

— Tu sais bien que oui, répondit-il. Je t'ai toujours aimée, Asher. Même lorsque j'aurais voulu te haïr. Ne pleure pas, je t'en prie. Il y a eu bien assez de larmes comme cela…

Il effleura sa joue avec une tendresse infinie.

— Nous nous sommes fait tant de mal, soupira-t-il.

— Cela n'arrivera plus jamais, lui promit-elle en souriant.

— Il ne doit plus y avoir de secrets entre nous, Asher.

— C'est promis. Ils nous ont déjà séparés à deux reprises. Est-ce que tu te sens capable d'essayer une fois encore ?

— Sans hésitation, répondit-il en riant. Et je suis sûr que ce sera la bonne. Je suis dans une bonne passe, ces temps-ci !

— Tu devrais être en train de célébrer ta victoire.

— Crois-moi, je ne m'en suis pas privé.

— Mais pas avec moi. Nous pourrions aller à mon hôtel et commander une bouteille de champagne au passage.

— Ou bien, nous pourrions rester ici et boire ce champagne demain.

— Je crois que c'est déjà demain, observa Asher.

— Alors, nous avons toute la journée !

Il fit mine de l'entraîner vers la chambre à coucher mais elle lui résista.

— Est-ce que ta proposition tient toujours ? lui demanda-t-elle en le regardant droit dans les yeux.

— De quoi parles-tu ?

— De ta demande en mariage.

— Evidemment ! s'exclama-t-il. Tu sais bien que je veux passer ma vie avec toi…

— Ce n'est pas une demande très académique, remarqua Asher d'un ton moqueur. Devrai-je te souffler la façon de t'y prendre ?

— Je sais ce que je suis censé dire, répliqua-t-il malicieusement. Mais je crois que je préférerais opter pour l'enlèvement.

Elle noua ses bras autour de son cou et effleura la bouche de Tyler des lèvres.

— S'il te plaît, insista-t-elle. Depuis le temps que je rêve de l'entendre…

— Très bien, soupira-t-il.

Il prit une profonde inspiration.

— Asher Wolfe, est-ce que tu veux bien m'épouser ?

Voyant qu'elle ne répondait pas, il fronça les sourcils.

— Je te signale que tu es supposée répondre oui, lui dit-il.

— J'hésite encore, déclara-t-elle. J'espérais quelque chose de plus fleuri. Un poème, peut-être, ou une chanson…

Il l'interrompit d'un baiser passionné qui lui coupa littéralement le souffle.

— Je suppose que cela fera l'affaire, déclara-t-elle, haletante, lorsqu'ils se séparèrent enfin. Je te donnerai une réponse définitive dans quelques jours…

Sans effort, il la souleva et l'emporta jusqu'à la chambre à coucher avant de la laisser tomber sur le lit.

— Peut-être dans quelques heures, ajouta-t-elle malicieusement.

— Tu parles beaucoup trop, Asher, soupira Tyler.

— Tu es sûr que tu ne veux pas connaître la réponse ? lui demanda-t-elle.

— Nous irons à la mairie dès demain.

— Je n'ai pas encore dit…

— Il faudra aussi que nous passions une visite médicale.

— Eh ! protesta-t-elle. Je n'ai pas encore répondu !

Il la fit taire d'un nouveau baiser, plus ardent encore que le précédent.

— Evidemment, soupira-t-elle enfin, avec de telles méthodes, je suppose que tu n'auras pas beaucoup de mal à me convaincre…

Composé et édité par HarperCollins France.

Achevé d'imprimer en avril 2017.

BLACK PRINT

Barcelone

Dépôt légal : mai 2017.

Pour limiter l'empreinte environnementale de ses livres, HarperCollins France s'engage à n'utiliser que du papier fabriqué à partir de bois provenant de forêts gérées durablement et de manière responsable.

Imprimé en Espagne.